KB098550

책에 빠져 죽지 않기

일러두기

1. 이 책에 실린 글들은 이미 여러 매체를 통해 발표한 것이다.
2. 일부 띄어쓰기와 외래어표기법은 각 출판사에서 제공하는 서지 정보를 따랐다.

로쟈의 책읽기 2012-2018

책에 빠져 죽지 않기

이현우 지음

교유서가

책머리에

사람에게는 얼마만큼의 책이 필요한가. 어느 시점부터 세상의 모든 책은커녕 갖고 있는 책도 다 읽을 수 없다는 사실이 분명해진 이후부터 자주 묻게 되는 질문이다. 마땅한 답변을 마련하기도 전에 새로운 책들이 또 쏟아져나온다. 그렇다. 세상에는 우리가 감당하기 어려울 정도로 많은 책이 있고 그 수는 점점 더 늘어나고 있다. 이런 현실에 놀라거나 경탄해본 적 없는 사람은, 염려하거나 두려워해본 적 없는 사람은 사실 서평에 대해 크게 고민할 필요가 없다. 독서가 인생에서 특별히 대단할 것은 없다고 생각하더라도 책에 대한 고민은 크게 줄어든다.

서평은 현실적으로 우리가 읽을 책이 더이상 한 개인이 감당하기 불가능할 정도로 많다는 판단에 근거한다. 서평은 무엇보다도 그런 현실에 대한 대응 방책이다. 이른바 '책의 바다'에서 살아남기 위한 방책이다. 읽고 싶은 책과 읽어야 할 책을 다 읽을 수 있는 시간과 능력이 있다면 서평은 필요하지 않다. 내지는 별로 중요하지 않다. 읽으면 되니까. 하지만 현실이 그렇지 않다면 뭔가 대책이 필요하다. 내가 생각하는 서평은 그 대책으로서 의미를 갖는다. 결코 충분하지는 않더라도 입막음 같은 것은 해줄 수 있지 않을까.

'책에 빠져 죽지 않기'는 꽤 오래전에 떠올린 제목이다. 『책을 읽을 자유』와 『그래도 책읽기는 계속 된다』에 이어서 펴내는 세번째 서평집에 가장 어울리겠다고 생각했다. 내게 책은 항상 책의 바다를 뜻한다. 물론 처음부터 그랬던 것은 아니다. 기억을 더듬어보면 거의 30년 전에 군대를 제대하고 다시 복학하기 위해 상경하여 작은 하숙방을 구했을 때 책과 관련한 가구라고는 책상 위에 올려진 책꽂이와 함께 5단짜리 책장 하나가 전부였다. 배낭에 넣어온 책을 꽂고도 빈칸이 많이 남을 정도였으니, 아마도 20권 남짓이 전 재산이었지 싶다. 이런 경우라면 책의 개울이었다고 해야 할까.

그리고 한세월이 흘렀다. 책장 하나도 채우지 못했던 책들은 수만 권으로 불어났고 이제 나는 더이상 책들을 세지 못한다. 이 책들을 다 읽으려는 욕심은 바닷물을 전부 들이켜겠다는 것만큼이나 무망한 욕심이다. 언젠가 그 욕심을 다 비우게 되면 인생의 마지막 책장에 20권 정도만 남겨놓게 될지도 모르겠다. 하지만 그때까지 내가 씨름해야 하는 현실은 책의 바다이고 책을 읽는다는 것은 그 바다에 뛰어드는 것이다. 적당히 헤엄치다가 빠져나오면 되지만 때로는 예기치 않은 파도에 휩쓸릴 수도 있다. 그런데도 우리는 매일같이 해변으로 나가고 책을 손에 쥔다. 다만 책에 빠져 죽지 않기 위해 버티면서. 그것이 서평가의 삶이다.

서평집이 대단히 극적인 드라마나 모험소설일 리는 없다. 달콤한 연애소설이나 흥미를 돋우는 추리소설과도 거리가 멀다. 그저 아주 많은 책이 있다는 사실을 알려주는 표지라고나 할까. 지난 수년 간 책의 바다에서 나대로 만나본 책들에 대한 서평을 한데 모으면서 두 가지 감상을 갖는다. 하나는 여기에 모은 것보다 훨씬 많은 책이 있었다는 것. 개인적인 기준만 적용하더라도 읽을 만한 책, 읽었어야 하는 책의 몇 분의 일에 지나지 않는다. 책의 분량은 두껍지만 결코 충분한 분량은 아니라는 점을 나는 부정하기 어렵다.

그럼에도 불구하고 갖게 되는 또다른 감상은 그래도 버텨냈다는 것. 나는 두 권의 서평집을 내고 현장에서 조금 물러나 있었고 서평을 쓰는 일보다는 서평 강의에 나서는 일이 더 잦았다. 세번째 서평집이 나오기까지 시간이 오래 걸린 이유다. 그리고 내내 세번째 서평집이 아마도 마지막이 될 것이라고 생각했다. 예상과는 다르게 요즘은 '전성기' 때만큼은 아니더라도 전보다 자주 서평을 쓰고 있다. 그것이 네번째 책으로 묶일 수 있을지는 아직 장담할 수 없지만 책읽기가 계속되는 한, 책의 바다에서 벌이는 고투에서 살아남는 한 또다시 소식을 전할 기회가 있을지도 모르겠다.

교유서가 신정민 대표의 제안을 받고도 몇 년의 시간이 흘렀다. 오래 기다려준데다가 책을 펴내는 수고까지 도맡아주어 특별한 감사를 전하지 않을 수 없다. 여기저기 흩어져 있는 서평을 한 권의 책으로 묶는 데 가장 어려운 일은 이들을 분류하고 재구성하는 것이다. 이 일을 맡아서 고생해준 박민영 편집자께 깊은 감사를 드린다. 초고를 읽고 여러 가지 조언을 해준 분들께는 따로 인사를 표해야겠다. 동료이자 친구라고 불러야 할 독자들께도 감사의 뜻을 전한다.

기억할 만한 폭염 속에서 책의 바다에 또 한 권의 책을 띄우며…….

2018년 8월

이현우

차례

5부 사회의 바다

6부 문화의 바다

7부 과학의 바다

1부
책의 바다

1.

책은 여전히 우리의 미래다

독서의 가치

—

책 읽는 사람들
알베르토 망구엘 지음, 강주헌 옮김
교보문고, 2012

"네가 무얼 먹는지 알려주면, 네가 누구인지 말해주겠다"는 말이 있다. 독서의 경우라면 이렇게 말할 수 있다. "네가 무얼 읽는지 알려주면, 네가 누구인지 말해주겠다." 내가 먹는 것이 나인 것처럼 내가 읽는 것이 바로 나다. 우리는 에누리 없이 각자가 읽는 만큼의 '나'가 된다. 나는 독서의 가치가 길게 말할 것 없이 딱 그만큼이라고 생각한다. 적어도 우리가 책을 읽는 인간, 독서하는 인간으로서 '호모 부커스'로 정의될 수 있다면 말이다.

'독서하는 인간'이 우리의 본질적 규정은 아니다. 오랜 인류의 역사에 견주어보면 독서는 아주 최근에야 가능해진 일이다. 먼저 문자의 발명 자체가 5000년의 역사밖에 되지 않는다. 문자로 무얼 기록하기 시작한 역사시대는 그 이전의 선사시대와 비교하더라도 극히 짧다. 생물학적으로 볼 때 이 '짧은 기간'은 우리의 뇌가 책을 읽기에 적합한 구조와 능력을 갖게끔 진화하기에 충분한 시간이 아니다. 달리 말하면 우리는 책을 읽기 위해 태어나지 않았다. 독서는 후천적 능력이며 다른 용도로 진화된 뇌의 부위들이 서로 협조한 결과다.

독서 능력 자체가 일반화되어 있어서 당연한 것으로 여기기 쉽지만 실상 그것은 매우 놀라운 능력이다. 우리는 대부분 처음 글자를 익히며 더듬더듬 읽던 기억을 갖고 있다. 그런 재주를 발휘하여 부모나 주변 사람들에게 경이로움을 안기기도 했으리라. 그렇다. 책을 읽을 수 있는 우리는 저마다 기적을 만들어낸 능력자라고 해도 좋다. 아침마다 태양이 뜨는 것처럼 일상적이라 하더라도 그것은 분명 경탄에 값할 만한 기적이다.

그런데 중요한 것은 이 기적이 두 번 일어나야 한다는 사실이다. 구분하자면 글자를 읽을 수 있는 기적, 곧 '문해력'의 기적과 책을 읽을 수 있는 기적, 곧 '독서력'의 기적이다. 겉보기에는 비슷해 보이지만 문해력과 독서력은 일치하지 않는다. 똑같이 책을 읽는 능력이지만 문해력이 초급에 해당한다면 독서력은 그보다 한 단계 업그레이드 된 고급 능력이다. 초등학생의 독서 능력과 대학생의 독서 능력을 비교해보면 알 수 있다. 책을 읽고 소화하는 수준에서 문해력과 독서력은 차이가 있다. 이유식을 먹던 아이가 어른으로 성장하기 위해서는 충분한 영양 공급이 지속적으로 이루어져야 하듯이 문해력을 질적인 도약을 통해 독서력으로 키우기 위해서는 일정량 이상의 독서 경험이 필요하다. 즉 독서력은 자연스레 체득되는 것이 아니라 우리의 노력을 통해 얻어지는 능력이다.

문해력과 독서력의 간극을 잘 말해주는 것이 우리의 독서량이다. 한국의 문맹률은 세계 최저 수준이지만, 곧 문해율은 매우 높은 편이지만 평균 독서량은 '한 달에 한 권'꼴로 OECD 가입국 가운데 꼴찌 수준을 면하지 못하고 있다. 성인의 연간 독서량은 2008년 12.1권에서 2011년 9.9권으로 떨어졌고 상황은 더 나빠졌다. '한 달에 한 권'이라는 수치도 그나마 높게 잡아서 그렇다. 게다가 1년 동안 단 한 권의 책도 읽지 않는 사람이 열 명 가운데 네 명꼴이라고 하니 지표만 보면 우리의 독서 현실은 매우 참담하다.

글을 읽을 줄 모르는 문맹자 수는 세계 최저 수준인 데 반해 독서 인구나 평균 독서량은 현저히 적다면 그 이유는 무엇인가. 그것은 문해력이 곧 독서력은 아니기 때문이다. 이미 이야기한 것처럼 독서력은 문해력만 있다고 해서 저절로 얻게 되는 능력이 아니다. 문해력만으로는 책을 수월하게 읽을 수 없기 때문이다. 문해력에서 독서력으로 건너뛰기 위해서는 그 보폭을 가능하게 할 만한 독서량이 요구된다. 그런 관점에서 보면 우리는 책을 '안' 읽는 것이 아니라 '못' 읽는 것이다. 실제로는 독서력이 부족해서 책을 읽지 못하는 것인데도 충분히 읽을 수 있지만 단지 안 읽는 것이라고 착각하는 것은 아닌지 따져볼 필요가 있다.

독서력은 어떻게 길러지는가. 어렵지 않다. 먹으면 살이 찌는 것처럼 읽으면 독서력이 생긴다. 다만 우리의 뇌가 독서에 알맞은 '독서 근육'을 기르기 위해서는 비교적 단기간에 일정량 이상의 책을 읽는 노력이 필요하다. 이는 우리 몸의 근육을 키우려면 어느 기간 동안 지속적으로 적당량의 운동을 해야 하는 것과 마찬가지다. 얼마만큼의 독서량이 필요한지는 개인차가 있을 수 있지만 『독서력』의 저자 사이토 다카시에 따르면 대략 150권의 독서가 필요하다. 그 정도 책을 2, 3년 동안 독파해나가면 자연스레 우리의 뇌는 독서에 적합한 구조를 갖게 된다. 비유컨대 그것이 독서 근육이다. 그리고 한 번 만들어진 독서 근육은 너무 방치하지만 않는다면 우리의 독서를 한결 수월하고 생산적인 것으로 만들어준다. 단순히 '읽는 것'과 '읽어내는 것' 사이에 차이가 있다면 그 차이를 만들어내는 힘이 바로 독서력이다.

따라서 '독서하는 인간'을 '독서력을 갖춘 인간'이라고 바꾸어 말할 수도 있을 것이다. 독서의 가치를 말하고자 한다면 먼저 우리 스스로를 독서력을 갖춘 인간으로 만드는 것이 필요하다. 흔히 인간이 똑똑해서 도구를 사용하게 된 것이 아니라 도구를 쓰게 되면서 똑똑해지기 시작했다고 하는데, 독서도 마찬가지다. 즉 우리는 똑똑해서 책을 읽는 것이 아니라 책을 읽으면서 똑똑해진다. 우리 각자는 독서의 가치를 알기 때문에 독서를 시작하는 것이 아니라 독서를 하면서 비로소 독서의 가치를 알게 되는 것이다. 우리의 지식이 늘어남과 함께 정신이 성장하고 사고가 깊어지며 세계의 지평이 확장되는 것, 그것이 독서의 결과라고 한다면 그것은 '나'와 '나의 세계'를 새롭게 변형하고 갱신하는 일이기도 하다. '내가 읽는 것이 나'라는 말은 그런 의미의 무게를 지닌다.

한편, 독서의 가치는 개인적 차원에 국한되지 않는다. 우리의 시야를 '독서하는 인간'에서 '독서하는 사회'로 확장한다면 우리는 독서라는 프리즘으로 인간의 역사를 새롭게 바라볼 수도 있다. 그 역사는 '책을 읽는 자'와 '읽지 못하는 자'라는 범주에 따라 구획된 역사다. 단순화해서 말하면 책을 읽는 계급이 읽지 못하는 계급을 지배해온 역사다. 일제강점기만 하더라도 문맹률은 70퍼센트에 달했다. 나머지 30퍼센트의 독서인구, 그리고 더 좁혀서 일본어 해독력까지 갖춘 10퍼센트의 조선인이 사회의 지도층을 형성했다. 반대로 글자를 모르고 책을 읽지 못하는 무지한 대중은 "낫 놓고 기역 자도 모른다"는 비아냥거림을 들어야 했다. 동시에 그것은 예속의 근거이기도 했다.

광복 이후 보통교육이 시행되면서 그제야 비로소 우리는 역사상 처음으로 문해력을 갖춘 인구가 문맹인구보다 더 많은 시대로 들어서게 되었다. 그리고 그것은 민주주의의 핵심조건이기도 하다. 이른바 민주공화국의 주권이 국민에게 있다고 할 때 그 국민은 형식적인 자격으로만 규정되는 것이 아니라 실질적인 자격, 균등한 능력에 의해서도 규정된다. 아니 그런 능력을 갖추고 있는 것으로 전제된다. 문해력은 그 가장 기본이 되는 능력이다.

하지만 1948년 최초로 총선거가 실시될 당시에는 이 기본 능력조차도 기대하기 어려웠다. 그래서 도입된 투표방식은 후보자의 이름을 투표용지에 써넣는 기재 투표방식이 아니라 작대기로 기호를 표시하는 기호 투표방식이었다. 문맹자가 다수였던 상황을 고려한 것이다.

이후에는 후보자의 이름과 숫자가 나열된 빈칸에 붓뚜껑으로 표시하는 방식으로 바뀌었지만 역시나 원시적인 방식이라는 점에서는 변함이 없다. 요즘은 초등학교 반장 선거에서도 후보자의 이름을 적어내는 기재 투표를 하는 것과 비교해보아도 알 수 있다.

『미국의 민주주의』(한길사, 2002)의 저자 알렉시 드 토크빌은 "모든 국민은 자신들의 수준에 맞는 정부를 갖게 된다"고 말했다. 독서 능력을 그 수준의 척도로 삼는다면 우리는 세 종류의 정부, 또는 세 단계의 정부를 가질 수 있다. 곧 '문맹자가 다수인 국가의 정부', '문해력을 갖춘 국민의 정부', '독서력을 갖춘 국민의 정부'가 그것이다. 독서 능력의 여부가 국민의 수준을 결정하고 그 국민의 수준이 다시 정부의 수준을 결정하는 것이라면 독서의 사회적 가치는 아무리 강조해도 지나치지 않다. 책을 읽는 능력은 각자가 '나'를 만들어나가는 최상의 방책이면서, 동시에 우리가 더 나은 정치공동체를 만들기 위해 필요로 하는 가장 핵심적인 수단이다. 우리가 무얼 읽느냐에 따라서 한국의 미래가 달라진다. 독서는 우리 자신을 바꾸면서 동시에 이 사회를 바꾸어나가는 힘이다.

-〈쿠스진〉(2012. 10. 24.)

'읽는 인간'과 '읽지 않는 인간'

책을 읽는 사람만이 손에 넣는 것
후지하라 가즈히로 지음, 고정아 옮김
비즈니스북스, 2016

'독서의 힘'을 주제로 한 책이 종종 나온다. 책은 왜 읽는가, 왜 책을 읽으면 좋은가 등의 질문에 답하는 책들이다. 오에 겐자부로의 책 제목대로 '읽는 인간'이라면 읽는 이유가 있을 터이고, '읽지 않는 인간'이라면 또 그 반대의 이유가 있을 것이다. 어차피 '읽지 않는 인간'이라면 독서의 힘을 주제로 다룬다고 해서 거들떠볼 이유가 없을 것이므로 이런 책의 용도는 '읽는 인간'의 자기 확인이나 '읽지 않는 인간'의 개종에 있을 듯싶다. '읽는 인간'으로의 변신을 개종이라고 부를 수 있다면 말이다.

후지하라 가즈히로의 『책을 읽는 사람만이 손에 넣는 것』은 제목부터 독서의 힘을 웅변한다. 저자는 아예 '책을 읽지 않는 사람은 살아남을 수 없다'고까지 주장하므로 독서는 선택이 아니라 필수다. '읽지 않는 인간'은 생존 자체가 불가능하다는 것이니까. 물론 이때의 생존은 '사회적 생존'을 뜻한다. 책을 안 읽게 되면 사회에서 제대로 자기 구실을 하거나 평가받기 어렵다는 것이 저자의 경고다. 더 정확히는 예언이다. 그는 앞으로 사회가 독서 습관이 있는 사람과 독서 습관이 없는 사람으로 나뉘는 '계층사회'가 될 것이라고 전망한다. 일본의 통계에 따르면 책을 한 달에 한 권도 읽지 않는 사람은 전체의 47.5퍼센트로 얼추 절반에 해당한다. 그야말로 책을 읽는 인간과 읽지 않는 인간으로 나뉘는 것. 문제는 책을 읽지 않을 경우 '자기 나름의 의견'을 갖기 어렵다는 데 있다. 인터넷 검색을 활용하면 남의 의견을 짜깁기할 수는 있지만 독자적인 자기 의견을 정립하지는 못한다. 인생의 기준이나 가치, 자기만의 의견 등은 독서를 통해 얻어진다는 것이 저자의 체험적 주장이다.

후지하라 가즈히로 자신은 초등학생부터 고등학생 때까지 책을 전혀 읽지 않는 아이였다고 한다. 헤르만 헤세의 『수레바퀴 아래서』와 쥘 르나르의 『홍당무』 같은 책을 초등학생 때 과제로 읽었는데, 전혀 재미가 없었고 그런 어두운 이야기를 왜 굳이 읽어야 하는지 납득할 수 없었다. 이른바 권장도서로 읽은 '세계명작'이 오히려 그로 하여금 독서와 담을 쌓게 만들었다. 그러다 대학생이 되어 비즈니스 전문서적을 처음 접한 뒤 '책'을 재발견하게 되었다. 그의 인생을 바꾸어놓은 한 권의 책은 로렌스 피터의 『피터의 원리』(21세기북스, 2002)였는데, "승진을 기뻐한다면 점점 무능한 사람이 되어간다"는 경고를 담고 있었다. 그는 하루빨리 비즈니스세계로 들어가고 싶다는 갈망을 품고 대학의 경제학부를 졸업하자마자 리크루트에 입사했다.

하지만 그의 본격적인 독서 입문은 서른 살에 이루어졌다. 업무차 가진 술자리에서 한 프로덕션 업체 사장이 그에게 던진 질문이 계기가 되었다. "그런데 후지하라 씨는 순수문학 읽나?" 대학 입시만을 위해 문학사를 공부한 그에게는 순수문학이라는 말의 의미조차도 정확히 가늠이 되지 않았다. 그런 그에게 "순수문학을 읽지 않으면 인간으로서 성장하지 못하네"라는 충고는 발끈하는 마음까지 들게 했다. 이튿날 서점으로 달려가 업체 사장이 순수문학 작가의 예로 든 미야모토 데루와 렌조 미키히코의 작품을 찾아 읽었다. 뜻밖에도 그는 뒤늦게 독서 삼매경에 빠지게 되었다. "현대사회를 살아가는 인간의 심상을 생생하게 담아내고" 있다는 것이 그가 '순수문학'에 빠져든 이유다.

이후 그는 도서관에서 최대한으로 책을 대출해 와 책상 위에 쌓아 놓고 한 권 한 권 읽어나갔다. 그러다 직장생활의 후유증으로 병까지 얻은 뒤로는 책을 읽는 시간이 더 많아졌고 1년에 100권 정도의 책을 읽는 습관이 몸에 배게 되었다. '독서가 후지하라 가즈히로'의 탄생이었다. 그리고 그렇게 3년간 300권 이상의 책을 읽게 되자 그에게도 하고 싶은 말이 생겨났다. 그의 베스트셀러 데뷔작 『처생술處生術』은 그렇게 해서 나오게 되었다. '저술가 후지하라 가즈히로'의 탄생이었다. 독서가 인생을 바꾼다는 말의 한 실례가 바로 후지하라 가즈히로인 셈이었다.

독서는 그에게 어떤 통찰을 갖게 해주었나? 또는 독서가로서 후지하라 가즈히로의 통찰은 무엇인가? 이른바 '성숙사회'론이다. 그에 따르면 일본의 20세기형 성장사회는 1997년을 기점으로 종언을 고했다. 1950년대 중반에 시작된 일본의 고도 성장기는 1980년대 후반부터 일어난 거품 경기로 절정을 맞고 이어서 1990년대 초에 붕괴했다. 주가, 땅값, 주택 가격 등 자산가치가 일제히 하락하면서 일본 경제의 '잃어버린 10년'으로 진입했고 1997년에는 거품경제의 상징인 증권회사와 은행이 파산하는 지경까지 이르렀다. 후지하라 가즈히로는 이런 변화를 사회적 패러다임 이동의 징후로 읽었다. 성장사회는 수명이 다했고 이제는 성숙사회로 바뀌었다는 것이다.

20세기형 성장사회가 '다같이'의 시대라면 21세기형 성숙사회는 '개개인 각자'의 시대다. 예를 들면 과거에는 전화기가 집집마다 한 대씩 있는 것이 일반적이었다. 우리도 마찬가지지만 전화기 한 대로 가족 모두가 '다같이' 사용했다. 하지만 일본에서는 거품경제 붕괴와 함께 휴대전화 보급률이 급상승했다. 그 결과 오늘날 집전화는 거의 유명무실해졌고 저마다 '개개인 각자'의 휴대전화를 이용한다. 이런 사회상의 변화와 함께 행복관도 달라졌다. '다같이'의 시대에는 정형화된 행복론이 있어서 생애 전체의 일정을 가늠할 수 있었지만 오늘날에는 각자 자신만의 행복을 찾아 나서야 한다. "개개인 각자가 자기만의 독자적인 행복론을 갖지 않으면 안 되는 시대가 된 것이다."

자기만의 행복론을 구축하려면 교양이 필요한데, 그런 교양은 '개개인 각자'가 획득해야 하고 이때 근간이 되는 것이 바로 독서다. 행복론을 구축하기 위해서는 세상을 어떻게 바라보고, 인생을 또 어떻게 바라볼 것인가 하는 관점이 필요한데, 이런 관점을 갖게 해주는 것이 독서이기 때문이다. 지식과 정보를 얻을 수 있는 수단이 다변화되어 있지만 아직까지 독서가 갖는 특징을 상쇄할 수 있는 수단은 존재하지 않는다. 가령 영상매체는 해상도가 높을수록 상상력을 불필요하게 만든다. 달리 말하면 우리의 뇌가 할 일이 별로 없게 된다. 반면에 독서는 문자라는 2차원적 매체를 3차원적 현실로 변형하는 과정이며 이때 상상력이 작동되고 뇌가 활성화된다. 상상력을 기르기 위해서라도 독서가 반드시 필요한 이유이며, "TV 프로그램을 만드는 구성 작가나 연출가가 모두 하나같이 독서가라는 점이 그런 사실을 증명한다."

성장사회에서 성숙사회로의 전환은 '퍼즐형 사고'에서 '레고형 사고'로의 전환을 뜻하기도 한다. 퍼즐의 경우는 이미 정답이 정해져 있고 퍼즐 맞추기는 그것을 찾아가는 과정이다. 퍼즐 맞추기 교육은 퍼즐형 인간을 양산해내는데, 퍼즐형 인간은 퍼즐을 정확하게 빨리 맞추기는 하지만 처음에 설정된 정답밖에는 알지 못하며, 완성된 그림을 변경하지도 못한다. 하지만 그렇게 정해진 답이 없는 성숙사회에서 퍼즐 맞추기는 더이상 통하지 않는다. 퍼즐과 다르게 레고 블록 쌓기는 아이디어를 어떻게 짜내느냐에 따라 무한히 확장될 수 있다. 각자가 원하는 대로 만들면 될 뿐, 정답이 따로 존재하지 않는다. 이런 레고형 사고를 기르기 위한 가장 효과적인 수단도 독서다. 가령 책을 쓰는 과정에서 저자는 굉장히 많은 자료를 섭렵하고 이를 활용한다. 그렇게 쓰인 책을 읽는 과정에서 독자는 책을 매개로 저자의 뇌와 연결된다. 독서를 통해 타인의 뇌 조각과 독자의 뇌가 이어진다는 말은 독자의 관점이 확장된다는 뜻이다. 덕분에 "독자는 세상에 대한 관점을 넓혀 다면적이고 복안적으로 사고할 수 있게 된다."

독서 습관이 몸에 배어 충분한 책을 충분히 '인풋'한 다음에는 어떻게 해야 하는가? 저자의 제안은 '아웃풋'이다. 책을 그저 읽는 것으로만 끝내지 말라는 것이다. 독서를 통해 인생을 바꾼 후지하라 가즈히로는 오랜 직장생활을 뒤로하고 2003년에 도쿄의 구립 와다중학교 교장으로 부임했다. 그는 남다른 독서교육으로 이 학교를 혁신하여 공교육의 메카로 만들었다. 그의 노하우는 특별하지 않다. 그는 아침 독서 시간에 학생들이 읽은 책에 대한 독후감을 받아서 독서신문을 만들었다. 전교생이 참여하여 만든 독서신문을 학년별로 제본하여 전교생에게 나누어주었다. 그렇게 3년 동안 독서생활을 정리한 독서신문은 이 중학교의 졸업문집을 대신한 것은 물론 책으로도 펴내게 되었고, 문부과학성 장관상을 수상하는 데까지 이어졌다. 이런 결과물이 학생들의 독서를 장려하고 독서욕을 더 자극했던 것이다.

아웃풋이 왜 중요한가? "책을 읽고 그것을 '자신의 의견으로 연결할 수 있다'는 성공 체험이 되기 때문이다." 그렇다고 독서의 감상과 기록을 모두가 신문이나 책으로 펴내야 한다는 말은 아니다. 블로그나 SNS 등에 자신이 읽은 책에 대한 감상을 적거나 추천하는 책의 목록을 작성하는 것은 오늘날 누구나 할 수 있는 일이다. 그런 과정에서 독서가 더 즐겁고 유익한 경험이 된다는 것이 후지하라 가즈히로의 생각이다. 이런 정도의 협박과 회유에도 '읽지 않는 인간'을 자처한다면 그것은 어쩔 수 없는 노릇이다.

-〈출판문화〉(2016년 8월호)

너는 왜 공부 안 하고 책을 보니?

—

그래도 책읽기는 계속된다
이현우 지음
현암사, 2012

지방 고등학교에 두 차례 특강을 다녀왔다. 짧은 여정이었지만 덕분에 처음 가본 지역의 풍광도 즐기고 신선한 공기도 맛볼 수 있었다. 하지만 정작 강연은 어려웠다. 입시에 시달리는 고등학생들을 상대로 독서의 중요성과 즐거움에 대해, '책을 읽을 자유'에 대해 강의하는 것 자체가 얼마나 곤혹스러운 일인지. 지난 봄에도 한 번 체험했지만 사정은 크게 달라지지 않았다. 지난번보다는 적은 수의 학생들이 참석했기에 집중도는 좋아졌지만 여전히 절반 이상의 학생들에게는 재미없는 '정신교육' 정도로 여겨지는 듯했다. 하긴 '책을 읽어라'라는 지당한 권고만큼 따분한 소리도 없을 테니까.

한 반에서 서너 명씩의 신청자만 참여한 학교에서도 학생들의 독서량을 물으니 대다수가 한 달에 한두 권 정도라고 답했다. 다섯 권 이상이라고 답한 학생은 한 명도 없었다. 학생들만 탓할 수도 없다. 잘 알려진 대로 우리의 독서량은 한 달에 한 권꼴로 OECD 가입국 가운데 최저 수준이기 때문이다. '공부가 우선이고 독서는 나중'이라는 것이 한국 사회의 암묵적인 합의다. 한국의 문화 코드라고 말해도 억지는 아니다.

한국인이라면 "너는 왜 공부 안 하고 책을 보니?"라는 말을, 이 이상한 말을 모두 이해한다. 공부와 독서가 상호 배제적이라는 전제를 공유하지 않는다면 전달이 불가능한 말이다. '독서가 곧 공부'인 문화에서라면 이 말은 "너는 왜 공부 안 하고 공부하니?"라는 뜻으로 번역될 것이니 얼마나 부조리한가. 이런 부조리가 문제라고 생각한다면 우리가 해야 할 일은 공부와 독서가 분리된 문화를 일치시키는 문화로 바꾸는 것이다. 물론 말처럼 쉬운 일은 아니다. 하지만 그것이 바람직한 방향이라는 사회적 합의를 이룰 수 있다면 불가능한 일도 아니다. 거기서 한 걸음 더 나아가 책을 읽고 소화할 수 있는 능력, 즉 독서력이 곧 '대학수학능력'이라는 인식도 공유할 수 있을 것이다.

사실 기본 독서력을 갖춘 학생에게는 대학의 문호가 활짝 열려 있어야 마땅하다. 대학에서의 공부는 문제풀이가 아니라 독서이기 때문이다. 올해 대학에 입학하여 첫 학기를 보낸 한 여학생의 사례를 살펴보자. 고등학교 때부터 독서와 토론을 즐기고 논술에도 자신감을 갖고 있던 학생이었지만 내신 성적은 좋은 편이 아니었다. 요즘처럼 너무 쉽게 출제되는 학교시험에서는 한두 문제만 틀려도 내신이 떨어지기 마련인데, 더군다나 이 학생은 암기 과목에는 소질이 없었다. 그런 공부는 재미없었기 때문이다. 하지만 대학 공부는 달랐다. 강의별로 여러 권의 책을 읽고 조사하고 리포트를 쓰고 발표하고 토론하는 일이 매우 즐거웠다. 당연히 첫 학기 성적도 학과에서 두번째로 좋았다. 요컨대 대학에서의 공부는 곧 독서였다.

흔히 한국 사회에서 고교교육은 대학교육을 위한 전 단계 정도로만 여겨진다. 그런 인식에 반대하여 입시교육 비판도 나오고 고교교육을 '정상화'해야 한다는 주장도 제기된다. 옳은 말이다. 하지만 나는 그 정상화가 입시교육과 대립한다고 생각하지 않는다. 정작 우리 교육의 문제점은 제대로 된 입시교육을 하지 않는다는 데 있는 것 아닌가. 대학에서의 공부를 위한 수학능력을 갖추는 데 소홀하다면 그것이 과연 제대로 된 입시교육이라고 할 수 있을까.

많은 학생이 독서를 멀리하는 대신에 공부에 매진하여 대학에 입학은 한다. 하지만 독서력이 부족하여 대학 공부에 흥미를 느끼지 못하고 허덕인다. 게다가 비싼 등록금을 마련하느라 '알바'까지 하게 되니 독서는 대학에 와서도 먼 나라 이야기다. 이런 상황에서 한국의 평균 독서량이 늘어나기를 기대하는 것은 아무 가망 없는 일이다. 이제라도 독서가 곧 공부인 교육을 고민해보아야 하지 않을까. 우리에게는 다른 공기가 필요하다.

-〈경향신문〉(2012. 7. 13.)

다시 읽는다는 것에 대하여

—

잘라라, 기도하는 그 손을
사사키 아타루 지음, 송태욱 옮김
자음과 모음, 2012

일본의 젊은 인문학자 사사키 아타루의 『잘라라, 기도하는 그 손을』을 다시 읽었다. 처음 나왔을 때 리뷰도 쓰고 2쇄를 찍을 때 편집자의 요청으로 추천의 말까지 붙인 책이지만 다시 읽어도 흥미로웠다. 새로운 것을 읽기보다는 다시 읽는 것을 좋아한다는 것이 저자의 독서관이기에 그의 책을 다시 읽는 일은 저자의 독서법을 실천하는 것이기도 하다.

다시 읽으면 읽고 잊어버린 것을 되살리게 된다. 또한 줄거리나 핵심 주제에 집중하느라 눈여겨보지 않았던 책의 세부에 대해서도 눈길을 주게 된다. 사사키 아타루가 말하는 독서는 그때 비로소 시작된다. 무엇이 독서인가. 니체처럼 자신을 '다이너마이트'라고 스스럼없이 말한 저자들과의 만남이다. 그는 이렇게 말한다. "서점이나 도서관이라는 얼핏 평온해 보이는 곳이 바로 어설프게 읽으면 발광해버리는 사람들이 빽빽 들어찬, 거의 화약고나 탄약고 같은 끔찍한 장소라고 느낄 수 있는 감성을 단련하지 않으면 안 됩니다." 저자들이란 보통 죽은 자들이어서 서재나 도서관은 마치 '공동묘지' 같다고 한 프랑스 철학자 사르트르를 뛰어넘는다고 할까.

책이란 언제 터질지 모르는 폭발물 같은 것이기에 책을 너무 가까이하는 것은 위험하다. 그렇다고 염려할 것은 없다. 우리의 자연스러운 방어기제도 이에 맞추어 작동하기 때문이다. 사사키 아타루는 읽어도 머릿속에 잘 들어오지 않고 '어쩐지 싫은 느낌'이 들어서 책을 덮어버리는 것이야말로 '독서의 묘미'라고 한 작가 후루이 요시키치의 말을 인용한다. 이 '자연스러운 자기 방어'기제 덕분에 설사 감명 깊게 읽었더라도 곧 잊어버리게 된다는 것이다. 다시 읽기는 이런 본능을 거스르는 행위다. 잊어버린 것을 다시 소환하고 상기함으로써 책이라는 폭탄의 위험성을 감수하는 행위다. 다이너마이트를 끌어안는 행위? 맞다. 그것은 미친 짓이다.

기본적으로 우리는 다른 사람이 쓴 것은 읽을 수가 없다는 것이 사사키 아타루의 생각이다. 다른 사람의 꿈을 그대로 본다면 우리가 미쳐버릴지도 모르는 것과 마찬가지다. 책을 통해 타인의 생각과 정서, 감각에 접속한다는 것은 섬뜩한 노릇이다. 그것이 진짜 고백을 담고 있는 진짜 책이라면 말이다. 그런 책은 본질상 난해하고 무료하다. 읽을 수가 없다. 가령 윌리엄 포크너의 『소리와 분노』(문학동네, 2013) 같은 소설이나 황병승의 『여장남자 시코쿠』(문학과지성, 2012) 같은 시집을 어떻게 읽겠는가. 어떻게 감당하겠는가. 하지만 그래도 뭔가에 끌려서 읽게 된다면, 읽어버리게 된다면 우리는 자기 안에 똑같은 광기를 품게 될 것이다. 그리고 인생이 바뀔 것이다. "왜 소설을 쓰는가?"라는 질문에 "소설을 읽어버렸으니까"라고 답한 일본 작가 고토 메이세이처럼. 읽어버린 이상 쓰지 않을 수 없다. "나에게는 달리 어떻게 할 도리가 없다"는 세계, 독서는 그렇게 하지 않을 수 없는 불가피한 세계와의 조우다.

여기까지가 하룻밤 이야기로서 하나의 서론이다. 사사키 아타루는 책을 읽는다는 행위가 일종의 광기이고 도박이라는 점을 미리 밝히고 본격적으로 혁명에 대해 이야기한다. 파울 첼란의 시구를 제목으로 가져온 『잘라라, 기도하는 그 손을』의 부제가 "책과 혁명에 관한 닷새 밤의 기록"이라는 것을 다시 확인하게 되는 대목이다. '책과 혁명'이라고 했지만 둘은 접속사 '과and'보다는 '또는or'을 통해 만난다. 사사키 아타루가 말하고자 하는 것은 '혁명에 관한 책'이나 '책을 통한 혁명'이 아니라 '혁명으로서의 책' 또는 '책이 된 혁명'이기 때문이다.

어떤 사례들이 있는가. 서양 종교사학을 전공한 사사키 아타루는 특히 그가 '대혁명'이라고 부르는 루터의 종교개혁, 무함마드의 혁명, 12세기 해석자 혁명을 대표적 사례로 꼽는다. 이런 사례들을 통해 그는 "과거의 혁명이 아무리 피로 물들었다고 하더라도 혁명의 본질은 폭력이나 주권 탈취가 아니라 텍스트를 다시 쓰는 것"이라고 주장한다. 곧 '텍스트의 변혁'이 혁명이다. 그는 넓은 의미에서 문학이야말로 혁명의 본질이라고 말한다. 예술의 한 갈래를 가리키는 좁은 의미의 문학이 아니라 글로 쓰인 것 전체를 통틀어 일컫는 '문학'이다.

이 문학 행위는 통상 두 단계로 구성된다. 읽기와 쓰기다. 가령 마르틴 루터가 한 일은 무엇이었나. 수도원에서 철저하게 성서를 읽는 일이었다. 성서를 읽고 또 읽었고 베껴 적었다. 라틴어, 그리스어, 히브리어도 공부하여 읽었다. 그런 독서 끝에 그는 당시 기독교세계의 질서가 성서에 근거하고 있지 않다는 사실을, 다시 말해 아무런 근거도 없다는 사실을 알게 되었다. 루터를 제외한 모든 사람이 이 세계에는 교황과 추기경이 있고, 대주교와 주교가 있으며, 그들을 따라야 한다고 생각했지만 그런 것은 성서에 쓰여 있지 않았다. 그럼 무엇이란 말인가. "책을 읽고 있는 내가 미친 것일까, 아니면 이 세계가 미친 것일까?" 키르케고르의 표현을 빌리면 루터는 "두려움과 떨림" 속에서 이런 질문과 조우할 수밖에 없었을 것이다.

그렇게 성서를 읽고 나자 루터는 이제 쓸 수밖에 없었다(루터 전집은 무려 127권에 달한다고 한다). 1517년 루터는 교회의 면죄부 판매를 비판하는 95개조의 반박 의견서를 발표했다. 당시 독일은 문맹률이 95퍼센트에 달했던 사회였지만 다행히도 인쇄술 혁신으로 그의 견해는 유럽 전역으로 퍼져나갔다. 종교개혁이라는 대혁명의 도화선이 된 것이다. 이어서 루터는 라틴어 성서를 독일어로 옮기는 일에 착수했다. 1522년 9월에 처음 출간된 독일어 『신약성서』(통칭 『9월 성서』)는 가격이 소 한 마리 값이었는데도 날개 돋친 듯 팔려나갔다고 한다. 독일어로 쓴다 하더라도 당시는 식자율이 5퍼센트에 불과했으므로 단지 인구의 5퍼센트만이 읽을 수 있을 뿐이었지만 루터는 자신의 문학 행위, 곧 글쓰기를 중단하지 않았다. 1519년 루터 책의 출판 부수가 독일 전체 출판물의 3분의 1에, 1523년에는 5분의 2에 달했을 정도라고 하니 거의 전무후무하지 않을까 싶다. 그리하여 그는 16세기 최대의 '문학자'가 되었다. 루터가 "인쇄술, 그것은 신이 내려주신 최대의 은총이다"라고 말한 것도 지극히 온당해 보인다.

루터의 혁명은 비단 기독교의 분열과 개신교의 분화를 의미하는 종교개혁 범주에만 국한될 수 없다. 그의 혁명은 법의 혁명이기도 했다. 루터 사상의 핵심 개념으로 '양심'이 오늘날까지도 재판의 준거가 되고 있다는 점이 대표적 사례다. 우리는 루터의 신학과 루터파 법학이 가져온 혁명적 변화에서 벗어나 있지 않다. 읽기와 쓰기는 그렇게 법제화로 귀결된다. 법이 바뀐다는 것은 세상의 근거가 바뀐다는 의미다. 혁명은 권력을 무너뜨리는 것이 아니라 세상의 근거를 새로 마련하는 것이다. 그리고 그 시작은 읽기다. 나른한 봄날이지만 당신이 손을 뻗어 닿을 만한 곳에 책이 있기를!

-〈독서인〉(2014년 3월호)

P.S.

다시 읽으니 수정할 대목도 눈에 띄었다. 50쪽에서 버지니아 울프의 소설 『물결The Waves』은 이미 출간된 제목인 『파도』라고 표기하는 것이 좋겠고, 294쪽에서 "푸코도 『성의 역사』를 내주겠다는 출판사를 찾지 못해 상당히 오랫동안 괴로워했으니까요. 당시 명편집자로 나중에 역사가가 되는 필리프(*필립) 아리에스의 형안에 의해 발탁될 때까지는 말이지요"에서 푸코가 출간에 애를 먹은 '처녀작'은 『성의 역사』가 아니라 그의 박사학위 논문인 『광기의 역사』였다. 사사키 아타루가 잘못 말했거나 옮긴이가 잘못 옮기지 않았을까 싶다.

천천히 깊게 읽는 즐거움

—

천천히 깊게 읽는 즐거움
이토 우지다카 지음, 이수경 옮김
21세기북스, 2012

초등학교 때의 일로 기억한다. 학교에서 속독법 특강이 있었다. 속독의 필요성과 요령에 대한 내용이었다. 비슷한 때였는지는 모르겠지만 TV 프로그램에서도 속독술을 '묘기'로 보여주기도 했다. 몇십 초 만에 책 한 권을 다 읽고 질문을 알아맞혔다. 속독술은 진기한 기술이면서 부러운 능력이었다.

한창 책을 많이 읽고 독서에 대한 욕심도 컸기에 『기적의 속독법』 같은 책을 구해서 연습을 해보기도 했다. 안구운동법과 함께 지금도 생각나는 요령은 독서의 단위를 단어에서 문장, 문단으로 점차 확장해 나가는 것, 대각선으로 읽어 내려가는 것 등이다. 크게 효과를 보지는 못했다. 연습량 부족이 가장 큰 원인이었겠지만 시집을 읽게 되면서 생각이 달라졌기 때문이기도 하다. 두툼한 소설책이라면 속독이 요긴하겠지만 음미하면서 읽어야 할 얇은 시집을 속독하는 것이 무슨 의미가 있겠는가. 속독이 만능은 아니라는 생각에 속독에 대한 열의도 조금 시들해졌다. 빨리 읽는 것보다 더 중요한 것은 잘 읽는 것일 테니까.

무엇이 잘 읽는 것인가. 최근에 읽은 한 사례가 인상적이다. 일본인 저자가 쓴 『천천히 깊게 읽는 즐거움』이란 책은 하시모토 다케시라는 한 국어 교사 이야기다. 원제는 『기적의 교실奇跡の教室』이다. 올해 7월에 백 살이 된 하시모토 다케시는 인생의 절반 동안 고베시의 사립 나다중·고등학교에서 아이들에게 국어를 가르쳤다. 이 학교는 굴지의 입시 명문고로 유명한데, 1968년에는 도쿄대 최다 합격자를 배출하기도 했다. 어떤 비결이 있었던 것일까.

놀랍게도 하시모토 다케시의 교수법은 매우 단순하면서도 파격적이었다. 나카 간스케라는 일본 작가의 자전적 소설 『은수저』(작은씨앗, 2012)를 3년 동안 읽는 것이 전부였기 때문이다. 교과서가 따로 없었다. 학생들은 교사가 직접 만든 학습 교재를 통해 작품과 관련된 여러 가지 정보를 습득하고 조별로 토론한 뒤 자기 생각을 글로 썼다. 국어가 모든 공부의 기본이고 국어 실력이 살아가는 힘이라는 자신의 지론을 실천하는 방식이 하시모토 다케시에게는 '슬로 리딩'이었다. "모르는 것 전혀 없이 완전히 이해하는 경지에 이르도록 책 한 권을 철저하게 음미하는" 지독遲讀과 미독味讀이 바로 슬로 리딩이다.

빨리 읽는 속독이 아니라 느리게 음미하면서 읽는 미독이 아이들의 미래를 바꾸는 가장 효과적인 독서법이었다는 사실은 생각해볼 만하다. 『독서력』의 저자이기도 한 사이토 다카시는 이 슬로 리딩에 대해 "걸어서 가는 소풍 같은 것"이라고 평한다. 버스를 타고 휙 지나가버리는 것이 아니라 길가에 피어 있는 꽃들에게도 눈길을 주며 한 발짝 두 발짝 걸음을 옮기는 산책 같은 소풍이 오히려 기억에 오래 남는 것과 마찬가지 이치라는 것이다. "빨리 달리는 사람은 넘어진다"는 셰익스피어의 경구는 독서에도 그대로 적용된다고 할 수 있을까. 물론 읽어야 할 책은 너무 많고, 그 책들을 모두 슬로 리딩으로 읽을 수는 없다. 하지만 슬로 리딩을 통한 배움의 경험이 없다면 독서는 후딱 지나가버린 인생만큼이나 빈곤할 듯싶다. 독서의 목적이 '읽어치우는 것'은 아니지 않은가.

대학원 시절에 내가 들은 놀라운 수업 가운데 하나는 오시프 만델스탐이라는 러시아 시인의 4행짜리 시 읽기였다. "나무에서 떨어지는 열매의 / 조심스럽고 둔탁한 소리 / 숲속 깊은 정적의 / 연이어 들려오는 선율 사이로……"가 시의 전문이다. 하지만 이 시에 반영된 시인의 시학을 포함하여 시의 이모저모를 철저하게 읽어나가는 데 3시간이 넘게 걸렸다. 옆길로 새는 것도 권장한 하시모토 다케시식 수업과는 달리 오직 이 한 편의 시에만 집중한 슬로 리딩 강의였다.

진정한 배움은 그런 수업을 통해서 이루어지는 것 아닌가. 우리의 교육 현장에서 슬로 리딩, '천천히 깊게 읽는 즐거움'을 더 많이 가르치면 좋겠다.

-〈경향신문〉(2012. 9. 7.)

독서의 입문과 조건

—

읽지 않은 책에 대해 말하는 법
피에르 바야르 지음, 김병욱 옮김
여름언덕, 2008

제목에 '입문'이라는 단어가 붙어 있는 책들이 있다. 입문서다. 또는 '개설'이나 '개론'이라는 말이 붙을 수도 있다. 그것도 입문서다. 입문서는 그 자체로 자기 존재를 증명하고 있기에 군말을 필요로 하지 않는다. 그 자체로 '닥치고 입문'이라고 웅변하고 있기에. 군림하고 있기에.

그런 당당한 입문서 옆에 '~하는 법'이라는 제목이 붙은 책들도 있다. 이 또한 입문서일 확률이 높다. 최소한 입문서 흉내를 내거나 입문서 행세를 하는 책들이다. 그런 종류 가운데 '서평가'의 위치에서 고른다면 단연 눈에 띄는 책은 피에르 바야르의 『읽지 않은 책에 대해 말하는 법』이다. 『여행하지 않은 곳에 대해 말하는 법』(여름언덕, 2012)도 펴낸 저자이니 이 방면으로는 뭔가 아는 저자다.

그는 단순히 '읽은 척 매뉴얼'을 제시하려는 것이 아니다. 『읽지 않은 책에 대해 말하는 법』에는 자못 진지한 문제의식이 바탕에 깔려 있다. 두 가지다. 먼저 독서와 비독서 사이의 경계가 모호하다는 점이다. 책을 '읽은 책'과 '읽지 않은 책'으로 구분하는 것은 단순한 이분법이다. 물론 불가능한 구분은 아니다. 하지만 분명 읽은 책이더라도 우리의 기억 속에서 사라진 책이 얼마나 많은가. 심지어 책을 읽는 과정은 이미 읽은 부분을 잊어가는 과정이기도 하다. 기억은 언제나 선별적이고 독서도 예외는 아니다. 그러므로 읽은 책에 대해 말할 때 우리는 얼마 동안 읽지 않은 책에 대해 말하는 셈이 된다. 솔직히 말해서 그렇다는 이야기다.

둘째, 책이 너무 많다는 점이다. 한 권의 책을 읽느라 다른 열 권의 책을 읽지 못하는 것이 오늘의 독서 현실이다. 이 경우에도 독서의 이면은 비독서다. 우리가 어떤 책을 읽기로 선택하는 것은 동시에 어떤 책들을 배제하는 것이다. 바야르는 비독서가 역설적으로 매우 적극적인 독서 전략이기도 하다고 말한다. 책을 전혀 읽지 않는 무독서와 다르게 비독서는 모든 책에 관심을 기울이기 위해 독서를 자제한다. 가령 350만 권의 장서를 알기 위해서 제목과 차례만을 읽는 한 소설 속 도서관 사서는 비독서의 실천가라고 할 수 있다.

독서와 비독서가 서로의 꼬리를 물고 있는 형국이라면 『읽지 않은 책에 대해 말하는 법』은 독서 입문서로도 활용 가능하다. 아무리 책을 많이 읽는 독자라도 기하급수적으로 쏟아지는 책들을 다 읽는 것은 불가능하다. 그러므로 독서의 조건은 비독서다. 그런 사실을 자각하도록 해주는 책이니 독서 입문서로도 단연 권할 만하다.

-〈GQ〉(2012년 9월호)

책은 여전히 우리의 미래다

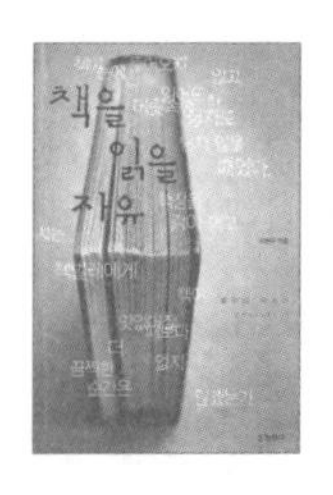

—

책을 읽을 자유
이현우 지음
현암사, 2010

굳이 해보지 않아도 아는 일이 있는 것처럼 굳이 읽어보지 않아도 어림할 수 있는 글이 있다. 서평가가 〈출판문화〉의 초대석 지면에 쓸 수 있는 글이 그런 종류일 것이다. 책을 읽자라는 빤한 이야기. 그렇다. 흥미로울 것이 전혀 없는 고정 레퍼토리다. 우리가 독서량 조사에서 매번 꼴찌를 맴도는, 다시 말해 어지간히 책을 안 읽는 국민이라는 것과 그런데도 책을 좀 읽어야 하지 않을까라는 염려 섞인 제안이 바로 그것이다. 이 글은 그런 기대에서 크게 벗어나지 않을 것임을 미리 밝혀둔다. 늘 반복하는 주장에 한두 마디 더 얹을 수 있다면 나로서는 최선이라 할 수 있다.

책이 '거의 모든 것'이라고 생각하는 축에 속하지만 그렇다고 책에 대한 열혈 신자는 아니다. '독서 천국 비독서 지옥'을 설파할 생각은 없다는 이야기다. 책에서 배운 것인지는 몰라도 내 나름으로는 관용적이다. 다른 가능성에 대해서도 얼마든지 고려한다. 어떤 가능성인가. 어차피 책과 담을 쌓기로 한 것이 우리의 결연한 태도이자 문화라면(이건 '비독서문화'라고 해야겠다), 그리고 책을 읽지 않는 것이 우리가 가장 잘할 수 있는 일 가운데 하나라면 그런 '장기'를 살리는 것도 한 가지 방책은 되지 않겠느냐는 것이다. 자문해보자. 잘하지 못하거나 별로 하고 싶지 않은 일을 억지로 해서 좋은 결과를 얻은 경우가 과연 얼마나 되나. 다른 선택지에 대한 기회비용까지 계산하면 역시나 좋은 선택은 아니었다는 결론이 나올 것이다. 소질이 없다면 일찍 접는 것도 차선은 된다. 어쩌면 한국인에게 독서도 그런 '없는 소질'은 아닐까.

우리는 예부터 책읽기를 즐겨온 자랑스러운 전통을 갖고 있다고도 말한다. 일리가 있지만 딱히 맞는 말도 아니다. 무武보다 문文을 숭상했던 조선의 선비들이 그 전통의 주역일 터이지만 문제는 책을 읽을 줄 아는 선비들이 결코 전체 인구의 다수는 아니지 않았느냐는 반론이 가능하기 때문이다. 일제강점기 때 식민지 조선의 문해율이 30퍼센트를 넘지 않았다면 조선의 문해율 인구가 그보다 높았을 가능성은 희박하다. 즉 아무리 한쪽에는 독서를 즐기는 선비들이 있었다 해도 인구의 절대다수는 책과는 거리가 먼 문맹이었을 것이다. 책을 읽어온 내력 못지않게 안 읽어온 내력도 무시 못 한다고 해야 온당하다.

물론 문해율만 놓고 보면 사정은 달라진다. 어려운 한문 대신에 한글을 쓰게 된 덕이 크지만 오늘날 한국인의 문해율은 세계 최고 수준이다. 곧 한글 문장을 읽지 못하는 한국인은 거의 없다고 해도 무방할 정도다. 30퍼센트 미만이던 문해율 인구가 거의 100퍼센트에 육박한다고 하면 말 그대로 뽕나무밭이 푸른 바다로 변한 수준이다. 그렇다. 나름 대단한 일이고 자부심을 가질 만하다. 그런데 그런 자부심을 갖고 자기도취에 빠지지 않으려면 한 가지 의문도 해결해야 한다. 어째서 그처럼 높은 문해율에도 한국인의 독서량은 형편없이 낮은가라는 의문이다.

나는 두 가지 답변이 가능하다고 생각한다. 먼저 어떤 이유에서인지는 불분명하지만 우리가 분명 책을 읽을 수 있는데도 읽지 않기로 작정했다는 것이다. 운전면허를 갖고 있지만 운전을 하지 않는 사람이 있고, 가수 뺨치는 소질을 갖고 있지만 노래만은 극구 사양하는 사람도 있다. 마찬가지로 마음만 먹으면 언제든지 책을 읽을 수 있지만 다른 일에 손댄다는 것이다. 그것이 개인적인 선택이라면 얼마든지 가능한 일이겠으나 집단적으로 그런 선택을 했다고 하면 그 이유는 연구 과제다. 그리고 또 한 가지 답변은 문해력이 곧바로 독서력, 곧 책을 읽을 수 있는 능력을 보증해주는 것이 아니라는 점이다. 다시 말해 문해력과 독서력이 일치하는 것은 아니라는 점이다. 그래야 높은 문해율과 낮은 독서량 사이의 불일치가 설명된다. 이 경우 사람들은 책을 안 읽는다고 생각할지 모르지만 실상은 책을 읽을 능력이 부족해서 못 읽는 것이 된다. 어느 쪽이 진실에 가까울까?

만약에 전자라면, 즉 모두 책을 읽을 수 있지만 여러 가지 이유로 읽지 않는 것이라면 문제의 해법은 관심을 독서로 돌리게끔 하는 것이다. 어떤 유인책이 효과적일지는 궁리해야겠지만 해법 자체가 복잡한 것은 아니다. 물을 먹이려면 말을 강가로 데려가야 하듯이 어떻게든 책을 접하기 쉬운 곳으로 자주 데려가다보면 어느 시점에서인가 국민의 절대다수가 '독서 국민'으로 탄생하는 기적이 연출될지도 모를 일이다. 하지만 만약 후자라면, 즉 문해력은 습득했지만 독서력이 갖추어지지 않아 책을 못 읽는 것이라고 한다면 문제는 조금 복잡하다. 일단 책은 언제든 마음만 먹으면 읽을 수 있다는 착각에서 벗어나야 한다. 우리가 책을 안 읽는 것이 아니라 못 읽는 것이라는 현실 직시가 필요하다. 그리고 그다음 단계에서 독서력을 갖추기 위한 독서가 이루어져야 한다.

그나마 다행스러운 것은 독서력을 갖추는 일이 대단한 수고를 요하는 힘든 일이 아니라는 점이다. 비유컨대 그것은 반복적인 독서를 통해서 우리 뇌에 '독서 근육'을 만드는 일에 해당한다. 꾸준한 운동이 우리의 근력을 키워주는 것과 마찬가지로 꾸준한 독서는 우리의 독서 근육을 발달시킨다. 책은 기분으로 읽는 것이 아니라 근육으로 읽는 것이다. 얼마만큼의 독서량이 있어서 독서 근육이 만들어지는가에 대해서는 확정적으로 말할 수 없지만 대략 150권의 독서가 권장된다. 1, 2년, 또는 길게 잡아도 3, 4년에 걸쳐서 그 정도 분량의 책을 읽는다면 자연스레 독서 근육이 길러질 수 있다. 그리고 한 번 독서 근육이 만들어지면 독서는 한결 수월하고 재미있는 일이 될 것이다. 이 경우에도 선후관계는 바뀔 수 있다. 책은 재미있어서 읽는다기보다는 읽다보면 재미있어진다.

독서력을 갖춘 독서 국민이 되는 방도에 대해 이야기했는데, 다시 원점으로 돌아가면 왜 굳이 그래야 할까라는 회의도 검토해보아야 한다. 성인의 1년 평균 독서량이 열 권에도 미치지 못하는 현실에서 온 국민이 책을 읽는 '독서 강국'으로 가는 길은 멀고도 험한 여정일 수밖에 없다. 왜 그런 고난을 감수해야 하는가. 몇몇 선진국의 사례가 있다손 치더라도 우리의 형편과 소질을 고려하지 않고 무작정 따라하기에 나서는 것은 몰주체적 행태 아닌가. "귤이 회수를 건너면 탱자가 된다"는 말이 있듯이 남의 나라의 좋은 문화가 항상 우리에게도 좋은 문화가 되는 것은 아니다. 다른 나라의 훌륭한 도서관 시설과 독서문화가 부럽다고 하지만 과거에 우리가 토착 민주주의라고 불렀던 '한국형 민주주의'가 따로 있었던 것처럼 한국형 '비독서문화'도 충분히 가져봄직하다. 어쩌면 그것이 '한강의 기적'을 낳은 성공 신화의 밑바탕이었는지도 모를 일 아닌가.

나로서는 이런 회의도 충분히 가능하다고 생각한다. 세계에서 최초로 금속활자를 발명했다고는 하지만 우리에게 그 용도는 '똑똑한 백성'을 만드는 데 있지 않았다. 책을 널리 보급하여 누구라도 책을 읽을 수 있는 사회를 만드는 것이 우리의 이상도 아니었다. 책을 읽어온 내력보다 안 읽어온 내력이 양적으로는 오히려 더 본질적인지도 모른다. 그런데도 책을 읽자고 제안한다면 뭔가 대단한 비전이라도 제시해야 할 듯싶지만 나의 동기는 소박하다. 우리가 잘 안 해본 것을 한번 해보자는 것이다.

책을 안 읽는 것은 너무나도 오랫동안 줄기차게 해왔다. 비독서가 우리의 적성에 맞는지도 모르겠다. 그뿐 아니다. 책을 직접 구매한 독자의 경우도 대략 15퍼센트만 완독한다고 하니 우리의 비독서는 상당한 스펙트럼을 자랑한다. 책이 없어서 안 읽을뿐더러 있어도 안 읽는 것이니 말이다. 그렇기 때문에 식상하다. 여전히 책을 읽는 사람이 신기하다고 생각할 것이 아니라 꾸준히 책을 읽지 않는 사람이 식상하다고 생각해보는 것은 어떨까. 그래서 조금 덜 식상한 선택을 해보는 것은 어떨까. 그래서 놀라운 반전의 드라마를 써보는 것은 어떨까. 한국인들이 책을 읽기 시작했다는 드라마!

이것은 아주 이상한 드라마가 아니다. 디지털시대의 구루였던 스티브 잡스의 사례만 하더라도 그렇다. 잡스는 애플사의 아이패드가 출시되던 날 아이들의 반응은 어떠냐는 기자의 질문에 자기 아이들은 써본 일이 없다고 대답했다. 그는 아이들과 식탁에 앉아 책과 역사에 대한 대화를 나누는 것을 선호했다. 그가 아이들에게 권한 것은 아이패드가 아니라 책이었다. 인터넷시대에 책은 너무 낡은 것 아니냐는 낡은 생각을 뒤집을 필요가 있다. 독서 국민은 우리가 아직 한 번도 경험해보지 못한 것이며 책은 여전히 우리의 미래다.

-〈출판문화〉(2014년 10월호)

불량한 책이거나
불필요한 책이거나

가토 슈이치의 독서만능
가토 슈이치 지음, 이규원 옮김
사월의책, 2014

독서의 방법 또는 기술에 관한 책을 종종 읽는 편이다. 독서에 관한 독서가 되는 셈인데, 혹 별다른 것이 있을까 궁금해서이기도 하고 독서법에 대한 질문을 받을 때 알맞은 대답을 준비하기 위해서이기도 하다. 『가토 슈이치의 독서만능』에 눈길이 간 것도 그런 이유에서다. 원제가 『독서술讀書術』인 만큼 독서 고수인 저자가 말 그대로 독서의 기술을 전수하고자 한 책이다.

'일본을 대표하는 지식인'임을 확인시켜줄 만큼 책들이 소개된 것은 아니지만 가토 슈이치는 『일본문학사 서설』(시사일본어사, 1995), 마루야마 마사오와의 대담집 『번역과 일본의 근대』(이산, 2000) 등의 저서를 통해 우리와는 구면인 저자다. 게다가 1962년 첫 출간 이후 저자의 최대 베스트셀러로서 30년이 지난 1992년에 이와나미판으로 재출간되기까지 한, 일본의 대표 독서술이라고 하니 독서의 동기로는 충분하다. 어떤 '노하우'를 일러주는가.

먼저 책에 대한 두 가지 핵심 질문부터 살펴보자. '어떤 책을 읽어야 좋을까'와 '어떻게 읽을 것인가'라는 질문이다. 저자는 어떤 사람에게 프러포즈를 할 것인가에 대해 일반적으로 이야기할 수 없듯이 무엇을 읽어야 하는가라는 문제에도 일반론이 성립할 수 없다고 말한다. 대신에 프러포즈에 온갖 수단과 방법이 있는 것처럼 어떻게 읽을 것인가라는 문제에 대해서는 이런저런 방법을 제시해볼 수 있다는 것이다. 오랫동안 닥치는 대로 책을 읽어온 저자가 독서술에 대해 몇 마디 거들게 된 근거다.

느리게 읽는 '정독술'과 빨리 읽는 '속독술'은 우리가 흔히 아는 독서법이다. 책에 따라 느리게 읽기와 빨리 읽기를 적절하게 선택하거나 병행해야 한다는 조언까지는 딱히 새로울 것이 없다. 저자의 개성이 드러나는 부분은 '책을 읽지 않는 독서술'과 '외국어 책을 읽는 독해술'을 말하는 대목에서다. '책을 읽지 않는 법'이 '책을 읽는 법'보다 훨씬 중요한 것은 사실 너무 많은 책이 있는 반면에 읽을 시간은 부족하기 때문이다. 100권 가운데 한 권의 책을 읽는다는 것은 나머지 99권의 책을 읽지 않아야 가능하다. 목적에 맞는 특정한 책을 고른 다음에는 나머지 책을 깨끗이 무시하는 것이 '책을 읽지 않는 법'의 핵심이다.

물론 읽지 않는다고 해서 몰라도 된다는 말은 아니다. 서평이나 초록이 책의 내용을 대강 알아보려고 할 때 도움이 된다. 다양하고 깊이 있는 서평문화가 필요한 것은 그 때문이다. 거기서 한 걸음 더 나아가 저자는 읽지 않은 책을 읽은 척하는 '지적 스노비즘'도 중요하다고 말한다. 지적 스노비즘은 "어차피 나는 바보니까"라는 '어차피 바보이즘'의 반대다. 미국에서 위세를 떨쳤던 매카시즘도 '어차피 바보이즘'을 정치적으로 동원한 결과라는 저자의 시각에서 보면 문제는 스노비즘이 아니라 바보이즘이다. 게다가 "읽지 않은 책을 읽은 척하다 보면정말로 읽어볼 기회도 늘어나기 마련이다."

'외국어 책을 어떻게 읽을까'라는 문제를 다루는 시각도 흥미롭다. 외국어를 한두 개 정도 꽤 잘하면서도 외국어 책을 읽는 데는 어려움을 겪는 독자들을 위한 조언이다. 원칙은 간단명료하다. 필요한 책을 읽으라는 것과 쉬우면 쉬울수록 좋다는 것이다. 가령 핵무기 금지에 관심이 있는 독자라면 핵무기에 반대하는 버트런트 러셀의 에세이를 빅토리아시대 영국 소설보다 더 흥미롭게 읽을 수 있다. 그것이 더 흥미로운 것은 자신에게 더 필요한 내용을 담고 있어서다.

어려운 책을 대하는 저자의 자세도 배워둘 만하다. 그에 따르면 어려운 책 가운데 문장 자체에 문제가 있다거나 저자가 횡설수설하는 책은 '읽을 필요가 없는 책'으로 일단 제쳐놓아야 한다. 그래도 이해하기 어려운 책은 언어와 경험의 부족에서 비롯되므로 단어의 개념을 자기 것으로 만들어가는 노력과 경험의 축적이 필요하다. 이 또한 절실한 필요가 뒷받침된다면 넘기 어려운 장애물은 아니다. 독서 고수의 명쾌한 단언은 이렇다. "요컨대 나에게 어려운 책은 불량한 책이거나 불필요한 책이거나 둘 중 하나다."

-〈시사IN〉(2014. 8. 30.)

2.

소중한 책 한 권만 있으면 된다

요나손이 그려낸
독서의 힘

—

창문 넘어 도망친 100세 노인
요나스 요나손 지음, 임효경 옮김
열린책들, 2013

스웨덴 작가 요나스 요나손의 베스트셀러 『창문 넘어 도망친 100세 노인』의 주인공 알란 칼손은 매우 낙천적인 인물이다. 그가 낙천적인 것은 모든 것이 다 잘될 거라는 기대를 가져서가 아니라 인생에서 별로 바라는 것이 없어서다. 누워 잘 수 있는 침대와 세끼 밥과 할 일, 그리고 이따금 목을 축일 수 있는 술 한 잔 정도라면 그는 모든 것을 견딜 수 있으리라고 생각한다. 그러잖아도 파란만장한 인생 경험의 소유자인 그가 소련의 강제수용소 생활에도 적응할 수 있었던 것은 그런 태도 덕분이었다. 비록 5년 넘게 술을 마시지 못하는 바람에 결국에는 떠날 결심을 하게 되지만 알란에게 강제수용소의 나날은 특별히 불만스러울 것이 없었다. 규칙적인 일과에다 식사량이 충분했기 때문이다. 무엇이 더 필요하단 말인가.

어떤 이에게는 일용할 양식으로 세 끼의 식사와 한 권의 책이 필요하다고 하겠지만 부모를 일찍 여의고 3년밖에 학교에 다니지 않아 기본적인 읽기와 쓰기만을 배운 알란에게 책에 대한 갈증은 그와 무관했다. 대신에 한 잔의 포도주면 족했다. 그는 노동자계급 출신으로 부르주아를 타도하기 위해 러시아로 떠났다가 객사한 아버지와도 전혀 닮지 않았다. 그의 아버지는 짧은 인생을 살면서 여러 번 정치적 입장을 바꾸었는데, 사회주의자로 러시아에 가서는 엉뚱한 지인들을 만나 차르의 숭배자가 되었다가 종국에는 토지 소유를 금지한 레닌과 부동산 분쟁을 벌이다 생을 마감했다. 알란은 아버지를 반면교사로 삼아 정치적 신념을 가진 이들을 모두 한통속으로 보며 혐오했다. 도대체 이념이 무슨 소용이란 말인가.

폭약 제조와 폭파 전문가인 알란은 에스파냐 공화주의자인 친구를 따라서 에스파냐로 갔지만 세상을 바꾸는 일은 그의 관심사가 아니었다. 다만 따로 친구가 없었을 뿐인데, 정작 파시스트를 박살내자던 그의 친구는 에스파냐 내전이 터지자마자 처음 발사된 박격포탄에 목숨을 잃었다. 어이없는 죽음이었고, 알란은 더더욱 혁명 따위에는 무관심해졌다. 심지어 그는 공화파의 적인 프랑코 총통의 목숨을 의도치 않게 구하는 바람에 은인으로 환대까지 받았다. 푸짐한 식사와 포도주를 마음껏 제공받은 것이다. 이어지는 알란의 삶은 이런 우여곡절과 해프닝의 반복이었다. 그와 함께 한 세기의 역사가 흘러갔다.

그리고 마침내 100세를 맞은 알란은 생일 파티를 피해 양로원 창문 밖으로 도망쳤다. 예기치 못한 일들의 연속 끝에 그는 인도네시아의 발리섬에서 사랑하는 여인 아만다를 만나 마지막 행복한 여생을 맞이한다. 알란과 아만다의 결합은 종교와 이념에 관한 이야기라면 알레르기 반응을 보이는 사람과 이념이라는 말의 뜻조차 모르는 사람의 이상적인 결합이다. 작가 요나손은 이런 결말을 통해 이념과 극단적 대립의 시대였던 20세기와 어떻게 작별할 것인가라는 문제를 유쾌하면서도 통렬하게 제시한다. 그렇다. 인생에서 중요한 것은 알란처럼 그냥 살아남는 일인지도 모른다.

사실 알란은 사람들이 그토록 서로를 죽이려고 애쓰는 이유도 이해하지 못한다. 진득하게 기다리면 결국은 다 죽게 되지 않느냐는 것이 그의 생각이니 말이다. 단순하지만 일리가 있는 지혜다. 알란은 굳이 책을 두루 섭렵하지 않더라도 그런 지혜에 일찌감치 도달한다. 알란의 모범을 따르자면 인생에서 책은 있어도 그만, 없어도 그만인 것으로 보인다. 하지만 요나손 자신은 이 작품을 쓰기 위해 광범위한 자료조사를 하고 굉장히 많은 책을 읽었다. 독서의 유익함에 대해 군말을 덧붙이고 싶지 않다. 그의 독서가 없었다면 유쾌한 알란의 삶은 그려지지 않았을 것이다. 독서가 없다면 우리는 알란의 삶과 만나지 못했을 것이다. 알란이 한 잔의 술을 마실 때 우리에게 필요한 것은 한 권의 책이다.

-〈방송대신문〉(2015. 6. 1.)

공무원이 문학을 읽어야 하는 이유

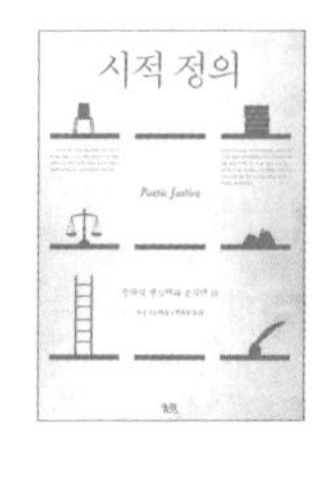

—

시적 정의
마사 누스바움 지음, 박용준 옮김
궁리, 2013

얼마 전 지방도시에 내려가 공무원들을 대상으로 러시아문학 고전에 대한 강의를 했다. 통상 그런 연수 프로그램에는 독서의 효용이나 방법에 대한 강의가 포함되지만 러시아문학에 대한 강의 요청은 의외였다. 『죄와 벌』이나 『안나 카레니나』를 진지하게 읽는 공무원이라고 하면 조금 특이하게 생각하는 것이 우리 사회의 통념 아닐까.

그런 강의의 서두에 인용했다면 좋았을 책이 마사 누스바움의 『시적 정의』다. "문학적 상상력과 공적인 삶"이 부제여서 더할 나위 없다. 미국의 저명한 고전학자이자 법철학자인 저자는 "공적인 시"가 필요하다는 월트 휘트먼의 말에 공감하며 우리의 공적 삶에 문학적 상상력이 개입해야 할 필요성을 역설한다. 옹호의 근거는 간명하다. 직역하면 "그것이 우리와 동떨어진 삶을 살아가는 타인의 좋음에 관심을 갖도록 요청하는 윤리적 태도의 필수적인 요소"라고 보기 때문이다. 거꾸로 그런 상상력을 함양하지 않는다면 사회정의로 이어지는 필수적인 가교를 잃게 될 거라는 것이 그의 생각이다.

시카고대 로스쿨에서 '법과 문학'을 강의한 경험에 토대를 둔 이 책에서 누스바움은 주로 찰스 디킨스의 소설 『어려운 시절』을 사례로 활용한다. 흥미롭게도 이 소설에 등장하는 교장 선생님 그래드그라인드는 교육자이자 경제학자로서 계산만을 중요시하고 감정과 상상력 따위는 쓸모없는 것이라고 생각한다. 그가 보기에 문학은 인간의 복잡한 삶을 '도표 형식'으로 나타내려고 애쓰는 정치경제학의 적이다. '쓸데없는' 이야기책은 사람들을 공상에 빠뜨리게 하고 비합리적 행동으로 내몰 수 있다. 좁은 의미의 경제적 합리성이라는 관점에서 볼 때 문학과 문학적 상상력은 쓸모없고 위험하다.

하지만 그래드그라인드의 생각과는 정반대로 누스바움은 이야기책이 공적 합리성 교육에 필수적이라고 본다. 공적 영역이란 무엇인가. 재판관이 판결을 내리고 입법자가 법을 제정하며 행정부에서는 다양한 정책을 입안하고 실행하는 공간이다. 소설에서는 특이한 인물로 비치는 그래드그라인드식의 공리주의적 관점과 경제적 비용편익 분석이 이 공적 영역에서는 오히려 표준화되어 있다. 국책사업 대부분이 점수화된 사업 타당성 조사를 통해 결정되는 것이 우리의 현실 아닌가. 문학이 이런 영역에서 과연 어떤 힘을 발휘할 수 있을까.

핵심은 그래드그라인드식 시각이 제대로 보지 못하는 것을 보게 해준다는 데 있다. 공리주의적 계산과 경제학적 사유는 인간 존재의 개별성과 내면적 깊이, 그리고 희망, 사랑, 두려움 따위를 보지 못한다. 의미 있는 삶이 어떤 것인지 알지 못한다. 반면에 문학, 특히 소설은 하나의 이야기를 통해 독자로 하여금 등장인물과 관계를 맺게 하고, 그들의 계획과 희망, 공포를 공유하면서 삶의 복잡한 일들을 풀고자 하는 그들의 노력에 동참하게끔 한다. 그래드그라인드의 관점에서 볼 때 소설이 '형편없는 경제학'이라면, 소설의 관점에서 볼 때 그래드그라인드식의 경제학은 '형편없는 소설'이다.

소설을 읽음으로써 우리는 "내가 속한 사회적 계급의 구성원만이 아닌 다른 동등한 인간 존재를 인식할 수 있게 해주며, 노동자들도 복잡한 사랑의 감정과 소망 그리고 풍부한 내적 세계를 가진 사려 깊은 존재들이라는 것을 받아들일 수 있게" 된다. 이런 사실을 놓치는 과학이라면 그것이 아무리 정교하다 하더라도 매우 미흡하며 부적절한 과학일 수밖에 없다. 숫자와 도표로 채워진 보고서만 읽고 판단하는 대신에 소설을 읽어야 하는 이유다. 소설을 읽는 공무원들을 응원한다.

-〈시사IN〉(2013. 10. 12.)

마키아벨리에게 배우는 독서

유혹하는 책 읽기
앨런 제이콥스 지음, 고기탁 옮김
교보문고, 2014

독서에 대한 유명한 문구나 일화를 남긴 저자가 많이 있다. 그래도 그 가운데 마키아벨리의 이름을 발견한다면 다소 의외일지 모르겠다. 『군주론』의 저자 말이다. 권모술수의 대명사로 오해받아왔지만 위대한 정치사상가로 한창 재조명되고 있다. 위대한 정치사상가라는 타이틀에 견주면 사소하지만 그는 위대한 독서가이기도 했다. 1513년 마흔네 살에 쓴 한 편지에서 그는 저녁에 귀가하여 서재로 들어가는 모습을 이렇게 묘사한다. "문가에 그날 입었던 진흙과 진창으로 더럽혀진 옷을 벗어두고, 위풍당당한 궁정풍의 옷을 입지."

마키아벨리에게 서재는 고대의 대가들을 만날 수 있는 고대 궁전이다. 고대의 대가들을 더럽혀진 옷을 아무렇게나 입고서 만날 수는 없는 노릇이다. 궁전에 초대받은 기분으로 입성하려면 최대한 격식을 갖출 필요가 있다. '위풍당당한 궁정풍의 옷'은 그래서 필요하다. 대가들과 만찬을 나누며 그들과 같은 수준의 고담준론을 나누기 위한 '드레스 코드'다.

서재에서, 아니 궁전에서 마키아벨리는 무엇을 하는가. 일단은 따뜻한 환대를 받으면서 품위 있는 식사를 한다. 끼니를 때우는 식사가 아니라 나름대로 잘 준비된 식사여야 한다. 그리고 대가들과 서슴없이 대화를 나눈다. 옆에서 지켜본다면 대화라는 것은 책장을 이곳저곳 펼치는 것이겠지만 마키아벨리는 독서를 대가들에게 질문을 건네고 그들의 대답을 경청하는 과정으로 이해한다. 이 과정은 그에게 더할 나위 없는 만족감을 가져다준다. 그는 이렇게 적는다. "그곳에 머무르는 4시간 동안 나는 지루함을 전혀 느끼지 않고, 모든 고통을 잊어버리고, 빈곤을 두려워하지 않으며, 죽음도 두려워하지 않는다네."

이 정도면 역사에 남을 만한 독서 아닐까. 마키아벨리를 오늘날에도 독서가의 모범으로 삼아야 할지는 모르겠지만 우리 주변에서 점점 찾아보기 어려운 모습인 것만은 분명하다. 조건도 충족되어야 한다. 궁전에 견줄 만한 자기만의 서재가 있어야 하고, 저자들에 대한 상당한 존경심을 갖고 있어야 하며, 그들과 어울릴 자격이 있다는 자부심도 가져야 한다. '죽음도 두려워하지 않는' 독서의 비결이다. 물론 우리와는 아무 상관 없어 보이는 비결이다.

이제는 새로운 소식도 아니지만 한국은 '책 안 읽는 사회' 또는 '독서 안 하는 나라'의 대명사가 되어가고 있다. 먹고살 만한 수준의 나라들의 독서량 조사에서 매번 꼴찌를 도맡고 있다. '2013년 국민독서실태조사'에서도 20대 이상은 연간 9.2권을 읽었다. 평균 '한 달에 한 권'에도 못 미치는 수치다. 글을 읽을 줄 아는 인구의 비율이 가장 높은 축에 속하는 나라이면서 성인 독서량이 이토록 저조한 나라는 전 세계에 다시 없다. '책을 가장 적게 읽기' 월드컵이라도 있다면 막강한 우승 후보다. 문제는 그래도 좋은가이다.

우리에게 다소 위안이 되는 이야기일지 모르겠지만 독서를 많이 한다고 해서 더 훌륭한 인격을 갖게 되는지는 확실하지 않다. 유대인 학살을 자행한 나치의 수용소에서도 독일군 사령관은 틈나는 대로 괴테를 읽고 있었다고 하니 독서의 효과는 분명 제한적일 것이다. 일찍이 책은 거울과 같기 때문에 "거울에 당나귀를 비추면서 성직자의 모습이 나타나기를 기대할 수 없다"고 일갈한 과학자도 있다. 하지만 그런데도 나는 '책을 읽는 당나귀'가 좀더 나은 선택이라고 믿는다. 적어도 '책을 읽을 자유'는 갖기 때문이다. 이 자유는 권리의 의미도 갖는다.

마키아벨리의 독서론이 시사하듯이 우리는 이 독서를 통해 고대의 대가들뿐 아니라 온갖 지식의 거장들, 지혜의 현인들과 만날 수 있다. 당장 다음달 방한이 예정되어 있는 프란치스코 교황의 책도 많이 나와 있기에 직접 바티칸을 방문하지 않더라도 그의 생각과 메시지를 접할 수 있다. 교황도 단테의 『신곡』은 물론 톨킨의 『반지의 제왕』까지 섭렵한 상당한 독서가다. 독서를 통해서라면 교황과도 마주앉아 질문과 대답을 주고받을 수 있는 기회가 활짝 열려 있다. 그런 기회를 아낌없이 걷어찬다면 그냥 '당나귀 인증'이라고 할 수밖에 변명의 여지가 없다. 그래도 좋다면야!

-〈중앙일보〉(2014. 7. 29.)

소중한 책
한 권만 있으면 된다

—

책으로 가는 문
미야자키 하야오 지음, 송태욱 옮김
현암사, 2013

오랜만에 어린이책을 손에 들었다. 전에 읽은 책이 기억나지 않을 만큼 오랜만이다. 일본 애니메이션의 거장 미야자키 하야오의 『책으로 가는 문』. 애니메이션을 즐겨보는 편은 아니어서 개인적으로 미야자키 하야오에 대해 특별한 기억을 갖고 있지는 않다. 그런데도 TV 만화 〈미래소년 코난〉을 보고 자란 세대이니만큼 빚이 없는 것은 아니다. 게다가 '거장'이 고른 어린이책 목록에 대한 관심도 이 얇은 책에 대한 독서를 부추겼다.

정확히 말하면 '어린이책에 관한 책'이다. 이와나미 소년문고 400여 권 가운데 50권을 골라서 추천사를 쓰고 미야자키 하야오 자신의 어린 시절 독서 경험 등을 덧붙였다. '이와나미 소년문고'는 1950년에 창간되었다고 하는데, 일본의 대표적 아동문학 총서인 듯싶다. 1941년생인 미야자키 하야오도 1950년대 언제쯤 이와나미 문고를 읽기 시작했다고 한다. 하지만 책을 아주 많이 읽은 것은 아니라고 한다. 어린이문학과의 본격적인 만남은 대학에 가서 이루어진다. 만화연구회에 들어가고 싶었지만 그런 동아리가 없어서 들어간 곳이 어린이문학연구회다. 그는 거기서 '읽지 않으면 안 된다'는 각오로 책을 읽는다. 당시에는 교양에 대한 강박관념이 아직 남아 있어서 '이 정도는 읽어야 한다'는 책 목록이 길게 나열되어 있었다. 하지만 너무 어렵고 난해한 책들의 틈바구니에서 고생하다가 자신의 기질에는 어린이문학이 맞는다는 것을 비로소 발견한다.

미야자키 하야오가 생각하는 어린이문학의 의미란 무엇인가. 흥미로운 정의를 내리는데, 그에 따르면 "어찌할 도리가 없다. 이것이 인간이라는 존재다"라고 인간에 대해 엄격하고 비판적인 문학과는 달리 어린이문학은 "살아 있어 다행이다. 살아도 된다"는 응원을 보내는 문학이다. 그 밑바탕에 깔려 있는 태도는 '다시 해볼 수 있다'는 긍정이다. "아이들에게 절망을 말하지 마라"라는 뜻이라고 그는 덧붙인다. 평소에는 허무주의나 염세주의를 입에 달고 다니는 사람일지라도 아이들 앞에서는 "너희들이 태어난 건 다 쓸데없는 일이야"라는 식으로 말하기는 어려울 것이라고 한다. 즉 경계하는 마음을 갖게 되는 것이다. "아이들이 주위에 없으면 그런 마음을 금방 잊어버리지만, 제 경우는 이웃에 보육원이 있으므로 내내 그렇게 생각할 수밖에 없습니다"라는 고백이 거장다운 유머다.

어린이란 어떤 존재인가. 미야자키 하야오가 보기에는 무엇보다도 부모의 보호가 필요한 존재다. "때가 올 때까지 아이는 제대로 부모의 보호 아래 있어야 합니다"라는 것이 그의 지론이다. 곧 부모를 믿지 못하고 서둘러 성장하는 것보다는 의존하는 편이 더 낫다는 것이다. 인생 수업을 거쳐서 어른으로의 성장과 자립을 중요시하는 독일식 교양소설과 어린이문학은 그래서 다르다. 미야자키 하야오는 의존을 인정하지 않으면 아이의 세계를 이해할 수 없다고까지 딱 잘라 말한다. 그가 생각하기에 아이는 현명해지는 만큼 또 몇 번이고 바보 같은 짓을 할 수 있으며, 아이에게는 거듭 바보 같은 짓을 할 권리가 있다. 미야자키 하야오의 세계를 구성하는 세계관이 어떤 것인지 짐작하게 해주는 대목이다.

'책에 관한 책'이니만큼 저자의 독서론도 눈여겨볼 만한데, 먼저 미야자키 하야오는 책을 아무리 놓아두어도 아이들은 읽지 않는다고 한다. 책을 주변에 쌓아두면 자연스레 아이가 읽을 것이라는 기대는 순진한 생각이라는 것이 그의 경험담이다(많은 부모가 동감할 수 있을 것이다). 그렇다면 어떻게 해야 할까. 뭔가 거장다운 비책을 기대한 독자라면 조금 맥이 빠지는 답변이겠지만 미야자키 하야오는 책을 읽는다고 다 좋은 것도 아니지 않으냐고 말한다. 무슨 효과 때문에 책을 읽히는 것은 의미가 없다는 뜻이다. 대신에 더없이 중요한 것은 '역시 이것'이라고 할 만큼 아주 소중한 의미를 갖는 책 한 권을 만나는 일이라고 한다. 그렇게 만난 책 한 권이 아이들의 인생을 바꾸게 될 것이다. 그가 추천한 50권의 어린이책은 그 후보 도서로서 의미를 갖는다고 할까. 우리 아이들의 책장에 그런 책이 꽂혀 있는지 살펴볼 일이다.

-〈주간경향〉(2013. 9. 10.)

“무엇보다도,
종이를 존중하시오!”

페이퍼 엘레지
이언 샌섬 지음, 홍한별 옮김
반비, 2014

책을 읽는 사람들에게는 물과 공기처럼 필수적이지만 지나치는 물건이 있다. 바로 종이다. 책장 가득 꽂혀 있는 책들이 사실은 모두 '종이책'이건만 그냥 책이라고 말할 때처럼 종이는 생략되고 숨겨진다. 그러는 사이에 전자책이 등장하면서 종이책 시대는 지나갔다는 말도 나돈다. 개인적으로는 종이책이 언제까지나 우리 곁에 남을 것이라고 믿지만 혹 전자책의 역사가 전면화된다면 그것은 종이의 역사와 책의 역사가 결별하는 시대사적 의미도 갖게 될 것이다. 역설적으로 그때 비로소 종이의 존재감이 확실해질 수 있을까. 이달에는 종이의 역사를 다룬 책을 몇 권 읽음으로써 너무 흔하기에 그 소중함이 잊혀온

종이에 대한 합당한 존중을 표하고자 한다.

이언 샌섬의 『페이퍼 엘레지』가 '인트로'가 될 만하다. "감탄과 애도로 쓴 종이의 문화사"가 부제인데, '엘레지'나 '애도'라는 말에는 종이의 시대가 저물어간다는 인식이 깔려 있다. 하지만 저자는 종이의 죽음이라는 말이 과장되었음을 보여주기 위해 책을 썼다고 말한다. 그가 주안점을 둔 부분은 애도가 아니라 감탄이다. 그는 종이가 없다면 우리는 아무것도 아니며 우리 존재 자체가 종이와 같다고까지 말한다. 비단 책을 두고 하는 말은 아니다. 우리의 삶은 그보다 훨씬 더 광범위하게 종이와 밀착되어 있다.

예컨대 "태어나면 출생증명서가 나온다. 학교에서 이런 증명서를 더 모으고, 결혼할 때 한 장 더 생기고, 이혼할 때 또 생기고, 집을 사거나 죽을 때도 생긴다. 우리는 인간으로 태어나지만 끝없이 종이가 되고, 종이가 우리가 되고, 우리의 인공피부가 된다. 우리의 존재가 곧 종이다." 그러니 잠깐이라도 종이가 사라진다고 상상해보라. 무엇을 잃게 될까? 저자는 '모든 것'이라고 답한다. 그렇다면 종이에 대한 애도는 아직 이른 것이라고 해야 할까.

'종이의 문화사'이자 '종이박물관'을 자임하는 이 책에서 흥미를 끄는 한 가지 주제는 '종이와 정치'다. 종이는 선전 전단으로도 활용되지만 무엇보다도 신분증명서에 이용된다. 종이(신분증)는 우리를 읽을 수 있는 존재로 만들면서 동시에 지울 수 있는 존재로 만든다. 신원을 확인할 수 있는 문서로 외교부에서 발행하는 형태의 여권은 19세기에 등장했는데, 해외 여행자라면 이 여권을 단순한 종이쪼가리라고 생각할 수 없을 것이다. 여권은 자유롭게 여행할 수 있게 해주는 증서이자 국적을 입증하는 문서다. 국적과 관련하여 때로는 여권이 폭력과 배척의 대상이 될 수도 있지만 여권이라는 종이가 없다면 더 큰 곤경에 처할 수 있다.

한편, 20세기 역사에서 가장 유명한 종이 한 장은 '1938년 9월 30일'이라는 날짜와 함께 두 개의 서명이 적힌 것이었다. 네빌 체임벌린 영국 총리가 당시 독일 총통 아돌프 히틀러와 만나서 받아온 이 문서에는 "우리는 어젯밤에 서명한 협정과 영독해군협정을 우리 양국 국민이 다시는 서로 전쟁을 벌이지 않기를 바라는 소망과 상징으로 받아들인다"는 내용이 적혀 있었다. 체임벌린은 히틀러의 서명을 받은 종이를 들고 의기양양하게 귀국하여 대대적인 환영을 받았지만 정작 히틀러에게 그 종이는 아무런 의미도 없는 종이쪼가리에 불과했다. 제2차세계대전이 일어나자 평화의 담보물이었던 체임벌린의 문서는 '처량한 종이쪽'으로 전락했다. 종이의 역사에서 한 페이지를 차지하는 에피소드다.

니콜라스 바스베인스의 『종이의 역사』(21세기북스, 2014)는 좀더 묵직한 분량으로 "2000년 종이의 역사에 관한 모든 것"을 개관한다. 일찍이 프랜시스 베이컨은 화약과 인쇄술, 나침반을 중국 문명의 3대 발명품으로 꼽았지만 종이가 없었다면 인쇄술은 불가능했다. 비록 종이 이전에 보존 처리한 동물 가죽이나 직물, 나무껍질, 말린 동물의 뼈, 도자기 조각 등 다양한 재료가 필기판으로 쓰였지만 종이의 발명이 문명사의 획기적인 전환점을 마련했다.

종이는 어떻게 만들어지는가. 중국 최초의 종이는 나무껍질 안쪽에서 파낸 부드러운 섬유질, 낡은 어망, 넝마, 밧줄에서 모은 삼 등을 이용하여 만들었다. 이 혼합 재료를 세척하여 물에 불렸다가 나무망치로 두드려서 미세한 펄프로 만든 다음 다시 깨끗한 물이 든 통에 넣고 저어서 걸쭉한 상태가 되게 한다. 이어서 헝겊으로 짠 스크린을 대나무틀 위에 펼쳐놓고 걸쭉한 혼합물을 걸러내면 그물망에 남겨진 섬유질이 한 장의 종이로 변화한다. 이 방법은 오랜 세월을 걸치면서 개량되지만 깨끗한 물과 섬유질, 스크린 몰드라는 세 가지 기본 요소는 변함이 없다. 이렇게 복잡한 공정을 거쳐 종이가 처음 만들어진 계기가 신중한 실험에 의한 것인지, 우연한 행운이었는지는 알 수 없지만 종이 발명 이후 인류문명사는 종이와 함께한 역사이고 종이에 의존하게 된 역사다.

중국의 제지술은 전쟁의 전리품으로 다른 문화권에 전파된다. 가장 유력한 설은 751년 아랍의 아바스 왕조와 중국 당나라 군대가 벌인 탈라스전투에서 포로로 잡힌 중국인 장인들에 의해 제지술이 이슬람세계에 전해졌다는 것이다. 종이는 십자군전쟁 시기에 유럽으로 흘러들어왔는데, 가장 먼저 도착한 곳은 에스파냐와 시칠리아의 이슬람 정착지였다. 이어서 종이가 전 세계로 퍼져나간 '페이퍼 로드'가 구체적으로 확인되는데, 유럽의 경우 1056년에 에스파냐에서 시작되어 1235년에 이탈리아를 거쳐 1348년에는 프랑스, 1356년에는 오스트리아, 1391년에는 독일을 지난다. 러시아에는 1576년에 전파되며, 1586년 네덜란드, 1591년 스코틀랜드, 1690년 노르웨이와 북아메리카, 1818년 오스트레일리아로 전해진다. 일종의 '도미노효과'처럼 번져간 셈이다.

종이는 이슬람세계를 거쳐 유럽에 전파되었지만 금속활자의 발명과 인쇄술 개량은 지식의 보급을 가속화함으로써 유럽을 문명사 전면에 나서게 했다. 반면에 이슬람의 권력자들은 오랫동안 인쇄술을 거부했는데, 이유는 코란 때문이었다. 이슬람교에서는 코란을 직접 쓰는 행위를 숭배했다. 더욱이 코란을 그냥 쓰는 것이 아니라 아름답게 써야 했다. 하지만 인쇄술은 글쓰기라는 축복받은 행위를 기계로 침범했기에 용납될 수 없었다. 16세기 초 오스만 제국 황제는 아랍어와 튀르크어 인쇄를 금지하는 명령을 내렸고, 그 금지령은 무려 300년 동안 유효했다. 인쇄술 확산과 함께 종이의 수요가 폭발적으로 늘어나 광란의 종이 쟁탈전까지 벌어진 서유럽과는 사뭇 대조적이다.

종이의 역사를 관통하는 저자의 여정은 2001년 9·11 테러 현장에서 마무리된다. 테러리스트에게 납치된 여객기들이 뉴욕의 쌍둥이 빌딩과 충돌하면서 두 빌딩은 폭발과 함께 무너져내렸는데, 거대한 잿빛 연기구름을 만든 것은 사무용지들이었고 맨해튼에는 '종이비'가 내렸다. 이 종이들 가운데에는 "84층 서쪽 사무실에 12명이 갇혀 있다"고 다급하게 적힌 쪽지도 포함되어 있었는데, 이것을 주운 한 여성이 안전요원에게 건넸지만 이미 두 빌딩에서 84층은 흔적도 없이 사라진 뒤였다. 그런데도 이 종이는 절박했던 한순간을 증언하며 지금은 9·11 추모박물관에 보존되어 있다.

다른 한편으로 '종이의 역사'는 '종이가 만든 길'의 여정이기도 하다. 프랑스의 석학 에릭 오르세나의 『종이가 만든 길』(작은씨앗, 2014)은 바로 그 여정의 기록이다. 중국의 우룸키에서 시작된 저자의 여정은 투르판과 둔황을 거쳐 우즈베키스탄의 사마르칸트로 이어지고, 유럽의 여러 도시를 거쳐 다시 일본과 인도로 넘어가면서 '과거의 종이'와 '현재의 종이'에 대한 사색과 성찰이 보태진다. 종이가 없었다면 상상할 수도, 가능하지도 않았을 이 여정의 끝에서 우리가 새삼 확인하게 되는 것은 다시 『페이퍼 엘레지』의 '인트로'다. "무엇보다도, 종이를 존중하시오!"

-〈책&〉(2014년 10월호)

책을 움켜쥔다는 것의 의미

—

그곳에 책이 있었다
앤드로 파이퍼 지음, 김채원 옮김
책읽는수요일, 2014

고대 메소포타미아에서는 진흙 평판에다 쐐기문자로 기록을 남겼다. 티그리스강과 유프라테스강 사이의 '비옥한 초승달' 지역에는 진흙이 풍부했고, 이 지역에는 인류 최초의 문자 형태인 쐐기문자가 널리 퍼져 있었다. 쐐기문자가 적힌 진흙 평판을 불에 구우면 사실상 파괴가 불가능하여 나중에 발명된 파피루스보다도 더 오래 보존할 수 있었다. 아시리아의 왕 아슈르바니팔(기원전 668~627 재위)의 장서들이 발굴될 수 있었던 이유다. 니네베 궁전의 그의 서재에는 수천 개의 진흙 평판이 보존되어 있었고 그 가운데에는 『길가메시 서사시』의 '홍수' 이야기를 담은 평판도 포함되어 있었다. 진흙 평판들로 구성된 도서관이라고 하면 우리의 상상을 조금 벗어나기는 하지만 책의 역사에서 보면 분명 '최초의 도서관'이라 할 만하다.

종이의 기원이 되는 파피루스는 고대 이집트의 유산이다. 나일강 삼각주에서 자라는 파피루스라는 식물은 원래 배, 가구, 가방, 밧줄 등을 만드는 재료였는데, 기록면을 만드는 데 쓰이면서 차츰 널리 전파되었다. 파피루스는 접을 수가 없어서 두루마리(볼루멘) 형태로 둘둘 말아서 썼는데, 보통 높이가 30센티미터이고 길이는 6미터를 넘지 않았으나 30미터 이상이 되는 것도 있었다. 고대세계의 가장 유명한 도서관인 알렉산드리아도서관에는 거의 50만 개에 이르는 두루마리 문서가 소장되어 있었다고 한다. 유감스럽게도 파괴되었지만 이 도서관은 세계의 모든 지식을 수집하겠다는 열정의 산물이었다. 그렇지만 진흙 평판과 마찬가지로 두루마리도 우리가 갖고 있는 책의 이미지와는 사뭇 다르다.

우리에게 친숙한 책의 형태가 처음 등장한 것은 기원후 초창기다. 이른바 '접는 책'으로서 코덱스codex의 등장이다. 책의 형태로 된 고문서를 뜻하기도 하지만 방점은 '고문서'가 아니라 낱장들을 묶어서 꿰맨 '책의 형태'에 찍힌다. 코덱스는 양손에 들고 읽을 수 있으며 휴대가 간편하고 양면 기록이 가능하다는 이점이 있어서 2세기에서 4세기에 두루마리와 함께 존재하다가 차츰 책의 형태를 대표하게 된다. 책 역사상 최초의 발명품으로도 일컬어지는 코덱스는 혁명적 사건의 하나다. 두루마리를 대체한 이후 코덱스는 오늘날 전자책이 등장하기까지 책의 물리적 형태의 모델이기 때문이다. 우리가 흔히 전자책과 대비하여 종이책이라고 말할 때 그 종이책이 뜻하는 바의 핵심은 코덱스다.

인쇄술의 발명이 책의 역사에서 혁명적 변화를 가져온 사실은 누구도 부인할 수 없다. 그런데 그 혁명의 의의를 주로 책문화의 확산과 대중화에서 찾을 수 있다면 코덱스가 가져온 혁명은 책의 의미에서의 혁명이다. 책이 어떤 의미를 갖는 물건인지 처음 이야기한 이는 『고백록』의 저자 아우구스티누스다. 『그곳에 책이 있었다』(책읽는수요일, 2014)의 저자 앤드루 파이퍼가 묘사한 바에 따르면 아우구스티누스가 정원의 큰 나무 아래 앉아 고뇌하고 있을 때 어디선가 노랫소리가 들려왔다. "집어서 읽어라, 집어서 읽어라"라는 후렴구를 반복하는 노랫소리였다. 그러자 아우구스티누스는 옆에 놓인 성경을 집어들어 아무 구절이나 펼쳐서 읽기 시작했다. "나는 더이상 읽고 싶지 않았고, 읽을 필요도 없었다. 순간적으로, 문장 끝부분을 읽을 때쯤 믿음의 빛이 내 마음속으로 밀려들고 모든 의심의 어둠이 쫓겨나는 것 같았다"고 그는 적었다.

무슨 일이 일어난 것인가. 성경의 한 구절을 읽고서, 아니 읽자마자 아우구스티누스의 마음속에 '믿음의 빛'이 밀려들어왔다는 것, 즉 개종이 일어났다는 것이다. 중요한 것은 두 가지다. "그저 읽는 것이 아니라 책을 읽는 것이 아우구스티누스 안에서 개인적 개종 행위와 함께하고 있었다"는 것이 한 가지 핵심이다. 그리고 또다른 핵심은 그런 개종 행위를 가능하게 만든 물질적 조건, 곧 코덱스의 존재다. 아우구스티누스가 『고백록』을 쓴 것은 4세기 말이었고 당시에는 코덱스가 두루마리를 거의 대체하던 시점이었다. 아우구스티누스가 집어들고서 읽고 싶은 부분을 손으로 짚어가면서 읽은 것은 두루마리가 아닌 코덱스였다. 그는 두루마리를 읽기 위해 손잡이를 돌리지 않아도 되었다. 코덱스는 한 손에 쥘 수 있었기에 다른 손은 읽으려는 문장을 따라갈 수 있었고 표시도 할 수 있었다. 즉 두루마리를 읽으려면 양손을 모두 써야 했지만 코덱스는 한 손을 자유롭게 해방시켰다. 게다가 코덱스는 다양한 주제의 글을 한데 모아놓기도 했었기에 그 자체로 하나의 도서관이었다.

아우구스티누스의 사례가 보여주는 것은 책읽기의 실천과 개인적 개종이 갖는 밀접한 관련성이다. 책을 손에 움켜잡을 수 있다는 특성이 책이 우리의 삶에서 갖는 의미에 결정적인 변화를 가져왔다. "집어서 읽어라"라는 후렴구대로 하려면 집어서 읽을 수 있는 책의 형태가 먼저 존재해야 한다. 그것이 개종의 조건이자 바탕이다. 파이퍼는 "움켜잡음, 이는 단지 영적 의미에서뿐만 아니라, 물질적 의미에서도 우리의 삶을 급진적으로 바꾸는, 그런 어마어마한 특성이었다"고 강조한다. 즉 책은 읽기의 대상이기 이전에 먼저 손에 쥐어지는 대상이라는 사실이 중요하다. 독서의 미래에 대해 생각한다는 것은 독서와 손의 관계에 대해 고찰한다는 뜻이라는 주장에 고개가 끄덕여지는 이유다.

책을 움켜쥔다는 것은 어떤 의미를 갖는가. 책을 읽는 것은 인사 동작과 기도 동작을 모방하는데, 서양 중세에 독서와 기도의 결합은 가장 일반적인 이미지였다. 서양의 고대와 중세 예술에서 펼쳐진 손은 신을 부름을 나타내는 기호였다. 따라서 책을 읽기 위해 펼친 손은 신을 불러내는 손이면서 동시에 신의 부름을 받는 손이다. 책을 잡음으로써 우리는 맞잡힌다. 아우구스티누스에 따르면 우리가 책을 잡는 동안 책은 우리를 잡는다. 우리가 책을 읽을 때 목소리를 듣는다는 느낌을 갖는 것도 이런 이중성을 반영한다. 책을 펼침으로써 우리는 세계를 향해 자신을 닫는다. 하지만 이 닫음은 새로이 세계를 향해서 스스로를 개방하기 위한 닫음이다. 책의 역사에서 이런 닫고 엶을 가능하게 만든 물질적 형태의 발명이 얼마나 중요한 의미를 갖는지는 이로써 어림해볼 수 있다. 비유컨대 그것은 인류의 진화사에서 직립보행이 갖는 의의에 견줄 만하지 않을까. 세계의 지평을 바꾸어놓았다는 점에서 말이다(더불어 직립보행은 두 손을 자유롭게 만듦으로써 도구를 사용할 줄 아는 인간, 호모 파베르를 가능하게 한다).

파이퍼가 보기에 종이책에서 전차책으로의 변화, 활자 텍스트에서 디지털 텍스트로의 변화는 '손안의 있음'이라는 책의 정체성과 관련된다. 그의 비유는 이렇다. "책이 본질적으로 척추를 가지고 있어서, 직립보행이라는 인간의 고유함에 기여한다면, 디지털 텍스트는 수평적인 유전자 이식 및 비국부적 법칙에 종속되는 무척추동물과 더 비슷하다." 코덱스를 모델로 하는 책의 경우 우리는 책을 읽으면서 그 읽는 대상, 곧 책에 붙잡혀 있는 반면에 디지털 텍스트는 우리의 손을 빠져나가는 것처럼 보인다. 촉감에서의 차이가 결정적인데, 촉감에 대한 연구자들은 인간의 감각 가운데 가장 자기 반영적인 감각이 촉감이라고 주장한다. 촉감을 통해 우리가 스스로 느끼는 법을 배운다는 의미다. 그렇다면 촉감의 변화는 자기 정체성의 변화와 무관할 수 없다. 물론 이 변화가 갖는 의미는 아직 불분명하다. 우리는 어쩌면 한 시대의 종말과 새로운 시대의 문턱에 서 있기 때문이다.

아우구스티누스에게서 책을 덮는 것, 책을 전체로서 움켜쥘 수 있다는 것은 독서 경험의 핵심이자 그의 개종 조건이었다. 그것을 '아우구스티누스의 패러다임'이라고 한다면 이 패러다임은 그후 1700년 가까이 지속되어왔다. 만약 디지털 텍스트가 독서 경험과 세계 경험에서 또다른 패러다임이 된다면, 마치 코덱스가 두루마리를 대체했던 것처럼 활자 텍스트를 대체한다면 그에 상응하는 '고백'이 다시 필요하지 않을까. 디지털 텍스트가 선택할 수 있는 방향은 두 가지다. 하나는 유사-종이책으로서 손에 쥘 수 있는 특성 내지 촉감을 최대한 그 안에 끼워 넣으려고 하는 것이고, 다른 하나는 독자적인 독서 경험을 창출하는 것이다. 책은 그곳에 있었다. 하지만 디지털 텍스트는 어디에 있는가. "책은 사물들을 끌어들일 수 있는 물건인 반면, 전자책은 사물들을 계속 바깥에 머무르게 한다"고 파이퍼는 말한다. 우리도 아직은 그 전자책 바깥에 있는 듯싶다.

-〈출판문화〉(2015년 2월호)

문명의 기록과 인간의 역사

—

도서관의 탄생
스튜어트 A. P. 머레이 지음, 윤영애 옮김
예경, 2012

'아름다움과 달콤함을 마음껏 즐길 수 있는 피난처' 하면 어떤 곳이 떠오르는지. 많지는 않겠지만 '도서관'이라고 답하는 사람이라면 헨리 베일리와 뜻이 같다. 미국의 저명한 사서였던 그는 『도서관 사색 Thoughts in a Library』에서 "이곳에서라면 근심을 잊을 수 있고 영혼도 쉼을 얻을 수 있다"고 적었다. '이곳'은 물론 도서관이다. 전문 저술가 스튜어트 머레이의 『도서관의 탄생』은 바로 그 도서관의 역사를 다양한 도판을 곁들여서 들려준다.

독서의 역사가 책의 역사와 겹칠 수밖에 없다면 도서관의 역사도 마찬가지다. 점토판에 철필로 쐐기문자를 새겨 넣은 최초의 책이

5000년 전 고대 메소포타미아에서 만들어졌고, 시리아 남부 에블라 유적에서 발견된 가장 오래된 도서관도 이 점토 서판을 보관한 곳이었다. 무려 2만여 개의 서판이 마치 철해놓은 카드처럼 차곡차곡 쌓인 모양으로 발굴되었다.

기원전 7세기에 부강했던 아시리아 제국의 수도 니네베에서도 아슈르바니팔왕의 서재가 발굴되었는데, 방대한 서판과 낱장이 항목별로 분류된 왕립도서관이었다. 카탈로그까지 갖춘 명실상부한 '최초의 도서관'이었다. 고대부터 도서관은 지식과 지혜의 요람으로 숭배되었고 책과 도서관을 관리하는 자는 고유한 권력을 가졌다. 기원전 300년에 설립된 알렉산드리아 도서관은 최대 40만 권의 책을 소장하고 있던 것으로 추정되는데, 이는 곧 학문과 문화의 중심지였다는 뜻이기도 하다.

기독교가 부흥하면서 로마시대의 많은 장서가 이교도의 가르침이라는 이유로 파괴되었지만 책이 신앙심을 전파하는 유효한 수단으로 여겨지면서 도서관은 중세에도 살아남았다. 비잔틴 제국은 고대 그리스 로마의 책을 다량의 두루마리로 소유했고 아랍과 페르시아 도서관으로 수출까지 했다. 중세에 도서관을 겸했던 수도원에서는 주로 수사들이 필경사이자 제본사가 되어 책을 만들었는데, 필경사 한 명당 1년에 평균 두 권을 필사했다고 한다. 그 일이 너무 고되 필경사의 후기는 대부분 "끝났다! 아, 고맙습니다"였다.

그렇게 귀한 책이었기에 책 도둑은 살인자, 또는 신성 모독자로 간주되었고 그에게 최악의 저주를 퍼부었다. "이 책을 훔치거나 빌렸다가 돌려주지 않는 자의 손에서 책은 뱀으로 변해 그를 갈기갈기 찢어 놓으리라"로 시작하여 "책벌레가 그의 내장을 갉아먹고 지옥의 불꽃이 그를 영원히 태워버리리라"로 끝나는 저주가 도서관에서 널리 쓰였다. 요즘은 매주 쏟아지는 책만큼 흔한 것도 많지 않으니 책과 도서관의 역사라는 관점에서만 보면 인류사는 거대한 진보의 역사다.

그렇다고 그런 진보가 저절로 이루어진 것은 아니다. 저자가 다른 지역보다 자세히 다룬 미국 도서관의 역사를 보면 미국 독립선언서의 초안자인 토머스 제퍼슨이 당대의 장서가로서 국회도서관 설립에 큰 기여를 했고, 철강왕 앤드루 카네기는 무려 2500여 곳의 도서관 건립을 후원함으로써 공공도서관 발전에 지대한 공헌을 했다. 카네기는 평생 자기 재산에 90퍼센트를 사회에 기부했는데, 어릴 때 한 개인 도서관에서 꿈을 키운 그에게 도서관 건립사업은 무엇보다도 중요한 사회사업이었다.

책 서두의 추천사에 따르면 미국에서는 2008년 금융 위기 이후 도서관 이용자와 대출 건수가 10퍼센트 이상 증가했다 한다. 미국을 버텨주는 힘은 군사력이 아니라 도서관에서 나오는 것이 아닌가 싶기도 하다. '도서관 강국'이라면 우리도 해볼 만하지 않을까.

-〈중앙일보〉(2013. 1. 19.)

P.S.

책에는 세계 도서관에 대한 소개도 곁들여져 있는데, 분량상 기사에서는 언급하지 못했지만 유종필 전 국회도서관장의 『세계 도서관 기행』(웅진지식하우스, 2012), 전국학교도서관담당교사 서울모임의 『북미 도서관에 끌리다』(우리교육, 2012)도 겸해서 읽어볼 수 있다. 우리 도서관에 대해서는 강예린·이치훈의 『도서관 산책자』(반비, 2012)가 가이드북이다.

3.

서평가는 무엇으로 사는가

내가 읽은 장르문학

—

코난 도일을 읽는 밤
마이클 더다 지음, 김용언 옮김
을유문화사, 2013

한때 장르문학을 탐독한 경험이 없는 독서인은 아마도 없을 것이다. 나도 사정이 다르지 않다. 하지만 문제는 '한때'였다는 것. 지속적인 독서는 아니었기에 '추리, SF, 무협, 판타지, 공포, 로맨스' 가운데 몇 권을 골라서 연대기순으로 써달라는 주문에 응하기가 쉽지 않다. 장르문학의 모양새를 갖추고 있는 『프랑켄슈타인』이나 『죄와 벌』도 그 목록에 넣을 수 있다면 이야깃거리가 늘어날지도 모르겠다. 그것이 아닌 이상 내 기억은 초등학교 시절을 주로 맴돌 따름이다.

내게도 압도적인 경험은 '셜록 홈스'와 '괴도 뤼팽'이었다. 지금은 모두 번듯한 전집으로 출간되어 있지만 1970년대 후반에는 그냥 계림문고 등의 시리즈 도서로 나와 있었던 것으로 기억한다. 집에도 몇 권 있었지만 주로 학급문고나 학교 도서관에서 빌려 읽을 수 있었다(지금 기억으로는 매우 빈약한 도서관이었지만). 당시에도 셜록 홈스 시리즈의 저자는 아서 코난 도일임을 알았지만 괴도 뤼팽 시리즈의 저자가 모리스 르블랑이라는 사실은 훨씬 나중에야 알았다. 어쩌면 모두가 아서 코난 도일의 작품이었던 것으로 알았는지도 모른다. 돌이켜보면 저자가 누구인가는 관심사가 아니었고, 홈스와 뤼팽이 언제 대결하게 될까가 흥밋거리였다. 찾아보니 르블랑이 『뤼팽 대 홈스』란 작품도 쓴 것이 눈에 띄는데, 내가 그 시절에 읽었는지는 기억나지 않는다. 아무튼 '뤼팽 대 홈스'는 '무하마드 알리 대 조지 포먼'의 헤비급 타이틀 매치보다 더 흥미로운 '이벤트'였다.

최근에 『셜록 홈스 베스트 컬렉션』 같은 작품집이 나와서 구해 보니 지금껏 인상이 남아 있는 작품은 「빨간 머리 클럽」이나 「춤추는 인형의 비밀」 같은 단편들이다. 다시금 전집을 구하고 싶은 욕심도 나지만 책값보다는 꽂아놓을 공간 문제로 구입을 미루고 있다. 게다가 요즘 나와 있는 전집만 해도 여러 종이어서 선뜻 구입을 결정하지 못하는 이유도 있다. 다시 읽어도 그때만큼 흥미로울까.

홈스가 사소한 단서를 근거로 사건을 해결해나가는 솜씨도 흥미진진했지만 나는 암호문을 풀어나가는 이야기들을 좋아했던 듯싶다. 가령 '춤추는 인형'의 비밀을 풀어나가는 과정에서 가장 많이 반복되는 인형문자를 영어 단어에 가장 많이 쓰이는 알파벳 'e'로 추리하는 것 등이 인상적이었다. 그리고 뤼팽 이야기의 압권은 『기암성』이었는데,

제목이 풍기는 인상부터가 '괴도' 뤼팽과 꽤 잘 어울렸다. 판본은 잊었지만 학급문고로 읽은 기억이 난다. 표지에 기암성의 그림과 함께 뤼팽의 실루엣이 그려져 있었던가.

비슷한 시기에 SF와 첩보물도 읽었다. 모두 초등학교 3학년 때 학급문고로 읽은 것이다. 당시 나는 반장이면서 학급문고 관리부장도 겸하고 있었다. 캐비닛 하나가 학급문고 서가였는데, 대출을 관리하고 파본 도서를 수선하는 것이 관리부장의 일이었다. 집에도 책이 적지 않게 있었지만 부모님이 주로 방문 판매원에게서 구입한 전집 위주의 책들이 꽂혀 있었기에 장르문학은 드물었다. 하지만 급우들이 학급문고로 내놓은 책 가운데에는 집에서는 못 읽던 책들이 많았다. 제목은 잊었지만 벽을 통과하는 능력을 지닌 인간이 나오는 SF물과 나폴리언 솔로가 활약하는 첩보물이 기억에 남는다. 나폴리언 솔로가 나오는 소설은 이언 플레밍의 007 시리즈의 하나였는지는 확실하지 않지만 지금 다시 읽어보고 싶기는 하다. 어릴 때 동화책들에서 읽은 '공주들' 말고 여자 주인공의 존재감을 처음 느끼게 해준 소설이었으니까. 지금 생각하면 나폴리언 솔로를 도와주거나 유혹하는 '팜므 파탈'이 내가 책에서 접할 수 있었던 최초의 '여성'이 아니었나 싶다. 육체를 가진 여성 말이다.

『삼국지』도 '무협'에 속한다면, 초등학교 4학년 때 내내 읽은 것은 조풍연판 『삼국지』다. 당시 학생용으로 새로 나온 판본이었는데, 학교에 방문 판매원이 와서 홍보를 해 단체로 구입했다. 12권짜리로 삽화가 들어가 있고 장정이 깔끔했다. 동생들과 앞다투어 읽은 기억이 있는데, 아마도 다섯 번은 통독하지 않았을까 싶다. 이후에 다시 읽지 않았으니 그것이 『삼국지』 독서의 처음이자 마지막이었다. 아니, 처음은 따로 있었다. 계몽사에서 나왔던 '소년소녀 세계문학전집'에 『삼국지』, 『수호지』, 『서유기』가 들어 있었으니까. 덧붙이면 아들 삼형제의 맏이였던 탓에 『삼국지』를 읽으며 나는 주로 유비와 동일시했다. 둘째가 관우, 막냇동생이 장비. 여기에는 선택의 여지가 없었다. 『삼국지』 이후에는 중학생 때 잠시 무협지에 한눈을 판 적이 있지만 김용의 무협소설이 아닌 정말 싸구려 무협지였고 곧 눈길을 거두었다.

중학교 1학년 때쯤 에드거 앨런 포의 추리소설과 공포소설을 읽었다. 「검은 고양이」나 「어셔가의 몰락」, 「황금벌레」 같은 작품이 기억에 남아 있다. 작품 해설을 통해 알게 된 그의 불우한 인생사가 상승작용을 해서 헤르만 헤세 이전에 내가 가장 좋아했던 작가가 바로 에드거 앨런 포였다. 「애너벨 리」 같은 시가 학생들 연습장 겉표지를 장식하던 시절이었으니 포와 친숙한 것은 자연스러웠다. 그렇게 포는 잠시 거쳐간 작가이면서 대학에 와서 재발견한 작가이기도 하다. 두 가지 계기가 있는데, 하나는 이어령의 평론집 『저항의 문학』(문학사상사, 2003)에서 포의 「절름발이 개구리」에 대한 비평을 읽은 것이고, 다른 하나는 문학이론서들에서 「도둑맞은 편지」에 대한 자크 라캉의 분석을 접한 것이다.

사실 포만 하더라도 미국 문학의 고전으로 세계문학전집에도 들어가 있으니 더이상 '장르문학' 작가로만 한정할 수 없다. 그렇게 치면 최근 활발히 소개되고 있는 일본 작가 마쓰모토 세이초도 마찬가지지다. 언젠가는 미야베 미유키도 '고전'으로 읽히는 날이 올지 모른다. 장르문학은 본래 남모르게 읽는 재미가 절반인데, 대놓고 '고전'으로, '명작'으로 읽게 된다면 '장르문학다움'을 잃게 되는 것은 아닌가 하는 생각도 든다. "만화도 예술"이라고 할 때 왠지 '만화다움'의 일부를 잃어버리는 것이 아닌가 싶을 때처럼.

대학에 들어와 문학을 공부하면서부터는 장르문학을 애써서 읽은 기억이 별로 없다. '나의 장르문학사'가 '한때'에 대한 기억을 떠올리는 것으로 채워질 수밖에 없는 이유다. 장르문학의 붐을 가져온 일본 추리소설을 제외하더라도 나는 『해리포터』 시리즈는 물론 『반지의 제왕』조차 읽지 않았다. '마법의 세계'에는 한 번도 매혹된 적이 없었다는 것이 이유이기는 하지만 장르문학 독자를 자임할 수 없어서 이런 글을 쓰는 것이 어색하다. 그래도 기억을 떠올리고 보니 장르문학이 나의 독서력을 키워준 바탕이 아니었나 싶기도 하다.

-〈르 지라시〉(2013. 11. 30.)

디지털시대의
서평쓰기

—

글쓰기의 힘
장동석 외 지음
북바이북, 2014

어떻게 하면 좋은 서평을 쓸 수 있을까. '좋은 서평'의 기준을 어떻게 정하느냐에 따라 달라질 수 있을 터인데, 그러자면 먼저 서평이란 무엇인가부터 정의해야 할 듯싶다. 서평은 책에 대한 품평을 이르는 말로 비평의 한 갈래에 속하지만 용도에서는 비평과 구분된다. 비평이 독자들이 같은 책을 두 번 읽게끔, 다시 읽게끔 하는 것이라면, 서평은 어떤 책을 한번 읽을 것이냐, 말 것이냐를 판단하는 자료를 독자에게 제공하는 것에서 그치기 때문이다. 즉 비평이 재독의 권유라면 서평은 일독의 제안이다. 비평과 서평은 상대하는 독자가 다르다고 해야 할까.

비평은 어떤 책을 이미 읽은 독자를 상대한다. 반면에 서평은 아직 읽지 않은 독자를 대상으로 한다. 아직 읽지 않은 독자에게라면 비평은 서평으로 읽히고, 한 번 읽은 독자에게 서평은 비평으로 다가갈 수 있다는 뜻도 된다. 그렇게 독자에 따라 비평과 서평이 나뉜다면, 비평의 한 갈래에 속하면서도 오늘날 비평의 점차적인 위상 하락과 대비되어 서평의 역할이 떠오르고 있는 것은 나름대로 해명이 가능한 현상이다. 비평을 떠받쳐야 할 독자층이 점점 엷어지고 있는 현실에 기인한 것이기 때문이다. 같은 책을 읽은 독자들이 점점 줄고 있다면 비평이 상대할 독자가 엷어지는 것이므로 그 역할이 축소되는 것은 당연한 결과다.

서평의 부상은 비평의 쇠퇴의 이면이다. 아무리 책을 많이 읽는 독자라 하더라도 해마다 읽은 책보다 읽지 않은 책의 수가 훨씬 더 많을 수밖에 없는 것이 현재의 독서 현실이다. 점점 많은 책에 대해 우리는 '읽지 않은 독자'가 될 수밖에 없다. 책은 기하급수적으로 불어나지만 우리의 독서량은 산술급수적으로만 늘어날 뿐이니까. 그럼 어떻게 해야 할 것인가. 최대한 가려서 읽되, 읽지 않은 책에 대해서도 어느 정도 가늠해두는 편이 최선일 것이다. 서평은 바로 그런 필요에 대응한다.

서평의 기능은 이런 필요에 의해 도출된다. 어떤 책을 읽고 싶게 하거나, 읽은 척하게 하거나, 안 읽어도 되게 해주는 것이다. 그렇다면 좋은 서평의 기준은 이런 기능에서 찾아볼 수 있을 것이다. 즉 어떤 책을 읽고 싶거나 안 읽어도 되게 하는 데 기량을 발휘하는 글이 좋은 서평이다. 또 어떤 책을 읽지 않아도 읽은 척할 수 있을 만큼 핵심을 잘 짚어준다면 이 역시 좋은 서평으로 분류할 수 있을 것이다.

먼저 '이건 읽어보고 싶다'거나 '이건 안 읽어도 되겠어'라는 판단이 가능하게끔 하는 것이 서평의 중요한 역할이라면, 서평의 가치는 독자에 의해서 결정된다. 독자가 처분권을 갖는다는 점에서 서평은 '나'를 위한 것이 아니라 '타인'을 위한 것이다. 서비스(봉사)정신이라고 불러도 좋을 만한 철저한 독자 지향성이 서평의 핵심이다. 그래서 원칙적으로 말해 서평의 효과를 유발하는 한 서평은 어떤 종류이건 무방하다. 어떻게 써도 좋다는 말이다. 단 한두 문장의 언급으로도 좋은 서평이 될 수 있는 것은 그 때문이다. 독자에게 강렬한 인상을 심어줌으로써 독서에 대한 흥미를 불러일으키거나 그 반대로 독서의 필요로 제거해준다면(수준 미달의 책까지 우리가 억지로 읽을 필요는 없으므로) 서평으로서는 충분하다.

어떻게 써도 괜찮다면 서평쓰기의 노하우가 따로 있을 리 없다. 독자의 반응을 끌어낼 수만 있다면 주관적 서평이건 객관적 서평이건 상관이 없다. 하지만 읽은 척하게 해주는 용도라면 몇 가지 요건은 생각해볼 수 있다. 가장 우선적인 것은 서평자가 책을 제대로 소화해야 한다는 것이다. 서평은 책에서 자신이 읽고 소화한 것을 글로 적는 것이니 일차적으로는 독서력이 바탕이 되어야 한다. 우리는 읽고 소화한 만큼 쓸 수 있다. 따라서 서평의 몫은 그것을 다른 독자에게 요령껏 전달하는 일이다. 그러려면 책이 어떤 주제의 내용을 어떤 시각에서 다루고 있으며, 주요한 메시지는 무엇이고, 이것이 우리에게 갖는 의의는 또 무엇인가를 짚어주어야 한다. 물론 모든 서평이 그런 요건들을 꼼꼼하게 다 갖추어야 한다는 것은 아니다. 책의 성격이나 필요, 서평의 분량 등을 고려하여 적당하게 조절할 수 있다.

바야흐로 디지털시대이고 책의 형태가 변화하는 만큼 독서의 방식도 변화하고 있다. 디지털화된 책, 곧 전자책을 단말기나 스마트폰을 통해 읽는 독자도 늘어나고 있다. 디지털시대에 달라진 독서 풍경일 텐데, 서평도 지면에 실리는 '오프라인 서평'의 형식에만 한정되지 않는다. 이미 인터넷 서평은 일반화되어 있으며 SNS를 통한 독서 정보의 공유도 서평과 그 역할이 겹친다. 그뿐 아니다. 글이 아닌 말로 이루어진 서평도 이제는 낯설지 않다. 방송이나 팟캐스트를 통해 이루어지는 책 소개도 서평에 포함시킬 수 있을 것이기 때문이다. 말 그대로 서평은 다양화, 다변화되고 있다.

하지만 형식은 다양화될지언정 서평의 핵심 역할에 근본적인 변화가 있는 것은 아니지 싶다. 독서에 대한 흥미를 일으키거나 책에 대한 균형 있는 정보를 제공함으로써 독서를 가장하게 해주는 것이 그 역할이라면 말이다. 다만 서평의 구성이나 주안점에는 변화가 있을 수 있다. 글로 된 서평이 어느 정도 체계와 일관성을 갖추어야 하는 것에 비하면 SNS나 말을 통해 이루어지는 서평은 그런 요건에서 상대적으로 자유롭다. 구성 방식에서도 선조적(순차적)이지 않고 병렬적인 방식이 채택될 수 있다. 책을 인용하는 데도 훨씬 넓은 허용 범위를 가질 수 있다.

그렇게 자유로운 방식 속에서도 놓치지 말아야 할 것은 책이 놓여 있는 맥락이다. 책이 놓여 있는 자리, 또는 책을 둘러싼 맥락은 다양한 층위를 가진다. 저자에게 그 책이 어떤 의미를 갖는가, 전작과는 어떤 연관성이 있는가 등을 생각해볼 수 있다. 그다음은 시대다. 책이 발표된 시점이 오래전이라면 그 시점에 가졌던 의의와 현재적 의의를 구분하여 살펴볼 수 있을 것이다. 또한 비슷한 시기에 나온 다른 책들과의 연관성 속에 자리매김함으로써 책이 갖는 시의성도 부각할 수 있을 것이다. 그리고 주제를 생각해야 하는데, 전무후무한 책은 세상에 많지 않다. 대부분은 앞뒤의 책들과 연결되어 있으며 주제에 따라 계보를 형성한다. 흥미로운 주제의 책을 읽었다면 같은 주제를 다룬 책을 두세 권 더 떠올려보는 것도 좋을 듯하다. 독자에게 유익한 정보가 될 수 있기 때문이다.

역설적일 수 있지만 좋은 서평은 서평에 대한 부담을 줄이는 데서 시작될 수 있다. 서평을 쓰는 일 자체에 대해 과도하게 흥분할 필요가 없으며 너무 많은 기대를 갖는 것도 좋지 않다. 멋진 문장보다는 간결하고 명료한 문장이 바람직하며 화려한 수사에 대한 고민도 자제하는 것이 좋다. 예술적인 글을 쓰는 것이 아니기 때문이다. 읽을 만한 책을 감별하고 권장하는 일이 서평의 주된 역할이라면 그것은 한두 사람의 몫으로 돌릴 수 있는 것이 아니다. 독자라면 모두의 일이고 모두가 나서서 자기 몫을 거들어야 하는 일이다. 서평은 자발적인 품앗이에 가깝다.

서평쓰기에 대한 부담은 줄이는 대신에 더 자주 서평을 쓰려고 하는 노력은 필요하다. 비평과 달리 서평은 그 질 못지않게 양이 중요하다. 한 편의 공들인 서평도 의미가 있겠지만 그 공을 나누어 여러 편의 서평을 작성하는 일이 더 권장할 만하다. 간혹 불멸의 가치를 갖는 일들이 있다지만 서평은 예외이며 '불멸의 서평'이란 말은 모순이다. 우리에게는 늘 읽어야 할 또다른 책이 있다는 사실을 언제나 명심해야 한다. 서평은 독자로서 우리가 책의 바다에서 익사하지 않기 위해 벌이는 생존 투쟁이다.

-〈오늘의 도서관〉(234호)

한 권의 책이 된 사람

—

한 권의 책
최성일 지음
연암서가, 2011

두 권의 서평집을 낸 처지이지만 서평집에 대한 서평을 쓰는 것은 드문 경험이다. 그런데도 고故 최성일의 『한 권의 책』에 대한 원고 청탁에는 흔쾌히 응했다. 일종의 '의무감'이 작용했다고 할까. 나이 차이는 별로 나지 않지만 최성일은 표정훈, 이권우와 함께 내게는 '선임'이다. 직접적인 안면이 있는 것도 아니고 무얼 인수인계 받은 것도 아니니 '직계'라고 말할 수는 없다. 하지만 2000년대 초반 '출판평론가' 또는 '도서평론가'로서 그들의 활동은 자못 눈부셨다. 책을 좋아하는 만큼 책에 관한 모든 담론을 즐겨 읽었고 자연스레 '3인방'의 이름도 내게는 친숙했다.

그러다 2000년대 중반쯤인가 지형이 조금 바뀌었다. 온라인 서점의 블로그화와 함께 온라인도 서평 활동의 주된 무대가 되었다. 사실은 인터넷 카페라는 것이 생길 때부터 활동해온 터이지만 블로그시대는 '인터넷 서평꾼'이란 직함을 내게 가져다주었다. 서평꾼이건 서평가이건 하는 일은 선임들의 그것과 크게 다르지 않다. 내가 하는 일이 어떤 것인지 가끔 생각해볼 때마다 전설의 '말년 병장'들을 떠올렸고 나대로의 후임이 생기기를 기대했다. 이것이 서평꾼으로서 내가 갖고 있는 모종의 세대의식이다.

시간은 많은 것을 바꾸어놓는다. 표정훈은 전역하여 '전직 출판평론가'가 되었고 '장기 복무'를 자원한 두 사람 가운데 최성일은 지난 여름 우리 곁을 떠났다(단연코 너무 이른 죽음이었다). 그가 남긴 서평들을 모은 유고집의 제목이 『한 권의 책』인 것은 적확하면서도 시적이다. 출판평론가로서 그가 온전히 책과 함께 살았고 그의 생애 자체가 한 권의 책으로 응축되었다는 인상을 전해주기 때문이다. 그렇다고 그가 모든 열정을 오직 책에다 바친 '순정남'은 아니었다. 야구광인 '야빠'이기도 했던 그는 소설가이면서 소문난 축구팬 닉 혼비의 『닉 혼비 런던스타일 책읽기』를 평하는 자리에서 넌지시 이렇게 고백한다. "나는 닉 혼비처럼 책이 재미있어서 읽는다. 그러나 책이 야구보다 재미있다고 장담하기는 어렵다. 책은 고작해야 야구만큼 재미있다."

나는 물론 야구보다 책이 더 재미있다고 생각하는 쪽이지만 그렇다고 그의 의외의 고백에 '배신감'을 느끼는 것은 아니다. 오히려 유쾌하다. 책이 인생의 전부가 아님을 알기 위해서라도 우리는 책을 읽을 필요가 있다는 것이 나의 지론이니까. 최성일 버전으로 말하면 야구가 얼마나 재미있는지 알기 위해서라도 우리는 책을 읽어볼 필요가 있다! 책이 야구만큼 재미있다면 거꾸로 야구도 책만큼 재미있을 테니까. 과연 그는 어떤 책들을 야구만큼 재미있게 읽고 어떤 소감을 남겼을까.

서평집의 용도는 보통 두 가지다. 같은 책에 대한 리뷰를 내가 읽은 소감과 비교해보거나 내가 읽지 않은 책에 대한 정보를 요긴하게 챙기는 것. 『한 권의 책』의 용도는 내게 단연 후자 쪽이다(『장정일의 독서일기』가 내게는 그렇다). 그가 고른 책의 3분의 1가량은 나도 갖고 있지만 견주어볼 만한 서평을 쓴 것은 한 권도 없다. 플라톤의 『국가』에 대해 짧은 칼럼을 하나 쓴 정도다. 그러니 독서과정은 구입할 책, 읽을 책, 안 읽어도 되는 책으로 분류하는 자동분류기를 작동시키는 것과 비슷하다.

책에 관해서라면 나도 남들만큼은 읽고 남들보다 많은 정보를 안다고 자부하는 편이지만 최성일은 훨씬 더 넓은 안목과 오지랖을 자랑한다. 가령 『친일문학론』의 저자 임종국 선생의 『밤의 일제 침략사』(한빛문화사, 2004)라는 책의 존재를 나는 그의 리뷰 덕분에 알게 되었다. 물론 내가 러시아에 체류하고 있던 2004년에 나온 책이란 사실이 결정적이기는 하지만 최성일은 20년 만에 다시 나온 이 책을 그 이전부터 백방으로 찾았던 전력이 있다. 책도 보려고 하는 자의 눈에 띄는 법이다. 그는 "일제는 대포와 기생을 거느리고 조선에 왔다"는 핵심 어구와 함께 책이 전하는 내용과 미덕을 두루 살핀다. 일본의 화류문화를 조선에 이식한 이토 히로부미가 "게이샤 한 명에게 쌀 1000가마에 해당하는 돈을 쏟아부으면서도 경의선 부설에 동원된 조선인 인부에게는 하루 밥값도 안 되는 돈을 임금이라고 지급"한 사실은 허울 좋은 '식민지 근대화'의 이면에 대해 다시 생각해보게 한다.

수천 권이 넘는 장서 가운데 한 권을 고르라면 주저 없이 손에 들겠다고 말하는 채광석 시인의 옥중서간집 『그 어딘가의 구비에서 우리가 만났듯이』(형성사, 1981)도 눈이 밝을 뿐 아니라 섬세한 마음결까지 지닌 출판평론가 덕분에 알게 되었다. 오래전에 절판되어 온라인 서점에서는 그 흔적조차 찾을 수 없는 책이다(저자도 따로 서지를 적어놓지 않았다). 이를 '이 한 권의 책'으로 꼽는 이유는 단순하다. "한 젊은이의 연인을 향한 그리움이 배인 연애편지"라는 것이 그 이유다. 그런 맥락에서 최성일은 노천희의 『내 님, 불멸의 남자 현승효』(삶이 보이는창, 2007)라는 책에도 주목한다. "강제 징집당한 학생운동 출신 졸병과 중학교에 갓 부임한 신출 여교사의 사연"을 담은 책이다. 제대를 넉 달 앞두고 의문스러운 죽임을 당한 남자와 그를 평생 가슴에 품은 여자의 사연을 최성일은 '우리 시대의 아사달과 아사녀'의 이야기라고 부른다. 비무장지대 전방 초소에서 근무했던 자신의 군대 경험도 한몫했겠지만 그가 책에서 지식과 정보뿐 아니라 '마음'도 함께 읽은 증거라고 할 수 있다.

그렇다면 '남편의 유고집'에 그의 아내가 감동적인 서문을 대신 붙일 수 있었던 것도 우연이 아닐 것이다. 아사달과 아사녀는 서로를 알아보니까. 아내가 전하는 바에 따르면 그는 귀가할 때마다 이렇게 말했다 한다. "옥아, 나 왔어. 야, 집이 최고다. 집이 제일 좋다니까!" 그러므로 그가 순정남이 아니었다는 앞에서의 말은 교정되어야 한다. 자신이 좋아하는 것과 관련해서는 책과 야구에 양다리를 걸쳤을지 모르지만 그는 사랑에서만큼은 '순정남'이었다.

『한 권의 책』을 읽으며 내가 챙긴 책의 목록은 더 이어지지만 대표적으로 두 권만 소개했다. 사실 한 권의 책이 그렇게 두 권의 책으로만 가지를 치더라도 우리가 읽어야 할 책은 기하급수적으로 늘어난다. 서평집의 대표적 '민폐'다. 하지만 다른 한편으로는 그의 서평을 읽는 것으로 읽은 셈 치게 되는 책도 적지 않으니 그 정도는 기꺼이 감수할 만하다. 끝으로 오탈자는 물론 책에 관한 서지 정보의 오류를 지적하는 데 기탄이 없었던 그의 교정정신을 기리며 한마디 보태면 에리히 프롬의 『건전한 사회』 서지에서 '김형익 옮김'(329, 377쪽)은 '김병익 옮김'으로 교정되어야 한다. 물론 그가 직접 교정을 보았다면 걸러졌을 오류일 것이다.

-〈기획회의〉(2012. 6. 20.)

독서일기를 가장한
곡진한 사부곡

—

남편의 서가
신순옥 지음
북바이북, 2013

'출판평론가의 아내' 신순옥이 쓴 『남편의 서가』에 관한 서평을 제안받고 놀라지는 않았다. 일종의 서평집이라고 여겨서이고(저자는 '가족의 생활기이자 가벼운 독서 에세이'로 분류한다), 또 나름대로 최성일과 인연이 없지 않다고 생각해서다. 특별할 것은 없지만 최성일의 유고집 『한 권의 책』(연암서가, 2011)에 대한 서평을 작년 여름에 쓴 것이 그 인연의 정체다. 남편과 아내의 책에 나란히 서평을 쓰는 모양새가 나름 공정하겠다는 판단을 앞질러 했는지도 모른다.

하지만 정작 책을 읽으면서 놀랐다. 이미 『한 권의 책』에 남편 대신 쓴 저자의 서문을 읽고 감동한 기억이 있지만 글솜씨가 예사롭지 않다는 것이 그 첫번째 이유고(저자가 흉내낸 남편의 육성, "옥아, 너 드디어 해냈구나! 봐라, 너도 되지 않느냐"가 자화자찬이 아니다), 내가 평소에 잘 읽지 않는 어린이책에 관한 서평이 대다수라는 것이 두번째 이유다.

이 두 가지 이유는 상충한다. 그래도 당혹스러움을 지우고 이렇게 쓸 수 있게 된 것은 후반부에 실린 『책으로 만나는 사상가들』(한국출판마케팅연구소, 2011)에 관한 글을 읽고 나서다. 『책으로 만나는 사상가들』은 최성일의 대표작이라고 할 수 있는 책이다. 남편을 보내고 '애도하는 여인'의 시점에서 써내려간 글은 궁극에 도달해야 할 지점이자 넘어야 할 지점이라고나 할까. 서평집에도 클라이맥스가 있다면 『남편의 서가』에서는 바로 이 대목일 것이다. 두 사람이 남편과 아내의 관계를 넘어서 저자와 독자의 관계로 만나는 장면이다.

이 주목할 만한 장면을 아내는 어떻게 처리하고 있는가. '오래 망설이다가 드디어 남편의 묵직한 책을 손에 들었다'는 식으로 쓰지 않고 "살다보니 별일이다. 신문기자로부터 인터뷰 요청 전화를 다 받았다"라며 적당히 눙치면서 시작하는 것이 '신순옥 스타일'이다. 자신이 지극히 평범한 사람인지라 인터뷰를 완곡하게 거절하려고 했지만 그런 평범한 사람을 인터뷰하려고 한다는 기자의 말에 결국 두 손 들고 "졸지에 면접시험을 앞둔 수험생 신세"가 되어 옆구리에 낀 책이 『책으로 만나는 사상가들』이었다. 무지를 좀 덜어보려는 심사였다나.

처음에 다섯 권으로 나왔다가 저자가 병석에 있을 때 합본되어 나온 『책으로 만나는 사상가들』은 주간으로 연재한 글을 모은 것이다. 처음 52회분까지 한 번도 거르지 않고 매주 한 명의 사상가를 다루는 일이 얼마나 힘든 작업이었을지는 미루어 짐작할 수 있다. 아내도 그런 의문을 품는다. "1주일 단위로 원고 쓸 대상을 정하고 그 사상가 관련 책을 읽고 글을 쓴다는 게 가능은 한 일일까." 물론 각 사상가의 책을 짧은 시간에 다 읽고 쓰기란 불가능하다. 자신의 역할을 도서관 사서에 빗댄 최성일은 "사서가 작성된 목록의 책을 읽거나 완벽하게 소화할 의무는 없다는 점에서 자신 역시 그렇다"고 했다. 출판평론가에게는 개별 저작의 세부보다는 전체의 윤곽을 아는 것이 더 중요하다.

"어쩜 읽지도 않고 다 읽은 것처럼 이렇게 글을 잘 쓸 수가 있어요!"라고 경탄했던 기억으로 남편의 글재주를 칭송한 후에 저자는 본격적으로 남편의 작업을 재평가한다. 그것은 '사상가 = 자기 생각이 있는 사람'이라는 남편의 정의에서 출발하여 아내가 보기에 남편은 남이 뭐라 하든 제 갈 길을 간 '자기 생각이 있는 사람', 곧 사상가이기도 했다는 결론에 이르는 여정이다.

남편의 모든 원고의 첫 독자였을 테지만 "책에 등장하는 사상가의 이름들이 참으로 생소하다"는 것이 아내의 소감이다. 남편에게는 친숙했을 이름들이었다는 사실을 고려하면 부부 사이란 가깝고도 멀다. 하지만 그 거리는 공감과 비판을 위한 거리이기도 하다. 아내는 제임스 러브록, 팀 플래너리 등 남편이 부정적으로 평가한 인물들을 책에 포함시키고 '사상가 등용'에 실패한 것이 아닌가 한다는 의견을 피력한다. "사상가는 기본적으로 긍정적인 인물이라는 것에 암묵적인 동의가 있는 법"이라는 생각에서다. 게다가 그는 연재 초기에는 정통 사상가를 우대하다가 뒤로 갈수록 사상가의 범주를 확장했다. 사실 영화감독 안드레이 타르콥스키를 '사상가' 목록에서 발견할 수 있는 것은 나로서는 즐거운 일이지만 분명 통상적인 것은 아니다(러시아에서는 철학사 책에도 들어가 있지만). 그런 덕분에 『책으로 읽는 사상가들』은 저자의 고유한 안목을 여실히 드러내는 책이 되었다.

남편에게 책은 어떤 존재였을까. 『한 권의 책』에서 최성일은 이렇게 말했다. "나는 넉 혼비처럼 책이 재미있어서 읽는다. 그러나 책이 야구보다 재미있다고 장담하기는 어렵다. 책은 고작해야 야구만큼 재미있다." 『책으로 읽는 사상가들』에서도 비슷한 고백을 한다. 아내의 인용을 옮기면 "내게 책은 편하지도 불편하지도 않다. 또 책은 아주 귀중하지도 매우 하찮지도 않다. 책을 향한 애정이 전혀 없는 것은 아니나, 그렇다고 책이 정말 좋다고 드러내놓고 말할 정도는 아니다"라는 것이 남편의 생각이었다. 열렬한 독서가였지만 책에 대한 그의 애정은 뜨뜻미지근했다. 그런 태도는 독서운동에 대한 부정적 견해와도 무관하지 않을 듯싶다. 꼭 그렇게 해서까지 책을 읽게 할 필요가 있겠느냐는 것이 그의 생각이었다. 그보다는 사회 전반적인 인식과 분위기가 편하게 책을 읽을 수 있는 쪽으로 바뀌는 것이 바람직하다고 보았다.

책에 대한 뜨뜻미지근한 태도와 다르게 자신이 읽은 책에 대한 그의 평가는 좋고 싫음이 분명했다. 그는 직구형 스타일이었다. 헬레나 노르베리 호지의 강연을 두고 "이 정도의 내용을 꼭 외국인 연사를 초청해 들어야 하는가"라고 비판하고 거꾸로 눈물샘을 자극한 책의 한 장면을 들이대면서 "콧등이 시큰해지지 않은 자와 상종하지 않기로 다짐"하기도 한다. 아내는 그것을 남편의 '순진성'이라고 말한다. 그리고 자신은 "눈시울이 차가운 자" 여서 남편이 언급한 대목에서 눈물을 흘리지 않았다고 덧붙인다. 하지만 그런 무감동을 차마 발설하지는 못했다는 것이 아내의 뒤늦은 고백이다. 차분하고 담담한 애도의 정서가 지배적인 책에서 웃음을 터뜨리게 한 대목이다.

남편에게는 출판사에서 보낸 책들이 주기적으로 배달되었는데 그 책들을 정리하면서 저자의 입에서는 울먹임이 새어나왔다고 한다. "이 책을 다 어쩌라고, 나에게 어쩌라고……." 『남편의 서가』가 그런 울먹임을 진정시키는 모양새로 마무리되는 것은 자연스럽다. "결국 남편이 남긴 장서는 나의 밥벌이가 돼주고, 아빠를 잃은 아이들의 상실감을 덜어주고 있다. 가족들에게 살길을 책에서 찾으란 의미로, 그는 이 많은 장서를 남기고 갔는지도 모르겠다." 독서일기를 가장한 아내의 곡진한 사부곡이 주인이 없는 '남편의 서가'를 가득 채우고 있다.

-〈기획회의〉(2013. 7. 5.)

서평가는 무엇으로 사는가

—

로쟈의 인문학 서재
이현우 지음
산책자, 2009

'서평가로 살아간다는 것'이란 주제의 원고 청탁을 거절하지 못했다. 일단 떠넘기기가 어려웠다. 누구누구가 더 적임자라고 '대타'를 내세울 수 있었다면 빠져나가기가 쉬웠겠지만 남들이 다 '현역' 서평가로 알고 있는 처지라 둘러댈 수가 없었다. 물론 서평가로 살아가는 것은 아니라고 정색할 수는 있었다. 엄밀히 말하면 내게 서평쓰기는 생계의 방편이 아니라 책값의 방편이니까. 게다가 '시인'처럼 명예를 드높여주는 직함도 아니기에 명함에 '서평가'라고 박아놓지도 않았다(그렇다고 명함에 다른 직함이 적혀 있는 것도 아니지만). 그런데도 결국은 서평가로 살아간다는 것이 무엇인지 자문하는 자리에 이렇게 내몰리게 되었다. 하긴 '서평가'란 호명에 구시렁거리는 일도 서평가로 살아 간다는 것의 일부인지 모를 일이다.

당연한 말이지만 서평가를 꿈꾸지 않았다. 책을 좋아하고 책 이야기를 좋아했을 뿐이다. 전공은 러시아문학이었지만 철학책을 취미로 읽었고 영화 비평을 기웃거렸다. 인터넷이란 새로운 공간이 열리면서 책에 관한 이런저런 잡담과 촌평에 조금씩 눈길이 쏠렸다. 다음 카페 비평고원에서 주로 활동하다가 알라딘 블로그로 거점을 옮겼고 북매거진 〈텍스트〉에 서평류의 글을 싣기 시작했다. 그러던 2007년쯤 "인터넷상을 어슬렁거리는 책벌레들"을 가리켜 한겨레 고명섭 기자가 '인터넷 서평꾼'이라고 불렀고, '로쟈'는 그 대명사가 되었다(특이하게도 '인터넷 서평꾼'이라는 호칭은 내게만 붙어 다닌다). 이후에 시사주간지와 일간지 등에 서평과 칼럼을 연재하는 생활이 수년째 이어지면서 두 권의 서평집까지 출간했고 서평가라는 직함까지 얻게 되었다. 무슨 일이든 오래 하다보면 어떤 직함이건 얻기 마련이다. 하지만 잘해서 오래 하는 것이 아니라 마땅한 후임이 없어서 오래 하게 되었다고 가끔 투덜거린다(왜 없는지는 '책값의 방편'이란 대목에서 추측해보시길).

그래도 서평가라고 하면 제법 출세한 것이 아니냐고 생각하는 이들도 있다. 또는 고작해야 자투리 서평을 쓰는 주제에 무슨 서평가 행세를 하느냐고 못마땅해하는 이들도 있다. 나는 언제라도 이들에게 자리를 양보할 용의가 있다. 서평가는 내게 어떤 역할이지, 결코 천직이 아니다. 부러워하는 이들은 나보다 열심히 할 사람들이고, 못마땅해하는 이들은 나보다 잘할 사람들이다. 이들이 조금만 용기를 내거나 엉덩이의 무거움을 떨쳐낸다면 '서평계'의 앞날은 지금보다 훨씬 창창할 것이라고 믿어 의심치 않는다. 덕분에 나는 책을 읽고 아무 말도 하지 않을 권리를 한껏 누리면서 '서평가 이후의 삶'을 살아갈 것이다. 이것이 서평가로서 갖는 꿈이다.

서평가를 꿈꾸지 않았다고 해도 그런 직함으로 활동하는 이상 나름대로의 서평관이 없을 리 없다. 내가 무슨 일을 하고 있는 것인지에 대한 자의식은 갖고 있어야 하니까. 엄밀히 따지면 서평은 비평의 한 갈래에 속할 테지만 언제부터인가 과거와는 다른 위상을 갖게 되었다. 달라진 배경으로는 두 가지를 짚어볼 수 있다. 먼저 어느 때보다도 많은 책이 쏟아지고 있다는 점이다. 누구도 더이상 모든 책의 독자를 자임할 수 없게 되었다. 어떤 책에 대한 독서는 동시에 다른 책에 대한 비독서를 뜻하는 것이 오늘의 독서 현실이다. 어떤 타개책이 있는가. 필독할 만한 책을 서로가 걸러주고, 동시에 미처 읽지 못하는 책에 대해서는 핵심이라도 챙겨놓는 것이 필요하다. 바로 서평의 역할이다.

서평은 어떤 책이 읽을 만한가를 식별해주는 데 일차적인 의의가 있다. 반면에 비평은 어떤 작품을 재발견하고 재평가한다. 서평은 일독의 권유이지만 비평은 재독의 제안이다. 서평이 아직 읽지 않은 독자를 염두에 둔다면, 원칙적으로 비평은 한 번 읽은 독자를 상대한다. 만약 한 번 읽은 독자가 많지 않다면, 즉 독서 경험이 공유되지 않는다면 비평의 입지는 좁아질 수밖에 없다. 바로 오늘의 상황이 그렇다. 독서량이 현저하게 부족한 마당에 독서 경험의 공유까지 기대하기란 무리다. 그 결과 한국에는 비평 독자보다 비평가가 더 많다는 웃지 못할 이야기까지 나온다. 한마디로 그렇게 비평의 역할이 쇠퇴하는 가운데 서평의 역할은 증대되어온 것으로 보인다. 그것이 바람직한가 하는 것은 별개의 문제다.

한편, 서평의 역할 증대는 온라인 서점에 독자 리뷰 공간이 마련된 데에도 힘입었다. 책을 읽고 리뷰를 올리는 활동이 독서 활동의 자연스러운 일부가 되면서 서평쓰기도 대중화되었다. 아무래도 진입 장벽을 가질 수밖에 없는 비평과 달리, 서평은 누구나 자기 수준에서 제 몫의 역할을 할 수 있는 영역이다. 각자 자기가 선호하거나 일반 독자보다 비교우위에 있는 분야에서 책을 읽고 그 정보나 판단을 공유하는 '품앗이 서평'이 가능한 것은 그 때문이다. 게다가 서평은 분량 부담에서 자유롭다. 어떤 책이 일독의 가치가 있는지 없는지를 발빠르게 일별해주는 것이 서평의 핵심 기능이기에 40자평, 100자평도 얼마든지 가능하다. 그런 분량의 글을 누구도 비평이라고 부르지는 않겠지만 서평이라 부르는 것은 결코 억지가 아니다. 오히려 서평은 너무 길어질 경우 그 의미가 반감된다. 적은 분량으로 책에 대한 평가를 효과적으로 전달할 수 있다면 서평으로서는 최적이다.

자격불문, 분량불문이라면, 그래서 누구나 서평을 쓸 수 있다면 굳이 서평가가 필요할까? 그렇다. 온라인에서라면 필요하지 않다. 전문가와 대중의 구분조차도 무의미해진 지 오래인 것이 인터넷이라는 집단지성의 공간 때문이다. 그저 인터넷 서평꾼들의 지치지 않는 활발한 활동만이 기대될 뿐이다. '로쟈'는 조금 유명한 인터넷 서평꾼일 뿐 그 대명사일 수 없다. 하지만 오프라인은 사정이 다르다. 그 영향력이 점차 줄어가는 추세라지만 일간지와 주간지 등의 서평란에는 출판담당 기자 외에도 서평가나 북칼럼리스트, 출판평론가 등 유사 직함의 필진이 아직 필요한 상황이다. 나는 그런 수요에 부응하는 활동을 6, 7년째 해오고 있는데, 결단을 내리지 않는다면 자칫 10년도 넘어갈 기세다.

이른바 서평가는 어떤 일을 하는가? 현재 내가 일간지, 주간지, 월간지 등에 쓰고 있는 서평은 대략 원고지 8매에서 12매 정도의 분량이며 보통은 신간으로 나온 책 한 권을 다룬다. 그런 서평이나 북칼럼을 평균적으로는 일주일에 한두 편, 마감이 몰릴 때는 서너 편 정도 쓴다(지면에 쓴 글을 옮겨놓는 경우도 많지만 온라인에서 인터넷 서평꾼으로 활동하는 것은 별도의 일이다). 지정된 책에 대한 서평을 청탁받기도 하지만 보통 서평 도서는 스스로 선택한다. 서너 권의 후보 도서를 미리 골라서 중복 여부를 확인한 후에 최종적으로 그 가운데 한 권을 골라 쓴다. 일주일에 두 편을 쓴다면 산술적으로는 6권에서 8권 정도를 일단 손에 들 수 있어야 한다. 물리적으로는 다 읽을 수 없지만 적어도 책의 실물은 확인하려고 한다.

그렇게 고른 책을 4, 5시간 안에 읽고, 3, 4시간 안에 원고를 작성한다. 급하게 쓸 경우에는 2시간 안에 원고를 완성할 때도 있지만 보통은 3시간가량이 소요된다. 그러면 평균적으로 원고지 매당 1만 원의 원고료를 받는다. 전체적으로 읽고 쓰는 데 8시간이 걸린다고 하면 원고 노동자로서 서평가의 일당은 10만 원 정도가 되는 셈이다. 그런데 그 일당은 통상 도서 구입비로 쓰인다. 서평이 '책값의 방편'이라는 이야기는 그래서 나온다. 외국에는 전업 서평가가 있는지 모르겠지만 현실적으로 서평가가 직업이 될 수 없는 이유다(적절한 명칭은 '서평 알바'다).

그렇다면 서평가는 무엇으로 사는가. 사명감으로 산다고 적으려다 어쭙잖아서 자기만족으로 산다고 고친다. 책에 파묻혀 지내는 것이 소원인 사람이라면 서평가는 최적의 소임이다. 좋은 책을 읽고 널리 알리는 일에서 보람을 느낀다면 서평가로서 적격이다. 요컨대 책에 살고 책에 죽고 하는 것이 서평가다. 그것이 대단하다면 딱 책이 대단한 만큼이고, 하찮다면 딱 책이 하찮은 만큼이다. 국가와 사회에 어떤 기여를 하는지 묻는다면 적어도 해를 끼치는 것은 아니지 않은가, 정도로만 답하겠다. 조금 범위를 좁혀서 출판계에는 얼마만큼 도움이 되느냐고 질문한다면 대답은 '글쎄'다. 나대로는 '독서 전도사' 역할도 꽤 오랫동안 해왔다고 자임하지만 그와 상관없이 한국인의 평균 독서량은 계속 줄어들고 있고 출판시장도 지속적으로 하향세다. 그런 고민을 떠안느니 그래, 그냥 '자기만족'이라고 하는 것이 낫겠다.

-〈기획회의〉(2013. 8. 20.)

책 이사를 하고서

—

행복에 걸려 비틀거리다
대니얼 길버트 지음, 최인철·김미정·서은국 옮김
김영사, 2006

남들보다 책을 좀 많이 읽고 그에 대해 글을 쓴다는 점 말고는 남다를 것이 없지만 간혹 그것이 도드라질 때가 있다. 이사할 때다. 이삿짐센터 직원들도 가장 힘들어하는 것이 책짐이 많은 이사인데, 책이 부피에 비해 무겁기 때문이다. 한 직원의 말로는 수석壽石 이사 다음으로 힘든 것이 책 이사다. 돌덩이를 옮기는 것 다음으로 힘든 일이 책짐을 나르는 일이라는 말이다.

물론 나도 대학원 시절 자취방을 옮길 때 친구의 힘을 빌려 100개가 넘는 라면박스를 나른 경험이 있다. 라면 대신에 책이 들어간 라면박스였다. 엘리베이터도 없는 빌라 건물 3층까지 계단으로 박스를 나를 때마다 다리가 후들거렸다. 내가 기억하는 가장 힘들었던 이사다. 그 이후로는 노력 동원 수준을 넘어섰기에 주로 용달 아저씨나 이삿짐센터 직원들의 도움을 받았다. 이사를 위해 미리 업체의 견적을 받을 때에도 책 이사 경험이 많은지가 가장 중요한 확인사항이었다. 대학 연구실이나 도서관 이사를 해본 경험이 있다면 두말할 것 없이 가산점이 주어진다.

지난 주말에 바로 그런 이사를 또 했다. 이사한 지 4년 만에 전셋집을 비워주게 되었는데, 더이상의 책 이사가 부담스러워 아예 내 집을 마련했다. 보통 신중할 수밖에 없는 내 집 마련의 고민을 단번에 해결해준 것이 책인 셈이다. 형편에 맞게 몇 년 전세를 더 살다가 다시 이사를 하는 것이 결코 대안으로 생각되지 않을 정도로 책이 늘어난 탓이다. 짐작에 1만 5000권에서 2만 권 사이가 되지 않을까 싶다.

적정 기준이 있는지는 모르겠지만 1만 권 이상의 책을 소장하고 있을 경우 충분히 장서가로 분류할 수 있다. 그 정도면 이미 한 장소에 보관하기에는 부담스럽다. 나 같은 경우에도 서너 곳에 분산시켜 보관하고 있는데, 이번에 새집으로 옮긴 책은 전체의 3분의 1 정도다. 이사하기 전에 책장을 충분히 짜놓아서 아직 빈 공간이 조금 남아 있다는 것이 이사한 보람이다.

하지만 보람은 잠시뿐이다. 먼저 마구잡이로 꽂힌 책들을 마땅한 자리를 정해서 제대로 정돈하는 것이 이사보다 더 큰 일로 남아 있기 때문이다. 이 일은 따로 용역을 줄 수도 없는, 순전히 서재 주인인 나의 몫이다. 이전에 살던 집에서도 가끔씩 애는 써보았지만 결국 4년 동안 온전한 책 정리는 끝내지 못했다. 두 가지 핑계를 대었는데, 인생이 미완성이듯이 책 정리도 미완성으로 끝날 수밖에 없다는 '철학적' 이유가 하나였고, 군대식으로 잘 정렬된 책장보다는 중구난방으로 뒤섞인 서가에서 뭔가 새로운 아이디어가 나올 수도 있다는 '실용적' 이유가 다른 하나였다.

책들의 위치를 다 기억하고 있다면 모를까, 현실적으로는 필요한 책을 제때 찾지 못하는 일이 잦았으니 실용적이란 말은 어폐가 있다. 그래도 마구잡이 배열이 뭔가 시적이라는 느낌이 들때도 있다. 눈앞의 책장 한 칸을 보니 『행복에 걸려 비틀거리다』와 『구텐베르크 은하계』, 『나의 햄릿 강의』, 『돈을 다시 생각한다』, 『영화장르』, 『번역이론』 『트랙스크리티크』 등이 두서 없이 꽂혀 있다. 또다른 칸에는 『문학의 공간』과 『칼 세이건』, 『냉전의 역사』, 『그레이트 게임』, 『물리학으로 보는 사회』, 『니체 극장』이 나란히 자리하고 있다. 머지않아 자기 자리를 찾아줄 계획이지만 당분간은 이런 무질서도 즐기고 싶다. 장서가의 즐거움이란 것이 사실 대단찮다.

'삶의 향기'란 칼럼을 청탁받으면서 주로 딱딱한 책 이야기나 하게 될 것이라며 완곡히 사양했지만 첫 지면에 '무거운 책' 이야기만 쓰게 되었다. 무거운 책들과 함께하는 삶은 향기로운 삶이라기보다는 단내나는 삶이다. 그런데도 나는 "책 속에 길이 있다"는 말을 믿는다. 그 말에 인생을 걸었으니 도박인지도 모른다. 하지만 나는 인간의 정신과 일상의 감각을 보존하고 환기시켜주는 가장 강력한 매체로 책 이상의 것을 알지 못한다. "이 많은 책을 다 읽으셨어요?"라는 질문을 이사할 때마다 받으면서도 "다 읽을 수는 없지요"라고 멋쩍게 답하면서 여전히 책 속에 파묻혀 지내는 이유다.

-〈중앙일보〉(2014. 7. 1.)

2부

인문의 바다

1.

인생을 바꾸는 고전의 힘

인생을 바꾸는 고전의 힘

쓸모없는 것들의 쓸모 있음
누치오 오르디네 지음, 김효정 옮김
컬처그라퍼, 2015

서양문학 고전을 읽고 강의하는 것이 주로 하는 일인 터라 "왜 고전을 읽는가"라는 질문을 종종 던진다. 이탈리아 소설가 이탈로 칼비노가 쓴 『왜 고전을 읽는가』(민음사, 2008)를 가끔씩 펴보는 이유이기도 한데, 칼비노는 고전에 대한 14가지 정의를 제시함으로써 그 질문에 답한다. 고전이란 무엇인지 알게 되면 고전을 읽어야 하는 이유는 자동적으로 도출된다는 식이다.

고전에 대한 다양한 정의 가운데 몇 가지를 꼽아보면 고전은 독자들에게 소중한 경험을 선사하는 책이자 특별한 영향을 미치는 책이며, 다시 읽을 때마다 처음 읽는 것처럼 뭔가를 발견한다는 느낌을 갖게 해주는 책이다. 고전은 독자에게 들려줄 것이 무궁무진한 책이며 우리가 누구이고 어디에서 왔는지를 이해할 수 있게 도와주는 책이다. 이런 정의들의 공통점이 있다면 고전은 뭔가 '유용하기' 때문에 읽는 것은 아니라는 점이다. 이때 유용성은 넓은 의미의 유익함을 가리키는 것이 아니라 경제적 효용가치를 뜻한다.

칼비노가 인용한 에밀 시오랑을 재인용해보자. "소크라테스는 독약이 준비되는 동안 피리로 음악 한 소절을 연습하고 있었다. '대체 지금 그게 무슨 소용이오?' 누군가 그렇게 묻자, 소크라테스는 다음과 같이 대답했다. '그래도 죽기 전에 음악 한 소절은 배우지 않겠는가.'" 죽음을 눈앞에 두고 피리를 배우는 소크라테스에게 그것이 무슨 소용이냐고 질문하는 이의 관심은 그것의 실제적인 효용에 닿아 있다. 그런 기준으로 보면 소크라테스의 행동은 쓸데없는 짓이다. 반면에 죽기 전에라도 음악 한 소절은 더 배우지 않겠느냐고 대답하는 소크라테스에게 그것은 그 나름의 쓸모가 있다. 말하자면 '쓸모없는 일의 쓸모'다.

이탈리아의 인문학자 누치오 오르디네의 『쓸모없는 것들의 쓸모 있음』은 "인생을 바꾸는 고전의 힘"을 그 역설적인 용도에서 발견한다. 그가 대비시키는 것은 쓸모 있는 지식과 쓸모없는 지식이다. 그것은 다르게 말하면 이윤을 생산하는 지식과 생산하지 않는 지식이다. 고전을 읽고 공부함으로써 얻을 수 있는 지식은 직접 이윤을 생산해내는 것과 아무 상관 없는 지식이다. 그럼에도 불구하고 우리를 더 나은 사람이 되게 도와준다는 점에서 그것은 '유용하다'. 그것이 '쓸모

없는 지식의 유용성'이다.

오늘날 한국 사회에서, 특히 한국 대학에서 학문과 지식의 유용성을 이윤의 논리에서만 평가하고 이에 맞지 않는 인문학은 구조조정이라는 명분으로 퇴출시키는 현실을 고려하면 오르디네의 문제의식은 우리에게도 적실성을 갖는다. 그가 직시하는 유럽의 현실은 전 지구적 자본주의의 현실이면서 동시에 우리의 현실이기도 하다. 그는 이렇게 말한다. "수십 년 동안 이익의 사유화와 손실의 사회화를 누렸던 기업들은 잔인하게 노동자들을 해고하고, 정부는 일자리와 교육기관을 줄이는 동시에 장애인에 대한 지원과 공공의료 혜택을 축소하고 있다. 보장받아야 할 기본적인 권리는 시장의 지배에 종속되었고, 인간에 대한 어떠한 형태의 존중도 점차 사라질 위험에 이르렀다."

그는 이런 현실을 낳은 '사악한 경제 메커니즘'을 괴물이라고 부른다. 경제 논리라는 괴물이 지배하는 야만의 시대는 모든 것을 유용성의 관점에서 재단한다. 이른바 '지배적 유용성'은 경제적으로 큰 이익을 가져다주지 않는 모든 활동을 무익한 것으로 치부한다. 인문학과 고전어 교육, 예술적 상상과 비판적 사고 등이 무익한 활동의 목록이다(대학에서도 이런 교양교육 대신에 회계학이 새로운 필수과목으로 권장된다). "공리주의 세계에서는 교향곡보다 망치가, 시보다 칼이, 그림보다 스패너가 더 가치 있다고 평가받는다."

고전 공부란 쓸모없는 공부이고 고전으로부터 얻는 지식은 쓸모없는 지식이다. 하지만 그것은 인간의 정신을 수양하고 시민의 덕성을 기르는 데 필수적인 지식이다. 그것이 '지배적인 유용성'에 맞서는

'쓸모없는 지식의 유용성'이다. 이 두 가지 유용성은 플라톤의 구분을 이어받으면 노예와 자유로운 인간의 차이에 상응한다. 오르디네가 다시 들려주는 대화편 『테아이테토스』에서 플라톤은 자유로운 인간이 시간에 쫓기지 않고 늘 자유로우며 남의 눈치를 보지 않는 반면, 노예는 언제나 시간에 쫓기고 무슨 말이건 주인의 반응을 의식한다고 구별지어 말한다. '지배적인 유용성'이란 바로 이윤의 논리라는 괴물을 섬기는 노예의 유용성이 아닌가.

반면에 그런 괴물의 지배에서 벗어난 '쓸모없는 지식'은 자유로운 인간의 지식이요, 주인의 지식이다. 왜 노예적 영혼이 문제가 되는가. 플라톤에 따르면 노예는 '주인에게 아첨하고 자비를 구하는 기술'을 터득하느라 영혼이 쪼그라든다. 그래서 도덕적으로 성장할 수 없고 고귀한 감정도 가질 수 없다. "그리하여 젊은 시절부터 노예가 된 이들은 정의와 진실을 추구하는 것을 참을 수가 없으며, 쉽게 거짓말을 하고 모욕을 주고받는다. 결국 어린 시절을 지나 성인이 되고 전문가와 현자가 되었다고 믿는 그 순간, 건강한 생각은 아무것도 할 수 없을 정도가 된다."

여기서 니체의 '도덕의 계보'를 비틀어 '지식의 계보'를 말해볼 수도 있을 것이다. 니체는 현재의 '선'과 '악'을 거슬러올라가면, 즉 기독교 이후의 도덕에서 고대 그리스의 도덕으로 거슬러올라가면 그 기원에서 '나쁨'과 '좋음'을 발견할 수 있다고 주장했다. '선 = 나쁨, 악 = 좋음'은 말하자면 '가치의 전도'이자 재평가다. 계보학은 일반화된 가치관을 그렇게 뒤집는다. 이와 비슷하게 '쓸모 있는 지식과 쓸모없는 지식'의 대립도 거슬러올라가면 '노예의 지식과 주인의 지식'의 대립으로 재발견할 수 있을 것이다. 주인의 지식이란 자기 자신에 대한 지식이자 자기를 발견하는 지식, 자신에게 전념하는 지식이다.

존 윌리엄스의 소설 『스토너』(알에이치코리아, 2015)에서 주인공 윌리엄 스토너가 그런 자기 발견에 이끌리는 장면에 주목해보자. 가난한 농부의 외아들인 스토너는 조금이라도 농사일에 도움이 되는 지식을 배워오라는 부모의 기대를 안고 농과대학에 진학한다. 평범한 대학생으로 1학년을 마친 그는 2학년이 되어서 기초교양 강의의 하나로 영문학 개론을 듣는다. 다른 과목들과 마찬가지로 작가들의 이름, 작품, 연대, 영향력 등을 달달 외워서 첫 시험을 치렀지만 점수는 낙제에 가까웠다. 두번째 시험도 마찬가지였다. 그래서 스토너는 교수가 과제로 내준 작품을 읽고 또 읽었다. 하지만 도무지 이해할 수 없었다. 그는 단어만 읽을 뿐 책의 의미를 이해하기란 요령부득이었다. 그러던 어느 날, 셰익스피어의 소네트를 읽는 강의 시간에 스토너는 교수에게 질문을 받는다. "셰익스피어가 300년의 세월을 건너뛰어 자네에게 말을 걸고 있네, 스토너군. 그의 목소리가 들리나?"

같은 학기에 스토너가 들었던 토양화학 강의에서라면 이런 질문은 가능하지 않을 것이다. 스토너는 토양에 대한 지식이 쌓이면 아버지의 집으로 돌아갔을 때 유용할 것 같다는 생각으로 흥미를 갖고 공부했다. 하지만 영문학 개론은 달랐다. 교수는 셰익스피어가 '스토너군'에게 건네는 목소리가 들리느냐고 질문했다. 이것은 위대한 셰익스피어가 '나'에게 무엇을 말하고 있느냐는 질문이다. "윌리엄 스토너는 자신이 한참 동안 숨을 멈추고 있었음을 깨달았다. 그는 부드럽게 숨을 내쉬면서 허파에서 숨이 빠져나갈 때마다 옷이 움직이는 것을 세심하게 인식했다."

스토너는 교수의 질문에 제대로 답하지 못했다. 하지만 그 순간이 그의 인생을 결정지었다. 그는 비로소 고전이 어떤 것이고, 그에게 어떻게 말을 건네는지 눈뜨게 되었기 때문이다. 그는 농학에서 영문학으로 전공을 바꾸고 대학 도서관에서 책에 파묻혀 지냈다. "과거가 어둠 속에서 빠져나와 한데 모이고, 죽은 자들이 그의 앞에 되살아났다. 그렇게 과거와 망자가 현재의 살아 있는 사람들 사이로 흘러들어오면 그는 순간적으로 아주 강렬한 환상을 보았다." 고전이라는 책을 읽게 된 이후의 스토너는 그 이전과 같을 수 없었다. 그는 "가끔 몇 년 전의 자기 모습을 되돌아보면 마치 낯선 사람 같아서 깜짝깜짝 놀라곤 했다."

스토너는 결국 영문학 박사학위까지 받고 대학교수가 되었다. 평범한 교수로서 일생을 마치게 되지만 영문학 개론 시간에 읽은 셰익스피어의 소네트 한 편이 그로 하여금 자신을 발견하게 해주었고 그의 인생을 결정지었다. 평생 척박한 땅을 일구며 농부로 힘겹게 살다가 세상을 떠난 부모와는 전혀 다른 삶이었다. 그의 영문학 공부는 부모에게는 전혀 도움이 되지 않는 쓸모없는 공부였지만(다행히 그의 부모는 기대에 어긋난 스토너의 진로를 가로막지 않았다) 스토너에게는 자신의 열정을 바칠 수 있는 공부였다.

다시 오르디네의 쓸모없는 지식론으로 돌아오자. 그는 수많은 불확실한 것들 가운데 한 가지는 확실하다고 말한다. "쓸모없는 것을 생산하길 거부한다면, 오직 돈을 벌기 위해 달려가기만 한다면, 우리는 무분별하고 병적인 공동체를 만들고 말 것이다. 이 공동체는 결국 길을 잃고 자기 자신과 생명의 의미를 잃게 될 것이다." 거꾸로 우리가 고전으로 되돌아가는 것은, 공리주의적 목적과는 아무 상관 없는 지식을 애써 찾고자 하는 것은 길을 잃지 않고 인생의 의미를 잃지 않기 위해서다. 쓸모없는 것들의 쓸모를 다시 생각해볼 때다.

-〈출판문화〉(2015년 4월호)

“전쟁에서는 속임수도 꺼리지 않는다”

—

전쟁은 속임수다
리링 지음, 김승호 옮김
글항아리, 2012

동서양 고전 읽기에 대한 관심과 열기가 뜨겁다. 최고의 베스트셀러는 『논어』인데, 수많은 번역서와 해설서가 나와 있는데도 여전히 새로운 책들이 쏟아지고 있고 독자들의 반응도 끊이지 않는다.

그 가운데 ‘『논어』가 이런 책이구나’라는 감을 잡게 해준 책은 지난해에 나온 리링의 『논어, 세 번 찢다』(글항아리, 2011)였다. 리링은 베이징대 교수로 고고학, 고문헌학, 고문자학의 대가로 통한다. 『논어』를 종횡으로 읽어내는 그의 학식과 견해가 탄복할만 하여 이후에는 ‘리링의 모든 책’이다. 그가 펴낸 모든 책을 읽을 용의가 있다는 뜻이다.

고맙게도 '리링 저작선'이 연이어 출간되고 있다. 올해 『논어』 주석서 『집 잃은 개』(글항아리, 2012)와 『손자』에 대한 강의록 『전쟁은 속임수다』가 함께 나왔다. 모두 방대한 분량의 책으로 특히 『전쟁은 속임수다』는 저자가 『손자』 연구의 최고 권위자로 꼽히는 이유를 알게 해준다. 『손자』에 관한 고증과 고문헌적 성과에 최고 수준을 보여주는 책이다.

리링은 중국 병법의 요체를 "전쟁에서는 속임수도 꺼리지 않는다"라는 말에서 찾는데, 그것을 "규칙이 없는 것이 바로 단 하나의 규칙이다"로 해석한다. '전쟁은 속임수'라는 말의 뜻이다.

"적을 알고 나를 알면 백 번 싸워 백 번 이긴다"는 말은 누구나 다 아는 손자의 가르침이다. 그 손자를 알려면 리링의 강의를 읽어보길. '압도적!'이라는 말은 이런 경우에 쓰는 말이다.

-〈중앙일보〉 (2012. 12. 29.)

삼국지를 어떻게
읽어야 할까

삼국지를 읽다
여사면 지음, 정병윤 옮김
유유, 2012

고전이라면 언제라도 다시 읽어볼 만한 책, 곧 '다시 읽기'의 대상으로 여겨지지만 예외도 있다. '다시 읽어야 하나'를 고심하게 만드는 경우다. 『나관중 삼국지』 또는 그냥 『삼국지』라 불리는 『삼국지연의』가 대표적이지 않을까. 『삼국지』에 관한 두 가지 통설만 하더라도 순진한 독자를 어리둥절하게 만든다. 한쪽에서는 "『삼국지』를 읽지 않은 사람하고는 인생을 논하지 말라!"라고 이야기하고, 다른 한쪽에서는 "삼국지를 세 번 이상 읽은 사람하고는 만나지도 말라!"라고 말한다. 일독은 하되, 삼독은 곤란한 책? 무엇이 문제인가? 『삼국지』와는 별도로 '『삼국지』에 관한 책'에도 눈길이 안 갈 수 없다. 과연 『삼국지』를 어떻게 읽어야 할까.

전체적인 맥락을 알려주는 책으로는 중국 역사학자 여사면의 『삼국지를 읽다』가 요긴하다. 우리에게는 생소하지만 저자는 전목, 진인각, 진원과 함께 중국 근대 4대 역사학자로 꼽힌다 한다. 그가 쓴 유일한 대중교양서가 1940년대에 나온 『삼국지를 읽다』인데, 이 역사학의 대가가 『삼국지』에 주목한 것은 당시 중국의 출판물 가운데 가장 널리 팔리는 책이었기 때문이다. 그가 학교에서 가르쳐보니 역사에 대한 대중의 지식은 터무니없는 경우가 많았지만 유독 삼국시대에 관해서만은 그렇지 않았다. 물론 『삼국지』 덕분이다. 다만 정사正史에 바탕을 두고 있다 하더라도 소설인 만큼 『삼국지』에는 교정되어야 할 대목이 적잖이 있다. 저자가 기존의 잘못된 관점을 바로잡는 '고쳐 읽기'를 시도한 이유다.

가령 『삼국지』의 하이라이트라고 할 적벽대전의 진실은 무엇일까? 저자는 적벽대전 당시 조조, 유비, 손권의 형세를 자세히 짚은 뒤에 적벽에서 대적한 양측의 군사력을 비교한다. 북방에서 온 조조군이 20여만 명이었고 유비와 손권의 연합군이 5만 명 정도 되어 대략 5대 1의 비율이었다. 하지만 남방의 연합군이 지리에 대한 숙지와 수전水戰 숙련도에서 앞섰고, 황개의 화공책까지 가세해 조조군을 대파할 수 있었다. 비록 연합군이 승리했지만 손권이 조조에 대항하기로 결심한 이유가 저자는 미심쩍다고 본다. 손권이 조조에게 항복했다면 당시 상황으로는 각별한 대우를 받았을 것이고 천하도 좀더 일찍 통일되어 분열의 재앙을 피할 수 있었으리라는 것이 역사학자의 논평이다.

적벽대전의 자세한 진상은 김운회 교수의 『삼국지 바로 읽기』(삼인, 2006)를 통해서도 읽을 수 있다. 이 전투에 할애된 분량은 『삼국지』의 거의 10분의 1에 육박하지만 내용의 90퍼센트 이상은 실제 역사적 사실과는 무관하다는 것이 저자의 주장이다. 예컨대 화공을 제안하고 이를 성공시킨 적벽대전의 실제 영웅은 주유의 부장 황개지만 『삼국지』에서는 모든 것이 제갈량의 공으로 돌려진다. 또 적벽대전에 동원된 조조군의 수는 많아야 15만 명 이하였던 것으로 추정되며, 정사들의 기록으로 보건대 이 전투가 갖는 의의도 너무 과장되었다고 지적한다. 물론 삼국시대의 개막을 알린 신호탄이었던 만큼 적벽대전이 『삼국지』에서 가장 중요하게 다루어지는 것은 필연적이다. 외교관으로서 손권을 설득한 것 정도가 제갈량의 실제 역할이었더라도 그가 모든 것을 지휘한 것처럼 꾸며서 제갈량을 빼놓은 적벽대전은 상상할 수 없게끔 만든 것도 『삼국지』의 위력이다.

『삼국지』의 위력은 동시에 『삼국지』의 위험성을 말해준다. 류짜이푸의 『쌍전』(글항아리, 2012)은 이 위험성을 본격적으로 문제삼는다. 『수호전』과 『삼국지』를 중국문학사의 문제적인 두 경전으로 비판하는 저자는 『삼국지』를 한마디로 '중국 권모술수의 집대성'이라고 평한다. 중국의 민간에는 어려서는 『수호전』을 읽지 말고, 나이들어서는 『삼국지』를 읽지 말라는 속담이 있다고 한다. 문학적으로는 걸작이라고 평할 수 있지만 정신적·도덕적으로는 배울 것이 없는 작품, 아니 오히려 유해한 것만 배우게 되는 작품이 『삼국지』라는 뜻이다.

이미 1917년에 중국사상가 이종오는 『후흑학』에서 중국사에 등장하는 인물들을 '후흑'이란 두 글자로 읽어냈는데, '후厚'란 얼굴 가죽이 유비처럼 두꺼운 자를 말하며 '흑黑'이란 조조처럼 속마음이 시커먼 자를 가리킨다. 『삼국지』의 두 인물 가운데 누가 진정한 영웅인가를 놓고 논란이 벌어지지만 후흑학의 관점에서 보면 '낯이 두꺼운 자'와 '속이 시커먼 자'를 두고 누가 더 나은가를 논쟁하는 것과 다를 바 없다. 류짜이푸는 유비를 유가적 술수의 달인으로, 조조를 법가적 술수의 대가로 평가한다.

이 '후흑'의 대가들이 어떤 본보기가 될 수 있을까. 『삼국지』 군웅들의 리더십을 다룬 신동준의 『삼국지, 군웅과 치도를 논하다』(지식산업사, 2011)는 조조를 응변應辯의 인물로, 유비를 가인假仁의 인물로 평한다. '난세의 간웅'으로도 불리지만 조조는 임기응변으로 난세를 넘어선 탁월한 군사전문가이자 인문주의자였다. 반면에 유비는 능력은 출중하지 못했지만 사람을 볼 줄 알았다. 겉으로는 관인寬仁한 모습을 보였지만 그는 냉정한 판단력으로 뛰어난 인물을 만나면 기꺼이 자신을 낮추어 인재를 거두어들였다. 다만 조조와 같은 시대를 산 것이 그에게는 악운이었다고 저자는 말한다.

-〈책&〉(2012년 8월호)

노자의 『도덕경』과
독서의 반감기

—

처음부터 새로 읽는 노자 도덕경
노자 지음, 문성재 옮김
책미래, 2014

전 세계에 『성경』 다음으로 널리 알려진 책은 노자의 『도덕경』이라고 한다. 서양어로도 80여 종의 번역본이 나와 있을 만큼 동서를 막론한 고전이다. 2500여 년 전에 성립된 책이 그토록 오랫동안 많은 독자에게 읽혀왔다는 사실도 놀랍지만, 한편으로 『도덕경』은 가장 많이 오독된 책 가운데 하나로 꼽힌다. 분량은 5000여 자에 불과하지만 노자의 실체에 대해 우리가 잘 알지 못하는 것과 마찬가지로 『도덕경』의 해석을 놓고 의견이 분분하다.

거슬러올라가면 『사기』에 「노자열전」을 쓴 사마천조차도 노자로부터 400년 후대의 인물이고 가장 강력한 주석본을 펴낸 삼국시대 위나라의 왕필(226~249)도 사마천보다도 다시 몇백 년 뒤의 사람이다. 통상 왕필본이 오늘날에도 여전히 '통행본'으로 읽히지만 1973년 중국 후난성 마왕퇴 고분에서 출토된 백서본만 하더라도 우리가 알고 있는 순서와 다르다. 현재 『도덕경』의 원형을 가장 충실히 보존하고 있는 것으로 평가되는 백서본을 왕필은 참고할 수 없었으니 그의 견해만 신주 모시듯이 따르는 것은 결코 상책이 될 수 없다.

중문학자 문성재의 『처음부터 새로 읽는 노자 도덕경』이라는 책을 접하면서 든 생각이다. 처음부터 새로 읽는다는 것이 무슨 뜻인가? 이를테면 이런 차이다. 우리가 잘 알고 있는 『도덕경』의 첫 대목 "도가도 비상도道可道 非常道"부터 살펴보자. 백서본을 포함한 춘추전국시대의 판본에는 '비상도'가 '비항도非恒道'라고 나온다. '항恒' 자가 '상常' 자로 바뀐 것인데, 이는 한나라의 제3대 황제 효문제 유항劉恒의 이름을 피하기 위한 것이었다. 그래서 왕필의 통행본에도 '상' 자만 등장하지 '항' 자는 보이지 않는다. 비슷한 뜻의 단어이지만 '상'이 특정 대상의 불변성을 가리킨다면 '항'은 그 영속성에 방점이 놓인다고 한다. 왕필 이래로 '도가도 비상도'를 흔히 "도를 도라고 하면 그것은 늘 그러한 도가 아니다"라는 식으로 풀이해온 것이 혹 이런 차이 때문에 빚어진 것은 아닐까.

문성재는 통상적인 해석에 의문을 제기하며 '도가도 비항도'를 "도는 법도 삼아 따를 수는 있어도 영원한 도인 것은 아니다"라고 새롭게 풀이한다. '도'를 어떤 실체를 가리키는 것이 아니라 규칙이나 법도란 뜻으로 이해한 것이다. 불교식으로는 '법法'과 거의 같은 개념이라는 견해다. 사실 이 구절을 "말로 표현할 수 있는 도는 영원한 도가 아니다"라는 식으로 해석하게 되면 도에 관한 노자의 모든 언명이 논리상 모순적이게 된다. 『도덕경』 자체가 말할 수 없는 것에 대해 말해놓은 것이 되기 때문이다. 하지만 새로운 해석에 기대면 노자는 언어가 '영원한 도'에 미치지 못한다고 경계한 것이 아니라 "세상에는 영원히 변하지 않는 것은 없다"는 지혜를 설파한 것이 된다. 이런 새로운 해석이 타당하다면 우리가 읽어온 『도덕경』의 3분의 1 이상을 다시 고쳐 읽어야 한다. 어쩌면 노자와 『도덕경』에 대해 알고 있는 우리의 상식을 폐기해야 할지도 모를 일이다.

잘 안다고 생각해온 책을 처음부터 다시 읽어야 한다면 당혹스러울 수 있겠지만 자연스러운 일이기도 하다. 모든 지식은 끊임없이 성장하고 또 붕괴하기 때문이다. 세상에 영원한 것은 없다는 말은 의당 지식에도 적용된다. 가령 1950년대 중반까지만 하더라도 인간의 체세포에 들어 있는 염색체 수는 48개라는 것이 정설이었다. 물론 오늘날에는 중학생만 되더라도 그 수가 46개라고 배운다. 과학은 객관적이고 확실한 지식의 누적이라고 생각하기 쉽지만 실상은 전혀 그렇지 않다. 심지어 '지식의 반감기'라는 말이 나올 정도다.

쓸모 있는 지식으로서 효력을 상실하게 되면 더이상 지식이라는 이름에 값할 수 없게 된다. 정보과학자들이 분석한 결과 물리학에서 반감기는 10년 정도였다. 더 하위 분야로 내려가면 원자핵물리학은 5.1년, 플라스마물리학은 5.4년이 반감기였다. 새로운 논문이라도 그 정도 시간이 지나면 더이상 인용되지 않아 낡은 논문으로 폐기된다는 뜻이다. 독서도 마찬가지 아닐까. "옛날에 읽어봤지"라는 무용담으로는 충분하지 않다. 독서의 반감기를 극복하기 위해서는 다시 읽고 새로 읽을 필요가 있다. 세상 모든 일이 그러하듯 독서도 녹록지 않다.

-〈중앙일보〉(2014. 9. 30.)

『박물지』와 『산해경』

—

산해경
예태일 · 전발평 지음, 서경호 · 김영지 옮김
안티쿠스, 2008

동물들에 대한 이야기도 동서양에 차이가 있을까. 표본적인 비교는 아니지만 인문 고전으로 다시 나온 프랑스 작가 쥘 르나르의 『박물지』와 중국의 신화집 『산해경』은 그런 차이를 엿보게 한다. 또는 동서양의 차이와 상관없이 실제로 눈에 보이는 동물들에 대한 묘사와 상상의 동물들에 대한 기록으로 대비시켜볼 수도 있을 것이다. 아니 차라리 한 개인의 관찰기와 집단적 상상력의 집적으로 비교해야 할까?

『박물지』의 원제는 『자연사自然史』다. '자연의 이야기'라고 부르는 것도 가능한데, 과거 '자연학'을 '박물학'이라고 부른 것처럼 '박물지'라는 이름으로 소개되었다. 이 책은 1896년에 초판이 간행되고 1904년에 결정판이 나왔는데 『홍당무』라는 소설로 유명한 작가가 전원이나 동물원에서 볼 수 있는 수많은 동식물에 대해 쓴 일종의 관찰기다.

작가 자신은 '영상映像의 사냥꾼'을 자임하는데, 그가 아침 일찍 잠자리에서 일어나 자연으로 나갈 때 사냥총은 놔두고 가는 대신에 크게 뜬 두 눈을 챙기기 때문이다. 눈이 일종의 그물이어서 그는 시야에 잡히는 모든 것을 포획한다. 움직이는 밀밭과 식욕을 돋우는 개자리풀, 지나는 길의 종달새와 방울새가 포획물이다. 집으로 돌아와서 그런 영상들을 되새겨보며 다시금 선명하게 떠오르는 영상들을 글로 옮겼다. 이것이 『박물지』의 탄생 배경이다.

『박물지』라고 해서 장 앙리 파브르의 『곤충기』나 어니스트 시턴의 『동물기』처럼 정밀한 관찰과 끈질긴 묘사를 내세우지 않는다. 르나르는 주로 동물인 대상을 묘사하면서 한편으로는 자신이 받은 인상을 부각시킨다. 당나귀를 '어른이 된 토끼'에 비유한다거나 뱀에 대해서는 그 묘사를 '너무나 길구나'라는 한 줄로 압축한다. 비유와 시정詩情이 그의 보조적인 '사냥 도구'다. 그의 이미지 사냥은 주로 간단한 에피소드를 낳지만 짧게 응축될 때 더 흥미롭다. "무슨 일이 일어났나? 밤 9시인데 아직 그 집에 불빛이 보이네"는 개똥벌레에 대한 심상이고, "쿠아Quoi,(뭐야)? 쿠아? 쿠아? 아무것도 아니야"는 까마귀에 대한 기술이다. 자세히 묘사하지 않더라도 아주 정확하다. 『박물지』를 읽는 재미라고 할 수 있다.

『산해경』은 중국 최고最古의 대표 신화집이다. 산경山經과 해경海經을 합하여 '산해경'이라 부른 것으로 지리서의 모양새를 갖추었다. 신화집이면서 지리서인 셈인데, 가령 첫머리를 장식하는 '남산경'은 작산을 출발점으로 하여 다시 동쪽으로 300리를 가면 당정산이 있고, 다시 동쪽으로 380리를 가면 원익산이 있으며, 거기서 다시 동쪽으로 370리를 가면 유양산이라는 곳이 나온다는 식으로 서술된다. 그런데 초점은 이런 지리의 소개와 설명보다는 그 지역 특유의 동식물에 대한 묘사에 두고 있다. 곧 산천의 형세를 말한 다음에 그곳에서 산출되는 광물 및 동식물, 특이한 괴물이나 신령에 대해 언급하고 제례祭禮를 덧붙인다.

문제는 『산해경』에 등장하는 갖가지 괴물들에 대한 묘사가 너무 황당무계하고 허망할 정도로 신비롭다는 점이다. 사마천이 "감히 말할 수 없다"라고 평한 것이 결코 과장이 아닐 정도의 기서奇書가 『산해경』이다. 가령 소요산에 사는 어떤 짐승에 대해 "생김새가 긴꼬리원숭이 같은데 귀가 희고 기어 다니다가 사람같이 달리기도 한다. 이름을 성성狌狌이라고 하고 이것을 먹으면 달음박질을 잘하게 된다"고 서술하며, 저 산에 사는 어떤 물고기에 대해서는 "생김새가 소 같은데 높은 언덕에 살고 있다. 뱀 꼬리에 날개가 있으며 그 깃은 겨드랑이 밑에 있는데 소리는 유우留牛와 같다. 이름을 육鯥이라고 하며 겨울이면 죽었다가 여름이면 살아나고 이것을 먹으면 종기가 없어진다"고 소개한다.

이렇듯 곧이곧대로 믿기 어려운 이야기들의 퍼레이드가 『산해경』이니 오늘의 기준으로는 신화집이라고 부를 수밖에 없다. 상상동물 이야기라고 해야 할까. 언제 누구에 의해 이루어졌는지 불분명하지만

『산해경』은 대체로 기원전 3세기에서 4세기경에 무당들에 의해 쓰였고 무당들의 지침서라는 설이 유력하다고 한다. 물론 오늘날 그런 지침서로는 유효하지 않다. 그렇지만 동아시아적 상상력의 뿌리이자 보고寶庫라는 평가는 『산해경』을 다시 들여다보게 하는 동기가 된다. 우리 곁에는 눈에 보이는 동식물만 있는 것이 아니라는 사실을 확인하게끔 해준다.

-〈다솜이친구〉(2015년 6월호)

이중톈,
중국의 지혜를 말하다

—

이중톈, 사람을 말하다
이중톈 지음, 심규호 옮김
중앙books, 2013

중국 고전 해설서가 제법 나와 있고 고전 해설가도 안팎으로 드물지 않지만, 개인적으로 가장 강한 인상을 받은 저자는 이중톈이다. 중국 CCTV의 인문 강연 프로그램 〈백가강단〉을 통해 이미 폭발적인 대중적 인기를 모은 스타급 강사이고 저자인지라 따로 소개를 하는 것이 불필요하다. 그런데도 특별히 강한 인상을 받았다고 하는 것은 중국 선진先秦시대 대표적 사상 유파인 유가, 묵가, 도가, 법가의 핵심을 짚어준 『백가쟁명』(에버리치홀딩스, 2010)을 무릎을 치면서 읽었기 때문이다. 이후에는 '이중톈의 모든 책'을 읽을 용의를 갖게 되었다.

『이중톈, 사람을 말하다』는 자연스레 손에 들게 된 그의 신작이다.

번역본 제목이 사실 내용에 잘 부합하지는 않는데, 원제는 『중국 지혜中國智慧』이고 『백가쟁명』에 이어지는 책이다. '중국의 지혜'를 주제로 한 여섯 차례의 강연을 단행본으로 엮은 것인데, 이중톈은 '주역의 계시', '중용의 원칙', '병가의 사고', '노자의 방법', '위진의 풍도', '선종의 경계'를 중국을 대표하는 여섯 가지 지혜로 꼽았다. '위진의 풍도' 정도가 생소할까 나머지 주제는 모두 보고 들은 것이 있어서 어림해볼 수 있겠다 싶지만 막상 읽어보면 왜 '이중톈 현상'이라는 말까지 나왔는지 알게 해준다. 몇 가지만 따라가보자.

저자는 '주역의 계시'를 다룬 장에서 『주역』이 우리에게 알려주는 것이 우환의식, 이성적 태도, 변혁정신, 중용 원칙 등 네 가지라고 요약한다. 주나라 사람들은 농업민족이기에 비가 적게 와도 걱정, 많이 와도 걱정, 우환을 안 가질 수 없었다. 거기에 저자는 주나라가 너무나도 빨리, 그리고 쉽게 승리를 쟁취한 승자이기 때문에 우환을 갖게 되었다고 덧붙인다. 쉽게 얻은 것은 쉽게 잃을 수 있기 때문이다. 그런 생각을 『역경』의 마지막 제63괘 기제既濟와 제64괘 미제未濟에서 읽어내는 것이 이중톈식 해설이다. 만사를 이루었다는 괘 다음에 아직 다 이루지 못했다는 괘가 이어지는 꼴이다. 그럼 어떻게 되는가. 처음부터 다시 시작하는 수밖에 없다. 성공에 이르렀다 하더라도 다시 아직 성공하지 않음을 향해 나아가는 것, 그것이 주역의 지혜다.

저자는 '중용의 원칙'에 대해서도 많이 접하지 못한 해석을 보탠다. 먼저 '중中'은 극단으로 가지 않음이고 '용庸'은 현실과 동떨어진 번지르르한 말을 하지 않음이라고 풀이한다. 현실과 동떨어지지 않았다는 것은 우리가 능히 실천할 수 있다는 뜻이다. 소수의 성인군자만 실행할 수 있는 도덕을 강요한다면 거짓군자만 양산할 뿐이다. 그것을 이중톈은 "직으로 원한을 갚고, 은덕으로 은덕에 보답하라以直報怨, 以德報德"는 공자의 가르침으로 풀이한다. "이직보원"에 대해 일부 학계에서는 '원한으로 원한을 갚는다'고 해석하나 그는 '마땅히 어떻게 해야 한다면 그렇게 하라' 정도로 해석한다. 어떤 선택을 할 때 그것이 마땅한지, 그리고 가능한지 살펴서 처리한다는 것이다. 원칙 없이 처리하는 것도 아니고 원칙만을 고집하는 것도 아니다. 공자의 '중용지도'란 이런 것이기에 이중톈은 "대단히 실제적이고 탁월할뿐더러 정확하다"고 평한다.

『손자병법』을 다룬 '병가의 사고'에서도 "싸우지 않고도 적을 굴복시키는 것"이 최상의 전략이라고 손자가 말한 대목에 타당한 해석을 제시한다. 일부에서는 손자가 평화주의자라는 주장도 펼치지만 성을 공격하기 전에 적군의 군사 능력을 크게 떨어뜨려 저항할 수 없게 하고 부전승을 얻는 전략이라는 해석이다. 요컨대 손자는 결코 평화주의자가 아니었으며 전략가로서 그의 주된 관심은 전쟁의 경제학이었다고 저자는 정리한다. 단순해 보일지라도 한 수씩 더 짚어줌으로써 중국 고전을 보는 안목을 한 단계 높여준다고 할까. 저자는 주마간산식으로나마 중국 지혜의 정화를 훑어볼 수 있게 했다고 했지만, 두꺼운 책을 통해 자세히 말하지 않고도 핵심을 전달하는 능력이야말로 고수의 미덕이다.

-〈주간경향〉(2013. 2. 26.)

사랑의 기술과 형제애

사랑의 기술
에리히 프롬 지음, 황문수 옮김
문예출판사, 2006

고전이 '다시 읽기'의 대상이라면 고전과의 만남은 언제나 '두번째 만남'이다. 고전이 다시 읽을 만한 책, 다시 읽어야 제대로 음미할 수 있는 책을 가리킨다면 고전과의 만남도 두번째 조우를 통해서 제값의 의미를 갖는다. 설령 무심코 지나쳤던 첫번째 만남에서 서로 아무것도 주고받지 못했을지라도 첫번째 만남은 두번째 만남의 조건이자 절차로서 충분하다. '그래, 예전에 한 번 읽었지'라는 감상적 기억과 함께 다시금 책을 손에 들기, '로쟈, 고전과 만나다'는 그런 기분으로 시작한다. 이것은 고전과의 두번째 만남에 대한 제안이기도 하다.

기억을 더듬어 맨 먼저 다시 읽어보기로 한 저자는 에리히 프롬이다. 현대사상가들 가운데 드물게도 세계적인 베스트셀러 작가였으며 국내에서도 한때 가장 높은 인지도를 자랑했던 사회심리학자. 그런 만큼 그의 저작 대부분이 소개되었고 『자유로부터의 도피』나 『소유냐 존재냐』, 『사랑의 기술』 같은 대표작은 오랫동안 스테디셀러로 읽혔다. 학부 시절 대학가 서점에서 그의 책들은 흔하게 접할 수 있었고, 내가 처음 읽은 것도 삼중당 문고판 『사랑의 기술』이었다. 하지만 그런 인지도와 대중성이 프롬에게는 함정이기도 했다. 너무 많이, 너무 쉽게 읽히는 사상가라는 인식 때문에 '통속 사상가'로 폄하되었던 것이다. 그런 분위기에 편승하여 나도 그의 책을 대부분 갖고 있으면서도 정작 진지하게 읽어보지는 않았다. 일종의 '내리막 사상가'라고 할 수 있을까. 참고로 『103인의 현대사상』(민음사, 2003)에도, 우리 시대 지성인 218인을 다룬 최성일의 『책으로 만나는 사상가들』(한국출판마케팅연구소, 2011)에도 '에리히 프롬'은 빠져 있다.

그런 흐름은 여전한 듯 보이지만 반전의 계기가 있었다. 세기가 바뀌면서 적어도 개인적으로는 그런 분위기를 재고하게끔 만든 책이 몇 권 출간되었다. 하이데거 전공자인 박찬국 교수의 『에리히 프롬과의 대화』(철학과현실사, 2001)와 르네상스적 지식인 박홍규 교수의 『우리는 사랑하는가: 에리히 프롬의 생애와 사상』(필맥, 2004)이 국내서로는 대표적이고, 프롬의 제자이자 마지막 조수였던 라이너 풍크의 『에리히 프롬과 현대성』(영림카디널, 2003), 『내가 에리히 프롬에게 배운 것들』(갤리온, 2008) 등도 내가 수집한 책들이다. 이들은 한목소리로 우리가 에리히 프롬을 여전히 읽을 필요가 있고 그에게서 아직 많은 것을 배울 수 있다고 주장한다.

그럼 프롬 읽기의 현재적 의의란 무엇인가. 가령 우리말로 20종 이상의 번역서가 나와 있는 『사랑의 기술』(문예출판사, 2006)에 대해 다시 생각해보자. 제목으로는 오비디우스의 『사랑의 기술』과 같은 부류의 책으로 묶이기 쉬우나 알다시피 '연애의 기술'이나 '유혹의 기술'과는 전혀 거리가 먼 책이다. 박홍규 교수는 단도직입적으로 『사랑의 기술』이 '혁명적인 책'이라고 말한다. 사랑에 대한 상식을 철저히 파괴했기 때문이다. 어떤 상식인가. 사랑이란 '즐거운 감정'이라고 보는 상식, 그렇게 믿는 상식이다. 그런 관점에서라면 사랑은 기술이기에 지식과 노력이 요구된다는 주장만큼 낯선 것도 드물 것이다. 실상 대부분의 현대인은 사랑이 중요하다고 믿지만 정작 배워야 할 것이라고 생각하는 사람은 거의 없다.

프롬에 따르면 이런 태도는 세 가지 전제에서 비롯된다. 첫째, 사랑을 사랑할 줄 아는 능력의 문제가 아니라 '사랑받는' 문제라고 생각하는 것. 둘째, 사랑을 '능력'의 문제가 아니라 '대상'의 문제라고 생각하는 것. 셋째, 사랑을 '하게 되는' 최초의 경험과 사랑하고 '있는' 지속적 상태를 혼동하는 것. 사람들은 보통 서로에 대해 '미쳐버리는' 것을 열정적인 사랑의 증거로 여기지만 그것은 고작해야 그들이 서로 만나기 전에 얼마나 외로웠는가를 입증할 뿐이라고 프롬은 꼬집는다. '사랑한다'는 것은 쉬운 일이고 다만 그 사랑의 대상을 발견하는 일이 어려울 뿐이라고 생각하거나 본질적으로 오래 지속될 수 없는 열정적 감정만을 사랑과 동일시하는 태도는 사랑의 실패로 향하는 지름

길로 이끈다. 그렇기 때문에 사랑의 실패를 극복하거나 미연에 방지하기 위해 가장 먼저 필요한 것은 '사랑 또한 기술'이라는 사실을 깨닫는 것이다.

여느 기술과 마찬가지로 사랑의 기술 습득과정도 2단계로 이루어진다. 이론의 습득과 실천의 습득이 그것이다. 물론 『사랑의 기술』은 주로 이론적 검토에 바쳐진다('실습'까지 감당하려면 '워크북'이라도 붙어 있어야 했을 것이다!). 사랑에 대한 프롬의 이론은 인간 실존론에서 시작한다는 데 그 특징이 있다. 곧 사랑은 동물에게는 없고 오직 인간에게서만 발견할 수 있다. 동물의 경우 사랑과 비슷한 것으로서 애착이 있지만 그것은 본능적 기구의 일부일 뿐이다. 반면에 인간은 비록 자연의 일부이기는 하지만 자연으로부터 벗어난 존재다. 일단 '낙원'에서 쫓겨난 이상, 곧 자연과의 본래적 합일에서 벗어난 이상 인간은 새로운 조화를 찾아 앞으로 나갈 수밖에 없다.

인간은 이성적 동물이지만 이성이 우리에게 말해주는 것은 우리 자신의 고독과 분리다. 이 분리에 대한 인식은 격렬한 불안의 원천이다. "인간의 가장 절실한 욕구는 이런 분리 상태를 극복해서 고독이라는 감옥을 떠나려는 욕구"라고 프롬은 말한다. 이 분리 상태를 어떻게 극복할 수 있는가. 프롬은 모든 시대, 모든 문화에서 바로 이 동일한 문제, 곧 "어떻게 자신의 개체적 생명을 초월해서 합일을 찾아내는가" 하는 문제와 직면하여 대답을 찾고자 했다고 본다. 그 대답의 기록이 곧 인간의 역사이기도 한데, 그것은 몇 가지로 간추려질 수 있다.

가장 흔하게 찾아볼 수 있는 것은 '도취'다. 자연과의 일체감을 회복하기 위한 방책으로 '진탕 마시고 떠드는 상태'에 빠질 때 우리는 잠시라도 외부세계와의 분리감을 잊게 된다. 알코올중독이나 마약중독, 성적 오르가슴 추구 등이 이런 도취 추구의 방식이고 결과다. 하지만 도취는 불안에서 벗어나려는 절망적 노력임에도 불구하고 일시적으로만 가능하기에 결과적으로는 분리감을 더욱 증대시킨다.

도취와는 다른 방식이 집단과의 '일치'에 바탕을 둔 합일이다. 자신을 집단과 동일시함으로써 "내가 남들과 같고, 나 자신을 유별나게 하는 사상이나 감정을 갖고 있지 않으며, 나의 관습이나 옷이나 생각을 집단의 유형에 일치시킨다면" 나는 분리감으로부터 구제된다. 이런 일치화 경향은 인간을 표준화하며 이는 개성의 상실로 이어질 수 있다. 게다가 일치에 의한 합일은 도취만큼 강렬하거나 난폭하지 않기에 분리로 인한 불안을 진정시키기에는 불충분하다. 예술가나 직공의 '창조적 활동' 역시 합일을 이루는 방식이다. 하지만 이 경우의 합일은 일반적인 모델이 되기 어렵고 인간을 상대로 한 것이 아니라는 문제점이 있다.

도취적 융합으로 이루어지는 합일, 일치에 의한 합일, 생산적 작업을 통한 합일이 모두 인간 실존의 문제에 대한 부분적인 대답에 불과하다면 가장 완전한 대답은 무엇인가? 그것은 바로 다른 사람과의 융합의 달성으로서 '사랑'이다. 사랑은 "가장 기본적인 열정이고 인류를, 집단을, 가족을, 사회를 결합시키는 힘"이다. 그리하여 프롬은 인간 실존의 문제와 관련하여 사랑의 의의를 이렇게 규정한다. "사랑은 인간으로 하여금 고립감과 분리감을 극복하게 하면서도 각자에게 각자의 특성을 허용하고 자신의 통합성을 유지시킨다."

프롬의 주장에서 사랑은 받는 것이 아니라 주는 것이다. 사랑의 능동적인 성격은 그것이 보호, 책임, 존경, 지식 등을 기본적인 요소로 포함한다는 점에서도 확인된다. 사랑은 보호하고 배려한다. 사랑이 책임을 진다는 것은 응답할 준비가 갖춰져 있다는 뜻이고, 존경한다는 것은 어떤 사람을 있는 그대로 바라보고 그의 개성을 존중하며 그가 자기 나름의 방식으로 성장하고 발달하기를 바란다는 뜻이다. 그리고 보호와 책임, 존경은 지식에 의해 인도되어야 한다는 것이 프롬의 생각이다.

사랑에 대한 프롬의 이론에서 가장 흥미로운 대목은 사랑의 유형학인데, 그는 가장 기본적인 사랑이 '형제애'라고 말한다. 성서에서 "네 이웃을 네 몸처럼 사랑하라"라고 말할 때의 사랑, 곧 모든 인간에 대한 사랑이 형제애다. 형제애 다음으로는 '모성애'이며, 사랑이란 말이 가장 일반적으로 떠올리게 하는 '성애'는 세번째 유형이다. 그리고 '자기애'와 '신에 대한 사랑'이 사랑의 나머지 유형이다. 프롬은 "성애는 배타적이지만 다른 사람을 통해, 전 인류를, 모든 살아 있는 자를 사랑할 수 있다"고 말한다. 말하자면 한 사람에 대한 사랑을 통해 우리는 인류를 사랑하게 된다는 뜻이다. 『사랑의 기술』 대신에 아예 '형제애의 기술'이라는 제목이 붙었다면 책에 대한 많은 오해를 불식시킬 수 있지 않았을까.

-〈사람과 책〉(2012년 8월호)

행복의 비결은 무엇인가

—

행복의 정복
버트런드 러셀 지음, 이순희 옮김
사회평론, 2005

이달의 고전으로 고른 것은 버트런드 러셀의 『행복의 정복』이다. 철학자 러셀을 대표할 만한 저작은 아니지만 『서양철학사』나 『철학의 문제들』 등을 제치고 국내 독자들에게 가장 많이 읽히는 책이다. 에리히 프롬의 『사랑의 기술』과 함께 그런 관심의 상당 부분은 제목에 빚지고 있는 듯하다. 그렇다고 내용과 상관없는 현혹적인 제목이 붙어 있는 것은 아니다. 사랑이란 감정의 상태가 아니라 기술이라고 말하는 『사랑의 기술』과 마찬가지로 『행복의 정복』은 행복이란 저절로 얻어지는 것이 아니라 우리가 노력을 통해 정복하는 것이라고 말한다. 흔한 통념대로 인생의 목표가 행복이라면 『행복의 정복』이야말로 필독의 고전이 될 만하지 않을까.

개인적으로 러셀의 책을 처음 만난 것은 대학 1학년 때였다. 강의 시간에 『서양철학사』(집문당, 1980)를 소개받고 두 권짜리 번역본에서 현대철학을 다룬 하권만 읽은 기억이 있는데, 시인 바이런을 다룬 장이 인상적이었다. 철학사 책에서 칸트, 헤겔 등과 나란히 바이런을 다룬 것은 러셀만의 독특한 안목과 파격을 보여준다. 『결혼과 도덕』(박영사, 1977), 『종교는 필요한가』(범우사, 1987), 『철학의 문제들』(서광사, 1989) 등이 학부 시절에 읽은 책들이다. 그 이후에도 러셀의 책은 간간이 구입했지만 『행복의 정복』에 대한 특별한 인상은 갖고 있지 않다. 프롬의 『소유냐 존재냐』처럼 문고판 대역본을 통해서 접한 기억만 있다.

사실 젊은 시절에 행복론을 들먹이는 것은 조금 어울리지 않는 일이기도 했다. 중학교 때 나는 물리 시간에 '질량 보존의 법칙'을 배운 이후로 '행복량 보존의 법칙' 같은 것도 있을 것이라고 단정했다. 일정량의 행복이 보존되는 만큼 내가 남들보다 더 행복하면 그만큼 다른 사람은 불행해지는 것이라고 생각했다. 굳이 남들보다 불행해지고자 애쓰지는 않았지만 과도한 행복은 경계 대상이었다. 그래서 행복하지도, 불행하지도 않은 상태가 적당하다고 여겼다. 러셀의 진단에 따르면 나는 행복이 바람직한 것이라는 확신을 갖고 있지 않았던 것이다. 거꾸로 불행에 대해서는 은근한 정서적 만족감을 느끼고 있었는지도 모른다. 자기만의 행복 추구를 은연중에 거부하고 무시했기 때문이다.

러셀은 잠을 설친 사람들이 그렇듯이 불행한 사람들도 늘 자신이 불행하다는 사실을 자랑한다고 꼬집는데, 내가 그런 격이었다. 그는 그런 태도를 꼬리 잃은 여우가 하는 자랑에 비유한다. 이솝 우화에 나오는 이 여우는 다른 여우들에게도 꼬리가 없는 편이 훨씬 낫다고 주장하다가 결국 망신만 당한다. 행복해질 수 있는 방법을 알고 있다면 일부러 불행을 택할 이유가 없다는 것이 러셀의 생각이다. 그런데도 불행을 고집하려 한다면 『행복의 정복』은 읽을 필요가 없는 책이다(아니다. 거꾸로 받아들이면 '불행의 탐닉'으로도 읽을 수 있다!).

흥미로운 것은 러셀 자신도 젊은 시절에는 행복주의자가 아니었다는 사실이다. 애초에 행복하게 태어나지 않았다는 것이 그의 고백이다. 어렸을 때 즐겨 부르던 찬송가가 "세상에 지친 이 몸에 죄로 된 짐을 지고"였고, 다섯 살 때는 만약 일흔까지 산다고 하면 겨우 인생의 14분의 1을 버틴 셈이니 여생이 얼마나 지루할까 고민에 휩싸였다. 삶을 증오하던 사춘기에는 늘 자살을 꿈꾸었지만 수학을 좀더 알고 싶다는 욕구로 버텨냈다. 나중에 화이트헤드와 공저한 『수학의 원리』나 간추려 쓴 『수리철학의 기초』는 그런 인내가 아니었다면 빛을 보지 못했을 것이다.

그랬던 그가 노년에 이르러 삶을 즐기게 되었다. 어떤 비결인가. "이렇게 삶을 즐기게 된 비결은 내가 가장 갈망하는 것이 무엇인지 알아내서 대부분은 손에 넣었고, 본질적으로 이룰 수 없는 것들에 대해서는 깨끗하게 단념했기 때문이다"라고 그는 말한다. 더 압축하면 비결은 자신에 대한 집착을 줄였다는 데 있다. 그런 직접적인 경험과 관찰을 통해 러셀은 불행으로 고통받는 많은 사람이 충분히 행복해질 수 있다는 믿음을 갖게 된다. 그 믿음이 사람들의 상식이 되었으면 좋겠다는 바람이 책의 집필 동기다.

물론 모든 불행에 대한 처방을 제안하고 있지는 않다. 러셀은 행복이 부분적으로는 외부적 환경에 달려 있다는 점도 놓치지 않는다. 개인적 심리도 그 외부적 환경에 속하는 사회제도의 산물일 때가 많다. 따라서 행복을 증진시키려면 의당 사회제도의 변혁이 필요하지만 『행복의 정복』은 그 부분까지 다루지는 않는다(이 문제에 대해서는 『결혼과 도덕』이나 『사회개조의 원리』 같은 책에서 다루었다). 문제는 외부적 요인이 충족되었을 때에도 행복하지 않은 경우다.

"일용할 양식과 몸을 누일 곳을 확보할 수 있을 정도의 충분한 소득, 일상적인 육체 활동이 가능할 정도의 건강을 가지고 있는 사람들"이 분명한 외적 원인 없이도 불행하다면 어째서 그런가? 러셀은 이런 불행은 대부분 세계에 대한 그릇된 견해, 잘못된 윤리와 생활 습관에서 비롯된다고 본다. 그런 불행은 사회제도의 변혁까지 가지 않아도 개인의 힘으로 좌우할 수 있다. 무엇이 불행의 원인인지 깨닫고 개선하면 되기 때문이다.

그런 발상에 따라 러셀은 『행복의 정복』을 '불행의 원인'과 '행복의 원인', 두 부분으로 구성한다. 그가 보기에 불행의 원인은 단순하다. 아무 이유 없이 불행해하면서 그 불행의 원인을 우주의 본질로 돌리는 '바이런적 불행'에서부터 경쟁, 권태, 피로, 질투, 죄의식, 피해망상, 여론에 대한 공포까지 여러 가지 원인을 제시하고 있지만 불행의 원인을 뭉뚱그리면 한마디로 자기 자신에 대한 과도한 관심과 몰입이다.

러셀에 따르면 자기 몰입에는 죄인, 자기도취에 빠진 사람, 과대망상증에 빠진 사람, 세 유형이 있다. 죄의식에 사로잡혀서 끊임없이 자신을 탓하는 유형이 죄인이다. 자기도취형은 죄인형과는 반대로 자신을 찬미하며 남들에게도 항상 찬미를 받고자 한다. 자기도취형이 남들에게 매력 있는 사람으로 비치기를 갈망한다면, 과대망상형은 권력을 가진 사람, 그래서 남들이 두려워하는 사람이 되기를 바란다. 하지만 이런 자기중심성은 행복을 가져다줄 수 없다. 아무리 역사상의 위인이라 하더라도 전지전능한 존재는 아니므로 언젠가는 극복할 수 없는 장애에 부딪힐 수밖에 없다. 러시아 원정에 나섰다가 패배하고 결국에는 세인트헬레나로 유배당한 나폴레옹만 보아도 알 수 있다.

자기중심성이 불행의 주된 원인이라면 우리는 열정과 관심을 자기 내부가 아닌 바깥에 쏟는 것만으로도 행복을 이룰 수 있다. 러셀이 보기에 "행복한 사람은 자유로운 애정과 폭넓은 관심을 가지고 객관적으로 살아가는 사람이다." 그렇다고 도덕가들이 말하듯이 자기부정이 필요한 것은 아니다. 그저 관심을 외부로 돌리기만 하면 된다. 이타적일 필요도 없다. 가령 도덕가들은 사랑은 이기적이어서는 안 된다고 충고하지만 러셀은 그것이 어떤 한도를 넘어설 만큼 이기적이어서는 안 된다는 정도의 제한으로 받아들인다. 자신의 행복을 포기하고 상대방의 행복을 바라는 것은 옳지 않다는 것이 그의 생각이다. 행복의 비결은 단순하다. 되도록 폭넓은 관심을 가지는 것, 그리고 관심을 끄는 사물이나 사람들에게 되도록 따뜻한 반응을 보이는 것이다.

러셀은 열정, 사랑, 가족, 일, 일반적 관심사, 노력, 체념 등을 '행복의 원인'으로 열거하는데, 궁극적으로 필요한 것은 자기 자신에게만 관심을 두는 내향성의 극복이다. 왜 내향적인 성향이 문제가 되는가. 러셀은 이런 이야기를 들려준다. 옛날에 소시지 기계가 두 대 있었다. 돼지고기를 원료로 해서 소시지를 만들어내는 기계다. 이 가운데 한 대는 돼지에 관심이 많아서 엄청난 양의 소시지를 생산했지만, 다른 한 대는 "돼지가 나한테 무슨 소용이람?"이라고 말하며 시큰둥해했다. 이 기계는 돼지에 대한 관심을 끊는 대신에 자신의 내부를 연구하기 시작했다. 당연히 기계는 작동을 멈추었다. 하지만 아무리 연구해보아도 이 기계는 자신의 내부가 공허하고 어리석은 것으로 여겨졌다.

이 두 기계의 차이가 열정을 갖고 있는 사람과 열정을 잃은 사람 간의 차이라고 러셀은 말한다. 우리의 마음은 소시지 기계와 같아서 외부세계로부터 원료가 공급되지 않으면 일을 할 수 없다. 우리가 열정을 가질 수 있는 대상은 무궁무진하다. 다른 조건이 비슷하다면 어느 것 하나에라도 관심을 갖고 있는 사람이 그렇지 않은 사람보다 훨씬 더 세상에 잘 적응할 수 있고 흥미로운 삶을 살 수 있다. 거기서 더 바란다면 우리가 살아가는 이 이상한 행성과 이 행성이 우주 안에서 차지하는 위치에 대해 더 많은 지식을 습득하고 인류사의 원대한 조망 속에서 살아간다면 개인적으로 어떤 운명을 산다고 해도 강한 행복감이 곁을 떠나지 않을 것이라는 것이 러셀의 행복론이다.

-〈사람과 책〉(2012년 11월호)

P.S.

행복관의 역사에 관해서는 시셀라 복의 『행복학 개론』(이매진, 2012)이 유용하다. 프로이트의 『문명 속의 불만』과 러셀의 『행복의 정복』을 비교한 장도 포함되어 있는데, 이 두 책은 같은 해에 출간되었다. 제니퍼 마이클 헥트의 『행복이란 무엇인가』(공존, 2012)와 엘리자베스 파렐리의 『행복의 경고』(베이직북스, 2012)도 행복론과 관련하여 참고할 만한 책이다.

고전 작가로서의 하위징아

—

요한 하위징아
빌렘 오터스페어 지음, 이종인 옮김
연암서가, 2013

세상이 지금보다 500년 더 젊었을 때, 모든 사건은 지금보다 훨씬 더 선명한 윤곽을 갖고 있었다. 즐거움과 슬픔, 행운과 불행, 이런 것들의 상호간 거리는 우리 현대인과 비교해볼 때 훨씬 더 먼 것처럼 보였다. 모든 경험은 어린아이의 마음에 새겨지는 슬픔과 즐거움처럼 직접적이면서도 절대적인 성격을 띠었다.

이런 대목을 기억하는지? 요한 하위징아의 『중세의 가을』(연암서가, 2012) 서두다. 제목대로 서양 중세를 다룬 역사책이다. 하지만 하위징아의 책은 조금 특별하다. 그만큼 또는 그 이상으로 저명한 중세

사학자는 여럿 더 있지만 "세상이 지금보다 500년 더 젊었을 때"라고 적는 역사학자는 하위징아뿐이다. 이 특별한 역사학자가 어떤 인물이었을까 궁금했던 독자에게 빌렘 오터스페어의 『요한 하위징아』는 반가운 선물 같은 책이다.

같은 네덜란드인으로 하위징아로부터 '글 읽는 방법'을 배웠다는 저자가 쓴 이 평전의 초점은 역사학자 하위징아가 아니라 '고전을 써낸 작가' 하위징아다. 그에 따르면 하위징아는 몇 안 되는 네덜란드의 고전 작가들 가운데 한 사람이다. 물타툴리, 루이스 쿠페루스, 빌럼 엘스호트 등 함께 거명되는 네덜란드 작가 모두가 우리에게 생소한 것을 보면, 『호모 루덴스』(놀이하는 인간)의 저자는 가장 유명한 네덜란드 역사가를 넘어 우리가 아는 유일한 네덜란드 학자인지도 모르겠다. 놀랍게도 그는 "노벨문학상을 탈 수 있는 지근 거리까지 접근한 유일한 네덜란드 작가"이기도 했다.

하위징아를 고전 작가로 조명하려는 것이 저자의 특이한 의도인지라 평전인데도 하위징아의 생애는 책에서 비교적 간략하게 다루어진다. 네덜란드 북부 지방도시 흐로닝언 출신인 하위징아는 고향에 대한 강렬한 향토의식을 갖고 있었고, 첫번째 아내가 암으로 세상을 떠나기 전까지 흐로닝언대에 몸담았다. 다섯 자녀를 위해 연극 대본을 쓰고 연출까지 할 정도로 자상한 아버지였지만 맏아들이 갑자기 세상을 떠나면서 대본 쓰는 일은 그만두었다.

그는 평생 동안 시계처럼 정확한 삶을 살았는데, 오전에는 글을 쓰고 오후에는 강의에 나가고 저녁에는 각종 언어의 문법책을 읽었다.

그는 십수 개의 언어를 읽고 말할 수 있었다. 단조로운 학자의 삶이었지만 다행히도 예순다섯 살에 젊고 상냥한 두번째 아내와 재혼하여 나치 지배 아래에서도 만년의 삶을 버틸 수 있었다.

그런 생애의 요약에서 풍기는 인상과는 대조될 수도 있지만 하위징아는 열정을 역사의 감각기관이라고 생각했다. 역사에 대한 엄정한 인식과 객관적 학문정신을 강조하는 꼬장꼬장한 역사학자는 그의 스타일이 아니었다. 그는 과거를 좀더 생생하게 파악하기 위해 과거의 회화를 보아야 하고 과거의 문학을 읽어야 한다고 주장했다. 단테를 특별히 사숙했던 그의 책들이 풍부한 문학적 암시와 향취를 자랑하는 것은 우연이 아니다.

저자는 하위징아의 다양한 글쓰기 스타일과 공감각적 서술방식을 소개하는 데 많은 분량을 할애하는데, 하위징아가 즐겨 쓰는 대조법은 이런 식이다. "감성에 이성이 필요한 것처럼 우둔함에는 지혜로움이 필요하다." "미학의 분야에서 스타일이라고 하는 것은 윤리학의 분야에 오면 충성심과 질서가 된다." 이런 대조 속의 조화는 그가 역사뿐 아니라 세계를 바라보는 기본 시각이기도 했다. 『요한 하위징아』는 『중세의 가을』과 같은 책이 어떤 정신으로부터 나온 것인지 알 수 있게 해준다.

-〈중앙일보〉(2013. 1. 5.)

P.S.

기사에서 『요한 하위징아』를 '평전'이라고 적었는데, 제목의 기대치이기는 하지만 정확한 말은 아니다. 원제는 『하위징아 읽기Reading Huizinga』이고 저자의 초점은 하위징아의 생애가 아니라 '작가 하위징아'의 '훌륭한 저작들'이다. 그럼에도 불구하고 간략한 전기적 스케치와 연보를 통해 하위징아의 삶을 들여다볼 수 있었던 것이 이 책을 읽은 소득이다. 개인적으로 궁금했던 것은 하위징아의 우수에 찬 시선이었는데(인터넷에 뜨는 대부분의 사진에서 그는 공허하고 슬픈 눈빛을 보여준다) 그 궁금증을 어느 정도 해소할 수 있었다.

연보에 따르면 대학 시절의 하위징아는 "우울하고 감상적인데다 조울증의 기질이 있어서 흐로닝언 교외를 몽상에 빠져 산책하기를 좋아했다." 아마도 어머니를 일찍 여의고 새어머니를 맞은 일, 아버지의 매독이 유전되었을까봐 두려워 이복동생이 자살한 일 등이 성장과정에 영향을 끼치지 않았을까 싶다. 하지만 스무 살에 다섯 살 연하의 마리아를 만나 서른 살에 결혼하고 슬하에 다섯 자녀를 두면서 그의 인생도 조금 피게 된다. 연보에는 "마리아의 극진한 보살핌으로 조울증 기질이 많이 완화되었다"고 쓰여 있다. 이런 것이 '생의 대조법' 아닐까.

그렇지만 자신의 '베아트리체'이기도 했던 아내 마리아가 서른여덟의 나이에 암으로 세상을 떠나자 하위징아는 커다란 상심에 빠진다. 그는 아내와 사별하고 친구에게 보낸 편지에 "오늘 저녁 종말이

닥쳐왔다네. 아무런 의식도 고통도 없이"라고 적었다. 게다가 마흔여덟 살 때에는 장남이 열여덟 살의 나이로 사망한다. 이후에는 재미없는 학자로서의 삶을 산다. 하위징아의 뒤늦은 행복은 예순다섯 살 때 다시 찾아온다. 노학자는 젊고 상냥한 스물여덟 살의 처녀 구스테와 만나 다시금 열정에 빠지며 재혼까지 한다. 그는 마지막 책을 아내에게 헌정하면서 이렇게 썼다. "내 생애의 마지막 7년을 행복의 빛으로 가득 채워주었고, 조국의 적들이 내게 강제 부과한 유배생활을 견디게 해준 여인에게 이 책을 바친다."

『요한 하위징아』의 저자는 하위징아에 대해 이렇게 말한다. "그는 문화의 카산드라였지만 동시에 자기 자신을 낙관주의자라고 불렀다. 그는 역사의 어두운 측면을 알고 있었지만 그것을 빛의 그림자라고 생각했다. 그는 미덕과 악덕에 따라 세상을 구분하는 것을 좋아했다. 우리는 하위징아의 저서에서 처방 없는 묘사는 없고, 대조 없는 역사는 없다는 것을 발견할 것이다." 더 나아가면 그의 저서뿐 아니라 생애에서도 동일한 것을 발견할 수 있다.

2.

너 자신의 무지를 알라

철학은 배워서 어디에 쓰나요?

—

철학콘서트
황광우 지음, 김동연 그림
웅진지식하우스, 2012

당신에게 철학은 무엇이었나? 『철학콘서트』 세 권을 마주하니 내게서 철학은 무엇이었나, 질문을 던지게 된다. 언제였던가. 처음 철학적 물음에 붙들린 때가. 조금 진지한 관심의 시작이라면 실존주의 작가들을 즐겨 읽던 고등학교 시절부터가 아닌가 싶다. 가령 사르트르 같은 경우 나만의 취향이라고 할 수는 없다. 그때는 사르트르야말로 작가이자 철학자의 대명사였으니까.

게다가 윌 듀런트의 『철학이야기』를 읽은 것이 철학에 대한 관심을 높인 것으로 기억된다. 고3 어느 때인가 서점에 가서 철학 코너를 둘러보다 고른 것으로 내게는 철학 공부의 '이유식'과도 같은 책이다.

나중에는 구색을 맞추기 위해 주채周采의 『중국 철학 이야기』라는 책도 읽은 기억이 난다. 그렇게 철학책에 대한 독서는 '이야기'에서 시작되었다(이 책을 펼쳐든 독자라면 대부분 '콘서트'에서 시작하겠지만). 그리고 그 이야기의 자연스러운 귀결이, 또는 '다시 시작해보자'는 반복적인 귀결이 대학 첫 학기 '철학개론' 신청이었다.

그렇게 신청한 철학개론 수강 이야기를 계속하면 좋겠지만 반전이 있다. 나는 철학개론을 듣지 않았다! 수강 신청을 취소했기 때문이다. 책까지 구매했지만 어쩐 일인지 수강에 자신이 없어졌다. 아마도 최소한 플라톤부터 시작하는 철학개론을 상상했던 나에게는 루소의 『사회계약론』을 읽을 거라던 노老교수의 말이 부담이 되었던 듯싶다.

비록 철학개론과의 조우는 불발로 그쳤지만 이야기는 그것으로 끝나지 않는다. 3학년이 되자 철학개론은 건너뛰고 '현대사회의 철학적 이해' 같은 과목에 도전해보기로 했다. 교양 수준의 사회철학 강의였는데, 당시에는 에리히 프롬이나 헤르베르트 마르쿠제를 읽는 것이 정석이었다. 하지만 이 또한 미완의 기획으로 끝났다. 첫번째 리포트를 과제로 제출하고 군대에 가게 되었기 때문이다. 결과적으로 나는 학부 시절에 단 한 과목의 철학 강의도 듣지 않았다. 대학원 과정에 들어가서야 철학과 대학원의 개설 강좌를 몇 개 수강하거나 청강한 것이 정식으로 쌓은 '이력'의 전부다.

체계적이고 본격적인 철학 공부와는 대체로 아무 상관 없어 보이는 나의 공부 이력은 어떻게 제 갈 길을 찾았을까? 강의실 바깥에 광대무변했던 '철학 학교'와 '철학 교사' 덕분이었다. 그것은 바로 책이다. 『철학이야기』 이후에 내가 주로 읽은 책은, 서양철학 쪽으로는 박이문 교수, 동양철학 쪽으로는 도올 김용옥 교수의 책이었다. 다작의 저자들이기도 한 이들의 책을 거의 대부분 읽었다.

어떤 책들을 줄기차게 읽어나갈 수만 있다면 사실 저자는 상관없다. 그리고 어디에서 시작하더라도 무방하다. 나 같은 경우도 아무도 내게 무엇을 읽으라고 지도하거나 권유해주지 않았다. 하지만 책은 자연스레 꼬리에 꼬리를 물면서 독서의 길을 안내하는 법이다. 철학책이라고 해서 예외는 아니다. 단지 첫번째 책을 손에 들게끔 할 만한 물음을 갖고 있는가가 관건이다.

고대 그리스 철학자들이 흔히 '~란 무엇인가'라는 물음의 형식을 발명했다고 말한다. 그 물음의 형식에 붙들릴 때 우리는 오갈 데 없이 철학의 길, 철학적 사유의 오솔길에 들어선다. 정의란 무엇인가, 청춘이란 무엇인가, 인생이란 무엇인가 등이 모두 그런 물음에 속한다. 전공으로서의 철학 공부는 물론 별개의 문제다. 오직 소수만이 철학에 대한 성향을 타고난다는 것이 플라톤 이래의 정설이다. 그러니 철학을 어떻게 할 것인가라는 철학자들의 문제는 그들만의 고민으로 제쳐놓기로 하자. 하지만 특별한 철학적 성향을 필요로 하지 않는 철학적 문제들도 존재한다. "선생님, 인생을 어떻게 살아야 합니까?" 같은 황광우의 물음이 그렇다.

『철학콘서트』의 저자는 자신이 '철학의 초심자'라고 말한다. 그럼에도 불구하고 "어떻게 살아야 합니까?"라는 물음은 그로 하여금 '위대한 사상가들'의 '위대한 생각들'에 대한 탐구의 오랜 여정으로 이끌었다. 그가 얻은 결론은 무엇인가? "철학이 죽음 앞에 선 우리의 고뇌를 해결해주지는 않는다. 다만 그 풀기 힘든 난제에 대한 색다른 사유를 보여줄 뿐이다." 하지만 그의 결론은 이제 독자에게 또다른 질문거리다. "과연 그러한가?"라는 질문을 던질 수 있다면 우리는 '콘서트'가 끝난 자리에서 다시금 새로운 철학 여정을 기획할 수 있을 것이다. 당신에게도 물음이 있는가? 그 물음이 당신을 인도할 것이다. 그 물음에 따라서 우리 각자의 철학적 사유, 각자의 철학콘서트를 시작해보기로 하자.

-황광우의 『철학콘서트』 부록 게재

"너 자신의 무지를 알라"

소크라테스의 변론/ 크리톤/ 파이돈/ 향연
플라톤 지음, 천병희 옮김
도서출판 숲, 2012

고대 서양철학사에서 가장 중요한 장면은 단연 소크라테스의 재판일 것이다. 제자 플라톤을 철학의 길로 들어서게 만든 결정적인 사건인 만큼 '바로 이 한 장면'으로 꼽아도 무리가 아니다. 아테네 시민 세 사람에 고발당해 법정에 선 소크라테스가 펼친 변론을 기록한 것이 플라톤의 『소크라테스의 변론』이다. 어떤 죄목이고, 소크라테스는 어떻게 자신을 방어하는가.

소크라테스는 말투에는 개의치 말고 자기가 하는 말이 옳은지, 그른지에만 유의해달라고 배심원단에 당부하면서 '두 가지' 고발에 대한 변론을 전개한다. 직접적으로 그를 법정에 서게 만든 이들이 '나중의 고발인들'이라면 그보다 먼저 자신을 고발한 이들은 '최초의 고발인들'이다. 이 최초의 고발인들은 그를 모함한 불특정 다수다. 그들은 소크라테스가 "하늘에 있는 것들을 사색하고 지하에 있는 것들을 탐구하며 사론邪論을 정론正論으로 만든다"고 비난해왔다. 하지만 그런 비난은 자신과 무관하다는 것이 소크라테스의 주장이다.

아테네에서 지혜로운 자로 명성을 얻은 소크라테스이지만, 그 지혜란 다른 것이 아니라 자신의 무지에 대한 앎이라고 그는 말한다. 그의 한 친구가 델포이 신전에 가서 물은즉, 아테네에는 소크라테스보다 지혜로운 자가 없다고 하기에, 소크라테스는 그 말이 무슨 뜻인지 알고자 정치가와 시인, 장인 들을 찾아 나선다. 자기보다 더 지혜로운 자를 만나기 위해서였지만 실망스럽게도 그들은 모두 지혜롭지 못했다. 단지 지혜로워 보일 뿐이었다. 그는 가장 지혜로운 자란 "지혜에 관한 한 자신이 진실로 무가치한 자라는 것을 깨달은 자"임을 깨닫는다. 바로 소크라테스 자신이다. "너 자신을 알라"라는 그의 경구는 실상 '너 자신의 무지를 알라'라는 의미다. 철학이란 바로 이 무지에 대한 앎이었다.

소크라테스의 삶은 온전히 신탁에 바쳐진 삶이다. 인간의 지혜란 전혀 가치가 없다는 것이 신탁의 메시지이기에 지혜롭다는 평판을 듣는 이라면 누구든지 찾아가서 그의 무지를 일깨워주었다. 이처럼 신에 대한 봉사로 분주하여 소크라테스는 나랏일이나 집안일도 제대로 돌보지 못한다. 나중의 고발인들에 따르면 그가 젊은이들을 타락시킨다고 하지만 젊은이들이 그를 흉내내어 다른 사람들에게 이것저 것 캐묻고 다니는 바람에 죄를 덮어쓴 것에 불과하다. 게다가 신을 아예 믿지 않는다고까지 고발당하지만 신에 대한 봉사에서 소크라테스를 넘어설 자도 드물었다. 따라서 "소크라테스는 젊은이들을 타락시키고, 국가가 인정하는 신들을 인정하는 대신 다른 새로운 신들을 믿음으로써 불법을 저지르고 있다"는 고소는 근거가 없다.

여기까지 소크라테스의 변론은 나름대로 전략적이고 설득력이 있어 보인다. 소크라테스도 불법을 저지르지 않은 만큼 긴 변론이 필요하지 않다고 말한다. 그런데도 유죄 판결을 받는다면 사람들의 편견과 시샘 때문일 거라는 것이 그의 생각이다. 한데 그런 생각이 그에게 어깃장을 놓게 만든다. 그는 배심원단을 구성하고 있는 시민들을 향해 "나는 여러분을 좋아하고 사랑하지만, 여러분보다는 신에게 복종할 것입니다"라고 선언한다. 심지어 아테네에는 자신의 봉사보다 더 큰 축복이 내린 적이 없다고까지 말한다. 따라서 사형에 처하는 대신에 무료로 식사를 제공해야 마땅하다는 것이 그의 주장이다. 배심원단은 그에게 식사를 제공하지 않았다.

-〈한겨레〉(2013. 10. 7.)

철학의 기원과 소크라테스

철학의 기원
가라타니 고진 지음, 조영일 옮김
도서출판 b, 2015

인문 독자라면 가라타니 고진의 책은 더이상 낯설지 않다. 국내에 이미 20권이 넘는 책이 출간되었고 선집 시리즈인 '가라타니 고진 컬렉션'만 하더라도 13권에 이르렀다. 『철학의 기원』이 그 13번째 책이다. 가라타니 고진을 사상가로서도 자임하게 해준 대표작은 『세계사의 구조』다. 그의 이후 작업은 자신의 주된 저서를 보충하고 심화하는 것이었는데, 『철학의 기원』도 마찬가지다. 『세계사의 구조』에서 자세히 다룰 수 없었던 '그리스의 정치와 철학'에 대해 논한다. 주안점은 이오니아 자연철학의 의의를 새롭게 조명하고 그와 연관하여 소크라테스의 사상을 재평가하는 것이다.

흔히 서양철학의 기원을 소크라테스로 간주한다. 소크라테스 이전의 철학자들을 '자연철학자'라고 부르기는 하지만 그들은 주로 자연에 관심을 두었기에 그 의미를 축소한 것이다. 가라타니 고진은 이런 통념을 정확히 뒤집고자 한다. 그는 제자인 플라톤에 의해 소크라테스의 진의가 왜곡되었다고 보며 소크라테스와 플라톤의 사상을 분리하고자 한다. 플라톤은 이오니아의 정신과 철학에 대한 비판을 '소크라테스'의 이름으로 수행했지만(플라톤 대화편의 주인공은 대부분 소크라테스다) 정작 소크라테스는 이오니아의 사상과 정치를 회복하려고 한 마지막 인물이었다는 것이 가라타니 고진의 핵심 주장이다.

이오니아란 소아시아 서부의 좁은 해안과 에게해 동부의 섬들로 이루어진 지역을 가리키는 고대 지명으로 현재는 터키와 그리스의 일부다. 이오니아의 도시국가(폴리스) 시민들은 아테네와 그리스 본토에서 건너온 이민자들로 구성되어 있었는데, 이들은 씨족과 부족적인 전통에서 떨어져 있었기에 혈연적 유대나 구속에서 자유로웠다. 그래서 자신이 속할 도시를 자발적으로 선택했고 도시는 이들 간의 사회계약을 통해 성립되었다. 그러면서 시민이 지배자와 피지배자로 분화되지 않는 '무지배' 형태가 탄생했는데, 이 무지배를 '이소노미아isonomia'라고 불렀다.

이소노미아는 구성원들의 실질적인 평등에 근거하는데, 이오니아에서 이 평등의 바탕은 시민들의 자유였다. 토지가 없는 자는 타인의 토지에서 일하는 대신에 다른 도시로 이주했기에 대토지 소유나 부의 독점이 이루어지지 않았다. 말하자면 '자유'가 '평등'을 강제했다.

이와는 달리 그리스 본토에서는 화폐경제 발달이 심각한 부의 불균형과 계급 대립을 가져왔다. 이에 대한 대응으로 스파르타에서는 자유를 희생하는 대신에 교역을 폐지하여 경제적 평등을 강화하고자 했다. 반면에 아테네에서는 시장경제와 자유를 유지한 채 다수인 빈곤층이 소수의 부자로 하여금 부의 재분배를 강제하는 시스템을 만들었는데, 이것이 아테네의 데모크라시(민주정)다. 우리가 전체주의와 민주주의라는 이분법에만 익숙한 것은 또다른 정치 형태로서 무지배(이소노미아)가 억압 또는 망각되었기 때문이라고 할 수 있을까.

가라타니 고진은 철학의 기원으로서 이오니아 철학이 이오니아 정치(이소노미아)와 분리되지 않는다고 생각한다. 그들의 자연철학이란 인간과 세계를 일관되게 '자연'으로 파악하려는 것이었고, 이것은 인간을 지배와 피지배 같은 사회적 관계를 배제하고 이해한다는 뜻이다. 가령 히포크라테스는 어떤 집을 방문하든지 자유인이냐 노예냐를 묻지 않고 의술을 행해야 한다고 했고 오늘날 이는 '히포크라테스 선서'에 포함되어 있다. 가라타니 고진이 보기에 이런 태도는 노예와 외국인을 경시하고 배제했던 아테네 데모크라시에서는 나올 수 없다. 뒤집어보면 이오니아의 자연학은 '자연철학'이라고 부당하게 축소되었지만 인간에 대한 탐구와 윤리적 물음까지 포함한 것이었다. 소크라테스가 아테네 데모크라시에 위협으로 여겨져 사형을 선고받은 것은 그가 의식하지 않았더라도 이오니아의 이소노미아를 아테네에 다시금 복원하려고 했기 때문이라는 것이 가라타니 고진의 재해석이다.

-〈시사IN〉(2015. 5. 2)

플라톤이냐,
호메로스냐

—

철학의 신전
황광우 지음
생각정원, 2015

서양 고전이라 하면 곧바로 호메로스의 『일리아스』와 플라톤의 『국가』를 떠올리게 된다. 인문교양의 척도로 이 두 권의 독서 여부를 곧잘 들먹인다. 하지만 좋은 원전 번역서들이 나와 있는데도 『일리아스』와 『국가』를 '독파'하는 것은 일반 독자들에게 여전히 부담스러운 숙제다. 분량도 방대한데다 아무래도 고전을 둘러싼 언어적·문화적 장벽이 너무 높기 때문이다. 좋은 번역과 함께 그 장벽을 조금 낮출 수 있는 알맞은 가이드가 필요한 이유다.

『철학콘서트』(웅진지식하우스, 2012)의 저자 황광우의 『철학의 신전』은 일단 이런 용도의 가이드북으로 다가온다. '고전 읽는 교사들'

과 '철학하는 엄마들' 등의 공부 모임을 이끌면서 고전을 강의해온 저자가 바로 이 『일리아스』와 『국가』 두 권의 책을 오랫동안 같이 읽고 궁리한 바를 정리해놓았기 때문이다. 각 고전에 대한 시범적 독서로도 의미가 있는데, 저자는 한 걸음 더 나아가 호메로스와 플라톤 사이에 한판 대결을 붙인다. "삶과 죽음, 영혼과 신을 둘러싼 플라톤과 호메로스의 대결"이라는 부제에 충실히 따르면 이 책의 독서는 그 대결의 관전기가 되어야 할 듯하다.

이미 상식이 되었지만 먼저 시비를 건 쪽은 플라톤이었다. 그는 『국가』에서 시가 소수의 예외를 제외하고는 훌륭한 사람들마저도 망칠 수 있다고 지적한다. 아예 『국가』의 마지막 10권에서는 시와 철학 사이의 오랜 불화를 상기시키며 자신의 이상국가에서는 시인이 추방되어야 한다고 주장한다. 저자는 이 불화와 대결 구도를 "고대 그리스인의 정신사를 엮어온 두 새끼줄의 엉킴"이라고 부른다. 그것은 단지 시와 철학 사이의 시비에서 멈추는 것이 아니라 전혀 다른 두 세계관의 맞대결이었다.

과연 플라톤과 호메로스의 생각은 얼마만큼이나 서로 달랐는가. 먼저 인간 존재에 대한 기본 이해에서부터 차이를 보인다. 신이 불멸의 존재인 데 비해 인간은 필멸의 존재다. 필멸의 존재라는 것은 죽음이 인간의 운명이며 누구도 피할 수 없음을 뜻한다. 호메로스는 이런 운명에 냉담하다. 한 예로 전장에 나서는 헥토르는 만류하는 아내에게 이렇게 말한다. "어느 누구도 내 운명을 거슬러 나를 하데스에 보내지 못할 것이오. 하지만 태어난 이상 인간은 죽음을 피하지 못하오.” 곧 죽음은 태어난 자가 가질 수밖에 없는 숙명이다. 하지만 플라톤은 이와 다른 사생관死生觀을 갖고 있었다. 그에게 죽음은 신들 곁으로 가는 일이었다. 그래서 『소크라테스의 변론』에서도 소크라테스는 죽음을 슬퍼하지 않는다고 말했다.

한편으로 죽음을 슬퍼하거나 두려워하지 않는 것은 영혼 불멸에 대한 믿음 때문에 가능하다. 플라톤에게 육체와 영혼은 상호 대립하는 개념으로, 육체는 사멸한다 할지라도 영혼은 해체되지 않고 불멸한다. 반면에 호메로스는 그런 영혼관을 갖고 있지 않았다. 아예 '영혼'을 가리키는 특별한 단어를 갖고 있지 않았고, 호메로스의 프시케는 죽는 순간 사람을 떠난다. 플라톤은 이승과 저승에서 혼의 동일성이 유지된다고 말하지만 호메로스에게 저승은 영혼이 추방되는 곳으로 이승의 삶과는 무관하다.

신에 대한 생각도 전혀 달랐다. 플라톤에게 신은 아무런 흠결도 없으며 모든 좋은 것의 원인으로서 선을 본성으로 한다. 반면에 호메로스의 신들은 절대자도, 초월자도 아니고 각자의 지위와 역할에 따라 세상사에 개입한다. 이렇듯 전혀 다른 관념을 플라톤과 호메로스가 대표할 때 저자의 결론은 무엇인가. 그는 기독교로 전승된 플라톤주의에 맞서 호메로스의 정신을 회복하자고 제안한다. '호메로스의 아이' 니체는 이렇게 말했다. “우리 철학자들, '자유로운 정신들'은 '늙은 신이 죽었다'는 소식에 새로운 아침놀이 비치는 듯한 느낌을 받고 있다.”

-〈시사IN〉(2015. 9. 19.)

올바름이란 무엇인가

—

국가·정체(政體)
플라톤 지음, 박종현 옮김
서광사, 2005

대선을 두어 달 앞둔 정치의 계절인 만큼 정치철학의 고전도 만나보는 것이 좋을 듯싶어 이달에는 플라톤의 『국가』를 읽어보기로 한다. 초면은 아니다. 하지만 그렇다고 낯익은 체하기도 뭐하다. 데면데면한 고전이라고 할까. 고전은 으레 '다시 읽어야 하는 책'이지만, 동시에 '다시 읽어도 다 못 읽는 책'이다. 읽다가 중간에 덮는다는 뜻이 아니다. 마지막 책장을 넘기고 나서도 여전히 읽을거리가 남는다는 말이다. 그렇기 때문에 전체를 한 번 읽은 다음에는 주요한 대목들에 대한 재독과 정독이 필요하다. 고전 독서는 품이 많이 드는 독서다.

『국가』는 세 시기로 나눈 플라톤의 대화편 가운데 중기에 속하는 작품이다. 초기 대화편은 소크라테스의 철학적 행적을 재구성하고 있기에 '소크라테스적 대화편'이라고도 부른다. 어떤 개념을 정의하고 논박하는 내용이 많으며 주로 짧은 문답법 위주로 되어 있다. 당시 소피스트들의 대중 연설 방식 대신에 소크라테스가 선호한 것은 단답식 문답법이었다. 자신을 무지한 자로 자처하면서 연속적인 질문을 통해 상대방이 무지를 자인하게끔 만드는 것이 소크라테스의 전형적인 수법이었다. 제자들은 그런 수법에 경탄을 아끼지 않았지만 그의 논적들은 그런 방식을 매우 못마땅하게 여겼다.

전체 10권으로 된 『국가』에서 1권은 그런 문답법으로 구성되어 있으며 나머지 2권부터 10권까지는 소크라테스가 제자들의 질문에 길게 답하는 형식으로 되어 있다. 이런 구성방식의 차이 때문에 1권과 나머지 대목이 쓰인 시기가 다르다고 보는 학자도 있다. 전체적으로는 젊은 소피스트 트라시마코스와의 논쟁 위주로 되어 있는 1권의 요지를 뒤이은 2권에서 10권이 자세히 보충하면서 한번 더 반복하는 식이다. 대화 형식을 갖추고 있지만 소크라테스의 일장연설이라고 보아도 무방하다. 그런 점에서 초기 대화편과는 달리 플라톤의 관점과 색깔이 많이 투영되어 있는 것으로 이해된다. 소크라테스라는 대역을 통해서이기는 하지만 스승인 소크라테스의 그늘에서 벗어나 자신의 목소리를 본격적으로 내기 시작하는 것이 플라톤의 중기와 후기 대화편이다. 즉 『국가』에서 소크라테스는 곧 플라톤 자신이기도 하다.

제목이 『국가』이기는 하지만 주로 다루는 주제는 '올바름(정의)'의 문제이기에 『국가』에는 "올바름에 관하여"라는 부제를 붙이기도 했다. 애초에 발단은 트라시마코스가 올바름이란 더 강한 자의 편익에 불과하다는 주장을 펼침으로써 소크라테스를 자극한 데 있었다. 그의 주장을 소크라테스는 올바르지 못함이 올바름보다 더 이득이 되며, 올바르지 못한 사람의 삶이 올바른 사람의 삶보다 더 낫다는 주장으로 받아들였다. 그와는 반대로 올바른 사람이 행복하며 올바르지 못한 사람은 불행하다는 것이 소크라테스의 주장이었다. 하지만 올바름이 올바르지 못함보다 더 나은 것이라는 주장은 곧바로 쉽게 수긍하기 어렵기에 소크라테스는 이를 입증하고 설득하기 위해 굉장히 긴 설명을 하는 수밖에 없었다. 『국가』가 여느 대화편들의 몇 배에 해당하는 분량을 갖게 된 것은 이런 이유 때문이다.

올바름이 올바르지 못함보다 더 낫다는 주장을 펼치기 전에 필요한 것은 올바름에 대한 정의다. 무엇이 올바름인가를 먼저 물어야 하는 것이다. 특이한 것은 소크라테스가 이 질문에 답하기 위해 취한 절차다. 올바름에는 개인의 올바름과 국가의 올바름, 두 가지가 있을 터인데, 한결 규모가 큰 올바름을 이해한다면 작은 형태의 올바름도 쉽게 이해할 수 있으리라는 것이 그의 생각이다. 곧 국가의 올바름을 알게 되면 개인의 올바름은 자연스레 파악할 수 있다는 것이다. 이런 관점은 국가의 올바름과 개인의 올바름 사이의 유사성을 전제로 하는데, 오늘날의 관점에서 보면 결코 자명한 전제가 아니다(가령 라인홀드 니버의 『도덕적 인간과 비도덕적 사회』가 말해주듯이 개인과 사회의 도덕성이 불일치하는 경우도 우리는 얼마든지 생각해볼 수 있다).

그런데도 먼저 소크라테스의 주장을 따라가면 그는 국가를 구성하는 세 계층이 각자의 역할과 직분에 충실할 때 국가가 올바른 상태에 놓인다고 말한다. 생산자와 전사, 통치자가 그 세 계층이며 절제와 용기, 지혜가 그들이 가져야 할 각각의 미덕이다. 이런 미덕을 갖추고 각자가 자신에게 맞는 일을 하는 것이 훌륭한 나라의 조건이고 특징이다. 국가의 올바름이 그렇게 가능하다면 개인의 경우는 어떤가. 소크라테스는 우리의 혼 또한 국가와 마찬가지로 세 부분으로 구성되어 있다고 주장한다. 욕구와 격정, 이성이 그 세 부분이며 이는 국가를 구성하는 세 계층에 대응한다. 올바른 국가와 마찬가지로 우리 영혼의 각 부분이 제대로 일을 하게 되면 올바른 사람이 된다. 반대로 올바르지 못한 사람이란 혼을 구성하는 각 부분이 서로 참견하거나 간섭하면서 내분을 불러일으킨 상태다. 결국 올바름은 훌륭한 상태로서 혼의 건강을 뜻하며 올바르지 못함은 나쁜 상태로서 혼의 질병을 가리킨다.

올바름이라는 주제에 한정하여 『국가』의 주장을 간추리면 그렇다. 하지만 대개의 고전이 그렇듯이 『국가』에도 흥미를 끄는 곁가지 이야기들이 포함되어 있다. 국가와 개인에서 올바름이란 무엇인가를 설명한 소크라테스가 올바른 정체政體와 대비되는 잘못된 정체들에 대해 설명하려고 할 때 제자들은 수호자 계층(전사와 통치자)의 처자 공유 문제, 출산과 양육 문제에 대해 더 자세히 설명해달라고 요청한다. 이에 대해 소크라테스는 조금 망설이다가 자신의 견해를 세 가지 파도에 견주며 밝힌다. '파도'라는 비유는 파격적인 주장에 대한 암시다.

첫번째 파도는 여성도 수호자로 임명할 수 있다는 주장이다. 소크라테스는 여성도 남성과 똑같이 양육되고 교육을 받아 동등한 정치적 역할을 할 수 있다고 말한다. 당시 아테네 민주정에서 여성과 노예에게는 참정권이 부여되지 않았다는 점을 고려할 때 이런 남녀평등적 사고는 충분히 파격적이다. 소크라테스가 드는 비유로 치면 이는 레슬링 도장에서 여자가 남자들과 똑같이 옷을 벗고 운동하는 것과 마찬가지다. 그런데도 그는 자연적 이치에 따라서 여성에게도 남성과 동등한 자격이 주어져야 한다고 믿는다. 어떤 이치인가? 전사계층이 가져야 할 성향의 모델이 되는 감시견의 경우 암컷과 수컷은 그 역할에서 차이가 없다. 즉 양떼를 보살피는 일을 암컷도 할 수 있다면 여성도 전사로서 자기 역할을 할 수 있다고 보아야 한다. 그것이 자연적 이치다.

두번째는 더 큰 파도다. 소크라테스는 수호자 계층의 경우 모든 처자식을 공유하고 개인적인 동거는 금지해야 한다고 말한다. 이런 조치의 목적은 무질서한 성적 관계를 갖지 못하게끔 하기 위해서다. 성에 대한 전체주의적 통제를 연상시키는데, 기본 발상은 우생학적인 고려에 근거를 둔다. 가령 사냥개의 경우 좋은 혈통끼리 짝짓게 하여 최선의 새끼들을 얻으려고 하는 것과 마찬가지로 인간도 최상의 통치자들을 얻으려면 함부로 짝을 짓게 하면 안 된다. 최선의 남자들은 최선의 여자들과 가능한 한 자주 성적 관계를 갖게 하고, 변변찮은 남자들은 변변찮은 여자들과 더 드물게 성적 관계를 갖게 해야 한다. 남녀는 정해진 축제 기간에 추첨을 통해 만나게 되어 있지만, 그런 우생학적 목적을 달성하기 위해서는 '정교한' 추첨방식이 필요하다고 소크라테스는 말한다. 그렇게 가장 사적인 가족마저도 공유의 대상이 된다면 모든 시민이 국가를 위해 더 굳건하게 단결할 수 있지 않겠느냐는 것이 그의 생각이다.

문제는 이 두 가지 파도보다도 훨씬 더 강력한 세번째 파도다. 그것은 다름 아니라 철학자가 국가를 통치해야 한다는 이른바 '철인통치론'이다. 통치자가 갖추어야 할 덕목이 지혜인 만큼 '지혜를 사랑하는 자'로서 철학자가 통치에 적합할 것이라는 점은 당연해 보이지만, 철인통치론이 남녀평등론이나 처자공유론보다도 더 파격적인 주장으로 여겨진다는 사실이 흥미롭다. 소크라테스의 이런 주장에 대해 사람들이 웃통을 벗어던지고 달려들 것이라는 응답은 당시 아테네에서 철학자가 가졌던 부정적 평판을 짐작하게 한다. 『국가』에 대한 흔한 상식은 철학자가 통치하는 이상국가론을 펼친 책이라는 것이지만, 정작 플라톤 자신이 그런 '올바른 국가'의 실현 가능성에 대해서 과연 얼마나 확신한 것인지는 수수께끼로 남는다. 이번에도 『국가』를 다 못 읽는 이유다.

-〈사람과 책〉(2012년 10월호)

신들을 다시 만나는 방법

—

모든 것은 빛난다
휴버트 드레이퍼스·션 켈리 지음, 김동규 옮김
사월의책, 2013

벌써 오래전 영화이지만 쿠엔틴 타란티노의 걸작 〈펄프픽션〉(1994)의 한 장면을 떠올려보자. 조직원 줄(새뮤얼 잭슨)과 빈센트(존 트래볼타)는 두목의 가방을 빼돌린 자들을 찾아가 응징하는데, 화장실에 숨어 있던 한 명을 놓친다. 무방비 상태인 그들에게 그가 은빛 매그넘 권총을 겨누고 여섯 발을 연달아 쏜다. 놀랍게도 줄과 빈센트는 한 발도 맞지 않는다. 줄은 그를 마저 처치하고 이 사건에 심각한 충격을 받는다. 빈센트는 기막힌 행운이었다고 말하지만 줄이 보기에는 신이 개입한 기적이다. 당신이 보기에는 어떤가. 행운인가, 아니면 기적인가.

『모든 것은 빛난다』의 공저자인 두 철학 교수의 말대로 "이 세속의 시대에는 아마도 빈센트의 태도가 더 표준적이라고 말하는 편이 맞을 것이다." 우리는 탈형이상학의 시대를 살고 있기에 그런 상황에서 경이나 감사의 감정에 압도되지 않는다. 기적을 목격했다고 믿은 줄은 조직에서 은퇴하지만 단지 요행이었을 뿐이라고 생각한 빈센트는 이후에도 두목의 뒤치다꺼리를 하다가 어이없는 죽음을 당한다. 타란티노의 블랙유머가 빛을 발하는 이 이야기를 그냥 웃어넘길 수 있을지도 모른다. 하지만 저자들은 정색하고서 진지한 철학적 성찰거리로 삼는다. 총알이 빗나간 것이 신의 개입이라고 보는 줄의 관점을 호메로스 세계와의 연관 속에서 조명한다.

그리스인들의 인간 이해에서 핵심은 삶에서의 탁월성이었다. 그런데 이 '탁월함'을 뜻하는 그리스어 '아레테arete'는 나중에 미덕virtue으로 번역되었지만 겸손이나 사랑 같은 기독교적 개념이나 의무의 준수 같은 스토아적 이상과는 아무 상관 없다. 그것은 신들과의 올바른 관계를 의미하는 것으로서 "감사와 경외의 느낌에 자신을 내맡기는 것"이다. "인간들은 누구나 신들을 필요로 하니까요"라는 것이 그들의 세계관이었다. 즉 인간의 탁월한 성취를 그들은 인간의 공이 아니라 신의 특별한 선물이라고 보았다. 심지어 호메로스는 잠든다는 것조차도 우리가 마음대로 할 수 있는 일이 아닌 성스러운 행위로 여겼다. 한마디로 경이와 감사로 가득찬 세계다.

하지만 니체의 말대로 "우리 스스로 신이 되어야 한다"고 생각하는 오늘날은 어떤가. 저자들은 계몽주의가 형이상학적 개인주의를 받아들인 것이 서양사의 가장 극적인 전환이라고 말한다. 결과는 썩 좋아

보이지 않는다. 모든 일에 스스로 책임을 지는 자율적인 개인을 이상으로 내세우면서 우리는 우주에서 유일한 행동 주체가 되었다. 인간이 자기 실존의 핵심을 통제하기에 불충분한 존재로 파악한 호메로스와는 너무나도 거리가 먼 관점이다.

저자들은 칸트의 자율적 인간이라는 이념의 자연스러운 귀결이 니체의 허무주의라고 본다. 이것은 일종의 막다른 골목이다. 우리의 통제를 벗어나는 모든 놀라운 일들에 대해 닫혀 있기 때문이다. 가령 1999년 뉴욕 양키스의 2루수 척 노블락은 1루 송구에도 애를 먹으며 관중석으로 공을 던지기까지 했다. 호메로스라면 신들의 간섭이라고 불렀을 일이지만 우리는 개인의 책임으로만 귀속시킨다. 모든 것이 그런 식으로 설명되면서 우리는 무거운 선택의 짐만 짊어진 채 경탄할 일이 아무것도 없는 단조롭고 지루한 세계에 살게 되었다. 어떤 출구가 있을까. 그나마 다행인 점은 신들이 우리를 버린 것이 아니라 "우리가 그들을 발로 걷어찬 것"이라는 사실. 왜 우리는 신들을 버렸고 어떻게 다시 조우할 수 있을지 궁금하다면 『모든 것은 빛난다』가 우리가 드물게 만날 수 있는 기적을 보여줄 것이다.

-〈시사IN〉(2013. 9. 7.)

신들은
어떻게 죽었나

—

니체와 철학
질 들뢰즈 지음, 이경신 옮김
민음사, 2012

> 만일 신들이 존재한다면, 내가 신이 되지 않고서 어떻게 견딜 수 있겠는가! 그러므로 신들은 존재하지 않는다.

니체의 『차라투스트라는 이렇게 말했다』에 나오는 말이다. 상식대로 '신의 죽음'은 니체의 이 대표작에서 '초인의 탄생'을 가능하게 하는 핵심 주제 가운데 하나다. 그런데 신들은 어떻게 죽은 것인가. 『차라투스트라는 이렇게 말했다』를 읽은 독자라면 기억할 만한 대목이다. 그들은 웃다가 죽었다.

오래전 어느 날 분노의 수염을 한 어떤 신이 가장 무신론적인 말을 내뱉었다. "오직 하나의 신이 있을 뿐이다! 너희는 내 앞에서 다른 신을 섬겨서는 안 된다!"

그러자 이 말을 들은 다른 모든 신이 깔깔거리며 웃어대기 시작했다. 그들은 외쳤다. "신들이 존재하지만, 하나의 신만 존재하지 않는다는 게 바로 신성함이 아닌가?"(펭귄클래식, 2015) "신들은 존재하지만 유일신은 존재하지 않는다는 것, 그것이야말로 신다운 일이 아니겠는가?"(한길사, 2011) "신들은 존재하지만 유일신은 존재하지 않는다는 것, 바로 이것이야말로 신성함이 아닌가?"(민음사, 2004)

손에 잡히는 대로 몇 가지 번역을 나열한 것은 들뢰즈의 『니체와 철학』에서는 이 대목이 조금 다르게 번역되었기 때문이다. "신들이 존재하건, 단 하나의 유일신도 존재하지 않건, 소위 그것이 신(성) 아닌가?" 『차라투스트라는 이렇게 말했다』의 내용과 비교하면 웃음을 터뜨리게 되는 번역이다. 니체가 말하는 신성은 복수로서의 신들은 존재하지만 단수로서의 신, 곧 유일신은 존재하지 않는다는 것이다.

이 복수주의pluralism가 들뢰즈가 강조하는 니체 철학의 본질이다. 더 나아가 그는 복수주의가 철학의 고유한 사유방식이자 발명품이라고 말한다.

들뢰즈에 따르면 니체는 '위대한 사건들'을 믿은 것이 아니라 사건의 복수적 의미를 믿었다. 모든 사건과 현상, 말과 사유는 다수의 의미를 갖는다. 때로는 이렇고 때로는 저렇다. '그때그때 달라요'라고 정리할 수 있을까. 헤겔은 복수주의를 순진한 의식과 동일시하면서 비웃었다. 마치 요랬다조랬다 하는 아이들의 미숙한 행태와 닮았다고 보는 쪽이다. 헤겔식으로 말하면 진리는 하나인 것이지 여럿이 될 수 없다. 그런 헤겔주의에 맞서 들뢰즈는 사건이나 현상이 이렇게도 보이고 저렇게도 보일 수 있다는 생각이야말로 철학의 가장 위대한 성취이자 성숙함의 표지라고 말한다.

이렇게 보거나 저렇게 본다는 것은 무게를 재고 가치를 평가한다는 뜻이다. 다르게 말하면 해석하는 것이다. 그래서 철학은 다른 무엇보다도 해석의 기술이 된다. 이 해석은 해석하는 자의 존재 양태와 분리되지 않는다. 세상에는 고귀한 자가 있고 비천한 자가 있다. 인생은 바라보는 자에 따라서 희극도 되고 비극도 된다. 그것을 관통하는 단일한 보편성이란 없다. 니체는 칸트적 보편성을 '거리의 파토스'로 대체한다. 고귀한 자와 비천한 자의 거리는 제거될 수 없다는 관점이다.

들뢰즈는 『니체와 철학』 서두에서 그 핵심을 이렇게 정리한다. "니체의 가장 일반적인 기획은 철학에 의미와 가치의 개념을 도입하는 데 있다." 그런 가치의 관점에서 문제를 제기할 수 없었기 때문에 칸트의 비판철학은 참된 비판을 수행하지 못했다. 니체 스스로 철학사를 니체 이전과 이후로 구분한 이유다.

-〈한겨레〉(2012. 7. 14.)

3.

인문학을 대하는 교양인의 자세

누구를 구할 것인가?

—

누구를 구할 것인가?
토머스 캐스카트 지음, 노승영 옮김
문학동네, 2014

인문서에 관심 있는 독자라면 '폭주하는 전차'라는 말에서 마이클 샌델의 『정의란 무엇인가』(와이즈베리, 2014)를 바로 떠올릴지도 모른다. 정의에 대한 세 가지 접근법으로 다루면서 샌델이 가장 먼저 제시하는 사례가 폭주하는 전차였기 때문이다. "브레이크가 고장난 전차가 폭주하고 있는데, 선로 앞에 다섯 명이 서 있다. 그대로 질주하면 다섯 명이 죽게 되고, 선로의 방향을 튼다면 다른 선로에 있던 한 사람이 죽는다. 이런 상황에서 당신이라면 어떻게 하겠느냐"라고 샌델은 물음을 던진다. 다섯 명이 죽는 것을 방치할 것인가, 아니면 그들 대신에 한 명이 죽는 것을 선택할 것인가를 묻는 '고약한' 질문이지만 윤리적 딜레마를 토론거리로 삼는 데는 꽤 효과적인 물음이다.

샌델의 책을 꼼꼼히 읽은 독자라면 이 사고실험적 질문의 저작권자가 누구인지 알 수 있는데, 영국의 철학자 필리파 풋이다. 토머스 캐스카트의 『누구를 구할 것인가?』는 풋이 1967년에 처음 고안한 '전차 문제'를 다룬 책이다(원제가 『전차 문제The Trolley Problem』다). 그것이 책 한 권 분량의 이야깃거리까지 낳은 것은 처음 학술지에 발표된 이후 철학자를 포함하여 온갖 분야의 전문학자는 물론 일반인들까지 가세하여 이 문제를 다양하게 변주하고 확장시켜왔기 때문이다. 아예 '전차학'이라는 말이 만들어질 정도로 유행했다.

풋은 문제를 이렇게도 변형시켰다. 만약 의사가 한 사람을 죽여서 혈청을 뽑아내면 여러 사람의 목숨을 살릴 수 있다고 하자. 이것은 최초의 전차 문제와 같은 문제인가, 다른 문제인가? 미국 철학자 주디스 톰슨의 변형 문제는 샌델도 언급하고 있는데, 내가 만약 전차 선로 위 육교에 서 있고 옆에 뚱보가 한 명 있는 상황에서 다섯 명의 목숨을 살리기 위해 옆에 있는 뚱보를 밀어서 철로로 떨어뜨리는 것은 옳은 일일까 하는 것이다.

물론 이런 문제가 전혀 흥미롭지 않은 사람도 있을 것이다. 가상의 상황을 가정한 사고 실험이 무슨 의미가 있겠느냐는 반문도 가능하기 때문이다. 우리가 실제 현실에서 접하는 문제들은 그보다 훨씬 복잡하고 미묘하기에 사고 실험은 두뇌를 훈련하는 데 도움이 될지는 몰라도 현실의 윤리적 딜레마를 다루는 데는 도움이 되지 않을 수 있다. 바로 이런 반론을 고려하여 『누구를 구할 것인가?』의 저자는 실제로 사고 실험과 유사한 사건이 발생하고 이에 대한 재판이 진행되는 과정 자체를 책에 담고자 했다. 2012년 10월에 샌프란시스코에서 쳇 팔리가 전차에 치여 사망하고 기관사 대프니 존스가 전차의 방향을 틀어 쳇을 죽게 한 혐의로 기소되어 구형을 앞두고 있는 상황이 출발점이다.

검찰측에서는 이 사건을 한 대학병원의 외과의사였던 로드니 메이프스 박사가 교통사고의 부상자들을 처리하는 과정에서 경상을 입은 한 남자의 장기를 모두 적출해 중상을 입은 환자 다섯 명의 목숨을 살린 사건과 같은 사건으로 간주한다. 메이프스 박사가 누구를 살리고 누구를 죽일지 결정할 권한을 갖지 못하는 것처럼 기관사 존스도 고의로 방향을 바꾸어 신처럼 행동할 권리가 없다는 것이다. 이에 대해 변호인은 존스가 처했던 상황을, 2003년에 전차 기관사가 갑자기 의식을 잃고 쓰러지는 바람에 역시나 전차가 계속 달리게 놔두어 다섯 명을 치게 하거나 선로를 틀어서 한 명을 죽게 해야 했던 클래라 머피의 경우와 비교한다. 당시 배심원단은 다수가 머피의 행위가 도덕적으로 정당하다고 판단했다.

양측의 주장과 공방에 이어서 교수와 심리학자의 견해, 주교의 의견서, 그리고 재판장의 설명과 배심원단의 결정까지 책은 이 사건에 대한 다양한 시각을 보여주면서 정확하게 재판 절차를 따라간다. 이런 설정과 구성이 흥미로운 것은 철학적 사고 실험이 고유명사들이 등장하는 이야기로 재구성되면서 문학적인 스토리로 탈바꿈했다는 점이다. '전차 문제'가 '존스 사건'으로 불릴 때 어떤 문제가 벌어지는

지 살펴보는 것은 문학이란 무엇인가를 다시 생각해보는 기회를 제공한다. 그런데 최종 평결은 무엇인가? 그것을 확인하는 것은 실제로 책을 읽을 독자의 권리로 남겨놓는다.

-〈시사IN〉(2014. 12. 27.)

지적 대화를 위한
교양인의 자세

—

지적 대화를 위한 넓고 얕은 지식
채사장 지음
한빛비즈, 2015

2015년 독서계에서 가장 뜨거운 반응을 얻고 있는 인문서는 채사장의 『지적 대화를 위한 넓고 얕은 지식』 시리즈다. '한 권으로 편안하게 즐기는 지식 여행서'를 표방하는 책이 독자들의 사랑을 받는 것은 인문서에 대한 관심의 초점이 어디에 있는가를 말해준다. '역사, 경제, 정치, 사회, 윤리 편'을 다룬 1권이 지난해 연말에 나온 데 이어서 '철학, 과학, 예술, 종교, 신비 편'을 다룬 2권이 바로 출간되었는데, '철학편'을 중심으로 『지적 대화를 위한 넓고 얕은 지식』의 특징과 비결을 들여다본다.

저자는 현실세계를 다룬 1권에 이어서 2권에서는 현실 너머의 세계를 다룬다고 하면서 "이 책 전체는 진리에 대한 세 가지 견해로서 절대주의, 상대주의, 회의주의를 중심으로 일관되게 구조화했다"고 프롤로그에서 말한다. 철학도 마찬가지다. 절대주의란 불변의 단일한 진리를 상정하는 태도를 가리키며, 상대주의는 변화하고 운동하는 현상세계를 고려하는 태도를 일컫는다. 반면에 회의주의는 보편적 진리나 그에 도달하는 방법을 거부하는 태도다. 서양철학사 전체가 이런 세 가지 태도의 경합으로 기술될 수 있다는 것이 저자의 기본 입장이다.

가장 먼저 대두한 것은 고대 그리스의 소피스트들이었다. 이들은 진리에 대해 상대주의와 회의주의적 태도를 견지했는데, "인간은 만물의 척도"라고 함으로써 진리가 개개인의 주관적 판단에 따라 달라질 수 있다고 말한 프로타고라스가 대표적이다. 반면에 그런 경향에 맞서 자신의 철학을 정립한 플라톤은 영원한 이데아 세계를 제시함으로써 절대주의 철학을 정초한다. 이후 절대주의는 서양철학 전통에서 주축이 되기에 앨프리드 화이트헤드는 "2000년의 서양철학은 모두 플라톤의 각주에 불과하다"고 말했다.

저자는 그렇게 시작된 절대주의 전통이 중세 교부철학과 실재론을 거쳐 근대 합리론으로 이어지며, 이와 대비하여 상대주의는 아리스토텔레스에서 시작해 중세 스콜라철학과 유명론을 거쳐 근대 경험론으로 이어진다고 정리한다. 이 두 경향의 종합은 칸트에 의해서 이루어지며 헤겔과 마르크스가 뒤를 잇는다.

철학사의 주류가 대체로 절대주의와 상대주의의 경합이었다면 회의주의는 비주류에 해당하는데, 소피스트에서 쇼펜하우어와 니체, 그리고 현대 실존주의로 계보가 이어진다고 저자는 본다. 철학사에 대한 이 정도의 개요를 갖고 있다면 지적 대화에 충분한 바탕이 된다는 것이 이 책의 관점이다. 다소 거칠고 도식적이지만 그런 만큼 간결하고 이해하기 쉽다는 것이 강점이다.

철학을 진지하게 전공하려는 것이 아니라 지적 대화에 참여하는 것 정도가 목적이라면 '넓고 얕은 지식'이 적격이다. 그런데 지적 대화는 간혹 예기치 않게 '좁고 깊은 지식'을 요구하기도 한다. '넓고 얕은 지식'이 '얄팍한 지식'으로 치부되지 않으려면 약간의 대비책이 필요하다.

가장 효과적인 것은 몇 권의 핵심적인 고전에 대해 좀더 자세히 알고 정리해두는 것이다. 가령 플라톤이라면 『국가』의 개요가 무엇이고 '동굴의 비유'가 어떤 의미인지 알아두는 것이 필요하다. 물론 방대한 분량 때문에 『국가』를 읽는 것은 엄두를 내기 어렵겠지만 가장 많이 읽히는 또다른 대화편 『소크라테스의 변명』 정도는 직접 읽어보거나 추가적으로 아는 체를 해두는 것이 좋다.

소크라테스는 무엇을 변명하는가. 아테네 시민들을 미혹한다고 고발당하여 법정에 선 소크라테스는 당당한 태도로 자신이 무죄임을 주장한다. 아니 거기서 더 나아가 자신이 한 일이 아폴론 신이 그에게 부여한 사명이라고 주장하며 죽음에 대한 두려움조차도 이런 사명을 중단시킬 수 없다고 강변한다. 유죄 판결을 내린 배심원단의 재판 결과에 대해서도 의연하게 대응하면서 어느 쪽이 좋은 것(선)을 향해 가는지는 오직 신만이 알 것이라고 말한다.

『소크라테스의 변명』의 핵심적인 대목에서 소크라테스는 "검토 없이 사는 삶은 살 만한 가치가 없다"고 주장한다. "검토 없이 사는 삶"은 흔히 '성찰하지 않는 삶'이라고도 옮겨진다. 어떤 삶을 살아야 할 것인가라는 오랜 물음에 대한 소크라테스의 답변으로도 읽을 수 있다. '넓고 얕은 지식'도 '성찰하는 삶'으로 이끄는 계기가 된다면 충분히 '알팍하지 않은 지식'으로 값할 수 있을 것이다.

-〈다솜이친구〉(2015년 4월호)

속물 교양의 탄생과 교양의 의미

—

속물 교양의 탄생
박숙자 지음
푸른역사, 2012

교양에 대한 우리의 통념을 재검토하게 해주는 책이 출간되었다. 박숙자의 『속물 교양의 탄생』이다. 제목부터가 '교양의 탄생'이 아니라 '속물 교양의 탄생'이다. 무엇이 속물 교양인가? "문화적 취향을 전시하기 위해 차용된 명작, 엘리트임을 보증하기 위한 독서 목록, 성공적인 삶의 조건으로서의 학력 자본은 교양이 아니라 속물 교양"이라고 저자는 말한다. 문제는 그런 속물 교양이 그동안 버젓이 교양 노릇을 해왔다는 사실이다. 알고 보니 '가짜'였다고나 할까.

한국 근대문학 전공자로서 '정전의 문화사' 연구에 몰입하고 있는 저자는 '속물 교양'의 기원을 식민지 조선시대로 잡는다. 당시 이름깨나 날리던 조선의 문사들은 하나같이 서양 명작으로부터 받은 감화를 토로했고 항상 그에 견주어 조선의 문학을 평했다. 가령 이광수의 경우 『단종애사』는 『햄릿』에 가깝지 않느냐는 물음에 "셰익스피어에 비하여 어떨지 모르지만 오히려 『맥베스』에 비슷한 점이 많을걸요"라고 답한다. 대문호 셰익스피어와 그 대표작들에 대한 견문이 있어야 알아들을 수 있는 말이다. 바로 그런 코드가 당시의 '교양'이었다.

식민지 조선인에게 중국은 더이상 세계의 중심이 아니었다. 책의 경우도 마찬가지여서 한문으로 쓰인 '진서眞書의 세계'는 '원서原書의 세계'에 자리를 내주었다. 번역 이전의 책을 가리키는 이 말을 일본에서는 구미의 책을 가리키는 데 썼지만 조선에서는 일역본들까지도 원서로 지칭되었다. 조선은 '번역국'이 아니라 '중역국'에 가까웠기 때문이다.

"호화롭게 양장된 원서의 세계, 세계문학전집은 엘리트의 교양을 보증하는 것"이었고, 호화본과 양장본 원서들이 꽂힌 서재가 식자층의 '교양'을 대변하는 척도였다. 이 원서의 세계로 빨리 진입하기 위해 『태서문예신보』(1918)나 『해외문학』(1927) 같은 잡지가 창간될 정도로 조선에서는 서양 명작에 대한 물신적 숭배도 팽배했다. 하지만 보통 '이름값'이었다. 가령 『레미제라블』은 '불국 문호 위고의 대표적 걸작'이라고 추켜세워졌지만 발췌된 의역본으로나 읽혔다. 명작은 '좋은 책'이라기보다는 '유명한 책'이었고 '명작의 의미가 지워진 명작'으로 읽혔다. 속물 교양은 그렇게 탄생했다.

식민시대의 속물적 교양주의를 저자는 주로 서구식 교양에 대한 갈급하고 표피적인 수용이라는 관점에서 비판적으로 조명한다. 하지만 저자에 따르면 그런 경향을 거스르는 움직임도 존재했다. 일본산 세계문학전집들의 프레임과는 다른 시각에서 조선 문학을 바라보고 재평가하려는 시도였다. 가령 문학사가 김태준은 『조선소설사』(1932)에서 「춘향전」이 신흥계급의 승리를 대변하는 작품으로 "갑오 이전 백여 년간 시대의 거울이며 그 시대가 낳은 문학적 보전"이라고 평가한다.

그런 관점의 연장선에서 1930년대 후반에는 '민중의 대학'을 자처한 '조선문고'(학예사)가 발간되는데, 놀랍게도 『원본 춘향전』이 그 첫 권이었다. "현대의 문화는 벌써 소수 사람의 손으로 건설되는 것이 아니라 실로 만인의 공동한 참여 가운데 건설되어가는 것"이라는 발간사의 서두는 오늘의 시점에서도 여전히 유효한 발언으로 교양의 의미를 곱씹어보게 만든다. 요컨대 식민지 조선은 우리에게 속물 교양의 기원과 함께 진정한 교양의 '오래된 미래'도 보여준다.

-〈시사IN〉(2013. 1. 12.)

바우만의 일기가 가르쳐주는 것

—

이것은 일기가 아니다
지그문트 바우만 지음, 이택광·박성훈 옮김
자음과모음, 2013

출간 종수가 한 가지 기준이 된다면 올해의 저자로 가장 유력한 이는 폴란드 출신의 사회학자 지그문트 바우만이다. 2002년부터 국내에 소개된 단독 저서가 15권에 이르는데, 그 가운데 일곱 권이 올해 출간되었다. 직접적인 계기는 2012년 여름에 나온 『고독을 잃어버린 시간』(동녘, 2012)이 독자들의 호응을 얻어낸 덕분으로 보인다. 바우만은 1925년생으로 아흔에 가까운 노구인데도 여전히 활발히 저술 활동을 하고 있어서 앞으로도 당분간은 우리에게 친숙한 이름이 될 듯싶다.

2010년 9월부터 2011년 3월까지 쓴 바우만의 일기를 묶은 『이것은 일기가 아니다』는 이 괄목할 만한 지식인 학자의 사색과 성찰의 깊이를 아주 가깝게 들여다볼 수 있는 기회를 제공한다. '이것은 일기가 아니다'라는 제목을 붙인 것은 일상의 고백보다는 동시대의 이슈들에 대한 성찰로 채워져 있기 때문이다. 그럼에도 불구하고 굳이 일기 형식을 취하게 된 데는 이유가 있다. 고백에 따르면 바우만은 '하루 복용량'과도 같이 매일매일 글을 쓰지 못하면 고통에 빠지는 글쓰기 중독자이기도 하지만, 글을 쓸 수밖에 없는 이슈들도 끊임없이 생긴다. 그의 지적 호기심은 은퇴를 거부하지만 신체의 나이는 그 호기심을 충족시킬 만한 충분한 능력을 더이상 허용하지 않는다. 일기는 그런 욕구와 여건 사이의 타협책이다.

우리 시대의 현자는 무슨 생각을 하고 무엇을 말하고자 하는가. 프랑스의 사례를 살펴보자. 바우만에 따르면 21세기는 '밀레니엄 버그'라는 역사상 가장 성공적인 거짓말과 함께 도래했다. 종말론적 상상이 판을 쳤지만 지구의 종말은 오지 않았다. 하지만 미래의 불확실성에 대한 대중의 불안은 사라지지 않았고 실제로 안정적인 직업과 수입에 대한 전망은 불투명해졌다. 이런 불안과 혼란을 배경으로 등장한 이가 2002년에 내무장관으로 부임했던 니콜라 사르코지다. 그는 정부를 신뢰할 수 있는 새로운 시대를 약속하여 대중의 지지를 끌어냈다.

사르코지는 어떤 일을 했는가. 그는 사회적 불안과 공포의 원인을 알아냈다고 말하고 교외의 빈민구역(방리유)을 지목했다. 이 '악의 근원'을 근절한다는 명분으로 그는 강력한 공권력을 동원했다. 그리고 마치 작전과도 같은 정부의 조치가 미디어를 통해 보도되면서 정부가 약속을 지키기 위해 뭔가를 하고 있다는 인상을 대중에게 심어주었다. 이런 경력을 바탕으로 사르코지는 2007년에 프랑스 대통령으로까지 선출되었고 그의 후임 내무장관도 사르코지의 수법을 똑같이 따르고 있다.

하지만 '안전하지 못한 사회와의 전쟁'이 두 번 반복되면서 국민들은 그것이 아무런 문제도 해결하지 못하는 제스처에 불과하다는 것을 알게 되었다. 사르코지는 실패한 것인가? 그렇지 않다. 국민의 눈을 영원히 속일 수는 없지만 한시적으로라도 그 관심을 정말로 중요한 문제들에서 돌리게 할 수는 있었다. 그사이 또다른 거짓말을 고안해내면 되는 일이었다. 게다가 정부의 약속에 대한 국민적 불신과 무관심을 키움으로써 정부가 해줄 수 있는 일이 많지 않다는 생각을 갖게 하고, 사회적 불안을 항구적인 것으로 만듦으로써 극우 근본주의의 기반을 강화한 것도 사르코지의 성과다. 이와 유사한 일이 베를루스코니 정부 시대의 이탈리아에서, 이명박 정부 시대의 한국에서 버젓이 벌어지지 않았던가. 아니 과거형으로만 말하는 것은 온당하지 못하다. 우리에게는 여전히 현재진행형이니까. 그런 점에서 여전히 바우만에게서 배울 것이 아직 많다. 다만 『이것은 일기가 아니다』의 일부 부정확한 번역이 그런 배움에 장애가 되어 아쉽다.

-〈시사IN〉(2013. 12. 7.)

바우만에게서 배우는 희망

—

희망, 살아 있는 자의 의무
지그문트 바우만 지음, 인디고 연구소 기획
궁리, 2014

현재 영국 리즈대 명예교수로 재직중인 사회학자 바우만은 고령에도 불구하고 여전히 활발한 저술 활동을 펼치고 있는 '리즈의 현인'이다. 결코 전부라고는 할 수 없지만 국내에 소개된 책만도 20여 권에 이르고 주요 저작은 대부분 망라되어 있다. 독서 여건으로 보아도 우리 시대 대표적 사회학자로 꼽을 만한 근거가 있는 셈이다. 그런 사정이 인디고 연구소에서 기획한 인터뷰 『희망, 살아 있는 자의 의무』가 나오게 된 배경이기도 할 것이다. 슬라보예 지젝과의 인터뷰 『불가능한 것의 가능성』에 뒤이어 나온 '공동선 총서'의 둘째 권이다.

지젝의 인터뷰도 그렇지만 바우만의 인터뷰도 인디고연구소의 청년 일꾼들이 직접 질문지를 만들고 현지에 찾아가서 얻어낸 대답을 책으로 엮은 것이라 바우만의 핵심 사상과 현재적 고민을 생생한 육성을 통해 접하게 해준다. 적절한 눈높이의 질문과 깊이 있는 답변이 어우러져 '바우만에게로 가는 길'에 가장 유력한 가이드 역할도 겸하고 있다.

사실 바우만에게로 가는 길이란 다시 우리 자신에게 되돌아오는 길이기도 하다. 바우만의 사색과 성찰이 말해주는 것은 우리 시대의 초상이기 때문이다. 우리가 현재 어떤 시대, 어떤 사회에 살고 있는가에 대한 진단과 해명 말이다. 그 자신이 미소를 지으며 말하듯이 무려 65년 동안 현역 사회학자로 활동하고 있는 바우만은 사회학자의 소명이 "보통의 사람들에게 그들이 사는 세계는 어떻게 구성되었으며, 또 사회는 그 배후의 메커니즘과 어떤 연결 속에서 형성되었고 또 순환하고 있는지를 명확히 보여주는 것"이라고 말한다.

말하자면 우리가 살고 있는 현실세계의 전체적인 그림을 제공하는 일인데, 이것은 일상생활을 꾸려나가기에도 바쁜 보통 사람들이 인식하거나 간파하기 어려운 것이다. 전체적인 조망을 갖기에는 다들 너무나 제한적인 시야와 사고 범위 안에 갇혀 있고 일상에 매몰되어 있는 것이 현실이다. 학자로서의 특권은 그런 일상에서 한 발짝 물러나 생각하고, 읽고, 관찰하고, 추론할 수 있는 여유를 갖는다는 점이다. '더 넓은 지평의 관점'을 제시할 수 있는 바우만의 미덕은 그런 여유에서 비롯된다. 물론 이 여유는 학자의 소명을 위한 여유다.

사회학자의 소명이 제공해주는 사회에 대한 총체적 인식은 어떤 쓸모가 있는가. 바우만은 "아마도 사람들의 삶을 조금 더 좋게 만드는 데 도움을 줄 수 있을 것"이라고 생각한다. 사회학적 인식 자체에서 쓸모를 찾지 않고 더 나은 삶, 더 좋은 사회를 만드는 데 기여할 수 있을 것이라고 기대한다는 점에서 바우만을 실천적 사회학자로 분류할 수 있을지 모른다. 하지만 그의 실천은 '아마도'라는 단서와 함께한다. "최종적으로 이러한 실천의 문제는 각자에게 달려 있기 때문"이다. '각자'란 우리 각자를 말하는 것이니 바우만을 경유해서 다시 우리에게로 되돌아온 셈이다. 우리에게는 어떤 선택이 있는가.

바우만은 두 가지 태도가 가능하다고 말한다. 하나는 아리스토텔레스의 생각대로 '좋은 삶이란 좋은 사회에서 사는 삶'이라고 여기는 태도다. 이에 따르면 좋은 삶은 나쁜 사회에서 가능하지 않다. 이것은 아리스토텔레스뿐 아니라 공자의 생각이기도 하다. "나라에 도가 있을 때에는 가난하고 천한 것이 부끄러운 일이며, 나라에 도가 없을 때에는 부유하고 귀한 것이 부끄러운 일이다"라는 『논어』의 구절을 떠올려볼 수 있다. 공자가 말하는 '나라'를 '사회'로 바꾸어보면 아리스토텔레스의 말과 같은 취지임을 이해할 수 있다. 좋은 삶은 좋은 사회에서 가능하다는 것이고, 따라서 각자가 좋은 삶을 영위하기 위해서는 자신이 속한 사회의 행복과 공동선을 도모해야 한다. 곧 나라에 도가 있도록 애써야 한다.

그럼 또다른 태도는 무엇인가. 그것은 사회의 행복이나 공동선이 나의 행복과는 아무 상관 없다는 태도다. 즉 "내가 감히 손댈 수 없는 사회는 제쳐두고, 절대적인 개인의 영역만 더 좋게 만들려는 태도"를 가리킨다. 사회를 위해서는 할 수 있는 일이 별로 없으니 자기 자신과 가족에게만 편하고 안락한 삶이 가능하도록 애쓰는 것이 전부라고 믿는다. 더 극단적으로는 마거릿 대처 전 영국 수상처럼 "사회 같은 건 없다"고 선언할 수도 있을 것이다. 개인들의 총합이 있을 뿐 사회라는 별개의 실체는 없다는 주장이니, 그 경우에는 따로 사회를 위해서 뭔가를 한다는 것 자체가 어불성설이다. 물론 사회학자로서 바우만은 동의하지 않지만 사회라는 것이 존재하지 않는다면 사회학이나 사회학자도 존재 근거가 없어질 것이다. 또는 형이상학의 일종이 되고 말 것이다. 하지만 우리가 사회의 존재 유무에 관해 대처주의자가 아니라면, 그래서 사회라는 것이 존재하며 각자의 좋은 삶은 좋은 사회와 무관할 수 없다는 데 동의한다면 우리가 가져야 할 태도는 선택의 여지도 없다.

어떤 사회가 좋은 사회인가. 공동선이 실현된 사회라고 해보자. 그런 좋은 사회를 상상하는 것은 충분히 기분 좋은 일이다. 그렇지만 바우만은 그런 상상보다 더 중요하면서도 힘든 일은 누가 그것을 현실에서 실현할 수 있을지를 상상하는 것이라고 말한다. 좋은 사회를 만들어야 할 주체는 누구인가? 이에 대한 대답이 궁색하다면, 그것은 결정적으로 권력과 정치의 분리 때문이라고 바우만은 말한다. 그의 예리한 통찰에 따르면 권력이란 '뭔가를 행하는 능력'이고, 정치란 '무엇을 행해야 하는지 결정하는 능력'이다. 흔히 이 둘은 결합되어 있었지만 세계화시대로 접어들면서 따로 분리되었다. 권력은 초국가적이고 전 지구적인 공간으로 확산된 반면에 정치는 지역적 경계 안에 머물게 되면서부터다.

이것은 국민국가에 한정된 정치가 갖는 한계를 지적하는 것이기도 하다. 분명 국민이 '주권자'이고 국민국가의 기관들이 그 대행자이기는 하지만 시장자본주의의 힘은 이미 주권적 역량과 범위 너머에 군림하고 있다. 좋은 사회를 만들려는 시도는 이런 힘에 맞서야 하지만 현재로서는 미약하다. 굳이 바우만의 진단이 아니더라도 부자들은 단지 부자이기 때문에 점점 더 부유해지고, 빈자들은 가난하기 때문에 점점 더 가난해지는 것이 오늘의 현실이다. 사회적 불평등과 고통은 문제적인 것이 아니라 점점 더 견딜 만한 것으로 여겨진다. 도가 없는 세계에 살고 있다고 할까.

문제는 단순하지 않다. 해법은 잘 보이지 않는다. 하지만 좋은 삶에 대한 열망이 우리에게 희미하게라도 남아 있다면 그것을 희망이라고 내세울 수밖에 없다. 그 희망이 바우만의 비유대로 병 속에 넣어 '바다에 띄운 편지'라 하더라도 우리가 수신한 그의 메시지를 다시 더 많은 병 속에 넣어 띄워 보낸다면 불가능해 보이는 변화는 어느 순간 가능해질지도 모른다. 바우만을 읽으며 다시 정비하게 된 희망이다.

-〈독서인〉(2014년 7월호)

아감벤과
비평의 자격조건

—

행간
조르조 아감벤 지음, 윤병언 옮김
자음과모음, 2015

『행간』은 『호모 사케르』 연작을 통해 세계적인 명성을 얻은 이탈리아 철학자 조르조 아감벤의 초기 저작이다. 30대 중반에 발표한 이 비평서에서 그는 철학자라기보다는 인문학자 또는 비평가로서의 면모를 더 강하게 드러낸다. 서양 고전과 중세 문헌에 정통한 인문학자, 그리고 비평 본연의 의미로서 '앎의 한계에 대한 연구'를 과제로 삼는 비평가가 『행간』에서 만나게 되는 아감벤이다. 『호모 사케르』에 익숙한 독자에게는 '아감벤 이전의 아감벤'을 만날 수 있는 기회라고 할까.

제목이 가리키는 것은 이탈리아어 '스탄체stanze'다. 시의 연聯을 가리키는 '스탄차stanza'에서 온 단어인데, 13세기 시인들에게 이 '스탄차'는 시의 핵심적인 요소로서 '시의 거주지이자 피난처'였다. 그들이 그 공간에 간직하고자 한 시의 유일한 대상은 '사랑의 기쁨'이었다. "어떤 종류의 기쁨을 위해 시의 행간이 모든 예술의 요람이 되는가?" 아감벤이 던지는 물음이다. 하지만 그는 이런 질문에 접근하는 일이 결코 쉽지 않다고 말한다. 그것은 이 문제에 접근하는 길이 서구문화 태동기에 일어난 어떤 분리 현상과 함께 자취를 감추었기 때문이다. 무엇의 분리였나. 바로 시와 철학의 분리다.

시와 철학의 분리라는 말에서 우리가 떠올릴 수 있는 것은 플라톤의 『국가』에 나오는 유명한 '시인추방론'인데, 아감벤도 그러하다. 플라톤은 시적인 언어와 생각하는 언어 사이에서 일어난 이 분리 현상을 '오래된 불화' 또는 '오래된 적대관계'로 규정했다. 이 불화는 어떤 사태를 빚어내는가. 바로 시와 철학의 불완전성이다. 시는 대상을 파악하지 못한 상태에서 소유하는 반면, 철학은 대상을 소유하지 못한 상태에서 파악한다. 곧 인식과 소유의 분리이며 이것은 앎의 대상을 완전히 소유할 수 없다는 사실을 의미한다.

아감벤에 따르면 "서구에서의 앎은 두 개의 양극화된 차원, '영감과 희열'의 차원과 '이성과 인식'의 차원 속에 극적으로 분리되어 있다." 그렇지만 한편으로 모든 시의 궁극적인 목표가 앎이라면 철학도 항상 기쁨을 목표로 한다는 사실을 상기해야 한다. 그래서 떠오르는 과제는 이 분리 현상을 극복하고 분열된 언어의 통일성을 되찾는 것이다. 바로 비평의 과제다. 비평은 그렇게 분리된 언어가 통일되는 지점을 가리킨다. 비평은 시처럼 표현하지 않고 철학만큼 아는 것도 없지만 적어도 '표현이 무엇인지'는 안다. 시와 철학을 중개할 수 있는 비평의 자격조건이다.

아감벤이 13세기 시인들에게서, 그리고 무엇보다 단테에게서 발견한 것은 에로스와 시어의 독보적인 공모관계다. '가슴의 영靈'으로부터 뿜어져 나오는 시의 언어는 '영적 움직임'으로서의 사랑과 곧장 조합되고 이는 다시 사랑의 대상인 '환상적 영'과 결합한다. 그렇게 해서 시의 언어는 욕망과 욕망의 대상 사이에 놓여 있는 균열이 메워지는 공간, '영웅적인 사랑'의 병, 우울증적 망상에 빠지게 하는 질병이 "스스로의 치유와 명예 회복을 노래하는 공간"이 된다. 아감벤은 이것이 중세의 연애시가 유럽문화에 남겨준 유산이라고 생각한다. 그것은 다른 것이 아니라 에로스와 시적 언어의 연관성, 다시 말해 시의 공간 속에서 이루어지는 욕망과 유령과 시의 조합이다.

아감벤은 중세의 시와 인식론에 대한 보기 드문 박학과 새로운 해석을 통해 서양문화사에서 욕망과 그 대상, 유령(환영)이라는 문제를 새롭게 조명한다. 인문적 사유의 힘과 비평의 힘이 어떤 것인지를 군말 없이 『행간』을 통해 보여준다. 그가 인용한 시인의 말대로라면 "가장 원대한 비현실을 붙드는 사람만이 가장 원대한 현실을 창조해낼 것이다." 실제로? '가장 원대한 비현실'을 다룬 책이 『행간』이라면 '가장 원대한 현실'을 다룬 것은 『호모 사케르』 연작이 아닐까. 미학적 비평서로서 『행간』과 정치철학서로서 『호모 사케르』 간의 거리는 결코 가깝지 않지만 『행간』에는 미래의 아감벤의 '잠재성'이 숨어 있다.

-〈시사IN〉(2015. 7. 25.)

지금 시작하는 소프트인문학

—

교양
디트리히 슈바니츠 지음, 인성기 옮김
들녘, 2001

'소프트인문학'은 사전에 등재되어 있지는 않지만 대략 '쉬운 인문학'을 가리키는 것으로 보인다. 쉬운 인문학이란 말도 모호한데 '인문학의 문턱을 낮추어 알기 쉽게 풀이해주는 인문학'이라고 해도 좋을 것이다. 원래 어려운 것을 쉽게 풀어주는 것은 사기가 아니냐고 인상을 찌푸리는 경우도 많다. 어려운 고전을 다이제스트로 만들어서 떠넘기기 쉽게 만들어주는 것과 무엇이 다르냐는 식이다. 하지만 그렇게 정색하는 이들은 보통 소프트인문학을 과대평가하는 것이 아닌가 싶다. 소프트인문학은 '하드인문학'과 경쟁관계에 놓인 것도, '본격인문학'을 대체하려는 것도 아니다. 정색하고 영역 관리에 들어갈 정도는 아니라는 말이다.

가령 판매 부수로만 따지면 '올해의 인문서'에 값하는 주현성의 『지금 시작하는 인문학』(더좋은책, 2012)만 해도 그렇다. "우리 시대가 알아야 할 최소한의 인문 지식"을 부제로 내걸었고 '한 권의 책으로 인문의 기초 여섯 분야를 꿰뚫는다'는 것을 콘셉트로 잡았다. 무모해 보이는 발상이지만 '한 권'으로 모든 정리해주겠다는 책은 이전에도 있었다. '두꺼운 책' 붐을 가져왔던 디트리히 슈바니츠의 『교양』이 나온 것이 2001년이었다. 이 책이 계기가 되어 출판사에서는 아예 '사람이 알아야 할 모든 것' 시리즈를 펴내기도 했다. 소프트인문학이 느닷없는 경향은 아니라고 볼 수 있다.

모든 것을 한 권으로 집약하겠다는 것은 사실 어려운 일이면서 불가피한 일이기도 하다. 『역사란 무엇인가』의 저자 E. H. 카는 소련사의 권위자이기도 한데, 그가 펴낸 『소비에트 러시아사A History of Soviet Russia』는 무려 14권짜리다. 소련사 전공자라면 기꺼이 읽어나갈지 모르겠지만 일반 독자들에게 똑같은 관심과 열정을 요구하는 것은 무리다. 카도 이런 사정을 고려하여 한 권짜리 다이제스트판 『러시아혁명』(이데아, 2017)을 펴냈고 국내에도 소개되었다. 오히려 너무 얇아서 불만스럽지만 사실 소련사 말고도 읽어야 할 책은 부지기수이니 독자로서는 고마운 일이다.

『지금 시작하는 인문학』이 포착한 것은 그런 책에 대한 사회적 수요다. 이 책의 독자가 본격적인 인문서 독자와 얼마나 중복될지는 모르겠지만 상호 배제적일 것이라고 생각하지는 않는다. 소프트인문학에 맛을 들인 독자가 어려운 책을 경시하게 함으로써 오히려 인문학에 해가 될까, 아니면 더 깊이 있는 공부와 독서로 이끄는 길잡이이자 촉매가 될까. 두고 보아야 알겠지만 좀더 정확한 판단을 위해서라도 독자들의 수요에 부응하는 책들이 더 나올 필요가 있다.

『지금 시작하는 인문학』에 대한 응답으로 읽을 수 있는 책이 뒤이어 나온 『지금 시작하는 인문학 2』(더좋은책, 2013)와 김경집의 『인문학은 밥이다』(알에이치코리아, 2013)이다. 2권에서 주현성은 전작에서 다룬 범위를 더 확장했고, 김경집은 자연과학과 사회과학까지 포함하는 넓은 의미의 인문학 세계를 풍성한 상차림으로 안내한다. 더 읽어볼 책들에 대한 소개도 충실하다. 많은 분야를 다룰 뿐 결코 물렁하지 않다.

-〈기획회의〉(2013. 11. 20.)

'읽히는' 인문서의 비결과 한계

지금 시작하는 인문학
주현성 지음
더좋은책, 2012

인문학은 어디로 가고 있는가? 다행히 나는 이 질문에 답하지 않아도 된다. '최근 인문학 분야 도서 가운데 어떤 책이 인기를 끌고 있으며 그 이유는 무엇인지'를 짚어달라는 것이 〈기획회의〉 편집자의 주문이기에. 인기 인문서의 원인 분석을 해달라는 것으로 정리할 수 있겠다. 그렇지만 인문학의 향방에 대해서도 뭔가 말해야 하지 않을까라는 불길한 예감도 든다. 인문학 책이 왜 읽히고 있으며(더 정확하게는 왜 팔리고 있으며) 그것이 의미하는 바가 무엇인지 더듬다보면, 인문학은 우리에게 무엇인지 물을 수밖에 없으며 우리 곁의 인문서들이 제 역할을 하고 있는지도 점검해보게 되지 않을까. 하지만 이런 거창한 문제는 일단 덮어두기로 한다. 나로서는 부족한 역량과 분량을 얼마든지 핑계로 댈 수 있다. 익숙한 것이 믿는 구석이다. 그냥 앞가림만 하기로 하자.

통칭하면 '인문 분야 도서'이고 '인문서'이지만 '인문학 책'이라고 특정하게 되면 제목에(적어도 부제에) '인문학'이란 말이 들어간 책을 별도로 가리킨다. 이것이 '업계 용어'로 등재되어 있는지는 모르겠지만 최소한 거기에 준하지 않을까 싶다. 어떤 책들인가. 가령 최근에 나온 책 가운데에서도 『숲의 인문학』(글항아리, 2013) 『홍루몽 인문학』(휘닉스, 2013) 같은 제목이 이제는 어색하지 않으며, 심지어 『조선의 선비들, 인문학을 말하다』(행복한미래, 2013), 『조선시대 어린이 인문학』(열린어린이, 2013) 같은 제목도 충격적이지 않다. '인문학'의 오지랖이 넓다는 것을 고려하면 이해해줄 만하다. 인문서는 안 팔리는 책의 대명사이지만 특이하게도 언제부터인가 '인문학'이란 말은 독자를 유인하는 매끈한 미끼로 여겨진다. 인문서는 안 읽어도 '인문학'에는 끌린다? 무슨 이유일까? 세 권의 책을 통해 살펴보려 한다.

먼저 주현성의 『지금 시작하는 인문학』(더좋은책, 2012)에서부터 시작해보자. 2012년 10월에 출간되어 10만 부 이상 판매되었다고 전해지는 책이다(그 정도면 인문서로서는 상반기 최대 베스트셀러가 아닐까?) 제목이 말해주듯 전형적인 '인문학 책'이다. "우리 시대가 알아야 할 최소한의 인문 지식"이 부제다. 무엇이 비결일까. 저자는 인문 교양 분야 베스트셀러를 기획한 경력의 출판기획자라고 소개되지만 이 책이 데뷔작이다. 기획자로서의 감각이 내용 구성에 배어 있겠지만 아무래도

"지금 시작하는"이라는 문구가 독자들에게 어필했을 가능성이 높다.

지난 2006년 대학 인문학의 위기 선언과 함께 시작된 대학 바깥의 역설적인 '인문학 붐'도 한풀 꺾인 듯한 느낌이 없지 않은 상황에서 (서울대의 '최고지도자 인문학 과정'을 소개한 『CEO 인문학』 같은 책도 몇 년 전에 나왔지만 독자들의 관심을 끌지 못했다) "지금 시작하는"이라는 것은 어떤 의미일까? 내 생각에는 '새로운 시작'이라기보다는 '재정비'의 의미가 아닐까 싶다. 인문학 붐과 함께 다수의 관련서가 쏟아져 나왔고, 스타급 인문학자들도 탄생했으며, 인문학 공부가 유행처럼 번지기도 했다. 게다가 '우리 시대의 영웅' 스티브 잡스는 "소크라테스와 점심을 할 수 있다면 애플이 가진 기술을 모두 줄 수 있다"는 말로 인문학 열풍을 더욱 부채질했다. 그 결과 대학 내 인문학의 위상과는 상관없이 인문 지식과 인문학적 성찰의 가치에 대해서는 모두 수긍하는 분위기가 되었다. '인문학'이 대접받는 유행어가 되었다. 그래서 형성된 것이 "이건 뭐지?"라는 궁금증과 뭔가 알아야 한다는 부담이 아닌가 싶다.

인문학이란 무엇인가. 인문학 전공자라면 별로 궁금하지도 않은 질문이지만 다수의 비전공자에게는 다르게 비쳤을 법하다. 그들에게 '인문학'이란 말은 판독해야 할 시대의 상형문자 같은 것이 아닐까. 그래서 문학, 역사, 철학 책들에 두루두루 눈길을 주어보지만 쌓이는 것은 두서없는 지식이고 도무지 갈피를 잡지 못하겠다. 안 그래도 뜬구름 잡는 것처럼 들리는 인문학 이야기들이 머릿속에서 정돈되지 않은 채로 나열되어 있는 상황이라고 할까. 『지금 시작하는 인문학』

의 등장 배경이다. 더불어 '처음 만나는 인문학'이 아니라 '지금 시작하는 인문학'이어야 하는 이유라고도 말하고 싶다.

『지금 시작하는 인문학』의 저자는 인문학과는 구면이지만 그래도 아직 뭔지 잘 모르겠다는 독자들을 타깃으로 삼았다. "그동안 많은 교양 입문서가 나왔지만 매우 산발적이거나 한 분야의 지식에만 치우쳐 있어 인문 교양에 욕심을 내는 초심자들에게는 꽤 긴 길을 돌아가게 만들었다"는 것이 그의 문제의식이다. 그렇다면 어떤 책이 필요한가. "어느 정도 깊이 있는 인문서를 읽는 즉시 바로 소화할 수 있는, 그런 체계적 지식을 전달할 수 있는 책"이다. 요컨대 체계적인 실전용 가이드북이라고 할까. '최소한의 인문 지식'을 체계적으로 제공함으로써 곧바로 인문서 독서로 진입할 수 있게 해주는 것이 저자가 자임한 역할이다. 그런 취지에서 고른 영역이 심리학, 회화, 신화, 역사, 철학, 글로벌 이슈 등 여섯 가지라는 점은 이 책만의 특징이자 개성이다. '인문학의 핵심 여섯 분야'를 이렇게 꼽는 경우는 흔하지 않을 것이기 때문이다.

아무튼 『지금 시작하는 인문학』은 독자의 필요와 눈높이에 맞는 기획과 콘텐츠를 통해 인문서의 숨은 독자들을 끌어낸 공로를 십분 인정해줄 수 있는 책이다. 하지만 한편으로는 이 책의 독자들이 저자의 기대대로 "어느 정도 깊이 있는 인문서를 읽는 즉시 소화할 수 있는" 단계에까지 이르게 될지는 여전히 의문이다. 아마도 독자들에게 가장 어렵게 여겨질 "현대의 철학" 장만 하더라도 저자는 루트비히 비트겐슈타인뿐 아니라 윌러드 밴 오먼 콰인, 솔 크립키 등의 전문적인 분석철학자까지 다룬다. 입문서라고는 하지만 '인문 교양'의 범위를 상당히 넓게 잡고 있는 것이다. 정신분석학의 비중을 고려하면 프로이트와 함께 자크 라캉의 정신분석을 자세히 소개하는 것이 이상한 일은 아니지만 '상상계'라는 개념에다 'Imagery'라고 잘못 병기한 것으로 보아('the imaginary' 대신에) 저자 자신이 성급하게 이해하고 있지 않나 의심도 든다. 소쉬르 언어학의 의의를 설명하면서 "인간 이성을 구조로 대치함으로써 구조주의를 이성에 뿌리를 둔 기존의 철학과 분명히 다른 탈근대(탈이성)의 의미를 부여받게 된다"고 한 대목도 요령부득이다. 짐작건대 '주체'를 '이성'으로 잘못 이해한 것이 아닌가 싶다. 그렇기 때문에 분명 '흥미로운 지식의 향연'을 제공하고는 있지만 독자가 가려서 즐겨야 한다는 조건이 붙는다. 물론 그렇게 가려서 즐길 만한 독자를 겨냥한 입문서가 아니라는 것이 딜레마이기는 하지만.

『고미숙의 몸과 인문학』(북드라망, 2013) 역시 제목에 '인문학'이라는 말이 들어간 '인문학 책'이다. 더불어 저자의 이름도 같이 들어가 있는 것은 '고미숙'이라는 이름이 이미 하나의 브랜드임을 말해준다. '동의보감 3종 세트'의 마지막 권으로 나온 책은 『동의보감, 몸과 우주 그리고 삶의 비전을 찾아서』와 『나의 운명 사용설명서: 사주명리학과 안티 오이디푸스』를 읽은 독자에게는 가벼운 '몸풀기'로 여겨지는 '사회비평적 에세이'다.

저자의 문제의식이란 무엇인가. 대학이 지닌 '지적 구심력'이 이미 끝났다는 것. "리모델링과 시설투자에 올인하는 사이, 대학은 한낱

'취업전선'이 되어버렸다. 붕어빵에 붕어가 없듯이 이제 대학에는 지성이 없다." 하지만 역설적이게도 그렇게 대학이 지성을 포기하자 새로운 지성의 광장이 열렸고 '대중 지성의 시대'가 도래했다. 어떤 시대인가. "지식인이 대중의 흐름에 영합하는 것이 아니라, 대중 자신이 '지성의 주체'가 되는" 시대다. 저자는 바로 그런 시대를 주도한 대표적 인문학자 가운데 한 사람이며 『고미숙의 몸과 인문학』은 그런 저자의 활달한 문체와 문제의식을 여일하게 담고 있다. 그것이 매력이기도 하지만 지나치게 반복적이라는 느낌도 준다. 개인적으로 가장 인상 깊게 읽은 글이 '아기를 업어야 하는 세 가지 이유'라는 점에서도 그렇다(양기 덩어리인 아이에게는 음기가 필요하다는 것, 등은 서늘하다는 것, 아기를 업으면 엄마가 자기 일을 할 수 있다는 것이 세 가지 이유다). 인문학의 오지랖에 경탄할밖에!

미국의 교육전문가 리 보틴스의 『부모 인문학』(유유, 2013)은 "교양 있는 아이로 키우는 2500년 전통의 고전교육법"이 부제다. 고전 공부를 강조한다는 점에서 같은 출판사에서 나온 『단단한 공부』나 『공부하는 삶』과 맥을 같이하고, 또한 이지성의 베스트셀러 『리딩으로 리드하라』(문학동네, 2010)와도 연결될 수 있는 책이다. '공장교육'으로 전락한 오늘날 국가 주도의 공교육을 비판하면서 저자는 부모가 직접 자녀들에게 고전을 가르치는 '고전 공부법'을 주창한다.

하지만 "오늘날 교육은 다음 세대가 역사 속 위대한 고전과 대화할 수 있도록 준비시켜주지 않는다"는 저자의 비판에 십분 공감하더라도 그의 전제까지 공유하기는 어렵다는 것이 문제다. 어떤 전제인가.

부모들이야말로 아이들을 사랑하고 가르칠 능력이 있다고 믿는 저자는 "12년 동안 효과적인 학교교육을 받고도 아이들 공부에 아무런 도움도 안 될 정도로 기초 지식을 배우지 못하는 게 가능한 일일까?"라고 묻는데, 우리는 그것이 얼마든지 가능하다는 것을 몸으로 알고 있다. "고전 공부에 관심이 많은 부모는 양질의 학습 자료만 있으면 공부법을 습득할 수 있다"고 주장하지만 (미국은 어떤지 몰라도) 우리에게 그런 학습 자료가 있는지 심히 의심스럽다. 그렇기 때문에 『부모 인문학』이 부모의 책임감을 다시금 깨닫게 해주더라도 그 깨달음이 우리의 교육법을 바꾸게 해줄지는 미지수다.

어느 분야에서건 마찬가지겠지만 '읽히는' 인문서도 비결과 한계를 갖는다. 어느 쪽이 더 오래 버틸까. 인문 지식과 인문학적 성찰에 대한 관심과 열망이 가라앉지 않기 전에 새로운 출구를 뚫어줄 '인문학 책'이 나오기를 기대한다. 아니 굳이 '인문학'이라는 말을 제목에 붙이지 않아도 인문서가 읽히는 시대를 고대한다.

-〈기획회의〉(2013. 5. 5.)

강신주 인문학의
거의 모든 것

—

강신주의 맨얼굴의 철학 당당한 인문학
강신주 · 지승호 지음
시대의창, 2013

대중 강연과 책을 통해 독자들과 적극적으로 소통해온 인문학자 강신주가 전문 인터뷰어 지승호와 만났다. '끝장 인터뷰'라고 할까. 장장 50여 시간에 걸친 인터뷰를 갈무리한 『강신주의 맨얼굴의 철학 당당한 인문학』은 강신주표 인문학의 '거의 모든 것'을 집약하고 있다.

'강신주표 인문학'이라고 한 것은 그의 인문학이 무엇보다도 '고유명사의 인문학'을 지향하기 때문이다. 그가 자신의 이름을 내걸고 당당하게 말하는 것은 무엇인가. 모든 사람이 자기 삶과 자기 스타일의 주인이어야 한다는 것이다. 삶에서나 글에서나 누구도 흉내낼 수 없는 스타일을 갖고 있느냐가 관건이다. 어째서 자기만의 삶을 살아야 하는가. 우리가 저마다 단독적 존재이기 때문이다. '나'라는 존재가 1000년 전에도 없었고, 1000년 뒤에도 없을 것이라는 자각이 바로 강신주가 말하는 인문정신이다.

그렇게 모든 사람이 자기 스타일대로 살기 위한 조건이 사랑과 자유다. 사랑을 할 때 인간은 자유롭고 강해진다. 자유로운 사람만이 사랑할 수 있고 거꾸로 사랑하는 사람만이 자유를 얻는다. 자유는 독립의 쟁취이기에 혁명을 통해서만 가능하다. 가령 한 인간에게 단 한 번의 혁명이 있는데, 그것은 부모로부터 완전히 독립하는 것이다. 인류도 마찬가지로 모든 사람이 주인이 되는 단 한 번의 혁명이 있을 뿐이다. 하지만 이제까지 혁명의 제스처만 있었지 그런 혁명이 일어난 적은 없다. 우리에게 여전히 인문학이 필요하고 인문정신이 요구되는 이유다.

강신주표 인문학은 어떻게 형성되었을까. 그가 털어놓는 몇 가지 에피소드를 통해 엿볼 수 있는데, 일단 인문학자로서는 드물게도 술을 마시지 않는다. 학부 시절에는 친구들과 소주를 일곱 병 반씩 비우던 그이지만 대학원 선후배들이 술자리에서만 교수 욕을 하는 것이 싫었다고 한다. 술기운에 의지해 술자리에서만 혁명을 하는 것이 못마땅했던 것이다. 당당하게 대놓고 비판하지 못하고 뒤에서만 구시렁거리는 태도는 인문정신에 맞지 않는다.

한 번도 누구한테 의지하면서 공부한 적이 없다는 강신주는 학위논문들을 쓰면서도 매번 지도 교수와 싸우고 결국 학교를 나와 대학 바깥에 터전을 마련할 수밖에 없었다. 하지만 "철학박사 중에서 어디

가서 굽실거리지 않고 이상한 보고서 안 쓰고 살아가는 사람"은 자신이 처음일지 모른다는 것이 그의 자긍심이다.

"모든 인문학은 사랑과 자유에 바치는 헌사"라고 믿는 인문학자가 보기에 한국 사회의 공적은 무엇일까. 기독교와 자본과 국가 권력, 세 가지다. 강신주는 우리의 자유를 억압하는 체제를 비판하려면 이 세 가지를 삼위일체로 비판해야 한다고 말한다. 국가와 자본만 공격하면 신한테 몰려가고, 신과 자본만 공격하면 국가로 가기 때문에 한꺼번에 공격해야 한다. 그나마 다행인 것은 한국인의 종교적 심성이 원래 원리주의와는 거리가 멀다는 점이다. 무당한테 빌더라도 먼저 작두를 타게 해서 테스트해보는 것이 한국적 기복신앙의 건강함이라고 그는 지적한다.

거기서 한 걸음만 더 나아가면 신의 노예가 되는 대신에 각자가 주인이 되는 민주주의와 만날 수 있다. 모든 사람이 스스로가 주인이 되게끔 교육하는 것이 강신주가 생각하는 자신의 역할이다. 그것이 근본적인 혁명이라고 믿어서다. "사랑해서 스스로 자유를 찾고 주인이 되려는 경향이 정치적인 영역으로까지 확장되는" 것이 바로 혁명이다. 그런 의미에서 인문정신은 정치적 정신이며 민주주의의 정신이다. 우리에게 어떤 변화가 가능하다면 그것은 인문정신의 확산을 통해서일 것이다. 당당한 인문정신의 전도사로서 강신주가 우리에게 아직 소중한 이유다.

-〈시사IN〉(2013. 6. 22.)

3부

역사의 바다

1.

역사를 기억하지 못하는 시대의 죽음

왕의 얼굴과
왕의 화가들

—

왕과 국가의 회화
박정혜·강민기·윤진영·황정연 지음
돌베개, 2011

왕조국가 조선에서 왕의 초상은 어떻게 만들어졌고 어떤 의미를 지녔을까. 이달에는 전제군주국가에서 권력의 대표적 표상이라고 할 만한 왕의 초상에 대한 궁금증을 몇 권의 책을 통해 풀어보도록 한다. 가장 먼저 손에 든 책은 한국학중앙연구원에서 펴낸 『왕과 국가의 회화』다. 조선사와 미술사 전공자들이 조선시대 궁중회화의 이모저모에 대한 개괄적인 소개를 제공하고 있는 책이다. 이에 따르면 왕의 초상, 곧 어진御眞은 당연히 가장 중요한 궁중회화였다. "조선시대 어진은 왕의 존엄과 권위의 상징 그 자체였으며, 어진의 보존은 왕실의 안위와 계승을 의미하였다." 따라서 궁중의 가장 중요한 회화 업무는 어진의 도사 또는 모사였고, 도화서의 존재 이유도 어진의 도사에 있었다.

왕의 초상 제작은 통일신라시대까지 거슬러올라가며 고려시대에도 왕의 진영이 제작된 기록이 있다. 고려시대 영정의 특징은 〈공민왕과 노국대장공주상〉 같은 그림이 보여주듯이 왕과 왕후의 영정이 같이 제작되었다는 점이다. 이런 고려의 유습은 조선 초기까지 지속되어 태조의 비 신덕왕후나 신의왕후의 초상이 그려져 사당에 봉안되기도 했지만 임진왜란 이후에는 자취를 감춘다. 숙종이 계비의 초상 제작을 명령한 적이 있지만 신하들의 반대로 실현되지 못했다 한다.

조선시대 어진은 '터럭 하나만 달라도 그 사람이 아니다'라는 이론에 근거하여 정밀하고 사실적인 묘사를 추구했다. 당연히 당대 최고의 초상화 실력자들을 선발하여 제작했으며 이들 어진은 다른 나라의 초상화와 비교해 뒤지지 않는 예술적 성취를 보여준다. 하지만 아쉽게도 현재 남아 있는 어진은 조선 태조, 영조, 익종, 철종, 고종, 순종의 초상이 전부다. 첫 임금 태조에서부터 마지막 순종에 이르기까지 엄청난 숫자의 어진이 제작되었는데도 소수만 남은 까닭은 창덕궁의 신선원전에 봉안된 어진들이 한국전쟁 때 부산으로 옮겨졌다가 보관창고의 화재로 그 상당수가 소실되었기 때문이다.

조선미의 『왕의 얼굴』(사회평론, 2012)은 한국·중국·일본 3국 군주의 초상화를 비교·소개하는 책인데, 한국 어진의 제작과정과 현재 보존되고 있는 각 어진의 특징에 대해서도 자세히 설명해준다. 조선은 국초부터 태조의 진전眞殿을 서울과 지방 다섯 곳에 세우는 등 진전제도를 확립했다. 비록 왜란과 호란 때 많이 파손되었지만 어진 봉안 처소로서 진전의 존재는 경시되지 않았다. 어진은 제작과정에 따라 도사圖寫, 추사追寫, 모사模寫 세 종류로 나뉜다. 도사는 군왕이 생존 시에 그리는 것이고, 추사는 사후에 그리는 것으로 가장 어려운 방식이다. 모사는 이미 그려진 어진이 훼손되었거나 새 진전에 봉안해야 할 때 기존 본을 모델로 그리는 것을 말한다.

어진을 제작할 때에는 도감이 설치되며 당대 최고의 화가가 천거나 시험을 통해 선발되어 어진화사를 맡았다. 어진화사에는 세 등급이 있었다고 하는데, 집필화사執筆畵師 또는 주관화사主管畵師가 얼굴 부분을 담당했고, 동참화사同參畵師가 몸체의 중요하지 않은 부분을 맡았다. 그리고 수종화사隨從畵師는 채색을 거들었다. 여섯 명 정도가 제작에 참여하는데, 경우에 따라서는 그 이상의 인원이 동원되었다. 어진화사는 직업화가로서는 최고의 영예지만 최고의 화가라고 하여 모두 어진화사가 되는 것은 아니었다. 단원 김홍도의 경우 빼어난 그림 솜씨로 여러 차례 어진화사에 임명되었지만 한 번도 주관화사를 담당하지는 못했다. 생동감 넘치는 그의 화풍이 개성을 억제하고 묘사의 세밀함을 추구하는 어진과는 잘 맞지 않았기 때문이다.

한국학중앙연구원에서 펴낸 『왕의 화가들』(돌베개, 2012)은 어진화사들에 대한 더 자세한 설명을 제공한다. '재주를 시험한다'는 뜻의 시재試才를 통해 엄정하게 선발되면 어진화사는 밑그림을 그려서 제출하고 왕과 대신들의 평가를 듣는 봉심奉審을 거쳐 어진을 완성해나간다. 어진이 완성되면 최종 평가를 거쳐서 봉안 절차를 밟았다. 흥미로운 것은 중간 평가 단계인 봉심인데, 화원들은 물론이고 신하들도 왕의 얼굴을 잘 알지 못해 애를 먹었다. 용안을 정면에서 응시할 일이 많지 않기 때문에 대신들조차도 초본을 보고서 닮음의 여부를 명확히 판단하지 못했던 것이다. 그래서 왕의 옆에 어진을 두고 용안과 초본을 비교해가며 보는 것이 필요하다는 의견이 제출되기도 했다. 봉심에서 미흡한 부분이 발견되면 가필加筆과 가채加採가 이루어졌다.

한편, 어진화사들은 어떤 대우를 받았을까. 17세기 후반에 마련된 기준에 따르면 화원들의 급여는 쌀 12두와 포목 한 필로 되어 있는데, 다른 공장인工匠人들과 비교하여 훨씬 나은 대우였다고 한다. 급여뿐 아니라 능력에 따라서는 관직도 주어졌는데, 주관화사에게는 특별한 경우 3품, 기본적으로는 6품 상당의 관직이 하사되었다. 어진화사들은 초상화만 그리는 경우는 드물었고 산수, 인물, 화조는 물론 궁중기록화와 장식화, 문인화에 이르기까지 다양한 그림을 통해서 기량을 과시하기도 했다.

-〈책&〉(2013년 1월호)

『정도전과 그의 시대』가 말해주는 것

—

정도전과 그의 시대
이덕일 지음, 권태균 사진
옥당, 2014

역사란 무엇인가. 『정도전과 그의 시대』에서 역사저술가 이덕일은 "반성의 도구"라고 말한다. 새로운 말은 아니다. 과거를 되돌아보는 것은 현재를 잘 살피기 위함이다. 물론 과거와 현재가 판이하게 다르다면 과거를 거울로 삼는 것이 어떤 의미가 있는가라는 반문도 가능하다. 어제의 경험이 오늘의 새로운 문제를 사고하거나 해결하는 데 소용이 없는 것처럼 보이는 경우도 많다. 역사는 언제, 어떻게 소용이 되는가.

가만히 생각해보면 우리의 삶은 새롭고도 새롭지 않다. 하루하루가 새로운 시간이고 새로운 날들이지만, 또 한편으로는 어제와 같은 일상의 반복이기도 하다. 반복은 교훈을 낳는다. 앞서간 수레바퀴 자국을 가리키는 전철前轍은 뒤에 오는 사람들에게 지침이 된다. 잘못된 길을 가다 엎어진 수레의 흔적은 우리에게 방향을 재조정할 수 있게 해준다. 그렇게 반복적인 경험과 역사에서 교훈을 얻을 수 있는 것이 인간의 현명함이다. 반대로 똑같이 잘못된 길을 가다가 또다시 엎어짐으로써 역사로부터 아무런 교훈도 얻지 못하는 것이 인간의 어리석음이다. 이런 현명함과 어리석음도 역사 속에서 반복되어왔던가.

이솝 우화에 전하는 이야기가 떠오른다. 전갈과 개구리 이야기다. 어느 날 전갈이 개구리에게 강을 건널 수 있게 해달라고 부탁한다. 개구리는 전갈이 독침으로 자기를 찌를까봐 두려워하는데, 전갈은 만약 내가 널 찌르면 나도 물에 빠져 죽을 테니 걱정하지 않아도 된다고 안심시킨다. 설마 자살과 같은 행위를 하겠느냐는 것이다. 그 말을 믿고 개구리는 전갈을 등에 태운다. 하지만 강을 반쯤 건넜을 때 전갈은 개구리를 찌르고 결국 둘 다 죽게 된다. 죽어가던 개구리가 왜 찔렀느냐고 묻자 전갈은 이렇게 말한다. "나는 전갈이야. 그게 내 본성이라고."

이 우화의 교훈은 무엇인가. '타고난 본성은 어쩔 수 없다' 정도로 정리될 수 있겠지만 전갈의 '인지 부조화'에 대해서도 주목할 필요가 있다. 분명 전갈의 이성은 개구리를 찌르는 행위가 자신의 죽음까지 초래할 수 있다는 것을 안다. 문제는 그의 이성이 본성을 통제할 만큼 힘을 발휘하지 못했다는 것이다. 개구리뿐 아니라 전갈 자신도 죽음에 이르게 했으므로 이 부조화는 극복될 필요가 있다. 어떻게? 방향은 두 가지다. 하나는 이성의 힘을 과대평가하지 않는 것이다. 이성으로 통제할 수 없는 본성의 힘을 직시했다면 애초에 전갈은 개구리에게 강을 건너가게 해달라고 부탁하지 않았을 것이다. 기대할 수 없는 일에 대해서는 기대하지 않는 것이 현명하다. 그리고 또하나는 이성의 힘을 더 키우는 것이다. 가령 본성을 제어하기 어렵다면 필요한 경우 독침에 보호대라도 씌워서 파국을 막는 것도 방도가 될 수 있을 것이다. 우리는 어느 쪽인가.

전갈과 개구리의 우화를 우리의 역사 인식과 성찰에도 적용해봄직하다. 과거에 대한 인식과 성찰로서의 역사의식은 과연 우리의 타성을 얼마나 변화시킬 수 있을까, 아니면 그와는 반대로 역사의식조차도 결국 반복되는 현실의 문제를 해결하는 데는 역부족인 것으로 보아야 할까. 『정도전과 그의 시대』를 읽으며 줄곧 머릿속으로 헤아려보았다. 저자가 보기에 '왕도정치를 꿈꾼 비운의 혁명가' 정도전과 그가 살았던 쉰여섯 해는 현재의 우리를 되돌아보게 하는 거울로 부족함이 없다. 내적으로나 외적으로 그렇다. 외적으로 고려 말은 대륙의 주인이 원나라에서 명나라로 교체되던 시기였고, 내적으로 고려 사회는 극심한 빈부 격차, 즉 사회 양극화로 백성의 삶이 파탄에 이르고 있었다. 소수의 권문세족이 나라의 모든 재화를 독차지하고 있었기에 조준은 토지개혁 상소문에 "불쌍한 백성들이 사방으로 흩어져 개천과 구덩이에 빠져 죽는다"고 적었다.

이 문제를 해결하려는 고려 왕들의 시도가 없지는 않았다. 하지만 충선왕과 충숙왕이 시도한 개혁정치가 실패하자 사정은 더 악화되었다. 그리고 고려의 마지막 개혁 군주 공민왕이 등장해 망해가는 고려를 되살리기 위한 최후의 시도를 모색했다. 그는 '농토 문제와 백성들의 억울함을 분별해 잘못을 바로잡는 기관'이라는 뜻의 전민변정도감을 설치해 강력한 개혁을 추진했지만 개혁 대상인 친원파의 반발로 실패했다. 이후 공민왕은 자신이 직접 나서지 않고 신돈을 앞세웠는데, 신돈은 빼앗은 토지와 노비를 원래 주인에게 되돌려주도록 하는 혁신적인 개혁정책을 강력하게 추진하며 민심을 얻었다. 하지만 그렇게 얻은 민심이 오히려 신돈의 앞을 가로막았다. 신돈은 권문세족과 신흥 사대부 양쪽으로부터 공격받았고 그가 백성들로부터 '성인'이라는 소리까지 듣게 되자 기분이 상한 공민왕은 신돈을 내쳤다. 저자는 공민왕이 신돈을 제거한 것이 가장 큰 과오이며, 이로써 고려는 멸망으로 치닫게 된다고 평한다. 신돈의 실패는 고려 왕들이 중심이 되어 시도한 '위로부터의 개혁'이 끝내 실패로 끝날 수밖에 없었다는 것을 뜻하기 때문이다.

개혁이 실패한다면 무엇이 남는가. 혁명이다. 신흥 사대부는 고려 왕실의 처리와 토지개혁 방법론을 두고 온건개혁파와 역성혁명파로 나뉘는데, 온건개혁파의 거두가 이색이었다면 정도전과 조준은 역성혁명파의 대표적 인물이었다. 조선이라는 새 왕조의 건국과정은 혁명적인 개혁 사상을 품고 있던 정도전이 변방의 무장 이성계를 찾아가 의기투합함으로써 첫발을 내딛게 된다. 정도전과 이성계의 결합, 그것을 저자는 "극심한 양극화에 시달리던 고려의 문제를 일거에 해결할 수 있는 방안을 가진 지식인과 이를 실천할 수 있는 군사력을 가진 무장의 만남"으로 규정한다. 정도전의 혁명 사상이 이성계의 군사력과 만나게 된 셈인데, 이때가 1383년이었다. 그로부터 불과 10년 뒤 고려는 패망하고 조선이 들어선다.

고려 말이나 지금이나 마찬가지지만 극심한 양극화는 소수가 부를 독점하고 있어서 빚어진다. 고려 말의 권문세족은 정치권력을 독점하면서 이를 등에 업고 사익 추구에 몰입하여 경제권력도 장악한다. 소수의 권문세족이 정치, 경제의 모든 권력을 독점하고 이에 따라 자영농 대부분이 몰락해간 것이 고려 사회를 붕괴로 내몬 당시 상황이었다. 저자는 "한 사회가 내부 문제를 스스로 해결하지 못할 경우 체제 자체가 무너질 수 있다"는 것이 정도전의 일생이 우리에게 던지는 근본적인 메시지라고 말한다. 이것이 전철이다. 우리는 우리가 끄는 '역사의 수레바퀴'를 잘못된 길에서 제때 돌릴 수 있을까.

-〈독서인〉(2014년 2월호)

P.S.

정도전 관련서가 여럿 나오고 있는데, 조유식 알라딘 대표의 『정도전을 위한 변명』(휴머니스트, 2014/ 푸른역사, 2006)이 개정판으로 다시 나왔고, 김탁환 작가도 『혁명, 광활한 인간 정도전』(전2권, 민음사)을 선보였다. 개인적으로는 조선 건국 내지 개창과정에 관심을 갖고 있는데, 최근에 구해서 본 것은 김당택 교수의 『조선왕조 개창』(전남대출판부)이다. 학계의 주류적 시각과는 다른 입장을 내놓고 있어서 흥미롭게 읽었다.

문제적 인물
허균의 생각

허균의 생각
이이화 지음
교유서가, 2014

1000만 관객을 동원했던 영화 〈광해〉에서 도승지 역으로 나왔던 허균(류승룡 분)은 가짜 왕 광해에게 이렇게 말한다. "백성을 하늘처럼 섬기는 왕, 정녕 그것이 그대가 꿈꾸는 왕이라면 그 꿈 내가 이뤄드리리다." 영화를 흥행으로 이끈 요소는 여러 가지가 있겠지만 "백성을 하늘처럼 섬기는 왕"에 대한 관객의 판타지도 한몫하지 않았을까.

허균이라는 문제적 인물에 대한 관심이 다시 생겨 이이화의 『허균의 생각』을 손에 들었다. 1569년에서 1618년까지 살다 간 그의 생애는 명문가의 자제로 태어나 과거에 급제하고 글 잘하는 문사로 이름을 날렸지만 결국에는 반란죄로 처형되어 효시되는 것으로 마무리된다. 그리고 그의 죽음과 함께 양천 허씨 문중은 쑥대밭이 된다. 총명하고 문장에 능했다는 평가도 있지만 역적으로 몰려 능지처참을 당한 '역적의 괴수'에 대한 당대의 평가는 냉담했다. "행실이 가볍고 망령되어 물의를 일으켜 버림을 받은 지 오래였다"고 기록한 『광해군일기』가 대표적이다. 조선 사회가 수용할 수 없었던 '이단아'였지만 이는 거꾸로 허균이 조선 사회를 더이상 용인할 수 없었다는 뜻도 될 것이다.

허균은 어떤 시대를 살았는가. 1592년의 조일전쟁(임진왜란)을 먼저 떠올릴 수밖에 없다. 일찍이 유례가 없는 외침을 당한 상황에서 조선 민중은 바깥의 적이 아닌 안의 지배계급에 반기를 들었다. 난리 중에 반란과 도적이 끊이지 않았다는 사실은 조선 내부의 사회적 혼란과 갈등의 골이 이미 깊었다는 것을 방증한다. 당시 영의정이던 유성룡은 온 나라의 힘을 다 모으기 위해서는 서얼과 천민까지도 차별 없이 고루 등용해야 한다고 주장했다. 유교적 교조주의와 당쟁, 민생고와 함께 조선 사회의 가장 큰 사회적 문제가 바로 서얼의 관직 등용을 막은 서얼금고와 천민에 대한 압제였다. 조선 사회의 개혁을 꿈꾼 개혁가라면 정면으로 부닥칠 수밖에 없는 문제이기도 했다.

허균의 시대 진단을 알게 해주는 글 가운데 하나가 '소인론', 곧 '못난 사람을 따진다'이다. 그는 그 글에서 조선에는 소인이 없다고 말한다. 그렇다면 군자만 있다는 말인가? 정반대다. 소인과 군자는 어디까지나 상대적인 범주여서 군자가 없기 때문에 소인도 없다는 것이 허균의 일갈이다. 군자와 소인은 어떻게 다른가. 군자는 바르고 소인은 사특하며, 군자는 옳고 소인은 그르며, 군자는 공평하고 소인은 사사롭다. 한데 조선에서는 같은 패거리는 모두 군자라 하고 다른 패거리면 모두 소인이라며 배척한다. 그런 패거리 정치가 횡행하는 가운데 벼슬자리만 탐하는 자들만 조정에 가득하다는 것이 허균의 한탄이었다.

흔히 한글소설 『홍길동전』의 저자가 허균으로 알려져 있고, 저자도 그런 전제하에 『홍길동전』에 나타난 사회개혁 사상을 허균의 사상과 동일시한다. 이 문제에 대해서는 최근에 와서 회의적인 견해가 더 우세한 편이지만 서얼차별과 부패한 관권에 대한 비판이라는 핵심 주제는 허균의 생각과 별반 다르지 않다. 직접 쓰지는 않았더라도 썼을 법한 소설이라는 말이다. 유명한 '호민론'을 떠올려보더라도 그렇다(저자는 '호민론'을 '몽둥이와 쇠스랑을 들고 일어서는 백성들'이라고 옮긴다).

그는 백성을 세 부류로 나눈다. 먼저 눈앞의 이익에만 얽매여 시키는 대로 따라 하며 부림을 받는 자가 항민恒民이다. '늘 그대로인 백성'이니 별로 두려울 것이 없다. 다음으로 자기 것을 빼앗기면서 윗사람을 원망하는 원민怨民이 있다. '원망을 품은 백성'이지만 이 또한 반드시 두려운 존재는 아니다. 반면에 세상이 돌아가는 틈새를 엿보고 있다가 팔을 흔들며 들판에 올라서서 소리를 한번 크게 지르는 백성이 있다. 바로 '호걸스러운 백성'으로서 호민豪民이다. 허균에 따르면 당대 백성의 근심과 원망이 고려 말기보다 더 심한데도 조선의 지배층이 백성을 두려워하지 않는 것은 호민이 없는 탓이다. 허균은 바로 그 호민이고자 한 것이 아니었을까. 씁쓸하게도 허균의 생각은 여전히 우리의 마음에도 와닿는다.

-〈시사IN〉(2014. 11. 1.)

성리학의 '대항 이데올로기'는 존재했나

—

정감록 미스터리
백승종 지음
푸른역사, 2012

조선시대 대표적인 금서이면서 동시에 비공식 베스트셀러였던 책은? 그렇다. 『정감록』이다. 하지만 우리의 상식은 그 정도에서 더 나아가지 못한다. 조선왕조의 몰락을 예언한 책이라고 하지만 『정감록』이 구체적으로 어떤 내용을 담고 있으며, 누가 쓴 것이고, '정도령'이나 계룡산과는 무슨 관계가 있는지 등등 우리가 상식선에서 답할 수 없는 물음이 수두룩하다. 이런 것이 『정감록』을 둘러싼 미스터리다.

한국의 예언문화사를 집중적으로 연구해온 백승종의 『정감록 미스터리』는 제목 그대로 이 미스터리들에 대해 "미제 사건을 풀기 위해 안간힘을 다하는 영화 속의 이름난 형사"처럼 파고들어간 책이다. 놀랍게도 그는 이 '미제 사건'에 20년 이상 몰두해왔다! 더불어 놀라운 것은 이 책이 그간의 예언서 연구를 일단락짓는 의미를 갖는다는 점이다. 그 후일담으로 내놓은 것이 『정감록 미스터리』라면 『정감록』은 '영구 미제 사건'으로 남게 되는 듯도 하다. 하지만 성과가 없는 것은 아니다. 우리가 무얼 알게 되었고 무얼 아직 모르는지 아는 것도 앎이고, 앎의 진전이니까.

애초에 발단은 조선의 지배 이데올로기(성리학)를 상대로 한 '대항 이데올로기'가 과연 존재했는가에 대한 관심이었다. 조선 후기 사회사를 전공한 저자는 지배문화와 맞선 다른 문화, 새로운 문화는 없었는지 탐색해보고자 했다. 그런 과정에서 발견한 주제가 조선의 예언문화였고 『정감록』이었다. 문자로 기록된 한국 예언서의 역사는 1350여 년을 헤아린다지만 한국 역사에서 예언문화의 전성기는 18세기에서 20세기였고 『정감록』은 예언문화의 핵심이자 '태풍의 눈'과도 같은 책이었다.

『조선왕조실록』에 등장하는 최초의 기록은 영조 15년이다. 1739년께 황해도, 함경도, 평안도 지방에서 '정감의 참위한 글'로서 『정감록』이 유행하고 있다는 보고에 영조는 그런 '나쁜 기운'은 '좋은 기운'을 북돋우면 자연스레 사라질 것이라고 훈시한다. 하지만 성리학이라는 '좋은 기운'은 양 난을 겪은 조선 후기 민중들에게 더이상 미치지 못했다. 『정감록』의 주된 내용에 새로운 세상을 열어줄 진인眞人의 출현에 대한 예언과 함께 난을 피하게 해줄 명당 또는 길지로서 십승지十勝地가 포함되어 있는 것은 그 때문이다.

조선 후기 사회사적 맥락에서 『정감록』의 등장을 이해하는 저자는 이 시기에 지식의 생산과 소비가 더이상 특권층의 전유물이 아니었다는 점에 주목한다. 평민층에서도 독서인이 나오고 그들이 직접 저술에 참여하기도 하면서 사회문화적 지각변동이 일어난 것이다. 종이의 생산량이 늘어나 책이 흔해진 것도 『정감록』의 필사본 유행을 거들었다. 18세기의 『정감록』 초기본이 한글본이었다는 사실은 그런 점에서 중요한데, 현재 남아 있지 않아 한문본과 한글본 『정감록』이 어떤 관계인지는 아직 알 수 없다. 앞으로 규명해야 할 과제이자 미스터리 가운데 하나다.

『정감록』에 대한 독보적인 연구를 통해 저자는 조선 후기 평민 지식인들이 생산, 보급한 『정감록』이 동학과 증산교, 원불교 등 대표적인 신종교들의 산파가 되었다고 주장한다. 이런 신종교가 기성의 지배 이데올로기를 대체하기 전에 일본의 식민지로 전락한 것이 우리 현대사의 불행인데, 일제강점기인 1930년대 초반 보천교라는 신종교의 신도 수가 600만 명을 헤아렸다고 하니 그 교세가 얼마나 대단했는지 알 수 있다. "때가 되면 진인이 나와서 계룡산에 도읍한다"는 『정감록』 신앙이 그토록 호응을 얻을 수 있었다는 사실은 새로운 세상에 대한 민중의 갈망이 그만큼 컸다는 증거다. "『정감록』은 난세를 만난 민중의 나침반이었다"고 저자는 말한다. 우리는 아직도 『정감록』이 필요한 시대에 살고 있는가.

-〈주간경향〉(2012. 8. 28.)

조선의 근대와 공론장의 지각변동

—

시민의 탄생
송호근 지음
민음사, 2013

한국에서 근대국가와 근대사회, 근대인은 언제 출현했는가. 사회학자 송호근 교수가 『시민의 탄생』에서 화두로 삼은 물음이다. 서양의 근대가 뚜렷하고 분명한 모습을 띠고 있기에 그 기원과 진화 양상을 충분히 재구성해볼 수 있지만 한국은 사정이 그렇지 않다는 판단이 깔려 있다.

한국의 근대는 그 기원과 진화의 궤적이 모호하다. 한국 현대사회의 특질에 대한 분석에 몰두해온 사회학자로서 명확히 해명되지 않는 이 기원의 문제에 항상 갈증을 느껴왔다는 그가 결국 직접 팔을 걷어붙였다.

물론 근대의 기점과 성격에 관한 연구가 있었다. 아니 한국사 연구의 뜨거운 쟁점 가운데 하나였다. 과문하지만 상식에 기대어보면 일본의 식민 지배와 함께 비로소 서양식 근대가 이식되었다고 보는 식민지 근대화론이 한쪽에 있다. 반면 다른 쪽에는 18세기에 이미 토지 소유관계의 변화와 함께 근대 자본주의의 맹아가 싹텄다고 보는 자생적 근대화론이 있다.

식민지 근대화론에 따르면 일본의 식민 지배는 긍정과 부정의 양면적 성격을 띠며, 자생적 근대화론에 따르면 일본의 지배는 우리의 자생적 근대화의 길을 차단하고 굴절시킨 혐의를 피할 수 없다. 그 밖에 근대라는 역사적 범주가 서양사를 기준으로 한 것이며 한국사의 특수성은 중세에서 근대로의 이행이라는 일반적 틀로 재단하기 어렵다는 근대 회의론도 있다.

입장은 다르지만 근대의 핵심을 자본주의 경제체제와 국민국가라는 정치체제의 결합으로 이해한다는 점에서는 공통적이다. 자본주의 근대로 나갈 수 있는 역량을 일제의 강점 이전에 우리가 갖고 있었느냐, 없었느냐가 주된 쟁점이었다.

하지만 전작인 『인민의 탄생』(민음사, 2011)에서와 마찬가지로 송호근 교수는 '공론장 분석'이라는 새로운 방법론을 채택한다. 공론장의 구조변동에 관한 위르겐 하버마스의 선구적 연구에 기대어 저자는 공론장의 분석을 아예 조선의 전반적 역사 변동과정을 설명하는 통시적 분석 틀로 삼는다. 책의 부제가 "조선의 근대와 공론장의 지각변동"으로 붙여진 이유다. 저자는 "조선의 역사변동은 공론장 구조변동의 역사"라고까지 말한다.

그런 관점에서 볼 때 19세기 중반 이후 조선은 한 시대가 저물고 질적으로 전혀 다른 시대가 다가오는 전환기였다. 이 전환기를 가리키는 이름이 '말안장시대(1860~1894)'다. 1860년대 전국 각지에서 봉건질서와 지배층에 반기를 든 민란의 시대가 도래했고, 저자의 표현으로 문자 해독력을 갖춘 '문해인민文解人民'은 주체의식과 존재론적 자각을 갖게 된 '자각인민'으로 진화했다. 이 시대를 특징짓는 것은 양반 공론장의 쇠퇴와 평민 공론장의 확대다.

19세기 전반기 60년간의 세도정치로 인해 조선을 지탱해온 지식과 권력의 선순환이 차단되고 차츰 서양의 위협과 직면하면서 더이상 성리학적 천天 개념은 유지되기 어려웠다. 문명과의 관계를 재설정하는 천 개념의 변용이 불가피했지만, 지배층이 내세운 위정척사衛正斥邪와 동도서기東道西器, 문명개화 등의 세 가지 태도는 여전히 '지배층의 천'만을 고려한 것일 뿐 '인민의 천'에 대한 고려는 없었다.

인민의 천은 동학에서 새로운 근거를 마련하게 되는데, 동학은 인민도 스스로 천이 될 수 있다는 것을 깨닫게 해준 매우 파격적인 '종교개혁'이었다. 이렇듯 지배층의 천과 인민의 천이 분리되면서 역사도 지배층의 역사와 인민의 역사로 분리되며, 이 두 역사는 1894년에 서로 충돌하면서 모두의 실패로 끝난다.

말안장시대에 이어지는 시대가 갑오정권에서 대한제국에 이르는 근대 이행기다. 공론장의 관점에서 보면 이 시기는 지식인 공론장이 형성되고, 평민 공론장이 세속적 평민 공론장으로 부활하며, 이 두 공론장이 서로 연대하고 공명한다는 데서 그 특징을 찾을 수 있다.

대한제국의 근대화가 제대로 추진되었다면 개인은 시민으로, 사회는 시민사회로 자연스레 이행해갈 수 있었을 터이지만 불행히도 국권 침탈과 함께 그 과정은 중단되었다. 그 결과 시민의 탄생은 "식민 통치하에서 유일하게 허용된 상상력의 공간, 문학의 영역에 기댈 수밖에 없었다."

『시민의 탄생』은 자각인민이 근대적 개인을 거쳐 시민으로 태어나는 과정을 면밀하게 추적한다. 근대적 개인과 시민을 구분하는 점이 흥미로운데, 근대적 개인이 사회를 구성하는 주체라면 저자는 개인과 사회가 근대성을 획득해가는 과정에서 개인은 시민으로 발전한다고 본다.

이런 접근 시각과 용어들이 '송호근판' 한국 근대 기원론의 강점이다. 저자는 한편으로 공론장 분석이라는 새로운 방법론을 적용함으로써 한국 근대사에 대한 새로운 해석과 조망을 제시하며, 다른 한편으로는 공론장의 구조변동에 대응하여 인민이 어떤 주체로 진화해가는가를 단계별로 기술한다. 전례 없는 시도이자, 한국 근대사의 전개과정에 대한 안목과 이해를 획기적으로 넓혀주는 중요한 성과로 읽힌다.

-〈중앙일보〉(2013. 12. 7.)

동아시아 시각으로 본
소농사회의 유산

미야지마 히로시, 나의 한국사 공부
미야지마 히로시 지음
너머북스, 2013

『미야지마 히로시, 나의 한국사 공부』는 제목대로 일본의 대표적 한국사 연구자 미야지마 히로시가 40년에 걸친 한국사 공부를 정리한 책이다. 도쿄대 동양문화연구소 교수를 역임하고 현재는 성균관대 동아시아학술원 교수로 재직중인 저자의 연구 이력과 여정에 대한 술회를 포함하고 있어서 '공부'라는 제목이 붙었지만 "한국사의 새로운 이해를 찾아서"라는 부제가 내용을 더 잘 말해준다.

저자의 문제의식은 한국사를 포함하여 동아시아 역사 인식에서 지배적인 패러다임으로 군림했던 서구 중심적 인식을 비판하는 데 놓인다. 가령 그가 보기에 한국 역사학계의 주류적 입장으로서 내재적 발전론이나 자본주의 맹아론은 여전히 서구식 역사 발전 도식을 적용한 것으로 조선 사회의 독자적인 성격과 근대 이행과정의 특징을 파악하는 데 미흡하다. 동시에 일본사 연구에서 일본과 유럽의 동질성을 강조하는 탈아脫亞적 경향도 서구 중심의 근대주의를 무비판적으로 수용한 것에 불과하다. 한국과 일본의 주류 역사학이 놓치고 있는 것은 동아시아 전통사회의 근대 이행과정에서 나타나는 공통적인 특징이다.

서구 모델에 대한 비판으로 저자가 제시하는 것은 '소농사회론'이다. 소농사회란 "자신의 토지를 소유하거나 다른 사람의 토지를 빌리거나 간에 기본적으로 자신과 그 가족의 노동력만으로 독립적인 농업 경영을 행하는" 소농이 지배적인 농업사회를 말한다. 저자는 17세기에서 18세기의 동아시아 사회를 그런 소농사회로 파악한다. 그가 '가설'이라고 부르는 소농사회론은 어떤 근거를 갖고 있는가.

동아시아에서는 1000년부터 1750년까지 세계 다른 지역에서는 보이지 않는 급속한 인구 증가가 일어났다. 인구 조밀 지역으로 전환된 것인데, 이 시기에 농업에서 일대 변혁이 이루어졌다. 변혁의 요체는 농업의 중심이 밭농사에서 논농사로 이동한 것이다. 중국의 경우 농업의 중심이 화북 밭농사에서 강남 논농사로 이동했고, 시기와 규모는 다르지만 이런 변화는 한국과 일본에서도 공통적으로 일어났다. 조선에서는 15세기에서 16세기에 활발한 농지 개발이 이루어져 국토가 일본의 약 4분의 3밖에 되지 않는데 근대 초기의 일본과 거의 같은 경지 면적을 갖게 된다. 이런 경지 개발을 추진한 주요 계층이 중국 사대부, 한국 양반, 일본 무사 계층이었다.

농지 개발과 농업기술의 변혁을 통해 집약적인 수도작이 이루어지자 지배계층의 존재 양식도 변하게 된다. 조선의 경우 17세기에 들어서 노비를 이용한 양반의 직영지가 급속하게 감소하는데, 이유는 노비를 이용한 농업 경영이 대단히 비효율적이었기 때문이다. 이에 따라 비독립적인 농민계층이 점차 소멸하고 소농사회가 성립하는데, 이는 농업 형태와 촌락구조뿐 아니라 사회구조와 국가의 지배 형태에도 커다란 변화를 가져온다. 정치적 지배와 토지 소유의 분리 및 민중의 균질화가 가장 주목할 만한 변화다.

저자에 따르면 양반계층이 일반 농민보다 훨씬 많은 토지를 소유하고 있었더라도 그 소유권은 일반 농민이 소유지에 대해 갖는 권리와 질적으로 동등했으며 지배층의 특권은 존재하지 않았다. 또 소경영 농민의 보편적 존재로 인한 민중의 균질화는 주자학의 통치 이념인 일군만민一君萬民체제를 뒷받침했다. 소농사회라는 사회구조가 비로소 주자학의 본격적인 수용과 유교 통치를 가능하게 했다는 것이다. 이런 사회구조의 대변동에 견주면 동아시아에서 전근대로부터 근대로의 변화는 상대적으로 의미가 크지 않다고 저자는 판단한다. "동아시아의 근대는 실로 많은 것을 소농사회의 유산에서 힘입었다"는 것이 그의 주장이다. '동아시아적 시각'이라는 폭넓은 연구 시야와 농업경제사에 대한 새로운 해석이 한국사 이해에 새로운 자극을 제공한다.

-〈주간경향〉(2013. 2. 5.)

일본인이 바라본 조선인 강제징용

조선인 강제 연행
도노무라 마사루 지음, 김철 옮김
뿌리와이파리, 2018

우리에게는 소설과 영화 〈군함도〉의 이미지로 기억되는 일제 치하 조선인 강제징용의 실상은 무엇이었을까. 단순한 궁금증에 손에 든 책이다. 저자는 도쿄대에 재직중인 일본근대사 전공자다. 일본인 독자를 염두에 두고 쓴 책이지만 동원하는 측(일본)의 논의와 정책에 대한 이해가 한국 독자들에게도 식민시대의 역사 이해에 도움이 되리라고 생각한다. 그 이해는 '왜 일제의 전시 동원이 그렇게 폭력적이고 비합리적인 성격을 띠었는지'에 대한 이해를 포함한다.

우리가 통상 '강제징용'이란 말을 쓰지만 일제의 공식 용어로는 '노무동원'이었다. 1937년 중일전쟁을 치르면서 노동력이 부족해진 일본 정부는 1939년 이후 패전까지 노무동원정책을 수립하여 시행했다. 정확하게 표현하면 노무동원계획(1939~1941)과 국민동원계획(1942~1945)을 시행했다. 조선인 노무동원은 일본인의 노무동원까지 포함하는 전체 계획의 일부였다. 문제는 이 계획이 여러 사정으로 제대로 이행되지 않았다는 데 있다.

강제성이 수반된 노무동원이 조선인에게는 민족차별과 가혹한 착취정책으로 받아들여졌지만 이는 저자가 보기에 노무동원이 의도한 바와 배치된다. 일제의 노무동원정책 목표는 전쟁 승리에 있었다. 이를 위해서는 피노동자가 기꺼이 동원 현장에 가서 의욕적으로 생산활동에 종사하는 것이 이상적이었지만 현실은 그렇지 못했다. 무엇이 문제였는가.

뜻밖이지만 조선총독부와 일본 내지의 이해관계도 서로 엇갈렸다. 일본 쪽에서는 더 많은 조선의 노동력을 원했지만 조선 북부의 공업화를 기획하고 있던 조선총독부에서는 노동자 송출을 꺼렸다. 농업노동력도 부족했던 터라 일본의 조선인 노무동원계획은 무리하게 진행될 수밖에 없었다.

주목할 점은 무리한 강제성이 수반되었다고 해도 조선인 노무동원이 결코 징용은 아니었다고 주장하는 부분이다. 동원된 조선인들은 징용에 가깝다고 느꼈지만 법적 강제력을 수반하는 조치로서 징용은 조선에서 실시될 수 없었다. 즉 징용을 하려는 의사가 없었던 것이 아니다. 징용을 실행할 행정기구가 미비했다. "십수만에 이르는 징용 대상자에게 출두를 명하고 전형을 실시한 다음 징용령서를 교부하는 등의 절차를 처리하는 것"이 조선총독부로서는 불가능했다. 동원한 인력에 대한 노무관리가 제대로 이루어지지 않은 것도 이런 불비한 행정의 무능력과 무관하지 않다.

그 결과 "조선인 강제 연행의 역사는 민주주의를 결여한 사회에서 충분한 조사와 준비가 부족한 조직이 무모한 목표를 내걸고 추진하는 행위가 가장 약한 사람들의 희생을 초래한다는 사실을 보여주는 사례"가 된다. 조선인 강제징용에 대한 저자의 꼼꼼한 검토는 일제의 조선 통치방식과 성격에 대해서 다시 바라보게 해준다.

-〈주간경향〉(2018. 3. 20.)

2. 자본론에 물든 세계사

글로벌 역사는
세계사와 어떻게 다른가

—

글로벌화의 역사
위르겐 오스터함멜 · 닐스 P. 페테르손 지음, 배윤기 옮김
에코리브르, 2013

글로벌화란 무엇인가. "세계적 범위로 연결되는 관계의 팽창과 집중화, 그리고 가속화"라는 일반적 정의를 수용하면 즉각적으로 찬반 양론이 제기된다. 지지하는 쪽에서는 글로벌화가 성장과 번영의 새 시대를 뜻한다면, 그 비판자들이 보기에는 서구 거대기업에 의해 주도되는 지배체제의 출현과 그에 따른 민주주의와 노동권의 침해, 생태계의 파괴 등을 의미할 따름이다. 이는 신자유주의에 대한 찬반 양론과도 비슷하다. 글로벌화란 곧 '글로벌 자본주의화'로 이해하는 것이 우리의 통념일 듯싶다.

하지만 독일의 역사학자들이 쓴 『글로벌화의 역사』에 따르면 문제는 좀더 복잡하다. 일단 제목에서도 암시하고 있지만 '글로벌화'는 '글로벌 자본주의'와 구별된다. 중복될 수는 있지만 포함관계로 치자면 더 넓은 의미를 갖는다. 더불어 글로벌화가 글로벌 자본주의보다 더 오랜 역사를 지닌 만큼 글로벌 자본주의는 글로벌화의 한 단계 내지는 한 양상 정도로 이해할 수 있을 것이다.

글로벌화의 역사에 대한 '짧은' 소개를 목표로 하면서 저자들은 네 가지 시기 구분을 제시한다. 첫번째 시기는 18세기 중반까지로 제국의 건설, 무역, 종교적 결속 등이 규모의 팽창과 함께 대륙 간의 교환을 촉진했다. 두번째 시기는 1750년에서 1880년의 시기로 아메리카와 유럽에서 일어난 정치혁명이 제국주의 경쟁을 격화시켰고 교통, 통신, 이주, 상업 따위의 네트워크를 창출했다.

세번째 시기는 1880년대에서 1945년, 곧 제2차세계대전 종전까지로 이 시기의 중요한 특징은 글로벌화의 정치화다. 제국주의 강국들의 패권 경쟁이 결국 세계 분할로 나타나고 1930년대와 1940년대 초에 이르러서는 글로벌화가 파멸적 붕괴 상황에까지 이르렀다. 거꾸로 이런 위기는 말 그대로 세계적 규모로 전개되었다는 점에서 글로벌화의 힘을 보여준다. 1918년에서 1919년에 전 세계적으로 유행하면서 전쟁으로 인한 사망자 수보다 더 많은 인명을 앗아간 인플루엔자는 글로벌화가 어떤 결과를 낳는지 보여주는 한 가지 사례다.

그리고 네번째 시기는 1945년 이후 이 책이 다루고 있는 1970년대 중반까지로 냉전시대여서 두 가지 경쟁적 체제 모델에 따라 글로벌화가 전개된다. 글로벌 역사는 세계사와 어떻게 다른가. 저자들에 따르면 세계사는 "문명의 내적인 역학과 그것을 상호비교하며 기술하는 다양한 문명에 관한 역사"인 반면, 글로벌 역사는 "문명 간의 접촉과 상호작용에 관한 역사"다. 그런 글로벌 역사에 대한 관심을 부추긴 것은 미국 사회학자 이매뉴얼 월러스틴의 '근대 세계체제'론이다. 1500년 전후 유럽에서 글로벌 자본주의 경제가 발생했다고 보는 그의 관점은 민족-국가 단위의 역사가 아닌 새로운 시각에서 역사를 바라보게 했다.

『글로벌화의 역사』의 저자들은 기본적으로 글로벌화가 수천 년의 역사를 갖고는 있지만 16세기에 포르투갈과 에스파냐 식민 제국의 출현과 함께 새로운 단계로 진입했다는 점에서는 월러스틴과 의견을 같이한다. 이 시기의 탐험과 정규무역이 유럽, 아프리카, 아시아, 아메리카의 직접적인 접촉을 역사상 처음으로 가능하게 했다는 점에서 그렇다. 그렇게 대륙 간 네트워크가 만들어지면서 '세계경제'도 출현하게 된다. 동시에 민족-국가라는 형태를 포함한 유럽식 제도와 서구 사상이 세계 전역에 수출된다.

1945년 이후 대량생산, 대량소비, 대중매체의 글로벌화는 현재도 진행 중이다. 과연 글로벌화는 아무런 도전도 받지 않는가? 저자들은 1965년 베트남전쟁이 글로벌화에 대한 반대, 곧 로컬화에 대한 요구를 결집시킨 계기였다고 본다. 글로벌한 환경 문제에 대한 문제 제기도 1960년대 저항문화의 결과라는 것이다. 글로벌화의 미래를 점쳐보기 위해서라도 음미해볼 만한 견해다.

-〈주간경향〉(2013. 6. 18.)

교환 양식으로 바라본 세계사

세계사의 구조
가라타니 고진 지음, 조영일 옮김
도서출판b, 2012

일본의 대표적 비평가 가라타니 고진의 문제작 『세계사의 구조』가 번역되어 나왔다. "교환 양식을 통해 사회구성체의 역사를 새롭게 봄으로써 현재의 '자본 = 네이션 = 국가'를 넘어서는 전망을 열려는 시도"라고 저자는 서문에서 적었다. 그런 시도 자체는 낯설지 않다. 교환 양식이라는 관점은 전작인 『트랜스크리틱』(한길사, 2005)에서부터 제시한 바 있다. 무엇이 달라졌고, 얼마나 더 전진한 것일까.

궁금증에 답하기라도 하듯 가라타니 고진은 『트랜스크리틱』과 『세계사의 구조』의 차이부터 설명한다. 애초에 그는 "마르크스를 칸트로부터 읽고, 칸트를 마르크스로부터 읽는" 작업을 '트랜스크리틱'이라

명명했다. 마르크스의 『자본론』을 '텍스트'로 읽는 독특한 방법을 제시했지만 기본적으로는 문학비평가를 자임했다. 하지만 2001년에 일어난 9·11 테러는 자본과 국가에 대해 더 근본적으로 고찰할 필요성을 제기했다. '텍스트 독해'라는 방법론을 넘어서 독자적인 '이론적 체계'를 만들도록 부추긴 것이다. 즉 『트랜스크리틱』이 비평가의 저작이라면 『세계사의 구조』는 이론가 또는 사상가의 작품이다.

가라타니 고진은 마르크스의 헤겔 비판을 그 연장선상에서 완성하고자 한다. "나의 과제는 어떤 의미에서 마르크스의 헤겔 비판을 다시 하는 것"이라고 그는 말한다. 하지만 마르크스의 헤겔 비판을 반복한다는 것은 동시에 마르크스의 한계를 넘어서는 것이기도 하다. 자본과 네이션, 국가를 상호연관적으로 파악한 헤겔을 비판하면서 마르크스는 자본제 경제를 하부구조로, 그리고 네이션이나 국가는 거기에 얹힌 상부구조로 간주했다. 자본주의라는 경제적 하부구조를 철폐하면 국가나 네이션은 자동적으로 소멸된다는 관념은 거기에서 나왔다. 하지만 자본주의를 극복하려는 마르크스주의적 운동은 국가와 네이션을 해소하는 것이 아니라 오히려 강화하는 결과를 낳았다.

그렇다고 해서 가라타니 고진은 '상부구조의 상대적 자율성'을 끌어오지 않는다. 그의 독창적인 착상은 네이션과 국가가 자본과는 다른 경제적 하부구조에서 기인한다는 점에 있다. 바로 교환 양식이다. 마르크스는 생산 양식의 관점에서 세계사의 구조를 설명했지만 가라타니 고진은 교환 양식을 통해 그것을 해명함으로써 마르크스의 설명을 보완하고자 한다. 그는 교환 양식을 A(호수), B(약탈과 재분배), C(상품

교환), D(X) 네 가지로 구분한다. 발생사적으로 보면 A는 부족사회의 지배적인 교환 양식이고, B는 국가사회의 지배적 교환 양식이며, C는 자본제 사회의 지배적 교환 양식이다. 그리고 가라타니 고진이 아직은 X라고 하는 교환 양식 D는 증여와 답례로 이루어진 교환 양식 A의 고차원적 회복으로서 앞으로 도래할 세계공화국의 하부구조다.

마르크스가 『자본론』에서 해명한 것은 주로 교환 양식 C의 세계였다. 그렇기 때문에 다른 교환 양식이 형성하는 네이션과 국가에 대해서는 적절하게 해명할 수 없었다. 반면에 가라타니 고진은 교환 양식이라는 이론 틀을 통해 사회구성체의 역사적 변천과정을 새롭게 해명한다. 더불어 '자본 = 네이션 = 국가'를 넘어설 수 있는 전망을 적어도 이론적으로는 확보한다. 그것은 어떻게 가능한가? '자본 = 네이션 = 국가'라는 세계 시스템을 일거에 지양하는 '세계 동시혁명'을 통해서 가능하다. 마르크스의 이 신화적 비전은 전 세계적 차원의 폭력적 봉기라는 이미지로 각인되어 지금은 기각되었지만 가라타니 고진은 그것을 다시금 복원한다. 다만 방법이 다를 뿐이다. 가령 일국에서 군사적 주권을 유엔에 '증여'하는 것이 일국혁명이다. 그런 행위가 많은 국가로 확산된다면 그것이 바로 세계 동시혁명이다. 비현실적이라고? 하지만 우리가 그런 혁명을 지향하는 운동을 전개하지 않으면 남은 가능성은 세계전쟁이라고 가라타니 고진은 말한다. 낙담할 필요는 없다. 국제연맹이나 국제연합도 세계대전의 산물이었으니까. 곧 세계공화국의 실현이 쉽지는 않더라도 그 가능성을 제거할 수는 없다.

-〈주간경향〉(2013. 1. 8.)

유럽이 중국을 앞설 수 있었던 이유

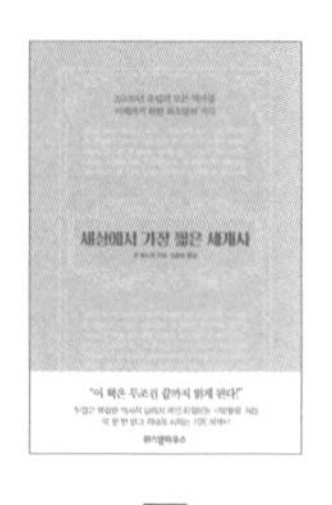

세상에서 가장 짧은 세계사
존 허스트 지음, 김종원 옮김
위즈덤하우스, 2017

공항서점 베스트셀러는 독서 트렌드를 읽게 하는 한 척도다. 어떤 책이 읽히는지가 궁금하여 손에 든 책이 『세상에서 가장 짧은 세계사』인데, 지난해 가을 독일 프랑크푸르트 공항서점에서 발견하고 곧바로 구입했다. 짐작에는 세계적으로 가장 많이 읽히는 유럽사 책이 아닐까 싶다. 책의 원제는 『가장 짧은 유럽사The Shortest History of Europe』다. 유럽사의 상식과 표준을 제공한다고 보면 될 것이다.

표준이라고 하지만 저자의 독창적인 관점이 없는 것은 아니다. 오스트레일리아 역사학자인 저자는 유럽사를 균등하게 다루지 않는데, 이는 적은 분량 때문이 아니라 유럽의 모든 부분이 똑같다고 생각하지 않아서다. "세계사에 미친 영향력을 따지자면 이탈리아의 르네상스, 독일의 종교개혁, 잉글랜드의 의회정치, 프랑스의 혁명적 민주주의가 폴란드의 분할보다 더욱 중요하다"는 것이 저자의 입장이다.

이는 자연스레 역사 서술에서 선택, 집중과 함께 독특한 구성을 낳는다. 유럽사 전반에 대한 짧은 개요를 제시한 다음 주제별로 꼼꼼하게 다시 되짚어보는 식이다. 이런 반복적 구성 덕분에 책을 덮으면 유럽사를 두 번 읽은 것 같은 느낌이 든다. '유럽의 기이함'에 대해 더 많이 이해하게 된 것 같은 느낌을 갖게 하는 것도 책의 미덕이다.

저자가 토로하는 바에 따르면 그의 유럽사 이해는 이슬람사 연구자인 페트리샤 크론에게 많이 의지하고 있다. 오히려 유럽사 연구자가 아니어서 크론은 유럽사의 특이성을 지적할 수 있었는데, 오늘날의 정치경제 체제가 유럽식 모델에 기원을 두고 있어서 이 특이성은 간과된다. 많이 지적되는 것이지만 16세기 이전만 하더라도 중국 문명은 유럽보다 앞서 있었다. 유럽은 인쇄술, 제지술, 나침반, 화약 등을 중국으로부터 직간접으로 수입했다. 하지만 대의정부가 수립되고 산업혁명이 일어난 곳은 중국이 아니라 유럽이었다. 곧 유럽은 근대를 발명했다.

어떤 차이 때문인가? 권력의 분산과 문화의 개방성이 핵심이다. "유럽에서는 권력이 분산되어 있었으며, 고급문화는 여러 요소의 혼합물이었고, 세속적 지배에 견고하게 묶여 있지 않았다." 가령 중세 유럽에서 황제와 교황 사이의 충돌은 교회와 국가 간의 오랜 긴장을 낳았고 권력 분산의 선례가 되었다. 강력한 군주제 국가의 출현이 지연되면서 독립적인 도시국가와 제후국이 다수 존재하게 되었고 이런 소규모 국가들 덕분에 르네상스와 종교개혁이 가능했다. 더불어 유럽 전체의 변형이 가능했다는 것이 저자의 시각이다.

반면에 중국에서는 오랫동안 권력이 황제에게만 집중되어 있었고 개개인이 아무리 총명하다 할지라도 국가의 통제를 벗어날 수 없었다. 제자백가시대가 중국 사상사의 전성기였다는 사실이 시사하는 바도 동일하다. 강력한 통일국가와 전제권력 아래에서는 새로운 사상과 혁신이 탄생하기 어렵다. 이런 역사의 교훈이 과연 과거의 교훈에만 그칠 것인가. 1인 권력체제가 공고해져가고 있는 중국과 러시아의 현재 모습이 역사의 교훈을 뒤집을 수 있을지 궁금하다.

–〈주간경향〉(2018. 5. 1.)

가라타니 고진의 생태론

자연과 인간
가라타니 고진 지음, 조영일 옮김
도서출판b, 2013

일본 비평가 가라타니 고진의 신간이 출간되었다. '가라타니 고진 컬렉션'의 11번째 책으로 나온 『자연과 인간』이다. 개인적으로는 '가라타니 고진의 모든 책'을 읽을 의사가 있고, 또 그렇게 해왔기에 『자연과 인간』도 기꺼이 손에 들었다. 부제는 "『세계사의 구조』 보유". 가라타니 고진이 대표작 『세계사의 구조』(도서출판b, 2012)를 보충한다는 의미인데, 역자는 『세계사의 구조』를 읽기 위한 최적의 입문서로도 추천하고 있다. 『세계사의 구조』와 씨름했거나 씨름해볼 독자에게는 더없이 유용한 길잡이이자 격려라고 할까. 여러 논문 가운데 표제가 된 '자연과 인간'을 통해 어째서 그러한지 짚어본다.

가라타니 고진의 『세계사의 구조』는 교환 양식으로 바라본 세계사의 전개과정을 해명한 문제작이었다. 생산 양식의 관점에서 세계사의 전개를 설명한 마르크스의 시도를 보완하면서 동시에 교환 양식론이라는 독보적 관점을 제시함으로써 '사상가'로서의 존재감을 각인시켜준 책이다. 다만 인간과 인간 사이의 교환관계에 초점을 맞춘 탓에 인간과 자연의 관계에 대해서는 충분히 다루지 않았다. 이에 대해 보충하면서 가라타니 고진은 기본적으로 인간과 인간의 교환관계의 밑바탕에 인간과 자연의 교환관계가 있다고 생각한다.

시야를 확대해보면 지구는 엔트로피를 열로 우주에 방출함으로써 정상성을 유지하는 개방계다. 태양광에서 고온열을 받아들여 저온열을 우주에 방출하는데, 이때 대기의 순환이 발생한다. 그리고 지구라는 시스템 아래에 생명계가 있다. 이 역시 열엔트로피를 대기에 방출함으로써 유지되는 정상개방계다. 이런 시스템 아래에 인간사회가 존재한다. 가라타니 고진은 이런 계층구조에서 인간이 영향을 미치는 범위는 제한적이라고 본다. 지구온난화설을 의심하는 이유인데, 역사적으로 지구 대기의 온도 변화는 주로 태양 활동의 변화에 의한 것이다. 인간이 과다 배출해낸 이산화탄소에 의해 지구 전체의 환경 변화가 초래된다고는 볼 수 없다는 이야기다. 인간이 갖고 있는 것이라면 원자폭탄이든 원전사고이든 원자력으로 지구를 황폐한 공간으로 만들 수 있는 능력 정도다.

가라타니 고진은 지구온난화설의 대두가 환경론의 글로벌라이제이션을 보여주는 사례며, 이것은 자본주의의 글로벌라이제이션에 대응하는 것으로 이해한다. 이산화탄소 배출량을 규제함으로써 자본-국가는 석유나 천연가스를 직접 소유하지 못하더라도 그 사용권을 국제적으로 관리할 수 있게 된다. 문제는 그 여파로 1980년대에 고조되었던 반전운동이 시들해졌다는 점이다. 가라타니 고진이 보기에 그것은 '자본-국가에 대한 대항운동의 총체적인 패배'의 결과다.

자본의 글로벌라이제이션은 왜 일어났는가. 세계자본주의는 '일반적 이윤율의 저하'에 따라 주기적으로 경제 위기에 봉착하게 되는데, 1870년대에는 제국주의로 나아감으로써, 1980년대에는 신자유주의를 통해 이를 극복하고자 했다. 자본주의의 '외부'를 자본주의화하려고 했다는 점에서 신자유주의는 제국주의와 닮은꼴이다. 하지만 중국과 인도까지도 자본주의 체제에 편입되어 경제성장을 달성한 시점에서는 더이상 '외부'가 존재하지 않는다. 자본주의의 종언이 불가피한 이유다. 그렇다고 자본주의가 자동적으로 끝나지는 않는다. 자본-국가에 대항하는 운동을 하지 않는다면 우리는 또 한번 '제국주의 전쟁'을 반복할 수밖에 없으리라는 것이 가라타니 고진의 전망이다. "사람들이 주권자인 사회는 국회의원 선거가 아니라 데모에 의해 가능합니다"라는 가라타니 고진의 메시지가 허투루 들리지 않는다.

-〈주간경향〉(2013. 8. 13.)

세계박람회란 무엇인가

국제박람회 역사와 일본의 경험
히라노 시게오미 지음, 이각규 옮김
커뮤니케이션북스, 2011

"살아 있는 바다, 숨쉬는 연안"이라는 주제를 내건 여수세계박람회가 5월 12일에 문을 열어 8월 12일까지 관람객을 맞이한다. 월드컵, 올림픽과 함께 세계 3대 행사로도 불리는 국제적 이벤트인 만큼 세계박람회에 사람들의 눈과 귀가 쏠리는 것은 자연스럽다. 세계박람회와 관련한 책들에는 어떤 것이 있나. 풍족하지는 않지만 세계박람회의 이모저모에 대한 식견을 넓혀주는 책들이 몇 권 나와 있다. 주로 박람회 실무자와 연구자를 겨냥한 책들이지만 박람회에 관심을 가진 일반인도 얼마든지 손에 들 수 있다. 또는 박람회 구경 가는 길에 같이 챙겨도 좋을 듯싶다.

기본 가이드가 될 만한 책은 히라노 시게오미의 『국제박람회 역사와 일본의 경험』이다. 우리가 광복 이전에는 '만국박람회', 그 이후에는 주로 '세계박람회'라고 부르는 것을 일본에서는 '국제박람회'라 일컫는다. 40여 년간 박람회 프로듀서로 일한 저자의 책답게 1부에서는 국제박람회의 기원에서부터 제2차세계대전 이후의 국제박람회에 이르기까지 박람회의 거의 모든 것을 압축적으로 소개하고, 2부에서는 일본의 박람회 경험을 자세히 살핀다. 우리에게 요긴한 것은 저자가 간추린 국제박람회의 역사인데, 최초의 근대적인 박람회는 1756년 '영국산업박람회'다. 처음 의도는 새로운 기술과 제품을 대중에게 공개하고 그것을 사회에 보급하려는 것이었다. 따라서 산업혁명의 시발지인 영국에서 산업박람회가 개최된 것은 우연이 아니다. 이에 뒤질세라 1798년에는 프랑스도 '산업박람회'를 개최했다.

하지만 권력자의 의지에 따라 개최될 수 있었던 국가박람회와는 달리 국제박람회는 좀더 까다로운 요구조건이 충족되어야 했다. 박람회가 성과를 거두려면 국가 간의 자유무역체제가 전제되어야 했던 것이다. 19세기 중반 세계무역의 4분의 1을 점하던 영국은 자유무역으로의 길을 열고 빅토리아여왕과 앨버트 공의 적극적인 노력으로 1851년 세계 최초의 런던국제박람회를 열었다. 이 박람회는 5개월간 무려 600만 명이 넘는 입장객을 동원하여 대성공을 거두었고 뒤이은 국제박람회의 성공 모델이 되면서 국제박람회 붐을 가져왔다. 영국의 라이벌 프랑스도 1855년 국제박람회를 파리에서 개최하지만 성공적인 박람회는 1867년에 열린 제2회 파리만국박람회였다. 4만 2000점의 물품이 출품되었고 1500만 명 이상의 관람객을 불러모아 제1회 런던국제박람회의 성과를 뛰어넘었다.

이런 성공 사례가 과도한 규모 경쟁을 불러온 것은 당연한데, 최악은 1904년 세인트루이스국제박람회였다. 이 박람회에서는 최대 규모를 자랑한 '농업관'을 보는 데만 14킬로미터에서 15킬로미터를 걸어야 했고 그로 인해 체력 부담으로 쓰러지는 입장객이 속출했다고 한다. 무분별하게 난립하는 국제박람회를 규제하기 위한 국제박람회 조약이 1928년에 제정되었고 1933년 시카고국제박람회부터는 박람회의 공식 주제가 선정되었다. 그리고 제2차세계대전 이후 국제박람회는 내용적으로나 구조적으로 훨씬 다양해졌다. 저자는 1993년 대전세계박람회에 대해서는 '개발도상국의 저력을 보여준' 박람회라고 평가했다.

대전세계박람회에 이어서 여수세계박람회도 세계박람회 역사의 한 페이지를 장식하게 될 터이지만, 이들 박람회의 전사前史가 궁금하다면 이각규의 『한국의 근대박람회』(커뮤니케이션북스, 2010)를 참고할 수 있다. 그에 따르면 최초의 외국 박람회 관람은 1881년 일본에 파견된 신사유람단에 의해 이루어진다. 도쿄의 제2회 내국권업박람회를 둘러보고 돌아온 것이다. 그리고 1882년 미국과의 수교 이후 파견된 조선 보빙사 사절단은 1883년 보스턴박람회를 시찰한다. 조선 전시실을 마련하여 최초로 참가한 것은 1893년 시카고세계박람회부터인데, 동아시아 삼국 가운데서 가장 늦은 것이라 한다. 책은 1940년 조선대박람회까지 주요 박람회의 개요와 전시 물품 목록, 각종 사진

자료까지 꼼꼼하게 제시하고 있어 우리의 근대 박람회에 대한 백과 사전으로도 활용할 수 있다.

종합적인 자료집으로서는 여수세계박람회에 맞추어 출간된 주강현의 『세계박람회 1851~2012』(블루&노트, 2010)도 요긴하다. '세계박람회의 모든 것'이라고 불러도 좋을 만한 책으로 특히 풍부한 사진 자료가 강점이다. 저자는 1851년에 시작된 세계박람회 160여 년의 역사를 많은 사진자료와 함께 일곱 엑스폴로지Expology로 풀었다. 역사 속의 박람회도 단일한 모습이 아닌 복수의 모습, '박람회들'로 존재한다는 관점이다. 단순히 개별박람회에 대한 소개에 그치는 것이 아니라 박람회가 세계체제의 자본적 운동과 밀접하게 연관되어 있다는 전제 아래 '박람회의 세계체제적 연구'를 시도한다. 박람회 역사에 대한 일람에 덧붙여 이론적 조망까지 검토해보려는 것이다. 박람회에 대한 본격적인 연구의 시발점으로서도 의미를 갖는다. 그 밖에 이민식의 『세계박람회란 무엇인가?』(한국학술정보, 2010)와 『세계박람회 100장면』(이담북스, 2012)도 세계박람회의 간추린 역사를 한번 훑어보게 해주는 책들이다.

-〈책&〉(2012년 7월호)

빅히스토리와
지구사의 도전

—

빅 히스토리
신시아 브라운 지음, 이근영 옮김
웅진지식하우스, 2013

"빅히스토리를 공부하면서 왜 내가 학교에 다닐 때 이런 공부를 하지 못했는지 안타까울 정도였다. 만약 그랬다면 더 많은 것에 관심을 갖고 더 많은 것을 이해할 수 있었을 것이다." 빅히스토리 예찬론자 빌 게이츠의 말이다. 역사학의 새로운 조류로 등장한 빅히스토리Big History는 무엇이고 이 '거대사'는 어째서 흥미를 끄는가. 여름 밤하늘을 수놓은 별들의 이야기와 지금 우리의 삶이 어떻게 만날 수 있는지 보여주는 빅히스토리의 세계로 잠시 떠나보려고 한다. 물론 국내에 소개된 몇 권의 책을 길잡이 삼아서 떠나는 여정이다.

빅히스토리가 어떤 것인지 적당한 규모로 간명하게 소개하는 책은 신시아 브라운의 『빅히스토리』다. '빅뱅에서 현재에 이르는 과학적 창조 이야기'를 기록하고 있다. 저자는 역사도 과학적 작업의 한 부분인 이상 인간이 밝혀낸 이야기를 '과학'과 '역사'로 따로 구분할 정당한 이유가 없다고 말한다. 우리가 배운 역사학에서는 흔히 문자의 발명과 그 기록을 기준으로 역사와 선사시대를 구분한다. 자연스레 역사의 범위가 지난 5000여 년으로 한정되는데, 따지고 보면 이는 지구 일생의 단지 100만 분의 1 정도에 불과하다. 빅히스토리는 역사의 범위를 기록된 문서에 얽매이지 않고 이용 가능한 모든 증거와 자료를 활용해 최대한 확장한다.

그렇게 역사의 범위가 빅뱅까지 확장되면 역사를 보는 관점도 자연히 달라질 수밖에 없다. 저자는 "지구가 인간에게 미친 영향과 인간의 행동이 지구에 미친 영향"이 책의 숨어 있는 근본적인 주제라고 말하는데, 그런 관점에서 보면 인간의 역사를 아주 큰 덩어리로 보고 지구와 지구상의 생명의 역사 속에 포함하여 다루는 빅히스토리에서도 인간은 특별한 위치를 차지한다. 인간은 지구에 영향을 미칠 수 있는 유일한 생물 종이기 때문이다. 여기서 특별히 중요한 의미를 갖는 것은 '인간의 양적인 증가'다. 수 세기에 걸쳐 인간은 인구와 기대 수명을 늘리기 위해 놀라운 기술력을 발휘해왔고 2000년에 이르러서는 61억의 인구에 도달했다. 이것은 지구상에 존재했던 것으로 추정되는 500억에서 1000억의 인간 가운데 6퍼센트에서 12퍼센트에 해당한다. 지난 100년 동안 세계인구는 16억에서 61억으로 늘어났는데, 이런 증가는 말 그대로 '지구에 대한 실험'이라 할 수 있다. 저자는 우리 시대에 이 실험의 의미를 공기, 삼림, 토양, 물, 방사능 등의 척도를 통해 기술한다. 빅히스토리적 시각이 갖는 특징이라 할 만하다.

빅히스토리에 대한 개관에 이어서 좀더 깊이 들어가고 싶은 독자는 데이비드 크리스천의 『시간의 지도』(심산, 2013)를 선택할 수 있다. 먼저 소개된 『거대사』(서해문집, 2009)는 빅히스토리(거대사)를 아주 간략하고 쉽게 풀어쓴 책으로 『시간의 지도』의 압축판이라고 할 수 있다. 저자 데이비드 크리스천은 오스트레일리아 매쿼리대에서 처음으로 '빅히스토리'라는 이름의 강좌를 개설해 그 용어를 널리 알린 장본인이다. 그는 역사학도 과학에서와 마찬가지로 '대통합 이야기'를 찾을 필요가 있다고 주장한다. 생물학자 에드워드 윌슨의 표현을 빌리면 '통섭의 역사학'이라고 할 수 있다. 실제로 한국어판 서문에서 저자는 "과학과 인문학의 '융합'이 현재 아주 중요하게 여겨지고 있는데, 빅히스토리야말로 학생들에게 과학과 인문학이 여러 가지 면에서 대단히 밀접하게 연관되어 있음을 보여줄 수 있는 대단히 좋은 방법"이라고 추천한다.

빅뱅 이후 최초 30만 년의 이야기로 '시간의 지도'를 펼쳐놓지만 저자 역시 20세기에 일어난 변화가 인류 역사의 모든 이전 시기에 일어난 변화를 다 합친 것보다 더 크다고 말한다. "인간사회는 20세기 초기부터 생물권 전체에 중요한 영향을 미치기 시작했으며, 인간의 지속 가능한 한계를 넘어 살고 있다는 증거들이 늘어나고 있다"는 것이 빅히스토리의 공통적인 관점이라고 보아도 무방하다. 그렇다면 이런 빅히스토리는 어떻게 마무리될까? 약 40억 년에서 50억 년쯤 뒤에는 태양이 죽어가기 시작할 것이고, 아주 먼 미래에는 우주가 다시금 평형 상태로 접어들면서 황폐해질 것이다. 그런 거시적 시야에서 인간을 바라봄으로써 빅히스토리는 우리를 조금 겸손하게 만들어주는 듯하다.

신시아 브라운과 데이비드 크리스천, 두 저자의 책과 함께 '빅히스토리'라는 명칭이 국내에 소개되었지만 아직 국내 학계에서는 '글로벌 히스토리', 곧 '지구사'라는 이름을 더 선호하는 편이다. 빅히스토리처럼 빅뱅까지 포함하여 다루지는 않지만 지구를 하나의 역사 단위로 하여 전 지구적 역사를 다루어야 한다는 관점으로 출간된 '지구사연구소 총서'(이화여대 지구사연구소)는 이미 국내 빅히스토리 분야에서 유명하다. 데이비드 크리스천의 『거대사』와 『시간의 지도』도 이 총서의 일환으로 출간된 것이다. 이 새로운 세계사에 대한 국내 학자들의 논문 모음집으로 『지구화 시대의 새로운 세계사』(혜안, 2008)와 『지구사의 도전』(서해문집, 2010)이 출간되어 있다.

-〈책&〉(2013년 7월호)

유발 하라리의 성찰과 우리의 선택

—

호모 데우스
유발 하라리 지음, 김명주 옮김
김영사, 2017

"인류는 지금 전례 없는 기술의 힘에 접근하고 있지만, 그것으로 무엇을 해야 하는지 잘 모른다." 『사피엔스』로 전 세계적인 열풍을 가져온 이스라엘의 역사학자 유발 하라리가 『호모 데우스』의 한국어판 서문에 적은 말이다. 무엇을 해야 할지 모르는 상황에서도 선택은 이루어진다. 그것은 천국과 지옥에 대한 선택이다. 현명한 선택은 어마어마한 혜택을 가져올 테지만 현명하지 못한 선택은 인류를 소멸에 이르게 할 것이다. 호모 데우스, 곧 '신이 된 인간'의 미래를 주제로 한 책이지만 『호모 데우스』는 자못 묵시록적 분위기를 띤다. 하라리는 "현명한 선택을 하느냐, 마느냐는 우리에게 달려 있다"고 덧붙인다.

현명한 선택이란 과연 어떤 선택이며 우리는 그런 선택을 할 수 있을까. 『호모 데우스』가 던지는 물음이자 과제다.

먼저 짚어볼 것은 사피엔스로서 오랜 진화의 여정을 거쳐온 우리가 현재 처해 있는 상황이다. 하라리는 『사피엔스』에서 인지혁명과 농업혁명, 과학혁명을 인류가 거쳐온 세 단계의 전환점으로 기술했는데, 이것이 발전과 성장의 서사로 인식된 것은 근대 이후의 일이다. 근대 이전까지 인간은 세계라는 무대의 배우라고 생각했다. 신의 섭리나 자연법칙이라고 불리는 장대한 계획 또는 각본이 있고, 인간은 거기서 고작 한 가지 배역을 맡은 배우였다. "우리가 그 각본에 관여하지는 않지만, 모든 일이 어떤 목적을 위해 일어난다는 것은 믿어도 돼. 이 끔찍한 전쟁, 역병, 가뭄조차 더 장대한 계획 안에 들어 있는 일이야"라는 믿음이, 말하자면 근대 이전 인간의 세계 인식이고 자위였다.

하지만 과학혁명과 함께, 그리고 우리는 아무것도 알지 못한다는 무지의 인식과 함께 인간의 역사는 새로운 단계로 진입한다. 아무것도 알지 못한다는 무지의 확인은 동시에 인간의 운명을 배후에서 조종하는 우주적 계획 따위는 없다는 인식으로 이어진다. "인생에는 각본도, 극작가도, 연출자도, 제작자도 없다." 새로운 과학적 인식에 따르면 우주는 계획도 목적도 없는 과정으로 인간은 우주 속 일점에 불과한 행성에 잠시 머물다 사라지는 존재일 뿐이다. 어떤 결말도, 구원도 없으며 그저 어떤 일들이 차례대로 일어날 뿐인 세계, 그것이 근대 이후 우리가 갖게 된 세계의 표상이다. 하라리의 표현을 빌리면 근대란 "개 같은 일들"이 일어나기도 하는 세계다.

근대 이전 인간의 삶을 지배하던 역병과 가뭄과 전쟁에 아무런 우주적 의미도 없다면 그것은 극복의 대상일 뿐이다. 죽음 뒤에 천국이 우리를 기다리는 것이 아니라면 지금 이곳에서 낙원을 건설하면 된다. 우주적 계획에서 해방된 인간은 이제 스스로 신이 되어 삶에 의미를 부여하고 세계를 재창조하고자 한다. "근대 이후 삶은 의미가 사라져버린 우주 안에서 끊임없이 힘을 추구하는 과정"이다. 그 과정에서 인간은 신의 섭리와 자연법칙을 대체하는 새로운 종교를 발명해냈다. 우주적 계획 대신에 인간의 경험이 우주에 의미를 부여하게 만든 것이다. 하라리는 인본주의가 지난 몇백 년 동안 세계를 정복한 새로운 종교혁명이라고까지 말한다. 신에 대한 믿음을 잃은 대신에 인류에 대한 믿음을 얻은 것이다. 이른바 '인본주의 혁명'이다.

과학혁명과 결합한 인본주의는 많은 성취를 이루었다. 인류의 삶을 압도적으로 지배해온 기아와 역병, 전쟁을 어느 정도 통제할 수 있게 되었다는 사실이 대표적이다. 그리하여 "역사상 처음으로 너무 많이 먹어서 죽는 사람이 못 먹어서 죽는 사람보다 많고, 늙어서 죽는 사람이 전염병에 걸려 죽는 사람보다 많고, 자살하는 사람이 군인, 테러범, 범죄자의 손에 죽는 사람보다 많다." 이런 성공이 이제는 새로운 야망을 낳는다. 불멸, 행복, 신성이 다음 목표로 대두된다. 곧 "짐승 수준의 생존 투쟁에서 인류를 건져올린 다음 할 일은 인류를 신으로 업그레이드"하는 것, 곧 '호모 사피엔스'를 '호모 데우스'로 바꾸는 것이 된다.

얼핏 당연해 보이지만 하라리는 여기에 함정이 있다고 생각한다.

기아, 역병, 전쟁을 통제할 수 있게 만든 비약적 경제성장이 지구의 생태계 균형을 매우 불안정하게 만드는 시점에까지 도달했기 때문이다. 사피엔스라는 유인원의 한 종이 지난 7만 년 동안 지구 생태계에 끼친 영향은 빙하시대와 지각판 운동이 지구에 미친 영향과 맞먹는다고까지 평가된다. 그리고 앞으로 100년 안에 이 영향은 더 커져서 6500만 년 전에 공룡의 대규모 멸종을 가져온 소행성의 영향을 능가할 것으로 추정된다. 지질학자들이 '인류세'라는 새로운 시대 구분을 검토하게 된 배경이다. 하지만 이렇게 대단한 능력을 갖게 된 사실은 역설적으로 재앙의 전조가 될 수도 있다. 하라리가 들고 있는 사례는 아니지만, 가령 태평양 한가운데의 플라스틱 바다 같은 것이 인류가 거둔 성공의 이면이다. 그런 환경 재앙을 막기 위해서는 우리의 생활방식과 소비문화의 전면적인 전환이 필요하지만 과연 인류는 그런 전환을 감행할 수 있을까. 과연 인류는 가속화된 성장에 브레이크를 걸 수 있을까.

먼저 하라리의 전망은 회의적이다. 몇 가지 이유를 드는데 첫째, 브레이크가 어디에 있는지 아무도 모른다. 인공지능, 빅데이터, 유전학 등 각 분야의 전문가들은 자기 분야에서 어떤 일이 벌어지고 있는지는 알지만 모든 것을 알지는 못한다. 복잡하게 얽혀 있는 전체의 그림을 아무도 볼 수가 없다. 둘째, 현실적인 이유인데 만약 어떻게든 브레이크를 밟는다면 경제가 무너지고 사회도 해체될 것이다. 과학혁명, 인본주의와 함께 근대 이후 삼각동맹을 결성하고 있는 자본주의는 무한성장에 대한 기대가 없으면 붕괴된다. 불멸, 행복, 신성에 대한 추구가 이 삼각동맹의 새 지향점이며 이를 향한 질주는 막기 어렵다.

그렇지만 유의할 점이 있다. 역사에 대한 예측은 이에 대한 반응을 통해 예기치 못한 변화를 낳을 수 있다는 사실이다. 이것이 '역사 지식의 역설'이다. 가령 19세기 중엽 마르크스가 탁월한 경제적 통찰을 제시했지만 역사는 그가 예언한 방향으로 진행되지 않았다. 하라리는 마르크스가 자본주의자들도 읽을 줄 안다는 사실을 망각했다고 지적한다. 자본주의자들도 마르크스의 『자본론』을 정독하고 그의 분석과 통찰을 차용함으로써 역설적으로 마르크스의 예측을 빗나가게 만들었다. "공산주의 혁명은 영국, 프랑스, 미국 같은 산업 강국을 집어삼키지 못했고, 프롤레타리아 독재는 역사의 쓰레기통에 처박혔다."

이런 사례에서 하라리는 역사의 교훈과 함께 역사학의 목표를 이끌어낸다. 즉 역사학자들이 과거를 연구하는 것은 그것을 반복하기 위해서가 아니라 그로부터 해방되기 위해서라는 것이다. 인류의 미래를 예측하고 있는 『호모 데우스』의 목표도 이와 다르지 않다. 하라리는 과학혁명과 인본주의와 자본주의의 결합이 가져오게 될 미래상을 제시하고 이로부터의 해방을 제안한다. 거창할 수 있지만 모델이 없는 것은 아니다. 장대한 사회혁명은 미시적 일상에도 그대로 적용된다는 관점에서 하라리가 사례로 드는 것은 잔디다. 새집을 마련한 젊은 부부가 마당에 잔디를 깔려고 한다. 이유를 묻자 "잔디밭이 아름다우니까요"라고 답한다. 하지만 잔디밭은 언제부터 자연스러운 것으로, 또 아름다운 것으로 여겨졌을까. 역사학의 지식은 이 문제를 다시 보게끔 해준다.

개인의 저택이나 공공건물 앞마당에 잔디를 깐다는 발상은 중세 말에 생겨났다. 프랑스와 영국 귀족들이 처음 잔디를 깔기 시작한 것인데, 잔디밭을 잘 관리하기 위해서는 많은 노력을 필요로 하기 때문에 잔디는 과시적 의미를 갖게 되었다. 잘 가꾸어진 푸른 잔디는 집주인이 부자이고 많은 땅과 농노를 갖고 있다는 사실을 공표하는 것이 된다. 잔디는 그렇게 하여 정치권력과 사회적 지위, 경제적 부의 상징이 되었다. 19세기에 떠오른 자본가계급이 이를 모방하여 자기집 마당에도 앞다퉈 잔디를 깐 것은 이 때문이다. 그러던 것이 차츰 중산층의 폭이 넓어지면서 잔디밭은 부자의 사치품에서 중산층의 필수품으로 바뀌었다. 그리고 집주인 소시민이 농노를 대신하여 직접 마당의 잔디를 깎는 수고를 아끼지 않는다. 대략 이런 것이 잔디밭의 역사다.

다시금 젊은 부부에게로 돌아가보자. 잔디밭의 역사를 알게 된 이후에도 잔디를 까는 것은 물론 자유다. 그건 그들의 선택이니까. 하지만 잔디밭이 그런 역사적 의미를 갖는 것이라면 그 대신에 다른 것을 기획할 수도 있다. 과거에서 해방되어 다른 운명을 상상한다는 것은 바로 그런 뜻이다. 하라리는 『호모 데우스』에서 호모 사피엔스가 어떤 존재이고, 인본주의가 어떻게 해서 세계를 지배하는 종교가 되었으며, 이것이 오늘날 인류의 운명을 위협하게 되었는지를 설명한다. 인류의 역사와 미래에 대한 꽤나 설득력 있는 해설과 예측이라고 생각된다면 이제 선택은 우리의 몫이다.

-〈출판문화〉(2017년 8월호)

3.

알려지지 않은 역사

한 책 사냥꾼의 발견과 근대의 탄생

1417년, 근대의 탄생
스티븐 그린블랫 지음, 이혜원 옮김
까치, 2013

15세기 이탈리아를 다룬 책이라면 자연스레 르네상스를 떠올리게 된다. '근대의 탄생'이라는 제목의 문구도 르네상스를 염두에 둔 표현일 것이다. 하지만 책 제목 『1417년, 근대의 탄생』(원제는 『일탈 The Swerve』)에서 초점을 맞추고 있는 '1417년'은 어떤 사건과 관련된 것일까.

힌트는 "르네상스와 한 책 사냥꾼 이야기"라는 부제에 담겨 있다. 문제의 '책 사냥꾼' 포조 브라촐리니가 독일 남부의 한 수도원에서 루크레티우스의 『사물의 본성에 관하여』 필사본을 발견한 것이 1417년 겨울이었다.

희귀본 고서古書의 우연한 발견이야 책 사냥꾼에게는 기쁜 일이었겠지만 단지 그만한 일로 '1417년'을 역사에 남을 만한 연도로 삼는 것은 과장이 아닐까. 하지만 그 책이 기원전 1세기에 쓰인 루크레티우스의 책이라면 이야기는 달라진다. 당시 세계사의 방향을 바꿀 정도로 파괴력을 지닌 문제도서였기 때문이다.

이 필사본의 발견 전후 과정을 추적한 저자는 "이 책의 발견이야말로 중세에서 근대로의 전환을 가져온 출발점이었다"고 힘주어 말한다. 대체 어떤 책인가. 지난해 국내에 소개된 『사물의 본성에 관하여』(아카넷, 2012)는 총 7400행에 달하는 운문 대작이다. 고대 로마의 시인 베르길리우스나 오비디우스가 서사시를 써 내려간 형식으로 루크레티우스는 에피쿠로스학파의 물리학, 우주론, 윤리학을 종합했다. 흔히 쾌락주의로 알려진, 헬레니즘 시기 중요한 철학 사조의 하나인 에피쿠로스학파의 적자가 바로 루크레티우스다. 에피쿠로스와 루크레티우스의 쾌락주의를 재발견한 것이 왜 문제적인가. 바로 무신론을 함축하고 있어서다.

루크레티우스 자신은 신의 존재를 믿었지만 그가 믿는 신은 인간사에는 아무런 관심도 없는 신이었다. 그가 보기에 신들이 인간의 운명에 신경을 쓰거나 여러 종교적 제의에 관심을 기울인다고 상상하는 것은 천박한 신성모독에 불과하다. 이런 특이한 무신론은 자연스럽게 물질계에 대한 관심으로 이어졌다.

루크레티우스는 사물들의 세계란 '사물의 씨앗'이라는 불변체가 끊임없이 운동하면서 서로 충돌하고, 서로 결합했다가 다시 갈라지고 재결합하면서 만들어진다고 보았다. 세계가 '파괴할 수 없는 물질로 구성된 사물들의 부단한 변형'으로 생성된 것이라면 신의 창조는 개입할 여지도 없다. 우주에는 창조자도, 설계자도 없으며, 신의 섭리라는 것은 환상일 뿐이다. 사물은 그 구성 입자들의 일탈로 탄생하게 되며 이 일탈은 무작위적이기에 자유의지의 원천이라는 것이다.

이런 연장선상에서 루크레티우스는 사후세계란 없다고 했다. 지상에서의 삶이 인간 존재가 갖고 있는 전부라는 것이다. 또 그는 인생의 최고 목표는 쾌락을 늘리고 고통을 줄이는 것이며, 인생의 행복을 추구하는 방향으로 설계되어야 한다고 믿었다. 지금 우리가 갖고 있는 생각과 크게 다르지 않다. 하지만 "우리 구세주께서 채찍질을 견뎌내시지 않았던가"라고 되물으며 채찍질을 정당화했던 중세인의 생각과는 얼마나 다른 것인가.

중세는 고통의 추구가 승리를 거둔 시대였다. 사도들을 비롯하여 수많은 성인과 순교자들이 스스로에게 매질을 가했다. 구세주를 닮고 싶다면 그가 겪은 고통을 몸소 겪는 것 이상의 방법이 있을 수 없었다. 하지만 교황청의 필사가이자 고대 필사본 수집가였던 브라촐리니가 1000년 넘게 망각 속에 잠들어 있던 루크레티우스의 책을 발견함으로써 세계는 새로운 방향으로 다시 일탈하는 계기를 얻는다.

저자가 보기에 다빈치, 갈릴레오, 베이컨, 알베르티, 미켈란젤로, 라파엘로, 몽테뉴, 세르반테스의 작업을 포함하는 일련의 문화적 운동은 모두 생명을 찬미했다는 공통점이 있다. 물질계에 대한 지속적인 탐구심과 육체의 요구에 대한 긍정이 르네상스의 시대정신이었다면 르네상스는 루크레티우스의 생각을 가장 잘 체현한 문화라고 할 수 있다.

요컨대 에피쿠로스에서 루크레티우스로 이어진 세계관의 끈이 15세기 초 한 책 사냥꾼에 의해 발견되어 르네상스의 시대정신이 되고, 또 점차 널리 퍼지면서 근대세계가 탄생하게 되었다는 것이 이 책이 제시하는 근대 탄생의 서사다.

흥미를 끄는 것은 저자가 『사물의 본성에 관하여』라는 책을 발견한 일도 지극히 우연적이었다는 사실이다. 학부 시절 학년 말이면 여름 한철 읽을 책을 구하러 대학 구내 협동조합서점에 들렀다는 그는 어느 날 에로틱한 표지에 끌려 영어판 『사물의 본성에 관하여』를 10센트에 구입한다. 그 우연한 발견과 독서가 결국 책 사냥꾼 브라촐리니와 근대의 탄생에 관한 흥미진진한 이야기를 낳은 것이니 우연 또는 '일탈'이란 얼마나 대단한 것인가.

-〈중앙일보〉(2013. 5. 25.)

올리버 스톤의 '알려지지 않은 역사'

역사는 현재다
타리크 알리·올리버 스톤 지음, 박영록 옮김
오월의봄, 2014

파키스탄 출신의 망명가이자 정치운동가 타리크 알리가 미국의 대표적 영화감독 올리버 스톤과 만나 역사에 대한 대담을 나누었다? 『역사는 현재다』의 제목과 저자가 일차적으로 말해주는 바였다. 〈뉴 레프트 리뷰〉의 편집위원이기도 한 알리의 책은 몇 권 소개된 적이 있기에 관심은 〈플래툰〉과 〈7월 4일생〉 등의 감독 올리버 스톤에게 더 쏠렸다. 미국 현대사의 주요 인물과 사건에 대한 영화를 많이 찍어온 만큼 그가 역사에 대해 몇 마디 한다고 해서 이상할 것은 전혀 없었다.

사정을 알고 보니 대담이라기보다는 스톤이 주로 질문하고 알리가 답한 인터뷰에 가까웠다. 12시간 분량의 다큐멘터리 〈알려지지 않은 미국의 역사〉를 준비하던 스톤이 라틴아메리카의 정치사를 다룬 알리의 책 『캐리비안의 해적』을 읽고 직접 전화를 넣은 것이 시발점이었다. 스톤의 문제의식은 미국인들이 세계사는 차치하고 자국의 역사에 대해서도 충격적일 만큼 무지하다는 데 있었다. "수십 년 동안 아이들은 규격화된 역사교육을 통해 포장된 형편없는 내용만 배웠어요. 아니면 아무것도 배우지 않았거나."

그런 문제의식에 호응하여 알리는 미국 현대사의 '알려지지 않은' 이야기들을 털어놓는다. 러시아혁명부터 시작하여 현재에 이르는 역사에 대한 성찰과 재평가다. 그에 따르면 러시아에서 1917년 2월혁명이 일어나 차르체제가 무너졌을 때 미국은 그간의 고립주의를 포기하고 제1차세계대전에 참전하기로 결정한다. 이 참전을 계기로 북미 국가였던 미국은 본격적으로 세계 무대에 진출하게 된다. 그리고 러시아에서는 그해 10월 레닌과 볼셰비키가 주도한 혁명을 통해 최초의 사회주의 국가가 건설된다. 20세기 세계사의 대립 구도는 이때 형성된다.

러시아혁명의 의미는 무엇이었나. "세상을 더 나은 곳으로 변화시킬 수 있다는 생각, 도처의 탄압받는 비참한 자들을 존중받게끔 만들 수 있다는 생각"이 러시아혁명이 가져온 희망이었다. 이 희망은 거꾸로 서구 열강과 자본가계급의 공포를 부추겼다. 러시아혁명으로 인해 독일 노동자운동이 광범위하게 확산되자 혁명에 대한 공포에 사로잡힌 세력들은 파시즘 발흥을 적극적으로 용인한다. 히틀러와 무솔리니를 볼셰비키주의에 맞서는 수호자로 간주해서다. 무솔리니를 지지했던 윈스턴 처칠은 대놓고 이렇게 말했다. "볼셰비키 세력을 막기 위해서라면 베니토 무솔리니 같은 인물이 필요하다."

볼셰비키혁명의 충격과 확산을 차단하고 무력화하기 위한 담합은 내전이 벌어진 러시아에 반혁명군(백군)을 지원하기 위한 파병으로까지 이어진다. 러시아 내전은 혁명군(적군)의 승리로 돌아가지만 4년간의 전쟁으로 인한 손실은 막대했다. 10월혁명을 이끌었던 페테르부르크 노동자의 30퍼센트에서 40퍼센트가 사망했다. 그들의 빈자리는 러시아 노동계급의 전통과 아무 상관 없는 시골의 소작농들로 채워졌고 이들을 토대로 스탈린체제, 소비에트 관료주의 국가체제가 만들어졌다. 이것은 러시아혁명의 좌초를 뜻하는 것이기도 했다.

볼셰비즘에 대한 방어책으로 유럽이 파시즘을 방조한 대가는 제2차세계대전이었다. 이 전쟁을 통해 미국은 대영 제국의 바통을 이어받아 제국주의 강국으로 떠올랐다. 하지만 그 이면에 놓인 것은 노동운동에 대한 대대적인 탄압이었다. '볼셰비키의 위협'에 맞서기 위하여 종교계까지 나섰고, 정부도 종교를 공산주의에 맞설 무기로 여기면서 미국은 매우 '종교적인 나라'가 되었다. 그리고 이후에는 세계 각지에서 자신의 이익과 패권을 유지하기 위하여 수단과 방법을 가리지 않았다. 예를 들어 인도네시아의 공산당 세력을 무력화하기 위하여 민족주의 지도자 아크멧 수카르노를 몰아내고 그 자리에 잔인한 독재자 수하르토를 앉혔고 그 과정에서 100만 명이 학살되었다. 불과 한 세대 전의 일이다. '알려지지 않은 역사'의 무게를 느끼지 못한다면 역사는 다시금 반복될 것이다. 우리 아이들이 배우는 역사가 궁금해지는 이유다.

-〈시사IN〉(2014. 3. 8.)

유럽연합과 유럽의 미래

유럽의 미래를 말하다
앤서니 기든스 지음, 이종인 옮김
책과함께, 2014

경제대국 중국의 부상과 함께 세계질서는 미국과 중국이라는 두 초강대국 시대로 진입했다. 이른바 G2 시대다. 그렇지만 눈길을 돌리면 유럽연합이라는 또다른 권역이 있다. 동·서 유럽을 포괄하여 현재 28개국으로 이루어진 유럽연합은 5억 이상의 인구를 갖고 있고, 총생산이 세계경제에서 차지하는 비중도 30퍼센트에 달한다. 여러 가지 진통을 겪으면서도 반세기가 넘는 시간 동안 진행되어온 유럽의 통합과정과 그 결과 만들어진 현재의 유럽연합에 대해서 관심을 가질 수밖에 없는 이유다. 유럽연합은 어떻게 만들어졌고, 어떤 문제를 떠안고 있으며, 앞으로의 전망은 어떨까. 이달에는 유럽연합의 현황과 미래를 다룬 두 권의 책을 통해 궁금증을 풀어보기로 한다.

먼저 영국 사회학자 앤서니 기든스의 『유럽의 미래를 말하다』를 펼친다. 책의 원제는 『소란스럽고 강력한 대륙Turbulent And Mighty Contient』으로 윈스턴 처칠의 1946년 스위스 취리히대 연설 문구에서 따온 것이다. 유럽연합 구상의 시발점이 된 것으로 간주되는 이 연설에서 처칠은 "이 소란스럽고 강력한 대륙에 살고 있는 산만한 사람들에게 확장된 애국심과 공통의 시민정신을 부여해줄 유럽 공동체를 구축하는 것이 어떻겠습니까?"라고 제안했다. 그는 유럽이 평화와 안전, 자유 속에서 살아가기 위해서는 '유럽 합중국'을 건설할 필요가 있다고 역설했고, 이것이 유럽연합 건설의 모태가 되었다. 연이은 세계대전의 참상을 겪은 유럽인들로서는 각국의 민족주의와 자만에서 벗어나 진정한 통합을 이루는 것만이 또다른 비극을 막는 길이라는 데 처칠과 의견을 같이한 셈이다.

유럽연합의 현상황을 검토하면서 기든스가 처칠의 연설을 되짚어 보는 것은 자연스럽다. 비록 처칠이 구상한 유럽 합중국에는 이르지 못했지만 1993년 처음 서유럽 국가들 중심으로 탄생한 유럽연합은 가입 회원국을 유럽 전역으로 늘리고 단일 화폐로 유로화를 발행함으로써 유럽을 하나의 시장으로 묶는 등 괄목할 만한 성과를 거두었다. 하지만 통합의 진통도 적지 않다. 경제 위기가 심화되면서 유럽연합에 대한 회의와 피로감이 증가하고 있고 반대 시위도 도처에서 벌어진다. 거꾸로 유럽연합 지지 시위는 좀처럼 찾아보기 어렵다는 것이 기든스의 지적이다. 처칠이 기대한 '확장된 애국심과 공통의 시민

정신'이 아직 뿌리내리지 않았다는 것이고, 그런 만큼 여전히 많은 난관과 과제를 떠안고 있는 것이 유럽연합의 현실이다.

그럼에도 불구하고 확고한 유럽연합 찬성자로서 기든스는 유럽연합이 더 나은 상태, 더 나은 단계로 나아갈 수 있고, 또 그래야만 한다고 주장한다. 핵심은 유럽연합이 시민들에게 좀더 가까이 다가가는 것이다. 어떻게 가능한가. '기든스의 통합 유럽 프로젝트'라고도 부름직한 제안에서 그는 먼저 유럽연합의 전체적인 리더십과 관련하여 행정 조직이 변화되어야 한다고 말한다. 유럽연합은 공식적으로는 집행위원회와 이사회, 유럽의회라는 기구를 두고 있다. 이것이 EU1이다. 그런데 다른 한편에 유럽연합을 실질적으로 운영하는 EU2가 따로 존재한다. 독일 총리와 프랑스 대통령, 그리고 유럽중앙은행과 국제통화기금 총재 등으로 구성된 비공식적 기구다. 이런 이원화의 결과가 '종이 유럽'이다. 집행위원회에 유럽연합의 여러 기관에서 다수의 계획을 입안하지만 그것을 구체적으로 실행에 옮길 수 있는 수단을 갖고 있지 않기에 대부분은 그냥 '종이'로만 남는다. 그래서 기든스의 제안은 실질적인 권한을 갖고 있는 EU2가 전면에 나서는 것, 곧 EU의 운영체제가 제도화된 리더십 구조로 변화하는 것이다. 그리고 이와 맞물려 개별국가의 주권을 넘어서는 '플러스 주권'을 유럽연합이 가짐으로써 연방주의에 가까운 체제를 구축하는 것이 필요하다고 본다.

더 강력한 유럽연합에 대한 기든스의 구상에서 핵심은 다문화주의를 넘어선 상호문화주의의 구축과 함께 유럽군의 창설이다. 대부분의 유럽국가에서 이민은 일반 시민들의 우선적 관심사이면서 극우 정당들의 최우선 관심사다. 대규모 이민자의 유입으로 인한 경제 불안과 문화적 이질감이 '통합된 유럽'이라는 유럽연합의 이상에 대한 반발과 저항을 낳고 있지만 관용적 다문화주의의 대응으로써 효과적이지 않다. 기든스가 보기에 다문화주의는 '자유방임적 다문화주의'로 의미가 훼손되어왔고, 현재 진행되고 있는 세계화 수준에 맞지 않으며, '인종적 문화' 같은 너무 낡은 문화 개념에 기대고 있다. 따라서 다양성 못지않게 사회적 일체감을 동시에 고려한 상호문화주의가 필요하다. 이것은 보편적 기준과 범문화적 제도라는 바탕 위에서 문화적 상대성을 인정하고 배려하는 태도를 가리킨다. 그리고 범유럽적 안보 전략에 부합하는 유럽군이 존재해야 안보에서' 종이 유럽'을 벗어날 수 있다고 기든스는 생각한다. "웃기만 할 뿐 할퀴지는 않는 고양이"로는 지금보다 더 강력한 유럽연합이 창출될 수 없다는 판단에서다.

기든스의 책이 유럽인의 입장에서 유럽연합을 바라본 것이라면, 우리의 시각에서 바라본 유럽연합은 그와는 다른 의미를 가질 수 있을 것이다. 그런 관점에서 읽어볼 만한 책이 강원택과 조홍식이 쓴 『하나의 유럽』(푸른길, 2009)이다. 국제정치학 전공자인 두 저자는 유럽연합의 역사와 정책을 개관함으로써 유럽연합에 대한 이해를 돕는 동시에 그것이 갖는 의미와 향후 전망까지 자세히 다룬다.

저자들이 보기에 유럽연합의 역사는 실패와 굴절, 그리고 이를 극복하는 과정의 연속이었다. 1990년대에는 단일 화폐의 출범을 앞두고 통화 위기라는 태풍과 만났으며 2000년대에는 유럽 헌법안이 야심 차게 추진되었지만 프랑스와 네덜란드, 아일랜드에서 국민 투표에 의해 부결됨으로써 좌초되었다. 하지만 그럼에도 불구하고 아직 유럽연합에서 탈퇴한 국가는 나오지 않고 있으며 오히려 여러 나라가 유럽연합에 가입하기 위해 후보로 대기하고 있는 상황이다. 진통과 격랑을 헤쳐왔지만, 앞으로의 미래도 결코 평탄하지 않지만 과거의 경험은 유럽연합의 웅전에 중요한 자양분이 될 것이다.

유럽연합이 앞으로도 극복해야 할 과제에 주목해보면 저자들은 세 가지를 지목한다. 첫번째 과제는 장기적인 경제 위기에서 탈출하거나 경제 위기의 결과를 소화할 수 있는 기제를 마련하는 것이다. 1970년대에 시작된 유럽의 장기 불황은 현재까지도 이어지면서 많은 구조적인 사회경제적 문제를 파생시켰다. 1980년대부터 10퍼센트를 웃돌고 있는 유럽연합의 평균 실업률이 문제의 심각성을 말해준다. 경제 문제 해법에 대한 개별국가들의 이해관계가 각기 다른 상황에서 유럽연합은 이 문제를 과연 어떻게 해결해나갈 것인가. 두번째 과제는 중부와 동유럽 국가들의 가입을 원만하게 소화하는 것이다. 궁극적으로는 터키의 회원 가입을 받아들일 것인가의 여부가 유럽연합의 운명에 큰 영향을 미치게 될 것이다. 회원국 증가에 따른 비효율성의 문제를 어떻게 해결할 것인가도 유럽연합이 떠안아야 하는 숙제다. 그리고 세번째 과제는 유럽의 정체성 위기에 어떻게 대응하느냐 하는 문제다. 유럽연합은 거대한 시장과 강력한 화폐를 갖고 있지만 '유럽인'이라는 단일한 정체성을 만들어내는 데는 아직 성공하지 못했다. 과거 지향적 정체성이 아닌 미래 지향적 정체성을 어떻게 새롭게 구축할 것인가 역시 유럽연합의 미래를 좌우할 핵심적인 과제다.

한 걸음 더 나아가면 경제적 통합에 상응하는 정치적 통합을 유럽연합이 이룩해낼 수 있느냐는 문제가 유럽인뿐 아니라 전 세계인의 관심사가 될 것이다. 유럽연합의 미래가 비단 유럽의 미래만 결정지을 사안이 아니기 때문이다. 유럽연합의 도전과 응전에 대해서 우리 역시 주시할 수밖에 없는 이유다.

-〈책&〉(2014년 12월호)

중동 분쟁을
어떻게 볼 것인가

—

이슬람 전사의 탄생
정의길 지음
한겨레출판, 2015

‘세계의 화약고’로 불리는 중동지역의 분쟁이 끊이지 않고 있다. 전쟁과 내란에서 소요와 시위에 이르기까지 온갖 유형의 분쟁을 제외하면 오늘의 중동을 그려볼 수 없다. 특히 최근에 와서는 이슬람 무장단체 IS(이슬람국가)의 만행이 거의 매일 국제면 뉴스를 장식하고 있다. 일상화되다시피 한 중동의 분쟁은 왜 시작되었으며 어떻게 바라보아야 할 것인가. 길잡이가 될 만한 책 두 권을 통해서 중동의 어제와 오늘을 살펴본다.

한겨레신문 국제부 정의길 기자가 쓴 『이슬람전사의 탄생』은 “분쟁으로 보는 중동 현대사”를 부제로 내걸고 있다. “지난 70년 동안 전쟁으로 점철된 중동지역의 역사"를 살펴보는 것이 책의 의도다. 중동과 이슬람권 분쟁의 본격적 시작은 1948년 이스라엘의 건국과 함께 벌어진 제1차중동전쟁부터다. 이스라엘 건국에 반대한 아랍 국가들과 이스라엘은 1970년대 중반까지 네 차례의 전쟁을 치렀고 이스라엘이 모두 승리했다. 아랍 국가들의 패배는 이슬람권 대중들이 세속주의 근대화 대신에 이슬람주의에 더 끌리도록 만들었다. 게다가 세속주의 근대화 세력이 독재정권화가 되어감에 따라 '아랍 대 서방 및 이스라엘'이라는 투쟁 구도는 '이슬람주의 대 세속주의', '민중 대 권위주의 정권'의 구도가 되었다.

그리고 1979년에 일어난 이란의 이슬람혁명은 이런 구도를 더 강화했다. 엎친 데 덮친 격으로 그해 아프가니스탄의 사회주의 정권을 보호한다는 명분으로 소련이 아프가니스탄을 침공하자 이슬람은 더 결속되었다. 미국은 소련을 견제하기 위해 아프가니스탄의 무장 게릴라 조직인 무자헤딘을 지원했고, 오랜 전쟁 끝에 아프가니스탄의 군벌 세력과 무자헤딘은 결국 소련을 물리쳤다. 전쟁이 끝나자 무자헤딘 전사들은 본국으로 돌아가서 이번에는 '불경한' 세속주의 정권과 미국 등 외세에 맞선 무장 투쟁을 전개했다. 나중에 9·11 테러를 일으킨 알카에다 지도자 오사마 빈 라덴도 아프가니스탄전쟁이 키운 인물이었다.

1980년에는 이라크의 사담 후세인이 이란을 상대로 전격적인 전쟁을 벌였고, 이때 미국은 이란혁명을 전복하기 위해 이라크를 지원했다. 하지만 1988년까지 지속된 이란과의 전쟁이 별다른 성과 없이 끝나자 후세인은 1990년 쿠웨이트를 갑자기 침공하여 점령했고 이는 미국과 서방 다국적군이 참전한 걸프전을 일으켰다. 이어서 1991년 소련이 붕괴되면서 사회주의권 내 이슬람지역 민족들이 분리 독립을 요구하면서 '포스트소비에트 분쟁'을 낳았다.

2001년의 9·11 테러는 테러와의 전쟁을 촉발하면서 다시금 이슬람권의 분쟁을 국제전으로 확장시켰다. 지금도 시리아와 이라크에서의 내전이 계속 이어지는 가운데 당초 알카에다의 지부로 출발했던 무장단체 '이라크 레반트 이슬람국가'는 세력을 확대하여 IS로 조직을 바꾸고 잔인한 학살과 무력 충돌을 주도하고 있다.

이렇듯 끊이지 않고 있는 분쟁의 원인은 무엇인가. 저자는 과거 제국주의 시대의 착취와 미국과 서방의 잘못된 대외정책에서 비롯된 이슬람권의 저개발이 주된 원인이라고 본다. 게다가 내부적 요인으로는 이 지역에서 가속화되고 있는 건조화와 가장 역동적인 인구성장을 든다. "실업이 만연한 이슬람권 국가에서 혈기방장한 젊은 인구층의 들끓는 에너지가 오늘날 이슬람권 분쟁과 이슬람주의 확산의 배경"이라는 설명이다.

미국 역사가 데이비드 프롬킨의 『현대 중동의 탄생』(갈라파고스, 2015)은 '중동 문제의 바이블'로 일컬어지는 고전이다. 저자는 중동 문제의 기원이 제1차세계대전 도중에, 그리고 종전 뒤에 연합국이 내린 결정에 있다고 주장한다. 기간으로는 1914년에서 1922년 사이이다. 이 기간에 중동의 국가들과 국경선은 유럽에 의해 결정되었다.

영국 관리들이 지도에 선을 그어 이라크와 요르단을 구분하고 사우디아라비아, 쿠웨이트, 이라크의 경계를 정했다. 문제는 이들이 이 지역에 대한 이해가 부족한 상태에서 근시안적인 결정을 밀어붙인 데 있었다. 영국은 프랑스, 러시아와 함께 중동을 분할하는 데만 관심을 가졌을 뿐, 전쟁 이후 중동 사람들의 필요와 욕구를 어떻게 충족시킬 것인가 하는 문제는 등한시했다. 오늘날 중동이 겪고 있는 정치문명의 위기는 1922년 유럽 국가들에 의해 그 씨앗이 뿌려졌다고 저자는 말한다.

-〈다솜이친구〉(2015년 5월호)

“일본인은 어디에서 왔는가”

—

새로 쓴 일본사
아사오 나오히로 엮음, 연민수·이계황·임성모·서각수 옮김
창비, 2003

‘서울대 대출도서 1위’라는 타이틀 덕에 새삼 베스트셀러로 떠오른 재레드 다이아몬드의 『총, 균, 쇠』 개정증보판에는 “일본인은 어디에서 왔는가”라는 논문이 부록으로 실려 있다. 일본인 조상은 누구인가라는 문제를 다룰뿐더러 “한국인과 일본인은 성장기를 함께 보낸 쌍둥이 형제와도 같다”는 결론도 주목할 만하다. 고대사에 관한 한 양국의 시각이 많이 엇갈리는 터여서 제3자적 입장에 놓인 지은이의 객관적 논증은 좋은 참조가 된다.

일본인의 기원에 대한 일본 학자들의 견해가 궁금해서 펼쳐본 책이 현역 연구자들이 공동 집필한 개설서 『새로 쓴 일본사』다. 적은 분량은 아니지만 단권으로 일본사 전체를 서술하고 있기에 '일본인의 기원'에 관해서는 많은 분량이 할애되어 있지 않다. 물론 그럼에도 불구하고 기본 시각은 확인해볼 수 있다.

일본 선사시대와 관련하여 쟁점은 세계에서 가장 오래된 토기를 사용했지만 수렵채집 단계에 머물렀던 조몬인과 벼농사를 시작한 야요이인의 관계다. 책에는 "오랫동안 식료채집을 기본으로 하는 조몬문화가 계속되다가 2000여 년 전에 마침내 농경사회가 성립한다"고 개략적으로 서술되어 있다. 하지만 조몬문화와 야요이문화의 경쟁·이행 관계에 대해서는 명확한 언급이 없다. 벼농사는 일본 외부로부터 유입된 것이다. 동아시아의 경우 중국 양쯔 강 하류에서 처음 벼농사가 시작되었으며 한반도를 거쳐서 일본열도에 전해졌다. "야요이 도작의 직접 루트는 한반도 남부였다"고 일본 학자들도 기술한다. 문제는 어떻게 전해졌는가다.

다이아몬드는 일본사의 결정적인 두 가지 변화로 1만 2000년 전께 토기를 발명하면서 조몬인들이 급격히 늘어난 것과 기원전 400년께 한반도 남부로부터 새로운 생활 양식(농경)이 들어오면서 두번째 인구 폭발이 일어난 것을 든다. 조몬인이 한반도 이주민으로 대체된 것인지, 단지 그들로부터 기술만 습득한 것인지가 관건이다. 대략 세 가지 학설이 나뉜다. 첫번째 학설은 조몬인이 점차 현대 일본인으로 진화했다고 보며, 두번째 학설은 야요이문화가 농업기술을 가진 한반도 도래인들이 대량 이주한 결과 생겨났다고 본다. 세번째 학설은 적은 수의 식량생산 이주자들이 건너갔지만 인구가 조몬인들보다 훨씬 빨리 불어나서 곧 그들을 압도했을 것이라고 본다. 비슷한 양상의 변화를 보여주는 세계 다른 지역 역사를 고려하면 두번째나 세번째 학설이 더 타당하다는 것이 그의 견해다.

『새로 쓴 일본사』 지은이들은 벼농사문화를 전한 이들을 '도래계 야요이인'이라고 부르면서 "본토에서는 도래계인과 조몬계인의 혼혈이 진행되었고, 그 결과 현대의 본토인을 형성했다"고 정리한다. 하지만 다이아몬드에 따르면 야요이인 두개골이 현대 일본인과 가장 닮았으며 도래계 야요이인과 조몬인의 혼혈은 현대 아이누인과 유사하다. 형질인류학적으로 현재 본토인은 1억 2000만 명 이상이고 아이누인은 2만 4000명이 남아 있는 정도다. 다이아몬드가 한국인과 일본인이 '쌍둥이 형제'와 같다고 한 이유다. 이런 시각은 한일 간 과거사의 상처와 영토 분쟁을 조금 다르게 바라보도록 해주지 않을까.

-〈한겨레〉(2012. 11. 10.)

북중관계는
어떻게 변화하고 있나

국경을 걷다
황재옥 지음
서해문집, 2013

며칠 전 여름 양복 상의의 품질표시를 무심코 꺼내보고 놀랐다. 제조사는 한국 업체인데, 제조연월이 '2010년 5월', 제조국명은 'Made in DPRK'로 찍혀 있었다. 개성공단에서 만들어진 '북한산'이었던 것이다. 가장 가까우면서도 가장 먼 나라 북한의 존재를 일상에서 구체적으로 확인하게 된 놀람이라고 할까. 안 그래도 가동이 중단된 지 넉 달여 만에 개성공단 정상화에 대한 합의가 최근 남북 당국 간에 이루어진 터여서 새삼스레 북한을 다룬 책에 눈길이 갔다. 북한 연구자 황재옥의 북한 국경 답사기 『국경을 걷다』이다.

저자는 2012년 8월, 전임 통일부 장관 및 동료 학자들과 함께 8박

9일 동안 북한과 중국의 접경지역 답사를 다녀왔다. 압록강 하류에서 상류를 거쳐 백두산까지, 그리고 백두산 정상에서 두만강 상류를 거쳐 하류까지 전장 1376.5킬로미터에 이르는 북중 국경선을 종주하는 여정이었다. 실제 이동 거리는 2800킬로미터, 곧 7000리나 되었다고 한다. 남북관계가 교착된 상황에서 북중관계가 어떤 양상으로 발전하고 있는지, 변방이기는 하지만 북한지역에 어떤 변화가 일어나고 있는지 알아보는 것이 답사의 목적이었다. 무엇을 볼 수 있었을까.

세 가지 핵심을 간추려보면 첫째, 중국 변방, 특히 그동안 낙후되어 있던 동북 3성에 대한 중국 쪽의 투자가 엄청난 규모로 이루어지고 있었다. 투자의 목적은 물론 북한과의 교역, 교류를 확대하는 것이다. 둘째, 중국의 '동북공정'이 학문적 단계를 넘어서 실질적으로 진행되고 있는 것을 확인할 수 있었다. 고구려사와 발해사를 중국사에 편입시키려는 기획이 동북공정인데, 2012년 7월에 지안에서 발견된 '제2광개토대왕릉비'에 대한 조사, 연구에 동북공정 참여학자를 대거 투입한 사실에서도 중국의 의도를 짐작할 수 있다. 셋째, 중국의 경제 발전과 맞물려 북한 주민들의 생활상도 예전보다 나아진 것으로 보였다.

물론 국경을 접하고 있는 만큼 북중관계는 북한의 대외관계에서 막중한 비중을 차지할 수밖에 없다. 그렇더라도 최근의 북중관계는 과거보다 한 단계 더 나아간 양상을 보여준다. 그 특징을 가장 잘 나타내주는 곳으로 저자는 황금평 특구를 지목한다. 위화도와 함께 압록강 하구에 위치한 섬이 황금평인데, 이 지역이 경제특구로 지정되어 2011년 말부터 개발이 시작되었다. 공개된 공동 개발 총계획에 따르면 중국은 여의도 면적의 약 1.5배에 달하는 황금평을 북한으로부터 100년간 임차하고 매년 5억 달러의 임대료를 건네기로 했다. 중국 경제가 성장하면서 중국의 대북 진출 행보도 가속화되고 있는 양상인데, 이런 현실이 우리와는 무관한 '남의 나라' 일로만 볼 수 있는지 저자는 우려한다.

북중 간의 이런 긴밀한 교류와 협력 분위기 때문에 환기하게 되는 것은 중국의 '항미원조抗美援朝', 곧 한국전쟁 참전이다. 1950년 10월, 중국은 총사령관 펑더화이의 지휘 아래 세 차례에 걸쳐 무려 180만 명을 참전시켰다. 특히 마오쩌둥의 장남 마오안잉이 펑더화이의 비서로 참전했다가 미군 전투기의 폭격으로 전사했는데, 그 유해가 평안남도 회창군에 있는 중국인민지원군 열사묘에 안장되어 있다고 한다.

중국 최고지도자의 장남이 북한을 도우러 왔다가 전사하여 북한 땅에 묻혀 있다는 사실만으로도 "북한은 중국에 크게 빚진 것"이라고 볼 수 있다. 이를 상기시키려는 듯 중국은 한국전쟁 참전 60주년을 기념한다며 접경의 단둥에는 펑더화이 동상을, 허커우에는 마오안잉 동상을 세웠다. 북중 경제협력을 재개하는 시점에서 중국이 양국의 혈맹관계를 강조하는 것은 고도의 정치적 의도를 품은 것이라고 볼 수 있다.

남북관계는 막혀 있는 상황에서 중국인들의 대북사업은 활기를 띠며 큰돈을 벌고 있다는 소식을 전하면서 저자는 북한 경제가 중국에 점점 예속되어가는 것은 아닌가라는 우려를 표한다. 비단 저자만의 우려는 아닐 듯싶다. 남북관계를 바라보는 시야가 더 넓어져야 한다는 점을 이 답사기는 깨닫게 해준다. -〈주간경향〉(2013. 8. 27.)

문화대혁명과
그 이후

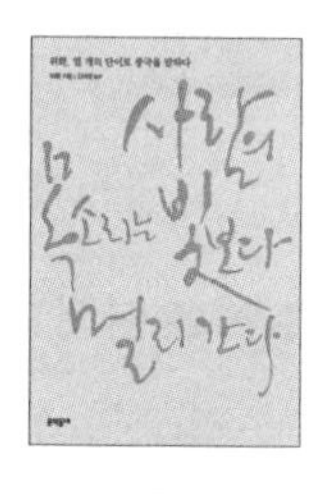

—

사람의 목소리는 빛보다 멀리 간다
위화 지음, 김태성 옮김
문학동네, 2012

중국 작가 모옌의 노벨문학상 수상으로 경제뿐 아니라 중국의 문학도 세계적 주목거리가 되었다. 중국 문학의 힘은 무엇일까. 모옌, 쑤퉁과 함께 동시대 중국 문학 3대 작가로도 꼽히는 위화의 에세이 『사람의 목소리는 빛보다 멀리 간다』는 그 힘이 파란만장한 중국 현대사에 대한 성찰을 배경으로 하고 있다는 인상을 깊게 준다. 그 역사는 크게 구분하면 마오쩌둥의 정치혁명(문화대혁명)과 덩샤오핑의 경제혁명(개혁개방)으로 나뉘는 역사다. 중요한 것은 이 두 혁명 사이의 단절 못지않은 연속성이다. 오늘의 중국을 이해하기 위해서라도 중국 현대사의 핵심적 사건으로 문화대혁명을 간과할 수 없는 이유다.

1949년 마오쩌둥의 공산당은 국민당의 오랜 투쟁 끝에 승리하여 중국 대륙에 중화인민공화국을 수립했다. 하지만 그것으로 마오쩌둥의 혁명이 종료된 것은 아니었다. 그는 무장 투쟁을 동반하지 않을 뿐 혁명은 항구적인 것이어야 한다고 믿었다. 대약진운동(1958~1960)과 문화대혁명(1966~1976)이 바로 그런 혁명의 정점이었다. 하지만 1976년 마오쩌둥이 세상을 떠나고 뒤이어 덩샤오핑이 권력을 장악하면서 혁명의 시대는 사라진 것으로 보였다. "하지만 사실 지난 30여 년 동안 이루어진 경제 기적에서도 혁명은 사라지지 않았다. 단지 환골탈태하여 다른 형태로 모습을 드러냈을 뿐"이라는 것이 위화의 주장이다. 아니 그렇게 지적하는 사람이 적지 않다고 그는 전한다.

예를 들어보자. 개혁개방 첫해인 1978년 중국의 철강생산량은 3000만 톤 남짓이었다. 하지만 불과 2년 뒤에 3700만 톤을 넘겨 세계 5위를 기록하더니 1996년 이후에는 부동의 세계 1위를 지키고 있다. 2008년에는 철강생산량이 5억 톤을 넘어 전 세계 생산량의 32퍼센트까지 차지하게 되었다. 이는 세계 2위에서 8위까지 국가들의 생산량을 다 합친 것보다 많은 양이라고 한다. 말 그대로 놀라운 고속성장이다. 이런 성장 이면에는 대약진운동 시기의 경험이 깔려 있다. 당시 중국 전역 도시 마당과 농촌 들판에는 소형 용광로가 설치되어 인민 모두가 철강을 제련하는 일에 동원되었다. 영국을 따라잡고 미국을 추월해야 한다는 열기가 충천했다.

이런 상황은 1990년대에 한번 더 벌어진다. 농민들이 철강노동자로 변신하여 간이 용광로에서 제작한 쇳물을 레미콘 차량에 싣고 철강공장에 가져다 나름으로써 생산량을 두 배 이상 늘릴 수 있었다. 과거와 다른 것은 농민들이 정치적 구호가 아닌 돈을 위해서 철강 제련에 나섰다는 점이다. 위화는 마오쩌둥의 문화대혁명과 덩샤오핑의 개혁개방이 중국 인민, 또는 '풀뿌리'계층에게 두 차례 기회를 가져다주었다고 말한다. 문화대혁명이 정치권력의 새로운 분배였다면 개혁개방은 바로 경제권력의 재분배였다.

이 '두 중국'에 대한 자세한 기술은 미국의 중국사학자 모리스 마이스너의 『마오의 중국과 그 이후』(이산, 2004)에서 읽을 수 있다. 저자는 1986년에 펴낸 책의 2판에서 덩샤오핑이 시작한 개혁을 평가하면서 중국의 관료집단체제가 사회주의와 자본주의의 길 모두를 가로막는 장벽이 될 것이라고 보았으나 1998년에 펴낸 3판에서는 공산주의 국가가 오히려 중국 자본주의를 촉진하는 핵심 요체였다고 견해를 수정한다. 저자의 비교 분석에 따르면 애초에 마오쩌둥은 레닌과 달리 자본주의 문화가 사회주의 건설의 전 단계라고 인정하지 않았다. 그는 서양 부르주아문화와 자본주의 방식이 중국의 유교적 봉건문화만큼이나 유해하다고 판단했고 문화대혁명은 이 두 가지 악영향을 모두 제거하기 위한 시도였다. 물론 이 시도의 밑바탕에는 노년에도 최고 권력자의 자리를 계속 유지하고자 했던 마오쩌둥의 권력욕도 깔려 있었다.

1966년 마오쩌둥이 "사령부를 포격하라"라는 대자보를 붙이고 톈안먼 광장에서 수십만의 홍위병을 사열하면서 시작된 문화대혁명은 중국 전역을 광풍으로 뒤덮었다. 『사람의 목소리는 빛보다 더 멀리 간다』가 이 시기에 성장기를 보낸 위화의 문화대혁명 체험담이라면 천이난의 『문화대혁명, 또다른 기억』(그린비, 2008)과 션판의 『홍위병』(황소자리, 2004)은 홍위병들의 체험적 회고록이다. 거기에 학술적인 조명까지 얹자면 백승욱의 『중국 문화대혁명과 정치의 아포리아』(그린비, 2012)는 문화대혁명을 주도했던 조반파의 이론적 배후 천보다의 사상을 집중적으로 검토함으로써 보다 일반론적인 차원에서 문화대혁명이 제시하는 이론적 아포리아를 탐구하는 책이다. 그에 따르면 대중, 또는 인민이 스스로 정치적 주체가 될 수 있는 가능성과 그 난점을 동시에 보여준 것이 문화대혁명이 머금고 있는 이론적 아포리아다.

'인민의 아버지'였던 마오쩌둥 이후의 시대는 문화대혁명의 광기와 과오에 대한 비판과 더불어 그것이 펼쳐놓은 가능성의 공간에서 시작되었다. 그렇게 해서 위화의 표현에 따르면 "정치가 모든 것을 주도하는 마오쩌둥의 흑백시대에서 덩샤오핑의 경제지상주의 컬러시대로 접어들었다." 무엇이 얼마나 달라졌는가. 1980년부터 2010년까지 30년간 고속성장기 중국 대륙에서 벌어진 핵심 사건들에 대해서는 카롤린 퓌엘의 『중국을 읽다 1980~2010』(푸른숲, 2012)가 가장 잘 정리해준다.

-〈책&〉(2012년 11월호)

북한을
어떻게 볼 것인가

—

극장국가 북한
권헌익·정병호 지음
창비, 2013

"도대체 북한은 어떻게 돼먹은 나라야?" 이런 질문이 개탄이 아니라 진지한 관심의 표명이라면 『극장국가 북한』은 가장 먼저 읽을 만한 책이다. '이해할 수 없는 나라'로 치부되는 북한을 이해할 수 있게 해준다. 그것도 상당히 정교한 이론적 틀을 적용하여 북한을 명쾌하게 들여다보게 한다. 인류학자인 두 저자 권헌익, 정병호는 "북한 정치체제에는 미스터리가 없다. 북한이란 국가는 수수께끼 같은 존재가 아니다"라고 단언한다.

어째서 3대 세습을 밀어붙였으며, 심각한 경제난에도 체제가 어떻게 유지될 수 있는지 그 비밀을 풀어주니 "북한이라는 국가의 이념과

창건 신화, 그리고 현실에 관한 최고의 연구"라는 브루스 커밍스의 찬사가 과장이 아니다.

두 저자는 사회학자 막스 베버의 카리스마 권력이란 개념을, 인류학자 클리퍼드 기어츠에게서 극장국가란 개념을 빌려온다. 베버에 따르면 카리스마 권력은 전통적·합리적 권력이 실패할 때 대두된다. 카리스마적 인물은 새로운 질서를 창출해내지만 문제는 권력자가 세상을 떠나면 그 권력이 지속될 수 없다는 데 있다.

하지만 북한은 '혁명예술'이라 불리는 다양한 선전 양식을 고안했다. 카리스마 권력과 극장국가의 결합! 하지만 카리스마 권력에 대한 숭배는 정치와 행정의 과도한 중앙 집중과 민주 원리의 파괴를 가져왔고 시민사회의 경제적·도덕적 토대를 무너뜨렸다. 카리스마 권력이 이끄는 극장국가의 한계다.

북한은 이 한계를 인식하고 극장국가를 끝장내는 투쟁에 나설 수 있을까. 북한뿐 아니라 한반도의 미래도 달린 일이라면 우리의 긴박한 관심사가 아닐 수 없다. 이 책은 그런 대비를 위해서라도 필독할 만하다.

-〈중앙일보〉(2013. 12. 28.)

P.S.

좋은 책의 미덕은 다른 책에 대한 관심도 부추긴다는 점이다. 베버와 기어츠의 책뿐 아니라 저자들은 북한 관련서의 전반적인 현황에 대해서도 알게 해주는데, 그 가운데 찰스 암스트롱의 『북한혁명 1945~1950The North Korea Revolution 1945-1950』(2003), 타티야나 가브루센코의 『문화전선의 전사들』(2010), 김숙영의 『환영의 유토피아』(2010) 등이 2000년대 이후에 나온 중요한 연구 성과로 꼽힌다(물론 이런 책들은 국내에 소개되어 있지 않다. "지피지기면 백전백승"이란 말이 남한에서는 통하지 않는 듯싶다).

브루스 커밍스의 『북한North Korea: Another Country』(2004)은 『김정일 코드』(따뜻한손, 2005)로 번역되었지만 이마저도 절판된 지 오래다. 국내 학자들의 북한학 연구 수준이 궁금해서 내친김에 어제는 『현대 북한학 강의』(사회평론, 2013)도 주문했다.

『극장국가 북한』의 배경으로 읽을 수 있는 책은 북한의 역사를 개괄적으로 다룬 책들인데, 『사진과 그림으로 보는 북한 현대사』(웅진지식하우스, 2004)와 『북한의 역사 1,2』(역사비평사, 2011)가 있다.

4.

역사의 교훈과 진보의 의미

우리는 가장 평화로운 시대에 살고 있다?

—

우리 본성의 선한 천사
스티븐 핑커 지음, 김명남 옮김
사이언스북스, 2014

"인간은 폭력성과 어떻게 싸워왔는가"라는 부제로 흥미를 끄는 책은 스티븐 핑커의 『우리 본성의 선한 천사』다. 가장 영향력 있는 심리학자이자 인지과학자라는 평판에 걸맞게 깊이 있는 교양과학서들을 저술해온 저자에 대한 신뢰가 한편에 있고, 본문만 1200쪽에 육박하는 방대한 분량을 폭력이라는 단일 주제에 할애한 저작의 무게감이 흥미의 또다른 배경이다. 압도적인 분량 때문에 주눅들 필요는 없다. 간명하게 핵심 요지를 간추려주고 있는 서문을 읽어보는 것만으로도 어지간한 책 한 권을 읽은 효과는 충분히 얻을 수 있다.

무엇이 핵심 요지인가. 핑커는 인류 역사의 기나긴 세월 동안 "폭력이 감소해왔고, 어쩌면 현재 우리는 종의 역사상 가장 평화로운 시대를 살고 있을지도 모른다"는 주장을 편다. 그 자신이 예견하고, 또 실제로 독자들 대부분의 반응이 그렇듯 못 믿을 이야기다. 폭력은 인류 역사의 모든 갈피마다 만연했던 듯 보이고, 세계대전의 그림자에서 겨우 벗어난 듯 보이는 오늘날에도 여전히 '전쟁 없는 평화'는 아직 오지 않은 미래다. 설사 전쟁과 같은 대규모 군사적 충돌은 예전보다 줄어들었다손 치더라도 대량 살상 무기의 발달로 인해 사소한 충돌조차도 파괴적인 결과를 낳는 것이 지금의 현실이다. 게다가 핵전쟁의 공포로부터도 여전히 자유롭지 못하다는 점을 고려하면 '폭력의 경향적 감소'는 선뜻 와닿지 않는 주장이다.

하지만 핑커의 주장이 분명 '나쁜 소식'은 아니다. 그것이 입증될 수만 있다면 인류의 역사에 대해서, 그리고 그 장래에 대해서 조금이라도 낙관적인 전망을 가질 수 있을 것이기 때문이다. 굳이 저자의 말을 빌리지 않아도 "폭력의 역사적 궤적은 우리가 삶을 살아가는 방식뿐만 아니라 삶을 이해하는 방식에도 영향을 미친다." 즉 폭력의 추이 앞에 플러스 부호가 붙느냐, 마이너스 부호가 붙느냐는 인간의 본성에 대한 우리의 이해와 직결된다. 만약 폭력의 추이에 아무런 변화가 없다면 인간의 파괴적 본성에 대해 우리는 별다른 구제책을 찾기 어려울 것이다. 인간은 원래 그렇게 돼먹은 존재라는 인식만 확인하면 된다. 한술 더 떠서 플러스 부호가 붙는다면 상황은 설상가상이다. 폭력적 본성이 갈수록 격화하는 만큼 강제적인 억지력을 마련하지 못한다면 역사가 파국적 결말에 이르는 것은 시간문제가 된다. 반면에 마이너스 부호가 붙는다면, 그래서 폭력이 감소하는 방향으로 인류의 역사가 전개되어왔다면 당장은 아니더라도 폭력이 사라진 더 나은 미래를 예견해볼 수 있다. 어제보다 더 나은 오늘은 다시 오늘보다 더 나은 내일을 전망하게 해준다. 이런 낙관적 전망은 과연 알맞은 근거로 뒷받침될 수 있을까? 우리는 과연 인간 본성의 '선한 천사'를 신뢰할 수 있을까? 이런 의문에 답하기 위해 핑커가 제시하는 것은 과학자답게 아름다운 문학적 공상이나 멋진 철학적 통찰이 아니라 '숫자'다.

많은 데이터에서 입수한 숫자들과 이를 표현한 그래프를 통해 핑커가 발견한 사실은 온갖 차원에서 진행된 '폭력 감소 현상'이고 이것이 뚜렷한 경향성을 갖는다는 점이다. 책의 많은 분량이 이런 현상에 대한 설명으로 채워져 있는데, 가장 궁금한 문제에 대한 저자의 답변부터 확인해보자. 그것은 20세기를 어떻게 볼 것인가 하는 문제다. '역사상 가장 피비린내 나는 세기', '최악의 세기'였다는 것이 두 차례의 세계대전을 통과했던 20세기에 대한 우리의 통념이다. 하지만 핑커는 그런 통념에 의문을 제기하고 두 가지 이유에서 심지어 '망상'에 가깝다고 말한다. 첫째는 분명 20세기에 폭력으로 인한 희생자 수가 엄청났지만 20세기의 인구 자체가 많았다는 점을 감안해야 한다는 것이고, 둘째는 현재와 가까운 시대일수록 우리가 더 많은 지식을 갖게 되기 때문에 빚어지는 '역사적 근시안'에서 벗어날 필요가 있다는 것이다. 당연한 일이지만 사람들은 지난 세기들에 벌어진 전쟁들보다 최근 세기들에 벌어진 전쟁을 더 많이 기억하고 이에 대해서 가중치를 부여한다.

20세기 인구 폭발을 고려하고 역사적 근시안으로 인한 편향을 바로잡는다면 '인간이 서로에게 행한 나쁜 짓 가운데 최악의 21가지' 목록 순위는 우리의 예상과는 조금 다르게 나타난다. 단순하게 사망자 수를 기준으로 하면 역사상 최악의 사건은 5000만 명이 희생된 제2차세계대전이다. 뒤이어 마오쩌둥 시대 중국 정부가 일으킨 대기근이 폭력적인 참사로 기록되는데, 이로 인해 4000만 명이 아사한 것으로 추정된다. 그 밖에 스탈린의 대숙청이나 제1차세계대전, 러시아 내전, 중국 내전 등 20세기의 굵직한 사건들이 '최악의 21가지' 목록에 포함된다. 하지만 인구비를 고려하면 양상은 달라진다. 지금은 70억 명을 웃돌고 있지만 1950년의 세계인구는 25억 명이었고, 이것은 1800년의 약 2.5배, 1600년의 4.5배, 1300년의 7배, 기원후 1년의 15배에 해당한다. 역사적 사건들의 피해를 동등하게 비교하려면 이런 인구비에 따라 조정할 필요가 있다. 즉 1600년의 전쟁과 20세기 중반의 전쟁을 비교하려면 1600년의 사망자 수에 4.5를 곱해야 한다는 것이 핑커의 환산법이다.

이런 조정을 거치게 되면 20세기의 잔악 행위 가운데 제2차세계대전만이 '상위 10건'에 들어간다. 뜻밖에도 역사상 최악의 참사는 8세기 당나라에서 8년 동안 벌어졌던 안녹산의 난과 그로 인한 내전이다. 당시 중국의 총인구의 3분의 2가 희생되었고, 이는 당시 세계인구의 6분의 1에 해당한다. 20세기 중반의 인구로 조정하면 무려 4억 2900만 명이 희생된 사건이다. 주동자인 안녹산과 그의 부장 사사명의 이름을 따서 '안사의 난'이라고도 불리는 이 반란으로 인해 중국 전역이 초토화되고 번영을 구가하던 당나라 왕조는 쇠퇴의 길로 접어든다. 중국 역사에서도 결정적 전환점이었던 셈이다. 안녹산의 난에 뒤이어서는 13세기 몽골의 정복이 조정된 수치로 2억 7800만 명의 사망자를 낳아 최악의 사건 2위를 차지하며, 우리에게는 조금 생소한 서아시아의 노예무역이 7세기에서 19세기에 1억 3200만 명을 희생시켜 3위에 랭크된다.

무엇을 말해주는가. 인구와 역사적 근시안을 조정할 경우 20세기가 역사상 가장 폭력적인 세기였다는 주장은 지지받기 어렵다는 사실이다. 그런데도 우리가 폭력의 감소를 실감하지 못하는 것은 역사적 착시와 함께 더 높아진 도덕적 기준 때문이기도 하다. 폭력과 싸워오면서 폭력의 범위도 확장되어온 것이 문명의 역사고 도덕의 역사가 아니던가. 거꾸로 그렇게 높아진 기준은 다시 폭력을 억제하는 힘으로 작용하게 된다. 아이러니한 일이지만 우리 본성의 '선한 천사'는 폭력에 대한 감수성을 강화하는 방향으로 작용하는 듯싶고, 이것은 '가장 평화로운 시대'를 여전히 '가장 폭력적인 시대'로 느끼게끔 한다. 핑커의 주장대로 "우리가 오늘날 이런 평화를 누리는 까닭은 옛 세대들이 당대의 폭력에 진저리치면서 그것을 줄이려고 노력했기 때문이다." 핑커는 남은 폭력을 더 줄이기 위해서 폭력의 역사적 감소에 대한 깨우침이 필요하다고 말하지만, 정작 우리에게 더 필요한 것은 자칫 폭력에 대한 관용을 가져올 수 있는 그런 깨우침보다는 모든 폭력에 대한 끝없는 진저리침이 아닐까 싶다.

-〈독서인〉(2014년 9월호)

아프리카 원조의 진실

—

죽은 원조
담비사 모요 지음, 김진경 옮김
알마, 2012

1985년 7월 13일 전 세계 15억 명의 시청자가 지켜보는 가운데 '라이브 에이드Live Aid' 콘서트가 개최되었다. 아일랜드 가수 밥 겔도프가 아프리카 난민을 돕기 위해 기획한 자선공연이었다. 돌이켜보니 나도 그 시청자 가운데 한 명이었다. 여느 고등학생들과 마찬가지로 팝음악을 즐겨듣던 10대였는지라 쟁쟁한 팝스타들이 출연했던 콘서트를 놓칠 수 없었다. 게다가 자선공연이라는 명분도 훌륭하지 않은가. 하지만 선의가 항상 좋은 결과로만 귀결되는 것은 아니다.

아프리카 잠비아 출신의 경제학자 담비사 모요의 『죽은 원조』는 그 '라이브 에이드'의 이면에 대해서, 원조의 어두운 진실에 대해서 폭로하고 대안을 제시하는 책이다. 책의 원제는 『데드 에이드Dead Aid』이다. 물론 '라이브 에이드'를 염두에 둔 것으로, 역설적이지만 저자는 '살아 있는 원조'의 대안으로 '죽은 원조'를 제시한다. 원조를 점진적으로 줄여나감으로써 궁극적으로는 원조를 없애는 것이 '죽은 원조' 전략이다. 왜 원조에서 벗어나야 하는가? 원조에 중독된 아프리카의 현실이 마약중독자의 처지와 다를 바 없기 때문이다. 원조에서 벗어나는 일이 당장은 고통스러울 수밖에 없을 테지만 원조 의존적인 아프리카에는 희망이 없다는 것이 저자의 판단이다.

오늘날 아프리카의 1인당 국민소득은 1970년대보다 낮아져 있고, 하루 1달러 이하의 돈으로 살아가는 사람들이 전체 7억 인구 가운데 절반 이상이다. 특히 사하라 사막 이남지역은 전 세계에서 빈민 인구의 비율이 가장 높다. 평균 수명은 세계 최저이며 문맹률은 가장 높다. 그리고 정치적으로는 아프리카 대륙의 50퍼센트가량이 비민주적 체제 아래 놓여 있다. 무엇이 문제인가? 아프리카의 자연적 조건 탓인가, 아니면 아프리카인들이 특별히 무능하고 그 지도자들이 선천적으로 더 타락하기 쉽기 때문인가? 저자는 의외의 답을 제시한다. 모두가 원조 때문이다.

부유한 국가들이 아프리카 대륙의 각 정부에 차관이나 증여의 형태로 대규모 자금을 지원하는 것이 원조다. 그런데 어째서 이 원조가 아프리카의 발전을 가로막은 장애물이 되었나? 발단은 제2차세계대전 이후 미국이 유럽 경제의 재건을 위해 원조금을 제공한 마셜 플랜이었다. 마셜 플랜의 성공이 유럽 이외의 지역에서도 나타날 것이라는 기대를 갖게 했고 아프리카가 최적의 후보지였다. 냉전체제 아래에서 지정학적 영향력을 고수하려는 패권국가들의 대결의식도 원조 경쟁을 부추겼다. 하지만 이런 원조가 아무런 효과도 없는 것이었다면? 르완다의 폴 카가메 대통령은 이렇게 말했다. "1970년대 이후 3000억 달러 이상의 원조금이 아프리카 대륙에 쓰인 것으로 보인다. 하지만 경제성장과 인력 개발에서 이 돈이 어떻게 쓰였는지는 알 길이 없다."

저자는 특히 원조가 권력자들의 부패를 가장 많이 '원조'하고 있다고 비판한다. 또 해외 원조의 유입은 국민들에 대한 정부의 재정 의존도를 낮추기 때문에 중산층과 시민사회를 약화시킨다. 그리고 원조 재화를 획득하기 위한 분쟁을 촉발함으로써 사회 불안을 야기하고 심지어는 내전의 잠재적 원인을 제공한다. 그러니 모든 원조가 실패작은 아니었지만 저자가 보기에 아프리카에 대한 원조는 분명 실패작이다. 애초에 전혀 다른 조건과 환경에 놓인 아프리카 대륙 국가들에게 마셜 플랜과 같은 모델을 일률적으로 적용하려고 한 것이 문제였다. 게다가 서방식 민주주의가 아프리카 경제의 구제책이 될 것이라고 생각했지만 착각에 불과했다. 민주주의가 경제성장의 필수적인 조건이 아니며 오히려 장애가 될 수 있다는 '불편한 진실'을 간과했기 때문이다. 중국과 한국을 포함한 아시아 국가들의 성공 사례 외에도 피노체트의 칠레와 후지모리의 페루는 민주주의 없이 경제성장이 가능하다는 것을 보여주었다. 곧 경제성장은 민주주의의 필요조건이지만 거꾸로 민주주의는 경제성장의 필요조건이 아니다.

결론적으로 아프리카는 원조로부터의 출구 전략이 절실하다. 라이브 에이드의 전자기타 소리보다 더 강하게 귓전을 때리는 "원조에 반대한다!"는 절규를 들으며 아프리카의 현실을 다시 생각해보게 된다.

-〈주간경향〉(2012. 6. 19.)

P.S.

마감에 쫓겨 급하게 쓰는 와중에 번역의 한 대목을 확인하느라 원고가 더 지체되었다. 서두에서 저자가 오늘날 아프리카 현황에 대해 정리해주는 부분이다.

> 하루에 1달러도 안 되는 돈으로 살아가는 사람들이 350만 명이 넘는 사하라 사막 이남지역은 전 세계에서 빈민 비율이 가장 높은 곳으로, 전 세계 빈민의 약 50퍼센트가 이곳에 몰려 있다.(30쪽)

무엇이 문제인가? '350만 명'이라는 숫자다. 너무 적은 숫자여서 아마존에서 원문을 확인해보니? "over half of the 700 million"을 잘못 옮긴 것이었다. 7억의 절반 이상이니까 '350만 명'이 아니라 '3억 5000만 명' 이상이어야 한다.

한편, 책을 읽은 뒤에 그 여파로 주문한 책은 중국의 아프리카 공략을 다룬 『차이나프리카』(에코리브르, 2009)와 『민주주의와 법의 지배』(후마니타스, 2008), 『지속가능한 민주주의』(한울, 2001), 『민주주의와 시장』(한울, 2010) 등 아담 쉐보르스키의 민주주의에 관한 책들이다.

아우슈비츠에서
가라앉은 자와 구조된 자

—

가라앉은 자와 구조된 자
프리모 레비 지음, 이소영 옮김
돌베개, 2014

우리에게는 따로 연상되는 바가 있어서 제목부터 마음을 무겁게 하는 책이 출간되었다. 프리모 레비의 『가라앉은 자와 구조된 자』다. '아우슈비츠 생존 작가' 레비가 1987년 자살하기 한 해 전에 발표한 것이니 그가 남긴 유서라고 해도 무방하다. 1947년 『이것이 인간인가』(돌베개, 2007)를 발표한 이래 나치 절멸수용소에서의 경험을 낱낱이 해부하고 성찰해온 그의 증언을 압축하고 있다.

애초에 레비는 첫 책의 제목을 '가라앉은 자와 구조된 자'라고 붙이려고 했다. 하지만 『이것이 인간인가』의 편집자의 제안에 따라 제목이 바뀌었고 '가라앉은 자와 구조된 자'는 한 장의 제목으로만 들어갔다

(『이것이 인간인가』에서 '익사한 자와 구조된 자'라고 옮겨진 장이다). 레비와 인터뷰한 한 비평가의 표현을 빌리면 "'가라앉은 자와 구조된 자'라는 최초의 제목은 표지 위로 올라오기까지 39년을 기다리게 되었다."

무엇이 그로 하여금 그리도 고통스러운 경험의 증언을 40년 동안이나 하게끔 만들었을까. "우리는 우리의 개인적 경험을 넘어 집단적·근본적으로 중요하고 예기치 못한 사건의 증인"이라는 자각이다. '우리'는 물론 나치수용소의 생존자를 가리킨다. 인류사에서 강제수용소나 대량 학살은 적잖이 존재했지만 거기에는 "나치수용소의 체계는 양적으로나 질적으로나 유일무이한 것"이라는 판단이 깔려 있다. 도저히 일어날 수 없고 일어나서도 안 되는 일이 자행되었기에 생존자들의 증언은 믿기지 않을 위험이 있다.

심지어 SS(나치 친위대)의 군인들은 이 점을 미리 예견하기까지 했다. 그들은 포로들을 향해 "이 전쟁이 어떤 식으로 끝나든지 간에, 너희와의 전쟁은 우리가 이긴 거야. 너희 중 아무도 살아남아 증언하지 못할 테니까. 혹시 누군가 살아 나간다 하더라도 세상이 그를 믿어주지 않을걸"이라고 말하며 즐거워했다고 한다. 레비의 증언은 이런 냉소에 대한 저항이다. 이와 같은 사건이 또다시 일어날 수도 있다는 가능성에 대한 지속적인 경고이기도 하다. "산발적이고 사적인 일화들에서, 또는 국가가 저지르는 불법의 형태로" 우리 주변에 널려 있는 온갖 폭력들이 그에게는 불길한 전조로 여겨진다.

그는 한 인터뷰에서 이 책을 쓴 동기 가운데 하나가 아우슈비츠에 대한 극단적인 단순화라고 밝혔다. 『이것이 인간인가』를 읽은 독자들이 박해자(괴물)와 희생자(무구한 사람들) 사이에서 벌어진 문제라고 생각하는데, 실상은 그렇지 않았다는 것이다. 수용소의 신입 수감자들에게 먼저 가해졌던 것은 같은 동료라고 생각한 다른 수감자들의 폭력이었다. 수용소에는 0.5리터의 죽을 더 받기 위해, 또는 얼마간의 생존을 더 보장받기 위해 포로이면서 하위 관리자로 부역한 포로들이 적지 않았다.

대표적인 것이 아우슈비츠의 특수부대(존더코만도스)였다. '화장터의 까마귀'라 불린 그들은 대부분 유대인이었고 가스실 희생자들의 뒤처리를 담당했다. 유대인을 가스실로 집어넣고 시체를 빼내는 일도 유대인이 떠맡았던 것이다. 레비가 보기에 이것은 나치의 가장 악마적인 범죄였다. 자신들의 악행을 희생자들에게 떠넘긴 것이기 때문이다. 그렇게 함으로써 희생자들은 가스실로 가기 전에 인간적 존엄성은 물론 영혼마저도 파괴되었다.

저항도 있었다. 작업을 거부한 특수부대원 전체가 독가스에 살해당하기도 했고, 반란을 일으켜 화장터를 폭파하고 SS와 교전을 벌이다 죽임을 당하기도 했다. 하지만 그렇다고 해서 우리가 그런 저항 대신에 학살과정에 협조한 '비참한 학살 실행자들'을 쉽게 단죄할 수 없다고 레비는 말한다. 자살은 동물의 행위가 아니라 인간의 행위지만 수용소에서의 삶은 인간 이하의 동물적 삶이었기 때문이다. 레비의 경우도 그렇지만 자살은 생존자로서 인간적 삶을 되찾은 이후에나 가능했다.

-〈시사IN〉(2014. 6. 7.)

잃어버린
20세기에 대한 성찰

—

포스트워 1945-2005
토니 주트 지음, 조행복 옮김
플래닛, 2008

인간의 본질은 무엇이고 죽음이란 무엇인가? 어려운 문제이지만 보리스 파스테르나크의 『닥터 지바고』(열린책들, 2009)에서 주인공 유리 지바고는 아주 간명하게 답한다. 병환으로 죽음을 눈앞에 둔 안나 이바노브나에게 그가 건네는 말이다. "다른 사람들 속에 있는 인간, 그것이 인간의 본질이자 영혼인 것입니다. 바로 그것이 당신이며 당신의 의식은 한평생 그것을 호흡하고 자기의 양식으로 삼으며 기쁨으로 삼아온 것입니다."

지바고에 따르면 우리의 영혼과 불멸은 모두 타인 속에 존재한다. 흔히 말하는 추억이든 뭐든지 간에 어떤 사람에 대한 기억이 타인들에게 계속 존재하는 한 우리는 영원히 남아 있게 된다. 그러니 죽음이란 없으며 우리와는 아무 상관이 없다는 것이 지바고의 생각이다. 그리고 그것은 작가 파스테르나크의 생각이기도 하다. 소설에서 지바고는 러시아혁명과 그 이후 격동의 시간을 살다가 모스크바의 거리에서 심장마비로 세상을 떠나지만 그의 삶이 그것으로 종결되는 것은 아니다. 이를 입증하려는 듯이 파스테르나크는 지바고가 남긴 시들을 작품의 마지막 장에 배치했다. 그 시들이 지바고의 '사후의 삶'이다. 그는 시를 통해서 기억되고 그 기억이 남아 있는 한 불멸의 삶을 누린다.

그런 불멸은 비단 시인들에게만 해당되는 것이 아니다. 모든 저자는 그들의 책이 계속 읽히는 한 망각에서 불려나와 불멸의 삶을 사는 것이 아닐까. 이를테면 지난 2010년 루게릭병으로 세상을 떠난 역사학자 토니 주트도 그러하다. 제2차세계대전 이후의 유럽 현대사를 다룬 『포스트워』로 명성을 얻은 주트는 명망 있는 정치평론가이기도 했는데, 최근에 번역된 『재평가』(열린책들, 2014)는 그의 두 직함이 어떤 상승효과를 낳을 수 있는지 잘 보여준다. 그는 무엇을 재평가하고자 하는가. "잃어버린 20세기에 대한 성찰"이라는 부제가 그의 의도를 집약해준다.

1994년에서 2006년까지 잡지나 신문 들에 쓴 평론 모음집에서 주트는 두 가지 주제에 관심을 두었다고 한다. 하나는 사상의 역할과 지식인의 책임이고(이 주제는 그가 『지식인의 책임』(오월의봄, 2012)에서 따로 다루기도 했다), 다른 하나는 지나간 20세기의 역사를 어떻게 이해하고 그로부터 무엇을 배울 것인가다. 역사도 지속적으로 소환되고 기억되는 한 우리 곁에 살아 있는 역사가 된다. 반대로 역사의 망각이란 곧 죽음과 다를 바 없다. 망각된 역사는 역사의 죽음뿐 아니라 역사를 기억하지 못하는 시대의 죽음을 뜻한다. 미래를 보장받을 수 없는 시대란 죽음의 시대가 아니면 무엇이겠는가.

주트의 묵직하면서도 매력적인 성찰들 가운데 가장 눈에 띈 것은 쿠바 미사일 위기에 대한 회고와 재평가다. 근래에 이 사건과 관련된 책들이 여럿 소개되면서 부쩍 관심을 갖게 되었기 때문이다. 가령 그래엄 엘리슨과 필립 젤리코는 국제정치학의 교과서 가운데 하나인 『결정의 엣센스』(모음북스, 2005)에서 1962년의 쿠바 미사일 사태를 20세기 후반 인류가 겪은 가장 중대한 사건으로 평가하고 비밀 해제된 자료들을 바탕으로 하여 당시의 상황을 재구성하고 미소 양국의 정책 결정과정을 모델화하여 설명하고자 한다.

또 당시 미국 대통령 존 F. 케네디의 동생이자 핵심 측근이었던 법무장관 로버트 케네디의 『13일』(열린책들, 2012)은 긴박하게 진행되었던 위기 상황에 대한 현장 증언과 회고를 담고 있으며, 역사학자로서 당시 국가안전보장회의 집행위원회(엑스콤)의 회의 녹취 테이프를 처음 청취한 셸던 스턴의 『존 F. 케네디의 13일』(모던타임스, 2013)은 회의 전체 내용을 압축해 미국측의 의사결정 과정을 독자가 쉽게 이해할 수 있게 한 책이다. 그리고 제임스 블라이트와 재닛 랭이 쓴 『아마겟돈 레터』(시그마북스, 2014)는 미사일 위기 사태의 주요 당사자이자 결정권자인 니키타 흐루쇼프, 피델 카스트로, 케네디 등이 서로 주고받은 43통의 편지를 시간 순서에 따라 소개하고 있다. 게다가 문제의 사태에 대한 종합적인 평가와 분석을 담은 학술적 연구서로서 이근욱 교수의 『쿠바 미사일 위기』(서강대출판부, 2013)도 보탤 수 있다.

사태의 발단은 무엇이었나. 1962년 10월 14일 미국의 U-2 정찰기가 쿠바 서부 상공을 비행하다 건설중인 미사일 기지 세 곳을 포착한다. 소련이 쿠바에 준중거리 탄도미사일을 배치하고 있었고 이런 사실이 10월 16일 아침에 케네디 대통령에게 보고된다. 미사일 위기 사태의 시작이다. 대응책을 마련하기 위해 엑스콤이 소집되었고 결국 22일 저녁 7시에 쿠바 주변 해상에 대한 봉쇄가 결정된다. 특이한 점은 쿠바 내 미사일 배치와 증강계획이 발각될 가능성에 대한 대비책을 흐루쇼프가 전혀 갖고 있지 않았다는 것인데, 준비가 없기로는 케네디 쪽도 마찬가지였다. 아무런 사전 준비가 없는 상태에서 미사일 발사 기지의 성격과 위험 정도, 그에 대한 적절한 수준의 대응책 등을 긴급하게 결정해야 했다.

케네디의 최종 선택은 부분적인 해상 봉쇄였지만 회의에서는 더 포괄적인 봉쇄, 쿠바 미사일 발사 기지 공습, 전면적인 군사적 침공 등 훨씬 더 강경한 대응책들이 제안되었다. 사실 1957년 소련이 스푸트니크호를 발사하자 미국은 소련의 대륙간탄도탄미사일 발사 능력을 과장되게 염려했고 케네디는 1960년 대선에서 이런 두려움을 활용했다. 하지만 쿠바 위기 시점에서 소련은 대륙간탄도탄미사일에서 17대 1로 불리한 상태였고 흐루쇼프도 이를 잘 알고 있었다. 흐루쇼프의 목적은 이런 군사적 결점을 상쇄하는 것이었다. 그리고 한편으로는 새로운 우방 쿠바를 미국의 공격으로부터 보호해야 한다는 명분도 있었다. 미국은 1959년 쿠바혁명 이후 카스트로를 제거하기 위한 온갖 공작을 짜내고 있었고 흐루쇼프는 미국이 쿠바를 침공할지도 모른다는 두려움에 휩싸여 있었다. 쿠바 내 소련 미사일 기지 건설이라는 발상의 배경이다.

미사일 사태 국면에서 흐루쇼프와 케네디는 모두 핵전쟁을 각오할 생각이 없었지만 둘 다 그 반대인 것처럼 보이기 위해 애를 썼다. 소련은 포커 게임에서 나쁜 패를 쥐고서도 허세를 부리는 것과 비슷한 처지였는데, 흐루쇼프는 그래도 막판에 판돈을 더 올리고 싶은 유혹을 억눌렀다. 케네디도 대외적으로 강하게 보이려는 욕구를 갖고 있었지만 중대한 위기 국면에서 놀라운 침착함을 유지하며 가장 온건한 방안을 선택했다. 즉각적인 군사행동에 앞서 부분적인 해상 봉쇄를 선택한 것이다. 케네디는 비타협적인 선택을 하면서 소련에 양보하지 않았다는 이미지를 남기고자 했지만 실상 마지막까지도 협상을 모색하면서 직접적인 군사 개입은 거듭 연기하고자 했다. 정작 일촉즉발의 위기 상황을 타개하게 해준 것은 그의 인내와 절제였고 대결보다는 협상을 일관되게 우선시했던 태도였다.

냉전시대의 가장 큰 위기 국면을 어떻게 타개할 수 있었는가에 대한 생생한 자료와 분석은 오늘날의 국제정치적 상황에서도 여전히 유용한 참고가 된다. 더불어 시인이 시를 통해 기억되는 것과 마찬가지로 정치인은 그의 판단과 행동을 통해 기억된다는 사실도 주트의 성찰에서 빼놓지 말아야 할 부분이다.

-〈독서인〉(2014년 8월호)

P.S.

『재평가』는 반가운 책이지만 쿠바 미사일 위기에 관한 장을 읽다 보니 교정이 부실한 듯해 아쉽다. 419쪽, "케네디가 10월 9일에 이렇게 말한 이유가 여기에 있다"에서 케네디가 말한 날짜는 10월 9일이 아니라 10월 19일이다. "사흘 뒤 위기가 시작되었을 때"라고 시작하는 문장에서는 '사흘 뒤'가 아니라 '사흘 전Three days earlier'이 맞다. "사흘 전 위기가 시작되었을 때"다(즉 10월 16일을 가리킨다). 쿠바 미사일 위기는 1962년 10월 16일에서 28일까지 13일간 벌어졌던 일이다. 역자나 편집자가 기본적인 사실도 확인하지 않은 것이 아닌가 싶다. 425쪽, "소련은 10월 17일 쿠바 상공을 정찰하던 U-2기 한 대를 '무심결에' 격추시켰다"에서도 미국 정찰기가 격추된 날짜는 10월 17일이 아니라 27일이다.

역사의 교훈과 진보의 의미

윌 듀런트의 역사의 교훈
윌 듀란트·아리엘 듀런트 지음, 안인희 옮김
을유문화사, 2014

『철학이야기』로 잘 알려진 미국의 저술가 윌 듀런트는 아내 아리엘 듀런트와 함께 총 11권의 대작 『문명이야기』를 집필한 문명사가이기도 하다. 그만한 규모의 대작을 써낸 저자라면 소회가 없을 리 없다. 어떤 소회일까 궁금하여 듀런트 부부가 쓴 『윌 듀런트의 역사의 교훈』을 펼쳐들었다. 역시나 두 저자가 방대한 저술을 마치고 맞부딪친 질문은 이런 역사 연구가 어떤 쓸모가 있느냐는 것이었다. 그 질문에 대한 답이 이 책에 들어 있다.

두 저자는 전반부에서 역사와 지구와의 관계에서부터 생물학과 역사, 종족과 역사, 성격과 역사 등 다양한 주제에 걸쳐서 역사 연구에서 얻은 교훈들을 제시한다. 삶이 생존 경쟁과 적자생존에 얽매이며 끊임없이 후손을 보아야 한다는 것이 역사의 생물학적 교훈이라는 지적이 눈길을 끌지만 좀더 흥미로운 부분은 종교와 역사, 경제와 역사, 사회주의와 역사 등을 다룬 후반부다.

저자가 보기에 인간들 사이의 불평등은 타고난 것이며 문명의 복잡성과 더불어 더 심화된다. 빈부의 차이도 마찬가지다. 격차가 벌어지면 사회적 불안과 분노로 이어질 수밖에 없는데, 이것을 막아주는 것이 종교다. 나폴레옹이 명쾌하게 정의하길, 가난한 사람이 부자를 죽이는 것을 막아주는 것이 종교다. 만약 종교라는 '초자연적 희망'이 절망의 유일한 대안이 되어주지 못하면 계급 투쟁은 더 격화되며 공산주의라는 유토피아를 불러오게 된다. 종교와 공산주의는 마치 한 우물에 매달린 두 개의 양동이와 같아서 "하나가 아래로 내려가면 다른 하나가 올라온다. 종교가 쇠퇴하면 공산주의가 상승한다." 마찬가지로 사회주의가 빈곤을 없애려는 노력에 실패한다면 다시금 초자연적 신앙의 복구를 눈감아주는 수밖에 없다.

윌 듀런트는 사람들마다 능력의 차이가 있기 마련이고 그에 따라 부의 집중이 자연스럽게 나타난다고 본다. '가난한 사람들의 수적인 강세'가 '소수 부자들의 능력의 강세'와 맞먹는 지점에까지 이런 집중이 도달하면, 이는 필연적으로 부를 재분배하는 정권이나 가난을 재분배하는 혁명으로 이행된다. 역사에는 부의 재분배가 성공을 거둔 사례도 있는데, 고대 아테네에서 솔론의 개혁이 그런 경우다. 그는 모든 채무자의 부담을 덜어주고 부자에게는 가난한 사람보다 12배까지 많은 누진세를 물게 했다. 그리고 아테네를 위해 싸우다 전사한 사람들의 아들은 국가가 양육하도록 했다. '부자세'에 반대한 부자들과 토지 재분배를 요구한 과격파의 불만을 사기는 했지만 솔론의 개혁은 아테네를 혁명에서 구원하는 데 성공했다. 선제적 개혁이 혁명의 저지선이었던 것이다.

솔론의 개혁과는 반대되는 사례가 로마 시절 그라쿠스 형제의 개혁 실패다. 호민관에 당선되었던 형 티베리우스 그라쿠스는 1인당 토지 소유를 제한하여 토지를 재분배하자는 개혁안을 내놓았지만 원로원은 '재산 몰수'에 해당하는 조처라며 완강히 반대했다. 티베리우스는 폭동에서 살해당하고, 동생 가이우스 그라쿠스가 형의 과업을 계승하려고 했지만 역시나 실패한 뒤에 자살했다. 이어서 가이우스의 추종자 3000명도 원로원 법에 따라 사형당했다. 개혁에 대한 이런 비타협적 거부가 가져온 결과는 이후 100년 동안 지속된 계급전쟁과 내전이었다.

듀런트가 보기에 부의 집중은 자연스럽고 불가피하지만 이것은 주기적으로 폭력이나 평화적인 방법의 재분배 요구에 직면하게 한다. "모든 경제사는 사회 유기체의 느린 심장 박동이며, 부를 집중하고 억지로 재순환시키는 광대한 들숨과 날숨"이다. 그렇다면 경제사가 보여주듯 역사는 주기적인 반복에 불과한가? 진보는 어디에서 찾을 수 있는가? 듀런트는 교육의 확산이란 점에서 진보의 의미를 찾는다. 문명은 타고나는 것이 아니라 각 세대로 새롭게 배워서 익혀야 하는 것이기에 교육은 문명에서 핵심적이다. 역사란 가치 있는 유산의 창조이자 기록이며 진보는 이런 유산을 잘 보존하고 전달하고 사용하는 것이다. 저자가 『문명이야기』라는 방대한 저술에 몰두한 이유이면서 우리가 그의 책을 읽어볼 만한 이유다.

-〈시사IN〉(2014. 11. 29.)

4부

정치의 바다

1.

무엇을 위한 정치인가

아테네 민주주의는 무엇을 추구했나

최초의 민주주의
폴 우드러프 지음, 이윤철 옮김
돌베개, 2012

민주주의란 무엇인가? "사람들에 의한, 그리고 사람들을 위한 정치체제"다. 그 '사람들' 대신에 '국민'이나 '인민'이라는 말을 넣기도 한다. 여기까지는 상식이다. 질문을 조금 바꾸어보자. 무엇이 민주주의인가? 투표? 다수결의 원칙? 대표선출제? 우리가 흔히 떠올리게 되는 민주주의의 구현방식이다. 하지만 그런 것은 민주주의의 대역代役이고 그림자일 뿐 그 자체로는 민주주의가 아니라면? 민주주의에 대한 우리의 상식을 재검토해보아야 하지 않을까.

폴 우드러프의 『최초의 민주주의』의 문제의식이 그렇다. 잘못 알고 있는 민주주의의 이상을 제대로 이해하자는 것. "우리가 민주주의를 올바르게 이해하지 못한다면, 우리는 민주주의의 대역들에 이끌린 채 길을 잃고 이리저리 헤매게 될 것이다." 민주주의를 이해하기 위해서라면 당연히 '모범적인' 민주주의의 실례를 참조하는 수밖에 없을 것이다. 저자가 모범으로 삼은 것은 '최초의 민주주의', 곧 고대 아테네의 민주주의다. 완벽해서가 아니다. 민주주의를 고안한 주인공들이지만 아테네 민주주의도 많은 시행착오를 겪었고 결함도 갖고 있었다. 하지만 민주주의의 이상을 향한 그들의 끊임없는 도전만큼은 오늘날까지도 본받을 만한 모범이 된다.

최초의 민주주의가 지향했던 이상은 무엇인가? 저자는 일곱 가지 이념을 지목한다. 참주정으로부터의 자유, 조화, 법에 따른 통치, 본성에 따른 자연적 평등성, 시민 지혜, 지식 없는 상태에서 이루어지는 추론, 일반교양교육이 그가 꼽은 일곱 가지 이념이다. 가장 눈에 띄는 것은 '참주정으로부터의 자유'인데, 저자는 최초의 민주주의의 본질적 특징이 참주정으로부터의 자유와 모든 시민의 평등한 정치 참여라고 본다. 참주란 법을 지키지 않으면서 법 밖에서 통치하는 군주를 가리킨다. 요즘이라면 독재정치에 가깝겠지만 실상은 좀더 복잡하다. 개인이 아닌 집단도 참주가 될 수 있기 때문이다.

참주정은 흔히 민주주의의 탈을 쓰고 등장하기에 곧바로 알 수 없고 징후를 통해 식별해야 한다. 저자가 일러주는 참주정의 징후는 이렇다. 정치적 지위를 잃을까 두려워하며 그 두려움이 정치적 결정에 영향을 미친다. 말로는 법을 따라야 한다고 주장하지만 실제로는 자신을 법 위에 세우려 한다. 비판을 받아들이지 못한다. 자신의 정치적 행위에 대해 책임을 추궁받지 않으려 한다. 자신의 비위를 맞추려 하지 않는 자로부터는 조언이나 충고를 들으려 하지 않는다. 자기와 의견이 다른 자가 정치적 활동에 참여하는 것을 막고자 한다. 이런 징후들이 발견된다면 우리는 즉각 경계 태세에 들어가야 한다는 것이 저자의 주장이다. 자유의 본질, 곧 아테네 시민이라면 민회에서 발언할 권리를 제한하고 억압하기에 참주정은 민주주의의 가장 큰 적이다.

민주주의에 대한 가장 통렬한 비판은 민주주의가 다중多衆에 의한 참주적 정치체제에 불과하다는 것이다. 가령 다수결이 대표적이다. 흔히 다수결 원칙과 동일시되는 중우정치는 저자가 보기에 참주정의 한 종류일 뿐이다. 소수를 위협하고 배제하며 다수에 의한 독재에 종속시켜버리기 때문이다. 이런 참주정에서 민주주의를 지킬 수 있는 방책은 무엇인가. 교양교육으로서 '파이데이아paideia'에 주목하게 되는데, 시민교육으로서 파이데이아의 목표는 전문적인 지식 훈련이 아니라 전문가의 주장에 판단을 내릴 수 있는 지혜를 갖게끔 하는 것이다. 고대 아테네에서 그런 교육의 대표적 수단이 연극이었다. 아테네 사람들은 소포클레스와 에우리피데스의 극작품을 보면서 정치적 사안과 활동에 대해 따져볼 수 있었다. 오직 아메리칸 풋볼리그 결승전인 슈퍼볼 시청에만 열중하는 것이 대다수 미국인의 현실이라면 과연 최초의 민주주의보다 더 나은 민주주의를 기대할 수 있는 것인지 저자는 묻는다. 우리도 질문에서 벗어나지 못한다. 과연 우리의 파이데이아는 제대로 이루어지고 있는가.

-〈주간경향〉(2012. 8. 14.)

사회주의라는
또하나의 약속

—

오래된 희망, 사회주의
마이클 해링턴 지음, 김경락 옮김, 김민웅 감수
메디치미디어, 2014

사회주의 이론과 역사를 어떻게 볼 것인가. 오래 품고 있던 숙제였기에 마이클 해링턴의 『오래된 희망, 사회주의』는 대번에 손에 든 책이다. 원제는 『사회주의: 과거와 미래Socialism: Past And Future』이고 저자도 '신뢰할 만한 사회주의자'라는 평판을 듣는 미국의 대표적 사회주의 정치사상가라고 하니 믿어볼 만했다.

'오래된 희망'이란 제목의 문구에서 미리 예상할 수 있듯이 저자는 사회주의가 21세기를 살아가는 우리에게 여전히 '자유와 정의를 위한 희망'이라고 믿는다. 물론 예상되는 반론은 '100년도 더 된 낡은 이념'이 어떻게 우리의 미래가 될 수 있겠느냐는 것인데, 저자는 두

가지 전략을 통해 이에 답하고자 한다. 하나는 과거 사회주의에 대한 재평가를 통해서 우리가 갖고 있는 사회주의에 대한 그릇된 인상을 교정하는 것이고, 다른 하나는 새로운 사회주의의 비전과 청사진을 제시하는 것이다.

전 지구적 자본주의라는 현실적 조건 속에서 다시 사회주의를 말하는 이유는 무엇인가. 그것은 자본주의가 '자유와 정의'를 위한 체제가 아니며, 따라서 지속될 수 없기 때문이다. 굳이 마르크스를 인용하지 않더라도 자본주의는 "인류 역사에서 가장 큰 성취이고 급진적이고 혁신적인 체제"다. 자본주의는 그 이전의 권위주의 시대를 해체하면서 "자유와 정의를 위해 싸울 수 있는 공간과 권리"를 가질 가능성을 열어놓았다. 하지만 자본주의자들은 그 가능성에 저항하면서 그것을 파괴하는 사회정치적 환경도 만들었다. 자본주의적 사회화에 맞서서 해링턴은 이와는 다른 방향의 '사회주의적 사회화'가 가능하다고 생각한다. 사회주의라는 또하나의 약속이라고 할까.

물론 20세기에 우리가 경험한 역사적 사회주의 또는 현실 사회주의의 약속은 지켜지지 않았다. 자본주의적 국가주의화를 '잘못된 사회주의'라고 비판했지만 옛 소련으로 대표되는 '독재적 공산주의' 역시 '자유와 정의의 걸림돌'이었던 것은 마찬가지였다. 무엇이 문제였는가. 저자는 '사회화'의 의미에 대해 정작 사회주의자들이 제대로 알지 못했다는 것과 대표적 사회주의 이론들이 근본적인 오류를 포함하고 있었다고 지적한다. 잘못된 이론적 기초 위에 세워진 사회주의는 '사회주의적이지 않은 사회'를 가리키는 이름이 되었다.

그렇다면 사회주의가 아니고 무엇이란 말인가. 해링턴은 현실사회주의를 "생산수단은 국유화되어 있지만 민중은 이론적으로만 경제를 지배할 뿐"인 집산주의 체제였다고 규정한다. '가짜 사회주의'라는 것인데, 핵심적인 원인 가운데 하나는 민주주의에 대한 과소평가에 있다.

마르크스주의적 관점에서 보면 자본주의 아래에서는 민주주의가 완벽하게 구현될 수 없다. 사회경제적 불평등이 정치적 평등을 가로막기 때문이다. 이것은 거꾸로 사회주의 아래에서만 민주주의가 제대로 존립할 수 있다는 뜻도 된다. "하지만 레닌은 민주주의 그 자체를 부르주아 민주주의로 취급했다." 이런 생각이 필연적으로 옛 소련을 볼셰비키 독재와 스탈린의 일인 독재로 몰고 갔다. 소비에트 모델이 몰락한 이유다.

이런 과오를 딛고 우리가 준비해야 할 새로운 사회주의는 어떤 것인가. 해링턴이 제안하는 사회주의는 민주적 지배 속에서 이루어지는 사회주의적 사회화다. 이것은 단기간에 가능하지 않은 장기적인 변화이자, 다수의 지지가 꾸준히 확보될 때에만 가능하다. 그리고 이를 위해서는 다양한 사회적 힘을 결합시킬 필요가 있으며 경제뿐 아니라 사회와 문화의 영역에서도 장기적인 개혁이 필요하다.

도덕적·지적 개혁을 포함하는 사회주의적 전환은 "마르크스를 포함해 다른 사회주의자들이 생각한 것보다 훨씬 더 오래 걸리고 근본적"이다. 자본주의 사회의 반사회적인 사회에 맞서는 사회주의적 사회화는 불가피하다. 개인과 공동체의 자유를 구현할 수 있는 공간을 우리가 여전히 꿈꾼다면, 현실 사회주의의 패배와 배신에도 불구하고 사회주의는 아직 우리의 희망이다.

-〈시사IN〉(2014. 4. 5.)

공포정치에서 어떻게 벗어날 것인가

공포정치
프랭크 푸레디 지음, 박형신·박형진 옮김
이학사, 2013

영국 사회학자 프랭크 푸레디의 『공포정치』는 영화에 관한 책이어도 그럴듯했을 것이다. 공포영화를 즐기지 않는 나도 몇 번 본 기억이 있지만 1980년대 공포영화의 고전 〈나이트메어〉 시리즈의 아이콘이 흉측한 얼굴에 중절모를 쓰고 칼날이 달린 장갑을 휘두르는 프레디 크루거였지 않은가. 그런 공포영화의 정치학을 다룬 책에 '공포정치'라는 제목이 붙었어도 어색하지 않았을 것이다. 하지만 『공포정치』는 그런 스릴감과는 거리가 멀다.

저자가 제시하려는 것은 우리 시대 정치문화의 특징에 대한 진단과 처방이다. "공포정치가 서구사회의 공적 생활을 지배하는 것으로 보인다. 우리는 서로를 겁주고 또 겁먹은 것처럼 보이는 데 매우 능숙해졌다"는 진단이 책의 서두다. 요즘처럼 북한이 남한과 미국을 상대로 당장에라도 핵전쟁을 일으킬 것처럼 위협하는 정황에도 딱 들어맞지만 저자가 염두에 둔 것은 10년쯤 전 상황이다(원저는 2005년에 나왔다). 2004년 미국 대선에서 공화당의 조지 부시 대통령이 민주당의 존 케리 후보를 누르고 재선에 성공한 것이 배경이다. 9·11 테러 이후에 공포정치가 미국의 공적 생활을 규정하는 지배적인 특징이 되었고 이것이 유권자들에게 영향을 미쳐 부시의 재선을 가능하게 했다는 것이 일반적인 분석이었다.

하지만 이 문제는 좀더 깊이 들여다보아야 한다. 당시 공중의 안전에 대한 공포를 이용한 것은 부시 진영만이 아니었다. 공포 서사는 케리의 선거운동에서도 중요한 전략적 수단이었다. 민주당원들은 부시를 두려워해야 할 인물로 변형시키면서 오히려 자신들이 미국의 안전을 지킬 수 있다고 호소했다. 공포정치의 이용에는 진보와 보수, 좌파와 우파가 따로 구별되지 않았다. 차이라면 공화당의 보수주의자들이 테러의 위협을 단골 레퍼토리로 써먹은 데 비해, 민주당이나 급진주의자들은 조류독감 따위를 활용했다는 것 정도다. 한쪽에서는 전쟁과 테러의 위협을 떠들어대고 다른 쪽에서는 신종 독감이 4000만 명에서 4억 명에 이르는 미국인을 감염시킬 수 있다고 엄포를 놓았다. 모두가 '겁주는 이야기'라는 점에서는 다를 바 없었다. 그런 공포정치 패러다임을 넘어서야 한다고 주장하는 책의 부제가 "좌파와 우파를 넘어서"인 것은 그 때문이다.

푸레디가 전작 『우리는 왜 공포에 빠지는가』(이학사, 2011)에서 주장한 대로 공포는 현재 공중의 상상력을 지배하는 강력한 힘이다. 공포정치는 공포문화를 내면화한 것이기에 그 극복은 간단하지 않다. 공포문화는 인본주의와는 달리 인간이 취약하다는 의식을 주입한다. 우리가 '성숙한 시민'이 아니라 '취약한 개인'에 불과하다면 주어진 운명을 부정하는 본연의 정치란 가능하지 않다. 정치의 쇠퇴와 고갈이 이런 취약성 패러다임에 근거하고 있다는 것이 저자의 문제의식이다. 이 패러다임에서 공중은 점점 유아화된다. 그리고 거기에 상응하여 등장하는 것이 보모국가, 더 정확하게는 '치료요법국가'다. 취약한 주체로서 국민은 집단과 국가의 관리 및 지원을 필요로 하는 존재로 격하된다.

"지금 우리는 계몽주의 이전 시대의 미숙한 자아 상태로 퇴보되어 있다"고 저자는 말한다. 어떻게 할 것인가. 그가 주장하는 것은 우리가 자신을 자율적이고 합리적인 주체로 간주하는 인본주의적 패러다임의 복원이다. 그것은 우리가 하는 일이 진정 세계를 변화시킬 수 있다고 믿느냐는 문제이기도 하다. 공포정치의 '악몽'에서 빨리 깨어날 필요가 있다.

-〈시사IN〉(2013. 4. 13.)

정치적 진보주의와 지능의 역설

지능의 사생활
가나자와 사토시 지음, 김영선 옮김
웅진지식하우스, 2012

20년 정도의 짧은 역사를 갖고 있지만 진화심리학은 비약적으로 발전하고 있는 분야이며 국내에도 적잖은 관련서가 출간되어 있다. 『지능의 사생활』은 가나자와 사토시의 신작으로 지능 문제를 진화심리학적 관점에서 바라본 흥미로운 책이다. 원제는 『지능의 역설The Intelligence Paradox』이다.

저자는 진화심리학의 몇 가지 원칙을 소개하고 지능에 대한 일반적인 오해를 불식시킨 다음 본격적으로 '지능의 역설'을 파헤친다. 어떤 역설인가. "지능이 높은 개인들은 진화가 우리에게 설계해놓지 않은 부자연스러운 선호와 가치관을 갖고 지지할 가능성이 더 높다"

는 역설이다.

먼저 지능에 대한 오해를 해소할 필요가 있다. 저자는 IQ 검사가 문화적으로 편향되어 있다거나 IQ가 환경에 의해 결정되며 교육을 통해 높일 수 있다는 식의 주장을 반박한다. 그에 따르면 IQ 검사는 객관적이며 혈압이나 체중 측정 이상의 정확도를 갖는다. 혈압이나 체중이 문화적으로 구성된 것이 아니듯 IQ도 그렇다. 또한 지능은 주로 유전자에 의해 결정된다.

유전 가능성이 높다는 사실은 지능이 우리의 생존과 번식에 그리 중요하지 않았다는 것을 말해준다. 어떤 특성의 유전 가능성과 적응성은 일반적으로 반비례 관계에 있기 때문이다. 지능은 장구한 기간 아프리카 사바나에서 수렵채집생활을 한 우리 조상들에게는 진화적으로 새로운 아주 협소한 영역에서만 도움이 되었을 것으로 추정된다. 진화적으로 익숙한 문제들에 대해서는 굳이 높은 지능이 필요하지 않으며 지능이 높다고 해서 지능이 낮은 개인보다 문제를 더 잘 해결하는 것도 아니다. 지능이 높을수록 상식이 부족한 경우가 많으며 결혼과 번식이라는 진화적으로 익숙한 영역에서는 특별히 유리하지도 않다.

문제는 지난 1만 년 동안 우리의 환경이 매우 급격히 달라지면서 지능이 다른 심리기제들보다 중요해졌다는 점이다. 곧 지능이 낮은 개인은 지능이 높은 개인보다 진화적으로 새로운 상황을 이해하고 처리하는 데 더 어려움을 겪을 수 있다. 지능과 정치의 관계를 예로 들어보자. 소규모로 무리를 지어 수렵채집생활을 했던 진화의 역사 대부분 동안 우리 조상들이 평등주의적이고 민주적이었다 하더라도 보통선거권이나 비례대표제 같은 현대 대의민주주의의 장치들은 진화적으로 새로운 것이다. 그에 비하면 세습군주제에 대한 욕구가 차라리 진화적으로 익숙하다. 즉 우리의 뇌는 대의민주주의에 맞게끔 진화하지 않았다. 지능의 역설에 따르면 이런 경우 지능이 높은 개인과 집단이 반대 경우보다 대의민주주의에 대한 욕구와 수용력이 더 크다. 달리 말하면 인구의 평균 지능이 높을수록 그 정부는 더 민주적이다.

정치적 진보주의와 보수주의에도 지능의 역설은 적용된다. "유전자적으로 무관한 다른 사람들의 복지에 대한 진정한 관심과 이들 타인의 복지를 위해 사적 자원의 많은 부분을 내놓는 자발성"으로 진보주의를 정의한다면 이것은 진화적으로 새로운 것이다. 우리의 뇌는 완전히 낯선 불특정 다수에게까지 이타적으로 행동하도록 설계되어 있지 않다. 즉 진보주의는 진화한 인간의 본성에 속하지 않는다. 따라서 이런 정치 이념을 받아들이려면 평균보다 높은 지능이 필요하다. 실제로 '아주 보수적'인 미국 청년과 '아주 진보적'인 미국 청년이라는 범주의 청소년기 IQ를 조사해보니 전자가 평균 94.82점이었던 데 비해 후자는 106.42였다. 여기서 11점은 작지 않은 차이며 통계학적으로 유의미하다는 것이 저자의 주장이다. 진보는 인간에게 부자연스러운 이념이지만 "평균 지능이 높은 국민일수록 소득세를 더 많이 내고 소득분배가 더 평등하다"는 사실이 지능의 역설이다.

-〈주간경향〉(2012. 11. 13.)

'도둑정치'와 어떻게 단절할 것인가

총, 균, 쇠
재레드 다이아몬드 지음, 김진준 옮김
문학사상사, 2005

가을이 깊어가면서 올해의 달력도 마지막 두 장을 남겨놓았다. 하지만 출판계 기준으로는 이달이 마지막 달이다. 보통 전년 12월부터 올 11월까지 출간된 책 가운데 올해의 책을 선정하기 때문이다. 게다가 이번 12월에는 온 국민의 이목이 쏠리는 대선이 있기에 책은 대중의 관심사가 되기 어렵다. 화제를 모을 만한 책이라면 그런 '경합'을 피해 출간을 앞당기거나 대선 이후로 미루는 것이 일반적이다.

그런 분위기 속에서 특별한 주목거리가 된 책이 있다. 서울대 도서관에서 가장 많이 대출된 책으로 알려지면서 신간이 아닌데도 종합 베스트셀러에까지 오른 재레드 다이아몬드의 『총, 균, 쇠』다. 1998년

퓰리처상 수상작으로 국내에서도 스테디셀러의 자리를 굳힌 명저지만 이만한 대중적 관심의 대상이 된 적은 없다. 묵직한 인문서가 '서울대 대출도서 1위'라는 타이틀 효과를 톡톡히 누리고 있는 셈이다.

어떤 내용을 담고 있는 책인가. 생리학자로 출발했지만 조류학, 진화생물학, 생물지리학에도 정통한 저자는 조류의 진화를 연구하기 위해 뉴기니섬에 체류하다가 한 원주민으로부터 이런 질문을 받는다. "당신네 백인들은 그렇게 많은 화물들을 발전시켜 뉴기니까지 가져왔는데 어째서 우리 흑인들은 그런 화물들을 만들지 못한 겁니까?" 쇠도끼와 성냥, 의약품에서 우산에 이르기까지 백인들이 들여온 온갖 새로운 물건을 뉴기니 사람들은 '화물'이라고 불렀다. 왜 한쪽에는 화물들이 있고 다른 쪽에는 없느냐는 원주민의 물음을 저자는 "인류의 발전은 어째서 대륙마다 다른 속도로 진행됐을까?"라는 질문으로 바꾸고 25년 만에 그 해답을 내놓는다. 바로 『총, 균, 쇠』다.

저자는 민족마다 다른 역사 진행의 차이가 생물학적 차이가 아닌 환경적 차이 때문에 빚어졌다고 본다. 지리적 환경과 생태 환경의 차이가 궁극적 원인이라는 것이다. 이런 관점을 역사학자들은 흔히 환경결정론이라고 무시하지만 저자는 다양한 분야의 새로운 지식과 자료, 현장 탐사의 경험을 활용하여 자신의 주장을 설득력 있게 입증한다. 그에 따르면 기원전 1만 1000년경에 시작된 농경(식량생산)이 모든 변화의 시발점이었다.

수렵채집사회에서 농경사회로의 전환은 사회의 지배적 형태를 바꾸어놓는다. 다이아몬드는 사회 형태를 무리, 부족, 추장사회, 국가로 구분하는데, 농경으로 인한 인구 증가는 점점 더 규모가 큰 사회로의 이행을 촉진했다. 이렇게 규모가 커지면서 계급이 형성되어 지배자와 피지배자가 나뉘는 비평등사회가 탄생한다. 추장사회와 국가를 특징짓는 비평등사회는 개인이 엄두를 낼 수 없는 일도 해치우지만 한편으로는 평민들에게서 빼앗은 것들로 상류층을 살찌우는 '도둑정치'의 기능도 갖는다. 대규모 사회는 복잡한 중앙집권적 조직을 갖는 방향으로 발전했다. 사회구성원들 간의 갈등을 해결하거나 효과적인 의사결정을 위해 가장 유력한 수단이기 때문이다.

물론 중앙집권화를 통해 권력이 집중되면 권력자는 자신과 친척 및 주변 사람들의 배를 불릴 수 있는 기회를 갖는다. "이것은 현대사회의 여러 집단을 보더라도 자명한 일"이라고 저자는 말하는데, 멀리 갈 것도 없이 한국 사회도 예외가 아니다. 장물 논란을 빚고 있는 정수장학회 문제도 그렇고, '은닉 재산'으로 의혹을 받고 있는 시가 30억 원 상당의 땅을 딸에게 증여한 전두환 전 대통령 일가나 내곡동 특검에 가족들이 줄줄이 소환되고 있는 이명박 대통령 일가를 보아도 그렇다.

국가와 같은 대규모 사회는 중앙집권화될 수밖에 없고 또 이 중앙집권화는 도둑정치로 귀결되기 쉽다면, 진정한 문명과 새 정치의 척도는 '도둑정치'와 어떻게 단절할 것인가이다. 그런 혁신의 기회를 우리는 잡을 수 있을까.

-〈경향신문〉(2012. 11. 2.)

P.S.

'도둑정치'와 관련한 내용은 책의 14장에서 가져왔는데, 우리말 번역에 오류가 있다. 다음 대목이다.

> 이처럼 갈등 해결, 의사 결정, 경제, 공간 등의 문제를 모두 고려했을 때 대규모사회가 결국 중앙집권화되는 것은 당연한 일이다. 그러나 **권력이 집중되었다고 해서 반드시 그 권력을 가진 사람들**(즉 정보를 독점하고 결정을 내리고 물자를 재분배하는 사람들)**이 그 기회를 이용하여 자신과 친척들의 배를 불릴 수 있는 것은 아니다.** 이것은 현대사회의 여러 집단을 보더라도 자명한 일이다.(417쪽)

강조한 대목이 정반대로 옮겨졌는데(그러니 거꾸로 혁신정치의 기대치이다!), 원문은 다음과 같다.

> But centralization of power inevitably opens the door – for those who hold the power, are privy to information, make the desions, and redistribute the goods – to exploit the resulting opportunities to reward themselves and their relatives. To anyone familiar with any modern grouping of people, that's obvious.(288쪽)

곧 권력을 쥔 자들은 자신과 친인척의 배를 불릴 기회를 갖게 되며, 알다시피 그들은 그것을 마다할 사람들이 결코 아니다. 내곡동 특검이 어떤 결론을 내놓을지 궁금하다.

역사를 바꾼
선택의 순간

—

개와 늑대들의 정치학
함규진 지음
추수밭, 2018

지방선거를 앞두고 있어서 고른 책이다. 기원전 60년 로마부터 1987년 대한민국까지 선거 결과가 역사를 바꾸거나 배신한 사례를 되짚는다. 때로는 역사적 진보의 한 걸음이기도 했고, 때로는 뒷걸음질이자 광기의 시작이기도 했다. 그런 선택의 순간이 선거라면 선거에 임하는 자세도 한번 더 가다듬게 된다.

'개와 늑대들의 정치학'이라는 제목이 가리키는 것은 선거의 문제성이다. 단순히 민의의 대변자를 선택하면 되는 것이 아니기 때문이다. "그들은 저마다 우리의 충견이 되겠다고 하지만 훗날 탐욕스러운 늑대였던 경우가 많았다." 그러므로 늑대에게 속지 말아야 하고 개가 날뛰지 않도록 목줄은 단단히 쥐어야 한다는 것이 저자의 생각이다.

고대 로마는 약 150년의 왕정과 200년의 공화정을 거쳐 500년의 제정시대로 마감되었다. 왕정을 타도하고 수립된 모범적인 공화정은 어찌하여 제정으로 넘어가게 되었나. 로마 공화정은 귀족들이 모이는 원로원과 평민들의 민회라는 두 권력기구를 갖고 있었다. 왕정을 막기 위해 최고 권력인 집정관의 임기를 1년으로 제한했고 반드시 2인이 겸임하되 귀족과 평민 대표가 한 사람씩 맡았다. 완벽한 권력 통제 체제를 갖고 있는 듯이 보였던 로마 공화정도 기원전 88년 집정관 술라가 토벌군 사령관으로 파견되었다가 마리우스의 간계에 반발하여 군대를 이끌고 로마로 쳐들어가면서 무너지기 시작했다. 이는 40여 년 뒤에 카이사르의 독재체제로 귀결되었다. 공화주의자들의 반발로 카이사르는 암살되었지만 그의 죽음 이후 로마는 곧장 제국으로 진입했다.

프랑스에서 1848년 2월혁명의 결과로 수립된 제2공화정은 또다른 전락의 과정을 보여준다. 1830년 7월혁명으로 복고왕정이 무너지고 루이 필리프가 '프랑스 시민의 왕'이 되지만 7월 왕정은 최악의 금권주의 정권이었다. 이를 타도한 프랑스 시민들은 두번째 공화정을 이끌어내지만 초대 대통령 선거에서 이들이 뽑은 지도자는 나폴레옹의 조카 루이 나폴레옹이었다. 공직 경력은 없고 쿠데타 시도와 해외 추방을 밥 먹듯이 했던 인물이다. 그가 압도적인 득표율로 당선된 것은 상대 후보들이 함량 미달이었던데다 나폴레옹의 후광을 등에 업고 있어서였다. 루이 나폴레옹은 대통령이 된 지 4년 만에 황제 나폴레옹 3세가 되었다. 그것도 국민 투표를 통해서였다.

제1차세계대전 패배 이후에 수립된 독일의 바이마르공화국은 동시대에 가장 진보적인 헌법을 가진 국가였다. 하지만 미성숙한 민주주의와 베르사유조약, 경제대공황이 주요 원인이 되어 히틀러와 나치당이 집권하는 제3제국으로 넘어갔다. 군중 심리를 파고든 현란한 선전술로 1933년에 바이마르공화국의 총리가 된 히틀러는 곧바로 비상사태법을 만들어 헌법을 무력화하기 시작하여 이듬해에 명실공히 독재자가 되었다. 루이 나폴레옹과 마찬가지로 국민들의 어리석은 선택이 가져온 결과는 세계사적 재앙이었다. 이런 경험은 우리의 역사적 경험과도 본질상 다르지 않다. 유권자의 현명한 선택을 매번 아무리 강조해도 지나치지 않은 이유다.

-〈주간경향〉(2018. 6. 4.)

2.

법의 패러다임

미국 헌법의 탄생과 대한민국 헌법

—

미국 헌법의 탄생
조지형 지음
서해문집, 2012

최근 미국의 버락 오바마 대통령이 '하나된 미국'을 역설하며 2기 취임식을 치르고 새로운 임기에 들어갔다. 그런데 그의 취임 선서는 두 번 있었다. 헌법이 명시한 취임 날짜는 1월 20일이지만 일요일이어서 백악관에서 먼저 취임 선서를 하고 이튿날 국민 앞에서 한 번 더 했다. 언론에서는 이를 비공식 취임식과 공식적 취임식으로 구분하기도 했다. 1789년 첫 대통령 취임식이 열린 이후로 미국 역사상 취임식 날짜가 일요일에 걸린 경우는 이번이 일곱번째라고 한다.

취임식 날짜는 원래 3월 4일이었지만 1933년 제정된 수정 헌법에 따라 1월 20일로 바뀌었다. 그날 정오에 대통령은 "나는 성실히 합중국 대통령직을 수행하고 내 능력의 최선을 다해 합중국 헌법을 유지하고 보호하며 보위할 것을 엄숙히 선서합니다"라고 말해야 한다. 헌법 2조 1항에 명시된 문구다. 짧은 역사에도 불구하고 민주정치의 오랜 전통을 이어가고 있는 미국의 헌법은 어떻게 만들어졌고, 어떤 특징을 갖고 있으며, 우리 헌법과는 어떤 차이가 있는가. 이달에는 미국 헌법을 다룬 몇 권의 책을 손에 들어보기로 한다.

가장 먼저 눈길이 가는 책은 조지형의 『미국 헌법의 탄생』이다. 제목 그대로 미국 헌법의 탄생과정과 그 사상적 연원, 그리고 미국의 헌정구조에 대해 소개하고 있는 책이다. 저자는 "미국 헌법에 대한 체계적 규명, 미국 헌법 제정사와 미국 헌법의 헌정 원리에 대한 포괄적이며 구체적인 설명을 제시"하고자 했다고 적었다. 저자에 따르면 미국 헌법은 통치를 위한 것이 아니라 개인의 자유와 권리를 보장하기 위한 것이라는 의미에서 제한 헌법limited constitution의 정신을 갖는다는 데 가장 큰 특징이 있다. 이 이념은 정부에 부여하는 권한을 명시적으로 열거함으로써 구체화되었는데, 이는 헌법에 명시되지 않은 권력 행사는 불법이며 위헌이라는 뜻이다.

미국 헌법은 1787년 4개월 반이라는 짧은 기간에 걸쳐 작성되었지만 실상은 '미국혁명'으로 일컬어지는 11년간의 시행착오와 준비 기간을 거쳐 제정되었다. 미국의 독립전쟁(1776~1787)을 미국혁명이라고도 부르는 이유는 단순히 식민지 모국 영국으로부터 독립을 쟁취하는 시기일 뿐 아니라 왕정에서 민주공화정으로 옮겨가는 시기이고 최초의 성문 헌법이 제정된 시기이며 동시에 흑인과 여성 등 소수자의 자유와 인권이 신장된 시기이기 때문이다.

미국에서는 1776년부터 여러 종류의 헌법이 실험되었는데, 미국 혁명 초기에는 입법부 중심의 헌법이, 그리고 그 진행과정에서는 최고행정관이 중심이 되는 헌법이 출현했다. 각각의 시행착오는 행정부 우월주의와 입법부 우월주의를 지양한 헌법을 낳게 한다. 더불어 미국 헌법은 각 주가 갖는 주권국가로서의 독립성을 인정하면서도 주권국가들의 연합체를 넘어선 정치체를 만들어낸다. 이런 과정을 통해 만들어진 미국 헌법은 총 27조의 수정 조항을 첨가한 것 말고는 전면적으로 수정된 적이 없다. 이런 높은 안정성은 권력의 이해관계에 따라 여러 차례 개정된 우리 헌법과 비교된다.

미국 헌법과 한국 헌법이 사뭇 다르게 보일지라도 서로 무관하지 않다. 미국 헌법이 우리 헌법 발전에 끼친 영향 때문이다. 이상돈의 『미국의 헌법과 대통령제』(소진, 2012)는 미국의 대통령제에 관한 논문을 모아놓은 책인데, 미국식 대통령제와 사법심사제가 우리 헌법에 끼친 영향도 살피고 있어서 흥미를 끈다. 우리의 제헌 헌법 제정과정에는 미군정 당국의 영향으로 미국 헌법이 많은 영향을 주었다. 유진오 박사의 초안은 양원제 의원내각제 통치구조를 취하고 있었지만 이승만 박사의 주장에 따라 단원제 국회와 대통령제로 바뀌었다.

그런데 제1공화국의 제헌 헌법이 대통령제를 최종적으로 채택하면서도 대통령이 국회에서 선출되도록 하는 간선제를 도입한 점은 특이한데, 여러 가지 사정이 고려되었지만 저자는 당시 정치권에서 미국의 대통령 선거제도를 간선제라고 잘못 이해한 것도 한몫했다고 본다. 심지어 1952년 발췌개헌을 통해 간선제가 직선제로 변경되었을 때에도 일부에서는 "미국도 간선제를 채택하였는데 왜 한국이 직선제를 실시하여야 하는가"라고 반론을 제기하기도 했다. 4·19혁명 이후 제2공화국에서는 내각책임제를 채택하는데, 이때는 미국식 대통령제가 완전한 실패작으로 인식되었다. 그리고 제3공화국에서는 일반 법원에 위헌법률심사권을 부여했는데, 사법부가 이를 활발히 활용하지는 않았더라도 미국의 사법심사제를 도입한 획기적인 사건이었다고 저자는 평가한다.

모든 주제가 그렇지만 미국 헌법과 관련해서도 다양한 시각이 존재한다. 미국의 정치학자 로버트 달은 『미국 헌법과 민주주의』(후마니타스, 2004)에서 미국 헌법이 구조적으로 비민주적 요소들을 포함하고 있다고 비판하는데, 상원의 불평등한 대표성과 연방대법원의 과도한 법률심사권, 헌법 개정을 과도할 정도로 제약하는 조항 등이 그가 지적하는 비민주적 특징들이다. 또 찰스 비어드의 『미국 헌법의 경제적 해석』(지식을만드는지식, 2012)은 미국 헌법 제정과정에는 동산 소유자, 채권자와 소농민, 채무자 집단 간의 이익 대립이 반영되어 있으며 결국 전자의 이익을 대변하는 경제적 문서로 귀결되었다는 새로운 견해를 제시한다. 표현의 자유를 보장하는 미국 수정 헌법 1조의 역사를 다룬 앤서니 루이스의 『우리가 싫어하는 생각을 위한 자유』(간장, 2010)도 미국 헌법을 이해하는 데 요긴한 책이다. 우리 헌법에 대해서도 이렇듯 다양한 시각의 면밀한 조명이 이루어지면 좋겠다.

-〈책&〉(2013년 2월호)

P.S.

글 마지막에 우리 헌법에 대한 다각적 조명도 이루어지면 좋겠다고 적었는데, 헌법에 관한 교양서들이 없는 것은 아니다. 김두식의 『헌법의 풍경』(교양인, 2011), 이국운의 『헌법』(책세상, 2010), 조유진의 『헌법 사용설명서』(이학사, 2012) 같은 책이 있다.

좀더 깊이 들어간 책으로는 서희경의 『대한민국 헌법의 탄생』(창비, 2012)도 참고도서다. '고시서'로 분류되는 성낙인의 『헌법학』(법문사, 2001)도 얼마 전에는 구해볼까 하다가 욕심인 듯싶어서 마음을 접었다. 하지만 코세키 쇼오이찌의 『일본국헌법의 탄생』(뿌리와이파리, 2010)은 교양서로 읽어보고 싶다. '다각적인 조명'이라고 할 때 내가 염두에 둔 것은 한미 헌법의 비교뿐 아니라 독일(바이마르)과 일본 헌법과 한국 헌법과의 비교였다. 이를 자세히 다룬 연구서나 교양서가 나오면 좋겠다. 이 분야에 과문하기는 하지만 설마 이미 나와 있는 것은 아닐 테지…….

통치 패러다임으로서의 예외 상태

—

예외상태
조르조 아감벤 지음, 김항 옮김
새물결, 2009

법과 법의 공백에 대해 한번 더 생각하게 하는 영화 〈변호인〉을 본 때문인지 책장에 꽂혀 있던 조르조 아감벤의 『예외상태』에 손이 갔다. 이 이탈리아 철학자의 이름을 전 세계에 알린 『호모 사케르』 연작 가운데 하나다. 예외 상태란 무엇인가. 법의 효력이 정지되는 법의 공백 상태를 말한다. 당장 갖게 되는 의문점이 있다. 예외 상태는 법 안에 있는가, 법 바깥에 있는가. 법의 공백을 법으로 규정할 수 있는가.

아감벤의 문제의식도 동떨어져 있지 않다. 예외 상태라는 개념 자체를 정의하기가 어렵다는 것. 예외 상태는 공법과 정치적 사실 사이의 불균형점이며 법률적인 것과 정치적인 것이 교차하는 모호한 경계선에 자리한다. "예외 상태는 법률 차원에서는 이해될 수 없는 법률적 조처라는 역설적 상황"에 놓인다.

예외 상태라는 개념의 기원은 흔히 "긴급 사태는 법률을 갖지 않는다"라는 라틴어 격언으로 거슬러올라간다. 이 격언은 "긴급 사태에서는 어떤 법률도 인정될 수 없다"와 "긴급 사태는 그에 고유한 법률을 만들어낸다"는 두 가지 상반된 의미로 해석된다. 하지만 중세를 배경으로 한 이 격언에서 법률이라는 말은 무엇보다도 교회법을 가리켰다. "적절하지 않은 곳에서 미사를 올릴 바에는 아예 미사곡을 부르거나 듣지 않는 편이 좋다"는 식의 규정 같은 것이다. 규정은 그렇지만 최고도로 긴급한 사태일 경우에는 규정의 위반도 정당화된다는 것이 중세의 긴급 사태론이다. 예외 상태론에서 주장하듯이 공동선을 위해서라면 법의 효력 정지도 필요하다는 생각은 중세와 아무 상관 없다. 그것은 근대적 발상이다.

헌법의 효력을 일시적으로 정지시키는 '계엄 상태'는 프랑스혁명기에 처음 제도화된다. 곧 예외 상태는 절대주의 전통이 아니라 민주주의 혁명 전통의 창조물이다. 그리고 제1차세계대전은 대다수 교전국에 예외 상태가 등장하게끔 만들었다. 프랑스에서는 전쟁이 끝날 때까지 유지된 계엄 상태에서 행정부가 실질적인 입법기관이 되었다. 전후 독일에서는 제국의 대통령에게 광범위한 예외적 권한을 부여했다. "(대통령은) 군대의 힘을 빌려서라도 공공의 안전과 질서 회복에 필요한 조처를 취할 수 있다"고 헌법에 명시함으로써 '대통령 독재'로의 길을 열었다. '민주주의 수호'라는 명분이 실상 민주주의와는 무관하며 입헌 독재는 전체주의 체제로 가는 한 국면에 불과하다는 것을 나치 독일의 사례는 극명하게 보여준다. 물론 유신체제를 경험한 우리에게도 예외 상태는 낯설지 않다.

오늘날 군사적 비상사태나 경제적 비상사태는 예외 상태의 흔한 명분이 되고 예외 상태는 상례가 되고 있다. 통상적인 통치술로 전환되고 있는 것이다. 그렇게 의회가 아닌 행정부가 주도하는 국가에서라면 권력분립이라는 민주주의 원칙은 의미를 잃는다. 아감벤은 정도의 차이는 있을지언정 이런 헌정질서의 변환이 서구 민주주의 국가 전체에서 진행중이라고 경고한다. 문제는 법학자나 정치가 들에게 너무나도 익숙한 이런 상황이 시민들에게는 전혀 알려지지 않은 채로 남아 있다는 사실이다. "우리의 민주주의를 위해서라면 어떤 희생도 크다고 할 수 없다. 사정이 이러할진대, 민주주의 자체의 일시적 희생 따위야 정말 사소한 것"이라며 예외 상태, 곧 입헌 독재를 옹호하는 한 헌법학자의 말이 섬뜩하게 들리지 않는다면 우리는 이미 민주주의와 함께 있지 않다.

-〈한겨레〉(2013. 12. 30.)

비즈니스 우파가 승리하는 이유

정치를 비즈니스로 만든 우파의 탄생
토마스 프랭크 지음, 구세희·이정민 옮김
어마마마, 2013

미국의 언론인이자 역사학자 토마스 프랭크가 쓴 『정치를 비즈니스로 만든 우파의 탄생』은 국내에 소개된 그의 전작 『왜 가난한 사람들은 부자를 위해 투표하는가?』(갈라파고스, 2012)와 『실패한 우파가 어떻게 승자가 되었나』(갈라파고스, 2013)와 이어진다. 이 세 권은 미국 우파에 대한 조밀한 분석과 강력한 비판을 담고 있는 '우파 해부 3부작'이라고 부름직하다. 원제는 『난파선의 선원The Wrecking Crew』으로 자신이 만든 정부를 스스로 파괴하는 보수주의자를 일컫는 비유다. 이 선원들이 바로 '비즈니스 우파'다.

정치인이나 고위 관료가 온갖 뇌물 혐의로 구속되는 것은 미국에서나 한국에서나 다반사로 일어나는 일이다. 부패는 왜 발생하는가. 저자에 따르면 정치가 곧 비즈니스이기 때문이다. 이런 시각에 따르면 민주주의는 금권정치, 부에 의한 정부로 변화해가는 자연스러운 과정에 지나지 않는다. 정치가 비즈니스라면 어떤 정부가 탄생하는가. 시장에 기반한 약탈적 정부의 견본적 사례가 조지 부시 시절 이라크의 미군정이었다.

사담 후세인을 몰아낸 미국은 아무런 간섭 없이 '자유시장의 유토피아'를 재건할 기회를 얻었다. 아예 최고행정관으로 부임한 미국의 '총독' 폴 브레머는 "이라크는 비즈니스를 위해 활짝 열려 있다"고 선언하기까지 했다. 이라크 재건사업은 '자본주의의 꿈'이었고 "아웃소싱할 수 있는 모든 것이 아웃소싱되었다."

기업들이 미국 당국으로부터 계약을 따내면 기업은 하청을 주고 하청업체는 재하청을 주는 식으로 거대한 수익의 사슬이 만들어졌다. 고깃덩어리는 꼭대기 기업들이 챙기고 노예 수준의 노동을 맡은 인도, 파키스탄의 노동자들은 밑바닥에서 부스러기를 얻어먹었다.

미국에서의 비즈니스 정치는 물론 이라크에서만큼 손쉽지 않다. 그런데도 자유시장 유토피아를 추구하는 미국 우파는 나름대로 유력한 방법을 고안해냈는데, 그것은 주로 감세를 통해 재정 적자를 늘리는 것이었다. 적자 지출이라는 아이디어 자체는 케인스적 발상이고 진보 진영의 전략이지만 우파는 그것을 극단으로 밀어붙이면 어떤 일이 벌어지는지 보여준다. 이것은 일종의 '정부 공격'으로 그들은 의도적으로 재정을 거덜내고자 했다. 민주당 정부로 정권이 바뀌더라도 엄청난 재정 적자에 허덕일 수밖에 없도록 만든 것이다.

게다가 이런 바보 같은 재정 낭비가 정부에 대한 국민의 신뢰를 떨어뜨린다면 오히려 금상첨화다. 정치적 냉소주의는 언제나 우파에게 유리하기 때문이다. 곧 "한없이 무능력해도 승리하는 것이고, 마음껏 부패를 저질러도 승리하는 것이고, 실컷 낭비해도 승리하는 것"이 비즈니스 우파가 만들어놓은 게임판이다. 설사 진보 진영이 정권을 잡는다고 하더라도 결국 승리는 우파의 몫이 된다고 할까.

비즈니스 우파의 시대를 어떻게 넘어설 수 있을까. 우파 냉소주의의 본질을 이해하고 그들이 세상에 저지른 일에 대해 책임을 묻는 것부터 시작해야 한다고 저자는 말한다.

-〈중앙일보〉(2013. 7. 13.)

실패한 우파가 어떻게 승자가 되었나

실패한 우파가 어떻게 승자가 되었나
토마스 프랭크 지음, 함규진·임도영 옮김
갈라파고스, 2013

1979년 미국 펜실베이니아주 스리마일섬 원전에서 사고가 났다. 핵연료봉이 녹아내리고 방사성물질이 유출되어 주민 10만 명이 대피해야 했다. 1986년 구소련에서 발생한 체르노빌 원전사고 전까지 스리마일섬 사고는 최악의 원전사고였다. 원자력의 안전 신화가 무너졌다. 그런데 그런 재앙이 일어난 지 불과 며칠 뒤에 더 많은 원전을 지어달라고 요구한다면 제정신일까.

『실패한 우파가 어떻게 승자가 되었나』에서 토마스 프랭크는 2008년 금융 위기 이후에 바로 그와 같은 일이 미국에서 벌어지고 있다고 비판한다. 미국의 저명한 언론인이자 역사학자인 그의 문제의식이다. 세계경제를 침체로 몰아넣은 금융 위기는 자유시장이라는 이상을 우리가 더이상 신뢰할 수 없으며, 이에 대처하는 공화당의 무능력과 도덕적 가식을 폭로했는데 2009년 초부터 붐을 타기 시작한 미국의 보수주의 운동은 상황을 역전시켰다.

2010년 공화당은 미국 의회 선거 역사상 가장 큰 승리를 거두었고, 정부로부터 규제받지 않는 자유시장이 곧 자유의 본질이라는 주장이 여론의 지지를 받았다. 저자가 보기에는 이것이 1929년의 경제공황과 현 경제 위기 사이의 가장 큰 차이점이다. "나는 지금의 경기 불황 이전까지, 불경기의 희생양이 된 대다수가 신고전주의적 경제학에 박수를 치거나 혹은 프랭클린 루스벨트의 업적에 대해 마음에서 우러난 적대감을 드러내는 모습은 본 적이 없다"고 했다.

1929년부터 1930년대까지 이어진 대공황기에는 사정이 달랐다. 이 '어려운 시절'에 먼저 사고의 전환이 일어났다. 자유방임주의 대신에 정부의 적자 지출이라는 케인스 경제학이 받아들여졌다. 현대 산업자본주의의 탐욕적 개인주의에 반대하여 공동체와 나눔의 삶을 모색하려는 시도가 일어났다. 루스벨트의 뉴딜정책에 대한 반대 여론이 없었던 것은 아니었다. 1936년 미국자유연맹의장은 라디오 연설에서 "뉴딜은 미국에 전체주의 정부를 만들려는 시도"라고 공박했다. 하지만 대중은 이들 보수주의자를 조롱하면서 루스벨트에게 힘을 실어주었다. 당시 민주당은 하원의 4분의 3 이상을 차지하기도 했다. 이것이 프랭크가 소환하는 1930년대식 포퓰리즘의 기억이다.

뉴욕 증권시장의 대폭락이 있은 지 79년 만에 불어닥친 2008년의 금융 위기는 얼핏 1929년의 '시즌2'처럼 보였다. 제너럴 모터스 · 크라이슬러가 파산을 선언했고, 리먼브러더스 · 인디맥 · 베어스턴스 등이 사라졌다. 기업만이 아니었다. 퇴직금은 날아갔으며 동료들은 직장에서 쫓겨났고 제조업 공장은 가동을 멈추었다. 대출담보금은 집값을 훨씬 웃돌았고 중산층은 폭삭 내려앉았다. 재앙이 닥치기 불과 몇 년 전만 해도 골드만삭스는 직원들에게 165억 달러가량을 보너스로 나누어주며 사치와 방종을 부추겼다. 신자유주의 또는 '자유방임주의의 황금시대'에 정부의 규제 완화를 틈타 현란한 파생 금융 상품을 만들어낸 트레이더들은 승승장구했고 전용기를 쇼핑하러 다녔다. 대신에 시간당 급여로 먹고사는 사람들의 삶은 점점 더 팍팍해졌다. 그러다가 터진 금융 위기였기에 경제 부실과 실패의 책임을 물어야 했다. 그것이 '금융질서'이자 최소한의 경제 정의였을 것이다.

하지만 금융시장이 공황 상태에 빠지기 시작하자 긴급 구제 금융이 이루어졌고 '금융산업계의 망나니들'은 살아남았다. "정부는 월가 지배자들의 손아귀에 있다"는 것이 구제 금융이 던진 메시지였다. 대중들은 분노했으나 시간이 흐르자 월가의 탐욕과 도덕적 해이는 잊혀졌다. 대중의 분노가 향한 곳은 월가에서 워싱턴으로 바뀌었고, 자유시장이 아니라 정부와 세금이 도마에 올랐다. 정부의 적자 지출과 구제 금융에 대한 분노는 "실패한 자들은 실패하도록 내버려두라"라는 구호로 모아졌다. 그리고 놀라운 바꿔치기가 일어났다. 분노의 표적이 긴급 구제를 받은 은행들에서 '헤픈 이웃'들로, 곧 담보대출을 받고는 결국 길거리에 나앉아버린 방종한 사람들로 바뀐 것이다.

이렇듯 분노의 방향을 돌리는 데 일조한 인물이 폭스뉴스의 진행자였던 글렌 벡이다. 그는 경기 침체와 불황이 자유주의자들의 기회주의적 음모라는 시나리오를 전파했다. 오바마 정부의 의료보험 개혁안에 대해서도 "여러분들이 아시다시피 그것은 미국을 끝장내는 것입니다"라며 종말에 대한 불길한 예감을 부추겼다. 또 이런 종말과 '사회주의자 오바마'로부터 미국을 구할 수 있는 유일한 존재가 자유시장이라는 신이라고 반복적으로 주장했다. 자유시장이야말로 지고의 가치이고 민주주의보다 더 민주적이라는 이른바 '시장 포퓰리즘'은 한낱 CEO들의 믿음이었지만 이제는 수백만 명의 믿음이 되었다.

흥미로운 점은 이런 믿음을 기치로 내건 티파티 운동이 '좌파 따라하기'의 모양새를 하고 있다는 사실이다. 퇴직 국제정치학 교수 안젤로 코데빌라는 미국 사회에 '지배계급'과 '국민계급', 두 계급이 존재한다고 여긴다. 모든 역사는 계급 투쟁의 역사라는 마르크스주의 사관의 뒤집힌 재림이라고 할까. 지은이는 민주당의 실패가 이런 '부흥우파'의 득세를 가능하게 했다고 본다. 2008년 위기와 재난에 대해 그들은 납득할 만한 설명을 분노한 국민에게 해주지 않았다. 그 틈새를 파고든 것이 우파 이상주의자와 기회주의자였다.

2008년 금융 위기를 분석하고 현 경제 위기에 대한 진단과 전망을 제시한 책은 그간에 무수히 출간되었다. 이 책도 그런 범주에 포함될 수 있지만 왜 가난한 사람들이 부자 증세에 반대하는지를 분석한 『왜 가난한 사람들은 부자를 위해 투표하는가』(갈라파고스, 2012)에 이어 '대중의 마음'에 초점을 맞추고 있다는 점에서 차별적이다. 우파는 그것을 읽었고, 진보를 자처하는 자유주의자들은 그것을 읽지 못했다.

그 결과 실패한 우파가 승자가 된 나라가 미국만은 아닐 것이기에 저자의 분석을 한국적 상황에 그대로 대입하고 싶은 충동을 느끼게 되지만, 이 책의 용도는 그 이상이다. 좌파 철학자 슬라보예 지젝은 "가장 선한 자들은 모든 신념을 잃고, 반면 가장 악한 자들은 격정에 차 있다"라는 영국 시인 예이츠의 시구를 빌려 우파 포퓰리즘의 득세를 설명한 적이 있다. 탈정치를 주장하는 자유주의자들의 정치적 무기력을 대신하고 있는 것이 격정에 찬 우파라는 것이다. 그런 점에서 우파야말로 오늘날 유일한 '정치 세력'이라고 말한다. 이 책은 그런 연유를 매우 구체적으로 보여준다. 뭔가 달라지기 위해서는 무엇보다 현실을 직시해야 한다는 점에 동의한다면 일독의 가치가 충분하다.

-〈중앙일보〉(2013. 2. 16.)

국민 통합은 어떻게 가능한가

—

왜 가난한 사람들은 부자를 위해 투표하는가
토마스 프랭크 지음, 김병순 옮김
갈라파고스, 2012

인터넷에서 쉽게 찾아볼 수 있는, 2012년 미국 대통령선거 주별 투표성향을 표시하는 지도에서 옅은 색(실제로는 빨간색) 주에 사는 사람들은 겸손하다. 그들은 수수한 옷차림을 하고서 저마다 자신이 평범하다고 말한다. 남에게 과시하는 것을 싫어하기에 잘난 체하거나 거들먹거리는 지식인들을 싫어한다. 옅은 색 주에 사는 사람들은 경건하다. 그들은 신앙심이 두터우며 교회에 열심히 다닌다. 그렇다고 신앙을 강요하지는 않으며, 예의바르고 친절하다. 그들은 공개 석상에서 상스러운 말을 하는 것을 싫어한다. 옅은 색 주에 사는 사람들은 애국자다. 그들에게 병역은 신성한 의무이며 국가적 위기에는 주

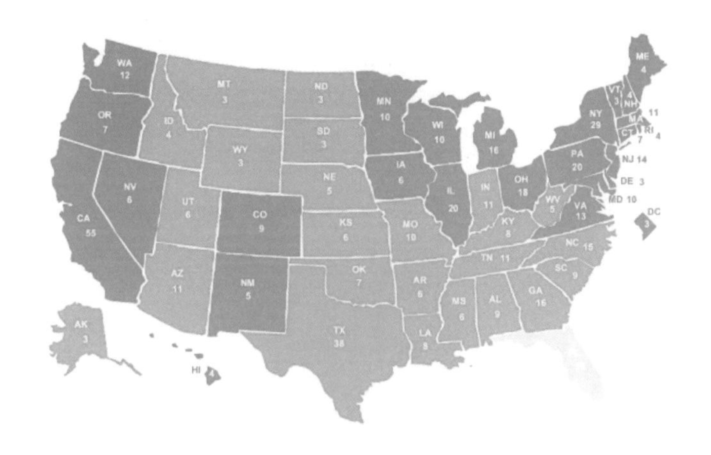

저 없이 앞장서서 나라를 지킬 준비가 되어 있다. 옅은 색 주에 사는 사람들은 정직하게 일하는 소박한 노동자다. 사무실에서 서류나 만지작거리는 농땡이들과는 부류가 다르다고 생각한다. 그들은 생산자와 기생적 존재는 구분되어야 한다고 믿는다. 카페라테를 마시며 세상을 바꾼답시고 설쳐대는 족속들과는 다르게 옅은 색 주에 사는 사람들은 소탈한 음식을 먹고 묵묵히 자기 일을 한다.

어느 나라 이야기인가. '옅은 색 주'라는 말에서 눈치챈 이들도 있으리라. 미국 이야기다. '옅은 색 주에 사는 사람들'이라고 부르는 것은 그들이 지지하는 공화당의 상징색이 옅은 색이어서다. 얼마 전 민주당 버락 오바마 대통령의 승리로 끝난 미국 대선에서도 선거 결과를 보여주는 지도에서 공화당의 밋 롬니 후보가 승리한 중부와 남부의 많은 주는 옅은 색으로 표시되었다. 민주당은 짙은 색(실제로는 파란색)이다. 자연스레 의문을 갖게 된다. 옅은 색 주에 사는 다수의 가난한 사람들조차도 미국식 '부자 정당'인 공화당을 지지하는 이유는

무엇인가? 미국의 저널리스트 토마스 프랭크가 『왜 가난한 사람들은 부자를 위해 투표하는가』에서 던지는 질문이기도 하다.

왜 그들은 자신들의 이익에 반하여 투표하는가? 프랭크에 따르면 그들의 정치적 판단 기준이 경제가 아니라 문화이기 때문이다. 그들은 "가장 중요한 것은 가치다"라고 생각한다. 따라서 자신의 경제적 이익보다도 보수적 가치가 더 우선적인 고려사항이 된다. 그 결과 선거는 '계급전쟁'이 아닌 '문화전쟁'의 장이 된다. 문제는 보수적 가치를 앞세우는 정당이나 후보 자신에게 그런 가치는 선거 때만 중요하다는 사실이다. 가령 미국의 경우 낙태 반대는 공화당이 내거는 대표적인 가치지만 낙태 금지의 입법화는 현실에서 가능하지 않으며, 그런 사실은 그들 자신이 더 잘 알고 있다. '전통가치'의 수호자를 자임했던 미국 보수주의의 영웅 레이건조차도 실제로 그런 가치들의 복원을 중요한 관심사로 다루지 않았다. 보수적 가치를 역설하는 보수주의자들에게도 선거가 끝나면 가치보다 돈이 더 중요하다.

물론 여기까지는 남의 나라 미국 이야기다. 하지만 역시나 옅은 색으로 도배된 이번 대선 결과를 보자니 우리도 미국의 전철을 밟게 되는 것은 아닌가라는 공연한 염려를 하게 된다. 비록 남과 북으로 분단된 상황이지만 우리는 '두 개의 미국'이라는 말이 나올 정도로 지역별 표심이 갈라진 미국만큼 내부적으로 분열되어 있지 않았다. 하지만 이제는 '통합'이 긴급한 정치적 화두로 제기될 만큼 분리의 장벽이 높다. 통합은 어떻게 가능한가? 흔히 하는 말로 먹고사는 문제가 이념보다 중요하다면 선거를 다시금 문화전쟁이 아닌 계급전쟁의 장으로 돌림으로써 가능하다. 어려운 일은 아니다. 미국 보수주의자들의 선동대로 "민주당을 지지하는 노동자는 KFC(켄터키프라이드치킨)를 지지하는 병아리와 다름없다"에 현혹되는 것이 아니라 정확하게 자기 이익에 부합하는 계급 투표를 하는 것이다. 자기가 누구인지 식별하고 이익을 계산하는 일이 불가능하지 않다면 국민 통합도 불가능하지 않다. 모두 하나가 되는 것이 통합이 아니라 부자는 부자 정당에, 가난한 사람은 진보 정당에 투표하는 것이 통합이다.

-〈경향신문〉(2012. 12. 28.)

3.

돈 없으면 죽는 나라는 필요 없어

부자를 위한 정책과 중산층의 파괴

—

국가는 잘사는데 왜 국민은 못사는가
도널드 발렛·제임스 스틸 지음, 이찬 옮김
어마마마, 2014

미국의 두 저널리스트가 쓴 『국가는 잘사는데 왜 국민은 못사는가』의 원제는 『아메리칸 드림의 배신The Betrayal of the American Dream』이다. 무엇이 아메리칸 드림인가. 한 엔지니어는 이렇게 답했다. "열심히 일하면 그에 합당한 보상을 받는다는 것이죠. 집을 가질 수 있고, 가정을 꾸릴 수 있으며, 의료 혜택을 받고, 공과금이나 여타 지출에 대해 걱정하지 않는다는 것이죠. 미국은 기회의 나라니까요." 그런 것은 말 그대로 꿈이라는 반론이 나올지도 모르겠다. 애당초 '기회의 나라'는 없었다고. 하지만 그것은 지나친 냉소이자 정확하지 못한 인식이다. 분명 좋았던 시절이 있었다. 중산층의 파괴와 함께 지나가버린.

제2차세계대전이 끝나고 1950년대까지 미국 경제는 부흥기였다. '전쟁 특수'라는 말로 다 설명되지 않는다. 이 시기에 미국인들의 개인 소득은 극빈자를 제외하면 부자나 그렇지 않은 사람이나 비슷한 비율로 증가했다. 일단 중산층에 진입하게 되면 훌륭한 복지를 받고 좋은 일자리와 내 집을 가질 수 있었다. 아메리칸 드림은 다른 것이 아니라 바로 그런 중산층의 존재였다.

하지만 1970년대 초부터 뭔가 변하기 시작했다. 중산층의 소득은 늘어나지 않고 상류층의 소득만 비약적으로 증가했다. 저자들도 인용하고 있는 토마 피케티에 따르면 2002년부터 2007년 사이에 상위 1퍼센트의 소득은 62퍼센트 증가했지만 하위 90퍼센트의 소득은 4퍼센트 증가하는 데 그쳤다. 부의 편중이 갈수록 극심해졌고 빈부 격차는 유례없이 커졌다. 좀더 실감나게 말하면 1980년에는 CEO의 평균 급여가 공장노동자의 42배였지만 오늘날에는 325배다. 오늘날 계속 추락중인 미국의 중산층은 더이상 미래를 낙관하지 못한다. 공과금을 낼 수 있을지 의문이고 아이들을 대학에 보낼 수 있을지 걱정이다.

저자들이 보기에 문제의 핵심은 이런 변화가 경제법칙에 따른 불가피한 현상이 아니라 정부 정책의 직접적인 결과라는 것이다. 미국 의회나 정부의 정책 결정자들은 경제적으로 평등한 경쟁의 장을 제공하는 법을 마련하는 데 실패했고 오히려 특정 이익집단의 이해관계를 정책화했다. 그 결과 "미국은 소수가 자신들의 편협한 이익을 늘리기 위해 다수를 희생시키는 계획을 꾸미는 금권정치체제가 되었다."

우리 주변에서도 자주 들리는 '규제 완화'만 하더라도 원조는 미국이다. 중산층의 급여와 복지가 처음으로 줄어들기 시작한 1970년대 이래로 미국의 부자들은 갖가지 싱크탱크를 만들었고 언론은 그들의 규제 반대론을 마치 여론인 양 포장했다. 한 예로 1978년에 제정된 항공규제완화법을 살펴보자. 애초에는 경쟁을 자극하여 요금을 낮추고 서비스 수준이 높아질 것이라고 기대했지만 결과는 그렇지 않았다. 신규 항공사들이 시장에 진입했지만 규제가 사라진 시장은 정글과 다를 바 없었다. 대형 항공사들이 소형 항공사들을 집어삼켰고 2012년에 와서 항공산업은 규제 완화 이전보다도 경쟁이 줄었다. 당연한 결과로 규제 완화 초기에 일시적으로 내려갔던 요금은 두 배 가까이 올랐다.

이런 역효과는 자유무역 옹호론에도 해당한다. 명분은 미국의 소비자에게 혜택이 돌아가게 한다는 것이지만 실제로 이득을 보는 것은 미국의 다국적기업뿐이다. 노동력이 싼 곳으로 공장을 옮긴 다국적기업들이 자신들의 상품을 관세도 없이 다시 미국 시장에 들여와서 판매할 수 있도록 해주었기 때문이다.

기업의 맹목적인 이윤 추구는 말릴 수 없을지 몰라도 정부는 기업의 이익과 국가의 이익, 전체 국민의 이익 사이에 균형을 잡는 정책을 추진해야 했다. 하지만 미국 정부는 그렇게 하지 않았고 지난 반세기 동안 경제체제를 국민 다수가 아닌 극소수를 위한 체제로 바꾸었다. 바로 지금 우리에게서도 벌어지는 일이다.

-〈시사IN〉(2015. 1. 24.)

돈 없으면
죽는 나라는 필요 없어

—

나만의 독립국가 만들기
사카구치 교헤 지음, 고주영 옮김
이음, 2013

이런 질문을 품은 아이가 있었다. "사람은 왜 돈 없이 살 수 없다고 하는가. 그 말은 진실인가." 그는 이것도 궁금했다. "일본이라는 나라가 생존권을 보장한다면 노숙자가 없어야 하는데, 노숙자는 왜 이렇게 많은 것이며 그들은 왜 심지어 작은 오두막을 지을 권리조차 박탈당하고 있는가." 너무 천진한 질문이다 싶으면 굳이 들추어볼 필요가 없는 책이 사카구치 교헤의 『나만의 독립국가 만들기』다. 어릴 적 품었던 이런 질문들에 아무도 답해주지 않아서 스스로 해답을 찾아간다는 저자의 생각을 담고 있다.

직함이 다양하다. 건축가이자 작가이면서 화가이고, 뮤지션에다 만

담가이며 게다가 신정부의 총리다. 총리라는 타이틀이 눈에 띄는데, 2011년 3월 후쿠시마 원전사고가 일어난 뒤에 정부가 제구실을 하지 못하자 그는 아예 자신의 정부를 세운다. 도쿄의 대기에서도 방사성 물질이 검출되고 국회의원 가족이 해외로 대피하는 마당인데도 일본 정부는 국민에게 아무 말도 해주지 않았고, 사카구치 교헤는 그런 정부라면 이미 정부도 아니라고 판단한다. 무정부 상태나 다름없다는 생각에 그는 도쿄에서 멀리 떨어진 구마모토에 직접 '신정부'를 수립하고 제로센터라는 청사를 개설하여 후쿠시마 피난민을 위한 무료 피난처로 제공하는 등의 활동을 벌인다. 비록 내란죄 같은 것을 피하기 위해 신정부 활동을 '예술'이라고 부르지만, 사회를 바꾸는 행위도 '예술'이 아니냐는 생각이다. 사실 철학자 하이데거도 고대 그리스의 민주정이야말로 최고의 예술 작품이라고 불렀으니 억지는 아니다.

사회운동과 예술적 실천을 동시에 밀고 나가고 있는 저자의 성장담과 생각에서 흥미로운 것은 그의 방법론이다. 그는 사회를 바꾸는 것만이 혁명이 아니라 사회를 넓히는 것도 혁명이라고 생각한다. 삶의 방식이 무수히 많다는 것을 깨닫는 것만으로도 우리는 존재방식을 바꿀 수 있다. 따라서 중요한 것은 생각이고 발상의 전환이다. 가령 대학에서 건축을 공부한 그에게 영감을 던져준 것은 어느 노숙자의 집이다. 0.5평 정도의 작은 천막집이었지만 주인은 불편하다고 말하지 않았다. 공원이 거실과 화장실, 수돗가를 겸한 곳이고 도서관이 책장이고 슈퍼마켓이 냉장고인 만큼 집은 침실로 족하다는 설명이다. 요컨대 이 노숙자에게는 도시 전체가 자기집이었다. 집에 대한 고

정관념을 바꾸면 그렇게 새로운 공간과 함께 다른 삶의 방식이 열린다. '사적 공공성'의 탄생이라고 할까. 저자는 사유私有가 나쁜 것이 아니라 사유의 개념을 우리가 너무 좁게 이해하는 것이 문제라고 생각한다.

모든 것을 다시 생각하는 일에서도 노숙자들은 좋은 참고가 된다. 돈도 없고 집도 없는 상태인지라 그들은 어떻게 살아남을지 대책을 세워야 한다. 안정된 시스템 바깥에 있기에 '산다는 것은 무엇인지' 다시 생각한다. 돈이 없어도 살아가는 생활권을 만들고자 하는 저자의 사회적·예술적 실험도 그런 태도의 산물이다. 따지고 보면 과격한 것도 아니다. 저자가 인용한 일본 헌법 25조는 "모든 국민은 건강하고 문화적인 최저한도의 생활을 영위할 권리를 갖는다"고 명시한다. 돈을 벌지 않으면 죽을 수밖에 없도록 만드는 국가정책은 따라서 헌법에 위배된다는 것이 그의 주장이다. 헌법에만 명시해놓고 실질적으로는 보장하지 않는다면 어쩌겠는가. 따로 '독립국가'를 만드는 수밖에. 우리는 형편이 다른지 궁금하다.

-〈시사IN〉(2013. 3. 16.)

열심히 일해도 지킬 수 없는 삶

—

노동의 배신
바버라 에런라이크 지음, 최희봉 옮김
부키, 2012

국내에서는 '행복전도사'들을 통렬하게 비판한 『긍정의 배신』(부키, 2011)을 통해 처음 주목받은 바버라 에런라이크의 『노동의 배신』은 2001년에 출간된 저자의 대표작이다. "워킹 푸어 생존기"라는 문구가 책의 '장르'를 잘 말해준다. 생물학 박사학위를 갖고 있는 저널리스트이자 사회운동가가 50대 후반의 나이에 저임금노동의 실상을 직접 겪고 쓴 일종의 '체험 삶의 현장'이다. 시간당 6달러에서 7달러의 임금을 받고 생활이 가능할까라는 의문이 이 프로젝트의 출발점이었고 "진짜 가난한 사람들이 매일 그러듯이 수입과 지출을 맞출 수 있는지 시험해보는 것"이 목표였다. 이를 위해 1998년에서 2000년에 3개 도시에서 식당 웨이트리스, 호텔 객실 청소부, 요양원 보조원, 할인마트 매장 직원 등 여섯 가지 일을 경험했다.

사실 직접 겪어보지 않아도 결론은 이미 나와 있었다. 1998년 전국 노숙자연합에서는 시간당 8달러 89센트는 받아야 미국에서 평균적으로 침실이 하나 딸린 아파트에 살 수 있다고 발표했고, 한 공공정책 연구센터에서는 복지 혜택을 받던 사람이 최저생활비를 보장해주는 '생활임금'을 받는 일자리를 구할 확률이 97분의 1에 불과하다고 했다. 종합하면 당연히 최저임금 수준의 노동자가 수지를 맞춘다는 것은 불가능에 가까운 일이었다. 그런데도 저자는 과학자적 호기심으로 전체 노동인구의 30퍼센트에 달하는 저임금노동자들이 혹 남모르는 생존 비법이라도 알고 있을지 모른다는 생각으로 이 '무모한' 프로젝트를 실행에 옮겼다.

저자의 생존기 또는 생존 투쟁기를 읽어나가면서 독자도 자연스레 알게 되는 사실이지만 일단 아무리 보잘것없어 보이는 직업이라도 '아무 기술도 필요 없는 일'이란 존재하지 않았다. 각 직장은 나름대로 사회를 구성하며 고유의 분위기와 위계질서, 관습, 기준 등을 갖고 있었다. 그리고 모두 고된 일이었다. 수년 동안 역기와 에어로빅으로 단련한 건강한 체질이었는데도 저자는 직장에서 돌아와 집안일까지 맡아야 했다면 포기하고 말았을 것이라고 말한다.

문제는 생활이었다. 흔히 가난한 사람들을 돈에 쪼들리게 만드는 어떤 사치나 낭비도 하지 않았지만 어렵게 번 임금으로는 기본적인 숙식을 해결하기에도 벅찼다. 임금은 너무 낮고 집세는 너무 높았기 때문이다. 저자처럼 딸린 가족이 없는 홀몸에 건강하고 차까지 가진 형편에서도 열심히 일하는 것만으로는 먹고살기 힘들었다. 즉 수많은 사람이 살아가는 데 필요한 액수에 훨씬 못 미치는 돈을 받고 일하는 것이 노동의 현실이다. 풀타임으로 일하더라도 가족을 빈곤으로부터 지킬 수 없다면 '열심히 일하는 것'의 의미가 무색할 수밖에 없다. 물론 이것은 미국만의 현실이 아니라 바로 우리의 현실이기도 하다.

한국의 워킹 푸어를 다룬 책도 있다. 현직 기자들이 발로 뛰어 쓴 『4천 원 인생』(한겨레출판, 2010)도 한국판 『노동의 배신』이라 부름직한 책이다. 하지만 차이는 책이 아니라 독자에 있다. 2011년판에 부친 후기에서 에런라이크는 저임금노동자들이 자신의 책을 많이 읽었다는 사실이 가장 만족스럽다고 말했다. 실제로 이 책이 화제가 되면서 미국 연방정부가 최저임금을 인상하기도 했다니 책의 영향력을 짐작케 한다. 워킹 푸어에게도 가장 필요한 것은 독서다.

-〈시사IN〉(2012. 8. 18.)

우리의 침묵을 깨우는 각성제

—

희망의 배신
바버라 에런라이크 지음, 전미영 옮김
부키, 2012

"워킹 푸어 생존기" 『노동의 배신』에 뒤이어 '화이트칼라 구직기' 『희망의 배신』이 이번에 번역됨으로써 『긍정의 배신』(부키, 2011)을 통해 우리에게 처음 이름을 알린 바버라 에런라이크의 '배신 3부작'이 완결되었다. 원제와는 다르지만 '배신'이라는 단어만큼 그의 책들이 전해주는 임팩트를 실감나게 전달해주는 말도 드물다. 이 세 권의 책과 함께 '1퍼센트를 위한 세상'을 비판하는 『오! 당신들의 나라』(부키, 2011)까지 포함하면 저널리스트 겸 원숙한 사회비평가로서 저자가 2000년대에 펴낸 대표작 대부분이 우리에게 소개되는 셈이다.

긍정적 사고가 어떻게 우리의 발등을 찍는지 여실히 보여준 『긍정의 배신』이 우리에게 던진 충격은 무엇이었나? 저자는 자칭 '긍정적인' 사람들이라는 미국인들의 자화상을 신랄하게 묘사하고 미국식 낙관주의의 허상을 폭로했지만, 놀랍게도 그것은 우리의 자화상이기도 했다. 『누가 내 치즈를 옮겼을까?』류의 자기계발서가 마치 복음서처럼 읽힌 연대가 우리의 2000년대 첫 10년이었기 때문이다. 신자유주의 세계화가 가속화되던 시기에 우리는 온갖 성공 신화의 중독자였다(결국에는 MB정권까지 탄생시킨!). 모든 문제의 원천이 우리 자신에게 있다고 되뇌면서 "새로운 치즈를 마음속으로 그리면 치즈가 더 가까워진다"거나 "과거의 사고방식은 새로운 치즈로 우리를 인도하지 않는다" 등의 주문을 아침마다 주워섬겼다. 하지만 2008년 미국발 금융 위기는 그런 주문이 얼마나 허황한 것이었는지를 극적으로 보여주었다. 추락하는 삶에는 날개가 없다는 사실도.

『노동의 배신』과 『희망의 배신』은 『긍정의 배신』의 전사前史이자 '에피소드'다. 저임금노동의 열악한 현실을 다룬 『노동의 배신』에 뒤이어 『희망의 배신』은 중산층 화이트칼라의 현실을 다룬다. 저임금노동과는 달리 이 경우는 노동이 아니라 구직 자체가 문제다. 저자는 커뮤니케이션 전문가로 위장하여 기업체 임원급으로 취업하려고 수개월 간 유료 코칭도 받고 네트워킹 행사에도 참여하고 이미지 카운슬링도 받는다. 이 과정에서 구직자는 철저히 자신을 시장에 내다팔 수 있는 하나의 '상품'으로 만들어야 한다는 것을 깨닫는다. 기술과 노동을 파는 블루칼라와는 달리 화이트칼라는 '자기 자신'까지 팔아야 한다. "CEO가 바보일 수도 있습니다. 기업 행위가 불법의 경계선에 있을 수도 있어요. 그렇다 해도 당신은 일체의 의문을 제기하지 않고 몸 바쳐 일해야 합니다"라는 한 카운슬러의 충고는 화이트칼라의 노동 현실을 잘 요약해준다. 일자리의 안정성이 무너졌을 뿐 아니라 인간으로서의 존엄성도 희생되고 있는 것이 그 현실이다.

저자는 온갖 노력에도 실패를 거듭하는데 바로 이 실패의 과정이 우리 시대 중산층 화이트칼라가 처한 냉정한 현실이다. 미국에서는 1990년대 중반부터 기업 고위 경영자가 다른 사람의 일자리를 없앤 대가로 높은 연봉을 받는 추세가 뚜렷해졌다. 이것이 구조 조정의 실상이다. 대량의 정리 해고와 아웃소싱을 단행한 CEO가 그렇지 않은 CEO보다 더 많은 보수를 챙기는 것이 오늘날 기업의 현실인 것이다. 저널리스트 이전에 생물학 전공자답게 저자는 그런 현실을 '포식자의 세상'이라고 표현한다. 다른 사람의 일자리를 없애야 경영자로서 살아남을 수 있는 세상에서 이른바 '좋은 일자리'를 구하는 일이 점점 더 어려워지는 것은 지극히 당연하다. 이런 현실의 필연적 귀결이 저자가 '중산층 대참사'라고 부른 중산층의 몰락이다.

물론 이 모든 것이 미국의 현실이라고만 하기에는 너무 익숙한 풍경이다. 청년 실업과 중장년층의 정리 해고와 재취업난은 우리에게도 일상이 되었으니까. 그렇다면 해결책은? 저자는 "화이트칼라 노동자들이 뭉쳐 자신들의 존엄성과 가치를 주장하기 전까지는 아무것도 변하지 않을 것"이라고 말한다. 『희망의 배신』은 그런 각성의 계기를 마련해준다. 우리가 적어도 생쥐보다는 나은 존재라는 각성 말이다.

-『희망의 배신』 추천사

신빈곤층과
위기국가

—

워킹 푸어, 빈곤의 경계에서 말하다
데이비드 K. 쉬플러 지음, 나일등 옮김
후마니타스, 2009

이명박 정부 초기에 사회면에 자주 등장하다가 자취를 감춘 용어가 있다. '신빈곤층'이라는 말이다. 2009년 2월까지만 하더라도 이 대통령 자신이 신빈곤층 문제의 대책 마련을 자주 주문했다. 안양의 보건복지종합상담센터를 찾아서 "신빈곤층의 사각지대를 찾아내 지원해야" 한다고 말했고 "신빈곤층에게 가장 중요한 것은 지원과 일자리 창출"이라고 강조했다. 하지만 그해 3월에 들어서면서 '신빈곤층'이라는 말은 공문서에서 '위기가정'으로 대체되었다. 신빈곤층이라는 말이 자칫 현정권이 만들어낸 새로운 빈곤층을 가리키는 말로 오해될 수 있다는 염려에 따른 조처였다. 사소해 보일 수 있는 사안이지만

'도덕적으로 완벽한 정권'이 얼마나 꼼꼼하게 이미지를 관리하고자 애썼는지 보여주는 좋은 사례다.

당시 보건복지부 장관은 한 인터뷰에서 신빈곤층이 행정상의 용어는 아니며 보건복지부에서는 비슷한 개념으로 '위기가구'라는 말을 쓴다고 했다. 실직이나 소득 상실 등으로 경제적 어려움에 처한 가구를 일컫는 말이다. 이를 청와대에서는 약간 변용하여 '위기가정'이라고 했다. 정부로서는 '가정' 문제가 '빈곤'보다도 더 중차대한 관심사라는 것인데, 문제는 그렇게 '신빈곤층'이 '위기가정'으로 치환됨으로써 문제의 성격이 달라진다는 점이다. 사회적 차원의 문제가 개인과 가정의 문제로 탈바꿈하는 것이다.

새롭게 부자가 된 계층을 '신흥 부유층'이라고 일컫는 것처럼 '신빈곤층'은 새로이 빈곤층으로 전락한 계층을 가리킨다. 한국 사회에서 중요한 계기는 알다시피 1990년대 말의 금융 위기와 IMF체제였다. 경제 위기와 함께 중산층이 무너지고 다수가 빈곤층으로 급전직하했다. 그로 인해 기초생활보호대상자가 아니지만 빈곤층과 다를 바 없는 상황에 처하게 된 이들을 신빈곤층이라고 부른 것이니 이 용어에 대한 현정부의 과민 반응은 얼른 납득이 되지 않는다. 차이가 없지는 않다. 재등장한 '신빈곤층'은 좀더 구체적으로 정의되어 쓰이고 있기 때문이다. 지난 1월 현대경제연구원에서 예상한 2012년 경제 동향에는 신빈곤층의 확장 전망과 함께 '하우스 푸어'와 '워킹 푸어', '리타이어 푸어'를 3대 신빈곤층으로 지칭했다. '하우스 푸어'란 '집을 보유한 가난한 사람'을 뜻한다. 저금리 때 과도한 대출로 집을 마련했지만 금리 인상과 주택 가격 하락으로 '빈곤한' 처지에 놓인 사람들이다. '리타이어 푸어'란 아직 널리 쓰이는 말은 아니지만 퇴직 후에 안정적인 생계수단을 마련하지 못해 빈곤층으로 떨어진 경우다. 문제적인 것은 비정규직과 저임금 직종의 확산으로 늘어난 '워킹 푸어'다.

오늘날 취업은 더이상 빈곤 탈출을 의미하지 않는다. 미국의 저널리스트 바버라 에런라이크의 『노동의 배신』에 보면, 미국인의 94퍼센트는 풀타임으로 일하는 사람이라면 가족을 빈곤으로부터 지킬 수 있을 만큼의 임금을 받아야 마땅하다고 생각한다. 하지만 저임금에 혹사당하는 워킹 푸어 계층은 아무리 열심히 일을 해도 주거비, 탁아비용, 의료보험료, 식비, 교통비, 각종 세금 같은 필수 항목에 지출할 경비도 벌지 못한다. 놀랍게도 미국 가정의 29퍼센트가 그렇다. 우리는 사정이 좀 나은가?

과거 미국에서는 부잣집 아이들도 여름방학에는 인구의 '나머지 반'이 어떻게 살아가는지 알기 위해 인명 구조원이나 웨이트리스, 청소부 체험을 했다고 한다. 하지만 요즘은 모두 진로를 위한 서머스쿨이나 전문직 인턴과정을 이수한다고. 우리에게도 친숙한 풍경이다. 빈곤층은 점점 늘어나고 있지만 빈곤에 대해 말하는 것은 마치 사회적 금기처럼 되어버렸다. 열심히 일해도 사람답게 살기 힘든 사회는 '위기가정'이 아니라 '위기사회'이고 '위기국가'다. 신빈곤층 문제는 우리가 어떤 사회에 살고 있는지 되묻는다.

-〈경향신문〉(2012. 8. 10.)

복지국가를 위해 필요한 고민

복지 국가
정원오 지음
책세상, 2010

대선과 맞물려 복지국가가 새로운 시대정신으로 대두하고 있다. 여야를 막론하고 복지국가로의 방향성과 복지정책의 확충에 대해서는 한목소리를 내고 있기 때문이다. 무엇이 복지국가이며 미래의 복지국가를 건설하기 위해 필요한 고민은 무엇인가? 2012년을 마무리하면서 복지국가를 화두로 한 책을 몇 권 순례해보기로 한다. 간단한 개념 정리가 일단 도움이 될 것이다. 정원오의 『복지국가』가 용도에 맞는 책이다. 저자에 따르면 "국가가 주도하는 복지 활동을 사회보장이라고 하며 사회보장제도를 통해 국민의 생활 수준을 보장하는 국가를 복지국가"라 한다. 국가 형태의 발전사를 고려하면 복지국가는 원형국가에서 발전국가, 민주국가, 복지국가로 전개되어온 발전과정의 최종 형태이기도 하다. 한국현대사에 대입해보아도 얼추 들어맞는 그림이다.

1960년대에서 1970년대 산업화 단계가 발전국가에 해당한다면 형식적 민주주의를 쟁취한 1987년 이후의 국가는 민주국가라 이를 만하다. 그리고 이제 우리는 복지국가의 문턱에 서 있는 것이다. 저자는 이런 변화의 요구가 국가의 규모와 기구가 확대되고 복지 제공 기능이 국가의 중심 기능으로 정착되면서 국가의 정당화 방식이 변하게 된 사정과 무관하지 않다고 지적한다. 더불어 국가가 제공하는 복지 혜택은 국가의 시혜가 아니라 국가에 대한 국민의 정당한 권리라는 인식이 필요하다고 강조한다.

그렇다면 복지국가는 왜 필요하며 무엇이 좋은가. '복지국가소사이어티'의 대표로 '복지국가 운동'을 주도하고 있는 이상이 교수의 『복지국가가 내게 좋은 19가지』(메디치미디어, 2012)는 그런 물음에 답하는 교과서적인 책이다. 저자는 행복 추구가 인간의 본성이며 국민이 행복한 나라가 좋은 나라라고 생각한다. 그런데 OECD 국가별 행복 지수에 따르면 한국은 늘 하위권을 맴돈다. 올해의 발표를 보더라도 34개국 가운데 우리보다 점수가 낮은 나라는 터키와 멕시코뿐이다. 반면에 덴마크, 노르웨이, 스웨덴 같은 북유럽 국가들이 상위에 랭크되어 있다. "왜 스웨덴 국민들은 행복하고 대한민국 국민은 행복하지 않은가?"라는 질문이 나올 법하다. 대답은 간명하다. "스웨덴은 제대로 된 복지국가이고, 우리나라는 복지국가가 아니기 때문이다."

그런 문제의식을 갖고서 저자는 신자유주의적 '시장만능국가'에 대한 대안으로 '역동적 복지국가' 모델을 제안하는데, 보편적 복지, 적극적 복지, 공정한 경제, 혁신적 경제가 그 네 가지 원칙이다. 핵심은 이 네 원칙이 서로 긴밀하게 연결된 통합적 구조물이라는 점이다. 우리 사회에서는 '보편적 무상급식'이란 의제 이후에 이런 복지국가 담론이 널리 확산되었지만 지난 4·11 총선 즈음에 등장한 '경제민주화' 담론에 다소 가려진 감이 있다. 복지국가가 상위의 '국가 비전'인 데 반해, 경제민주화는 '하위 목표'에 해당하기에 저자는 이런 전도 현상이 바람직하지 않다고 본다. 게다가 경제민주화의 다양한 쟁점을 두고도 유독 '재벌 지배구조 개혁'만을 거론하는 것은 경제민주화를 협소하게 제한하는 일이다. 이런 협의의 경제민주화를 넘어서 역동적 복지국가의 건설이 필요하다고 저자는 역설한다.

복지국가가 행복의 조건을 만들어내는 국가라면 그것은 동시에 우리를 불안에서 벗어나게 해주는 국가다. 어떤 불안인가. 이상이 교수가 정치사회학자 김윤태 교수와 함께 대담을 통해서 복지국가론을 정리한 『내 아이가 살아갈 행복한 사회』(한권의책, 2012)에서는 노후 불안, 의료 불안, 일자리 불안, 보육·교육 불안, 주거 불안을 5대 불안으로 정의하고 이에 대한 복지국가의 해법을 제시한다. 두 저자가 강조하는 것은 복지 확대가 경제성장을 둔화시킨다는 일부의 주장과 달리 오히려 발달된 복지제도가 지속적인 성장의 토대가 된다는 사실이다. 반면에 복지에 적게 투자하는 나라들이 저출산 문제를 겪고 있으며 젊은이들의 경쟁력도 떨어진다는 지적이다. 그 밖에 전공학자들의 좀더 전문적인 복지국가론에 대해서는 참여사회연구소에서 기획한 『대한민국, 복지국가의 길을 묻다』(이매진, 2012)를 참고할 수 있다.

한편, 우리가 복지국가 대열에 들어서려 한다면 자연스레 성공 사례에도 주목할 수밖에 없다. 특히 모범적인 북유럽 국가들의 복지국가 형성과정과 복지제도에 대해서는 여러 책이 소개되어 있는데, 그 가운데 스웨덴에 대해서는 신필균의 『복지국가 스웨덴』(후마니타스, 2011)이 기본서다. 스웨덴 사회정책의 구체적인 내용이 무엇인지를 짚어준다. 아울러 박선민의 『스웨덴을 가다』(후마니타스, 2012)에는 국회의원 보좌관으로 일하며 복지정책 입안에 애써온 저자가 열흘간의 스웨덴 연수를 통해 얻은 경험과 교훈이 생생한 현장감과 함께 기술되어 있다. 요람에서 무덤까지 거의 모든 것이 무상으로 제공된다는 '복지 천국'에서도 공중화장실은 유료라는 지적도 빠뜨리지 않는다. 노르웨이의 복지전문가 아스비에른 발의 『지금 복지국가는 어디로 가고 있는가』(부글북스, 2012)도 복지국가의 현황과 복지정책의 딜레마를 이해하는 데 도움을 주는 책이다. 애초의 복지국가가 제2차세계대전 이후 체결된 새로운 사회 협정 또는 계급 타협의 산물이며, 복지국가 발전에 동유럽과 서유럽 사이의 냉전과 체제 경쟁이 중요한 역할을 했다는 지적은 음미해볼 만하다.

-〈책&〉(2012년 12월호)

인간으로서 당연히 누려야 할 권리

인권, 인간이기 때문에 누려야 할 권리
A. 벨덴 필즈 지음, 박동천 옮김
모티브북, 2013

"인간으로서 당연히 누려야 할 권리", 초등학교 교과서에 나오는 인권에 대한 정의다. 당연한 권리이기에 인권만큼 자명한 것도 없는 듯싶지만 '인간'과 '권리'의 결합은 그리 오랜 역사를 갖고 있지 않다. 인간이라면 누구에게나 주어진 권리이지만 인권은 저절로 획득된 것이 아니라 의식적인 자각과 오랜 투쟁의 산물이다. 인권에 관한 책들이 지속적으로 출간되는 것도 그와 무관하지 않을 것이다. 이달에는 적지 않은 인권 관련서들 가운데 주로 최근에 나온 책들을 한번 훑어볼까 한다. 인권에 관한 책 읽기가 인권 지수를 바로 올려주는 것은 아니더라도 최소한 인권 문제에 대한 인지 수준은 높여줄 것이다.

먼저 인권에 관한 이론서로는 벨덴 필즈의 『인권, 인간이기 때문에 누려야 할 권리』를 손에 들 만하다. 정치학자이면서 노동자와 가난한 사람들의 이익 보호를 위해 적극적으로 투쟁해온 저자가 인권 관념의 탄생과정과 그 다양한 쟁점, 그리고 미래의 인권에 이르기까지 인권에 관한 이모저모를 짚었다. 그에 따르면 인권이라는 관념은 17세기에서 18세기 서양에서 최초로 다듬어졌고, 이 관념에 철학적 형태를 부여한 최초의 철학자는 『리바이어던』의 저자 토머스 홉스였다. 홉스는 모든 인간이 자기 생명에 대해 절대적이면서 양도 불가능한 권리를 갖는다고 보았다. 그는 인간의 삶이 "불쾌하고 잔혹하며 짧다"는 말을 남기기도 했지만 따지고 보면 인권의 역사도 매우 짧다.

필즈의 인권론에서 독특한 것은 인권에 대한 전체론적 접근을 제안한다는 점인데, 대전제는 모든 인간이 발전의 잠재력을 가진다는 것이다. 이 잠재력은 사회적·경제적·문화적 구조 안에서 촉진되기도 하고 억제되기도 한다. 각자가 갖고 있는 잠재력을 억제하는 사회는 나쁜 사회다. 그런 경우 억압적인 지배에 맞서는 저항 또는 반란은 필연적이며 이는 새로운 구조와 제도, 관행을 지향하는 투쟁의 형태를 띠게 된다. 인권의 핵심가치는 그래서 투쟁 자체에서 나온다. 자유, 평등, 박애라는 프랑스혁명의 구호를 떠올려보아도 알 수 있다. 인권을 위한 투쟁은 사회적 인정을 요구하는 권리 투쟁이며, 이 권리의 주체는 개인일 수도 있지만 집단이나 기구일 수도 있다. 저자는 인권 이론의 윤곽이 문화 간 차이를 넘어서, 심지어는 '인권'이라는 말을 쓰지 않는 문화권에서도 받아들여질 수 있을 것이라고 말한다.

인권에 대한 이론 학습에 이어서 읽어볼 만한 책은 독일의 르포기자 권터 발라프의 잠입 취재기 『가장 낮은 곳에서 가장 보잘것없이』(알마, 2012)다. 그는 40대 나이에 아주 짙은 색상의 콘택트렌즈를 끼고 검은색 부분 가발을 쓰고 서른 살가량의 터키 노동자로 변장한 뒤 이주노동자의 용역노동 현장에 잠입했다. 간단한 변장만을 했는데도 사람들은 그를 알아보지 못했으며 그는 단번에 '소외되고 천대받는 소수자'의 삶이 어떤 것인지 체험했다. 그가 겪은 멸시와 적대감, 증오는 그의 예상을 훨씬 뛰어넘었다. 저자의 르포는 출간되자마자 독일 사회에 커다란 반향을 불러일으켰다. 인신매매나 다름없는 용역노동의 실상이 폭로되자 수천 건의 형사 소송이 진행되었고 현장의 노동 조건은 대대적으로 개선되었다. 더불어 독일인과 터키인 들 사이에서 서로를 이해하려는 다양한 접촉이 시도되었다. 한 권의 책이 어떻게 사회를 바꿀 수 있는지 보여준 대표적 사례라고 할 수 있지 않을까.

국내서로는 국가인권위원회에서 기획한 책들이 눈에 띈다. '영화 속 인권 이야기'를 다룬 『별별차별』(씨네21북스, 2012)은 지난 10년간 국가인권위원회의 후원으로 제작된 인권 영화들을 같이 보고 나눈 이야기들을 담았다. 아홉 가지의 인권 주제가 토론감이 되었는데, 소수자 인권, 이주노동자와 비정규직 문제, 장애인 인권, 인종차별, 여성 인권, 탈북자 인권, 어린이 인권 등 다양한 주제를 망라한다. 한 예로 『신비한 영어나라』에서는 영어유치원에 다니는 여섯 살짜리 종우가 영어 발음을 좋게 한다는 명목으로 부모의 강요에 따라 혀 밑을 절개하는 수술을 받는다. 종우는 부모에게 수술이 싫다고 말하지 못하지만 아이의 의사에 반한 성형수술은 인권 침해다. 이 영화를 보고 난 아이들은 어떻게 생각할까? 토론과정에서 자연스레 인권 감수성이 키워질 수 있을 것이다.

물론 영화만 인권 감수성 신장에 도움이 되는 것은 아니다. 만화가 10인의 인권 만화 『어깨동무』(창비, 2013)도 국가인권위원회에서 기획한 책인데, 인권의 개념과 역사, 세계인권선언의 탄생과정을 그린 만화부터 노동 현장과 학교 안팎의 인권 문제에 이르기까지 다양한 인권 이슈들을 만화가 각자의 개성이 묻어나는 그림에 담았다.

덧붙여 인권기구에서 일한 분들의 경험담도 인권 문제의 현황을 이해하는 데 유익한 참고가 될 것이다. 초대 인권대사와 국가인권위원회 상임위원을 지낸 박경서의 『그들도 나처럼 소중하다』(북로그컴퍼니, 2012)는 수양딸과의 대화 형식을 통해서 세계 각지의 인권 현실과 우리가 인권 선진국으로 가기 위해 필요한 노력 등을 이야기한다.

-〈책&〉(2013년 4월호)

시장사회와
인체 쇼핑

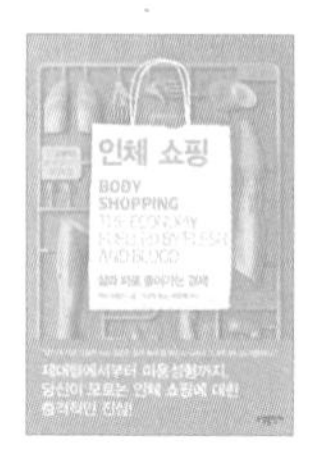

—

인체 쇼핑
도나 디켄슨 지음, 이근애 옮김, 이은희 감수
소담출판사, 2012

'인체 쇼핑'이라는 제목에서 미래의 불길한 전망을 떠올릴 수도 있겠지만 오산이다. 영국의 의료윤리학자 도나 디켄슨이 고발하는 "살과 피로 돌아가는 경제"는 미래가 아닌 현재, 우리의 눈앞에서 벌어지고 있는 현실의 이야기다. 고발이 전부는 아니다. 저자의 문제의식은 그런 현실이 불가피하지 않으며 불가피한 것이 되어서도 안 된다는 데 맞추어져 있다. "인체 쇼핑은 저항할 수 있고, 세계 여러 곳에서 이미 저항중이며, 앞으로 더 많은 곳에서 계속 저항해야 한다"는 것이 핵심 주장이다.

저자의 목소리가 다급하게 전해지는 것은 인체 쇼핑의 진행 속도와 규모가 우리의 상상 이상으로 빨라지고 또 커지고 있기 때문이다. 마이클 샌델의 『돈으로 살 수 없는 것들』에서 '시장사회화'의 많은 염려스러운 사례를 접한 독자에게도 '인체 쇼핑 시장'의 현실은 놀라움을 안겨준다. 어찌 놀라지 않겠는가. "출생 이전부터 사망 후 시신 처리에 이르기까지 생의 전 시기에 걸쳐 인체 조직이 일반 소비재처럼 팔리는 시대"를 우리가 살고 있다는데!

점점 영리 추구의 대상이 되어가고 있는 인체 조직 가운데 가장 대표적인 것은 난자다. 불임여성의 체외수정을 위한 난자를 구하려는 광고가 미국의 대학신문에는 정기적으로 실린다는데, 건강한 젊은 여성의 난자 가격은 평균 4만 5000달러, 최고 5만 달러까지다. 미국에서 2002년 한 해 동안 난자 기증자에게 지불된 돈이 3700만 달러가 넘는다 하고, 불임클리닉이 벌어들인 수입도 10억 달러를 초과한 것으로 추정된다. 금 대신 인체 조직과 유전물질을 채굴하는 제2의 골드러시가 일어나고 있다고 저자가 꼬집을 정도다. 게다가 '비싼 난자'만 거래되는 것도 아니다. 체외수정이 아닌 체세포 핵이식 연구에서는 가난한 여성이나 유색인종 여성의 '값싼 난자'가 쓰인다. 난자에 대한 이런 수요를 부추기는 것은 줄기세포를 연구하는 과학자들 사이에 "큰돈이 걸린 국제적 경쟁"이다.

난자만큼이나 큰 시장을 형성하고 있는 것은 시신이다. 저자도 참고하고 있는 애니 체니의 『시체를 부위별로 팝니다』에는 아예 가격표까지 나와 있다. 가령 머리는 550달러에서 900달러, 몸통은 1200달러에서 3000달러, 해부용 시체 한 구는 4000달러에서 5000달러인 식이다. 시신의 공급자는 시체 안치소와 의과대학, 인체조직은행, 장례식장, 화장터 등인데, 시체 부위를 판매한 혐의로 기소된 한 장례지도사는 시체 매매 규제 가능성에 대해 이렇게 말했다. "규제하려면 아주 힘들 겁니다. 자본주의 사회에선 어림없죠. 수입이 꽤 쏠쏠한 돈벌이거든요." 난자를 얻기 위한 인신매매, 중국의 사형수 장기 매매도 물론 이 '쏠쏠한 돈벌이' 때문에 빚어지고 있는 현실의 일부다.

이런 현실에 저항할 수 있는 방도가 있는가? 흥미롭게도 저자가 저항의 모범적인 사례로 드는 것은 황우석 교수 사태 때 한국의 여성운동가들이 보여준 활동이다. 황우석 교수에 대한 열광적인 숭배 분위기 속에서 한국여성민우회와 여러 시민단체가 구성한 생명공학감시연대는 그가 실험에 쓰인 난자를 어디서 구했는지 의문을 제기했다. 그리고 난자를 제공한 여성들과 관련한 불미스러운 사실들도 폭로했다. 결국 실험에 쓰인 난자가 200개가 채 안 된다는 황우석 교수의 발표와 달리 실제로는 119명의 여성에게서 2200여 개가 넘는 난자를 채취하며 사용한 사실이 밝혀졌다.

그와 함께 저자는 유전자 특허 취득 현상을 과거 농지로 사용되던 공유지의 사유화(인클로저) 현상과 비교해서 볼 것을 제안한다. 더불어 우리의 인체가 점점 여성화되는 현상, 곧 대상화되는 현상에 주목할 것을 주문한다. 그것은 우리 몸에 대한 생각을 다시 가다듬게 만든다. "우리의 몸이 사물에 속한다면, 이때의 사물은 다른 사물들보다 좀더 엄격하고 심오한 뜻을 담고 있다." 모리스 메를로퐁티의 말이다.

-〈주간경향〉(2012. 7. 17.)

기업에 포위된 아이들

기업에 포위된 아이들
조엘 바칸 지음, 이창신 옮김
알에이치코리아(RHK), 2013

"사회가 아이들을 대하는 방식만큼 그 사회의 정신을 분명하게 드러내는 것도 없다." 넬슨 만델라의 말이다. 동시에 『기업에 포위된 아이들』의 저자 조엘 바칸의 문제의식이다. 아이를 대하는 방식을 기준으로 삼자면 우리 사회의 정신은 지극히 염려스럽다. "거대기업이 이윤을 창출하려고 어린 시절을 무자비하게 압박하는" 사회이기에 그렇다. 이런 사회에서 우리가, 특히 부모가 할 수 있는 일은 무엇일까.

두 자녀의 아버지이기도 한 저자는 일단 기업이 이익을 위해 아이들을 제물로 삼고 있는 현실을 꼼꼼하게 폭로한다. 전작인 『기업의 경제학』(황금사자, 2010)에서 저자는 "기업은 언제나 이익을 창출하도록 행동하고 법적으로 그렇게 강요받는다"고 주장했다. 심지어 그는 기업은 이익 외에는 아무런 관심도 없기에 인간으로 치면 사이코패스와 다를 바 없다고 말한다. 기업이란 사이코패스에게는 모든 것이 이익 창출의 수단이 되며 아이들도 예외는 아니다. 지난 2008년에 중국에서 벌어진 멜라닌 분유 파동도 비근한 예다. 문제는 아이들이 방치되고 이용당하는 것이 빈곤국가나 개발도상국에 한정된 일이 전혀 아니라는 점이다. 오히려 미국처럼 부유한 나라에서 더 교묘하면서도 전면적으로 벌어지고 있다.

아이들에게 친숙한 게임이나 미디어 시장을 들여다보자. 어린이를 고객으로 한 산업의 규모가 점점 커지면서 폭력적이고 선정적인 게임들이 판을 치고 있는 상황이다. 저자를 아연실색하게 만든 것 가운데 하나는 '단짝을 때려눕혀라'인데, 단짝이 어떤 최후를 맞을지 결정하는 게임이다. 한 각본에서는 여자가 남자의 얼굴과 뒤통수를 가격하고 이어서 피를 흘리며 바닥에 쓰러진 남자의 얼굴에 대변을 본다. 그렇듯 잔인한 폭력과 학대, 살인 행위에서 유머와 재미를 찾는 것이 아이들에게 인기를 끌고 있는 게임들의 공통점이다. 아이들이 이런 게임과 유해 미디어에 중독되면서 부모와의 거리는 점점 더 멀어진다. 게다가 폭력적인 게임이 아이들의 폭력성을 부추긴다는 과학적 증거가 부족하다는 이유로 정부는 규제에 소극적이다.

소아정신과의 장삿속 처방도 문제다. 미국에서는 1980년대 이후 어린이 정신장애 진단과 약물치료가 급증했는데, 많은 아이가 정신질환을 앓게 되었고 진단기술이 더 정교해진 측면도 있지만 실상은 의

학과 의료 행위에 미치는 제약업계의 영향력이 커지면서 빚어진 결과다. 가령 하버드대 소아정신과 권위자 조지프 비더먼이 소아우울증의 경우에도 약물치료가 효과적이라고 주장하자 그 진단과 치료가 40배나 증가했다. 비더먼은 제약회사들과 돈독한 관계를 유지하면서 그 기업들에 유리한 연구 결과가 나오게 하겠다고 미리 약속하고 지원을 받은 인물이다. 미국에서는 1980년에 의회가 산학협력을 명분으로 의학 연구에도 기업이 투자할 수 있게 하자 의학계와 제약업계가 공생관계가 되었다. 다루기 힘든 아이들은 무차별적으로 ADHD(주의력결핍 과잉행동장애) 진단을 받았고 마음의 감기를 앓는 아이들은 따뜻한 돌봄의 대상이 아니라 약물치료 대상이 되었다.

그 밖에도 어른에게는 무해하지만 아이들에게는 치명적일 수 있는 유해 화학물질들이 제대로 규제되고 있지 않는 일, 최저노동 연령이 12세로 낮춰짐으로써 아이들이 학업이 아닌 장시간 노동에 혹사당하고 있는 일, '낙오자 없는 교육'을 한답시고 일제고사를 실시함으로써 시험 출제 업계의 배만 불려놓은 일 등이 비판의 도마에 오른다. 특히 1980년대 이후 신자유주의가 새로운 경제 이념이 되면서 기업 이익 우선주의가 모든 것을 잠식해버렸다고 저자는 지적한다. 그렇다면 '기업에 포위된 아이들'을 어떻게 구제할 것인가. 부모의 걱정만으로는 구제 불능이다. 대신에 저자는 우리가 '시민으로서' 사회를 바꾸려는 집단적인 노력, 곧 민주주의에 동참할 때만이 변화가 가능하다고 주장한다. 물론 '기업사회'의 실상을 직시하려는 노력도 소홀히 할 수 없다.

-〈주간경향〉(2013. 6. 4.)

선택의 독재와 진정한 선택

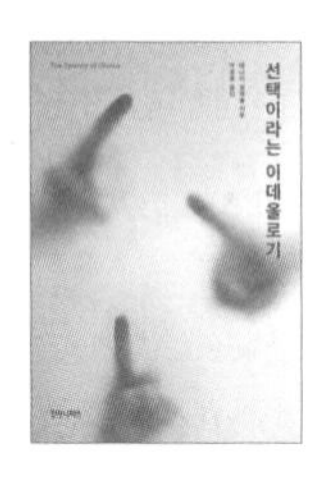

—

선택이라는 이데올로기
레나타 살레츨 지음, 박광호 옮김
후마니타스, 2014

『사랑과 증오의 도착들』(도서출판b, 2003)이란 책으로 처음 소개된 레나타 살레츨은 슬로베니아의 철학자이자 사회학자다. 동시에 라캉주의 정신분석가다. 슬라보예 지젝이 엮은 『항상 라캉에 대해 알고 싶었지만 감히 히치콕에게 물어보지 못한 모든 것』(새물결, 2001)의 공저자로 히치콕 영화에 대한 빼어난 독해를 이미 보여준 바 있다. 지적 동료로서 지젝과 같이 편집한 책이 몇 권 더 소개되었지만 단행본으로 치자면 최근에 번역되어 나온 『선택이라는 이데올로기』가 국내에 소개된 저자의 두번째 책이다. 간단한 이력을 이렇게 나열한 것은 살레츨의 책을 흥미롭게 읽어온 터라 더 소개되기를 바라는 마음에서다. 지젝이 독보적인 성과를 보여주고 있어서 상대적으로 묻힌 감이 있지만 통칭 '슬로베니아 라캉학파'로 불리는 그의 동료들, 곧 살레츨을 비롯하여 믈라덴 돌라르, 알렌카 주판치치, 미란 보조비치 등은 모두 '동유럽의 기적'이라 불릴 만한 새로운 철학적 통찰과 이론적 분석을 내놓고 있다.

원제가 『선택의 독재The Tyranny of Choice』인 이번 책의 메시지는 제목 그대로 '선택이라는 이데올로기'에 대한 비판이다. 무엇의 이데올로기라는 것인가? 살레츨에 따르면 선택은 후기산업자본주의 사회의 지배적 이데올로기다. 이데올로기라는 말의 원래적 의미를 따르면 이데올로기란 우리의 삶이 구성되는 방식을 우리가 의식하지 못하도록 가로막는 것이다. 선택, 곧 '우리는 모든 것을 선택할 수 있다'라는 관념은 후기자본주의 사회가 작동하는 방식에 대한 인식을 가로막음으로써 자본주의의 지배를 영속화한다. 그렇다면 선택의 이데올로기성을 폭로하는 것은 자연스레 이데올로기 비판으로서 의미를 갖는다.

물론 반론이 가능하다. 선택이란 행위는 '선택의 자유'를 전제로 하고 자유는 다른 무엇보다 긍정적인 가치인데, 무슨 문제인가라는 반론이다. 선택의 자유가 주어지지 않는 사회보다 무엇이건 선택할 수 있는 사회가 훨씬 더 나은 사회가 아니냐는 반문도 뒤따를 수 있을 것이다. 하지만 그렇듯 자연스러우면서 자명해 보이도록 하는 것이 이데올로기의 효과이고 기능이다. 가령 "사회 같은 것은 없다"고 한 마거릿 대처의 유명한 선언을 예로 들어보자. 대처는 사회는 없으며 존재하는 것은 "개인으로서의 남녀, 그리고 가족"뿐이라고 말했다. 사회라는 것이 허울이고 허상이라면 '사회적 문제'라는 말은 어불성설이고 '사회적 고통'도 부정확한 표현이 된다. 대신에 모든 것이 개인의 선택과 책임의 문제로 귀결된다. 이것이 '개인의 선택'이라는 이데올로기의 효과다. 이렇게 되면 "사회의 부정의에 대한 투쟁은 사라지고 대신 그 자리에는 가난에 대한 수치와 경제적 성공의 사다리에서 더 높이 올라가지 못했다는 죄책감"이 자리잡는다. 그와 동시에 자본주의 사회의 계급적 차이와 인종적·성적 불평등은 은폐된다. 선택이라는 이데올로기는 모두가 선택의 자유와 권리를 누리는 데 평등하지 못한 사회적 조건을 보지 못하게 한다.

선택이라는 이데올로기를 떠받치는 또다른 관념으로 '합리적 선택'도 비판에서 자유롭지 못하다. 왜냐하면 실제 사람들의 선택은 합리성과는 별 관련이 없기 때문이다. 이 대목에서는 라캉주의 정신분석가로서 저자가 장기를 발휘하는데, 그가 보기에 어떤 선택은 합리적 숙고보다는 그 사람의 더 깊은 심리적 구조를 반영한다. 무슨 말인가. 예컨대 히스테리증자나 강박증자, 정신병 환자는 그 심리적 구조에 따라 각기 다른 선택을 하게 된다는 뜻이다. 히스테리 여성은 으레 자신의 선택 결과에 실망한다. 항상 '이게 아니야!'라고 느끼며 또다른 물건을 고르지만 불만족은 해소되지 않는다. 선택한 물건의 하자가 있어서가 아니다. 히스테리의 전형적 증상일 따름이다. 남성 강박증자라면 어떨까. 그는 어떤 선택에든 주저하며 꾸물거릴 것이다. 그는 자기가 욕망하는 대상이 자신을 집어삼키지는 않을까 염려하여 대상에 대한 접근을 가급적 회피한다. 항상 누군가에게 억압당하고 조종받는다고 생각하는 정신병 환자에게는 선택의 상황 자체가 가능하지 않다. 그는 항상 누군가의 선택을 대리한다고 느낀다. 이런 예시들이 말해주는 것은 우리의 선택이 생각만큼 합리적으로 이루어지지 않는다는 점이다. 흔하게 볼 수 있는 과시적 소비만 하더라도 그렇다. 필요해서가 아니라 남의 부러움을 사기 위해서 고가의 물건을 구매하는 행위는 비합리적 선택의 전형적인 사례다.

선택의 실상이 이러한데도 선택을 찬양한다면 그것은 합리적 의심의 대상이 되어야 한다. 비단 자본주의 사회만이 그런 것은 아니다. 공산주의 사회에서는 노동자의 권리와 계급 없는 사회라는 이상이 자명한 것으로 받아들여졌고 찬양되었다. 하지만 그것은 사회체제를 유지하는 한갓 이데올로기에 불과했다. 과거 동유럽에서 인민이 공산주의 정권에 맞서 투쟁할 때 당 기관원들은 권력이 이미 인민에게 있기 때문에 정권과 싸워서는 안 된다고 비판했다. 이데올로기가 작동하는 전형적인 방식이다. 인민 주권이라는 허울이 현실의 모순에 대한 직시와 투쟁을 가로막는 역할을 했던 것이다. 살레츨은 오늘날 자본주의 사회에서는 선택이 그와 유사한 역할을 하고 있다고 주장한다. 이 선택은 주로 소비와 관련된 선택을 벗어나지 못한다. 그럼으로써 더 중요한 선택의 가능성을 은폐한다. 하지만 우리가 시야를 더 넓혀보면 더 근본적인 선택은 사회구조에 대한 선택이어야 한다. 우리에게 선택할 권리가 있다면 그 권리는 자본주의를 거부할 권리도 포함하는 것이 온당하다. 과연 그런 선택권이 우리에게 있는가. 선택의 독재를 수용할지, 아니면 거부할지 선택할 권리가 우리에게 있는가.

저자 살레츨이 우리에게 묻는다.

철학자 지젝은 유사 선택의 사례로 설탕 봉지를 예로 든 적이 있다. 커피에 프림과 함께 넣는 설탕이 같은 종류인데도 흰 봉지와 노란 봉지에 따로 담겨 테이블에 비치되어 있다고 해보자. 흰 봉지냐, 노란 봉지냐는 선택지인 것처럼 보이지만 어차피 질적인 차이가 없는 선택이기에 그것은 진정한 선택에 값할 수 없다. 유사 선택이다. 간판은 다르게 달고 있지만 기본적인 정치적 입장과 정책 면에서 별로 차이가 없는 정당들 사이에서 유권자가 선택해야 한다면 그 또한 유사 선택을 면하기 어렵다. 진정한 선택이란 무엇인가. 그것은 현실에서 가능한 것과 불가능한 것 사이의 경계를 다시 긋는 행위다. 가능한 것이라는 테두리 안에 갇혀 있는 것이 아니라 불가능한 것이라고 치부되는 것을 가능한 것으로 끌어안는 행위다. 주어진 것 안에서만 고르라는 선택의 독재를 넘어서는 것은 바로 그런 진정한 선택을 통해서만 가능하다.

-〈독서인〉(2014년 10월호)

4.

무엇이 경제를 움직이는가

"우리는 모두 부채 인간이다"

—

부채인간
마우리치오 랏자라또 지음, 허경·양진성 옮김
메디치미디어, 2012

경제 기사를 읽다 가끔씩 고개를 갸웃거릴 때가 있다. 부채 또는 채무와 관련한 기사다. 이미 가계 부채가 1000조 원을 넘어섰다는 추측이 나오는 가운데(우리 시대를 가리키는 이름 가운데 하나가 '가계 부채 1000조 시대'다!) 최근 발표에 따르면 공기업 부채를 합산한 한국의 국가 부채도 1006조 원에 달한다고 한다. 우리의 가계와 국가 모두 엄청난 부채에 시달리고 있는 채무자다. 두 가지가 궁금하다. 과연 이런 상황이 지속될 수 있는 것인지와 이 많은 부채의 채권자는 누구인지다.

그런 궁금증을 품고 있었기에 『부채 인간』에 바로 손이 갈 수밖에 없었다. 먼저 제목 자체에 끌렸고 "인간의 억압조건에 관한 철학 에세이"라는 소개가 기대를 갖게 했다. 저자의 기본 발상은 현재의 경제를 '금융경제'나 '금융자본주의'라는 말 대신에 '부채경제'로 불러야 한다는 것이다. 부채경제를 구성하는 사회적 관계는 더이상 자본가와 노동자 또는 생산자와 소비자가 아니라 채권자와 채무자다. 이때 자본은 '거대한 채권자', '포괄적 채권자'의 모습으로 나타난다. 오늘날 금융과 생산을 더이상 구분하는 것이 불가능한 시대에 이르러 '금융'이라는 말은 채권자-채무자 관계의 부상을 특별히 부각시켜주는 표현이라고 저자는 지적한다. 그에 따르면 신자유주의 경제는 채권자-채무자 관계를 만들고자 하는 의지를 다양한 기술을 통해 구현해왔다. 그 결과 '채무자'의 형상으로서 '부채 인간'이 공공영역을 대표하는 주체의 형상이 되었다. "우리는 모두 부채 인간이다"라는 말이 결코 과장이 아니다.

전 세계적 현상으로서 공공부채의 급증은 1970년대 중반 이후 복지 관련 지출의 금융구조 개선과 맞물린 신자유주의 정책에서 비롯한다. 흥미로운 점은 공공부채를 마련할 때 중앙은행을 통해 현금을 확보하는 것을 금지하는 법이 이 시기에 유럽의 모든 정부에서 채택했다는 사실이다. 그렇게 되면 자금은 '금융시장'에 의존할 수밖에 없게 된다. 이 법이 생기기 이전에는 국가가 무이자로 중앙은행에서 돈을 빌릴 수 있었지만 시장에서 자금을 융통할 경우에는 막대한 이자를 물어야 한다. 1974년에 이 법을 도입한 프랑스의 경우 이후에 공공부채 총액이 16조 410억 유로, 이자 총액만 약 12조 유로에 이르렀다. 2007년에 500억 유로를 넘어선 이자비용은 프랑스의 국가 예산

가운데 교육 예산에 이어 두번째로 많은 비중을 차지하며 매년 소득세 전체와 맞먹는다고 한다.

미국의 경우에도 1979년의 석유파동 이후에 경기가 침체되고 금리가 치솟으면서 막대한 공공적자가 발생했다. 2008년 6월 기준으로 미국의 부채 총액이 510조 달러를 넘어섰다고 하니 한마디로 부채경제다. 하지만 이런 부채는 경제성장의 장애 요소가 아니라 오히려 동력이다. 게다가 부채경제는 사회적 연대와 권리 주장 같은 집단행동을 무력화하기에 매우 정치적이기도 하다. 요컨대 '산업과 채무자 중심의 포디즘 메커니즘'으로부터 '금융과 채권자 중심의 금융 메커니즘 시대'로의 이행이 부채경제의 전면적인 성립 배경이다.

저자는 니체의 『도덕의 계보』를 통해 부채 인간의 계보학적 형성 과정도 탐구한다. 니체는 사람들 사이의 가장 오래되고 원천적인 사회적 관계가 채권자와 채무자 사이의 관계라고 파악했다. 그에 따르면 약속을 지킬 수 있는 사람, 곧 자신을 보증하고 부채를 갚을 수 있는 사람을 만들어내는 것이 공동체의 주된 임무다. 현대 자본주의야말로 니체의 이런 '약속할 수 있는 인간'을 만들어내는 기술을 발견해낸 것처럼 보인다고 저자는 말한다. 멀리 갈 것도 없이 김기덕 감독의 〈피에타〉에 등장하는 채권추심원 이강도야말로 인격화한 자본주의의 형상 아닌가. "우리를 가난하게 만들 뿐만 아니라 재앙으로 몰아넣는 권력장치"가 바로 신자유주의의 '협박경제'이고 부채경제다.

-〈주간경향〉(2012. 10. 16.)

P.S.

'부채'는 '증여'와 함께 관심을 갖고 있는 주제인데, 이와 관련하여 인류학자 데이비드 그레이버의 『부채, 그 첫 5,000년』(부글북스, 2011)과 애디슨 위긴 등의 『세계사를 바꾼 달러의 위기』(원제는 『부채의 제국Empire of Debt』이다; 돈키호테, 2006) 등을 더 읽어보려고 한다. 그리고 마우리치오 라자라토의 『부채 인간』(메디치미디어, 2012)은 『부채 인간의 형성』이라는 제목으로 영역되어 있는데, 번역본이 잘 읽히지 않는 대목들에서 도움을 받았다.

가령 "정치적으로, **부채경제**는 금융이나 금융화된 경제 혹은 금융 자본주의라 불리는 것이 더 올바른 표현일 것이다"(48쪽)라는 대목은 거꾸로 옮긴 오역이다(영역으로는 "Politically, the **debt economy** seems to be a more appropriate term than finance or financialized economy, not to mention financial capitalism). 이 대목의 절 제목 자체가 '왜 금융경제가 아닌 부채경제에 대해 말하는가'인 것에서도 알 수 있지만, 저자의 핵심 주장은 '금융경제'라는 말 대신에 '부채경제'라고 부르는 것이 실상에 더 부합한다는 것이다.

가난과 빚에 쪼들리는 8억 명의 인도인

—

자본주의 : 유령 이야기
아룬다티 로이 지음, 김지선 옮김
문학동네, 2018

인도 작가 아룬다티 로이는 1997년 『작은 것들의 신』으로 영어권 최고 문학상인 부커상을 수상했다. 첫 장편소설로 거둔 놀라운 성취다. 하지만 다음 소설에 대한 독자들의 기대에 반하여 로이는 문학을 떠난다. 이듬해에 쓴 『상상력의 종말』이 작가로서는 절필 선언에 해당한다. 동시에 사회운동가로서의 출사표이기도 하다. 그는 소설로는 감당할 수 없는 현실에 직면하여 소설 대신에 다른 글쓰기를 실천한다. 그가 직면한 현실은 우리의 현실이기도 한데, 바로 전 지구적 자본주의라는 새로운 현실이다.

'유령 이야기'를 부제로 한 『자본주의』는 인도를 중심으로 펼쳐지는 자본주의 묵시록이다. 12억이 넘는 인구의 아대륙 인도는 신흥 경제 대국이다. 한동안 높은 경제성장률을 기록하며 자본주의 경제체제의 수월성을 입증하는 사례처럼 보였다. 3억 명의 신흥 중산층은 그런 성장의 수혜자라고 할 수 있다. 하지만 로이가 직시하는 것은 그런 성장의 이면이다. 상위권 부자 100명의 자산이 국내총생산의 4분의 1을 차지하는 나라에서 8억의 인도인은 가난과 빚에 쪼들리며 유령으로 존재한다.

모든 것을 민영화하면서 경제는 빠르게 성장했지만 그 성장의 과실은 소수의 부자들에게 집중되었다. 그들은 돈을 토해내는 수도꼭지를 힘으로 점유하고 토지나 부의 재분배를 요구하는 목소리는 미친 놈의 소리라고 일축했다. 더 많이 가진 자가 더 많이 갖게 되는 '분수효과'로 인도의 최고 갑부는 세계 최고가의 집까지 갖게 되었다. 헬기 이착륙장이 세 곳이나 되는 27층짜리 개인 집이다.

이런 격차와 심화되는 불평등은 어떻게 가능한가. 세계 최대 규모의 인도 육군을 동원하여 세계에서 가장 가난하고 굶주린 사람들에 대해 전쟁을 선포하고 사지로 내몰면서다. 중앙 인도를 개발하기 위해 강제 이주 대상이 된 원주민들은 마오주의자로 내몰려 죄목도 모른 채 수감된다. 항의하던 원주민 교사를 고문한 경찰은 무공훈장을 받고 교사는 아직도 감옥에 있다. 하지만 이런 현실은 인도의 언론에 보도되지 않는다.

보이지 않는 곳에서 빈민과의 무자비한 전쟁을 벌이는 한편, 자본가들은 중산층을 대상으로 기업 자선사업이라는 기예를 통해 '인지 관리'를 한다. 영화제를 후원하고 문학 축제를 열며 발언의 자유를 외친다. 하지만 그 축제의 후원사들이 벌인 만행과 인도 정부의 은밀한 집단학살에 대해서는 아무도 입에 담지 않는다.

로이는 자본주의의 이런 전쟁과 관리의 기원으로 1920년대부터 출현한 기업 출연 재단들의 역사를 살핀다. 록펠러와 카네기 재단이 창립한 외교협회부터 그들이 조종하는 월드뱅크와 IMF, 그리고 온갖 싱크탱크가 인도뿐 아니라 전 세계에서 어떻게 학자, 교수, 관료, 기업 변호사, 은행가 등을 움직이고 특정 담론을 유포시켜왔는지 폭로한다. 하지만 그럼에도 불구하고 자본주의는 위기 상태이며 전쟁과 쇼핑이라는 해묵은 수법도 더이상 통하지 않을 것이라고 로이는 말한다. 로이와 함께 절망하고 분노하며 희망을 갖게 하는 책이다.

-〈주간경향〉(2018. 5. 14.)

왜 검은돈은
스위스로 몰리는가

—

왜 검은 돈은 스위스로 몰리는가
장 지글러 지음, 양영란 옮김, 홍기빈 해제
갈라파고스, 2013

대표적 조세피난처인 영국령 버진아일랜드에 유령회사를 설립한 한국인 명단이 〈뉴스타파〉를 통해 연이어 발표되고 있다. 소문만 무성하던 '검은돈'의 실체가 온전히 드러나게 될지, 그래서 '지하경제 양성화'의 전기가 마련될지 궁금하다. 물론 버진아일랜드에 한국인이 은닉한 재산이 드러난다고 해도 전모가 될 수는 없다. 흔히 말하듯 '스위스 은행의 비밀계좌'가 밝혀지기 전에는 말이다. '조세피난처의 원조'라는 오명을 덮어쓰고 있는 스위스 은행의 실상은 어떤 것일까. 때마침 궁금증을 풀어줄 책이 출간되어 단숨에 읽었다.

『왜 세계의 절반은 굶주리는가?』(갈라파고스, 2007) 같은 베스트셀러 저자로 우리에게 친숙한 장 지글러의 『왜 검은돈은 스위스로 몰리는가』는 1990년 프랑스 파리에서 처음 출간된 책이다. 국내에 소개된 그의 책 가운데 가장 먼저 쓰인 것이다. 그렇다고 '지나간 이야기'를 다룬 것은 아니다. 저자가 한국어판 서문에 적은 바에 따르면 "오늘날에도 스위스는 여전히, 아니 예전보다 훨씬 더 노골적으로 지구상에서 가장 효율적인 조세 천국으로 군림하고 있다." 2013년 현재에도 전 세계 역외 재산의 3분의 1 이상이 스위스 은행들에서 관리하고 있다니 놀랄 만한 수준이다. 인간이 거주하는 면적의 불과 0.15퍼센트를 차지하고 세계인구의 0.03퍼센트가 사는 이 작은 나라가 1990년 기준으로 세계 2위 금융시장, 세계 1위 금시장, 세계 1위 재보험시장이라고 하면 누가 믿겠는가.

하지만 엄청난 자산 규모를 자랑하는 스위스 은행들의 비밀은 그들이 합법적 거래를 통해 오가는 깨끗한 돈뿐 아니라 회색 돈과 검은 돈까지 다룬다는 데 있다. 물론 가장 큰 비중을 차지하고 있는 것은 검은돈이다. 스위스 은행들은 해마다 수십억 달러의 자금을 받아들여 은닉하고 '세탁하며' 재투자한다. 이런 일이 가능한 것은 1934년에 제정된 은행비밀법 때문이다. 마약 조직의 범죄자금부터 부패한 권력자들의 불법 정치자금까지 온갖 검은돈이 스위스 은행으로 몰려드는 이유다.

한 예로 우리에게도 익숙한 필리핀의 독재자 마르코스 일가가 크레디트 스위스를 비롯한 스위스 은행 40여 곳에 예치한 돈은 무려 15억 달러(약 1조 7120억 원)에 달했다. 이런 엄청난 규모의 국부를 국

외로 유출하는 데는 복잡한 전략과 수완이 필요했는데, 마닐라에 파견되어 있던 스위스 은행가들은 1968년 이후 거의 모든 시간을 독재자의 장물을 빼돌리는 데 매달려야 했다. 아예 자금 이동을 합리화하기 위해 마르코스는 1978년부터 크레디트 스위스의 간부를 취리히 주재 필리핀 영사로 임명했다고까지 하니 뻔뻔함의 극치다. 바로 이런 일을 합작해온 것이 스위스 은행의 민낯이다.

탐사 저널리즘을 방불케 하는 저자의 '보고서'를 채운 정서는 통탄과 분노다. 연방 법무부에서 일하며 자금세탁방지 법안을 준비하던 법률가가 자금 세탁으로 악명 높은 은행의 법률 자문으로 취업하는 것이 스위스의 현실이라면 어찌 통탄하지 않을 수 있을까. 스위스 연방의회 의원이었던 저자는 이 책으로 '조국의 배신자'라는 비난을 받으며 의원의 면책특권을 박탈당하고 생명의 위협까지 받았다고 한다. 그럼에도 불구하고 시민의식의 봉기와 항거를 말하는 그의 분노는 쩌렁쩌렁하다. "시민의식의 봉기는 스위스 은행 비밀이라는 치명적인 제도를 대번에 쓸어버릴 것이다."

-〈시사IN〉(2013. 7. 16.)

플루토크라트와
그 나머지

플루토크라트
크리스티아 프릴랜드 지음, 박세연 옮김
열린책들, 2013

플루토크라트Plutocrat? 일단 제목부터 확인하자. 그리스어로 부富를 뜻하는 '플루토Pluto'와 권력을 의미하는 '크라토스Kratos'의 합성어로 '부와 권력을 다 가진 부유층'을 가리킨다. 좀더 구체적으로는 글로벌 자본주의의 승자로 부상한 0.1퍼센트의 신흥 갑부들이다.

이른바 '글로벌 슈퍼리치'는 어떤 이들이고, 또 그들은 어떤 눈으로 세상을 바라보며 움직이는가. 언론인이자 산업전문가인 저자는 플루토크라트의 세계를 놀랄 만큼 생생하고 정밀하게 보여준다. 곧 "우리가 주목해야 할 것은 계급 투쟁이 아니라 구체적인 데이터이다"라는 주장에 충실하다.

지금 우리가 어떤 세상에 살고 있는지를 보여주는 간단한 데이터를 보자. 2005년을 기준으로 빌 게이츠의 재산은 465억 달러이고, 워런 버핏은 440억 달러다. 두 사람의 재산 합계는 미국 전체 인구의 하위 40퍼센트에 해당하는 1억 2000만 명의 재산 총계 950억 달러에 육박한다. 예외적인 억만장자들이라고만 치부할 수는 없다. 그들을 정점으로 한 새로운 슈퍼엘리트 계급이 형성되었기 때문이다. 그리하여 세계는 '플루토크라트와 그 나머지'로 나뉘었다.

새로운 플루토크라트의 등장 배경은 무엇인가. 레이건과 대처 시대의 부자 감세다. 레이건 행정부는 최상위 한계세율을 70퍼센트에서 28퍼센트로 삭감했다. 신자유주의의 확산은 소련과 동유럽 공산주의의 붕괴와 함께 더 가속화되었다. 기술혁명과 세계화, 워싱턴 컨센서스의 등장이 세계경제를 변화시켰다.

브릭스(BRICS, 브라질·러시아·인도·중국·남아프리카공화국) 국가들이 자본주의 체제에 본격 편입되면서 이들 신흥 국가들이 첫번째 도금시대鍍金時代를 겪는 동안 서구사회는 두번째 도금시대를 경험하고 있다. 이 쌍둥이 도금시대의 수혜를 최상층이 독점한 결과가 플루토크라트의 시대를 만들었다. 미국의 중산층이 차이나 신드롬에 밀려 점점 일자리를 잃어가는 동안에도 슈퍼엘리트들은 천문학적인 소득을 올리며 부를 축적했다.

과거 부자들이 은수저를 물고 태어났기에 부자였다면 오늘날 플루토크라트들은 '일하는 부자'다. 그들은 부를 소비하는 것뿐 아니라 창조하는 데 탁월한 재능을 가졌다. 슈퍼엘리트가 되기 위한 중요한 자질이 시차 적응이라고 할 만큼 그들은 전 세계를 누비고 다닌다. "우리는 아내보다 비행기 승무원들을 더 잘 아는 그런 사람들이죠"라고 말하는 부류다.

또한 자본주의를 일종의 해방신학으로 받아들여서 자유로운 시장이 곧 자유로운 인간의 조건이라고 믿는다. 더이상 개별국가의 국민이라는 정체성에 구애받지 않는 세계시민이고자 한다. 글로벌 자본주의 체제에서 기업들이 글로벌화되는 것과 마찬가지다.

플루토크라트는 공익 활동에도 열성적이어서 '박애자본주의'의 실천자이기도 하다. 자본가는 선행을 실천해야 하고 선행을 실천하기 위해서는 더욱더 진정한 자본가가 되어야 한다는 빌 게이츠의 "창조적 자본주의"에 대한 신념은 이들의 생각을 대변한다.

사실 빈부 격차라면 원래 있었던 것이 아닌가? 물론 그렇다. 하지만 현재의 격차는 유례가 없었다는 점에서 새롭다. 또 사정이 이렇게까지 극단적이지는 않았다. 미국의 경우 1940년대에서 1970년대 사이에는 부유층과 나머지 사이의 소득 격차가 줄어들었다. 상위 1퍼센트의 소득 비중이 1940년에 16퍼센트였던 것이 1970년에는 7퍼센트 아래로 떨어졌다. 빅3 자동차기업과 노조와의 대타협으로 중산층의 소득이 늘어났기 때문이다.

그렇지만 1970년대 후반부터 중산층의 소득은 정체된 반면 최상층은 폭주하기 시작했다. 1980년 미국 CEO의 평균 소득이 근로자 소득의 42배였지만 2012년에는 380배로 치솟았다. 트리클 다운Trickle Down(낙수효과)은 없었다. 2008년 금융 위기 이후 2년밖에 지나지 않은 2010년에도 세계경제는 전체적으로 6퍼센트나 성장했지만, 이 기간에 소득 증가분의 93퍼센트는 상위 1퍼센트가 차지했다. 파이는 커지더라도 많은 사람의 몫은 오히려 더 줄어드는, 말 그대로 승자독식 사회다.

흥미로운 것은 그 상위 1퍼센트도 분화되어 있다는 점이다. 부의 독점과 빈부 격차 확대에 대한 문제 제기가 월가 점령 시위의 이슈이기도 했던 '1대 99 사회'이지만, 저자는 그 1퍼센트 내에서도 0.1퍼센트의 갑부들과 그 아래 0.9퍼센트의 부자들은 차원이 다르다고 말한다. 1983년과 2000년 사이 경제전문지 〈포브스〉의 부자 목록에서도 상위 25퍼센트는 4.3배 더 부유해진 반면, 하위 75퍼센트는 2.1배 부유해지는 데 그쳤다. 5000만 달러 이상의 재산을 가진 '초고액 순자산 보유자'는 2011년 기준으로 전 세계에 8만 4700명이 있는데, 그 가운데 2700명은 5억 달러를 보유하고 있다. 최상층과 중상층의 분리와 격차는 심각한 정치적 문제를 야기할 수 있다는 것이 저자의 진단이다.

"백만장자들이 스스로 억만장자의 뒤를 따라갈 수 있다는 가능성을 믿고 있어야, 슈퍼엘리트들이 민주주의 시대에 살아남을 수 있다." 그런 믿음이 무너진다면? 계급전쟁은 1퍼센트 대 99퍼센트 사이에서가 아니라 0.1퍼센트(억만장자) 대 0.9퍼센트(백만장자) 사이에서 일어나게 될 것이라는 것이 저자의 전망이다. 그렇다면 나머지 99퍼센트는 이 계급전쟁의 구경꾼에 불과한 것인가.

플루토크라트를 대놓고 비판하지는 않지만, 부의 차이가 문화적 차이를 낳고 사회적 연대를 가로막는다는 저자의 지적은 온당하다. 사회적 분열과 적대 속에서도 과연 플루토크라트는 그들의 부와 힘을 유지할 수 있을까. 현 단계 자본주의가 어디까지인지 알기 위해서라도 우리 '나머지'들이 탐독할 이유가 분명해 보인다.

-〈중앙일보〉(2013. 10. 12.)

P.S.

『플루토크라트』의 번역은 막힘이 없지만 적어도 한 곳은 오역 같다. "보수적인 세계관을 가진 젊은이를 뜻하는 'young fogey'라는 표현도 〈스펙테이터〉가 1984년에 만들어낸 신조어다"(99쪽)에서 '1984년에 만들어낸 신조어'는 '『1984』식의 신어'가 아닐까. 소설 『1984』에 나오는 '뉴스피크New Speak' 말이다. 한편, 슈퍼리치를 다룬 책들은 이미 여럿 소개되어 있다. 『플루토크라트』에다 더 얹어서 읽어볼 수 있겠다.

동시에 유례없는 경제적 불평등이 지불해야 할 대가에 대한 책들도 필독해볼 만하다. 래리 바텔스의 『불평등 민주주의』(21세기북스, 2014), 원제가 『승자독식의 정치학Winner-Take-All Politics』인 제이콥 해커와 폴 피어슨의 『부자들은 왜 우리를 힘들게 하는가?』(21세기북스, 2012), 조지프 스티글리츠의 『불평등의 대가』(열린책들, 2013) 등이다.

장하준과 사마천에게서 배우는 경제학

장하준의 경제학 강의
장하준 지음, 김희정 옮김
부키, 2014

경제 상황이 어려워지면서 살림살이 걱정으로 새해를 맞이하는 이들도 많을 듯하다. 경제가 무엇이길래? 새해의 첫 독서거리로 경제서를 고르는 독자가 던져볼 만한 질문이지 싶다. 경제란 무엇이고, 그것은 왜 중요하며, 과연 경제적 고통에서 벗어날 길은 없는가? 이달에는 그런 원론적인 질문과 마주하게 해주는 신간과 고전을 함께 읽어보려고 한다.

경제란 무엇인가라는 질문은 자연스레 경제를 연구하는 학문으로서 경제학에 대한 관심으로 이어진다. 케임브리지대 경제학과 교수로 우리에게 친숙한 경제학자 장하준의 강의라면 좋은 출발점이지 않을까. 더구나 "지금 우리를 위한 새로운 경제학 교과서"를 표방하는 책이 『장하준의 경제학 강의』다. 부제만 보면 두 가지가 포인트다. '지금 우리를 위한' 강의라는 것과 '새로운 경제학 교과서'라는 것.

저자가 염두에 둔 '우리'는 일반 시민으로서 독자를 말한다. 흔히 어려운 용어나 복잡한 수식으로 채워진 경제학은 전공자나 전문가의 영역으로 치부하기 쉽다. 하지만 몇 차례 경제 위기를 통해 경험한 것은 누가 진짜 전문가인지 알 수 없다는 것이다. 게다가 저자는 경제학이 과학인 양 행세하지만 결코 물리학이나 화학과 같은 의미의 과학이 될 수 없다고 말한다. 이유는 경제 문제에 대해서는 딱 떨어지는 한 가지 답만 존재하지 않기 때문이다. 복수의 경제 이론이 경합을 벌이고 있는 것처럼 항상 복수의 답안이 선택지로 주어진다. 따라서 어떤 경제 현상을 이해하고, 특정한 정책을 지지하는 것은 가치중립적인 판단이 아니다. 그것은 강도 높은 정치적 행위다.

'새로운 경제학 교과서'의 목표는 '책임 있는 시민'이 갖추어야 할 경제 이해를 제공하는 것이다. 장하준은 경제학자이지만 전문 경제학자들에 대해 매우 부정적이다. "전문가란 새로운 것은 아무것도 더 배우려고 하지 않는 사람"이라는 해리 트루먼의 말을 인용한 데서도 알 수 있듯이 전문가란 아주 좁은 영역을 잘 아는 사람일 뿐이므로 대개 편협한 시각을 갖는 경우가 많다고 보기 때문이다. 따라서 경제학적 문제를 다루는 데 중요한 것은 전문 경제학자들의 말에 도전할 준비가 되어 있어야 한다는 점이다. 저자는 이런 자세가 바로 민주주의의 기초라고 생각한다.

『장하준의 경제학 강의』는 경제를 알고 이해하는 '경제 시민'이 되기 위한 필수 지식으로 구성되어 있다. '교과서'인 만큼 기본적인 지식과 시각을 다루지만 '자본주의의 간단한 역사'를 다룬 장만 읽어보아도 경제를 보는 시야가 확연히 달라질 것이다. 또 경제학의 다양한 접근법을 비교하는 장은 경제학파에 대한 일목요연하면서도 충실한 소개로 저자의 명성에 값한다.

근대 자본주의가 서양에서 탄생한 만큼 경제학도 서양의 전유물로 생각하기 쉽다. 하지만 이런 상식을 재고하게끔 해주는 책이 있다. 너무나도 유명한 사마천의 『사기』「화식열전」편이다. 다양한 사업으로 재산을 모은 총 52명의 행보를 소개한 열전으로 신동준의 『사마천의 부자경제학』(위즈덤하우스, 2012)은 이를 일컬어 "동서양을 통틀어 사상 최초의 경제·경영 이론서"라고 부른다.

「화식열전」의 핵심은 부자가 되고 싶어하는 것을 인간의 본성으로 못 박은 것이다. 즉 부富 자체를 긍정적으로 평가한다는 점에서 획기적이며 애덤 스미스의 『국부론』에 견줄 만하다는 평가다. 화식貨食이란 무엇인가. '식화'라고도 쓰이는 이 말은 『서경』에서 따온 것으로 천하를 다스리는 여덟 가지 원칙 가운데 먹는 것食이 가장 중요하고, 그 다음으로 재화貨가 중요하다는 의미다. 역사서의 『식화지』는 한 시대의 사회경제사를 기술한 것이다.

「화식열전」에서 사마천이 따르는 입장은 '관자'를 대표 격으로 하는 상가商家다. 제자백가 가운데 상가는 부민부국, 곧 백성과 나라를 부유하게 하는 '상도'를 가장 우선적인 가치로 여겼다. 『관자』에 나오는 주장으로 "백성을 얻는 방안으로 백성에게 이익을 주는 것보다 더 나은 방안은 없다"는 것이다. 공자와 순자의 유가에서는 극기복례의 예치를 강조했지만 관중과 사마천은 필선부민必先富民이 통치의 요체라고 보았다. 치국평천하의 길은 백성을 잘살게 하는 데서 시작된다는 것이다.

이런 부민의 방도로 「화식열전」은 중농이 아닌 중상을 주장한다. 하지만 중국의 역대 왕조는 모두 중농을 근간으로 했다. 마오쩌둥의 중화인민공화국도 마찬가지였다. 중국에서 중상주의로의 전환은 덩샤오핑의 개방정책으로 처음 이루어진다. 「화식열전」의 지혜가 비로소 빛을 발할 수 있는 시대가 온 것이다. 『사기』의 「화식열전」편이 2000여 년 전의 저술이지만 21세기에도 음미해볼 필요가 있는 것은 그 때문이다.

-〈다솜이친구〉(2015년 1월호)

5부

사회의 바다

1.

더불어 살아가기

"놀고 일하고 사랑하고 연대하라"

어떻게 살 것인가
유시민 지음
생각의길, 2013

너무 늦어버리기 전에, 내가 원하는 삶을 찾고 싶어서 '직업으로서의 정치'를 떠납니다. 지난 10년 동안 정치인 유시민을 성원해주셨던 시민 여러분, 고맙습니다. 열에 하나도 보답하지 못한 채 떠나는 저를 용서해주십시오.

지난 2월 20일 정계 은퇴를 선언하면서 유시민이 자신의 트위터에 남긴 말이다. 그리고 며칠 뒤 그의 인생론 『어떻게 살 것인가』가 출간되었다. 그의 은퇴가 적어도 책을 준비하는 기간만큼은 숙고한 일이라는 것을 알 수 있다. 어떻게 살고, 어떻게 죽을 것인가를 담백하게 말하는 책을 그가 "직업으로서의 정치"를 떠나게 된 '은퇴 이유서'로도 읽을 수 있는 이유다.

자신의 생업이 '지식소매상'이라고 말하는 유시민은 정치인 시절에도 여러 권의 책을 냈다. 『대한민국 개조론』, 『후불제 민주주의』, 『국가란 무엇인가』 등이다. 독서 편력을 다룬 『청춘의 독서』 정도가 예외일까, 모두 정치인 저자다운 주제의 책이었다. 하지만 『어떻게 살 것인가』는 그런 이력에서 한 걸음 물러나 순전히 '글 쓰는 사람'으로서 썼다고 고백한다. 그 결과가 "쉰다섯 살 먹은 중년 남자"이면서 "비행기에서 책을 읽는 것만으로도 행복을 느끼는 사람"이 쓴 인생론이다.

인생론이라면 의당 성공한 인생의 조건을 포함하기 마련이다. 유시민은 일과 놀이가 인생의 절반이며 사랑과 연대가 그 나머지 절반이라고 말한다. "놀고 일하고 사랑하고 연대하라"가 그의 구호다. 일과 사랑에 대한 언급은 유별나지 않지만 놀이와 연대에 대한 강조는 눈에 띈다. "나는 노는 게 좋다. 일도 좋지만 노는 건 더 좋다"고 그는 단도직입적으로 말한다. 그래서 일중독으로 유명한 박원순 시장 같은 사람과는 같이 일하고 싶지 않다고 한다. 그래 봐야 대단한 놀이꾼은 아니고 낚시와 당구를 즐기는 수준이다. 그런데도 일보다 놀이가 좋다는 것은 그가 인생에서 가장 중요하다고 생각하는 '자기 결정권'이 행사되는 영역이기 때문일 것이다. 억지로 논다면 놀이가 아니라 일일 테니까.

닥치는 대로 열심히 살아왔지만 그는 자신의 삶을 설계하지 않았고, 그래서 스스로 원하는 삶을 살지 못했다고 고백한다. 오직 남을 위해 산 것은 아니더라도 자신의 행복을 위해 사는 것은 훌륭한 삶이 아니라는 관념에 억눌려서 살아왔다는 것이 자기 분석이다. 서슬 퍼런 전두환 군사정권 아래에서 학생운동을 하다가 강제로 징집되었던 유시민에게 정치는 운동의 연장이었다. "내게 정치는 스무 살에 야학교사를 한 것과 방식만 다를 뿐 본질은 같은 것"이었다고 그는 고백한다. '하고 싶다'는 욕망보다는 '해야 한다'는 의무감이 더 컸다는 것이다.

정치가 연대의 한 방법이었지만 정치의 일상이 즐겁지 않았다면 그가 이제라도 원하는 삶을 살기로 결심한 것은 자신을 위해서 다행한 일이다. 정치인 유시민보다 글쟁이 유시민을 더 반겼던 독자들에게도 좋은 일이고. 그렇다고 연대의 가치를 포기하는 것은 아니다. 그는 글을 써서 자기 생각과 자신이 갖고 있는 정보를 남들과 나누는 행위가 기쁘고 즐겁다고 말한다.

아이러니가 없는 것은 아니다. 1980년대 중반 영등포구치소에서 쓴 '항소 이유서'로 문명을 떨치게 된 그가 스파르타식 글쓰기 훈련을 한 곳이 학생운동을 하다 체포되어 자술서를 쓰던 경찰청 특수수사대 감옥이었고, 글 쓰는 재능을 발견한 것이 계엄사 합수부 조사실에서였다니 말이다. 아무튼 이제는 돌아와 거울 앞에 선 글쟁이 유시민이 기대하는 것은 독자가 공감하고 재미를 느낄 수 있는 글, 그런 쓸모 있는 글을 쓰는 것이다. 그럴 때 글쓰기는 단순한 생업 이상의 의미를 갖는다. 출간되자마자 베스트셀러로 진입함으로써 그의 기대는 충족되는 듯 보인다.

-〈주간경향〉(2013. 3. 12.)

사회학적 상상력이란 무엇인가

—

사회학적 상상력
C. 라이트 밀즈 지음, 강희경·이해찬 옮김
돌베개, 2004

이달에는 관심 분야를 문학이나 철학에서 사회학 쪽으로 옮겨보았다. '사회학 고전'이라면 대뜸 고전 사회학자들의 저작을 떠올리게 된다. 사회학의 세 거두, 뒤르켐과 베버, 마르크스의 저작들이 그것이다. 각각의 대표작 『자살론』, 『프로테스탄티즘의 윤리와 자본주의 정신』, 『자본론』은 고전 필독 목록에 늘 오르내리지만 결코 만만하게 읽히는 책들이 아니라는 점에서 충분히 고전에 값한다. 그런 묵직한 고전을 뒤로하고도 읽을 만한 사회학 책에는 어떤 것이 있을까. '사회학 입문서 고전'으로 초점을 약간 바꾸면 손에 꼽을 만한 책이 있다. 미국의 사회학자 C. 라이트 밀즈의 『사회학적 상상력』은 그 가운데 하나다.

아마도 국내에서 사회학 교재로 가장 많이 읽히는 듯싶은 앤서니 기든스의 『현대사회학』(을유문화사, 2011)은 '사회학이란 무엇인가'라는 첫 장을 '사회학적 상상력'에 대한 소개로 시작한다. "사회학적으로 생각하는 법을 배운다는 것은 우리의 상상력을 개발하는 것을 의미한다"는 것이 기든스의 대전제다. 물론 개발해야 한다고 말하는 상상력이 곧 사회학적 상상력이다. 사회학자가 "자신이 친숙한 개인적인 상황을 벗어나 더 큰 문맥에서 사물을 바라보는 사람"이라면 사회학적 상상력이란 사회학자의 기본 자질이자 요건이다.

사회학적 상상력은 어떻게 작동하는가. 기든스는 직접 한 잔의 커피를 마시는 행위에서 어떤 사회학적 상상력을 이끌어낼 수 있는지 시범을 보이는데, 먼저 커피를 마시는 행위는 사회적 의례의 일부로 상징적 가치를 갖는다. 사람들과 대화를 나누는 자리에서 관심은 커피 자체보다는 대화에 둔다.

커피는 사회적 상호작용과 의례 행위의 한 단초다. 또 커피는 카페인을 함유한 일종의 마약이다. 많은 사람이 '각성'효과 때문에 커피를 마시지만 보통 커피중독자를 '마약중독자'로 여기지는 않는다. 하지만 커피나 알코올은 거부하면서 마리화나나 코카인 사용은 허용하는 사회도 있기 때문에 커피를 마시는 행위의 의미는 개인적 차원을 넘어선다. 아니 그 의미는 경제적 관계망을 고려하면 전 지구적 차원으로 확장된다. "커피는 지구에서 가장 가난한 나라와 가장 부자 나라 사람들을 이어주는 상품"이기 때문이다. 커피는 주로 가난한 나라에서 경작되지만 부자 나라에서 대량으로 소비되며 국제 교역에서는 석유 다음으로 가치 있는 상품이다. 따라서 이런 거래 역시 사회학의 관심사다.

그뿐인가. 통시적 차원에서는 커피를 마시는 행위의 역사도 고려해야 한다. 커피의 대량 소비는 약 200년 전 서구 식민지 확장기부터였으므로 전 지구적 커피 교역은 식민주의의 유산이기도 하다. 배경 때문에 세계화와 공정무역 논쟁에서도 커피는 중심에 놓인다. 이렇듯 커피 한 잔을 놓고도 사회학적 상상력은 아주 많은 의미와 문제의식을 길어올릴 수 있다.

사회학은 학문을 설명하는 데 핵심적인 기본 개념이 되었지만 '사회학적 상상력'이란 말 자체는 명시적인 출처와 기원을 갖고 있다. 이미 언급한 대로 밀즈의 『사회학적 상상력』이다. 기억을 더듬어보니 개인적으로는 밀즈라는 이름과 『사회학적 상상력』이라는 책 제목을 대학 2학년 때쯤 처음 접했다. 당시 수강한 '사회학개론' 시간에 피터 버거의 『사회학에의 초대』와 함께 입문서로 소개받은 책이 밀즈의 『사회학적 상상력』이었다.

원서는 1959년에 나왔는데, 안타깝게도 밀즈는 1962년 46세의 젊은 나이로 세상을 떠나 이 입문서는 사회학도들에게 남긴 그의 유언 같은 책이 되었다. 한국어판 초판이 나온 것은 1978년이고 두 차례 출판사를 옮겨서 2004년 현재의 개정판이 출간되었다. 이 개정판에는 2000년에 나온 원서의 40주년 기념판 후기가 새로 추가되어 있다. 그렇더라도 『사회학적 상상력』이 현재 읽을 수 있는 밀즈의 유일한 저작이라는 사실은 아쉽다. 20세기 후반의 가장 뛰어난 사회학자로 꼽히기도 했지만 우리말로 번역된 『들어라, 양키들아』나 『파워 엘리트』 같은 책들이 모두 절판된 상태다(『파워 엘리트』는 재출간되었다). '사회학적 상상력'이라는 아이디어 자체는 아직 요긴하지만 그 구체적인 실례들은 필요하지 않은 것일까.

사실 입문서라고 해도 『사회학적 상상력』을 처음 손에 든 독자는 다소 전문적인 내용 때문에 어려움을 겪을 수 있다. 사회학의 현실, 더 구체적으로는 1950년대 미국 사회학의 주류적 경향에 대해 비판하고 자신의 대안적 사회학을 제시하는 것이 전체적 구성이기에 일반적인 입문서와는 성격을 달리하고 있기도 하다.

서론 격인 1장의 제목이 '약속'인 것은 그런 점에서 시사적이다. 밀즈는 사회학, 더 나아가 사회과학이 당면한 과제를 제시하고 그에 따라 사회과학의 의미를 규정하려고 한다. 무엇이 사회학적 상상력의 약속이고 과제인가? "우리로 하여금 역사와 개인의 일생 그리고 사회라는 테두리 안에서 이루어지는 이 양자 간의 관계를 파악할 수 있게" 해주는 것이다. 이런 약속/과제를 인식하는 사람이라면 밀즈는 다음의 세 가지 질문을 끊임없이 던져야 한다고 말한다.

첫째는 사회의 전체적인 구조에 대한 질문이다. "그것의 본질적인 구성 요소들은 무엇이며, 그것은 서로 어떻게 연관되어 있는가?" 등의 질문을 던질 수 있다. 둘째는 그 사회가 인류의 역사에서 갖는 위치에 대한 질문이다. "그것이 인류 전체의 발전에서 차지하는 위치와 의미는 무엇인가? 우리가 검토하는 특수한 사회적 성격은 그 사회가 움직이는 역사적 시기에 어떤 영향을 주고 또 받는가?" 등이 이어지는 물음이다. 그리고 셋째는 이 특정한 시대, 사회에서 우세한 사람들의 유형에 관한 질문이다. "그들은 어떤 방식으로 선택되고 형성되며, 해방되고 억압되며, 예민해지고 둔감해지는가?"라고 밀즈는 묻는다.

사회학적 상상력은 그렇듯 한정된 경험의 시야를 확장하여 개인적 삶의 사회적·역사적 의미를 탐사한다. 즉 "이 세계가 어떻게 돌아가고 있으며 사회 안에서 개인의 일생과 역사가 교차되는 조그만 점인 자신 속에서 어떤 일이 일어나는지 이해하고자 할 때" 동원되는 것이 사회학적 상상력이다. 이 사회학적 상상력을 매개로 하여 '개인 문제'와 '공공 문제'는 서로 만난다.

밀즈가 들고 있는 예로, 가령 인구 10만 명의 어떤 도시에서 한 사람만 실업자라면 그것은 한 개인의 문제다. 하지만 취업자가 5000만 명인 나라에서 1500만 명이 실업자라면 그것은 공공 문제이며 개인적인 차원에서는 해법을 찾을 수 없는 사회구조적 문제다. 사회구조라는 관념을 명확하게 인식하고 분별 있게 사용할 줄 아는 능력이 곧 사회학적 상상력을 갖고 있다는 표지다. 그렇다면 사회학적 상상력은 비단 사회학자들만의 전유물일 수는 없다. 건강한 사회, 더 바람직한 사회에서 살아가기 위해서라면 사회의 구성원으로서 우리 모두가 숙지하고 발휘할 필요가 있는 능력일 것이기 때문이다.

사회학적 상상력의 의의는 그렇게 확장될 수 있지만 『사회학적 상상력』의 많은 메시지는 주로 사회학도와 사회학자 들을 향한다. 개념만을 강조하는 '거대 이론'과 미시적 방법론만을 강조하는 '추상적 경험주의'를 넘어서 밀즈가 옹호하는 사회학은 해방적 사회학이다. "인간 해방 교육자와 마찬가지로 사회과학자의 정치적 임무는 개인 문제를 공공 문제로, 그리고 공공 문제를 다양한 개인들에 대한 인간적인 의미의 관점으로 전환하는 일"이라고 그는 못을 박는다.

다시 말해 개개인이 놓여 있는 단편화되고 추상화된 상황을 초월하여 역사구조를 인식하고 각자가 그 속에서 자기 위치를 인식하도록 하는 것이 사회과학의 정치적 역할이자 지적 약속이라고 밀즈는 말한다. 바로 그런 것이 사회학자의 바람직한 역할이자 소명일 테지만 밀즈는 사회학과 사회학자의 현실에 대해 결코 낙관하지 않는다.

가령 미국의 사회구조가 전혀 민주적이지 않지만 사회학자들이 민주적 공공 지식인으로서 제 역할을 하고 있는지 의문스러울뿐더러, 또 그런 역할을 하고 있다손 치더라도 과연 그것이 (대중이 아닌) 공중의 회복을 가져올 것인지는 불확실하다. "일반적으로 사회과학자는 중간 정도의 계급, 지위, 권력의 환경에서 살고 있다"는 밀즈의 지적에 그래서 눈길이 가는데, 관료기구의 일부가 된 사회과학에 대한 그의 비판이 과연 미국 사회에만 적용되는 것일까(밀즈는 '사회과학'보다는 '사회연구'라는 말을 선호했다). 다시 읽은 소감으로는 『사회학적 상상력』 대신 '들어라, 사회학자들아'라는 제목이 붙여졌더라도 어색하지 않았을 책이다.

-〈사람과 책〉(2012년 12월호)

사회적 비만과 비만의 사회학

세계는 뚱뚱하다
베리 팝킨 지음, 신현승 옮김
시공사, 2009

하늘은 높고 말은 살찐다는 계절이다. 활동하기에 좋은 풍성한 계절이라는 뜻일 테지만 '살찐다'는 말의 느낌은 예전과 많이 달라졌다. 과체중과 비만이 개인 건강의 문제를 넘어서 이미 사회적 문제가 되고 있어서다. 어떤 근거에서 '사회적 비만'을 말할 수 있으며 무엇이 문제인가? 어떤 처방이 가능하며 우리는 무엇을 할 수 있는가? 몇 권의 책을 통해 '늘어진 뱃살'의 문제를 사회학적으로 생각해보자.

기본적인 길잡이가 되어줄 만한 책은 비만 문제를 연구해온 영양학자 베리 팝킨의 『세계는 뚱뚱하다』이다. 제목은 저명한 저널리스트 토머스 프리드먼의 저서 『세계는 평평하다』를 패러디한 것이다. '세계는 평평하다'의 이면이 바로 '세계는 뚱뚱하다'라는 암시다. 저자에 따르면 "현재 전 세계적으로 16억 명 남짓한 사람들이 과체중과 비만 상태이며 2억 3000만 명이 당뇨병을, 15억 명이 고혈압을 앓고 있다." 불과 반세기 전만 하더라도 비만인구가 1억 명 이하였던 것과 비교하면 놀랄 만한 변화다. 영양실조인구가 8억 명 수준으로 줄어든 것과 비교해보아도 비만인구 증가 속도는 확연히 눈에 띈다.

비만인구의 급속한 증가 원인은 무엇인가? 우리가 뚱뚱해지는 것은 당연히 우리를 과체중으로 만드는 유전자와 음식이 상호작용하기 때문이다. 하지만 유전자의 변화는 수천 년의 세월을 필요로 하기에 현대인을 비만으로 이끈 변화의 주된 요인은 음식일 수밖에 없다. 콜라와 같은 고칼로리의 당분 음료, 패스트푸드의 슈퍼사이즈화가 가져온 대형화된 식사량, 고당분과 고지방 음식 섭취가 비만이라는 유행병의 주원인이다. "오늘날 우리는 인류 역사상 유례없는 방식으로 음식을 먹고 마시며 육체 활동을 하고 있다"는 것이 저자의 진단이다. 한국도 예외가 아니다. 책에는 쌀과 채소를 주식으로 삼던 한국에서도 1995년 WTO 가입 이후 서구 식품과 레스토랑이 유입되면서 비만이 급증하고 있다는 지적이 나온다. 비만의 세계화에 우리도 동참하고 있는 셈이다.

사회적 비만은 전 세계적으로 번지고 있는 유행병이지만 그 진원지는 역시나 미국이다. 일본의 저널리스트 이노세 히지리의 『미국인은 왜 뚱뚱한가?』(작은책방, 2012)는 미국이 어째서 국민의 3분의 1이 비만이고 나머지 3분의 1이 비만 예비군인 '비만 대국'이 되었는지 자세히 살핀다. 미국인들이 급속하게 살이 찌기 시작한 것은 1980년대부터다. 무슨 일이 일어났던 것일까? 먼저 경제 격차다. 비만이 '사치병'으로 여겨지는 문화권도 있지만 미국에서 비만은 빈곤층의 표식이다. 소득이 낮을수록 비만이 될 가능성이 더 높기 때문이다. 경제적으로 여유가 없을 경우 값싸면서 칼로리가 높은 패스트푸드나 가공식품에 의존하게 되고 이런 식생활이 자연스레 비만을 가져온다. 게다가 미국은 국토가 넓기에 자동차로 이동하는 것이 일반적이고 그만큼 운동이나 신체 활동은 줄어든다. 즉 식사의 고열량화와 몸을 움직이지 않는 생활 패턴이 미국형 비만이 만들어지는 환경이다.

문제는 그런 환경이 세계화와 함께 '글로벌 스탠더드'가 되어가고 있다는 것이다. 비만율이 높은 나라들은 모두 미국과 지리적으로, 또는 문화적으로 가까운 곳이다. 멕시코를 비롯하여 영국, 오스트레일리아, 캐나다 등이 모두 비만율 상위권 국가들이다. 미국과는 다른 식생활을 갖고 있어서 비만 국가에서 열외인 것으로 보였던 프랑스까지도 미국식 패스트푸드문화가 확산되면서 포식국가 대열에 합류하기 시작했다는 점은 시사하는 바가 크다. 저자는 "지금 세계를 덮친 비만화의 물결에서 제외된 지역은 지구상에 존재하지 않는다"고까지 단언한다. WHO의 예상으로는 2015년이 되면 과체중인구가 23억 명, 비만인구가 7억 명으로 증가할 것이라고 한다. '테러와의 전쟁'보다 더 시급한 것이 '비만과의 전쟁'이라는 이야기가 결코 과장이 아니다. 따라서 비만에 대한 문제 제기는 더이상 '배부른 소리'로 여겨질 수 없다. 굶주림과 결핍에 시달리는 사람들보다 더 많은 사람이 과잉

열량으로 괴로워한다는 사실을 직시할 필요가 있다.

『강요된 비만』(거름, 2012)의 저자들은 사회적 비만을 일컬어 "굶주림을 해결하는 과정에서 생긴 이 세상의 또다른 질병"으로 규정한다. 처방은 무엇인가? 우리의 생활방식을 근본적으로 개조하는 것이다. 저소득층이 질적으로 더 좋은 식품을 먹도록 지원하고, 몸에 해로운 식품의 판매는 규제하며, 지방과 설탕, 소금이 과다하게 함유된 제품의 광고는 엄격하게 통제하는 것 등이 구체적인 방안으로 제시된다. 더불어 신체 활동을 장려할 수 있도록 도시 중심가를 다시 설계해야 한다는 제안도 나온다. 물론 거대 식품회사들의 강력한 정치적 영향력에 맞서 이런 일들이 이루어지기 위해서는 정치경제적 개혁이 필요하다. '비만의 사회학'이 '식품정치'로 나가야 하는 이유다. 에릭 슐로서의 『패스트푸드의 제국』(에코리브르, 2001), 『식품주식회사』(따비, 2010), 메리언 네슬의 『식품정치』(고려대출판부, 2011) 등이 사회적 비만에 대한 우리의 시야를 확장시켜줄 책들이다. 죽도록 다이어트를 해도 절대 살이 빠지지 않는다면 다 그만한 이유가 있다는 사실을 알게 해준다.

-〈책&〉(2012년 9월호)

쓰레기의 재구성

—

사라진 내일
헤더 로저스 지음, 이수영 옮김
삼인, 2009

궁금해요. 쓰레기가 엄청 많잖아요. 가장 걱정스러운 건 언젠가 이 쓰레기를 쌓아둘 곳이 없어질 게 분명하다는 점이죠.

스티븐 소더버그의 영화 〈섹스, 거짓말, 그리고 비디오테이프〉(1989)에서 앤디 맥도웰이 정신과 의사에게 털어놓는 고민이다. 당시만 해도 관객들은 쓰레기 문제를 한 신경증 환자의 고민으로 치부했을지 모른다. 하지만 이제는 모두의 문제가 되었다. 문명의 장래를 위해서라도 모두가 쓰레기를 고민해야 하는 시점이 도래했다. 일상적으로 배출해내는 어마어마한 분량의 쓰레기가 우리 시대의 표지라면,

이제 더 쌓아둘 곳도 없어지기 전에 어떤 실천과 결단이 필요한지 생각해보는 것은 의무다. 12월에는 이와 관련하여 도움을 줄 수 있는 책 몇 권을 살펴보자.

먼저 현황부터 파악해보자. 언론인이자 영화제작자인 헤더 로저스의 『사라진 내일』은 쓰레기의 발생에서 처리까지 그 흐름을 알기 쉽게 소개한다. 저자에 따르면 우주에서 지구를 볼 때 중국의 만리장성과 함께 눈에 띄는 문명의 흔적이 뉴욕시 남서부의 거대한 쓰레기 매립지 '프레시킬스'라 한다. 세계 최대 소비국가인 만큼 배출하는 쓰레기량도 미국은 단연 세계 최고다. 전체 세계인구의 4퍼센트가 살고 있을 뿐이지만 미국인은 지구 자원의 30퍼센트를 소비하고 전체 쓰레기의 30퍼센트를 생산한다. 미국인 1인당 하루에 2킬로그램의 쓰레기를 쏟아낸다.

미국적 삶이 번영을 뜻한다면 쓰레기는 그 지표이자 이면이다. 쓰레기의 역사가 인류 역사만큼 유구한 것은 아니다. 우리가 알고 있는 쓰레기는 근대 산업화의 새로운 발명품이다. 미국의 경우 17세기와 18세기 이민자들은 너무 가난해서 공산품을 써보지 못했으며 일상에서 버릴 것도 없었다. 깨진 도자기나 음식물 찌꺼기 정도가 그들이 버릴 수 있는 쓰레기였다. 하지만 지금은 모든 것이 쓰레기로 버려진다. 내용물이 비워지자마자 포장재는 곧장 쓰레기로 전락한다. 미국 제품의 약 80퍼센트가 딱 한 번 사용되고 버려지지만 재활용률은 미미하다. 대량소비사회가 낳은 환경 재앙이 코앞에 있다.

『사라진 내일』이 쓰레기 문제의 개관에 해당한다면 퓰리처상 수상 경력의 언론인 에드워드 흄즈의 『102톤의 물음』(낮은산, 2013)은 최신판 종합보고서다. "쓰레기에 대한 모든 고찰"이라는 부제에 걸맞게 쓰레기 문제의 모든 것을 다루고 실천적 제안까지 제시한다. 제목의 '102톤'이라는 수치가 눈에 띄는데(원제는 『쓰레기학Garbology』이다) 미국인 한 사람이 평생 동안 만들어내는 쓰레기량이라고 한다. 하지만 이 또한 실상의 일부일 뿐이다. 개인이 배출하는 쓰레기량이 그렇다는 것이고, 산업 쓰레기를 포함한 미국의 전체 쓰레기 배출량은 매년 100억 톤에 이른다. 이를 환산하면 미국인은 연평균 35톤, 평생 2700톤의 쓰레기를 남기는 셈이다.

흥미로운 것은 중국을 상대로 한 무역에서 미국의 수출품 1위와 2위가 폐지와 고철이라는 점이다. "한때 세계 모든 나라를 위해 물건을 생산하던 미국이 중국의 쓰레기 분쇄압축기로 변모한 것이다." 하지만 폐기물 수출이 쓰레기 문제의 해결책이 될 수는 없다. 미국을 기준으로 하면 우리는 '102톤의 유산'이 어떻게 생겨난 것이며 그로부터 벗어날 방도는 무엇인지를 고민해야 한다. 저자의 대안은 상식적이게도 '낭비 없는 삶'이다. 쓰레기가 현재 우리가 직면하고 있는 모든 문제, 즉 기후 변화와 석유 정점, 에너지 비용 상승 등과 긴밀하게 연결되어 있다는 자각과 함께 필요한 것은 무엇보다도 쓰레기를 줄이는 것이다. 원하지 않는 물건들을 거부하고, 중고품을 사용하며, 생수 구매와 식료품 비닐봉지 사용을 중단하는 것 등이 그가 제안하는 구체적 실천 방안이다.

한편, 쓰레기의 역사를 한번 훑어보는 것도 쓰레기에 대한 우리의 이해를 넓혀줄 것이다. 역사학자 수전 스트레서의 『낭비와 욕망』(이후, 2010)은 마음에 들지 않거나 쓰기 싫어졌다는 이유로 물건을 버리는 일이 현대문명사회의 큰 특징이라고 지적하는데, 너덜너덜해지거나 망가지지 않은 옷이나 가구를 버리는 것은 20세기 중반까지도 일반인은 상상할 수 없는 일이었다. 가령 『알뜰한 미국 가정주부』라는 책의 1835년판은 돼지 여물통을 자주 들여다보면서 기름 모으는 통에 들어가야 할 것이 돼지한테 가지 않도록 잘 살펴야 한다고 조언한다. 이런 태도를 낭비를 줄이기 위한 '오래된 지혜'로 삼을 수 있을까.

또는 직접 쓰레기를 수집하는 체험을 해보는 것도 쓰레기에 대한 인식과 이해를 교정하는 데 도움이 될지 모른다. 제프 패럴의 『도시의 쓰레기 탐색자』(시대의창, 2013)는 대학교수직을 박차고 8개월간 길거리에서 남이 버린 물건을 수집하여 재활용한 경험을 기록하고 있다. 그는 범죄학자로서 "소비와 낭비는 오늘날 우리 사회가 가진 가장 큰 파괴 행위 가운데 하나"라고 말한다. 그런 소비와 낭비를 줄이기 위해서라면 물건이 생산되고 소비되어 쓰레기로 버려지기까지 '물건의 일생'을 추적한 애니 레너드의 『물건 이야기』(김영사, 2011)도 필독해볼 만하다. "알면 사랑한다"는 경구에 빗대면 알면 아끼게 될지도 모를 일이다.

-〈책&〉(2013년 12월호)

다른 사람들과 함께 살아가기

—

투게더
리처드 세넷 지음, 김병화 옮김
현암사, 2013

책 주제가 '다른 사람들과 함께 살아가기'라면 예사롭게 넘길 수 있겠지만 저자가 리처드 세넷이라면 이야기가 달라진다. 개인적으로는 지그문트 바우만과 함께 필독 목록에 올려놓고 있는 사회학자다. 바우만은 폴란드 태생으로 영국의 리즈대에 오래 몸담았다. 반면 세넷은 '유럽 지식인 사회'에서도 널리 읽히는 미국 사회학자로 뉴욕대와 런던정경대에서 강의한다.

두 학자는 관심 분야는 다르지만 '근대'라는 공통 화두를 붙들고 있다. 깊이 있는 사유와 우아한 글쓰기로도 평판이 높다. 바우만이 '액체 근대' 또는 '유동하는 근대' 시리즈에 오랫동안 천착하고 있다면, 노동 및 도시화 연구 권위자인 세넷의 최근 화두는 '호모 파베르', 곧 도구를 사용하는 인간이다. 다른 표현으로는 '구체적 실천을 통해 생명을 만드는 존재'다.

국내에도 소개된 『장인』(21세기북스, 2010)이 '호모 파베르 프로젝트' 첫 권이라면 『투게더』는 그 두번째 책이다. 세넷은 도시를 어떻게 하면 더 잘 만들 수 있는가라는 문제를 다룬 세번째 책을 마저 집필할 예정이다. 그는 이 3부작을 통해서 무엇을 다루고자 하는가. 세넷은 "사람들이 개인적인 노력, 사회적 관계, 물리적 환경을 어떻게 형성하는지를 설명하려는 것이 나의 목표"라고 명시한다. 특별히 그가 강조하는 것은 기술과 능력이다. '협력'의 문제를 다룬 『투게더』에서도 타인에 대한 우리의 반응 능력과 대화를 나눌 때 남의 말을 듣는 기술에 초점을 맞춘다. 여느 사회학 저작에서는 보기 드문 주제이고 문제의식이다.

문제의식뿐 아니라 문제를 다루는 방식에서도 세넷 스타일은 눈에 띈다. 그는 런던의 한 초등학교에 다니는 자신의 손자 이야기로 말문을 연다. 손자의 친구 녀석이 학교 방송에서 "엿 먹어, 엿이나 실컷 처먹어, 왜냐하면 네가 진짜 싫으니까, 너네 패거리 전부가 진짜 싫거든!"이라는 가사의 노래를 틀어서 학교 당국을 기겁하게 만들었다는 것이다.

가수의 원래 의도와는 달리 아이들은 '엿 먹어'라는 가사를 통해 종교·인종·계급적 차이에 대한 혐오감을 드러내려고 했다. 실제로 런던은 그런 혐오와 갈등이 주기적으로 폭력과 폭동으로 치닫는 도시다. 런던보다 사정이 나을지 모르지만 우리도 그런 상황에서는 예외가 아니다. 문제는 비슷한 사람들만으로는 도시가 만들어지지 않는다는 데 있다. 세넷의 강조대로 도시는 시민들에게 자신과 다른 사람들에게 충분히 숙고하고 상대할 것을 요구한다. 협력은 필수적인 조건이다.

하지만 현대사회는 협력이 지속적으로 약화되고 있다. 원인은 무엇인가. 세넷은 물질적·제도적·문화적 이유 때문에 현대인이 협력의 기술을 점차 잃어버리고 있다고 진단한다. 먼저 경제적 불평등이 점점 심화되고 있다. 미국 사회를 기준으로 하면 제조업 일자리가 줄어들어 다수가 보유한 자산이 줄어들었는데도 최상위 1퍼센트, 또는 0.1퍼센트의 재산은 천문학적으로 늘어났다. 오늘날 중간층 출신인 학생들이 자기 부모들만큼 수입을 올릴 확률은 40퍼센트에 불과하지만 상위 5퍼센트의 학생들은 그 확률이 90퍼센트 이상이다. 이렇게 벌어진 격차는 자연스레 '사회적 거리'를 만들어내고 이 거리는 협력과 사회적 연대를 어렵게 한다.

제도적으로는 현대의 조직구조가 협력을 금지한다. 단기적이거나 임시적인 일자리만 늘어나면서 '장기근속'이라는 말은 이미 듣기 어려워졌다. 2000년에 직장에 들어간 젊은이는 평생 12번에서 15번가량 직장을 옮기게 될 것이라는 전망도 나온다. 이런 단기적 노동 시간은 또 사회관계를 피상적으로 만들고 정보를 다른 개인이나 부서와 공유하지 않는 '사일로 효과'를 강화한다. 당연히 조직에 대한 열의나 헌신도 줄어들 수밖에 없다. 게다가 문화적으로는 차이 때문에 생기는 불안감을 줄이려는 경향이 확산되고 있다. 사람들은 스스로 움츠

러들거나 문화적 획일화에 편승한다. 그러는 가운데 다른 사람과 대면하고 그들과 협력하려는 욕망은 힘을 잃는다.

그렇게 약화된 협력을 어떻게 다시 회복시킬 수 있을까. 세넷은 유럽문화사에서도 다양한 형태의 대화와 협력 방식을 끌어와 재조명하고 있지만 우리에게 특별히 주목되는 것은 아시아인의 사례다. 중국은 '공격적인 자본주의 국가'지만 강력한 사회적 단결 코드도 갖고 있다. 바로 관계나 연줄을 뜻하는 '관시關係'다. 이 비공식적인 사회적 네트워크를 통해 중국인들은 급변하는 상황 속에서도 사회적 결속이 어떻게 경제적 삶을 형성할 수 있는지 보여준다.

또다른 사례는 미국의 한국 이민자들이다. 그들은 뉴욕과 로스앤젤레스에 주로 정착하여 가게를 열고 자기끼리는 잘 협력했지만 가난한 아프리카계 미국인 고객을 상대할 때는 멸시하는 태도를 보였다. 그 결과 1992년 LA 폭동 때 많은 한국인 상점이 파괴되기도 했다. 그렇다고 친선이 구축되지는 않았다. 서로를 더 잘 이해하는 단계까지는 나아가지 못했기 때문이다. 하지만 분노와 편견을 뒤로 제쳐놓고 서로 침묵하기로 했다. 서로가 못마땅한 부분이 있더라도 말하지 않는 사회적 예절로서의 침묵 또한 사회적 협력의 중요한 바탕이다.

지역·인종의 경계가 무너지는 시대, 다민족이라는 단어가 보통명사처럼 통용되는 시대, 이른바 사회적 협력을 통해 어떻게 보다 더 튼튼한 공동체를 만들 수 있을까를 고민하는 이들이라면 필독할 가치가 충분한 책이다.

-〈중앙일보〉(2013. 3. 16.)

사람 더하기 사람!
협동조합

—

깨어나라! 협동조합
김기섭 지음
들녘, 2012

2012년은 UN이 정한 '세계협동조합의 해'였다. 그에 부응하여 국내에서도 작년 12월 1일부터 협동조합기본법이 발효되었다. 이에 따라 금융·보험업을 제외하면 5인 이상의 구성원으로 자유롭게 협동조합을 설립할 수 있다. 협동조합이라는 말을 주변에서 부쩍 자주 듣게 되는 배경인데, 협동조합이란 과연 무엇이며 어떤 점에서 자본주의의 대안이라는 평가까지 받는 것일까. 목마른 자가 우물을 파듯이 궁금한 자가 책을 펼치는 법이다. 이달에는 협동조합에 관한 책을 몇 권 살펴보기로 한다.

김기섭의 『깨어나라! 협동조합』이 출발점으로 적당해 보이는 책이다. "21세기는 바야흐로 협동조합의 시대"라는 시대 인식 아래 저자는 오늘날 협동조합이 왜 주목받고 있으며 어떤 전망을 갖고 있는지 안내한다. 이 협동조합의 기원은 무엇인가. 우리에게도 두레와 계 같은 전통이 있었듯이 사회적 협동은 어떤 형태로든 존재해왔다. 협동조합의 역사를 살필 때에는 영국의 로치데일을 먼저 떠올리게 된다. 맨체스터 인근의 작은 마을인 로치데일에서 1844년 세계 최초로 '로치데일 공정선구자조합'이라는 이름의 협동조합이 설립되었기 때문이다.

당시 산업혁명의 절정기였던 영국에서는 소규모 작업장 대신에 대규모 공장들이 들어서면서 생산력이 급속도로 발달했지만 대다수 노동자들의 삶은 극도로 피폐해졌다. 하루 평균 17시간씩 일하고, 아이들과 여성은 새벽 3시부터 밤 10시까지 19시간을 일해야 했다. 대부분의 자본가들은 노동자들을 멸시했고 노동조건은 개선되지 않았다. 그런 상황에서 로치데일의 협동조합은 노동자들의 자구책으로 만들어졌다. 1인당 1파운드씩의 출자금을 걷어 조합의 점포 문을 열었지만 처음에는 너무 형편없어서 마을 사람들의 웃음거리가 되었다고 한다. 하지만 노동자들의 신뢰와 노력 덕분에 설립 10년 후에는 조합이 50배로 늘어났고 출자금도 400배로 불어났다. 그 이전에도 협동조합은 많이 있었지만 로치데일만큼 성공을 거둔 곳은 없었다. 저자는 로치데일 모델의 성공 비결을 "노동자들이 생산과 분배와 교육의 영역에서 스스로가 필요한 것을 스스로의 힘으로 제공하는 공동체를 건설하고자 했다는 사실"에서 찾는다.

사례가 있으니 협동조합의 정의에 대한 이해도 보다 쉬울 것이다.

ICA(국제협동조합연맹)는 이렇게 정의한다. "협동조합은 공동으로 소유하고 민주적으로 운영하는 사업체를 통해, 그들 공통의 경제적·사회적·문화적 필요와 염원을 충족하고자 자발적으로 결합한 사람들의 자율적인 결사체다." 저자는 이 정의에 인간의 존엄성에 대한 믿음, 존엄한 인간의 상호자조에 대한 신뢰, 상호자조에 의해 형성되는 경제민주주의에 대한 확신에 그 철학적 뿌리를 두고 있다고 말한다.

협동조합의 역사와 정의, 철학에 대해 살펴보았다면 바로 현장을 둘러보는 것도 좋겠다. 현직 언론인 3인이 쓴 『협동조합, 참 좋다』(푸른지식, 2012)가 가장 유익한 현장 안내서다. 이탈리아, 덴마크, 뉴질랜드 등 우리보다 앞서가고 있는 나라들의 협동조합 현장을 직접 찾아서 그들의 경험담과 성공 비결을 전해듣고, 한국의 협동조합 현주소를 점검해본 다음, 협동조합의 대가들과 가진 인터뷰도 보탰다. 게다가 협동조합기본법의 내용과 의미도 부록으로 실려 있어 협동조합 가이드북으로는 최적이다. 저자들은 비영리기업인데도 협동조합이 자본주의 사회에서 경쟁력을 갖는 이유를 조합원의 충성심과 공동행동, 원가 경영에서 나온다고 짚었다.

흔히 세계협동조합의 메카로 이탈리아의 볼로냐, 에스파냐의 몬드라곤 등을 꼽는데, 한국에도 내세울 만한 곳이 있을까. 저자들은 한국의 협동조합 메카로 강원도 원주를 지목한다. 원주에서는 2003년에 원주협동조합협의회가 조직되었고 2009년에는 '원주협동사회경제네트워크'로 진화했다. 이 네트워크에 소속된 회원은 무려 3만 5000여 명으로 원주 인구의 11퍼센트에 이른다. 협동조합원이 되면 먹을거리를 사고 아플 때 치료받고 필요한 돈을 빌리는 일을 모두 이 네트워크 안에서 해결할 수 있다. 아직 그 규모가 지역 총생산의 0.36퍼센트에 머물고 있기는 하지만 조합원들의 꿈은 원주를 언젠가는 한국의 몬드라곤으로 만드는 것이다. 에스파냐 바스크의 소도시 몬드라곤의 협동조합 복합체는 에스파냐에서 10위 안에 드는 대기업으로 성장하여 전 세계의 주목을 받은 바 있다.

협동조합의 성패는 조합원들의 열의와 실천에 달려 있는 만큼 협동조합 운영 지침과 실무에 관한 책들도 나와 있다. 에드가 파넬의 『협동조합, 그 아름다운 구상』(그물코, 2012)은 협동조합과 관계된 일을 일생 동안 해온 저자가 자신의 풍부한 경험을 바탕으로 협동조합 운영의 여러 가지 문제점과 그 해결책을 제시하고 있다. 그리고 김용한, 하재은의 『협동조합 시대』(지식공감, 2012)는 협동조합 설립과 운영에 관한 실무를 담고 있는, 말 그대로 '실무서'다. 학술적인 성격의 책으로는 존스턴 버챌의 『사람중심 비즈니스, 협동조합』(한울, 2013)이 있는데, 성공회대 대학원 협동조합경영학과 교수와 학생들이 우리말로 옮겼다. 대학 교재용 책으로 협동조합을 '조합원 소유 비즈니스'라는 관점에서 접근하고 있는 점이 특징이다.

-〈책&〉(2013년 3월호)

가부장적 가족주의에 맞서는 국가와 개인의 연대

이상한 정상가족
김희경 지음
동아시아, 2017

문재인 대통령이 저자에게 격려 편지를 보냈다고 하여 화제가 된 김희경의 『이상한 정상가족』을 읽었다. 아니, 화제가 되기 전에 읽었다. 저자의 문제의식만 보면 지난해 베스트셀러였던 조남주의 『82년생 김지영』의 연장선상에서 읽히는 책이다. 하지만 장르상의 차이 때문에 소설만큼 널리 읽히지는 못할 것이기에 책의 문제의식을 담은 드라마나 영화가 나오면 좋겠다는 생각이 들었다. 어떤 문제의식인지 간추려보기로 한다.

오랜 기자생활을 거쳐 국제구호개발단체에서 일했고 아동인권운동가로 활동중인 저자가 보기에 한국 사회의 모든 문제는 가족 문제로 귀결된다. "나는 가족 해체보다 여전히 더 큰 문제는 가부장적 질서를 근간으로 한 완강한 가족주의라고 생각한다." 이 가족주의는 가족 안팎에서 폭력을 생산한다. 저자의 구분법은 아니지만 '안에서의 폭력'과 '바깥으로의 폭력'으로 나눌 수 있다.

먼저 가족 안에서 가족주의는 자식을 소유물로 보게끔 한다. 그 결과 체벌과 폭력을 '사랑의 매'로 미화한다. 하지만 체벌과 학대 사이의 거리는 종이 한 장에 불과하다. 부모나 보호자가 처음부터 아이를 학대할 의도로 체벌을 가하는 경우는 드물다. 아이에게 훈육 목적의 체벌이 필요하고 어떤 폭력은 정당화될 수 있다는 믿음 자체가 문제다. 동전의 양면인 방임과 과보호 사이에서 한국 어린이의 행복감은 모든 연령대에서 바닥권이다. 즉 아이들은 행복하지 않다. 아이들을 부모의 소유물로 보는 태도는 급기야는 '가족 동반 자살'이라는 비극을 부르기도 한다. 저자는 '동반 자살'이라는 표현 자체에 심각한 문제가 있다고 보는데, 엄밀히 말하면 '자녀 살해 후 부모 자살'이 있을 뿐이기 때문이다. 널리 알려진 대로 한국은 자살률이 세계 최고 수준인 국가다. 부모의 자녀 살해 후 자살도 그 가운데 적지 않은 비중을 차지한다. '믿을 것은 가족밖에 없다'는 가족주의의 이면이다.

다른 한편으로 가족주의는 가족 바깥에서 정상과 비정상을 구분하고 차별한다. 이른바 정상가족과 비정상가족을 나누고 가부장적 가족제도의 테두리를 벗어나면 '비정상'과 '부도덕'으로 몰아세우는 것이 한국 가족주의의 양태다. 이를 일컬어 저자는 정상가족 이데올로기라고 부른다. 이에 따라 법적 혼인 절차가 수반되지 않은 임신과 출산, 양육에 대해 따가운 차별적 시선을 보내는 한편, 사회적 · 제도적 차별까지 덧붙인다. 이런 차별이 전 세계에서 해외 입양을 가장 많이, 가장 오래 보낸 나라라는 오명을 떠안게 했다. 한국전쟁 이후 시작된 해외 입양은 제5공화국에 이르러서는 연 1만 명을 넘겼고 '고아 수출 세계 1위'를 기록하게 되었다. 미혼모와 입양가족에 대한 사회적 편견 역시 정상가족 이데올로기의 결과다.

정리하면 '정상가족주의'는 가족 안에서 가족 내 구성원의 개별성을 존중하지 않기에 과도한 통제와 체벌, 학대를 낳는 경향이 있고, 가족 바깥에서는 가족 형태의 다양성을 수용하지 않기에 배타적이고 차별적인 태도를 양산한다. 이런 진단에 이어지는 물음은 자연스레 가족주의의 한국적 기원이다. 일반적으로는 사회가 근대화되면 개인의식이 성장하고 개인주의가 강화되기에 가족이나 집단의 지배력은 약화되기 마련인데, 어째서 한국 사회에서는 여전히 가족주의가 팽배한 것인가. 중국, 일본, 한국 세 나라의 가족 가치관을 비교한 조사, 연구에서도 한국인의 가족 가치가 가장 보수적이고 가정생활의 만족도도 가장 낮았다고 하면, 가족주의를 한국 사회의 특징으로 지목해도 과장은 아니다.

이렇듯 저자는 특별한 가족주의 형성 원인을 유례가 드문 압축적 근대화에서 찾는다. 한국 사회의 근대화는 1960년대부터 지금까지 약 반세기에 걸쳐 급속하게 진행되었다. 서구의 경우 보통 300년에서 400년에 걸쳐 이루어진 변화가 이 기간 동안 압축적으로 이루어진 것이다. 그것이 자랑할 만한 성취로 평가되기도 하지만 그 부작용이 따르는 것은 당연하다. 대표적인 것이 사회적 안전망의 부재다. 사회보장의 제도화라는 면에서 보면 압축 근대화 과정에서 한국은 세계에서 가장 열악한 나라의 하나였다. 근대화, 산업화 과정에서 국가가 위기 상황의 울타리가 되어주지 못했기에 개인이 기댈 수 있는 언덕은 가족밖에 없었다는 것이다. 국가가 근대화에 매진하는 동안 그 뒤치다꺼리는 가족에게 내맡긴 형국이다.

이 때문에 한국의 가족주의는 근대화 과정에서 약화되지 않고 오히려 강화되었다. 그래서 한 사회학자는 가족을 근대화의 '해결사'라고까지 했다. 하지만 이 해결사는 이제 문제의 원인으로 지탄받는다. "자신보다 아래라고 생각하는 사람들에 대한 공공연한 멸시, '정상가족'의 범위 밖에 있다고 생각하는 사람들, 미혼모, 이주노동자, 다문화가정 아이들에 대한 차별을 서슴지 않는 심성도 이처럼 내 가족 말고는 다른 아무것도 중요하지 않은 배타적 가족주의에서 비롯되었다."

그렇다면 무엇을 어떻게 할 것인가. 저자의 해법은 "자율적 개인과 열린 공동체를 그리며"라는 책의 부제에 집약되어 있다. 개인의 자율성을 존중하기 위한 방책의 하나로 제시되는 것은 체벌금지법이다. 모범적인 사례가 스웨덴인데, 이 나라는 1979년에 세계 최초로 부모의 체벌을 법으로 금지했다. 1989년에 발효된 '유엔아동권리협약'보다도 10년 앞선다. 아동 인권 선진국이라고 할 만한데, 흥미로운 것은 스웨덴이 애초부터 아동 인권을 존중해온 나라는 아니라는 사실이다. 20세기 전반까지만 하더라도 스웨덴도 아이는 부모의 소유로 간주되었고, 심지어 체벌이 법적으로 허용된 나라였다. 그런 상황에서 제2차세계대전 이후 체벌을 둘러싼 사회적 논쟁이 벌어졌다.

이 논쟁에서 큰 영향을 미친 것은 『삐삐 롱스타킹』으로 유명한 아동문학가 아스트리드 린드그렌의 연설이었다고 한다. 그가 연설에서 들려준 한 여성의 일화는 우리도 경청해봄직하다. 젊은 엄마였던 여성은 어린 아들이 말을 듣지 않자 훈계하기 위해 회초리를 가져오라고 시켰다. 그런데 한참 만에 울면서 돌아온 아이는 회초리 대신에 작은 돌을 내밀면서 이렇게 말했다고 한다. “회초리로 쓸 만한 나뭇가지를 찾을 수 없었어요. 대신에 이 돌을 저한테 던지세요.” 아이 생각에 엄마가 자신을 아프게 하려고 하는 것이니까 회초리 대신에 돌도 가능하리라고 본 것이다. 아이의 천진한 생각에 엄마는 크게 각성하여 아이를 껴안고 울었다. 그러고는 앞으로 아이를 절대로 때리지 않겠다고 결심하고 아이가 주워온 돌을 부엌 선반 위에 올려놓았다고 한다. 린드그렌의 연설을 통해 한 여성의 각성은 스웨덴 사회 전체의 각성으로 확산되었고 결국 체벌금지법이 제정되기에 이르렀다.

스웨덴은 체벌금지법의 선구적 제정에서뿐 아니라 우리의 가족주의를 반성적으로 성찰하는 데 많은 참조가 된다. ‘스웨덴식 사랑 이론’도 그 가운데 하나다. 이 이론에 따르면 진정한 인간관계는 서로에게 의존하지 않고 불평등한 권력관계에 놓이지 않는 개인 사이에서만 가능하다. 우리 식으로 말하면 불평등한 갑을관계 아래에서는 진정한 인간관계가 불가능하다는 것이다. 가족 안에서도 서로 의존적이고 굴욕을 강요하는 권력관계에서 벗어날 때에만 진정한 사랑이 가능하다. 그리고 국가는 이런 굴욕감에서 개인을 해방시킬 의무가 있다는 것이 스웨덴식 이론이다. 물론 불평등한 권력관계로부터의 해방은 말로만 이루어지지 않는다. 섬세한 제도적 뒷받침이 따라야 한다. 저자는 스웨덴 모델을 다음과 같이 요약한다.

"부모의 체벌 금지와 아동 수당 지급, 아동 인권에 대한 강조를 통해 아이들도 부모로부터 독립적 지위를 갖게 되었다. 부모 자산에 대한 조사가 없는 학생 대출을 통해 청년들이 가족에서 독립할 수 있는 자율권을 부여했다. 부부의 개인별 분리과세, 보편화된 공공보육 시스템으로 여성의 배우자에 대한 의존과 종속의 여지를 없앴다."

이런 제도적 뒷받침을 통해 스웨덴은 세계에서 가족에 대한 의존도가 가장 낮고 개인화가 가장 진전된 사회가 되었다. 스웨덴 모델에서는 개인의 자율성에 대한 강조가 국가의 적극적 역할과 충돌하지 않는다. 오히려 국가는 개인의 자율성을 수호하는 조력자로 등장한다. 그래서 붙여진 이름이 '국가주의적 개인주의'다. 전통적인 가부장적 가족주의에 맞서 국가와 개인이 연대하는 모양새다. 그런 스웨덴 모델이 한국 사회의 대안이 될 수 있을까. 책을 덮으며 갖게 되는 질문이다. 하지만 생각해보면 불과 지난 정부 때만 하더라도 이런 대안은 상상해볼 수조차 없었다. '이게 나라냐!'는 탄식이 '나라다운 나라'에 대한 기대로 바뀐 지 얼마 되지 않았다. '이상한 정상가족'에서 벗어나기 위한 첫 단계라고 해야겠지만 그런 노력을 이제는 시도해볼 수 있다는 현실이 그래도 다행스럽다.

-〈출판문화〉(2018년 2월호)

새로운 사랑,
새로운 관계에 대한 욕망

—

폴리아모리
후카미 기쿠에 지음, 곽규환 · 진효아 옮김
해피북미디어, 2018

다자간 사랑을 뜻하는 말로 막연하게 알고 있는 '폴리아모리'에 대해 좀더 이해해보려고 손에 든 책이다. "새로운 사랑의 가능성"이라는 부제가 타당한지도 궁금했다. 저자는 일본의 젊은 인류학자로 미국의 폴리아모리에 대한 현지조사를 바탕으로 책을 썼고 말미에 일본의 폴리아모리스트와의 인터뷰를 보탰다. 곧 제3자적 시각에서 폴리아모리에 접근하고 있는 것이 이 책의 장점이다.

저자에 따르면 폴리아모리는 1990년대 미국에서 만들어진 신조어다. 일단 모노가미(일부일처제)에 반대하는 논-모노가미 운동의 일환으로 시작되어 1995년부터 본격화되었다고 한다. 길게 보면 전통적인 성도덕에 반대하는 성해방운동의 연장선상에 놓인다. 19세기에는 자유연애주의자들이 '내가 사랑하고 싶은 사람을 사랑할 권리'를 선구적으로 주장했고 성의 공산주의를 목표로 한 공동체 실험도 있었다. 하지만 기존의 성규범을 위협한다고 하여 탄압을 받았다.

성해방의 주장이 새로운 목소리로 다시 등장한 것은 1960년대다. 학생운동, 시민운동, 베트남전쟁에 반대하는 반전운동 등을 배경으로 다양한 성애관계가 실험되었다. 하지만 1980년대 보수주의의 대두와 함께 이런 흐름은 쇠퇴되었다. 1980년대 초에 발견된 에이즈도 성해방 풍조에 결정타가 되었다. 1990년대 새로운 사랑의 방식으로 폴리아모리가 등장하기까지의 짧은 역사다.

폴리아모리란 무엇인가. '자신의 교제를 공개하고 합의한 후에 만들어가는 복수의 사랑'이다. 요점은 공개와 합의다. 모노가미에서라면 "당신 말고 사랑하는 사람이 있어"라는 고백은 관계의 파국으로 이어지지만 폴리아모리에서는 새로운 관계의 시작이 된다. 폴리아모리는 단지 섹스를 목적으로 하는 것이 아니라 감정적 유대를 강조하기에 스와핑과 구별된다. 폴리아모리스트는 자신이 사랑하는 특정 사람들과 친밀하고 지속적인 관계를 구축하고자 한다.

그렇게 해서 폴리패밀리가 형성된다. 한 예로 토마스(남성, 40대), 릴리(여성, 30대), 댄(남성, 20대)은 4년 차 폴리패밀리인데, 토마스와 릴리가 결혼하고 2년 뒤에 댄을 새 가족으로 맞았다. 토마스와 댄은 양성애자이고 릴리는 이성애자이며 셋은 트라이어드다. 이혼 경력자인 토마스에게는 전처와의 사이에 두 아이가 있다. 아이들은 한 주의 절반을 토마스의 집에서 지내는데, 토마스가 생계를 맡고 육아는 릴리가, 가사는 릴리와 댄이 협력하여 역할을 분담한다.

폴리아모리가 과연 새로운 사랑의 방식으로 확장성을 가질 수 있을까. 아니면 소수의 성애와 가족 구성방식으로 남게 될까. 몇 가지 조사 통계를 참고해볼 만한데, 미국에서 폴리아모리스트는 90퍼센트 이상이 백인이고 75퍼센트 이상이 중산계급 이상이라고 답했다. 대학 이상의 학력자가 62퍼센트였다. 폴리아모리 그룹 참여자의 연령은 50대 남성과 40대 여성이 가장 많았다. 새로운 사랑, 새로운 관계에 대한 욕망도 보편적이라기보다는 특정한 사회적 조건을 배경으로 하는 것으로 보인다.

-〈주간경향〉(2018. 4. 17.)

2. 차이가 차별받지 않는 세상

결혼의 역사와 아내의 역사

—

I don't
수잔 스콰이어 지음, 박수연 옮김
뿌리와이파리, 2009

'5월의 신부'가 되는 것은 많은 미혼 여성이 꿈꾸는 일이기도 하다. 그러나 결혼생활이 달콤한 꿈으로만 채워질 수 없다는 것도 모두가 아는 사실이다. 그래서 어쩌면 결혼을 앞둔 예비부부도 각자가 결혼의 손익에 대해서, 즉 결혼의 비용과 혜택에 대한 대차대조표를 만들어볼지도 모른다. 거슬러올라가면 결혼의 역사도 그렇게 시작되지 않았을까. 굉장히 긴 이야기가 될 수도 있지만 결혼의 역사를 이끌어온 동인과 쟁점은 무엇인지 몇 권의 책을 통해 짤막하게 살펴보자.

가볍게 시작하기에 좋은 책은 수잔 스콰이어의 『I don't』다. 제목의 '아뇨!I don't'는 결혼 서약에서 "이브, 그대는 이 남자 아담을 당신의 합법적인 남편으로 맞이하겠습니까?"라는 주례자의 질문에 대한 대답이다. 통상 '예I do!'라고 대답함으로써 신랑과 신부의 자발적인 동의하에 결혼이 이루어졌다고 선포되지만 '아뇨!'라고 답한다면 사정이 달라진다. 저자가 기혼자임에도 불구하고 결혼에 선뜻 동의할 수 없다는 제목을 내건 것은 결혼의 역사를 16세기까지만 다루기 때문이다. 16세기는 중요한 전환점으로 사랑을 중시하는 결혼관이 대세로 자리잡은 시기다. 반면에 그 이전의 역사는 여성에게 일방적으로 불리한 잔혹사였다는 것이 저자의 판단이다.

창세기의 구절부터가 조금 불길했다. "남편은 너를 다스릴 것이니라." 기독교적 전통에 따르면 여성은 철저한 통제의 대상이었다. 가부장제 결혼과 정절에 대한 남성 편의적 이중 잣대, 그리고 여자를 집에 가두어놓기 등이 서양사를 관통해온 남자들의 여성 통제 전략이었다. 이런 결혼관에 혁신적인 변화를 가져온 것이 루터의 종교개혁이었다. 루터와 프로테스탄트는 동지애를 가장 우선시하고 자녀 출산과 정절이 그 뒤를 잇게 함으로써 결혼의 의미를 혁명적으로 바꾸어놓았다.

고대세계에서 2000년대까지 서술의 범위를 확장하고 있는 메릴린 옐롬의 『아내의 역사』(책과함께, 2012)에서도 16세기는 전환점으로 여겨진다. 사랑을 중요하게 여기는 결혼관은 16세기 영국에서 시작되어 17세기 청교도들이 이주하면서 미국으로 전파되었고 18세기 후반에는 중류층에서 유행하기 시작했다. 당사자들의 감정이 결혼에서 가장 중요한 요소가 된 것이다. 우리도 사정이 다르지 않지만 근대 이전에는 아내는 성적 즐거움, 자식, 양육, 요리, 가사노동을 제공해야 했고 남편에게 신체를 학대받지 않으면 축복이라고 여겼다. 아내는 남편에게 봉사하고 복종해야 하며 남편은 아내를 때려도 좋다는 낡은 믿음은 부부가 서로를 동반자로 여기는 결혼 형태가 확산되면서 서서히 힘을 잃어갔다. 19세기 이후로 여성의 교육과 취업 기회가 많아지고, 더불어 사회적·정치적 참여가 빈번해지면서 남편과 아내는 좀 더 평등한 관계가 되었다.

이런 흐름에 예기치 않은 진전을 가져온 것은 제2차세계대전이었다. 대공황기만 하더라도 남자의 일자리를 뺏는다는 이유로 비난의 대상이 되던 '일하는 아내'가 거꾸로 칭송의 대상이 되었던 것이다. 전쟁 전에는 미혼의 젊은 여성들이 일자리를 독점했지만 전후에는 기혼자와 중년 여성이 태반을 차지했다. 경제적으로 더이상 남편에게 의존하지 않아도 되는 아내는 남편의 예속적인 존재가 아니었다. 오늘날 미국과 유럽의 많은 부부는 권리와 권위를 서로 공유한다. 아니 변화는 더 급속하다. 성별과 관계없는 시민 결합이 결혼의 한 형태로 인정받기까지 하니까.

지금도 결혼식장에서 통용되는 의례는 1552년 영국 국교회의 기도서를 따른 것이다. 그런 점에서 영국은 결혼과 결혼 서약의 원조 국가라 할 만한데, 영국의 사회인류학자 앨런 맥팔레인의 『잉글랜드에서의 결혼과 사랑』(나남, 2014)은 바로 1300년에서 1840년까지 영국의 결혼의 역사를 깊이 있게 다룬 책이다. 저자는 토머스 맬서스가 『인구론』에서 제시한 가정들을 근거로 한 결혼관을 "맬서스주의적 결혼체제"라고 부른다. 이런 결혼체제의 기원과 전망까지를 포괄적으로 다룸으로써 근대의 지배적 결혼관이 어떤 가정과 계산에 의해 지탱되어왔는지 이해하게 해준다. '결혼을 할 것인가 말 것인가, 그것이 문제로다!'라고 고민하는 이들이라면 진지하게 읽어봄직하다.

-〈책&〉(2014년 5월호)

무성애를 말하다

무성애를 말하다
앤서니 보개트 지음, 임옥희 옮김
레디셋고, 2013

무성애? 궁금증과 함께 의문을 품으며 손에 들 만한 책은 앤서니 보개트의 『무성애를 말하다』이다. 과문했던 것인가 하면 딱히 그렇지도 않다. 무성애라는 성 범주가 등장한 것은 2000년부터라고 하고, 2004년에야 최초의 방대한 표본조사가 이루어졌다. 개념으로서 무성애가 탄생한 것은 10여 년밖에 되지 않는다는 이야기다. 이성애, 동성애, 양성애에 이어서 제4의 성적 취향이라고 할 무성애는 과연 무엇이고 무성애자는 어떤 사람인가.

먼저 무성애에 대한 정의가 필요하다. 저자에 따르면 "남성이나 여성, 혹은 양성 모두에 대해 성적 매력을 느끼지 못하는 것"이 무성애다. 아무도 사랑하지 않는다는 것인가? 그렇지는 않다. 아니 모호하다. 무성애라고 해서 로맨스가 결여된 것은 아니며 성적 매력과 로맨틱한 매력은 다르다고 하기 때문이다. 섹스와 로맨스는 서로 관계가 있지만 불가분의 관계는 아니라는 것이다. 성적인 매력을 느끼지 않는다고 해서 신체적 흥분을 하지 않는 것도 아니다. 성 경험 자체만으로는 어떤 사람이 무성애자인지 아닌지 판별할 수 없다. 무성애를 결정하는 것은 성행위의 결핍이 아니라 욕망의 결핍이다.

인간이란 종은 분명 유성생식에 의해 진화되어왔는데, 무성애가 존재하는 이유는 무엇인가. 아직 분명한 메커니즘이 밝혀진 것은 아니지만 뇌세포의 형성과정과 성적 취향이 관계가 있을 것으로 추정된다. 그리고 무성애는 유성생식을 하는 다른 동물에서도 나타난다. 숫양을 대상으로 한 실험에서도 암양에게 성적 매력을 느끼는 숫양이 55.6퍼센트인 데 반해, 암양과 숫양 어느 쪽에도 성적 매력을 느끼지 못하는 무성애 숫양은 12.5퍼센트나 되는 것으로 나타났다. 양성애 숫양(22퍼센트)보다는 낮지만 동성애 숫양(9.5퍼센트)보다는 높은 비율이다. 인간의 경우는 어떤가. 2004년의 조사로는 1퍼센트가 무성애자인 것으로 밝혀졌다. 무시할 수 있는 비율은 아니다. CNN의 인터넷 여론조사에서는 약 11만 명의 응답자 가운데 6퍼센트가 자신을 무성애자라고 답하기도 했다.

무성애자는 대략 70퍼센트가 여성이라고 한다. 몇 가지 요인이 있다. 여성은 남성호르몬 테스토스테론이 낮아서 자위 욕구가 상대적으로 약하고 타인에 대해 지속적으로 성적 매력을 느끼는 빈도도 낮다.

또 성애에 대해 상대적으로 유연하기 때문에 남성보다 사회적·문화적 영향을 더 많이 받는다. 발기는 명확한 반면에 질의 반응은 미묘한 데서 알 수 있듯이 남성이 성애에 목표 지향적인 데 비해, 여성의 욕망은 좀더 모호한 것도 관계가 있다.

이렇게 무성애자의 존재를 인정하게 되면 여러 가지 곤란한 질문과 맞닥뜨리게 된다. 무성애 남성은 이성애 남성보다 덜 남성적인가, 또는 무성애 여성은 이성애 여성보다 덜 여성적인가 따위의 질문이다. 대다수 무성애자는 자신의 정체성을 남성, 여성으로 규정하지만 대략 13퍼센트 정도는 남성 또는 여성으로 규정되는 것을 원하지 않는다고 한다. 아예 성애가 관심 밖의 일이기 때문에 동성애자들처럼 적극적으로 자신의 성적 정체성을 주장하지는 않지만 정당한 정체성을 인정받기 위한 무성애운동도 생겨났다. 무성애 웹사이트 에이븐을 통해 "자신을 발견했다"는 무성애자도 늘고 있다. 저자는 성적 소수자로서 무성애자의 권리에 대한 요구와 투쟁이 이제 막 시작된 것 같다고 말한다. 우리의 성을 이해하는 것이 우리 자신을 이해하는 것이라면 무성애는 인간 이해의 새로운 확장이자 도전이라 할 만하다.

-〈시사IN〉(2013. 8. 10.)

"여러분의 삶을 바꾸어야 합니다"

분노한 사람들에게
스테판 에셀 지음, 유영미 옮김
뜨인돌, 2012

유럽 국가들의 긴축재정에 항의하는 노동자들의 시위가 최근 유럽 전역 23개국에서 벌어졌다. 에스파냐에서는 수백만 명이 시위에 참가했고 프랑스에서도 전국 각지에서 시위가 일어났다. 전면적인 경제 위기를 노동계급의 희생을 통해 넘어서려는 자본의 시도에 대한 분노의 표출이다. 그 어느 때보다도 새로운 저항정신이 필요한 시점이라고 할 수 있을까. 1917년생 레지스탕스 투사의 목소리가 점점 더 커져가는 것은 당연한 일인지도 모른다.

스테판 에셀의 책이 잇따라 출간되고 있다. 2010년 그가 펴낸 소책자 『분노하라』는 프랑스에서만 300만 부 가까이 팔려나갔고 30개 언어로 번역되어 전 세계적으로는 3500만 부가 팔렸다고 한다. 신드롬이라고 불러도 좋을 만한 열광적인 반응이다. '분노하라!'라는 간명하고도 시의적절한 메시지가 갖는 호소력이 그런 반응의 한 요인이라면 다른 요인은 아마도 그의 발언 자격일 것이다. 제2차세계대전 당시 레지스탕스로 활동하다가 독일군에 체포되어 수용소를 전전하면서도 기적적으로 살아남은 에셀은 1948년 유엔 세계인권선언문 작성에 주도적으로 참여한 전력이 있다. 이 선언문의 1조는 이렇다. "모든 인간은 태어날 때부터 자유롭고, 존엄하며, 평등하다. 모든 인간은 이성과 양심을 가지고 있으므로 서로에게 형제애의 정신으로 대해야 한다."

『분노하라』 이후의 메시지를 집약하고 있는 『분노한 사람들에게』에서 에셀은 이 조문이 갖는 이상적 성격을 인정한다. 우리가 살고 있는 세계는 이 '특별하고 놀라운 내용'을 아직 온전하게 실현하고 있지 못하다. 따라서 이것은 "희망이고, 목표이고, 강령"이다. 분명 아직은 실망스러운 상태지만 1950년 이래 많은 진보도 이루어냈다는 것이 에셀의 평가다. 하지만 2008년 세계경제 위기 전후의 상황은 이런 낙관을 더이상 허용하지 않는다. 유엔헌장과 세계인권선언을 만들고 유럽에 평화를 정착시킨 세대로서의 자부심이 자칫 무너질 수도 있다는 절박감이 에셀로 하여금 젊은 시절을 능가하는 활발한 활동에 나서도록 만든다.

우리는 무엇에 분노하고 또 대항해야 하는가. 되짚어보면 에셀은 두 가지를 말했다. 첫째는 세계의 양극화다. '1퍼센트'가 부와 권력을 장악하고 있고 나머지 절대다수는 기아와 빈곤에 시달리고 있다. 전

세계 70억 인구 가운데 최소 3분의 1이 비인간적인 조건 아래서 생존하고 있다면 그런 사실 자체가 특단의 대책을 필요로 한다. 둘째는 환경의 파괴다. 지구라는 행성은 인간의 무차별적인 개발과 착취를 더 이상 감당할 수 없는 지경에까지 이르렀다. 이것이 우리의 분노를 촉발하는 위험들이다. 물론 분노만으로는 충분하지 않다. 에셀은 잇따라 펴낸 『참여하라』를 통해 미래를 짊어질 젊은 세대에게 참여하고 연대할 것을 촉구했다. 이성적으로 용인할 수 없는 세계에 대한 분노와 그런 세계를 변화시키기 위한 참여는 우리를 '인간'으로 만들어주는 조건이다.

거기에다 에셀은 '공감하라'라는 주문을 덧붙인다. 우리는 공감이 별로 필요하지 않았던 옛 세계와 공감 없이는 아무것도 되지 않는 새로운 세계 사이의 문턱에 살고 있다는 것이 그의 진단이다. 공감이란 무엇인가. "다른 사람들의 입장이 되어보고 그들의 고통과 그들의 행복을 느끼는 것이고, 다른 사람들과 단합하는 것"이다. 변화는 연대 없이 가능하지 않다. 공감은 그 연대를 만들어내는 힘이다. 연대는 물론 개인 간의 연대뿐 아니라 국가 간의 연대를 포괄한다. 이런 공감과 연대가 구축되지 않는다면 세계는 증오의 테러리즘에서 벗어날 수 없다. 에셀이 좋아하는 릴케의 시구는 "그대의 삶을 변화시켜야 합니다"이다. 그는 이렇게 호소한다. "여러분들은 여러분의 삶을 바꾸어야 합니다! 무엇 때문에 분노합니까? 여러분이 지금까지 여러분의 삶을 바꾸지 않았기 때문입니다."

-〈주간경향〉(2012. 11. 27.)

버지니아 울프 이야기

자기만의 방
버지니아 울프 지음, 이소연 옮김
펭귄클래식코리아, 2010

"한 잔의 술을 마시고/ 우리는 버지니아 울프의 생애와/ 목마를 타고 떠난 숙녀의 옷자락을 이야기한다." 한국인 애송시 가운데 하나인 박인환의 「목마와 숙녀」 서두다. 버지니아 울프의 책들을 읽다가 자연스레 떠올린 구절인데, 대개 한국인의 독서 경험에서 울프의 생애보다, 그리고 그녀의 작품보다 먼저 접하는 시가 아닐까 싶다. '버지니아 울프의 생애'와 '목마를 타고 떠난 숙녀'는 어떻게 연결되며 어떤 관계인지 알기 어렵지만 뭔가 그럴듯한 인상을 남긴다. 한 잔의 술을 걸치고 읊조린다면 더 그럴듯할 것이다.

이어지는 대목에서 박인환은 늙은 여류 작가의 눈을 떠올리며 등

대의 불이 보이지 않아도 "거저 간직한 페시미즘의 미래를 위하여/ 우리는 처량한 목마 소리를 기억하여야 한다"고 노래한다. 페시미즘, 곧 염세주의에도 '미래'가 있는 것인지 의문이지만 반어법으로 읽으면 억지는 면할 수 있겠다. 하지만 오늘날 버지니아 울프의 생애와 더 관련되는 것은 페시미즘이 아니라 페미니즘이다. 비록 울프가 정신병 발작에 대한 두려움 때문에 코트 주머니에 돌을 채워넣고 강으로 걸어들어가 자살했다손 치더라도 말이다.

흔히 '여성주의'라고 번역되는 페미니즘에 대해 울프는 매우 자각적이었다. 여성 차별에 대한 민감한 인식은 페미니즘의 고전으로 평가되는 『자기만의 방』에서 확연히 드러난다. 당초 케임브리지대에서 '여성과 소설'이라는 주제로 강연을 제안받았던 울프는 이 문제를 더 근본적인 차원에서 접근한다. 도대체 여성이 소설을 쓰고자 한다면 어떤 조건이 갖추어져야 할까를 생각해본 것이다. '여성과 소설'에 대해 성찰하기 위해 그 전제조건을 먼저 문제삼은 것이다. 울프는 간명한 답변을 제시한다. 여성 작가가 되기 위해서는 자기만의 방과 돈이 필요하다고.

중상류층에 속하는 작가였지만 울프가 창작에 전념할 수 있도록 해준 것은 숙모에게서 물려받은 유산이었다. 이로써 연간 500파운드의 수입을 얻을 수 있었고, 이것은 그녀의 창작을 지탱해준 재정적 바탕이 되었다. 자신의 사례를 견본으로 삼아 울프는 여성 작가에게는 자기만의 방과 연간 500파운드의 돈이 필요하다고 주장했다. 문학사를 장식하고 있는 거장들의 목록에서 여성의 이름이 그토록 드문 것은, 여성의 열등함이 원인이 아니라면 이런 사회적 조건이 갖추어지지 않았기 때문이라는 것이 울프의 생각이었다. 『오만과 편견』의 작가 제인 오스틴은 자기만의 방도, 안정된 수입도 없는 상태에서 글을 쓴 희귀한 사례였다.

울프는 자신의 생각을 입증하기 위해 가상의 시나리오를 제시한다. 문호 셰익스피어에게 똑같이 뛰어난 재능을 지닌 누이가 있었다고 가정해보자는 것이다. 그녀의 이름은 주디스로 하고. 오빠 셰익스피어가 학교에 다니면서 오비디우스와 베르길리우스, 호라티우스를 읽을 때 주디스는 오빠만큼 모험심이 강하고 상상력이 풍부하지만 학교에 가지 못한다. 당연히 문법과 논리학을 배울 수도 없고 집에서 오빠의 책이라도 집어들라치면 책을 읽는 대신에 스타킹을 꿰매거나 스튜가 끓는 거나 잘 보라는 야단을 듣는다. 부모가 정해준 혼처를 마다하고 주디스는 연극에 대한 열망으로 집을 나간다. 하지만 주디스는 극장에서도 자신의 재능을 훈련할 기회를 얻지 못하고 감독의 아이까지 갖게 되어 한겨울 밤에 목숨을 끊고 길가에 묻히게 된다. 울프가 보기에는 이것이 셰익스피어의 시대에 셰익스피어와 동등한 재능을 갖고 있던 여성이 겪었을 법한 생애다.

무엇이 문제인가. 여성의 가난과 여성에 대한 사회적 편견이다. 창작은 지적 자유에 달려 있지만 지적 자유는 다시 물질적인 것에 의존한다고 울프는 단언한다. 하지만 여성은 항상 가난했고 시를 쓸 기회가 없었다. 돈과 자기만의 방을 그토록 강조하는 이유다. 이것은 「목마와 숙녀」에서 노래하듯이 '버지니아 울프의 서러운 이야기'가 아니다. 매우 도전적이면서도 현실적인 이야기다. 한국 사회 여성의 현실이 아직도 울프가 기대했던 바에 미치지 못한다면, 거저 간직한 '페미니즘'의 미래를 위해 우리가 '처량한 목마 소리' 대신에 기억해두어야 할 역설이다.

-〈중앙일보〉(2014. 10. 28.)

P.S.

『자기만의 방』에 대한 독후감은 최근에 나온 스테파니 스탈의 『빨래하는 페미니즘』(민음사, 2014)과 이화경의 『버지니아 울프와 밤을 새다』(웅진지식하우스, 2011)에서도 읽을 수 있다. 제인 오스틴의 『오만과 편견』을 해설하고 있는 조선정의 『제인 오스틴의 여성적 글쓰기』(민음사, 2012)에서도 여성작가의 사회적 조건에 대해 언급하면서 울프의 『자기만의 방』의 요지를 짚어준다.

나의 페미니즘 공부법

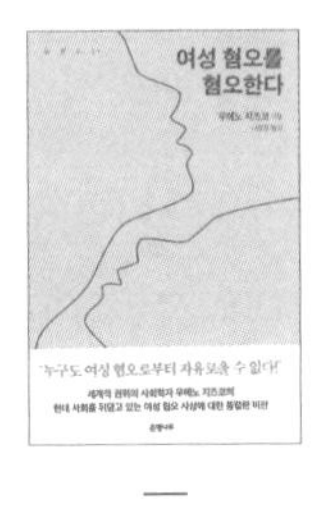

—

여성 혐오를 혐오한다
우에즈 지즈코 지음, 나일등 옮김
은행나무, 2012

지난해 화제작으로 페미니즘 관련서의 붐을 가져온 리베카 솔닛의 『남자들은 자꾸 나를 가르치려 든다』(창비, 2015)는 인상적인 에피소드로 서두를 연다. 친구와 함께한 파티에 참석한 솔닛이 나이 많은 남자들에게 둘러싸여 있다가 자리를 떠나려고 할 무렵에 아주 돈 많고 당당한 주최자가 말을 붙여왔다. 솔닛이 몇 권의 책을 쓴 저자라는 정보만을 갖고 있던 이 남자는 솔닛이 최근작에 대한 이야기를 꺼내자마자 아는 척을 시작했다. 그러고는 그 주제에 관한 '아주 중요한 책'이 나왔다고 하면서 거만한 표정으로 장광설을 늘어놓았다. 옆에 있던 솔닛의 친구가 여러 차례나 "그게 바로 이 친구 책입니다"라는 말로 끼어들기 전까지. 남자는 안색이 잿빛으로 변했는데, 그런데도 말을 멈추지 않았고 또다른 장광설을 늘어놓았다. 사실 그는 솔닛의 책을 직접 읽은 것도 아니었고 『뉴욕 타임스 북리뷰』에 실린 서평을 읽은 것에 불과했지만 여자들에게 한마디해주어야 한다는 '맨스플레인' 본능을 작동시키는 데는 충분했다.

이 에피소드는 저자 솔닛의 문제의식을 집약해주면서 요사이 페미니즘 관련서에 대한 여성 독자들의 전폭적인 지지 배경이 무엇인지 알게 해준다. 2016년에만 하더라도 치마만다 응고지 아디치에의 『우리는 모두 페미니스트가 되어야 합니다』(창비, 2016), 록산 게이의 『나쁜 페미니스트』(사이행성, 2016) 등이 이 분야의 베스트셀러에 올랐고, 국내서로는 이민경의 『우리에겐 언어가 필요하다』(봄알람, 2016)가 독자들의 열띤 지지를 얻고 있다. 저명 페미니스트들의 에세이에서 실전적인 페미니즘 입문서로 독자들의 관심이 확장되고 있음을 짐작하게 한다. 일본의 연예인 하루카 요코의 『나의 페미니즘 공부법』(메멘토, 2016)까지 소개된 맥락이다. 부제는 "도쿄대에서 우에노 지즈코에게 싸우는 법을 배우다." 연예인이라 하더라도 '하루카'란 이름은 생소하지만 한국의 페미니즘 독자에게 '우에노'란 이름은 더이상 낯설지 않다. 온라인상에서는 흔히 '여혐'으로 약칭되는 '여성 혐오'란 말의 유력한 출처로서 『여성 혐오를 혐오한다』의 저자가 우에노 지즈코이기 때문이다. 하루카 요코에 따르면 도쿄대 사회학 교수인 우에노 지즈코는 '일본에서 가장 무서운 여자'이기도 하다.

우리에게는 우에노 지즈코가 여성 혐오론의 '원조'쯤 되는 셈이지만, 사실 여성 혐오란 말이 영어 단어 'misogyny'의 번역어라는 데서 예상할 수 있듯이 진짜 원조는 따로 있다. 국내에는 아직 소개되지 않은 미국의 영문학자이자 퀴어 이론가 이브 세지윅이다. 우에노 지즈코의 『여성 혐오를 혐오한다』는 세지윅의 여성 혐오론을 일본 문화의 다양한 사례에 적용하고 있는 책이므로 순서상 여성 혐오 개념을 이해하기 위해서는 먼저 세지윅의 여성 혐오론을 이해할 필요가 있다. 우에노 지즈코의 책도 그렇게 구성되어 있다. 우에노 지즈코의 정리를 따라가보면 세지윅은 먼저 '호모섹슈얼homosexual'과 '호모소셜homosocial'이라는 두 개념을 구분한다. 호모섹슈얼이 남성 간 성애를 뜻한다면 호모소셜은 성적이지 않은 남성 간 유대를 가리킨다. 개념적으로는 구분되지만 호모소셜에는 호모섹슈얼한 욕망이 포함되어 있기에 호모소셜리티(동성 간 유대)를 유지하기 위해서는 호모섹슈얼리티(동성애)를 엄격하게 배제할 필요가 생긴다. 즉 호모포비아(동성애 혐오)는 호모소셜리티의 필수적 구성소다. 그리고 이런 남자들끼리의 연대로서 호모소셜리티(동성 사회성)를 유지하기 위해 이용하는 장치가 '여성을 성적 객체화'하는 것이다. "남성이라는 성적 주체에 대한 동일화는 여성을 성적 객체화하는 것에 의해 성립되며 그 경계에는 수많은 혼란이 존재하기 때문에 철저하게 관리되어야 한다."

남자들끼리의 연대가 성립되고 유지되기 위해서는 남성이 되지 못한 이들과 여성을 지속적으로 배제하고 차별화해야 한다. 이것이 여성 혐오의 작동 원리다. 세지윅에 따르면 남성은 자신을 남성으로 인정해주는 남성집단으로부터 인정을 받음으로써 성적 주체가 된다. 곧 남자다운 남자가 된다. 이쯤에서 철학자 슬라보예 지젝이 예로 든 농담이 떠오른다. 한 가난한 농부가 난파를 당해 무인도에 표류하게 되었다. 한데 알고 보니 표류자는 자기 말고도 톱모델 신디 크로퍼드가 더 있었다. 무인도에 남녀라고는 둘밖에 없으니 자연스레 농부는 크로퍼드와 섹스를 했다. 그로서는 더할 나위 없이 만족스러운 일이었지만 그것만으로는 충분하지 않았다. 농부는 크로퍼드에게 한 가지 사소한 부탁을 들어달라면서 바지를 입고 얼굴에 콧수염을 그려서 자기 친구처럼 분장해달라고 요구했다. 그가 원하는 대로 분장을 하자 농부는 크로퍼드에게 다가가 옆구리를 쿡 찌르며 이렇게 말했다. "무슨 일이 있었는지 깜짝 놀랄 거다. 내가 말이야, 글쎄 신디 크로퍼드와 섹스를 했다구!" 지젝은 이 농담을 통해 우리가 주체가 되기 위해서는 대타자로서 제3자의 인정이 필요하다는 점을 지적하는데, 세지윅의 주장을 참고하여 우리는 이 주체가 정확히 '남성 주체'라는 점을 어렵지 않게 인지할 수 있다. 농부가 남성이 되기 위해서는 단지 여성과의 성관계에서 남자 구실을 했다는 것만으로는 부족하다. 그가 한 여자를 소유했다는 사실을 대타자로서 다른 남성이, 또는 남성집단이 인정해주어야만 그의 '남성되기'는 완성된다.

남성과 여성의 구획이 이런 차별화의 산물이라면 여성 혐오는 남성 주체 형성의 필수적인 요건이 된다. 다시 말해 '남성'이 존재하는 한 여성 혐오는 제거될 수 없다. 세지윅은 19세기 영국 빅토리아조 시대의 여성 차별과 혐오를 주된 근거로 참고하지만, 우리는 그보다 더 앞서서 나온 셰익스피어의 『오셀로』를 통해서도 그런 여성 혐오 문화를 확인할 수 있다. 『베니스의 상인』과 마찬가지로 이탈리아의 상업 도시 베니스를 배경으로 한 이 작품에서 백인이 아닌 무어인 주인공 오셀로는 용병 장군이다. 그는 군사적 영웅으로서 베니스인들의 환대를 받지만 인종차별의 장벽까지 뛰어넘지는 못한다. 그가 겪은 역경과 고난의 이야기에 매료된 아름다운 처녀 데스데모나와 결혼을 하려고 할 때 그녀의 아버지 브라반시오가 보여주는 태도가 이를 잘 보여준다. 그는 오셀로를 '더러운 도둑놈'으로 매도하면서 자신의 딸을 마법으로 홀려서 결혼하려 한다고 분노를 터뜨린다. 그렇지 않다면 시커먼 피부의 무어인 남자를 데스데모나가 사랑할 리 없다고 믿어서다. 하지만 오셀로를 사랑한다는 딸의 진심을 알게 된 이후에 그의 태도는 돌변한다. 그는 배신한 딸에 대한 사랑을 곧바로 거두어들이면서 오셀로에게 이렇게 충고한다. "저 아이를 조심하게, 무어, 보는 눈이 있다면. 저 아이는 아비를 속였어, 그러니 그대를 속일 수도 있지."

딸의 결혼을 무산시키려고 했던 아버지 브라반시오가 흥미롭게도 어느새인가 오셀로와 같은 편이 되어 딸을 비난하고 나선다. 무어인 오셀로와 백인 브라반시오 사이를 가르는 인종차별보다 더 근본적인 것이 여성 차별임을 알려주는 사례가 아닐까. 이 작품에서 오셀로를 눈먼 질투로 이끌고 가는 이아고도 가장 대표적인 여성 혐오자다. 그는 자기 아내 에밀리아의 정조를 의심하는데, 상관인 오셀로가 아내와 정을 통했다고 믿는다. 그리고 그에 대해 복수하고자 한다. 그런데 이 복수는 다소 특이한 방식으로 기획되고 실행에 옮겨진다. 의심의 당사자인 오셀로에게 직접 복수하는 것이 아니라 그가 아내 데스데모나를 의심해서 그녀를 죽이도록 하는 것이 이아고의 음모인 것이다. 그는 베니스의 모든 여자가 남편 몰래 음탕을 일삼는 부정한 이들이며 데스데모나 역시 예외일 수 없다고 오셀로에게 암시한다. 오셀로도 다른 베니스 남자들과 마찬가지로 오쟁이 진 남편의 운명을 벗어날 수 없다고 믿는 순간, 데스데모나에 대한 오셀로의 사랑은 저주로 돌변한다.

흔히 『오셀로』는 질투의 비극으로 읽히지만 여성 혐오의 파국을 보여주는 비극으로서도 뚜렷하다. 이 작품은 무엇을 다루는가. 압축하면 두 남자가 각자의 아내를 죽인 이야기다. 오셀로는 무고한 아내 데스데모나를 목 졸라 죽이고, 이아고는 데스데모나의 하녀이자 자기의 아내인 에밀리아를 칼로 찔러 죽인다. 행위적 차원에서 보면 오셀로와 이아고 간의 갈등과 앙금은 무색해 보인다. 각자의 아내를 죽였다고 해서 이 두 남자가 승자가 되는 것은 아니다. 당연하게도 이들은 자신의 과오(살인)에 대한 책임을 지게 된다. 곧 오셀로는 자살하고 이아고는 처형당할 운명에 놓인다. 오늘의 시각에서 다시 읽게 되면 『오셀로』는 동성 간 연대로서 남성의 호모소셜리티가 어떤 파국을 초래하는지 경고하는 작품으로도 읽힌다. 교훈은 무엇인가. 남성되기의 과정을 다시 생각해보라는 것. 그리고 남성을 재발명하라는 것. 우에노 지즈코와 이브 세지윅, 셰익스피어에게서 내가 배운 것이다.

-〈출판문화〉(2016년 10월호)

서양 정치사상의 남성중심적 편견

—

여자들의 무질서
캐롤 페이트먼 지음, 이평화 · 이성민 옮김
도서출판b, 2018

여성주의 정치학자의 책 제목이 '여자들의 무질서'라면 곧이곧대로 받아들일 수 없다. 루소의 문제적 발언에서 인용한 제목을 통해 저자는 근대 이후 서양 정치사상에 각인된 남성중심적 편견과 성차별을 문제삼고자 한다. 루소는 이렇게 말했다. "한 민족이 지나친 음주로 멸망한 적은 없다. 모든 민족은 여자들의 무질서 때문에 멸망한다."

서양 정치사상의 전통에서 통상 사회제도의 첫번째 덕목은 정의라고 여겨져왔다. 하지만 이 정의는 가족이라는 예외적인 사회제도에서만큼은 사랑에 우선권을 내준다. 그리고 본성상 가정의 영역을 떠날 수 없는, 곧 정의감이 없는 여성은 시민적 삶에서 정의를 앞세우는 남성과 대립할 수밖에 없다. 여성이 정치 영역에서 배제되어야 한다는 논리의 배경이다.

루소의 뒤를 이어 프로이트는 남성과 여성 간의 근본적인 차이를 가정하고 이를 정교화했다. 그에 따르면 문명의 발달은 여자들이 거들 수 없는 남자들만의 일이다. 남자들은 시민적 삶에 요구되는 본능의 승화와 정의에 대한 역량을 갖추고 있지만 여자들에게는 그런 역량이 결여되어 있기 때문이다. 본능의 승화를 가능하게 하는 것이 초자아인데, 프로이트는 남자들만이 완전히 발달한 초자아를 소유한다고 보았다. 그렇기 때문에 여성은 남성에 비해 정의감이 약하고 사랑이나 증오 같은 감정적 판단의 영향을 더 자주 받는다.

루소는 여자들의 무질서로부터 더 적극적으로 국가를 보호하고자 했다. 그래서 양성 간의 엄격한 분리를 강조했는데, 아무리 정숙한 여자들이라도 남자들을 타락시킨다고 보았을 정도였다. 하지만 어머니는 가정적 삶에 질서를 부여하는 수호자로 찬양했다.

루소나 프로이트의 여성론은 현재의 관점에 비추어볼 때 부당하고 불편하게 느껴질 수 있다. 하지만 저자는 양성 간의 차이가 정치 공간에서 갖는 문제에 대한 성찰 없이 여성주의와 민주주의의 접점은 마련될 수 없다고 본다. 오늘날 지배적인 자유주의 정치 이론에서 '여자들의 무질서' 문제는 해결된 것이 아니라 회피되었다고 저자는 비판한다.

아내와 어머니로서 가족이라는 울타리와 일상에 얽매일 수밖에 없는 현실은 고려하지 않고 양성이 민주 시민으로서 동등한 기회와 역량을 갖는다는 주장은 이 문제에 대한 불편한 편견보다도 오히려 더 무책임할 수 있다. "자유주의 국가들에서 여성의 시민권을 둘러싼 문제들은 애석하게도 도외시되었을 수도 있다. 하지만 민주주의 이론가들이 여자와 아내 문제를 대면하지 못한 것은 한층 더 심각하다"고 저자는 꼬집는다.

결혼을 포함하여 일상적 삶의 구조 안에 여전히 남아 있는 가부장적 믿음과 관행을 문제삼지 않고 여성에게 성숙한 시민의식과 적극적인 정치 참여를 주문하는 것은 온당하지 않다. 새로운 헌법적 질서를 모색하고 있는 즈음에 여성주의는 우리가 검토해야 할 과제를 하나 더 얹는다.

-〈주간경향〉(2018. 4. 3.)

차이가
차별받지 않는 세상

—

인종차별의 역사
크리스티앙 들라캉파뉴 지음, 하정희 옮김
예지, 2013

'차이가 차별받지 않는 세상'이라면 꿈꾸어볼 만한 세상이고, 꿈만 꿀 것이 아니라 직접 만들어가야 할 세상일 것이다. 그 첫걸음을 자임하는 책으로 『인종차별의 역사』를 읽었다. 『20세기 서양철학의 흐름』(이제이북스, 2006)이라는 책으로 알려진 저자 크리스티앙 들라캉파뉴는 『인종차별의 역사』와 『노예의 역사』(예지, 2015)를 통해 다시금 우리에게 이름을 각인시키게 되었다. 사실 '인종주의'나 '인종차별'이 한국 사회의 중대 문제로 부각된 적은 드물기 때문에 이와 관련한 책이 많이 읽히는 것 같지는 않다. 남의 나라 일이거나 과거의 일로 치부되기 쉬운 것이다. 흥미로운 사실은 저자도 한때 그렇게 생각했다는 점이다. 1949년생인 저자가 20대를 맞은 1960년대 후반의 일이다.

제2차세계대전이 끝나고 유대인 대학살을 뜻하는 '쇼아'의 진상이 세상에 알려지면서 인종차별을 철폐하기 위한 전 세계적 운동이 있었다. 미국에서도 흑인차별에 반대하는 시민권 운동이 승리를 거두면서 1960년대 말에는 "인종차별과 반유대주의가 영원한 쇠퇴의 길로 접어들었다고 생각해도 좋을 것처럼 보였다." 반유대주의가 나란히 언급된 것은 역사적으로 가장 대표적인 인종차별에 해당하면서 동시에 쇼아라는 참극을 낳았기 때문이다. 만약 그렇게 종식되었다면 인종차별의 역사는 '역사적 인종주의'로 분명하게 한정되어 기념관에서만 그 기억이 보존되었을 것이다. 하지만 그것은 희망에 불과했다. 1967년에 벌어진 6일전쟁(제3차중동전쟁)에서 이스라엘이 아랍연맹 국가에 승리를 거둔 뒤에 다시금 반유대주의는 고개를 들기 시작했고, 1973년의 제4차중동전쟁과 석유 파동 이후에 유럽경제가 위축되면서부터는 아랍인들이 인종차별의 대상이 되었다. 그리고 이어서는 실업과 경제 불황의 책임이 이민자들에게 돌려지면서 새로운 인종차별이 촉발되었다. 요컨대 인종차별은 끝나지 않았고, 오늘날 세계화 시대에는 어디서나 숨쉬고 있다. 저자가 인종차별의 역사를 다시금 더듬게 된 배경이다.

그렇다고 해서 저자가 인종차별은 항상 존재해왔다고 생각하는 것은 아니다. 곧 인종차별이 인류의 체질이나 내력은 아니다. 고대 근동의 문헌들에서 인종차별과 관련된 내용은 찾아보기 어려우며 고대 이집트 공문서에는 이방인에 대한 모욕적인 언급이 없다. 거꾸로 고대 이집트는 외국인들에게 친절한 나라였다고 기록되어 있다. '구약성서'의 창세기만 하더라도 인류는 아담과 이브의 후손이고 모두 한 형제다. 다툼은 있었을지언정 인종주의적 증오는 존재하지 않았다. 그런 가운데 저자가 겨우 찾아낸 것은 고대 그리스 사회의 자민족중심주의다. 그리스인들은 모든 사람이 동등하다거나 같은 조상을 두었다고 믿지 않았다는 점에서 인종주의의 '원조'가 된다. 물론 인종이나 인종주의라는 말이 탄생하기도 전의 이야기다.

그리스인들의 구분법은 두 가지였다. 먼저 그리스어를 할 줄 아는 사람들과 할 줄 모르는 사람들. 그들은 이민족을 '알아들을 수 없는 말을 중얼거리는 이들'이라는 의미에서 '바르바로이'라고 불렀다, 이것이 야만인(바바리안)의 어원이다. 곧 그들의 첫번째 구분법은 '우리↔야만인'이었다. 그리고 두번째로 그리스 사회 내부는 자유인과 노예로 구분되었다. 남성 시민이 자유인이었고 노예와 여자는 그와는 별개의 존재로 대우받았다. '자유인↔노예'가 두번째 구분법인 셈이다. 사실 이런 구분이라면 고대 그리스에서만 존재했을 성싶지 않다. 노예제는 고대사회의 일반적인 특징이며 문명국가가 스스로를 오랑캐와 구별한 것도 여러 곳에서 찾아볼 수 있다. 인종주의는 이런 구분 또는 편견이 담론으로 정당화될 때 성립한다. 이론(대개는 유사 이론)을 통해 뒷받침될 때 인종주의는 비로소 구색을 갖추게 되는 것이다.

그런 의미에서 중요한 철학자가 바로 아리스토텔레스다. 흥미롭게도 아리스토텔레스에 대한 저자의 평가는 이중적이다. 그가 인종차별주의자이면서 동시에 반인종차별주의자라는 것이다. 그럼 아리스토텔레스가 한 입으로 두말을 했다는 것인가? 실상을 보면 거의 그렇다고 할 수 있다. 먼저 아리스토텔레스는 『형이상학』에서 '흰색'과 '검은색'은 인간들 간의 특별한 차이가 아니라고 말했다. "인간의 흰색과 검은색은 특별한 차이를 만들지 않고, 각각에 이름을 붙인다고 할지라도 백인과 흑인 사이에는 특별한 차이가 없다"는 것이 그의 생각이었다. 그런 점에서 저자는 『형이상학』이 서양철학사에서 인종차별을 반대한 최초의 위대한 책이라고까지 치켜세운다.

그런데 다른 한편으로 아리스토텔레스는 노예는 노예로 태어난다고 하여 노예제를 정당화하고자 했다. 소피스트들이 노예를 정복전쟁의 결과로 이해한 반면에, 아리스토텔레스는 그보다 본질적인 근거를 제시하려고 했던 것이다. 전쟁에서 패배하면 자유민도 노예로 전락하는 것이 당시의 현실이었지만 아리스토텔레스는 노예제를 정당하지 못한 폭력의 결과로 보고 싶어하지 않았다. 그래서 동원한 것이 유사생물학적 근거였던 것이다. 아리스토텔레스가 보기에 노예와 여자는 자유로운 신분을 가진 성인 남자와 비교하여 열등한 본성을 타고난다. 그들은 태생적인 노예성과 기형성을 갖고 있기에 자유민과 동등하게 대우받을 수 없다. 인종차별이 사회적 불평등을 생물학적 지식을 통해 정당화하려고 할 때 시작된다면 아리스토텔레스야말로 인종차별주의자라는 오명을 덮어쓸 만하다. 상황이 더 나쁜 것은 아리스토텔레스의 이런 관점이 중세와 그 이후에 반향을 얻는다는 점이다. 토마스 아퀴나스는 아리스토텔레스를 좇아 이방인들을 가리켜 "이성이 결여된 존재"라고 규정했고 에스파냐의 신학자 세풀베다는 인디

언들도 에스파냐인들보다 태생적으로 열등하기에 신대륙에 대한 정복 행위는 정당하다고 주장했다. 모두가 아리스토텔레스에게서 직접 유래한 담론이기에 아리스토텔레스는 '인종차별의 원형'이 된다.

아리스토텔레스의 사례가 문제적인 것은 인종차별에 합리성을 부여하려고 한 시도 때문인데, 그와 같은 맥락에서 계몽주의 철학자들도 비판의 대상이 된다. 18세기 박물학자 뷔퐁은 "백인이 사람이라면 검둥이는 사람이 아니라 모든 면에서 완전히 원숭이 같은 동물일 것이다"라고 썼다. 그가 검둥이를 가리킨 '네그르'라는 말은 불과 16세기에 등장했고 인종race이란 말도 15세기 말부터 쓰인 단어지만 뷔퐁은 이런 단어들을 동원하여 인종 간의 태생적인 차이를 지적하는 데 거리낌이 없다. 인종차별주의 혐의는 칸트도 비껴가지 않는다. 칸트도 흑인은 인류 등급에서 가장 밑바닥에 두며 유대인에 대해서는 '탐욕스러운 인간'이자 '사기꾼'으로 규정한다. 당대의 통속적인 편견들이 철학으로 포장되어 있을 뿐이다. 관용의 철학자 볼테르도 백인과 흑인은 "전적으로 다른 인종"이라는 주장을 편 인종차별주의자였다.

그렇다고 모든 것을 시대의 한계 탓으로만 돌릴 수는 없다. 칸트와 볼테르의 일부 동시대인들은 여자나 흑인, 유대인에 대한 증오와 멸시를 공개적으로 비판했기 때문이다. 하지만 그들의 목소리는 소수였고, 인종차별적 관념은 더욱 확장되어 다음 세기에는 망상으로까지 발전해간다. 19세기 중엽 프랑스 외교관 조제프 아르튀르 드 고비노가 펴낸 『인종 불평등론Essai sur l'inégalité des races humaines』이 대표적 사례다. 고비노는 피의 '생명력'이 많고 적음에 따라 흑인종과 황인종,

백인종 간에 위계를 세웠다. 물론 가장 우월한 것은 백인종으로 고비노는 "가장 아름답고 가장 지적이며 가장 활동적인 인종"이라고 한다. 반면, 흑인종은 "지금 이 순간의 감각으로부터 빠져나올 수 없는 인종"이라고 기술한다. 고비노는 인종을 하나의 사실이자 가치로 만들었으며 아리아인의 절대적 우위성을 최초로 부르짖었다. 그의 책이 당대에는 별다른 반응을 불러일으키지는 못했지만 소수의 광적인 추종자를 낳은 것이 문제인데, 그 가운데에는 고비노를 비난하면서도 그의 생각을 더욱 과학적으로 발전시키고자 한 휴스턴 스튜어트 체임벌린 같은 인물도 있었다. 다윈을 사상적 지도자로 삼은 체임벌린은 애꿎게도 진화론 사상을 그의 게르만족 우월 신화를 정당화하는 데 이용한다. 인종주의가 얼마나 허약한 이론적 기반을 갖고 있는지 보여주는 사례이지만, 불행하게도 이런 체임벌린을 열광적으로 숭배한 이가 바로 히틀러였다. 20세기 인종주의 대학살의 전조는 그렇게 마련되었던 것이다.

저자는 19세기에 만들어진 인종차별 담론의 통합이 20세기에는 실제적인 결과를 이끌어낸 것으로 이해한다. 고비노와 체임벌린의 망상이 히틀러에 의해 실행된 것이다. 그 결과는 우리가 아는 600만 유대인의 대학살이다. 이 전대미문의 폭력은 여전히 철저한 반성과 성찰의 대상이지만 저자의 우려대로 반유대주의는 여러 가지 형태로 다시금 현실정치에 출몰하고 있다. 프랑스에서 인종 갈등과 차별을 부추기는 극우정당이 득세하더니 미국에서조차 인종차별 발언을 서슴지 않는 정치인이 유력한 대통령 후보로 떠오르고 있는 것이 오늘의 현실이다. 인종주의란 다른 것이 아니다. 저자에 따르면 타자에 대한 증오에 객관적인 근거를 부여하려는 태도를 우리는 모두 인종주의라고 부를 수 있다. 다시 말해 인종차별의 역사는 남의 역사, 과거의 역사로만 머물지 않는다. 오늘의 현실이기도 하다. '차이가 차별받지 않는 세상'이 아직 우리가 사는 세상이 아니라면 말이다. 『인종차별의 역사』가 무겁게 던지는 문제의식이다.

-〈출판문화〉(2016년 2월호)

『한국의 여기자』와 『편의점 사회학』

—

한국의 여기자, 1920~1980
김은주 지음
커뮤니케이션북스, 2014

『한국의 여기자』는 언론인 저자가 쓴 '한국 여기자 열전'이다. 한국에서는 여성 기자를 '여기자'라고 부른다. 남성 기자는 '남기자'라 하지 않고 그냥 '기자'라고 부른다. 기자는 으레 남성의 직업이라고 여겨지기 때문이다. '여기자'라는 말은 한국 언론사에서 여성 기자가 얼마나 드물고 이례적이었는지 짐작하게 해준다. 그럼에도 불구하고 언론사에 큰 족적을 남긴 대표 여기자들의 무게감은 가볍지 않다.

저자는 1920년대부터 1980년대 초까지 활약한 여기자 아홉 명의 활동을 시대상과 함께 그려냈다. 최초의 여기자 이각경이 '매일신보'에 입사한 1920년부터 한일 고대사 연구자로도 이름을 날리게 되는 이영희가 '한국일보'를 퇴사하는 1981년까지다. 이들 여기자의 삶과 활약상은 일제강점기를 거쳐 광복과 한국전쟁, 자유당 정권과 박정희 집권 전기前期, 그리고 유신시대를 지나온 한국 현대사의 거울이기도 하다.

한국에서 여기자는 "당대에 가장 첨단을 걷는 여성"으로서 기자이자 선각자였고 또 지사志士였다. 여성운동가이자 사회운동가였고, 문학가나 문필가로서 업적을 남기기도 했다. 때로는 장관으로 발탁되어 국가정책을 다루거나 국회의원으로서 의정 활동에 참여하기도 했다. 저자는 한국에서 여기자의 삶이 대략 두 가지 흐름을 보여준다고 말한다. 하나는 '선각자로서의 여기자'로서 "배운 여성으로서의 사명감과 책임감을 갖고 계몽적인 활동을 펼쳤다." 그리고 다른 하나는 '작가로서의 여기자'다. 문학에 뜻을 둔 이들이 자기 작품을 신문에 싣기 위해서, 단순히 글을 쓰는 것을 즐겨서 기자직에 몸을 담은 경우도 많았다. 이들은 역사 연구자나 집필가로도 크게 활약했다.

『아파트에 미치다』(이숲, 2009)에 이어 사회학자 전상인이 편의점을 고찰의 주제로 『편의점 사회학』(민음사, 2014)을 펴냈다. 편의점을 통해 우리 시대의 삶과 사회를 말하기 위해서다. 왜 편의점인가? 저자의 비유에 따르면 아파트가 한국의 '국민 주택'이라면 편의점은 '국민 점포'다. 인구 대비 편의점 밀도로 따지면 최초 발상지 미국은 물론 최대 발흥지 일본과 대만을 제치고 한국이 세계 최고 수준이다. 1989년에 처음 생겨났지만 편의점은 프랜차이즈 체인방식을 통해 급성장하여 2012년 말을 기준으로 전국에 2만 4559개가 넘는 편의점이 분포해 있고, 하루 방문객만 880만 명이 넘는다.

이런 편의점의 확산이 갖는 의미는 무엇일까. 일반적인 차원에서 편의점은 "형식적 관료주의가 최고조에 달한 공간이자 사회의 맥도널드화가 집약적으로 표출되고 있는 유통 현장"이다. 근대 합리주의와 소비자본주의의 정신을 가장 잘 구현하고 있는 것이다. 게다가 한국의 편의점은 1990년대 세계화·개방화 물결을 타고 들어와 신세대의 서구식 생활문화에 대한 선망과 동경을 자극하면서 한국인의 일상을 장악했다. 편의점은 한국 사회의 세계화를 말해주는 지표다.

하지만 '편의점 제국'의 이면도 지나칠 수 없다. 편의점이 푸드점화하는 것이 한국의 편의점 영업에서 가장 두드러진 특징인데, 그 배경은 사회적 양극화다. 경제적 약자들이 혼자서 끼니를 때우는 공간으로 자리잡으면서 한국의 편의점은 '88만 원 세대의 밥집'이 되었다. 또 '편돌이'라고 불리는 편의점 '알바'는 법정 최저시급보다도 못한 보수를 받는 대표 직종이다. 편의점이 오늘의 한국 사회를 들여다보게 해주는 거울인 이유다.

-〈_list〉(2014년 봄호)

휴머니즘과
동물들의 침묵

—

동물들의 침묵
존 그레이 지음, 김승진 옮김
이후, 2014

도스토옙스키의 『카라마조프가의 형제들』에 등장하는 이반 카라마조프는 휴머니즘을 일컬어 "멀리 있는 인간에 대한 사랑"이라고 정의했다. 멀리 있는 인간이란 직접 눈으로 보거나 부대끼지 않아도 되는 인간이다. 그런 추상적 인간이라면 얼마든지 사랑할 수 있지만 바로 옆에 있는 인간을 사랑하는 것은 불가능하다는 것이 그의 토로다. 아니 이반은 오히려 그런 사랑이 어떻게 가능하냐고 반문한다. 이반의 태도는 거꾸로 서구식 휴머니즘의 한계에 대한 작가 도스토옙스키의 예리한 통찰과 비판을 반영한다. 그들은 휴머니즘을 외치면서 인간에 대한 사랑을 말하지만 정작 가까이에 있는 구체적인 인간에 대한 사랑은 외면한다는 것이다. 아니 그런 외면 자체가 휴머니즘의 전제이자 성립조건이라고 도스토옙스키는 폭로한다.

영국의 정치학자이자 사상가 존 그레이의 『동물들의 침묵』을 읽으면서 『카라마조프가의 형제들』을 떠올린 것은 서구문명의 핵심적 가치로서 휴머니즘에 대한 비판을 공유하기 때문이다. 물론 차이도 분명하다. 러시아 작가인 도스토옙스키의 비판이 '바깥으로부터의 비판'이라면 그레이의 비판은 '안으로부터의 비판'이다. 게다가 도스토옙스키가 러시아 정교로 대표되는 러시아의 고유한 정신이 서구 합리주의에 대한 대안이 될 수 있을 것으로 믿는 반면에, 그레이는 기독교적 휴머니즘도 무신론적 휴머니즘과 마찬가지로 또다른 신화이자 환상일 뿐이라고 일축한다. 말의 통상적인 의미에서 그레이는 허무주의자이고 염세주의자다. 그는 인간이 동물과는 다른 존재이며, 우월한 존재라는 통념적 믿음을 부정하고 거부한다. 그에게 휴머니즘이란 오만한 환상에 불과하다.

무엇이 휴머니즘인가. 그레이에 따르면 휴머니즘은 세 가지 연속적인 믿음으로 구성되어 있다. 기본이 되는 믿음은 인간 동물이 '세상에서 유일한 가치를 담지하는 장소'라고 보는 견해다. 무엇이 특별한가. 인간은 여느 동물들에게는 없는 이성을 갖고 있다는 점에서 특별하다. 그런 믿음을 전제로 하는 한 휴머니즘은 인간중심주의이자 인간우월주의다. 그리고 이런 믿음은 인간의 정신이 우주의 질서를 반영한다고 보는 또다른 휴머니즘으로 이어진다. 이 두 가지 믿음이 고대 그리스 세계에 뿌리를 두고 있다면 근대에 새롭게 등장한 휴머니즘은 거기에다 인간의 역사라는 이성이 점점 증가하면서 진보해가는 이야기라는 믿음을 추가했다. 과학과 역사가 말해주는 바는 "인간은 부분적으로만, 그리고 가끔씩만 이성적이라는 사실"이지만 휴머니스트들은 인간이 미래에는 틀림없이 더 이성적이 될 수 있다고 믿어버렸다. 하지만 그레이가 보기에 '진보에 대한 믿음'은 터무니없는 낙관이며 다른 어떤 종교에서도 볼 수 없는 맹신에 불과하다.

근대 계몽주의 이후 신화에 대한 비판은 단골 메뉴다. 휴머니스트들은 인간이 신화 없이 살 수 있으며 이를 부인하는 것은 염세주의라고 말한다. 하지만 '염세주의자'로서 그레이가 보기에 그것은 착각이다. 언어를 가진 존재로서 인간이 가진 가장 독특한 점이 바로 신화를 만든다는 데 있기 때문이다. 휴머니스트들도 예외가 아니다. 그들이 신화를 대체하려고 하는 것은 또다른 신화일 따름이다. 즉 우리의 선택지는 신화들 가운데 놓여 있지, 신화냐 과학이냐는 이분법에 놓여 있지 않다. 그레이가 『하찮은 인간, 호모 라피엔스』(이후, 2010)나 『추악한 동맹』(이후, 2011), 『불멸화위원회』(이후, 2012) 등의 전작들을 통해 줄곧 비판해온 것은 과학과 진보에 대한 휴머니스트들의 오만한 맹신이다. 그들이 간과하는 것은 진보의 신화조차도 '이성'이라는 소크라테스의 신화와 '구원'이라는 기독교의 신화를 합쳐놓은 것에 불과하다는 사실이다. 근대 과학은 신화를 부정하는 것처럼 보였지만 '과학을 통한 구원'이라는 신화를 새로 만들어냈을 따름이다.

인간의 역사는 과연 진보해왔는가. 그레이는 부정적이다. 가깝게는 21세기 초 미국의 불평등이 노예제 사회였던 2세기 로마 제국보다 심하다는 역사학자들의 견해도 참고할 수 있다. 이미 경제 위기는 세계 경제가 더 발전할 것이라는 장기적인 전망에 회의를 갖게 한다. 오늘의 현실은 어떠한가. "노동자계급은 할 노동이 없어지고 중산층은 새로운 프롤레타리아가 되고 있다. 호황이 가져온 최종 결과는 저축 고갈과 전문직 중산층의 몰락이었다." 그레이는 이쯤에서 우리가 생각을 고쳐먹어야 한다고 보지만 현실은 그렇지 않다. 호황기에는 경제가 영원히 팽창할 수 있을 것이라는 믿음이 팽배했고, 불황으로 접어들자 다시금 성장 신화를 되살려야 한다는 주문이 쏟아진다. "진짜 부는 유한하다는 사실을 사람들이 아직도 받아들이지 못한 것이다."

사람들이 받아들이지 못하는 것은 행복이나 자아실현의 허구성도 마찬가지다. 그가 보기에 인간의 삶은 죽음으로 가는 구불구불한 길일 따름이고, 그것을 견뎌내기 위해 인간은 많은 허구를 동원한다. 행복 추구라는 신화도 그런 허구 가운데 하나다. 프로이트의 충고에 따르면 행복을 추구하는 일은 삶에서 곁길로 새는 것이나 마찬가지며 다른 무언가를 추구하는 것이 훨씬 더 낫다. 무엇이 '충족'되어야지만 행복하다는 환상은 만성적인 비참함으로 우리를 이끌기 십상이다. 자아실현의 신화도 마찬가지다. 19세기 낭만주의 운동에 많은 것을 빚지고 있는 이 신화는 우리에게 자신의 진정한 자아를 찾으라고 말하지만 그런 자아는 없다. 자기의 진정한 자아를 발견하고 그 자아대로 되어야만 행복해질 수 있는 것은 말 그대로 믿음일 뿐이다. 그레이의 제안은 이런 것이다. "행복을 삶의 목표로 삼지 않는다면, 사람들은 살아갈 방법을 더 잘 찾을 수 있을지 모른다. 행복을 간접적으로 추구해야 한다는 말이 아니다. 그보다는, 아예 행복을 추구하지 않는 게 우리가 더 잘살 수 있는 방법일지 모른다는 말이다."

그레이는 우리가 진보의 신화, 행복의 신화에서 벗어나기를 권고하지만 그렇다고 해서 신화가 아닌 진짜 현실이 존재하는 것도 아니다. 그레이가 도저한 허무주의자인 것은 그 때문이다. 다만 그와 함께 아무런 가감 없이 우리의 현실에 대해 생각해보는 것은 무의미하지 않다. 바로 동물들의 침묵에 대해서. "동물에게는 침묵이 자연적인 휴식의 상태이지만 인간에게는 내면의 소동에서 벗어나기 위한 노력"이라고 그는 말한다. 휴머니즘이 이 침묵보다 대단한 것인지 숙고해볼 일이다.

-〈독서인〉(2014년 4월호)

3.

나쁜 사회가 만든 시대 문제

시대를 앞서 결행한
독자적인 삶

—

월든

헨리 데이비드 소로 지음, 김석희 옮김

열림원, 2017

헨리 데이비드 소로의 『월든』은 생태주의의 고전이다. 고전을 두고 읽을 만한 가치가 있는지를 판별해보려는 일은 무의미하다. 고전 리뷰가 할 수 있는 것은 다르게 읽어보는 것 정도다. 『월든』은 그간 다수의 번역본이 나왔지만 지난해 여름 소로 탄생 200주년 기념 번역판이 새로 나와서 독서의 계기로도 맞춤하다.

'숲속생활'을 기록한 『월든』이 고전으로 자리매김되고 소로가 생태주의의 수호성인으로 존경받게 된 것은 그렇게 오래된 일이 아니다. 1854년에 출간된 『월든』은 고작 2000부가량 판매되고 절판되었기에 소로 생전에 이 책을 읽은 독자는 소수에 불과하다. 우리가 아는 소로와 『월든』이 등장한 것은 한 세기도 훨씬 더 지나서다. 허먼 멜빌과 마찬가지로 소로도 시대를 너무 앞질러 산 탓이다.

소로의 선구성을 분명하게 보여주는 것은 그의 노예해방론이다. 1840년대에서 1850년대 미국은 흑인노예제에 대한 찬반양론이 불붙고 있었다. 그런 분위기 속에서 1852년 출간된 스토 부인의 『톰 아저씨의 오두막』이 베스트셀러가 되면서 노예제를 둘러싼 남부와 북부의 대립은 더 격화되었고 결국 남북전쟁으로 치달았다. 노예제는 전쟁이 끝난 1865년에서야 공식 폐지되었다. 하지만 소로는 노예제 폐지보다도 앞서 훨씬 더 급진적인 주장을 내놓았다.

> 지금 남부와 북부에는 인간을 노예로 삼으려고 눈을 번뜩이는 악랄한 주인들이 많다. 남부의 노예 감독 밑에서 일하는 것도 힘들지만 북부의 노예 감독 밑에서 일하는 것은 더욱 힘들다. 하지만 가장 나쁜 것은 자신의 노예 주인이 되는 것이다.

백인 노예주로부터 흑인 노예를 해방시키는 것도 중요하지만 소로에게 더 중요한 것은 스스로의 노예 상태에서 해방되는 일이었다. 이 노예 상태란 요즘 식으로 말하면 자기착취의 상태다. 각자가 자기를 노예로 구속하고 착취하는 것이다. 그렇기에 노예해방에 견주면 자기해방이 요청된다. 이 해방은 몸에 맞지 않는 옷 같은 자아에서 벗어나 새로운 자기에게 이르는 결단과 모색을 필요로 한다. 소로가 월든 호숫가에 오두막을 짓고 2년 2개월간 숲속생활을 감행한 배경이다.

소로는 "인생이라는 것은 내가 한 번도 시도해보지 않은 하나의 실험"이라고 말한다. 인생 선배들이 꽤 많지만 그들의 경험이 내게 말해주는 바는 아무것도 없다. 가령 소로는 우리가 왜 더 많은 것을 얻으려고만 하고 더 적게 갖고도 만족하는 법은 배우려고 하지 않는지 의문을 갖는다. 소로는 경제생활을 다룬 장에서 여러 지출명세서를 동원하여 꽤 적은 지출로도 생활을 꾸려나갈 수 있는지 보여주고자 한다. 심지어 그는 가축을 이용한 농사에도 반대하는데, 그 경우 사람이 가축의 주인이 아니라 노예로 전락하게 된다고 우려한다.

소로는 자기만의 독자적인 삶을 살고자 한다. 그럴 수밖에 없는 것이 각자는 독자적인 개성의 존재이기 때문이다. 소로가 한 일은 개인을 새로운 수준으로 재발명한 것이다. 시대를 앞질러서 결행한 그 일은 지금 시점에서도 여전히 과제로 남아 있다. 『월든』이 계속 읽힐 수밖에 없는 이유다.

-〈주간경향〉(2018. 5. 28.)

서울을 떠나는 사람들

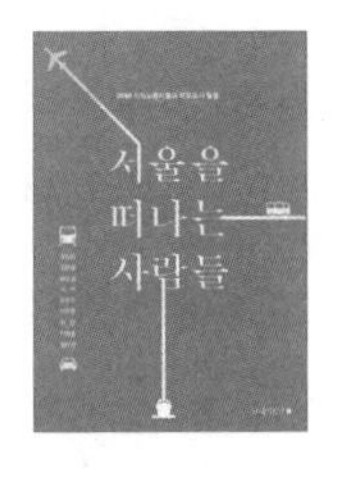

—

서울을 떠나는 사람들
김승완·김은홍·배요섭·사이·오은주·이국운·이담·이명훈·정은영 지음
남해의봄날, 2013

지방 강연을 가면서 『서울을 떠나는 사람들』을 가방에 챙겨넣었다. 서울역에서 KTX를 타고 지방으로 내려가는 길이었으니 나름 '서울을 떠나는 사람들' 대열에 합류한다는 기분도 냈다. "3040 지식노동자들의 피로도시 탈출"이라는 부제도 나와 동떨어진 것이 아니니 필독할 만도 했다.

알다시피 전체 인구의 절반 이상이 서울과 수도권에 밀집되어 있는 것이 우리의 현실이다. 물론 '피로도시' 서울이 가장 살기 좋은 곳이어서는 아니다. 서울을 찾거나 서울을 떠나지 못하는 것은 대개 일자리 때문이다. 서울을 떠나면 무엇을 하면서 살아야 하는가에 대한 막막함이나 두려움이 발목을 잡는 것이 다반사다.

그래도 그렇게 주저앉을 일은 아니라는 생각이 든다면 아홉 명의 지식노동자가 선택하고 실행한 '서울 탈출기'를 참고해보아도 좋겠다. 다니던 직장이 갑작스레 제주도로 옮겨가는 바람에 제주에 정착하게 된 인터넷 포털서비스 기획자에서부터, 귀향한 예술공간 대표, 지방대 교수, 서울에서의 과로로 건강을 잃고 1년쯤 안식년을 갖기 위해 내려간 남해안 통영에 아예 눌러앉아 출판사까지 차린 출판사 대표까지(바로 이 책을 펴낸 남해의봄날 대표다) 다양한 사례가 본보기다.

다들 굳은 결심을 하고 오랜 준비 끝에 서울을 떠난 것은 아니다. 제주도에 카페를 차린 이담씨는 원래 서울 근교에서 도심으로 출퇴근하던 직장인이었다. 10여 년 동안 컴퓨터 잡지사의 기자로 일하면서 하루 4시간가량을 출퇴근길에 허비했다. 그러다 거대도시생활의 스트레스를 풀기 위해 한 달쯤만 쉴 생각으로 제주에 내려왔다. 하지만 아무것도 안 하면서 먹고 자고 쉬는 동안 제주의 풍광이 눈에 들어왔고 그 매력에 빠지면서 급기야는 서울로 다시 돌아갈 생각을 접었다. 의료보험료가 체납될 정도로 형편은 어려워졌지만 도시를 떠난 삶의 여유를 놓치고 싶지 않았다. 시행착오를 거쳐 지금은 직접 볶는 커피와 오므라이스를 주메뉴로 하는 카페를 운영한다. "내게 필요한 건 내 손으로 직접 해결하는 자급자족의 삶. 그러기 위해 마음의 여유는 필수적이다. 그러나 도로에서 서너 시간을 버리는 도시인들에게는 불가능한 삶이기도 하다"는 것이 그의 발견이자 자부심이다.

부산에서 로큰롤 스타를 꿈꾸던 가수 사이의 인생행로는 규격화되지 않은 자유로운 삶이란 어떤 것인가를 보여주는 실례다. 부산에는 자신의 음악을 이해해주는 사람이 없다는 생각에 상경한 그는 국립 극장의 기관실에서 일하다가 출판사 편집자생활도 하고 길거리 밴드를 만들어 떠돌기도 했다. 그러다 생태 문제에 관심을 갖게 되어 아내와 함께 경남 산청의 깊은 산속 마을로 들어가 생태근본주의적 생활도 했다. 그것은 '대단한 삶'이었지만 '행복한 삶'은 아니었다는 생각에 그는 다시 충북 괴산으로 이사한 뒤 '유기농 펑크 포크'를 창시하고 지역 음악축제를 개최하는 등 그때그때 하고 싶은 일을 신나게 하면서 살고 있다. 통장에 잔고는 별로 없더라도 "먹고 싶은 게 있으면 먹고, 가고 싶은 곳에는 언제든지 갈 수 있는" 자유를 누리며 산다. 얼핏 별스러운 삶처럼 보이지만 사이가 만든 '괴산페스티벌'은 해마다 수백 명이 참여하여 같이 놀고 즐기는 성공적인 동네축제로 자리잡고 있다. "돈을 위해서가 아니라, 꼭 서울이 아니더라도, 내가 원하는 방식으로 잘 놀 수 있다는 것을 스스로 증명"해낸 경우라고 할까.

미리 가방에 넣었지만 사실 내가 책을 읽은 것은 다시 서울로 돌아오는 KTX 객차 안에서였다. '서울을 떠나는 사람들' 이야기를 서울로 돌아오는 길에 읽는 기분은 묘했다. 아직은 벗어날 수 없는 일상의 압력을 다시 확인하게 되지만 한편으로는 서울에서 3, 4시간만 벗어나도 뭔가 다른 삶이 아직 가능하다는 사실에 위안도 받는다. 떠나는 것이 가능하다면 최악은 아닌지도 모른다.

-〈주간경향〉(2013. 7. 2.)

아파트 게임과
한국 중산층 흥망사

아파트 게임
박해천 지음
휴머니스트, 2013

직함은 '디자인 전문가'지만 이쯤 되면 '아파트 전문가'라고 해도 무방하겠다. 『콘크리트 유토피아』(자음과모음, 2011)에 이어서 『아파트 게임』을 통해 한국 중산층의 보편적 경험과 욕망을 낱낱이 까발리고 있는 저자 박해천을 두고 하는 말이다. '대한민국 중산층 웃지 못할 흥망사'란 문구가 암시하듯 세대별로 아파트 게임 참여자들을 묘사한 그의 '비평적 픽션'은 자못 코믹하기까지 하다. 물론 그가 거울을 들이대며 비추어주는 것이 바로 '우리'의 얼굴이라는 것이 문제다.

인상적인 문제 제기는 처음에 프랑스 지리학자에게서 나왔다. 발레리 줄레조의 『아파트 공화국』(후마니타스, 2007)이 우리의 무릎을 치게 한 것이다. 줄레조의 고백에 따르면 "1990년 처음 서울을 방문해 아파트 단지의 거대함에 충격을 받은 이후" 어떻게 이런 대단지 아파트가 양산될 수 있었을까 하는 의문을 품게 되었다. 그것이 박사학위 논문의 주제가 되었다. 외부자의 시선으로 볼 때 한국의 아파트는 한국이라는 나라를 특징지을 만큼 특별했다. 이런 나라가 따로 없다는 뜻이다.

줄레조도 아파트 거주민으로 한국적 의미의 중간계급인 '도시 중산층'을 지목했다. 그는 여러 사례를 제시했는데, 도시 중산층의 전형 김 아무개씨에 대한 기술은 이렇다. "50대 초반의 김모 씨는 전업주부다. 그녀의 남편은 대기업 계열회사의 부사장이고 두 자녀를 두었다. 큰아이는 이웃의 서초고등학교에 다니고 둘째는 아직 중학생이다." 박해천의 비평적 픽션은 이를 좀더 세련되게 만들었다. 가령 '은퇴를 앞둔 베이비부머' 세대의 이야기는 이런 식이다. "꽤 알려진 기업에 다니고 있는 '58년 개띠' 박모 씨. 지방의 명문고와 서울의 명문대를 졸업한 그는 1980년대에 직장생활을 시작했고, IMF 구제금융 체제에서도 꿋꿋이 버티며 임원 자리에까지 올랐다. 하지만 은퇴를 앞둔 지금 그의 자산은 목동의 아파트 단지 한 채가 전부다."

이런 인물들이 아파트 게임의 플레이어이자 아파트를 둘러싼 중산층 흥망사의 주인공이다. 그리고 20세기 후반기 한국 사회를 지탱해온 성장 신화는 바로 이 중산층의 성장 신화였다. 하지만 이제 그 신화가 더이상 작동하지 않는 시점에 이르러 박해천은 이 신화의 이면을 들여다보자고 제안한다. 그것은 아파트 게임의 이면이면서 세대론의 이면이다.

한국의 기성세대는 저마다 4·19 세대, 유신 세대, 386 세대 등을 자임하면서 권력에 항거했던, 곧 '아버지'에 맞섰던 자신의 청춘을 예찬한다. 하지만 이는 가족 로망스의 1막에 불과하다. 그들도 곧 가족의 생계를 걱정하며 밥벌이에 나서야 하는 아버지가 되었기 때문이다. 이때 시작되는 가족 로망스의 2막에서 핵심적인 역할을 한 것이 아파트다. 아파트는 한국 중산층의 '무의식'이라고 해야 할까.

모두가 아파트 매매의 시세 차익을 노리며 중산층으로 가는 사다리에 매달려 있는 동안 지나친 것은 "아파트가 고도성장을 통해 축적된 사회적 부를 시세 차익이라는 형태로 그 소유자들에게 배분하는 사회 시스템이라는 사실"이다. 이 사회적 부는 복지제도를 통해 배분, 환원되어야 했지만 한국 사회는 그것을 투기장의 경품으로 만들었다. 이 무지와 무관심은 막대한 사회적 고통을 대가로 지불하게 되어 있다. 아파트 게임의 2막을 우리는 목격하고 있는 셈이라고 할까. 자못 코믹한 아파트 이야기가 '호러'로 바뀌는 지점에 우리는 와 있다. 아파트 게임은 무서운 게임이다.

-〈시사IN〉(2013. 12. 28.)

P.S.

2013년에 출간된 아파트와 부동산 관련서로 더 읽어볼 만한 책은 박철수의 『아파트』(마티), 박인석의 『아파트 한국사회』(현암사), 선대인의 『선대인, 미친 부동산을 말하다』(웅진지식하우스) 등이다.

잉여 세대의 문제는 시대의 문제다

—

청춘을 위한 나라는 없다
한윤형 지음
어크로스, 2013

한윤형의 『청춘을 위한 나라는 없다』는 자칭 "청년 논객 한윤형의 잉여탐구생활"이다. 스스로를 잉여라고 부르는 세대의 자화상과 세대 의식, 사회적 열패감과 무기력을 넘어서고자 하는 정치의식과 사회 비평을 두루 담았다. 저자는 "군대를 다소 늦게 다녀온 25세 청년이 31세가 되는 동안 사적인 공간과 담론의 영역에서 어떻게 분투했는지 보여주는 것"이라고 자평하면서 야심도 털어놓았다. "또래에게는 위안을 주고, 다른 세대에겐 이 세대를 이해하기 위해 읽어봐야 하는 책이 되면 좋겠다"는 야심이다. 어떤 위안을 건네고, 어떤 이해를 돕고자 하는가.

전체적인 골자는 세대 문제가 결국은 시대 문제라는 점이다. 잉여 세대 문제라고는 하지만 그것은 '시대를 반영하는 어떤 세대의 문제'일 뿐이다. 특정 세대가 뒤집어쓸 문제는 아니라는 이야기다. 우석훈, 박권일의 『88만원 세대』(레디앙, 2007)가 세대 간 착취 문제를 사회적 이슈로 부각시켰지만 한윤형이 보기에 "세대 담론은 계급 문제가 철저하게 정치에서 배제된 결과로 탄생할 수밖에 없었던" 담론이다. 게다가 『88만원 세대』를 베스트셀러로 만든 것은 '원래부터 88만 원 정도를 벌었던 젊은이들'의 관심이 아니라 그런 빈곤층으로 전락할지도 모른다는 중간계급의 불안감이었다. 그래서 88만 원 세대 담론을 가장 심각하게 받아들인 쪽은 명문대생들이었다(루저들의 정서를 잘 표현한 노래 〈싸구려 커피〉를 부른 가수 장기하가 명문대 출신인 것도 우연만은 아니다). 말하자면 '계급 불평등의 세대 전이'가 '88만 원 세대 담론'의 성공 요인이었다.

중산층의 불안 심리 및 중간계급의 욕망과 결부되어 있는 세대 문제는 한국 자본주의 체제의 재생산 문제와 직결된다. 저자가 간추린 바에 따르면 한국의 중산층은 부동산 가격의 지속적인 상승을 통해 자산을 쌓았고, 그와 함께 정치적으로 보수화되었다. 기업 활동에 투자되어야 할 돈이 부동산으로 몰리면서 기업 경쟁력은 떨어졌고, 이를 보충하기 위한 손쉬운 방법은 노동시장에 새로이 진입한 젊은 세대의 임금을 낮추는 것이었다. '집값'은 높이고 '사람값'은 낮춘 것이 한국식 자본주의의 운용방식이었다. 그리고 그 결과는 알다시피 중산층 자신의 자녀가 월급으로는 독립을 꿈꿀 수 없는 사회다. 이 '멋진 신세계'에서는 부모가 보태주지 않으면 전셋집 하나 장만하기도 어려워 웬만한 청춘들은 취업, 결혼, 출산을 포기하는 '3포 세대'로 전락했다.

이런 구조적 현실을 외면한 멘토 담론은 젊은 세대의 공감을 얻어 낸다 하더라도 공허할 수밖에 없다. 그 공허는 잉여 세대를 근심 어린 시선으로 바라보는 386세대의 위선과도 맞닿아 있다. 가령 교육 문제를 보더라도 386세대에게서는 한국의 교육 현실에 대한 급진적 비판과 자기 아이를 외국이나 대안학교에 보내는 일이 양립 가능하다. 우파가 자식을 미국으로 보낼 때 이른바 좌파는 독일이나 핀란드로 보내는 것 정도의 차이다. '결국 다 똑같다'는 냉소는 그래서 나온다.

물론 냉소가 우리를 구제해주지 않는다. 어떻게 할 것인가. '창의성을 말살하는 값싸고 질 나쁜 공교육'을 그대로 받는 것이 외려 오늘날 대한민국에서 가장 급진적인 일은 아닐까라는 저자의 반문에서 실마리를 찾을 수 있다. 그의 제안은 진보 담론이나 개혁정책이 실효적 의미를 갖기 위해서는 한국 사회의 제도와 문화라는 맥락에서 어떻게 실현시킬 것인지에 대한 매우 세밀한 고민이 필요하다는 것이다. 상황이 부정적인 것만은 아니다. 대학생의 85퍼센트가 비정규직이 되는 세상은 역설적으로 새로운 동류의식을 가능하게 한다. 이는 계급 간 연대의 문제가 아니라 당사자 문제다. '루저'와 '잉여'를 양산하는 사회체제와 경제구조가 과연 언제까지 지속 가능할까? 더이상 잃을 것이 없는 사람들이 서로에게서 '우리'를 발견하고 눈짓을 교환할 때 균열은 시작된다.

-〈주간경향〉(2013. 5. 7.)

나쁜 사회가 만든 청춘의 절망

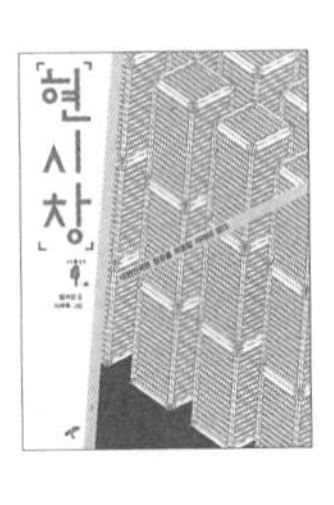

—

현시창
임지선 지음, 이부록 그림
알마, 2012

“행복한 가정은 서로 엇비슷하지만 불행한 가정은 제각각의 이유로 불행하다.” 톨스토이의 소설 『안나 카레니나』의 유명한 서두다. 어디 가정에만 적용되랴. 사회나 국가도 비슷해 보인다. 이렇게 말하는 것은 어떨까. 좋은 사회는 서로 엇비슷하지만 나쁜 사회는 제각각의 이유로 나쁘다. 오늘의 한국 사회를 나쁜 사회라고 말할 수 있는 이유는 한두 가지가 아니겠지만 그 가운데 하나가 ‘청춘의 절망’이다. 현역 기자가 쓴 우리 시대 ‘벼랑 끝’ 청춘들에 대한 취재보고서 『현시창』에 저자가 붙인 서문의 제목이 “청춘이 절망하는 나쁜 사회”다. 제각각의 이유로 불행했던 한국 현대사이니만큼 우리 시대 불행의 절대치가 유난한 것은 아니겠지만 그 성격을 특징짓고자 할 때 '청춘의 절망'을 우선순위로 꼽을 만하다. '현실은 시궁창'의 줄임말 은어인 '현시창'이란 말이 입에 오르는 것만 보아도 절망의 수위를 짐작할 수 있다.

그냥 '현실은 시궁창'이라고만 하면 현실에 대한 치기 어린 냉소 정도로만 치부할지도 모른다. 하지만 이 문구는 원래 가수 에미넘의 "꿈은 높은데 현실은 시궁창"이라는 가사에서 따온 것이라 한다. 이를 줄여서 '꿈높현시'라고도 부른다고. 사실 '현시창'이란 현실 인식이 나이의 많고 적음에 따라 달라지는 것은 아닐 것이다. 하지만 '꿈은 높은데'라는 말과 대구를 이루는 '현실은 시궁창'은 오롯이 청춘의 현실을 떠올려준다. "지금까지도 힘들었는데 앞으로가 더 힘들 것 같아요"라고 하소연하는 것이 그 현실이다.

『현시창』에서 저자는 오늘을 사는 청춘들의 힘겨운 사연을 노동, 돈, 경쟁, 여성 등의 키워드에 따라 분류했는데, '일터의 배신'을 다룬 첫 장의 첫번째 사례가 2011년 7월 일산의 한 이마트 매장에서 냉동기 점검 작업을 하다가 누출된 냉매 가스에 질식사한 서울시립대생 황승원씨다. 안타까운 사건으로만 잠시 기억되고 말았을 일이지만 기자는 황승원씨의 여동생을 만나 그의 스물두 해 짧은 인생 이야기를 들었다. 낯설지 않은 사례다. 아버지의 사업 실패로 가정 형편이 어려워져 황승원씨는 학원도 제대로 못 다니며 독학으로 고입, 대입 검정고시를 통과해야 했다. 어렵게 한 사립대학 호텔경영학과에 진학했지만 800만 원 가까운 등록금이 너무 부담이 되었다. 두 학기 등록금 1000여만 원이 고스란히 빚이 되었고 결국 장학금을 받고도 학교를 그만둘 수밖에 없었다. 황승원씨는 수능을 봐서 등록금이 훨씬 적은 서울시립대에 다시 입학했다. 하지만 학자금 대출은 군대에 갔다 온 뒤에도 그의 발목을 붙잡았다. 그는 복학하기 전에 대출금을 갚기 위해 냉동설비 수리업체에 취업하여 사고 당일 야간작업을 나갔다가 변을 당했다. 그것으로 끝이 아니었다.

사고 진상 규명이 늦어져 가족들은 병원 냉동고에 보관되어 있던 그의 주검을 사망 40여 일 만에야 발인했다. 그러고도 유족에게는 학자금 대출이 그대로 남았다. 사고사만 제외하면 황승원씨의 경우는 우리 주변에서 드물지 않게 볼 수 있는 청춘의 초상이다. 높은 등록금과 구직난으로 이중고를 겪고 있는 것이 그들의 시궁창 현실이다. 한두 사람이 겪는 불운이라면 개인적인 문제겠지만 한 세대가 통째로 겪는 불행이라면 사회적 문제다. 당연한 말이지만 사회적 문제는 개개인의 분발이 아닌 사회적 처방과 해법을 요구한다.

"알바해서 학자금 대출부터 갚을 거야"라는 소박한 꿈이 좌절된 자리에서 우리가 회복해야 하는 것은 불가능한 것에 대한 새로운 꿈이다. 아니 불가능하다고 치부되는 것에 대한 꿈이다. 지난 대선의 공약이기도 했던 반값 등록금은 왜 도입되지 않고 불가능한 것으로 도외시되었는가? 마음의 부담을 절반으로 줄여주겠다는 공약이었다고? 시립대의 사례에서 알 수 있지만 문제는 의지이고 결단이다. 이번 대선이 우리가 '현시창'에서 벗어날 수 있는 계기가 되기를 기대한다.

-〈경향신문〉(2012. 11. 30.)

청춘을 향한 도올의 부르짖음

사랑하지 말자
김용옥 지음
통나무, 2012

고전 번역가이자 학술운동가인 도올 김용옥의 『사랑하지 말자』에는 "도올 고함苦喊"이라는 부제가 붙어 있다. '크게 부르짖는 소리'가 아니라 '고통스럽게 부르짖는 소리'라고 할까. '서막'에서 그가 내비친 고통의 바탕은 4대강을 파破하는 것으로도 모자라 "모든 갯벌을 파하고, 모든 산을 파하고, 모든 논밭을 파하고, 모든 촌락을 파하고, 모든 인민의 삶의 터전을 파하는 데 총력을 기울이고" 있는 '서씨동물농장'에 대한 절망과 탄식이다. 젊은 학동과의 문답 형식으로 구성된 책에서 저자는 그럼에도 불구하고 자포자기 대신에 희망을 말한다. 희망의 근거는 이 세계를 변혁시킬 힘을 아직 '우리'가 갖고 있다는 긍정적 믿음이다. 반항과 거역과 항거의 주체로서 '우리'를 가리키는 말이 '청춘'이다. 편집자들이 뒤바꾼 순서라고는 하지만 책이 '청춘'이라는 장으로 시작하는 것은 그래서 온당하다.

『중용』의 말을 빌려서 도올은 청춘을 "중中에서 화和로 가는 끊임없는 발發의 과정"이라고 정의한다. 조화는 끊임없이 새로운 조화로 대체되는데, 그런 '조화의 조화'를 만들어내는 계기가 끊임없는 불화不和다. 이 불화를 가리키는 말이 곧 청춘이다. 청춘의 불화가 없으면 모든 문명은 활력을 상실하며 청춘의 모험이 없는 문명文明은 문명이 아니라 문암文暗이다. 문명의 부패다. 현정권 아래에서의 한국이 바로 그런 경우이며 청춘의 실종이 낳은 결과다. 하지만 애초부터 그렇지는 않았다. 지난 20세기 한국사는 청춘의 역사였기 때문이다. 3·1운동에서 광주학생운동을 거쳐 4·19혁명과 군사독재정권 타도에 이르기까지 줄기차게 이어진 '학생문화의 정의로운 투쟁'은 다른 나라에서 유례를 찾기 어려울 정도다.

하지만 이 '정의감의 찬란한 역사'가 이명박 정권 아래에서 흔적도 없이 사라졌다. '청춘의 모험'을 억압하는 세력이 득세하면서 한국의 청춘들이 쪼그라들었기 때문이다. 도올은 삼성전자 이건희 회장이 고려대에서 명예 박사학위를 받기 위해 방문했을 때 시위를 벌인 학생들에 대해 학교측이 징계를 내린 사건을 "대한민국 청춘이 금권에 순응하는 항복을 선언한" 상징적인 사건이라고 본다. 그때부터 대한민국의 청춘은 무조건 쫄기 시작했다는 것이다. 하지만 도올은 청춘들이 그런 무기력에서 벗어나 자존감을 되찾고 다시금 사회적 불의에 대한 투쟁에 나설 것을 독려한다. "조선의 역사를 뒤흔들 수 있는 유일한 주체 세력"이 바로 우리의 청춘들이기 때문이다.

이번 대선은 그 청춘들이 억눌린 역량을 발휘할 수 있는 절호의 기회다. 체제의 압박에서 벗어날 수 있는 가장 효율적인 방법이 현재로서는 그 체제 상부 권좌의 성격을 바꾸는 일이기 때문이다. 그런 맥락에서 책은 '역사'와 '조국'에 이어 '대선'이란 장을 배치했다. 도올이 보기에 2012년 대선의 승자는 이미 박근혜로 결정되어 있다. 그가 '오늘의 승자'다. 문제는 그 승리가 이미 도를 지나쳤다는 것이다. 지난 총선에서 여권의 승리가 오히려 박근혜의 대선 행보에 독이 될 것이라는 것이 도올의 판단이다. 결과적으로는 이명박 정권에 대한 심판이 대선으로 미루어지게 되었기 때문이다. 그렇다고 자동적으로 야권에 승산이 있는 것은 아니다. "우리 민족사의 새로운 패러다임을 창출할 수 있는 획기적 전기"를 마련하기 위해서는 안철수나 야당 후보나 '무아無我'의 실천이 필요하다는 것이 도올의 주문이다. 대의를 위해 뭉칠 때만이 승리의 가능성은 현실이 될 수 있다.

"젊은 사람들에게 쉽게 읽혀야 한다는 압박감" 속에서 집필했다는 저자는 '청춘'에서 '대선'까지의 네 장은 필독해주기를 당부한다. 거기에 보태자면 뒷부분의 '종교'와 '사랑', '음식'에 관한 장도 읽어볼 가치가 있다. 기독교에 대한 비판과 "기독교와 더불어 한국인의 심령을 갉아먹기 시작한" '사랑'이란 말에 대한 비판은 대선주자들에 대한 평이나 대선 전망보다도 더 흥미롭고 유익하다.

-〈주간경향〉(2012. 9. 11.)

군사독재 굴레에서 어떻게 벗어날 것인가

—

법은 어떻게 독재의 도구가 되었나
한상범·이철호 지음
삼인, 2012

"한국 민주주의의 현주소는 어디인가?" 헌법학자 한상범, 이철호 교수가 『법은 어떻게 독재의 도구가 되었나』의 서두에서 던지는 질문이다. 단적으로 말해서 우리는 민주냐, 독재냐의 갈림길에 서 있다는 것이 저자들의 문제의식이다. 민간인 사찰과 불온서적 목록 부활, 국가인권위원회의 파행적 운영 등 민주화에 역행하는 일들이 횡행하는 현실은 우리의 시침을 1970년대에서 1980년대로 되돌려놓은 것처럼 보인다.

이런 퇴행이 어떻게 가능한가. 저자들은 우리 사회에 여전히 박정희 군사독재체제의 복고를 바라는 구세력이 준동하고 있고, 우리의 마음속에도 군사독재 시절의 의식구조가 남아 있기 때문이라고 본다. 독재시대에 대한 청산이 제대로 이루어지지 않은 까닭에 여전히 그 그늘에서 벗어나지 못하고 있는 형국이다. 이런 현실 인식 아래에서 책은 독재정권의 지배 법리와 지배 수법을 다시금 되돌아본다. 과거 독재체제의 부정적 유산을 제대로 청산하려면 먼저 그것이 어떤 수단들을 통해 작동했는지 직시할 필요가 있기 때문이다.

거슬러올라가면 제헌 헌법 자체가 쿠데타 세력과 독재정권에 악용될 소지가 많았다. 독일 바이마르 헌법의 영향을 많이 받았다고 하지만 실상은 일본 헌법의 영향이 더 컸고, 특히 계엄제도에 관한 조문들은 메이지 헌법에서 그대로 따왔다. 군이 계엄 사무에 관한 전권을 장악하게끔 했고 군부의 독주에 제동을 걸 수 있는 장치는 전혀 마련하지 않았다. 예산제도도 재정민주주의나 재정입헌주의의 규정이 매우 취약한 행정부 본위의 제도로 메이지 헌법의 개악판이라는 것이 저자들의 평가다. 결과적으로 제헌 헌법의 이런 구멍은 쿠데타 세력에게 이용당하게 된다.

일제 법제의 잔재와 함께 문제가 되는 것은 법문화다. 일본의 경우 1930년대에 접어들면서 법학과 법제에서 자유주의적인 것이 말살되고 천황제 파시즘이 절정에 이른다. 그렇기 때문에 '악법에 대한 거부'와 '폭군에 대한 저항'이라는 핵심적 시민의식이 제대로 수용되지 못하고 근대적 자유주의 시민문화도 일본에서는 부재하게 된다. 문제는 바로 이 시기에 고등교육을 받고 고등문관 시험을 통해 배출된 친일 관료들이 광복 이후에도 법조계뿐 아니라 사회 각 분야에서 지도

급 인사로 활동하게 되었다는 점이다. 1945년 이후에도 일제의 구舊 법령체제가 지속되었으니 광복이 되었다고는 하지만 인적으로나 제도적으로 일제강점기의 연속이었던 셈이다.

일제가 서구 제국주의로부터 배우고, 한국의 독재정권이 일제로부터 다시 배워 써먹은 통치 수법이 "법률의 기술을 악용하는 관료의 통치술"이다. 그리고 그런 지배 수법의 최고 절정이 "계엄제도의 정치적 악용과 국가정보기관을 이용한 정치적 탄압 자행, 형사 범죄자의 날조와 조작"이다. 민족일보 사건이나 인혁당 사건 같은 사법 살인이 비근한 예다. 이렇듯 법은 약자를 위한 보호장치가 아니라 강자를 위한 지배수단이었다. 게다가 법을 악용한 이런 독재를 합리화하고 정당화하는 데 실무 법조인뿐 아니라 법학자, 어용언론이 동원되었던 것이 우리의 독재정치사였다.

과연 우리는 그런 과거사의 굴레에서 벗어날 수 있을까. 그러려면 우리 사회가 절차적 민주주의에서 실질적 민주주의 사회로 이행해야 하는데, 이때 무엇보다 필요한 것은 시민적 주권의식이다. 권력의 객체가 아닌 주체가 되어야 하는 것이다. 저자들은 과거 군사독재정권이 어떻게 법을 악용해서 국민을 우민화하여 지배했는가를 분명히 아는 것이 그런 주체로 서는 첫걸음이라고 말한다. "군사독재가 시민사회를 붕괴시킨 황폐화된 폐허"에서 다시 시작해야 하는 과제가 우리에게는 아직 남아 있다. 민주냐 독재냐, 우리의 선택은 무엇인가.

-〈주간경향〉(2012. 9. 25.)

'민주화운동의 대부'가 걸어온 길

—

민주주의자 김근태 평전
김삼웅 지음
현암사, 2012

김삼웅의 『민주주의자 김근태 평전』은 제목 그대로 김근태 평전이다. 지난 연말 우리 곁을 떠난 김근태의 삶은 어떤 것이었나. 1947년 6남매 가운데 막내로 태어난 김근태는 고등학교 때까지 '범생'이었다. 그는 학비와 생활비를 벌면서 공부하느라 사회 문제에는 눈 돌릴 겨를이 없었다. 김근태는 1965년 경기고를 졸업하고 서울대 상과대에 진학한다. 상과대를 선택한 것도 가난에서 벗어나고 싶었던 것이 아니었을까라고 저자는 짐작한다.

박정희 정권의 굴욕적인 한일회담에 대한 대규모 반대시위가 번져가던 대학가의 분위기 속에서 김근태는 학생운동에 적극 참여하게 된다. 그는 진보적인 사회과학 서적을 통해 현실과 역사에 대한 문제의식을 갖고 운동에 대한 확고한 신념으로 무장한다. 그가 시위를 주동한 혐의로 대학에서 제적되어 강제징집을 당한 것은 1967년 10월이었다. 1970년 가을 대학으로 다시 돌아왔지만 시국은 악화일로였다. 김근태는 1971년 11월 마지막 학기에 '내란음모 사건'에 연루되어 정부 전복을 기도했다는 혐의로 수배자 신세가 되었다.

피신중에 김근태는 이런저런 직업을 전전하면서도 노동자들의 상담과 교육에 열정을 쏟았다. 고은 시인은 『만인보』에서 "그는 70년대에는 물 위에 떠오르지 않았다/ 인천 어딘가/ 후텁지근한 이 공장 저 공장에 스며들어가/ 자격증 네 개 다섯 개 땄다/ 서울대 상과대학 졸업장 따위는 던져도 좋았다/ 공장에서/ 떳떳한 호모 파베르였다"고 노래했다. '하얀 양초 같은 얼굴'의 김근태가 수면 위로 떠오른 것은 1983년 민주화운동청년연합(민청련)을 결성하고 의장으로 부임하면서부터였다. 민청련 의장을 맡으면서 김근태는 청년민주화운동의 리더로서 본격적인 정치 투사의 길을 걷게 되었다. 그 길은 고난의 길이었다. '광주학살 진상 규명과 책임자 처벌'을 처음 이슈화한 민청련은 전두환 정권의 눈엣가시 같은 존재였다. 간부 전원에게 수배령이 떨어지면서 김근태는 체포되었다. 1985년 9월 그는 치안본부 남영동 대공분실로 이송되어 그곳에서 22일간 끔찍한 고문을 당했다. 영화 〈남영동 1985〉의 소재가 된 사건이었다. 권력 유지에 급급했던 전두환 정권은 인권과 법질서를 무시했다.

김근태는 정권의 하수인들에게 끔찍한 고문을 당하여 거짓 자백을 하고 수감되지만 다행히도 고문 사실이 알려지면서 민주화운동은 더욱 강렬하게 불붙었다. 1986년 6월 부천서 성고문에 이어 1987년 1월에 터진 박종철 고문치사 사건은 결국 6월 항쟁을 불러왔다. 김근태는 1988년 6월 가석방되었지만 그것이 끝이 아니었다. 전국민족민주운동연합(전민련) 결성과 활동으로 1990년 다시 구속되었고 1992년 8월에야 자유의 몸이 되었다. '민주화운동의 대부'가 걸어온 삶의 이력이다.

민주화 이후 그의 일차적인 관심은 민주대연합론을 통한 정권 교체였다. 그 핵심은 '재야와 제도야권의 결합'인데, 그는 "의회를 통해 민중이 주인이 되는 민주주의를 이루고, 이를 바탕으로 통일로 가야 한다는 입장"이었다. 이를 위해 재야운동에서 간디의 길(사회운동)과 네루의 길(정치운동)이 결합되어야 한다고 그는 믿었다. 1996년 15대 국회의원에 당선된 이후 그는 간디의 길에서 네루의 길로 접어든다. 가장 성실한 의원이자 장관이었으며 언론에서도 그를 차세대 지도자감으로 꼽았지만 아쉽게도 그는 '대중정치인'이 아니었다. 시대를 조금 앞선 탓인지도 모른다. '비정치적인' 정치인이 새로운 정치의 희망으로 주목받는 2012년에 그의 빈자리는 크게 느껴진다. 그 빈자리는 "2012년을 점령하라"는 그의 유언을 지킴으로써 채워질 수 있을 것이다.

-〈주간경향〉(2012. 12. 25.)

죽을 각오란
무엇인가

—

문재인, 김인회의 검찰을 생각한다
문재인 · 김인회 지음
오월의봄, 2011

민간인 불법 사찰 사건에 대한 검찰의 재수사 결과가 발표되었다. 국민적 여론에 떠밀려 '사즉생死則生'의 각오로 수사에 임하겠다는 결의를 밝힌 지 3개월여 만에 나온 결과다. 하지만 사찰의 진짜 몸통과 주체가 누구인지는 명확히 밝히지 못했다. 기대는 배반했지만 예상은 벗어나지 않았다. 기대는 희망사항을 반영하지만 예상은 과거의 전력을 고려한다. 대한민국 검찰은 일반 국민이 생각하는 것보다 훨씬 무능하거나 권력에 대한 충성심이 훨씬 강하거나 둘 중 하나가 아닐까.

실망스럽지만 그렇다고 놀랄 것은 없는 관련 기사들을 읽다가 검찰은 대체 '사즉생'을 어떻게 이해하는 것인지 궁금해졌다. 보통은

'모든 것을 걸고' 또는 '죽기를 각오하고' 임한다는 뜻 아닌가. 검찰 수사에 일말의 기대를 가졌다면 '사즉생'이란 말의 효과에 넘어간 측면이 없지 않을 것이다. 정작 검찰은 '사즉생'이라고 말해놓고 '사즉생詐則生'이란 뜻으로 새겼는지 모르겠지만 말이다.

죽을 각오란 어떤 것인가. 두 대목이 떠오른다. 하나는 셰익스피어의 『햄릿』에 나오는 너무나 유명한 대사, 곧 "사느냐 죽느냐, 그것이 문제로다". 독백은 이렇게 이어진다. "성난 운명의 돌팔매와 화살을 마음속으로 견디는 것이 더 고귀한 일이냐, 아니면 고해의 바다에 맞서 끝까지 대적하여 끝장을 내는 것이 더 고귀한 일이냐." 대응관계로 보건대 햄릿에게 산다는 것은 "성난 운명의 돌팔매와 화살을 마음속으로 견디는 것"이다. 반대로 죽는다는 것은 "고해의 바다에 맞서 끝장을 내는 것"이다.

햄릿에 견주어보면 검찰에게는 어떤 선택지가 있었을까. 일단 죽기를 각오한다면 권력의 핵심에 맞서 끝장을 보는 일이 가능했을 것이다. 지위고하를 막론하고 불법 사찰 관련자를 모두 철저히 조사해서, 특히 청와대와 관련된 모든 의혹을 해명하고 법에 따라 죄과를 묻는 것이 '끝장'에 해당할 것이다. 그런 시도가 '살아 있는 권력'이라는 장벽에 부딪혀 좌초된다 할지라도 검찰은 '국민의 검찰'로 거듭날 수 있을 테니 그야말로 '사즉생'이다.

하지만 검찰의 선택은 청와대 개입 의혹을 지우는 데만 죽기 살기로 매달려 결국 허술하기 짝이 없는 결과만을 내놓았다. 결과적으로 '성난 여론의 돌팔매와 화살을 꿋꿋이 견뎌내는 것'을 택한 셈이다.

그것이 사는 길이라고 판단한 것이겠으나 그 연명은 검찰의 존재 자체를 회의하게끔 만들었으니 '생즉사生則死'와 다를 바 없다.

죽을 각오란 어떤 것인지 생각하게 만드는 또다른 대목은 도스토옙스키의 『백치』에 나온다. 한 사형수에 관한 에피소드인데, 그는 어느 날 아침 다른 죄수들과 함께 사형대로 끌려가 총살된다는 선고문을 듣는다. 죄수들이 세 개의 기둥이 처형대로 놓인 사형장에 도착하고 첫 세 명의 죄수에게 사형복이 입혀진다. 세번째 줄에 선 그에게는 이제 생의 시간이 5분 정도밖에 남지 않았다. 하지만 그는 이 5분 동안 '많은 삶'을 살 수 있을 것 같은 느낌이 들었고 그동안 해야 할 일이 무엇인지 생각한다. 동료들과의 작별에 2분, 자기 자신을 성찰하는 데 2분, 그리고 마지막으로 주변을 둘러보는 데 남은 시간을 할애하기로 한다. 불과 수분 후에 들이닥칠 죽음과 사후의 삶에 대해 생각해보던 그는 만약 자신이 다시 살게 된다면 "매 순간을 1세기로 연장시켜 아무것도 잃지 않고, 1분 1초라도 정확히 계산해 헛되이 낭비하지 않으리라!"고 결심한다. 그런 상념 끝에 그는 한시라도 빨리 총살되면 좋겠다는 바람까지 갖는다. 하지만 그 바람과는 달리 바로 다음 순간 전혀 예기치 않았던 사면령 덕분에 그는 목숨을 건지게 된다.

정치범으로 체포되어 사형선고를 받았다가 사면되었던 도스토옙스키 자신의 체험이 반영된 이 이야기는 임박한 죽음을 염두에 둘 때 삶의 시간이 얼마나 확장되고 그 가치가 얼마나 고양될 수 있는지 말해준다. 석 달의 시간을 허비한 검찰이 곱씹어볼 만한 이야기다.

-〈경향신문〉(2012. 6. 15.)

4.

실패할 권리와 갱생할 권리

프레이리가 말하는 문해교육

문해교육 : 파울로 프레이리의 글 읽기와 세계 읽기
파울로 프레이리·도날도 마세도 지음, 허준 옮김
학이시습, 2014

『페다고지』, 『희망의 교육학』 등 교육학 고전으로 잘 알려진 파울로 프레이리의 『문해교육』을 읽었다. 브라질 월드컵이 한창 진행중인 것도 브라질의 세계적인 교육사상가에게 주목하게 만든 이유지만 문해교육 프로그램이 프레이리의 대표적 교육개혁 프로그램이었다는 점에서도 관심이 갔다. "파울로 프레이리의 글 읽기와 세계 읽기"가 부제인데, '읽기와 쓰기 교육'으로서 문해교육에 대한 강조는 새삼스럽지 않지만 '글 읽기'와 '세계 읽기'를 같이 묶는다는 점이 눈에 띈다. 프레이리 문해교육론의 핵심이기도 하다.

글 읽기와 세계 읽기는 어떤 관계인가. "세계 읽기는 항상 글 읽기에 선행한다. 그리고 글 읽기는 계속해서 세계 읽기를 내포한다"는 구절에 압축되어 있다. 세계 읽기가 글 읽기에 선행한다는 말은 학습자가 글을 깨치기 전에 이미 세계에 대한 이해를 갖고 있다는 뜻이다. 프레이리는 몬테마리오라는 작은 어촌 마을에서의 경험을 들려주는데, 그는 보니투bonito라는 물고기 이름과 함께 채소, 전통 가옥, 고깃배, 어부의 그림을 먼저 보여주었다. 그러자 그림을 뚫어지게 쳐다보던 주민들이 "아 여기는 몬테마리오예요. 맞아, 이 그림은 몬테마리오야. 정말 몰랐네"라고 말하며 놀라워했다. 그림(상징)을 통해 자신들의 세계를 인식하고 재발견한 것이다.

이는 전혀 새로운 세계에 대한 눈뜸이기도 했다. 주민들은 그들이 존재하는 작은 마을을 대상화함으로써 '세계의 주인'으로 마주선 것이기 때문이다. 그렇게 '호기심 어리고 비판적인 주체'가 문해교육과정 출발점이라고 프레이리는 말한다. 그래서 그의 문해교육의 첫 단계는 학습자들에게 글자보다 그림을 먼저 제시한다. 학습자가 글자를 기계적으로 암기하기보다는 자기 경험에 근거하여 그 글자 자체를 이해하게 유도하는 것이다. 그림으로 제시된 상황을 해석하고 읽어내는 과정에서 학습자는 자신의 경험세계에 대한 이해를 새롭게 할 수 있다. 학습자가 가난한 민중이라면 "세계에 대한 비판적 독해가 깊어질수록 민중들은 숙명론과는 다른 방식으로 가난을 이해할 수 있게 된다."

급진적 교육학을 주창한 『페다고지』(한마당, 1995)의 부제가 "억눌린 자를 위한 교육"이라는 점에서도 확인되듯이 프레이리의 주안점은 민중의 해방을 위한 교육이다. 그에게 교육은 지배 이데올로기의 재생산수단이면서도 동시에 그런 이데올로기로부터 벗어나게끔 하는 사회변혁의 수단이다. 교육은 억압받는 계급의 사회적 해방을 위한 무기이며, 문해교육은 그런 무기의 하나다. 그런데 세계 읽기가 글 읽기에 앞선다는 전제를 염두에 두면 해방적 문해교육에 앞서야 하는 것은 사회변혁이다.

문해교육의 의의를 절대적인 것으로 과대평가하지 않는다는 점이 또한 프레이리 사상의 특징이다. 그는 문해교육을 사회변혁의 유일한 기폭제로 생각해서는 안 된다고 주의를 준다. 니카라과 민중이 혁명을 통해 역사를 장악하자 곧바로 문해교육이 실시되었다. 문해과정은 역사를 장악하는 과정보다는 쉽기 때문인데, 니카라과 민중은 자연스레 자신들의 이야기를 다시 써나갈 수 있었다. 사회변혁이 문해교육에도 획기적 전기가 될 수 있다.

흥미롭게도 니카라과와 대조되는 사례가 미국이다. 1980년대 중반의 통계지만 당시 미국 민중의 6000만 명 이상이 글을 모르거나 제대로 읽지 못하는 기능적 비문해 상태에 있었다. 유엔의 128개국 가운데 미국의 문해율은 49번째였다. 이런 대규모의 비문해 인구가 방치되고 있는 것이 제1세계의 대표국가 미국의 현실이라면 미국은 프레이리의 문해교육이 제3세계 국가 이상으로 시급하게 이루어져야 할 곳이기도 하다. 물론 한국은 세계 최고 수준의 문해율을 자랑하는 만큼 사정이 조금 다르다. 월드컵 축구팀의 성적이 브라질이나 미국에 비해 좋지 않더라도 다소간 위안으로 삼을 만하다.

-〈시사IN〉(2014. 7. 5.)

아이들은 실패할 권리가 있다

—

왜 학교는 예술이 필요한가
제시카 호프만 데이비스 지음, 백경미 옮김
열린책들, 2013

학교에서 예술교육은 어떤 위상과 의미를 갖는가? 그런 질문을 던진다면 예술은 즐거운 교과 활동이지만 필수 교육과정에는 속하지 않는다거나 재능이 없는 아이들에게는 시간 낭비일 뿐이라는 의견이 나올 법하다. 우리만의 특별한 반응은 아니다. 미국에서도 예술교육의 필요성에 대한 다수의 견해는 그렇다고 하니까. 인지발달심리학자이자 교육자인 제시카 호프만 데이비스의 『왜 학교는 예술이 필요한가』는 제목 그대로 예술교육에 대한 강력한 옹호를 담은 일종의 '선언문'이다. 예술교육을 소극적으로 옹호하는 데 그치지 않고 아예 예술이 교육의 전면과 중심에 있어야 한다고 주장한다.

학부모나 교사들도 대개는 예술의 가치를 인정하고 교육에서 중요하다고 생각한다. 그렇지만 교육 일정을 짜면서 우선순위가 문제될 경우 가장 먼저 배제되기 십상인 과목이 바로 예술 교과다. 가치는 인정하지만 더 중요한 학과 공부는 따로 있지 않느냐는 것이 일반적인 견해다. 그래서 예술교육 옹호자들조차도 예술 학습이 수학, 읽기와 쓰기 성적을 향상시키는 데 도움을 줄 수 있다는 것을 입증하려고 한다. 하지만 수학 공부가 목탄 드로잉을 하는 아이에게 도움을 줄 수 있다고 말하는 것과 무엇이 다르냐는 것이 저자의 반문이다. 그의 입장에서 '교육 내 예술'의 가치는 더 잘, 그리고 더 강력하게 옹호되어야 한다. 과학이 중요하다면 예술도 그만큼 중요하다. "우리가 안다고 생각하는 것, 그리고 그 위에 세우고 상상하는 것, 그것은 과학이다. 그 주어진 것을 넘어서 상상하는 것, 세우는 것, 보는 것, 그것은 예술이다."

저자는 예술 작품이 갖는 독특한 특성, 곧 구체적 생산물을 수반하며 감정에 주목하고 모호성의 세계를 보여주며 과정 지향적이고 예술 활동을 둘러싼 연관성을 발견하게 해준다는 면에서 특별하기 때문에 예술 교과 역시 독특하고 다른 과목으로 대체될 수 없다고 본다. 가장 인상적인 대목은 실패할 기회를 준다는 점에서 예술의 필요성을 옹호하는 부분이다. 예술이 여러 다른 영역에서 성공하지 못한 아이들에게 성공할 기회를 준다고 이야기하는 것이 아니다. 그와는 정반대로 여러 다른 영역에서 성공한 아이들에게 실패할 기회를 준다는 점이 예술의 의의다! 인간이 실수를 통해 무언가를 배우는 존재라면 예술이야말로 가장 탁월한 교육 활동이다. 완전무결한 성공에 집착하는 아이들이 예술을 통해서는 "위험하고 신랄하고 생산적이고 중요한 실패와의 만남"을 가질 수 있다.

왜 실패가 중요한가? 실패를 통해서 우리가 더 성장할 수 있기 때문이다. 예술은 바로 그런 긍정적인 실패의 경험을 제공한다. 예술은 실패를 경험할 수 있는 안전한 장소다. 잘못 색칠한 그림을 통해서 아이는 어디에서 다시 시작할 수 있는지 알게 된다. 틀린 음정을 인지함으로써 아이는 다음에 노래를 어떻게 불러야 하는지 배운다. 가능한 여러 동작을 시험해봄으로써 아이는 어떻게 춤을 향상시킬 수 있는지 체득한다. 예술은 아이가 '새로 시작할 지점'을 알려준다. 무수한 실패의 고비가 아이의 인생길에 놓여 있다면, 그리고 그 실패에서 무언가를 배우는 것이 정말 중요하다면 예술이야말로 핵심 교과가 아닐 수 없다.

하버드대 교수였던 저명한 교육철학자 이즈리얼 셰플러는 어릴 때 바이올린을 배웠고 자신이 꽤 잘하는 것으로 생각했다. 직업연주자도 꿈꾸었지만 열두 살 때 세계적인 바이올린 연주자 야사 하이페츠의 연주를 라디오에서 듣고 꿈을 접었다. 명연주자의 천재성에 압도되어서다. 하지만 그에게는 황홀한 경험이었다. "나는 그 순간에 내가 바이올린을 그렇게 열심히 공부했던 이유는 그렇게 해서 내가 야사 하이페츠의 연주를 진정으로 들을 수 있게 하기 위해서였다는 것을 깨달았습니다." 실패의 경험마저도 우리를 황홀하게 만든다는 점에서 예술은 특별하다. 아이들은 실패할 권리가 있다.

-〈주간경향〉(2013. 3. 26.)

'대안입시'란 무엇인가

입시가 바뀌면 인재가 보인다
로버트 스턴버그 지음, 배성민 옮김
시그마북스, 2012

입시철에 나올 만한 흔한 제목을 달고 있지만 『입시가 바뀌면 인재가 보인다』는 국내 교육전문가가 아닌 미국 심리학자의 책이다. 저자 로버트 스턴버그는 지능과 인지 발달이 전공 분야이며 '성공지능 이론'을 제창한 것으로 유명하다. 성공한 학자이자 교육행정의 경험을 지닌 저자가 제시하는 '대안입시'란 무엇이고, 우리에게는 어떤 시사점을 던져줄 수 있을까.

스턴버그는 대학입시와 관련한 자신의 경험담을 먼저 들려준다. 예일대에 지원했으나 대기자 명단에 올랐던 경험이다. 다행히도 그는 입학하게 되고 최우등 학생으로 졸업까지 한다. 우수한 성적으로 졸업을 했으니 애초에 될성부른 학생이었을 텐데, 왜 떨어질 뻔했던 것일까. 졸업 후에 대학 입학처 조교를 하면서 확인해보니 자신의 입시 면접 보고서에 '돌출형'이라고 기록되어 있었다. 돌출형 학생을 원하는 대학은 많지 않을 것이다. 다행히 재능을 알아본 입학사정관이 손을 써서 그는 겨우 합격한 것이었다. 면접시험이 숨은 인재를 제대로 가려내지 못했다고나 할까.

대학에 들어와서도 어려움이 없었던 것은 아니다. 심리학을 전공하기 위해 심리학 입문을 들었는데, 요즘도 마찬가지지만 강의와 교재 내용을 잘 기억하는 것이 관건인 수업이었다. 처음 제출한 소논문에서 10점 만점에 3점을 받았고, 암기력이 좋지 않은 스턴버그는 결국 이 수업에서 C학점을 받았다. 스턴버그는 심리학 입문 지식도 제대로 암기하지 못한 학생이었지만 나중에는 예일대 교수가 되고 미국심리학회 회장도 역임했다. '학업에 중요한 기술'을 기준으로 학생을 대학에 입학시키고 또 성적을 평가하지만 직업에서의 성공은 그와는 다른 자질과 능력을 필요로 한다는 사실을 알게 해주는 사례다.

명문대를 졸업한 '인재'지만 사회적으로 물의를 일으키는 범죄자가 되는 경우도 있다. 하버드 비즈니스스쿨 졸업생이지만 미국 역사상 최대 기업 회계 부정을 저지른 '엔론 스캔들'의 주역 제프리 스킬링, 예일대 출신이지만 미흡한 첩보를 근거로 이라크를 침공한 조지 부시 등이 대표적이다. 매우 똑똑한 사람들이 자신의 지위와 국가를 위태롭게 한 사례는 적잖게 찾아볼 수 있다(어디 미국만의 사례이겠는가!). 스턴버그는 이런 사례들이 모두 현행 대학입시 문제점의 한 단면이라고 본다. 사회·경제적 중상류층에게 유리한 현재의 교육제도는 기억력과 분석력만을 지나치게 강조한 나머지 다른 능력들의 의의를 간과한다.

물론 시험만으로 세상을 뒤집을 수 없다는 사실도 저자는 인정한다. 하지만 제도적 개선 방안을 찾는 일이 전혀 불가능한 것도 아니다. 스턴버그가 제안한 것은 성공지능 이론에 기반한 새로운 입시제도다. 분석지능 외에 그가 강조하는 것은 창조지능과 실용지능, 지혜다. 지혜란 "지능과 지식을 활용하여 공동선을 꾸준히 추구하는 기술"이다. 지혜는 단순히 이익을 극대화하는 능력이 아니라 여러 이익이 조화를 이룰 수 있게 조정하는 능력이다. 그런데 이런 능력을 어떻게 측정할 수 있을까.

스턴버그의 제안이 갖는 강점은 그것이 이론적 공상에만 그치지 않고 성공적인 적용 사례를 통해 뒷받침되고 있다는 점이다. 그는 터프츠대 학장으로 재직하면서 새로운 평가방식을 도입하여 흑인 등 소수계의 숨은 인재들을 발굴하는 성과를 거두었다. 터프츠대 입시에서는 이런 문제들이 출제된다. "어떤 것이 당신을 독창적으로 사고하게 만드는가? 공동선에 기여하고 사회를 바꾸려면, 당신의 독창성을 어떻게 활용해야 할까?" "고등학교 교과과정은 상당히 많은 부분에서 지적 자유를 제한한다. 당신의 대학생활을 마음속에 그려보면서, 당신이 품은 열정 가운데 좌절된 것을 기술해보라." 시험이 세상을 바꾸지는 못하겠지만 세상을 바꿀 수 있는 인재는 발견해줄지 모른다.

-〈주간경향〉(2012. 10. 30.)

대학의 역사와
대학의 미래

—

대학이란 무엇인가
요시미 슌야 지음, 서재길 옮김
글항아리, 2014

한국 사회를 가리키는 많은 별칭 가운데 하나는 '대졸자 주류사회'다. 이미 2000년대 중반부터 대학 진학자 수가 고교 졸업생 수의 80퍼센트를 넘어섰고, 이 수치는 세계 최고 수준이다. 1990년대 초반 40퍼센트에도 이르지 못했던 것과 비교하면 괄목할 만하다. 하지만 이렇듯 유례없는 '고학력사회'가 결코 긍정적인 것만은 아니다. 저성장 기조의 장기화와 산업구조 변화로 대졸 취업난 역시 해결의 기미가 없는 상황에서 대학 등록금만 꾸준히 인상되어 학생과 학부모의 부담이 늘어났고 '반값 등록금'이 정치적 이슈로 떠올랐다. 반면에 오늘의 대학이 과연 학생들의 요구와 사회적 수요에 걸맞은 양질의 교육을 제공하고 있는지에 대한 회의는 깊어졌고 대학 무용론까지 터져나왔다.

대학교육의 위기 상황을 입증이라도 하듯이 지난 2010년에는 고려대 경영학과에 재학중이던 김예슬 학생이 자발적 자퇴 선언을 하기도 했다. 김진석 인하대 철학과 교수의 표현을 빌리면 "저질 대졸자 주류사회"의 풍경이다. 김진석 교수는 대학교육이 필요 없다고 생각하는 것은 아니지만 "창조적이지도 않고 상상력도 고갈시키는 비싼 대학교육"은 필요 없다고 일갈한다.

질문은 언제나 위기의식의 반영이다. 지금 대학의 의미와 역할을 우리가 다시 묻는다면 그 질문의 배후에는 대학이 처한 현재의 위기가 놓여 있다. 시야를 확장하면 이 위기는 비단 한국 사회만의 것이 아니다. 일본 도쿄대 교수 요시미 순야의 『대학이란 무엇인가』에 따르면 일본의 대학 역시 '대학이란 무엇인가'를 근원에서 다시 질문해야 할 만큼 위기적 상황에 직면해 있다.

위기의 진단과 처방이 그간에 없었던 것은 아니지만 요시미 순야의 입론이 눈길을 끄는 것은 '대학'이라는 개념 자체를 다시 정의할 필요가 있다는 그의 문제의식 때문이다. 대학을 다시 정의하기 위해 저자는 먼저 대학은 무엇이었는가를 회고한다. 당연한 일이지만 대학이 처음부터 오늘날과 같은 형태와 기능을 가졌던 것은 아니다. 대학의 역사에 대한 회고는 대학의 현재를 더 잘 이해하고 그 미래를 조감하는 데 유익한 시사점을 제공해줄지 모른다.

요시미 순야에 따르면 대학의 역사는 단선적인 발전사가 아니다.

적어도 "두 번의 탄생과 한 번의 죽음"을 겪었기에 그러한데, 오늘의 위기 상황과 관련하여 주목하게 되는 것은 '대학의 죽음'이다. 많이 알려진 대로 대학은 12세기 중세 유럽에서 탄생했다. '도시의 자유'를 기반으로 탄생한 중세의 대학은 교황권력과 황제권력의 대립을 적절히 이용하면서 전 유럽으로 증식해갔다. 15세기가 중세 대학의 전성기였다면, 16세기 인쇄술의 발달과 함께 도래한 근대로의 이행기에 대학은 사회적 변화에 제대로 대응하지 못하면서 거의 죽음을 맞았다. 구체적으로 무슨 일이 일어났던 것인가.

15세기 중반 구텐베르크의 인쇄술 발명으로 서구문명은 필사문화에서 활자문화로 이행한다. 인쇄혁명은 종교개혁과 근대과학의 탄생을 가능하게 했고, 새로운 출판문화를 연 새로운 지식의 담당자, 즉 저자를 출현시켰다. 중세의 지식인들은 교회와 대학이라고 하는 두 가지 '미디어'를 통해 '신의 말씀'과 '이성의 언어'의 매개자 역할을 해왔지만 출판이라는 새로운 미디어의 도전에는 제대로 맞서 싸우지 못했다. 즉 중세 대학은 "출판 유통을 기반으로 하는 새로운 미디어 상황과 그 속에서 새로운 지식을 창출하기 위한 민감한 대응"을 결여했다. 이런 대응력을 갖추었던 이들은 대학의 지식인이 아니라 르네상스의 인문주의자들과 계몽기의 백과전서파 같은 새로운 지식인과 예술가 들이었다. 반대로 대학은 근대적 지식의 주체가 아니었다. 이는 데카르트, 파스칼, 로크, 스피노자, 라이프니츠 등과 같은 근대의 지적 거인들은 모두 대학교수직과는 무관한 삶을 살았던 것에서도 알 수 있다.

그렇게 오랜 기간 가사假死 상태에 놓여 있던 대학은 19세기 민족주의의 대두와 함께 다시금 '제2의 탄생'을 맞았다. 직접적인 계기는 프랑스혁명과 나폴레옹에 맞선 프로이센군의 패배였다. 정치적·군사적으로 프랑스의 압력 아래 놓인 독일은 새로운 근대 대학의 설립을 통해 국가적 위기를 극복하고자 했다. 빌헬름 훔볼트의 대학개혁안에 따라 베를린대가 탄생한 것은 그런 배경에서였다. 독일의 대학이 표본적으로 보여주듯 근대 대학은 국민국가, 더 나아가서는 제국의 전폭적인 지원 아래 다시금 종합적인 고등교육 및 연구기관으로 화려하게 부활했다.

문제는 이런 근대 대학의 모델이 국민국가가 점차 쇠퇴해가는 21세기에도 여전히 유효할 수 있느냐는 것이다. 게다가 디지털화와 인터넷의 보급으로 마치 16세기처럼 지식의 창출과 유통에서 새로운 혁명이 진행되고 있는 현재 상황은 대학에 또다른 도전이다. 근대 국민국가와 같이 성장해온 근대 대학이 당장 종언을 고하지는 않겠지만 분명 새로운 변화의 입구에 서 있는 것만은 부인할 수 없다. 그리고 미디어와 지식의 새로운 관계에 대응하는 변화를 수반하지 않는다면 대학의 기능 부전은 만성화될 가능성이 높다. 더불어 대학의 변신 또는 혁신이 수반되지 않는다면 '대졸자 주류사회'의 장래도 낙관하기 어려워 보인다.

-〈독서인〉(2014년 6월호)

왜 대학에 가는가

—

왜 대학에 가는가
앤드루 델반코 지음, 이재희 옮김
문학동네, 2016

대학 진학률이 70퍼센트를 넘는, 이른바 '대졸자 주류사회' 한국에서 "왜 대학에 가는가?"라는 질문은 "몰라서 묻냐?"라는 반문이나 듣게 할지도 모른다. 간단히 말하자. "다들 가니까." 대학 졸업장을 필수 요건으로 여기는 사회적 묵계 또는 암묵적 합의가 작동하는 것이라고 해도 좋겠다. 대학을 '고등학교를 졸업한 다음에 진학하는 학교' 정도로 여긴다면 대학의 특별한 의미를 찾는 것이 별스럽게 여겨질 수도 있다. 그런데도 미국 컬럼비아대 영문학 교수 앤드루 델반코의 『왜 대학에 가는가』에 손이 갔다. 미국 대학의 기원과 목적에 대해 다룬 책이지만 "대학은 우리에게 무엇이었고 무엇이고 무엇이어야 하는가"라는 문제의식은 충분히 공유할 수 있을 것이라고 생각해서다.

똑같이 '대학'이라고 번역되고 미국에서도 혼용된다고 하지만 미국 대학의 역사에서 '칼리지college'와 '유니버시티university'는 구분된다. 칼리지가 학부 학생들에게 과거의 지식을 전수하는 데 주안점을 둔다면, 유니버시티는 과거의 지식을 대체하는 새로운 지식을 창출하는 데 목표를 둔다. 좀더 간편히 구분하면 칼리지는 교육 중심이고, 유니버시티는 연구 중심이다. 미국 대학의 출발점은 칼리지였지만 사회적 요구가 달라짐에 따라 점차 유니버시티가 그 중심이 되었다(우리의 경우는 '칼리지'를 '대학', '유니버시티'는 '대학교'로 부름으로써 구분한다). '교육'에 방점을 두는 입장에서 저자가 대학이라는 말로 가리키는 것은 주로 '칼리지'이고, 책 제목의 '대학'도 '칼리지'를 옮긴 것이다. 바로 그 대학의 핵심은 무엇인가? 저자에 따르면 "대학은 젊은이들이 청소년기에서 성년기로 이행해가는 중간지대에서 길을 잃지 않도록 도움을 주는 곳이어야 한다." 미국 작가 허먼 멜빌이 1850년에 쓴 『모비딕』에서 "포경선은 나의 예일대학이며 하버드대학이었다"라고 썼을 때 '대학'이라는 말이 뜻한 바도 바로 이것이었다고 저자는 덧붙인다. '자아를 발견한 장소'라는 뜻이다.

모든 질문은 언제나 위기의식의 산물이다. "왜 대학에 가는가"라는 질문도 마찬가지다. 그 질문에는 대학의 가치와 의미가 위기에 처해 있다는 인식이 전제되어 있다. 곧 "진짜 세상으로부터 잠시 벗어나 여유를 누릴 수 있는 공간의 성격"을 점점 잃어가고 있다는 것이 저자의 진단이다. 물론 과거의 대학은 그렇지 않았다. 1950년대에 대학을 다냈던 한 저명한 의사는 이렇게 회고했다. "의예과 학생과 비의예과 학생의 차이는, 의예과 학생은 목요일 밤부터 술을 마시고 나머지 모든 학생은 매일 술을 마신다는 것이다." 초점은 음주에 있지 않다. 잠시 동안 모든 속박에서 벗어나 인생의 원대한 목표를 찾아가는 일이 무엇보다 중요한 대학생활의 목적이자 의의였다는 것이다.

대학의 위기는 이런 목적의 망각에만 있지 않다. 역사적으로 대학은 특권적 장소였고 대학 수학기는 특권적 기간이었다. 하지만 이 특권은 상당 기간 동안 소수에게만 허용되었다. 이미 19세기 초반 알렉시 드 토크빌은 『미국의 민주주의』에서 미국을 "기초교육은 모두에게 제공되지만 고등교육은 사실상 누구에게도 제공되지 않는" 나라로 묘사했다. 1960년대까지도 미국의 엘리트 대학들에서 인종차별주의와 반유대주의는 노골적이어서, 가령 컬럼비아대에서는 경비원이 백인은 학생이든 아니든 교내를 마음대로 돌아다닐 수 있게 했지만 흑인 학생은 신분증을 반드시 확인했다. 또 한때 하버드대는 유대인들이 머리는 좋을지 모르지만 인성이 부족하다는 이유로 입학을 제한했다.

그렇지만 제1차세계대전 종전 이후 최고 명문대를 포함한 미국 대학의 문턱은 상당히 낮아졌고 고등교육의 민주화가 진전되었다. 제대 군인들을 위한 정책적 배려의 결과였다. 저소득가정 출신의 학생들에게도 교육의 기회가 주어졌고, 이는 계층 이동의 사다리가 되었다. '평등한 기회의 나라'라는 미국의 이미지는 이런 고등교육의 민주화에 빚지고 있다. 민주화를 가치의 척도로 놓고 보면 대학의 역사는 얼추 진보의 서사를 따르는 것처럼 보인다. 하지만 저자는 이런 진보의 속도가 느려지거나 정체되고 있다고 진단한다. 미국의 경우 1970년대 말부터 대학에 대한 각 주정부의 지원이 급속히 줄면서 대학의 문턱은 장학금이 필요한 저소득층 학생들에게 다시금 높아졌다. 그리고 2008년 금융 위기 이후에는 상황이 더 나빠졌다. 중산층 부모의 경제적 몰락의 여파는 자녀들의 교육에도 미칠 수밖에 없었다.

미국의 대학수학능력시험인 SAT를 예로 들면 "연소득 10만 달러 이상 가정의 학생들의 전체 평균 SAT 점수는 5만에서 6만 달러 가정의 학생들에 비해 100점 이상 높다." 부모의 경제력과 학생들의 점수 사이에 직접적인 상관성이 있음을 보여주는 것이다. 한국 사회도 마찬가지지만 돈이 많은 부모는 자녀의 지적 능력을 끌어올릴 수는 없더라도 점수는 끌어올릴 수 있는 여러 수단을 갖고 있기 때문이다. 사정이 이렇다면 대학은 부와 기회의 불평등 문제를 개선하는 것이 아니라 거꾸로 더 악화시킨다. 한 작가의 신랄한 비평대로 미국의 일류대학은 미국 사회의 계층구조가 철옹성이라는 점을 분명히 보여주기 위해 고안된 '선전기관'에 지나지 않게 되는 것이다.

사회적 불평등을 재생산하면서 대학이 동원하는 이데올로기가 '능력주의meritocracy'다. 1958년 영국의 사회비평가 마이클 영이 소설 『능력주의 사회의 등장』에서 처음 쓴 '능력주의'는 원래 매우 부정적인 뜻을 가진 말이었다. 영의 소설 자체가 모든 것이 능력에 의해 좌우되는 극한의 경쟁사회를 묘사한 디스토피아 소설이었다. 능력주의는 무엇이 문제인가. 그것은 예기치 않게도 '노블레스 오블리주'와 대립한다. 과거에 출신 학교와 집안 때문에 명문대에 입학할 수 있었던 미국의 상류층은 자신이 사회에 진 빚을 갚아야 한다는 책임의식을 갖고 있었다. 평소에 특권을 가장 먼저 누리던 사람들이 전시에도 마땅히 선두에 서야 한다는 것이 노블레스 오블리주의 기본 발상 아닌가. 그런데 능력주의는 이런 책임감을 약화시킨다. 자신의 특권이 능력에 따른 합당한 보상이라고 여기기 때문이다. 이때 명문대라는 학벌은 능력의 증거다. 오늘의 엘리트들은 입시 경쟁을 통해 대학 입학 자격을 얻었기에 자신이 누리는 특혜는 정당하다고 믿는다. 그렇게 하여 사회는 능력 있는 부자와 무능력한 빈자로 나뉜다. 그리고 빈부의 격차는 이 능력의 차이를 반영하므로 정당화된다. 능력주의 사회가 디스토피아인 이유다.

대학의 핵심 이념 가운데 하나는 "남을 돕는 일은 곧 나 자신을 돕는 길"이라는 것이다. 하지만 저자가 보기에 현재의 많은 대학은 "좋은 운을 타고난 사람이 덜 가진 사람에게 베풀며 살 책임이 있다는 생각을 학생들에게 심어주지 못함으로써" 제 역할을 하지 못하고 있다. 어떻게 해야 할 것인가. 위기 속에서도 희망을 찾으면 저자는 민주 시민 양성이라는 대학의 역할이 강화되어야 한다고 본다. 그런 맥락에서 캠퍼스 바깥의 시민적 삶에 대한 학생들의 관심이 되살아난 것을 긍정적인 징후로 생각한다. 예컨대 "이민, 환경, 공중보건, 교육 등을 다루는 수업에서 학생들은 이민자 가정의 관청 업무 돕기, 환경단체를 위한 리서치 작업, 불우한 환경의 아이들 가르치기, 노인 돕기 등의 자원봉사 활동을 읽기 · 쓰기 과제와 함께 해낸다."

이런 활동이 개인의 발전을 도모하면서 공익에도 기여한다는 미국 대학의 전통이 잘 구현된 사례라는 것이다. 진정한 의미의 공동체에서는 사익과 공익이 서로 충돌하지 않는다는 사실을 학습하고 경험하는 것이야말로 대학교육의 핵심이라는 저자의 주장에 이의를 제기할 수 있을까. 저자의 결론을 그대로 옮긴다. "대학은 젊은이들이 의미 있는 삶에 대한 각자의 생각을 가지고 동료들과 또 자기 자신과 끝까지 싸우는 곳이어야 하고, 자신의 이익이 타인에 대한 배려와 꼭 상충할 필요가 없다는 사실을 발견하는 곳이어야 한다. 우리는 이러한 대학을 잘 보존하고 지켜내 후대에 물려줄 책임이 있다. 민주주의는 바로 여기에 달려 있다."

미국 대학에 대한 성찰의 결과이지만 나는 우리에게도 다른 결론이 가능하다고 생각하지 않는다. 이제 대학생활을 시작하는 신입생과 대학생 자녀를 둔 부모 모두가 대학의 목적과 이념에 대해 곰곰이 생각해보면 좋겠다.

-〈출판문화〉(2017년 2월호)

침묵의 공장과
인문학 갱생의 길

침묵의 공장
강명관 지음
천년의상상, 2013

한문학자 강명관의 『침묵의 공장』을 읽으며 먼저 떠올린 것은 지난 2010년 "오늘 나는 대학을 그만둔다. 아니, 거부한다!"는 대자보를 써 붙이고 고려대를 자퇴한 김예슬이다. 자퇴의 변을 담은 『김예슬 선언』(느린걸음, 2010)에서 저자는 오늘날 대학이 '큰 배움'이란 이름에 걸맞지 않게 '자격증 장사 브로커'가 되었으며 더이상 '배움도 물음도 없는 곳'이라고 비판했다. 대학에 대한 절망을 담은 이 당찬 '대학 포기 선언'에 공감과 냉소가 교차했지만 어느덧 '과거지사'가 되었다. 한국은 침묵에 익숙한 사회다.

강명관은 그런 침묵에 다시 묵직한 일성을 던진다. 그가 "침묵하는 공장"이란 말로 가리키는 것은 '대학'이다. 대학은 이른바 학문을 하는 곳이고 교육을 하는 곳이지만 오늘의 대한민국 대학은 "한 개인의 사회적 서열을 매기는 곳이고, 차등화된 노동자를 배출하는 곳이 된 지 오래"라는 것이 저자의 문제의식이다. 그는 한국 사회를 지배하는 것이 국가, 자본, 테크놀로지가 이루는 트라이앵글이고 대학과 인문학 역시 이 트라이앵글에 갇혀 있다고 생각한다. 가령 국가가 연구비를 무기로 관리하고 통제하는 대학의 인문학이 본연의 인문학일 수 있느냐고 그는 묻는다. 그것은 '관학官學'이 아니냐고 일갈한다.

목소리는 사뭇 높지만 생경한 비판은 아니다. 문제는 어떤 방도가 있느냐는 것이다. 문제 제기의 강도에 비하면 저자의 행동 지침은 예상보다 과격하지 않다. 너무 점잖다 싶을 정도다. "가능한 한 학진(한국학술진흥재단, 현 한국연구재단)과 외부기관을 우습게 알면서 그에 대한 의존도를 최소한 낮추고, 등재지를 경멸하면서 최소한의 논문을 내고, 어떻게 하든지 대학의 행정적 간섭에서 최대한 벗어나는 것, 그리하여 그들의 권력과 지배로부터 가능한 한 멀리 탈출할 것!"이라는 것이 그의 권유이기 때문이다. 과연 연구지원기관을 우습게 알고 국가 관리 학술지를 경멸하는 것 정도로 자본과 국가, 테크놀로지로부터의 독립과 인문학 갱생의 길을 찾을 수 있을까. 냉소적인 거리를 독립으로 간주하는 것은 혹 인문학자의 '정신승리법'에 불과한 것이 아닐까.

문제의식에 공감하면서도 해법에 의문을 갖다보니 "인문학의 유일한 생존로는 인문학자가 다시 수공업의 장인이 되는 데 있다"라는 저자의 선언적 주장도 구체적으로 와닿지 않는다. 국사학과 국문학의 지배적인 연구 경향에 대해 비판하는 대목에서도 쉽게 수긍할 수 없는 대목들이 눈에 띈다. 저자는 국문학 연구가 서구 근대문학이라는 틀로 한문학을 재단하고 배제한 행태에 대해 신랄하게 비판한다. 그런 배제의 결과 "양적으로 풍부한, 그리고 국문문학에 훨씬 고급한 내용을 담고 있는 한문학"이 여전히 '방외方外'에 있고 "한문학의 풍요로운 성취"는 대중에게 외면당하고 있다.

하지만 한문학이란 무엇인가. 저자의 말을 그대로 인용하면 "우리가 물려받은 문학 유산의 절대다수를 차지하는 한문학은 지배층인 남성-사대부의 것"이고, "곧 사대부 계급의 이익을 위한 문학"이다. 저자는 전근대 한문학에서는 문학과 생활의 교직이 특징적인 면모였으며 그렇게 창작과 감상, 작가와 독자가 일치했던 '행복한 시절'을 우리가 망실하게 되었다고 안타까워하지만, 그때 서로 일치했던 작가와 독자는 대부분 남성-사대부였을 것이다. '풍요로운 성취'와 '행복한 시절'에 대한 회고적 감상에 공감하기 어려운 이유다.

-〈시사IN〉(2013. 5. 11.)

최후의 교수들과 인문학의 미래

—

최후의 교수들
프랭크 도너휴 지음, 차익종 옮김
일월서각, 2014

대학의 인문학 전공자들의 취업문이 점점 좁아지고 있다 한다. '인문학 위기'에 대한 문제 제기가 대학사회에서 터져나온 것이 지난 2006년이었지만 결과적으로 보면 그 위기는 해결되기보다는 만성화되는 방향으로 진행되고 있는 것이 아닌가 싶다. 상시적 위기 상황이라면 위기라는 말은 더이상 의미를 갖기 어렵다. 진부하고 상투적인 말로 전락하기 때문이다. 언제부터인가 인문학은 태생적으로 늘 위기와 함께였다는 성찰도 제기된다. 한 번도 위기가 아니었던 적이 없다고 하면 새삼스레 위기를 되뇌는 것은 호들갑에 불과할 수 있다. 그런데도 인문학의 위기, 더 나아가 대학의 위기가 여전히 문제적인 상황이라고 생각된다면 한번 읽어볼 만한 책이 프랭크 도너휴의 『최후의 교수들』이다. 미국 대학의 기업화와 인문학의 위기를 다룬 책이지만 한국 대학이 당면하고 있는 현실과 크게 다르지 않은 대목들에서 많은 생각거리를 던져주는 책이다.

'최후의 교수들'이라는 제목부터가 저자가 느끼는 대학의 위기를 전면에 부각시킨다. 대학의 교수직이라면, 적어도 종신재직권을 보장받은 정교수라면 학생들을 가르치고 연구하는 일에는 전적인 자율성을 보장받는 특권층이라고 생각하기 쉽지만, 저자에 따르면 미국에서 그런 교수상이 확립된 것은 고작 80여 년의 역사밖에 되지 않는다. 문제는 그런 교수상이 이제 더이상 필요하지 않다는 쪽으로 대학이 변모해가고 있다는 점이다. 미국 대학의 역사와 앞으로의 향방에 대한 저자의 견해가 우리에게 시사하는 바는 무엇인지 잠시 생각해보도록 한다.

먼저 저자는 미국 대학의 위기를 기업과 대학의 불화관계의 산물로 정리한다. 미국에서 기업과 대학은 남북전쟁 이후 미국 사회를 특징짓는 두 조직체였다. 그 배경에는 두 조직체의 급속한 성장이 있다. 19세기 후반과 20세기 초반에 미국의 대학과 국가경제가 유례없는 성장을 기록했던 것이다. 구체적인 수치로 살펴보면 1900년에서 1910년 사이에 미국의 국부는 879억 달러에서 1654억 달러로 늘어났고, 1920년에는 3354억 달러를 기록했다. 10년 단위로 곱절씩 증가한 셈이다. 고등교육의 성장도 괄목할 만한데, 18세에서 24세까지 연령층의 대학 재학률이 1900년에는 2.3퍼센트였으나 1930년에는 7.2퍼센트로 증가했고, 교수진의 수도 1900년 2만 3868명에서 1930년 8만 2386명으로 늘어났다. 기업과 대학이 모두 사회의 근간으로 성장하면서 서로를 의식하게 된 것은 자연스러운 귀결이다.

먼저 불만을 터뜨린 쪽은 기업가들이었다. 자수성가한 백만장자 앤드루 카네기가 대표적인데, 그는 대학의 전통적인 인문 교양교육에 대해 "다른 행성에서나 써먹을 교육"이라고 조롱하면서 그와 대비하여 산업 현장에서 즉각 써먹을 수 있는 실제적인 교육을 치켜세웠다. 셰익스피어와 호메로스의 '죽은 언어'를 배우는 대신에 속기와 타자를 배워야 한다는 것이 그의 주장이었다. 시카고의 사업가로 승강기 제조업체 크레인주식회사의 창업자 리처드 텔러 크레인은 한술 더 떠서 대학이란 시간과 돈을 낭비하는 존재라고 일축했다. 그 역시 "문학, 예술, 언어, 역사 등 비실용적이고 특수한 지식"을 버리는 대신에 쓸모 있는 지식을 습득해야 한다고 주장했다. 그에 따르면 "문학에 취미가 있는 사람은 당연히 아무도 행복할 수 없다. 왜냐하면 이 세계에서 행복할 역량이 있는 사람은 유용성을 갖춘 사람뿐이기 때문이다."

문제는 지난 100년간의 대학의 역사가 이런 기업가들의 대학에 대한 적대적인 생각이 차츰 대학에 침투해온 것이라는 점이다. 대학은 그에 맞설 수 있었을까. 사회학자 소스타인 베블런은 기업식 이윤 추구와 조직 운영이 대학에 끼친 파괴적인 결과를 의식하고 집필한 『미국의 고등교육』을 통해 대학을 옹호하고자 했다. 그는 먼저 배움이란 금전적 목적이나 이익을 추구하지 않는 활동으로 규정하고 고등교육의 가치는 통계로 표현될 수 없으며 그것을 제대로 음미하는 것은 장기적으로만 가능하다고 주장했다. 그런데도 대학의 경영진과 이사회는 기업식 회계제도를 도입함으로써 대학을 마치 기업과 같은 관리와 평가 대상으로 만들었다. 베블런이 보기에 기업과 대학은 추구하는 가치와 그 문화가 전혀 다르며, 특히 기업 분야의 핵심인 경쟁은 고등교육에서는 전혀 어울리지 않는다. 만약 대학이 기업과 마찬가지로 실용성과 유용성만을 숭배하게 되면 대학의 교육은 "임금 경쟁 속에 고용되어 최대 상업 이윤을 얻을 수 있는, 숙련노동의 한 종류"로 전락할 것이다.

베블런과 비슷한 문제의식에서 진보적 지식인이자 작가인 업턴 싱클레어는 미국 대학이 부자와 권력자의 지배 도구로 봉사하고 있다고 비판한다. 그는 매우 노골적으로 대학과 기업의 결탁에 대해 비판하는데, 가령 컬럼비아대는 J. P. 모건 대학이고, 미네소타대는 오어 트러스트 대학이며, 시카고대는 스탠더드오일 대학이라는 식이다. J. P. 모건이나 오어 트러스트, 스탠더드오일은 모두 미국의 대기업들이다. 싱클레어에 따르면 미국의 기업 권력가들은 경제적 이윤 추구라는 자기들의 목적을 이루기 위해 대학에 침투하여 많은 전횡을 낳았다. 대학의 이사회가 총장의 배후에서 기업의 이익 논리를 관철시키려고 애쓰는 모습이 비단 미국 대학에만 국한된 것은 아닐 것이다. 베블런과 싱클레어는 대학 총장과 기업친화적 이사회가 문제의 근원이라고 지적하고 '대학 관료체제'의 폐지를 대안으로 제시하지만 이것은 누가 그런 시도를 할 수 있을 것인가란 문제를 낳는다. 마치 고양이 목에 방울을 달아야 한다는 제안처럼 들리기 때문이다.

그렇다고 사회적 여론이 대학의 편을 들어주는 것도 아니다. 저자는 미국의 대중들이 돈이 최고라는 인식을 받아들이고 어느 분야에서건 성공의 척도는 생산성이라는 기업의 논리를 수용하는 한, 고등교육의 가치도 '투자비용 대 편익'이라는 틀로만 평가될 것이라고 지적한다. 이 경우 자유교양과 인문학이 설 자리는 점점 위축될 수밖에 없다. 남은 가능성은 싱클레어의 제안대로 교수들의 실질적인 행동이다. "교수들이여, 노조를 만들어 파업을 벌이시오"라는 것이 그의 제안이다.

아이러니컬한 것은 교수들 자신이 스스로를 노동자로 규정하기를 꺼린다는 점이다. 그렇기 때문에 미국의 경우 의류와 철도 노동자의 조직률이 90퍼센트가 넘는 반면, 교수들의 조직률은 2, 3퍼센트에 불과하다. 이는 단지 성향만의 문제도 아닌데, 미국 고등교육의 이상은 "배움을 통해서 자신을 형성하고 개조한다"는 것이다. 즉 그런 이상을 그대로 받아들인다면 교수는 "미국식 개인능력주의의 가장 철저하고 전형적인 담지자"다. 교수 노조의 결성은 그런 이상과 배치되는 만큼 그 자체로 모순적이다. 결과적으로 현재 상황으로는 대학의 기업화와 영리형 대학의 득세에 인문학과 교수사회가 무력할 수밖에 없다. 그럼에도 불구하고 비록 결론은 낙관적이지 않지만 무엇이 문제인가에 대한 인식만은 명확히 하는 것이 좋겠다. 해법을 마련하기 전까지 당장은 그것이 최선으로 보인다.

-〈독서인〉(2014년 11월호)

6부

문화의 바다

1.

휴식이 필요한 이유

우리에게 휴식이 필요한 이유

—

뇌의 배신
앤드류 스마트 지음, 윤태경 옮김
미디어윌, 2014

최근 영국 〈파이낸셜타임스〉의 보도에 따르면 '한국은 전 세계에서 가장 잠이 부족한 국가'다. 2012년 기준으로 하루 평균 7시간 49분을 자는 것으로 나타났으며 이 수치는 18개 조사국가 가운데 꼴찌라고 한다. 이 평균을 놓고 대부분의 일상과 비교하여 '그렇게나 많이 자나?'라고 의문을 가질 수도 있겠지만, 일평균 수면 시간이 7시간대로 떨어지는 국가는 일본과 한국뿐이다. 잠을 자지 않는 이유는 당연하게도 긴 근무 시간 때문이며, 자타 공인 한국은 '전 세계 최고의 일 중독 국가'다. 하지만 자랑스러울 것은 없다. 〈파이낸셜타임스〉가 꼬집은 대로 "노동생산성은 OECD 전체 평균의 66퍼센트에 머문 것으로 나타나 미국의 절반에도 미치지 못했다." 효과 없이 일만 많이 하는 셈이다.

두 가지 반응을 예상해볼 수 있다. 그래도 어쩔 수 없는 것 아니겠느냐는 체념적 태도가 하나. 그렇게라도 일하지 않을 수 없는 것이 우리의 현실이라는 태도다. 다른 하나는 이런 저효율 장시간 노동체제가 언제까지 유지될 수 있겠느냐는 회의적 태도. 뭔가 변화해야 한다고 느낀다면 필히 참고해볼 만한 책이 있다. 앤드류 스마트의 『뇌의 배신』이다. '배신' 시리즈가 유행하기도 해서 제목은 그렇게 붙었지만, 원제는 '자동항법장치'를 가리키는 『오토파일럿Autopilot』이다.

인간의 두뇌에도 오토파일럿 같은 시스템이 존재한다는 것이 일단 책의 전제다. 우리가 '휴식 상태'에 들어가게 되면 두뇌는 '수동 제어' 모드에서 오토파일럿 모드로 전환된다는 것이다. 항공기 조종사는 비행의 모든 과정을 수동으로 조작해야 할 경우 곧바로 위험한 수준의 피로에 노출될 수밖에 없다. 이륙과 착륙 같은 위험 구간에 정신을 집중하도록 하기 위해서는 충분한 휴식이 필요한데, 이런 휴식을 가능하게 하는 것이 오토파일럿이다. 두뇌도 마찬가지다. "인간의 두뇌는 격렬한 활동을 할 수 있도록 정교하게 진화했지만, 두뇌가 정상적으로 작동하기 위해서는 한가하게 쉬어야 하는 시간이 필요하다."

주의할 것은 조종사가 휴식을 취하는 동안 오토파일럿이 대신 일하는 것처럼 우리가 활동을 쉬는 동안에도 뇌의 '디폴트 모드 네트워크'는 활성화된다는 점이다. 두뇌는 전체 몸무게의 2퍼센트에 불과한 기관이지만 신체 에너지의 20퍼센트를 소비한다. 아무 일 하지 않을 때에도 산소를 운반하는 피는 디폴트 모드 네트워크로 몰리며 두뇌 대사물질을 더 많이 소비한다. 놀랍게도 우리가 업무에 몰두하고 있을 때보다 멍하게 앉아 있을 때, 신경과학의 표현으로는 '무자극 사고에 빠져 있을 때' 오토파일럿으로서의 두뇌는 더 바쁘다.

두뇌는 안정성과 유연성이라는 양극 사이에서 균형을 잡아나가는 것이 중요한데, 이를 위해서는 자신을 지속적이고 일관성 있는 '자아'로 인식해야 한다. 디폴트 모드 네트워크는 이 자아 유지에 결정적인 기능을 한다. 뇌를 단지 정보처리기관으로만 여기는 것은 치명적인 오류다. 기능이 중요한 만큼 디폴트 모드 네트워크의 활동 수준을 최적화하는 것이 두뇌 건강뿐 아니라 일의 능률을 위해서도 필수적이다. 어떻게 가능한가. 베개를 베고 누워서 푹 쉬면 된다. 좋아하는 음악을 듣거나 낙서를 끼적이는 것도 좋은 방법이다.

그렇게 '한가롭게 지내는 것'이 좋은 삶의 전제조건이라는 것이 신경과학자인 저자의 메시지다. 방학을 맞이해도 빡빡한 일정에 치여 사는 아이들의 정신 건강이 염려된다면 저자의 주장을 경청해볼 필요가 있다. "훗날의 정신 건강을 위해서는 어린 시절의 대부분을 자유로운 형식의 몽상, 목적 없는 놀이, 생각 없이 즐거워하는 경험으로 채워야 한다." 한 걸음 더 나아가 저자는 우리 삶의 질적인 변화를 위해서는 한가한 휴식과 결근과 태만을 크게 늘려야 한다고까지 말한다. 누가 반대할까!

-〈시사IN〉(2014. 8. 2.)

고독의 미덕과 힘

—

혼자 있는 시간의 힘
사이토 다카시 지음, 장은주 옮김
위즈덤하우스, 2015

"가을에는 호올로 있게 하소서"라고 김현승 시인은 노래했다. 그 고독의 계절, 가을이 깊어가고 있다. 늦가을의 고독한 시간을 채워줄 만한 일로 고독의 의미를 되새겨보는 책들을 읽어보는 것은 어떨까. 혼자 있는 시간의 의의와 힘을 안다면 좀더 충실하게 고독을 즐길 수 있을지 모른다.

가장 가볍게 읽을 수 있는 책은 사이토 다카시의 『혼자 있는 시간의 힘』이다. 이 책은 저자의 체험을 바탕으로 하고 있다. 사이토 다카시는 다수의 베스트셀러를 펴낸 인기 저자이지만 그는 오늘의 자신을 만든 것은 혼자 있었던 10년의 시간이었다고 말한다. 대입에 실패한 열여덟 살의 재수생 시절부터 메이지대 교수가 된 서른두 살까지 10여 년간의 시간이 그에게는 '암흑의 10년'이었다. 지독히도 고독했던 시간이었기 때문이다. 하지만 혼자 있는 시간의 고독감이 엄청난 에너지로 바뀔 수 있다는 사실을 깨닫게 해준 시간이기도 했다.

반드시 누군가와 함께해야 하는 일들이 있는 반면, 고독 속에서 혼자 해야만 하는 일도 있다. 공부와 독서가 거기에 해당한다. 곧 '지적인 생활'이야말로 '혼자 있는 시간'의 본질이다. 혼자 있는 고독의 시간은 물론 외로움을 동반하지만 지적 성장과 내면의 성숙을 위해서는 그것을 버텨낼 수 있는 힘이 절대적으로 필요하다.

실제 체험담을 소개하고 있는 만큼 사이토 다카시는 자신이 외로움을 극복했던 방법도 일러주는데, 그것은 세 가지다. 눈앞의 일에 집중한다, 원서를 읽거나 번역을 해본다, 독서에 몰입한다. 저자는 괴테 전집을 읽으며 느낀 기쁨을 고백하는데, 위대한 작가나 사상가를 정신적 멘토로 삼아 그들과 대화를 나누는 일이 바로 독서다. 그렇게 독서는 고독의 질을 높여주는 가장 손쉬운 방법이면서 가장 중요한 행위다. 그렇다면 '혼자 있는 시간의 힘'은 독서의 힘이라고 해도 무방할 것이다. "어른의 독서는 인간의 근본적인 고독감을 긍정적으로 받아들이기 위한 레슨"이라는 것이 저자의 메시지다.

독서의 힘에 대한 사이토 다카시의 견해에 공감한다면 고독에 대한 보다 심도 있는 저작으로 시선을 돌려보아도 좋겠다. 앤서니 스토의 『고독의 위로』(책읽는수요일, 2011)는 고전급에 해당하는 책이다. 고독에 관한 저자의 생각은 그가 인용하고 있는 에드워드 기번의 말에 집약되어 있다. "대화는 서로를 이해하게 하지만, 천재를 만드는 것은 고독이다. 온전한 작품은 한 사람의 예술가가 혼자 하는 작업으로 탄생한다."

기번은 첫사랑에 실패하고 평생을 독신으로 지냈지만 매우 행복하고 편안한 삶을 누렸고 『로마제국 쇠망사』라는 대작을 남겼다. 모두가 기번의 사례를 따를 필요는 없지만 그의 삶과 대비해볼 때 우리는 인간관계에 너무 큰 의미를 두고 있다고 스토는 지적한다. 인간관계에 따라 우리의 행복이 좌우된다고 보는 것이 통념이고 보면 반박하기 어려운 지적이다. 하지만 냉정하게 보면 우리는 인간관계뿐 아니라 인간관계 이외의 것에도 끌리는데, 저자가 보았을 때 그것이 바로 우리의 인간조건이다.

가령 생존과 번식이라는 생물학적 기능을 수행한다는 점에서 인간은 다른 동물과 다르지 않다. 그렇지만 여느 동물과 달리 인간은 번식기간을 지나서도 여전히 지속되는 삶을 상당 기간 살아간다. 인간관계 이외의 것에도 흥미와 관심을 갖게 되는 조건이다. 그리고 수많은 창조활동이야말로 대부분 인간관계 없이 혼자 있을 때 이루어진다. 따라서 공정하게 말하면, 인간은 다른 이들과 가까이 지내고 싶다는 충동과 함께 독자적인 삶을 살고 싶다는 충동, 이 두 가지를 모두 갖고 있다. 즉 인간은 고독을 벗어나고 싶어하는 듯하지만 다른 한편으로는 고독을 필요로 하며 고독을 추구한다. 특히 창조적인 작업에 관심을 가질 경우 고독은 필수적이다. 새로운 발견이나 통찰은 주로 혼자 있는 순간에 얻어지기 때문이다.

저자는 이런 면을 간과하는 정신분석학의 다양한 견해에 동의하지 않는다. 혼자 있을 때 우리의 마음에서 일어나는 일들에 대해 과소평가한다고 보아서다. 친밀한 애착관계는 삶이 전개되는 한 축일 뿐 결코 유일한 중심축은 아니다. 삶을 의미 있게 만들어주는 또다른 축이 있다면 그것은 바로 고독이다.

-〈다솜이친구〉(2015년 11월호)

여행을 생각하는 자를 위하여

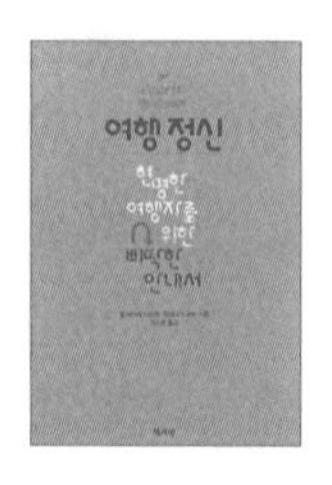

—

여행 정신

장 피에르 나디르 · 도미니크 외드 지음, 이소영 옮김

책세상, 2013

아직 장마가 끝나지 않았지만 계절은 여름이고 날은 무덥다. 며칠이라도 휴가를 꿈꾸는 것은 자연스럽다. 그 휴가가 제값의 의미를 갖는 것은 보통 여행계획으로 꾸려질 때다. 단, 모두가 여행을 떠날 수 있는 것은 아니다. 그래서 두 부류가 생긴다. 여행을 떠나는 자와 여행을 생각하는 자. 장 피에르 나디르와 도미니크 외드가 쓴 『여행 정신』의 미덕은 이 두 부류에게 모두 효용이 있다는 점이다.

저자들은 여행 전문가인데, 직업적으로 여행을 하다보니 여행에 대한 식견이 안 생길 리 없다. 특이한 점은 그것을 풀어놓는 방식이다. A로 시작되는 'Ailleurs(다른 곳)'에서 Z로 시작하는 탄자니아의

'Zanzibar(잔지바르)'까지 250개의 여행어를 표제어로 선정하여 사전 형식으로 구성했다. '여행어 사전'이라고 해도 무방하다. 어떤 의도를 갖는가? "이 새로운 안내서는 여행자의 눈에 쓰인 콩깍지를 벗겨내면서도 여행이 지닌 메마르지 않는 아름다움을 열렬히 예찬"하고자 한다. 거기에 여행에 관한 유명한 경구들도 얹었다.

대체 여행은 왜 하는가? 프랑스 작가 외젠 다비는 이렇게 말했다. "세계는 한 권의 책이다. 여행하지 않는 사람은 그 책을 한 쪽밖에 읽지 못한 셈이다." 곧 여행은 세계라는 책을 읽는 행위다. 특이한 것은 세계라는 책이 정해진 순서를 갖고 있지 않다는 점이다. 비유컨대 이 책은 에피소드나 장면 들의 카드로 구성되어 있다. 독서는 그런 카드에 순서를 부여하면서 이야기를 재구성한다. 여정은 여행자 각자가 세계라는 책을 완성해가는 과정이다. 저자들이 제공하는 것은 그 이야기에 필요한 상용어 해제라고 할까.

'사전'이라고 해서 객관적인 정보만을 제시하지는 않는다. 사전에 용례가 있다면 '여행어 사전'의 바탕은 체험담이다. 악명 높은 부다페스트 전차 12호선에 탑승했다가 열두어 명의 펑크족과 만나 잔뜩 긴장했던 경험을 소개하는 식이다. 한 노부인이 객차로 들어서길래 저자는 무슨 일이 벌어질까 최악의 상황을 머릿속으로 그렸지만, 실제로 벌어진 것은 열두 명의 패거리가 하나같이 일어나 자리를 양보하려고 한 일이었다. 그렇듯 의외의 일들과 맞닥뜨리게 되는 것이 여행이기도 하다. 다시금 프랑스 비평가 이폴리트 텐의 말을 빌리면 "우리는 장소를 바꾸기 위해서가 아니라 생각을 바꾸기 위해서 여행한다."

여행을 떠나려면 물론 여행이 가능해야 한다. 알다시피 여행 안내서의 세계지도에는 여행 금지지역 내지는 위험지역이 표시되어 있다. 프랑스에서는 가깝고도 먼 나라가 알바니아라고 하는데, 2011년 아랍의 봄 이후에는 이 지역도 여행자들의 발걸음이 뜸해졌다. 북한도 거론하면서 "언제쯤 우리를 맞아들여 저 미지의 즐거움을 함께 나누게 해줄까?"라고 언급한 대목은 프랑스 저자들의 시각인데도 우리의 현실을 돌아보게 한다. 가장 가까운 '나라'가 우리에게는 여행 금지지역인 현실 말이다.

바야흐로 본격적인 휴가철이다. 멀리, 가까이 여행을 떠나는 사람들뿐 아니라 여행에 대해 생각만 할 뿐인 사람들에게도 한 번쯤 『여행 정신』을 뒤적이며 각자의 여행 사전을 구성해보는 것도 좋을 듯싶다. 이런 여행 예찬론과 마주하다보면 엉덩이가 조금은 들썩일 만도 하다. "여행을 많이 하고 자신의 생각과 삶의 형태를 여러 번 바꿔본 사람보다 더 완전한 사람은 없다."(알퐁스 드 라마르틴)

-〈주간경향〉(2013. 7. 30.)

여행하지 않은 곳에 대해 말하는 법

여행하지 않은 곳에 대해 말하는 법
피에르 바야르 지음, 김병욱 옮김
여름언덕, 2012

『여행하지 않은 곳에 대해 말하는 법』을 손에 들 독자의 대부분은 피에르 바야르의 전작 『읽지 않은 책에 대해 말하는 법』(여름언덕, 2008)을 읽은 독자일 것이다. 저자의 책이 잇따라 번역되고 있지만 국내에 가장 처음 소개된 『읽지 않은 책에 대해 말하는 법』이 아무래도 그의 대표작이면서 제목도 직접적인 연관성을 드러내주기 때문이다. 아니나 다를까, 저자는 『여행하지 않은 곳에 대해 말하는 법』이 그 '논리적 속편'이라고 말한다.

핵심 메시지는 무엇인가. 저자는 "어떤 주제에 대한 우리의 부분적이거나 완전한 무지가 반드시 그것을 일관성 있게 논하는 데 장애가 되는 것은 아니며 오히려 이 세계를 좀더 잘 아는 용도로 활용될 수 있음"을 주장하고자 한다. 그가 자주 드는 사례는 로베르트 무질의 소설 『특성 없는 남자』에 등장하는 도서관 사서다. 이 사서는 너무나도 방대한 도서관 책들 전체에 대한 '전반적인 시각'을 갖기 위해 역설적으로 어떤 책도 펼쳐보지 않으며 단지 카탈로그만 읽는다. 책을 읽게 되면 그 한 권에 대한 이해는 얻을 수 있겠지만 총체적 시각을 잃게 되니 그의 '비독서'는 전략적인 선택이면서 독서의 한 방식이다.

여행에서 이런 비독서가에 해당하는 것이 비여행자, 곧 '방콕 여행자'다. 방에 틀어박혀 여행하는 자를 가리킨다. 이들은 여행이 공허하기 때문에, 보들레르의 시구를 빌리면 "여행에서 얻는 앎은, 쓰라린 앎이어라!"라는 인식 때문에 굳이 여행을 떠날 필요가 없다고 생각하는 것이 아니다. 그들은 여행을 위해서 반드시 신체를 이동해야만 하는 것은 아니라고 믿는다. 방콕 여행자의 상징적 인물이 바로 철학자 칸트인데, 알다시피 그는 단 한 번도 고향 쾨니히스베르크를 떠난 적이 없지만 각종 여행담의 열혈 독자였다. 그가 여행할 시간을 내지 못한 것은 역설적으로 더 많은 나라를 알고 싶었기 때문이다.

저자의 관심은 자신이 한 번도 가본 적이 없는 곳들을 세세하게 묘사한 작가들을 향하는데, 가장 대표적인 경우가 『동방견문록』의 저자 마르코 폴로다. 서양에 아직 잘 알려지지 않았던 중국의 일상과 풍속에 대한 자세한 소개로 유명하지만 정작 그가 직접 중국을 여행했던 것인지에 대해서는 많은 의혹이 제기된 형편이다. 중국 문헌에 그의 행적에 관한 기록이 없고 그의 견문록에 만리장성이나 전족에 대한 언급도 빠져 있어서 진짜 여행기라기보다는 여행객들에게서 들은 정보를 집적해놓은 책이란 가설도 나와 있다. 하지만 설사 그렇더라도 여행과 비여행의 경계가 모호하다는 입장에서 바야르는 『동방견문록』이 여행기에서 픽션이 갖는 능동적인 몫을 되새기게 해준다고 재평가한다.

그런 재평가는 다양한 사례에 적용될 수 있다. 사모아족 청소년들의 자유분방한 성 풍속을 소개하여 큰 반향을 불러일으켰던 인류학자 마거릿 미드의 경우도 실제로는 사모아족 마을에서 단지 열흘간 체류했을 뿐이고 그녀의 주장 대부분이 젊은 아가씨들의 간접적인 증언에 의존한 것이라는 비판을 받았다. 이 정보원들의 성적 환상을 사모아족 성 풍속으로 착각했다는 것이다. 하지만 바야르는 참여적 관찰에 대한 강조 역시 착각에서 자유롭지 않다고 비판한다. 일단 직접적인 관찰은 물리학이나 역사학에서 볼 수 있듯이 이해의 필수조건이 아니다. 또 탐구 주체의 존재 자체가 탐구의 장을 변화시킨다는 사실을 참여 관찰법은 간과한다. 상상력과 글쓰기의 힘에 대한 몰이해도 참여 관찰론자들이 빠지는 함정이다. 반대로 바로 그런 근거에서 '원거리 관찰'은 옹호될 수 있다.

이 원거리 관찰의 가장 흥미로운 사례는 2003년 기사 표절 스캔들을 일으켰던 뉴욕타임스의 기자 제이슨 블레어다. 다른 신문의 기사 일부를 표절한 것이 문제의 발단이었지만 알고 보니 그의 현장 취재 기사 대부분이 자신의 아파트에서 작성된 것이었다. 바야르는 기자로서의 직업윤리를 위반한 점만 제쳐놓는다면 이 경우도 과연 '어떤 장소에 있다'는 것이 무슨 의미인지를 성찰하게 해준다고 평가한다. 휴가철 방콕 여행자들에게 위로와 영감을 전해주는 책이다.

-〈주간경향〉(2012. 7. 31.)

모든 책은 여행서다

—

은하수를 여행하는 히치하이커를 위한 안내서
더글러스 애덤스 지음, 김선형·권진아 옮김
책세상, 2005

'여행 안 가는 사람이 읽는 여행서'에 대해 써달라는 청탁에 응하기는 했지만 단서를 좀 달아야 할 것 같다. 일단 '여행 안 가는 사람'을 대표할 만하지 않다. '여행가'는커녕 대놓고 여행이 취미라고 말하는 사람들 축에 들지 못한다는 것은 분명하다. 그렇다고 "난 여행 반댈세"라고 큰소리칠 만한 여행 반대론자도 아니고, "여행은 그냥 싫어요"라며 얼버무리는 여행 기피론자도 아니다. 대다수의 사람들처럼 '여행이라도 떠나면 좋을 텐데'라고 생각하면서도 막상 시간과 비용을 계산하다가, 또는 아예 그런 계산에 이르기도 전에 여행과는 인연이 멀어지는 부류다. 그렇다 하더라도 등 떠밀려서 떠난 여행이 없지 않아서 인천공항을 드나든 횟수가 두 손으로 꼽을 정도는 된다. 많다고 할 수는 없어도 '여행 안 가는 사람'이라고 하기에는 애매하다. '여행 자주 안 가는 사람' 정도가 무난한 분류이지 않을까. 하기는 여행인구가 부쩍 늘어나고 베스트셀러 여행서도 등장하는 것을 보면 '여행 좀 가는 사람'에 견주어 '자주 안 가는 사람'은 '안 가는 사람'에 더 가까운 것인지도 모르겠다.

물론 여행을 자주 가건 안 가건 여행서도 책인 이상 여행서에 대해 한마디 거드는 일이 곤란할 것은 아니다. 문제는 '여행서'의 정의다. 온라인 서점의 도서 분류표에는 '여행' 항목이 따로 있으니 일차적으로는 거기에 속한 책들이 여행서일 것이다. 요즘 가장 각광받고 있는 정여울의 『내가 사랑한 유럽 TOP 10』(홍익출판사, 2014) 같은 책이 대표적이다. 통상 여행 안내서나 여행 에세이로도 분류되는 책들이다. 하지만 여행의 개념과 범위를 조금 확장하면 고전적인 여행기들도 여행서에 포함된다. 『왕오천축국전』부터 시작하여 『동방견문록』과 『이븐 바투타 여행기』 등을 떠올릴 수 있다. 박지원의 『열하일기』와 괴테의 『이탈리아 기행』도 명망 높은 여행기들이다. 그뿐 아니다. 사실 원초적인 입장에서 다시 생각해보면 모든 책이 자기계발서로 읽힐 수 있는 것과 마찬가지로 모든 책은 여행서로 읽힐 수 있다. 그러니까 여행서는 존재론적으로 규정되는 것이 아니라 화용론적으로 규정된다. 어떻게 쓰느냐, 또는 어떻게 읽느냐에 달려 있다는 이야기다.

'일이나 유람을 목적으로 다른 고장이나 외국에 가는 일'이 여행에 대한 통상적인 정의다. 여행의 목적은 천차만별이고, 심지어 '그냥 가

봤어'라는 식의 여행도 가능하기에 초점은 '다른 고장이나 외국에 가는 일'이 될 것이다. 그렇다면 그렇게 다른 고장이나 외국으로 안내하는 모든 책이 다 여행서 아닌가. 단적으로 말해서 강의를 위해서라도 매주 몇 권씩 읽게 되는 세계문학 작품들이 내게는 모두 여행서다. 가령 찰스 디킨스의 『두 도시 이야기』에서 우리는 19세기 중반 런던과 파리의 여러 역사적 사건과 허구적 인물들을 만날 수 있다. '허구적'이라고는 하지만 우리가 실제 여행에서 그냥 스치고 지나가는 사람들보다 훨씬 더 생생하게 살아 있는 인물들이다. 실제 경험담과 허구의 이야기를 동일시할 수는 없지 않느냐는 반론이 가능할지 모르지만, 만리장성에 대한 언급도 없다는 등의 이유로 『동방견문록』의 저자 마르코 폴로가 정말로 중국을 다녀왔을까 하는 의문을 제기하는 학자들도 있다는 것을 상기해보라. 이 문제는 더 깊이 들어가면 가상과 현실의 차이나 허구세계의 존재론까지 들먹이게 되는데, 실제 여행과 가상 여행을 구분하는 일이 생각보다 어려운 문제라는 것 정도만 지적하자. 중국에 가본 적도 없는 프란츠 카프카의 단편 「만리장성 축조 때 Beim Bau der chinesischen Mauer」가 적어도 만리장성에 대해서만큼은 마르코 폴로보다 훨씬 더 많은 생각거리를 제공해준다는 점과 함께.

여러 가지 사정 때문에 '여행을 못 가는 사람'이 아니라 소신을 갖고 '여행을 안 가는 사람'이라면 여행에 대한 생각이나 태도가 다를 것이다. 여행을 못 가는 대신에 여행서나 뒤적이는 부류로 이해하면 곤란한 이유다. 여행을 안 가는 것이 다른 방식의 여행을 이미 충분히 하고 있어서라면, 조금 특이한 곳을 여행하고 있어서라면 어떨까. 가령 알베르토 망겔의 『인간이 상상한 거의 모든 곳에 관한 백과사전』이나 더글러스 애덤스의 『은하수를 여행하는 히치하이커를 위한 안내서』를 읽고 있는 독자를 생각해보라. 하나는 사전이고 다른 하나는 안내서지만, 두 권 모두 '여행서'로 불릴 만하면서 1200쪽이 넘는다는 점도 공통적이다. 마음먹고 읽어도 일주일은 걸릴 만한 분량의 책들이다. 과연 어떤 여행이 이런 책의 독서를 대신할 수 있을까. 어디로든 떠날 수 있는 여유가 생겨 인천공항에 가본다 하더라도 '상상적 장소'나 '은하수' 여행을 대신할 항공편을 찾기는 어려울 것이다.

오직 독서를 통해서만 가능한 여행도 있다고 하면, '여행 안 가는 사람'들의 여행을 무시할 일이 아니다. 그럼 이 글의 주제를 '여행 안 가는 사람의 독서 여행'으로 슬쩍 틀어도 무방할 것이다. 좁은 의미의 여행서 정의에서 벗어나면 우리는 모든 책을 여행서로 읽을 수 있다고 했다. 그리고 어떤 책들은 분명 실제 여행이 제공해줄 수 없는 놀랍고도 탁월한 여행을 아주 저렴한 비용으로도 가능하게 해준다(우리에게 필요한 수고는 단지 눈을 뜬 채 책장을 두 손으로 펼쳐 쥐고 있는 것 정도다). 당장 쥘 베른의 『80일간의 세계일주』나 『해저 2만 리』를 펼쳐보라. 방랑의 고아 라스무스를 따라나서도 좋고, 닐스의 이상한 모험에 동반자가 되어도 좋을 것이다. 또는 도스토옙스키의 『유럽 인상기』나 니코스 카잔차키스의 『러시아 기행』을 옆구리에 껴도 좋을 것이다. 조금 대범하다면 단테의 『신곡』과 함께 지옥으로의 하강도 시도해봄직하다. 그래, 여행의 정수는 어쩌면 지옥 여행인지도 모른다.

단테가 상상한 가상의 지옥만 우리의 목록에 있는 것은 아니다.

20세기의 지옥이라 할 수용소 생존자들의 소설과 수기도 서가에는 진열되어 있다. 실제로 스탈린 치하의 강제수용소에서 8년간 복역했던 작가 알렉산드르 솔제니친의 데뷔작 『이반 데니소비치의 하루』와 대작 『수용소군도』는 어떤가(완간되었던 『수용소군도』가 일부만 다시 출간되고 만 것은 유감스럽다. 우리의 간접 수용소 체험을 절름발이로 만들었다). 나치의 절멸수용소 생존 작가 프리모 레비의 여러 책들, 곧 『이것이 인간인가』에서 『주기율표』를 거쳐 『가라앉은 자와 구조된 자』에 이르는 고발과 증언은 참혹했던 지옥으로 우리를 다시금 안내한다. 역시나 아우슈비츠 생존 작가인 장 아메리의 『자유죽음』과 『죄와 속죄의 저편』도 마찬가지다. 레비와 아메리는 자살로 생을 마감한 한 시대의 증인들이다. 요즘은 다카우수용소나 아우슈비츠수용소가 관광객들의 여정에 포함되어 있기도 한데, 정작 그런 장소들이 담고 있는 기억을 책으로 먼저 확인하지 않는다면 그 여행은 눈뜬장님의 여행과 크게 다르지 않을 것이다.

지옥보다는 조금 나은 곳을 찾는다면 도스토옙스키의 『죽음의 집의 기록』이나 안톤 파블로비치 체호프의 『사할린섬』은 어떨까. 『죽음의 집의 기록』은 작가가 정치범으로 직접 수감되었던 시베리아의 수용소 체험을 바탕으로 한 소설이고, 무라카미 하루키가 장편소설 『1Q84』에서 언급하여 일본에서는 재출간되었던 『사할린섬』은 체호프의 사할린 여행과 현장 조사보고서다. 유형수들의 삶을 조사하기 위해 사람들을 일일이 만나서 면접 카드를 만들고 이를 바탕으로 쓴 것으로 그에게는 러시아의 현실과 러시아 민중의 삶을 재발견하는 계기가 된다. 그와 비슷한 의미를 갖는 책이라면 막심 고리키의 자전 3부작도 빼놓을 수 없다. 『어린 시절』, 『세상 속으로』, 『나의 대학』으로 이루어진 이 3부작에서 고리키는 자신의 삶을 회고하기보다는 그가 만난 사람들을 기억한다. 고리키란 필명의 뜻대로 '쓰라린' 삶을 살았지만 그는 자신이 만난 도시 빈민과 노동자 들의 모습에서 자신의 삶을 다시 발견한다. 그런 만남과 분리된 개인적인 삶이 그에게는 따로 없었다. 이런 민중의 발견은 미국 작가 존 스타인벡의 대표작 『분노의 포도』가 갖는 의의이기도 하다. 소설이지만 이 작품 역시 미국 중남부 오클라호마에서 서부 캘리포니아까지 66번 국도를 따라 작가 스스로 이주민들과 같이했던 여정에 토대를 두고 있다. 그런 경험에 힘을 얻어 썼기에 1930년대 이주노동자들의 험난한 여정과 힘겨운 삶이 독자에게 생생하게 전달된다.

여행자에게는 모든 장소가 여행을 갈 수 있는 곳과 갈 수 없는 곳으로 분류된다면, '여행을 갈 수 없는 곳'은 '여행을 가지 않는 사람'이 단연 선호할 만한 곳이다. 그런 장소 가운데 내가 특별히 애착을 느끼는 곳은 러시아 작가 안드레이 플라토노프의 '체벤구르'와 미국 작가 윌리엄 포크너의 '요크나파토파'다. 공통점은 둘 다 가상의 공간이라는 것. 가상의 공간이라고 해서 저 우주 바깥이나 허구세계에만 존재하는 공간은 아니다. 실제 공간을 모델로 했지만 두 작가가 새롭게 이름을 붙였을 따름이다. 지상에 건설된 공산주의 마을 체벤구르를 찾아가는 여정을 담은 플라토노프의 소설 『체벤구르』는 공산주의 유토피아에 대한 작가의 집요한 문제의식과 깊이 있는 성찰을 집약한 작품이다. 1920년대 말에 쓰였지만 러시아에서는 작가 사후 수십 년이 지난 1980년대 말에 가서야 발표될 수 있었다. 부재하는 장소에 관한 소설이기 이전에 아예 부재하는 책이었던 것이다. 하지만 플라토노프는 오늘날 가장 심오한 20세기 작가 가운데 한 명으로 재평가되고 있으며 『체벤구르』는 그의 대표작으로 무게를 더해가고 있다.

포크너는 자기 소설의 배경이 되는 미시시피주 고향 지방(카운티)에 요크나파토파란 이름을 붙였다. 『소리와 분노』, 『내가 죽어 누워 있을 때』, 『압살롬, 압살롬』 등의 대표작들이 모두 제퍼슨을 행정중심지로 하는 요크나파토파를 배경으로 하고 있어서 '요크나파토파 사이클'로 묶인다. 포크너가 소설적 공간으로 고안해낸 지명이지만 요크나파토파는 오늘날 유명한 현실 속 지명이 되었다. 가상의 공간이 현실의 지명이 된 사례 가운데 하나다. 포크너의 소설들에서 요크나파토파는 남북전쟁 이후 몰락해가는 남부의 현실을 집약하고 있는 곳이다. 실제 사진으로 보는 요크나파토파는 낡은 저택들과 황량한 숲으로 우중충한 인상을 심어주지만 그 공간에 깊이를 부여하는 것은 포크너 소설들에 등장하는 인물들의 고독한 목소리다. 갈 수 없는 곳이지만 가고 싶은 곳으로 떠올리게 만드는 것이 이런 소설들의 힘이다.

프랑스 작가 외젠 다비는 이렇게 말했다. "세계는 한 권의 책이다. 여행하지 않는 사람은 그 책을 한 쪽밖에 읽지 못한 셈이다." 이 비유가 적절하다면 여행의 목적은 독서다. 즉 여행은 세계라는 책을 읽는 한 가지 방식이다. 여행 자체가 독서라면 '여행하는 사람의 독서'와 '여행하지 않는 사람의 독서'의 차이란 독서 방법의 차이다. 가만히 앉아서 책을 읽는 사람이 있고 반대로 돌아다니면서 책을 읽는 사람이 있을 따름이다. 정리하자. "세계는 책이고 여행은 독서이며 모든 책은 여행서다." 그러니 애초에 '여행 안 가는 사람이 읽는 여행서'는 따로 존재하지 않는다. '여행 안 가는 사람'이 아니라 '앉아서 여행하는 사람'이고, '여행 가는 사람'이 아니라 '돌아다니며 책을 읽는 사람'이다.

여기까지 쓰고 나니까 『호밀밭의 파수꾼』의 주인공 홀든이 왜 여행을 단념했는지도 이해된다. 물론 서부로 가겠다는 그의 결심을 꺾은 것은 여동생 피비가 같이 따라가겠다고 울면서 따라나섰기 때문이다. "난 아무 데도 안 갈 거야. 마음이 변했어. 그러니까 그만 울어"라고 다독이며 홀든은 피비를 데리고 동물원에 간다. 어릴 적 피비가 회전목마 타는 것을 미칠 듯이 좋아했다는 사실을 떠올린 홀든은 피비의 기분을 풀어주기 위해 목마에 태운다. 피비가 목마를 타는 모습을 보면서 홀든은 비를 흠뻑 맞으면서도 행복감을 느낀다. "너무 행복해서 큰 소리를 마구 지르고 싶을 정도였다. 왜 그랬는지는 모르겠다. 그냥 피비가 파란 코트를 입고 회전목마 위에서 빙글빙글 도는 모습이 너무 예뻐 보였다. 정말이다. 누구한테라도 보여주고 싶을 정도로."

홀든의 사례에서 알 수 있지만 여행서를 읽는 것 말고도 '여행 안 가는 사람'이 할 수 있는 일이 하나 더 있다. 동물원에 가서 동생이나 아이를 회전목마에 태우고 그 모습을 구경하는 일. 조금 멋쩍어도 홀든식의 행복은 만끽할 수 있지 않을까. 다음에는 차라리 '여행 가서 절대로 읽지 않을 책'에 대해 몇 마디 적어보아야겠다.

-〈기획회의〉(2014. 6. 20.)

2.

일상을 예술화하다

애정을 담은
음식 이야기

—

음식디미방 주해
백두현 지음
글누림, 2006

각종 요리 프로그램이 TV에 넘쳐나고 있다. 유명 셰프가 연예인만큼 인기를 끌고 새로운 레시피가 뉴스거리가 되는 시대다. 아마도 먹는 일에 대한 우리의 관심만큼은 세계 어디에도 뒤지지 않을 듯싶다. 이달에는 이런 분위기에 편승하여 두 권의 요리책을 읽어보기로 한다. 공통적인 것은 어머니가 딸에게 주는 레시피라는 점이다.

먼저 공지영 작가의 에세이 『딸에게 주는 레시피』(한겨레출판, 2015)는 딸에게 건네는 엄마의 조언을 27가지 레시피에 함께 담았다. "자존심이 깎이는 날 먹는 안심 스테이크"나 "세상이 개떡같이 보일 때 먹는 콩나물해장국" 같은 사례가 보여주듯 상황별 레시피도 겸했다. 그 가운데 하나로 "자신이 초라해 보이는 날"에 해보자고 저자가 제안하는 레시피는 시금치 샐러드다. 필요한 재료는 싱싱하고 예쁜 시금치 한 단과 약간의 올리브유, 파르메산 치즈 가루가 전부다.

조리법도 간단하다. 시금치를 깨끗이 씻어 약간 큰 접시에 담은 뒤 한입에 먹기 좋을 만큼 뜯어서 편다. 올리브유를 그 위에 살살 뿌린다. 그리고 치즈 가루를 '성질대로' 뿌린다. 끝. 너무 간단해서 5분도 걸리지 않을 요리인데, 그냥 먹어도 좋고 손님 초대용 전채 요리로도 좋다고. 거기에 화이트 와인을 곁들이면 더 좋다. 한결 기분이 나아질 거라는 것이 엄마의 장담이다. "예쁘게 올려놓은 자연의 산물인 샐러드의 고운 빛이 결코 너를 실망시키지 않을 거야."

출출한 휴일 낮이나 잠 안 오는 밤에는 김치비빔국수가 제격이다. 작가가 국숫집을 차릴까 궁리하게도 만들었다는 이 요리의 레시피도 간단하다. 국수를 삶아 찬물에 헹군 뒤 2인분 기준으로 송송 썰어놓은 김치에 간장 두 숟가락, 설탕 한두 숟가락, 참기름, 깨를 대충 부어 섞으면 된다. 스트레스를 많이 받은 날에는 좀더 달게 무쳐서 먹으면 된다. 비빔국수를 먹고 엄마와 딸이 마주앉아 나누는 대화는 변하지 않는 남자들에 대한 험담이어도 좋겠다. "남자는 변하지 않으며 변할 생각도 없다. 더더군다나 여자에 의해 변하고 싶은 마음을 먹느니 고릴라들과 동거하는 것을 배우러 정글로 들어갈 거라는 거다."

뜻밖이지만 우리 고전 가운데에도 이런 레시피가 있다. 17세기 중엽 안동 장씨가 말년에 저술한 음식 조리서 『음식디미방』이 그것이다. 백두현의 『음식디미방 주해』에 따르면 연대가 확실한 한글 조리

서로는 가장 오래된 것으로 "17세기 중엽에 우리 조상들이 무엇을 어떻게 만들어먹었는지 식생활의 실상을 잘 알려주는 문헌"이다. '디미'란 한자로 '지미知味'를 가리키는 것으로 추정되는데, 그에 따라 풀면 '음식디미방'은 '좋은 음식을 내는 방문方文'이란 뜻이다. 좋은 음식을 만들고 좋은 맛을 내게 하는 총 146가지의 조리법이 설명되어 있다.

이 조리법은 크게 세 부류로 분류되어 있는데, 첫째가 면병류麵餠類, 둘째가 어육류魚肉類, 셋째가 주류酒類 및 초류醋類다. 이 가운데 몇 가지 레시피를 따라가보면 먼저 메밀로 군만두를 만드는 '만두법' 항목의 기술은 이렇다. 메밀가루를 율무죽까지 쑤어서 반죽한 다음 개암알 크기만큼씩 떼어서 빚으면 되는데, 거기에 들어갈 만두소는 무를 무르게 삶아 다지고, 말리거나 익히지 않은 꿩고기의 연한 살을 다져 기름간장에 볶은 뒤 잣과 후추 가루를 넣고 양념하여 만든다. 꿩고기가 없을 때에는 쇠고기의 힘줄 없는 살을 간장물을 넣은 기름에 익혀 다져 넣어도 좋다고 한다. 생선전을 만드는 법은 아주 간단하게 되어 있는데, 살집 많은 숭어나 아무 고기라도 가시 없게 저미고 그것에 밀가루를 입혀 기름에 지져서 쓰라는 것이 저자의 방문, 곧 레시피다.

책의 말미에는 장씨 부인이 딸들에게 이르는 당부의 말이 붙어 있다. "이 책을 이렇게 눈이 어두운데 간신히 썼으니, 이 뜻을 알아 이대로 시행하여라. 딸자식들은 각각 베껴가되 이 책을 가져갈 생각이랑 절대로 내지 말아라." 그렇게 귀한 책이 잘 보존되어 오늘날의 독자도 편하게 읽어볼 수 있게 되었으니 저자가 크게 기뻐할 일이다.

-〈다솜이친구〉(2015년 8월호)

클래식이 흐르는 책

—

나는 왜 감동하는가
조윤범 지음
문학동네, 2013

5월은 가정의 달이면서 '계절의 여왕'이기도 하다. 싱그러운 계절을 만끽하며 읽을 수 있는 책은 어떤 것이 있을까 생각해보다가 클래식 음악에 관한 책을 몇 권 골랐다. 전문가 수준의 클래식 애호가가 아니더라도 음악의 감동은 누구에게나 손을 내민다. 하지만 막상 그 손을 맞잡고 환희에 도달할 기회는 누구에게나 열려 있지 않다. 어떤 노력이 필요할까. 5월에는 클래식과의 속깊은 데이트를 주선해주는 책들을 통해서 음악과의 만남을 한 단계 업그레이드 시켜보아도 좋겠다.

클래식 문외한이라도 거리낌없이 손에 들 만한 책은 조윤범의 『나는 왜 감동하는가』다. 현악사중주단의 리더면서 칼럼니스트이고 음악 FM방송의 DJ이기도 한 저자가 클래식 안과 밖의 여러 흥미로운 이야기를 전해준다. 책으로도 묶인 『조윤범의 파워클래식 1, 2』(살림, 2008) 강의로 유명한 그는 음악의 감동이 자연스러운 것도, 쉽게 얻을 수 있는 것도 아니라고 말한다. 감동은 이해와 공감, 표현이라는 과정을 거쳐야 도달할 수 있다. 우리에게 감동을 줄 수 있는 예술가들은 주변에 많이 있다. 지금 당장에라도 음반을 감상하거나 연주 동영상을 관람할 수 있으니까. 다만 그보다 먼저 필요한 것은 이해와 공감이고, 또한 이를 표현하려는 노력이다.

저자는 어린 시절 방안에다 여러 개의 실을 빨랫줄처럼 매달고 악기 이름을 적은 메모지를 실에 붙여서 자기만의 오케스트라를 만들어놓았다고 한다. 레코드판으로 들더라도 마치 음악회 현장에 있는 것처럼 느끼고 싶었기 때문이다. "오보에와 플루트가 나오면 가운데를 쳐다봤고, 바이올린이 나오면 왼쪽 앞을, 첼로가 나오면 오른쪽 앞을 쳐다봤다." 물론 그렇게 듣는 것이 습관이 되자 그는 눈을 감고 들어도 악기들의 위치를 상상할 수 있었다. 어떤 악기가 어떤 소리를 내며 지금 그 소리들이 어떻게 어우러지고 있는가를 느끼는 것은 그런 반복적인 청음의 결과다. 사랑하면 알게 되고 알면 사랑하게 된다는 점에서 클래식도 예외는 아니다.

대중과 가장 친숙한 지휘자이자 음악 해설가인 금난새의 『금난새의 교향곡 여행』(아트북스, 2012)은 한국인에게 클래식의 대명사로 통하는 '불멸의 교향곡' 11작품에 대한 해설서다. '교향곡이란 무엇인가'란 친절한 소개에서부터 하이든의 교향곡 〈고별〉을 거쳐 말러의 교향곡 1번과 쇼스타코비치의 교향곡 5번에 대한 해설까지를 포함하고 있다. 그에 따르면 교향곡에는 "작곡가의 음악적 정서뿐만 아니라 시대정신과 사상, 감정, 나아가 문학적인 내용 등 모든 세계관이 담겨" 있다. 교향곡이 '소리로 빚은 위대한 문화유산'인 것은 그 때문이다. 저자는 그 교향곡의 세계로 우리를 안내하는 친절하면서 미더운 가이드를 자임한다.

연주자나 지휘자가 아니라고 해서, 곧 음악을 전공하지 않았다고 해서 클래식 애호가의 자격이 없는 것은 아니다. 대학 시절부터 클래식 음반을 쫓아다니다 결국 일간지의 음악 담당기자가 된 문학수의 『아다지오 소스테누토』(돌베개, 2013)에는 클래식에 대한 저자의 열정과 조예가 여실히 담겨 있다. 그는 어떻게 해야 클래식과 친해질 수 있는가란 물음에 답하여 "이 곡 저 곡 많이 들으려고 하지 말고, 같은 곡을 자꾸 반복해 들으세요"라고 조언한다. 반복적으로 들음으로써 곡의 흐름에 익숙해지고, 음의 전체 구조가 머릿속에 들어올 때 비로소 우리는 그 음악이 주는 감흥에 본격적으로 입문하게 된다.

물론 바쁜 일상에서 꽤 긴 시간의 클래식을 반복해서 듣는 것은 쉽지 않은 일이다. 하지만 "시간을 바치지 않는다면 음악은 결코 당신에게 다가오지 않는다"는 것이 저자의 믿음이다. 뒤집어서 말하면 저자의 '클래식 읽기'에는 빈번한 술자리를 잊고 드라마 시청과 주말 등산을 포기하면서 음악에 바친 그의 시간이 집약되어 있다. 음악의 감동이 그런 '희생'을 보상해주기에 가능한 일일 것이다. 흥미로운 것은 젊은 시절 그를 음악의 길로 이끈 대표적인 작품이 〈혁명〉이란 제목이 붙은 쇼스타코비치의 교향곡 5번이라는 점이다. 금난새 역시 특별한 애정을 고백하면서 "가끔 쇼스타코비치가 저를 위해 작품을 썼다고 착각할 때가 있습니다"라고 언급한다. 클래식 애호가들의 이런 감상을 비교해보는 것도 클래식 연주를 비교해서 듣는 것만큼 재미있다.

한편, 아무리 감동을 들먹여도 진지한 클래식 애호가가 되는 일이 부담스러운 독자도 있을 법하다. 부담스럽지 않게 클래식을 살짝 비껴가고자 한다면 애초에 장일범, 정준호 등 클래식 멘토 7인이 쓴 『행복한 클라시쿠스』(생각정원, 2012)를 읽고 방향을 틀어도 좋겠다. 클래식으로 들어가는 입구는 거꾸로 빠져나오는 출구이기도 할 테니까. 일곱 명의 사례를 읽다가 클래식 애호가의 기질을 자기 안에서 발견한다면 하는 수 없다. 류준하의 『내 삶의 변주곡 클래식』(현암사, 2012)으로 넘어가는 수밖에. "음악의 기쁨을 아는 젊은 클래식 애호가를 위한" 책이다. 반면에 클래식이 아니어도 좋다고 생각된다면 이민희의 『왜 그 이야기는 음악이 되었을까』(팜파스, 2013)도 적당하다. 24곡의 음악 이야기를 늦은 밤 라디오 방송에서처럼 편안하게 들려준다. 헨델과 모차르트의 곡 이야기와 함께 자우림과 이상은의 노래 이야기도 담겨 있다.

-〈책&〉(2013년 5월호)

미야자키 하야오 세계로의 초대

—

미야자키 하야오 출발점 1979~1996
미야자키 하야오 지음, 황의웅 옮김, 박인하 감수
대원씨아이, 2013

일본 애니메이션의 거장 미야자키 하야오 감독이 〈벼랑 위의 포뇨〉(2008) 이후 5년 만에 신작 〈바람이 분다〉(2013)를 내놓고 은퇴를 선언했다. 1963년 다카하타 이사오와 도에이에 입사하면서 애니메이션계에 발을 내디뎠으니 50년 경력이다. 과거에도 은퇴를 번복한 전력이 있기는 하지만 73세의 나이를 은퇴 이유로 들고 있는 만큼 이번에는 번복이 어려울 전망이다. 그는 인터뷰에서 장편 애니메이션 작업을 더 해보고 싶다는 생각이 들더라도 그것은 "나이든 노인의 욕심"일 뿐이라고 일축했다. 장편 애니메이션 제작에 평균적으로 5년에서 7년의 시간이 소요되기에 더이상은 무리라는 것이다. 이로써 한 시대를 풍미한 세계적 거장의 창작 활동이 마무리되는 듯싶다. 미야자키 하야오에게 애니메이션은 무엇이고 그는 무엇을 이룬 것일까. 몇 권의 책을 길잡이 삼아 그의 작품세계로 들어가보자.

먼저 일본 애니메이션에 대한 전반적인 이해가 필요하다. 애니메이션 비평가 김준양의 『이미지의 제국』(한나래, 2006)은 부제대로 "일본 열도 위의 애니메이션"의 위상과 역사, 대표 작가들을 소개한 책이다. 입문서를 겸할 수 있지만 서술은 상당히 깊이 있으며 일본 애니메이션의 태동과 성장 과정에 대한 상세한 기술과 함께 대표작들에 대한 치밀한 분석을 제시한다. 동시대에 대한 이해를 위해서는 1960년대에서 1970년대가 중요한데, 이 시기를 대표하는 신화적인 세 작품으로 저자는 〈우주 소년 아톰〉과 〈우주 전함 야마토〉, 〈기동 전사 건담〉을 든다.

1963년에 처음 전파를 타서 약 4년간 최고의 시청률을 기록했던 〈우주 소년 아톰〉은 일본의 국민적 서사를 제공한 작품이다. 고도 경제성장기였던 1960년대 일본에서 텔레비전은 국민적 미디어였고, 데즈카 오사무의 아톰은 월트 디즈니의 미키 마우스와 같은 상징성을 얻었다. 1970년대 중반 TV 시리즈로 방영되었지만 〈알프스 소녀 하이디〉(1974)에 밀려 중도 하차했던 마쓰모토 레이지의 〈우주 전함 야마토〉는 마쓰다 도시오의 극장판으로 1977년에 개봉되어 침체되어 있던 일본 영화의 붐을 가져온 작품이다. 1945년 태평양전쟁에서 미 공군의 공격으로 침몰한 전함 야마토는 2199년 미래 시점에서 부활하여 초토화된 지구를 배경으로 인류의 장래를 책임지는 역할을 담당한다. 이 우주 전함이 고도성장의 엔진을 단 일본의 비유임은 쉽게 알 수 있다.

〈우주 전함 야마토〉에 의해 촉발된 애니메이션 붐은 1979년 도미노 요시유키의 TV 시리즈 〈기동 전사 건담〉에 의해 더 확대되는데, 이 작품은 〈마징가 Z〉(1972)로 대표되는 거대 로봇 장르가 〈우주 전함 야마토〉의 하드보일드한 우주전쟁 서사와 결합된 형태다. 하지만 태평양전쟁을 일본의 승리로 고쳐쓰려고 시도한 〈우주 전함 야마토〉와는 다르게 〈기동 전사 건담〉에서의 진정한 전쟁은 두 국가 사이에서가 아니라 국가와 개인 사이에서 벌어진다. 국가와 개인의 이 분열은 재패니메이션 역사에서 중요한 변화라고 할 수 있다.

미야자키 하야오의 감독 데뷔작 〈미래 소년 코난〉(1978)은 이런 시대를 배경으로 만들어졌다. 미국의 SF 작가 알렉산더 케이의 소설 『놀라운 홍수The Incredible Tide』를 각색하여 TV 시리즈로 만든 이 작품은 전쟁에 의한 문명세계의 멸망을 서사의 바탕에 깔고 있어서 〈바람 계곡의 나우시카〉(1984), 〈천공의 성 라퓨타〉(1986)와 함께 '포스트 묵시록 3연작'으로 불린다. 이들 작품을 통해 명성을 얻은 미야자키 하야오는 1985년 지브리 스튜디오를 세우고 〈이웃집 토토로〉(1988), 〈원령공주(모노노케 히메)〉(1997), 〈센과 치히로의 행방불명〉(2001), 〈하울의 움직이는 성〉(2004) 등의 화제작을 발표하면서 세계적 거장으로 떠올랐다. 특히 〈센과 치히로의 행방불명〉은 그에게 베를린국제영화제 금곰상, 아카데미 장편 애니메이션 영화상 등을 안겨주었다.

이런 그의 작품세계 전반에 대한 소개와 함께 개별 작품에 대한 비평을 담고 있는 책으로는 시미즈 마사시의 『미야자키 하야오 세계로의 초대』와 무라세 마나부의 『미야자키 하야오의 숨은 그림 찾기』(한울, 2006)가 있다. 전자는 개성 있는 시각의 작품 해석을 제공하며, 후자는 미야자키 하야오의 작품세계에 나타난 유기체적 세계관을 분석한다. 국내서로는 김윤아의 『미야자키 하야오』가 〈원령공주〉와 〈센과 치히로의 행방불명〉, 〈하울의 움직이는 성〉을 '현대 일본 신화 3부작'으로 묶으면서 이들 작품에 내재된 일본의 정치 신화와 이데올로기에 대해 비판적인 시각으로 조명한다.

바깥의 평가와 비교해볼 수 있는 것은 미야자키 하야오 자신의 생각이다. 그의 인터뷰와 기고문 들을 모은 『미야자키 하야오 출발점 1979~1996』과 『미야자키 하야오 반환점 1997~2008』은 거장의 육성으로 직접 듣는 '미야자키 하야오의 모든 것'이라 할 만하다(아직 출간되지 않았지만 『미야자키 하야오 도착점』이 추가될 수도 있다). 『미야자키 하야오 출발점 1979~1996』이 애니메이션을 만든다는 것의 의미에서부터 좋아하는 책과 사람 들에 대한 이야기를 망라하고 있다면, 『미야자키 하야오 반환점 1997~2008』은 네 편의 대표작에 대한 인터뷰가 중심이다. 애니메이션이란 무엇인가? 미야자키 하야오는 한마디로 "잃어버린 세계로의 동경"이라고 한다. 모든 사람은 태어나는 순간 다른 세계에서 태어날 가능성을 잃어버린다. 사람들이 공상으로 세계에서 놀고자 하는 것은 그 때문이다. '잃어버린 가능성에 대한 동경'이 바로 애니메이션을 만드는 원동력이라는 것이 거장의 생각이다.

-〈책&〉(2013년 10월호)

우리가 몰랐던 우리 문화

—

우리도 몰랐던 우리 문화
강준만 지음
인물과사상사, 2014

한국인이 한국 문화를 모른다? 물론 그렇게 등잔 밑이 어두운 이유는 여러 가지가 있을 것이다. 친숙하기에 그냥 지나치거나 막연히 잘 안다고 생각하는 자신감이 주의를 소홀하게 만든다. 거기에다 습관적인 망각도 우리의 무지에 일조한다. 『우리도 몰랐던 우리 문화』를 계기로 우리가 놓치거나 간과한 우리 문화의 이모저모에 대해 일러주는 몇 권의 책을 책장에서 빼내보았다.

먼저 『우리도 몰랐던 우리 문화』는 '화장실의 역사'부터 '립스틱의 역사'까지 아홉 가지 주제를 다루고 있다. 얼핏 사소해 보이는 주제들이지만 우리 근현대 문화사 속의 일상을 들여다보게 해주는 매력이 있다. 한 예로 화장실을 살펴보자. 전통적인 뒷간 또는 변소가 사회적 이슈로 등장한 것은 1920년대였다고 한다. 일제가 조선의 화장실을 개혁 대상으로 꼽았기 때문이다. 위생을 명목으로 재래식 화장실을 개량하고 요강을 폐지해야 한다고 했다. 물론 단기간에 개량될 일은 아니었다.

광복 이후에도 서울역 공중변소의 분뇨와 악취 문제가 단골 기사로 등장할 만큼 화장실 문제는 오랜 골칫거리였다. 그러다 1950년대 말 아파트가 등장하면서 화장실 문화도 큰 전환점을 맞이했다. 수세식 화장실이 등장하면서부터다. 하지만 수세식 화장실은 아직 일반 대중이 넘겨다보기 어려운 호사였고 공중화장실 문화는 여전히 낙후되어 있었다. 1988년 서울올림픽 유치를 계기로 1980년대에 '화장실 혁명'이 일어났다. 정부의 지원과 압력 아래 전국의 재래식 화장실이 수세식 화장실로 개량되었다. 불과 한 세대 전의 일인데, 한국의 도시화와 공업화 과정에서 가장 괄목할 만한 진전이 도시 가정 내의 화장실 보급이라고 말할 정도로 급속한 변화가 이 시기에 이루어졌다.

'한국 문화 교육 전문인'을 자처하는 정수현, 정경조의 『손맛으로 보는 한국인의 문화』(삼인, 2014)는 한국인의 의식주에 관련한 다양한 소재를 한국과 동서양 여러 나라의 문화와 비교하는 관점에서 기술한 책이다. "한국인의 생활상을 흥미롭게 전달해주는 이야기이자, 한국과 한국인의 정체성을 이해하는 데 도움을 주는 유익한 길잡이가 되기를 바란다"라고 적었는데, 특히 한국 식생활에 대한 비교 서술은 이런 길잡이로서 맞춤하다. 가령 '김치 vs. 샐러드'나 국 vs. 수프' 같은 대비는 우리 식생활 문화의 특징을 단번에 압축한다.

가령 국물을 영어로는 주로 '수프soup'라고 옮기지만 우리가 아는 대로 국과 수프는 전혀 다른 종류의 음식이다. 국(또는 탕)은 그 자체가 주메뉴지만 수프는 메인 요리가 나오기 전에 제공되는 부수적 음식이다. 조선시대 이후 문헌에 나오는 음식 종류에 구이류가 123가지인 데 비해, 국류는 204가지나 될 정도로 한국 음식에는 국이 많다. 왜 이렇게 국을 많이 먹을까. 몇 가지 설이 있는데, 첫째는 주식인 밥이 빡빡하지 않게 잘 넘어가도록 하기 위해서라는 것이고, 둘째는 가난한 하층민이 국으로 배를 채움으로써 적은 밥으로도 포만감을 얻기 위해서라는 것이며, 셋째는 온돌이 발달한 나라에서 온돌에서 남는 열을 이용하다보니 국물 음식이 발달했다는 것이다.

이런 국은 문화적으로 단순한 먹을거리 이상의 의미도 함축한다. 국은 밥, 반찬과 함께 먹는 음식이기에 '관계론적 음식'이라고 말할 수 있는 반면에, 식전 에피타이저와 메인 요리, 식후 디저트를 각각 따로 먹는 서양 음식은 '개체론적 음식'이라고 할 수 있다. 또한 국물 음식의 특징은 혼자 먹는 것이 아니라 여럿이 나누어먹는다는 데 있고, 이것은 집단의 동질성을 좀더 중요시하는 문화에 상응한다. 우리 식탁에서 국물이 점차 사라지고 있는 현실이 많은 것을 의미하게 되는 이유다.

한국 근대 문학·문화 연구자인 권창규의 『상품의 시대』(민음사, 2014)는 출세, 교양, 건강, 섹스, 애국 등 다섯 가지 키워드를 통해 한국 소비사회의 기원을 들여다본 책이다. 처음으로 상품이 유입되어 소비문화가 형성되던 일제 식민지 시기를 그 기원으로 본다. 저자는 주로 신문이나 잡지 기사와 광고 전단지를 자료로 활용하면서 한국인이 소비자와 교양인으로 탄생하는 과정을 추적한다. 한 예로 처음 만난 이성 남녀가 서로의 취미를 물어보는 것도 한국식 문화라면 그 기원은 1920년대 이전으로 거슬러올라가지 않는다. 1920년대 중반부터 취미나 취향이라는 말이 많이 쓰이기 시작했기 때문이다. 다양한 스포츠는 '취미 위생'에 속했고, 영화나 연극에 대한 취미는 '연예 취미'로 불렸으며, 문학에 대한 관심은 '문예 취미'로 일컬어졌다.

문화인 또는 교양인이란 '취미가 있는 사람'과 동의어였기에 취미에 대한 질문은 수준에 대한 질문이기도 했다. "취미는 독서입니다"라는 말이 나오게 된 배경이다. 그리고 교양 있는 가정이라면 음악 감상을 권유받았기에 1930년대에 보급된 유성기나 1960년대 초의 전축은 중산층 가정의 지표였다. 1930년대 한 일본 축음기의 광고 문구에는 축음기가 '가정 단란'과 '웃음꽃이 핀 가정'을 선물한다고 했다. 상품은 바뀌고 문구는 조금 달라졌지만 오늘날 우리가 경험하는 소비문화와 크게 다르지 않다. 우리의 일상은 그렇게 만들어져왔다.

-〈책&〉(2014년 4월호)

사진이라는 털이 말해주는 것

—

사진의 털
노순택 글·사진
씨네21북스, 2013

르포 사진 작가로 잘 알려진 노순택의 사진 에세이 『사진의 털』 프로필에는 저자의 직함이 "장면채집자"로 되어 있다. 이어서 "지나간 한국전쟁이 오늘의 한국 사회에서 어떻게 살아 숨쉬는지를 탐색하고 있다"는 소개를 보면 그가 주로 어떤 장면들을 '채집'하는지 어림할 수 있다. 한국 사회의 온갖 질곡의 기원에 놓여 있는 것은 전쟁과 분단의 상처이고 모순이다. "분단권력은 남북한에서 작동하는 동시에 오작동하는 현실의 괴물"이라고 노순택은 적시한다. 이 괴물과 어떻게 싸울 것인가.

자신의 작업을 '장면채집'이라고 한정한 것에서도 알 수 있지만 노순택은 사진을 과신하지도, 과대평가하지도 않는다. 사진으로 할 수 있는 것과 사진으로 할 수 없는 것 사이의 경계는 엄연하다. 줄여 말해서 사진은 대단한 것이 아니다. 그렇지만 동시에 그는 사진을 과소평가하지도 않는다. 대단한 것은 아니지만 대단한 것에 관해 이야기할 수는 있을지 모른다는 것이 그의 기대다. 사진은 분명 몸통이 아니다. 깃털이건 개털이건 그냥 털이다. 하지만 '사진이라는 털'은 몸통을 암시할 수 있다. 세상이라는 몸통을 들여다보게 해주는 통로가 될 수도 있는 것이다. 딱 그만큼이 사진의 몫이라는 것이 노순택의 사진론이다. "사진으로 세상을 바꾼다는 것은 불가능한 일이지만, 우리가 사는 세상이 어떤 지경인지 왜 이 지경인지 사고를 촉구할 수는 있을 것"이라는 것이 그의 믿음이다.

노순택의 사진은 주로 한국 사회의 부조리한 모순의 현장, 특히 용산과 평택, 강정마을의 모습을 많이 담고 있지만 결정적 순간을 포착하는 것과는 거리가 멀다. 그는 은근히 암시하고 비유적으로만 말한다. 사진으로 할 수 있는 것은 그 정도가 최대치라고 보는 듯싶다. 사진은 털에 불과하다고 생각하는 그는 아예 '솜털'을 찍기도 한다. 실례를 들어보자. 2009년 4월 용산참사 현장에서 철거민들을 진압하기 위해 투입된 한 '용역 깡패'를 피사체로 찍으면서 노순택은 환한 봄볕에 보송보송한 솜털마저 눈부신 팔을 찍었다. 문신이 새겨있거나 '노가다 근육'을 자랑하는 팔이 아니라 가늘고 연약해 보이기까지 한 팔이다. 부유층의 아이가 용역 깡패로 나섰을 리는 없기에, 이 젊은이는 자기 부모 형제와 처지가 별로 다르지 않은 사람들에게 종주먹을 들이대기 위해 현장에 서 있는 셈이다. 그렇게 사진에 보이는 것은 가볍게 주먹을 쥐고 서 있는 한 젊은이의 뒷모습뿐이지만 그 이미지는 안타까움, 슬픔, 분노 등 복합적인 정서를 자아낸다.

복합적인 정서를 이끌어낸다는 점에서는 고 김근태를 찍은 사진도 인상적이다. 그가 세상을 떠난 뒤 인터뷰까지 한 적이 있는 작가는 필름 더미에서 고인의 사진을 찾았지만 이상하게도 고인의 사진을 찾지 못했다고 한다. 하지만 용산참사 관련 사진들을 정리하다 우연히 농성장에서 철거민 가족들과 함께 비옷을 입고 조용히 앉아 있는 김근태를 발견한다. 2009년 6월에 찍힌 사진이었다. 앞자리에 앉은 철거민 가족들은 고개를 숙인 채 망자의 영정을 가슴에 안고 있고, 바로 한 줄 뒤에서 김근태는 물끄러미 전방을 바라보며 조용히 앉아 있다. 주변에는 전경들이 에워싸고 있다. 무거운 침묵이 현장을 감싸고 있고 카메라 조명만 아니면 칠흑같이 어두운 밤이다. 군더더기 설명 없이도 정치인 김근태를 가장 잘 말해주는 사진처럼 보인다. 노순택은 그렇게 조용히 싸운다.

-〈시사IN〉(2013. 6. 8.)

중년의 의미,
중년의 발견

—

중년의 발견
데이비드 베인브리지 지음, 이은주 옮김
청림출판, 2013

인생을 사계절에 비유하면 흔히 가을은 중년의 계절이라고 한다. 여름과 겨울 사이, 한풀 꺾였지만 그렇다고 아직 한물간 것은 아니다. 그렇다고 노년으로 가는 과도기이기만 한 것일까. 중년이라면 누구나 가질 법한 이런저런 생각에 손에 잡은 책이 데이비드 베인브리지의 『중년의 발견』이다. 생물학자인 저자도 딱 중년에 접어들어 자신에게 일어난 변화에 놀라워하며 쓴 책이다.

청년기나 노년기에는 없는 측면들 때문에 중년은 독특하며, 중년기의 변화는 갑작스럽다. 게다가 중년은 다른 생물종에서는 발견되지 않는 인간 고유의 현상이다. 수명이 늘어나 노년의 삶이 길어진 것은 인류사에서 극히 최근에 일어난 이례적인 일이지만 중년은 그렇지 않다. 지구상에 살아온 인간은 유아기의 고비를 넘긴다면 대부분 마흔 살 넘게까지 살았고, 이것은 자연선택의 결과다. 곧 용도가 다해 서서히 죽어가는 것이 아니라 삶의 또다른 한 국면이라는 이야기다.

물론 '새로운 용도'는 예측 가능하다. 다른 생물종과 달리 인간은 유난히 미숙한 아기로 태어나 오랜 성장기를 겪는다. 따라서 다른 영장류에 비해 훨씬 많은 자원과 보살핌을 필요로 하며 이를 생물학에서는 '부양투자'라고 부른다. "자식이 너무 천천히 자라기 때문에, 자연선택의 영향으로 우리가 번식을 멈추는 대신 자식에게 집중할 시간이 있는 것이다." 한마디로 정리하면 '번식 대신에 부양'이 중년이 떠안은 과제이자 존재 이유다.

그렇게 중차대한 과제를 수행해야 할 나이임에도 불구하고 왜 중년에 접어들면 흰머리가 생기고 주름살이 늘며 피부는 탄력을 잃게 되는가. 새 과제에만 집중하라는 의미란다. 진화적 관점에서 가장 중요한 것은 이성애자 커플의 출산이다. 하지만 나이를 먹을수록 자식을 낳을 가능성은 줄어들며, 따라서 이성을 유혹하기 위한 외모의 매력도 필요가 줄어든다. 불필요한 투자를 하지 않는 우리의 몸은 외모에 그만큼 덜 신경을 쓰게 된다. 게다가 생식 활동이 줄어듦에 따라 더 적은 에너지를 소모하게끔 몸을 재구성하기 때문에 중년이 되면 기초대사량이 줄어든다. 살이 찌는 것은 그 때문이며, 이를 막으려면 나이를 한 살씩 먹을 때마다 하루 기준 10칼로리씩 줄여서 섭취해야 한다.

좋은 소식도 있다. 보통의 상식과는 달리 중년의 뇌가 인지력이 가장 뛰어나다. 외부 정보를 처리하는 속도는 점차 느려지지만 전반적으로 중년의 뇌는 좋은 기능을 유지한다. 중년의 뇌는 구술 능력, 공간 인식, 계산, 추리, 계획 세우기 등 다양한 영역에서 청년기의 뇌를 앞선다. 저자는 그 이유를 더 많이, 더 열심히 생각해서가 아니라 '다르게' 생각해서인 듯하다고 말한다. 즉 중년이 된다고 해서 더 영리해지거나 더 어리석어지는 것은 아닐 테지만 동일한 지적 목표를 달성하기 위한 정신적 수단을 다양하게 바꾸어본다는 데 강점이 있다. 그런 '다른 생각'은 중년이란 나이가 갖는 이중성 또는 양면성에서 비롯되는 것인지도 모른다.

이런 진화적 유산을 어떻게 할 것인가. 저자의 충고는 우리가 거기에 속박될 필요는 없다는 것이다. 왜 그런 변화가 일어나는지 알게 된 이후에도 선택은 각자의 몫이다. "젊은 외모를 유지하려 애쓰고, 늦둥이를 낳는 시도도 하고, 젊었을 때 못해봐서 아쉬운 짓도 한번 저질러보라."

-〈시사IN〉(2013. 11. 9.)

중년 이후의 삶

—

남자 나이 45세
우에다 오사무 지음, 김혜진 옮김
더난출판사, 2012

'인생의 사계'라는 말이 있다. 우리 인생의 봄, 여름, 가을, 겨울로 대략 소년기, 청년기, 중년기, 노년기의 네 시기를 일컫는다. 지구온난화 영향으로 자연의 사계는 봄, 가을이 점점 짧아지는 쪽으로 가는 듯싶지만 인생의 사계는 가을과 겨울이 점점 늘어나는 추세다. 청춘이 짧은 것은 그대로이지만 '고령화 사회'란 말이 가리키듯이 노년은 유례없이 길어지고 있다. 물론 의학의 발달과 생활 여건 향상으로 평균수명이 늘어난 것은 좋은 일이지만 아직까지 우리는 청춘만 연장하는 기술은 갖고 있지 않다. 그렇게 늘어난 인생의 가을과 겨울은 우리에게 어떤 의미를 가지며 어떤 과제를 던져주는가.

우에다 오사무의 『남자 나이 45세』는 45세를 문제적인 나이로 지목한다. 육체 연령이 젊어졌기 때문에 45세면 과거의 36세 정도지만 커리어상으로는 옛날의 55세에 해당하는 나이다. 육체적으로는 아직 한창이지만 요즘의 풍조로는 은퇴를 요구받는 일도 흔하다. 4, 50대 정년을 뜻하는 '사오정'의 현실은 일본도 마찬가지다. 이 '험난한 현실'에 어떻게 대처할 것인가. "45세가 되어서 갑자기 닥친 현실에 어쩔 줄 몰라 허둥대지 않도록" 미리 고민하고 준비해야 한다는 것이 저자의 조언이다. 물론 준비할 사항은 많다. 하지만 '신용과 건강은 최대의 자산이다' 같은 흔한 충고를 제외하면 '45세부터 다시 시작하는 평생공부법' 같은 제안이 눈길을 끈다.

저자는 경영컨설턴트답게 인문 고전을 읽으라는 말을 입에 담지는 않는다. 대신에 먹고살 수 있는 자격증을 취득하는 것 같은 실속 있는 공부를 권한다. 저자는 46세에 법학전문대학원에 다시 입학하여 변호사 자격을 딴 자신의 경험담을 소개하면서 공부에서도 목표를 명확히 하고 최단 경로를 찾으라고 충고한다. 독서의 경우에도 다양한 독서 대신에 그가 권장하는 것은 자신의 생각을 구축하기 위한 독서다. 목적의식을 갖고 책을 선택하되, 한 권을 읽고 나면 첫번째 책과 다른 관점에서 쓰인 책을 읽어서 비판적 사고력을 키우는 것이 중요하다. 당연한 말이지만 어떤 책을 읽었다는 사실보다는 얼마만큼 나의 것으로 소화했느냐가 관건이다. 45세 중년을 위한 사회적 환경이 그렇게 호의적이지 않더라도 빈틈없는 준비를 통해 8, 90세까지 만족하는 인생을 살 수 있도록 노력해야 한다고 저자는 말한다.

마르고트 캐스만의 『젊은 사회에서 늙는다는 것』(작은책방, 2012)은 중년 여성을 위한 조언을 담은 책이다. '여성용'이 따로 필요한 것은 같은 중년이라고 해도 남성과 여성이 부닥치게 되는 문제가 서로 다르기 때문이다. 저자가 주목하는 것은 '여자 나이 50세'인데, 남자들이 50세 이후에도 아버지가 될 수 있는 반면에 일반적으로 여자가 50대에 새로운 가정을 꾸리고 아이를 낳는 일은 매우 드물다. 대신에 50대 여성은 대부분 결혼한 자녀의 아이를 돌보거나 나이든 부모를 간병하는 일을 떠맡으면서 자신의 노년도 준비해야 한다. 노년을 준비하는 데 중요한 것은 혼자 사는 삶을 받아들이는 것이다.

이혼이나 남편과의 사별 등 여러 가지 이유로 중년 여성은 혼자 사는 처지에 놓이는 경우가 많다. 그렇다고 홀로 사는 삶이 고독한 삶을 뜻하지는 않는다. 우리의 선택지는 두 가지다. 혼자 있지 않으면서도 고독한 것과 고독을 느끼지 않으면서 혼자 있는 것. 당연히 바람직한 것은 혼자 있더라도 고독하지 않은 삶이다. 홀로일 때 우리는 자기 자신과 더 깊이 대면하며 더 안정되고 성숙한 사람이 될 수 있다는 것이 저자의 체험담이다. 물론 오래된 우정을 잘 가꾸어나가는 것은 중년의 삶에서 매우 중요하다는 충고도 저자는 잊지 않는다. 덧붙여 여성신학자이자 목사로서 저자는 인생 중반에 오히려 '담대하게' 살아갈 필요가 있다고 역설한다. "남은 인생길이 얼마나 될지 모르지만 풀 죽어 의기소침하게 사는 것은 인생의 마지막 길을 잘못 걸어가는 것이다."

루이스 월퍼트의 『당신 참 좋아 보이네요!』(알키, 2011)는 80대의 노老생물학자가 쓴 노년의 인생론이다. 벨기에의 한 연구팀에서 조사한 바에 따르면 일반적인 예상과 다르게 인생의 행복도가 가장 높은 나이는 80대였다. 부모와 자식에 대한 책임감과 부담감이 가장 심한 40대가 최저점을 찍은 것과는 다르게 80대의 만족도가 높은 것은 모든 책임에서 벗어나 말 그대로 여생을 살기에 그렇다는 분석이다. 물론 온갖 질병에 시달리는 노년이라면 사정은 조금 다를 수밖에 없다. 생물학적 노화는 피할 수 없는 일이지만 스트레스를 피하고 꾸준한 운동과 건강 식단을 통해 치매, 특히 알츠하이머병을 예방하는 것이 '웰에이징well-aging'에서 중요하다고 저자는 충고한다.

늙음을 자연스럽게 받아들이는 태도도 건강을 오래 유지하는 데 도움이 된다. 오스카 와일드의 말대로 "노년의 비극은 늙었다는 것이 아니라, 이전의 젊음을 기억한다는 것이다." 늙음에 대한 거부로 안티에이징anti-aging은 노년의 행복을 가로막는 최대의 적이다. 지금 자신의 나이에 맞게 잘 살고 있다는 자신감을 갖는 것이 가장 중요하다고 저자는 말한다. 그럴 때 들을 수 있는 말이 "참 좋아 보이세요!"다.

-〈책&〉(2012년 6월호)

3.

에덴은 어디에 있는가

에덴은 어디에 있는가

—

에덴 추적자들
브룩 윌렌스키 랜포드 지음, 김소정 옮김
푸른지식, 2013년

『에덴 추적자들』은 '창세기'에 나오는 에덴이 실재한다고 믿고 찾아 나선 각양각색 사람들의 이야기를 담은 논픽션이다. 책을 읽다가 에덴동산에 대한 '상식'이 무엇인지 궁금했다. 마침 최근에 나온 크리스틴 스웬슨의 『가장 오래된 교양』이 생각나 펼쳐보았다. 하느님이 아담과 이브를 창조했다는 에덴이 지구 어디에 있었는지는 예로부터 적잖은 사람들의 관심을 끌었다. 그 가운데 일부 사람들은 발 벗고 찾아 나서기까지 했다. 바로 '에덴 추적자들'이다.

하지만 우리가 GPS로 찾을 수 있는 어떤 장소가 아닌 이상 에덴의 위치에 대해서는 정확히 알기 어렵다. 그럼에도 불구하고 『가장 오래된 교양』의 저자는 "성서 본문에 있는 잘 알려진 지명들을 근거로 대부분의 사람들은 에덴이 오늘의 이라크에 있었다고 믿는다."

'에덴 추적자들'은 그 정도 추정에는 만족하지 못한 사람들이다. 먼저 '창세기'의 묘사가 구체적이면서도 모호하다. "에덴에서 강 하나가 흘러나와 그 동산을 적신 다음 네 줄기로 갈라졌다"라며 네 강줄기의 이름으로 비손, 기혼, 티그리스, 유프라테스를 차례로 거명한다. 오늘날에도 티그리스강과 유프라테스강은 터키에서 시작하여 이라크를 지나 페르시아만으로 흘러들어간다. 문제는 오늘날에는 존재하지 않는 비손 강과 기혼 강이 어디에 있었는지 아무도 모른다는 것이다.

여기서 크게 두 파로 나뉜다. 티그리스강과 유프라테스강을 기준으로 삼는 사람들은 기혼강과 비손강도 그 근처에 있다고 믿는다. 강이 아니라 샘이나 운하가 아니었을까 추정하는 이도 있다. 반면 비손강과 기혼강에 초점을 맞추는 사람들은 오랜 세월이 지나는 동안 강 이름도 바뀌었을 것이기에 성서에 나오는 이름에 집착하면 안 된다고 본다. '창세기'에 나오는 강 이름이 그저 "세상에서 가장 큰 네 강"을 가리킬 뿐이라는 1세기 로마시대 유대인 역사가 플라비우스 요세푸스의 말을 좇게 되면 에덴은 반드시 서아시아에 있을 필요가 없다.

비손강은 갠지스강으로, 기혼강은 나일강으로 이름이 바뀌었을 수도 있다면 에덴은 말 그대로 지상 어딘가에 있는 곳이다. 성 아우구스티누스는 심지어 에덴이 실제 장소일 수도 있고 은유일 수도 있다고 말했다. 난감한 일이지만 에덴은 우리 마음속에 있다는 말로도 들린다.

이런 에덴을 어디에서 찾을 수 있을까. 흥미로운 많은 사례 가운데 저자는 감리교 목사이면서 보스턴대 학장이었던 윌리엄 워런을 먼저 소개했다. 1859년 다윈의 진화론이 등장하면서 독실한 기독교인들은 인간이 원숭이와 다를 바 없다는 충격적인 주장에 맞서고자 각오를 단단히 했다. 강연 때마다 서두에 "혹시라도 모인 사람 중에 자신을 동물이라고 믿는 사람이 있다면, 그 동물이 사람이 될 때까지 토론을 미루는 것이 좋겠습니다"라고 일침을 놓던 워런도 그런 투사였다. 워런은 비교신화학을 전공했지만 진화론자들을 개종시키기 위해 과학의 언어를 배워 창세기의 내용을 입증하고자 했다.

워런이 주장한 에덴 후보지는 북극이었다. 당시 북극은 탐험가들의 손길이 닿지 않아 아직 미지의 지역이었고 그의 '에덴 북극설'은 대중의 북극 환상에 편승한 것이기도 했다. 그가 1985년에 펴낸 『낙원을 찾다!Paradise Found』에는 북극을 중심에 놓은 고대세계의 지도까지 수록했고 많은 독자가 그에게 지지를 보냈다. 하지만 북극이 정복되고 북극 열병이 사그라지면서 그의 에덴 북극설도 사람들의 기억에서 잊혀갔다.

워런보다 좀더 신빙성 있는 주장을 내놓은 학자들도 물론 있었다. 『낙원을 찾다!』에 추천서를 써주기도 한 영국 옥스퍼드대 아시리아학 교수 아치볼드 세이스도 그 가운데 한 명이다. 어학에 탁월한 재능이 있었던 그는 고대 바빌로니아의 쐐기문자에 대한 독해를 바탕으로 에덴을 '좋음'이란 뜻의 고대 도시 에리두 근처에 세워진 동산으로 추정했다.

에덴은 플랜테이션 농장 비슷한 곳으로 농장 가운데에 특별한 나무가 있었다고 하며, 세이스는 이에 근거하여 성서에 나오는 지식의 나무는 소나무, 생명의 나무는 야자과 식물이라고 주장했다. 기혼강과 비손강은 고대의 인공운하였을 거라는 것이 그의 견해다. 그는 노아의 홍수가 실제로 있었던 재앙이며, 에덴동산 이야기도 사실에 근거한 이야기라고 믿었다.

에덴 찾기는 기본적으로 진화론과 과학의 도전에 맞서 신의 창조론 방어를 위한 성격을 띤다. 1991년 여론조사에 따르면 미국인의 47퍼센트는 여전히 지구와 사람을 신이 아주 특별하게 창조했다고 믿는다. 그들에게 '창세기'에 대한 문자 그대로의 믿음은 신앙의 지표다. 창조론과 진화론의 대립 속에서 화해를 모색한 한 과학 교사의 말은 왜 여전히 에덴이 관심사가 되고 있는지 시사해준다.

그는 진화론을 믿지 않는다는 것은 지구가 편평하다고 믿는 것과 마찬가지라고 생각하지만, 동시에 신앙이 아이들을 망치는 것이 아니라 삶에 아름다움을 더해준다고 믿는다. 과학과 신앙 사이에서 머뭇거리는 독자들에게 흥미진진한 이야기들과 함께 사색의 정원으로 인도하는 책이다. 아, 파라다이스란 말은 원래 페르시아어로 담이 둘러진 정원을 뜻한다고 한다.

-〈중앙일보〉(2013. 9. 28.)

당신들의 기독교에 대한 인문적 성찰

—

당신들의 기독교
김영민 지음
글항아리, 2012

인문학이란 세속의 어긋남에 대한 관심이기에 그 노동을 '어긋냄'이라고 일컫는 인문학자 김영민의 『당신들의 기독교』는 기독교에 대한 어긋냄의 산물이다. 『세속의 어긋남과 어긋냄의 인문학』(글항아리, 2011)에 적은 그의 표현으로는 "어긋남의 구조를 통새미로 알면서도, 그 두루 아는 것을 죽인 채 외려 모난 일을 찾는 것"이 어긋냄이다. 기독교의 어긋남의 구조에 대해서 통새미로 아는 그이지만 목소리를 높이지 않고 한국 기독교의 '모난 일'들을 들추며 열 명의 신자에 대한 스케치와 함께 인문적 성찰을 포개놓는다.

등장인물이나 사건은 온전한 사실도, 허구도 아니며 취지에 맞게 재구성해놓았다고 미리 밝히고 있지만 책을 관통하는 것은 구체적인 사례들이 보여주는 리얼리티의 힘이다. 가령 "A는 기독교인이다. 그는 적어도 지난 10년간 한 차례도 주일 대예배에 빠진 적이 없으며, 40대의 문턱을 넘어서면서부터 십일조가 성에 차지 않아 십이조十二組를 한 지도 7년째에 접어든다"거나 "B는 기독교인이다. 그녀는 교회 권사직에다 봉사부장까지 맡아 충량하고 열성스럽게 신앙생활을 하는 70대 노파다. 노령에 이르러서도 기세가 등등한 그녀에게는, 젊어 청상靑孀이 된 채 남자의 눈치를 볼 필요 없이 궁핍하지만 당당하게 살아온 전력이 온몸에 서슬 퍼렇게 드러난다" 같은 구체적 서술은 현실감을 전달한다. 물론 '독실한' 신자들만 등장하는 것은 아니다. 목사이면서 대학에서 성서를 강의하는 성서학자이지만 동시에 강남의 룸살롱을 제집 드나들 듯하는 소문난 오입쟁이 C 등도 '기독교인'이다. 이들이 모여서 얼추 한국 기독교인의 총체적 신앙생활을 구성한다. 저자가 이름 붙인 바로는 '당신들의 기독교'다.

무엇을 어긋내고자 하는가. 몇 가지 어긋남의 지점이 있다. 먼저 사유(공부)의 부재. 한국의 개신교인들은 공부를 매개로 신앙과 신념에 이르는 것이 아니라 믿음을 얻은 뒤에 그것을 정당화하기 위해 신학을 동원한다. 신앙의 '주체화'에 이르는 노역이 신앙의 알짜이지만 그것이 생략되거나 부족한 것이 '당신들의 기독교'다. 그리고 가족주의. 예수의 급진성은 그의 탈가족주의, 곧 "네 가족을 버리고 내게로 오라"는 메시지에 담겨 있지만, "21세기의 한국 개신교회는 예수의 첫닭울이와 같은 메시지를 까마득히 잊은 채" 가족주의라는 이데올로기만을 강박적으로 붙들고 있다고 저자는 일갈한다. 거기에 자본과의 결탁도 빼놓을 수 없다. "국가는 대자본의 현실을 돕는 안전망이자 심지어 여리꾼 노릇을 하고, 종교는 자본의 성취와 번영에 대해 뒷북을 치며 축복"하고 있는 것이 한국의 현실이다. 즉 '카이사르냐, 예수냐'가 아닌 '카이사르 = 예수'가 자본주의 시대 기독교의 정식이 되어버렸다.

'당신들의 기독교'는 초기 교회와 같은 '절실한 약자들로 구성된 희망의 공동체'가 아니라 자신들의 사적 욕망을 '소망'이라 부르면서 사회적 강자와 부자들이 자본제적 세속의 성취와 권리를 합리화하고 정당화하는 종교다. 예수의 이름으로 예수를 부인하는 꼴이라고 할 수 있을까. 저자는 "기독교인이라는 이름은 마치 예수를 잡아먹은 허깨비들의 장송곡처럼" 들린다고까지 말한다.

그렇다면 무엇이 '당신들의 기독교'와 단절할 수 있는 길인가. 저자는 쓰레기통의 파리떼처럼 번성하는 신자가 아니라 제자의 길을 따르는 것이라고 말한다. 제자란 "타자성의 소실점을 향해 몸을 끄-을-고 다가서는 검질기고도 슬금한 노력"이다. 그것이 '예수의 희망'이다. 물론 불가능에 가까운 희망이다. 예수의 제자로 자기 십자가를 짊어지는 생활 양식의 실천을 오늘날 더는 찾아보기 어렵기 때문이다. "모래밭에 숨은 바늘을 돼지 뒷다리로 찾아내는 것만큼이나 어려운 노릇"이 되었다는 것이 저자의 토로다. 하지만 예수의 삶 자체가 그런 불가능한 꿈을 지핀 삶이 아니었던가. 그의 삶과 '당신들의 기독교'가 어디에서 어긋나고 있는지 우리 자신의 모습을 다시금 되돌아보게 된다.

-〈주간경향〉(2013. 1. 22.)

프란치스코 교황의 삶과 생각

—

프란치스코 교황
위르겐 에어바허 지음, 신동환 옮김
가톨릭출판사, 2014

8월 방한을 앞두고 있는 프란치스코 교황에 대한 세계인의 관심이 뜨겁다. 지난해 3월 제266대 교황으로 취임한 이래 프란치스코 교황은 가톨릭교회의 개혁을 선도하고 가난한 이웃에 대한 사랑과 복음의 회복을 강조함으로써 불과 1년 만에 세상을 변화시키고 있다. 이에 미국 〈타임〉지는 교황을 '2013년 올해의 인물'로 선정하기도 했다. 무엇이 전 세계 12억 가톨릭신자뿐 아니라 타종교인과 비종교인에게까지 새 교황에 대한 관심과 존경을 불러모으게 하는가. 몇 권의 책을 통해 프란치스코 교황의 삶과 생각을 따라가보기로 한다.

교황의 삶을 들여다보는 데 기본서가 될 만한 책으로 위르겐 에어바허의 『프란치스코 교황』을 꼽을 수 있다. 독일 출신의 바티칸 전문 기자가 쓴 책으로 프란치스코 교황의 선출과정, 성직자로서의 여정, 교회개혁에 대한 그의 생각과 가톨릭교회 내부의 평가 등을 담고 있다. 모든 일은 2013년 3월 13일 아르헨티나의 부에노스아이레스 대교구장이던 호르헤 마리오 베르골리오 추기경이 교황으로 선출되었다고 공표됨으로써 시작되었다(한국천주교회에서는 '베르골리오' 대신에 '베르골료'라는 표기를 권장하지만, 출간된 다수의 책에서 베르골리오라고 표기하고 있기에 그에 따른다). 전임 베네딕토 16세 교황이 사임하면서 소집된 콘클라베에서 압도적인 지지로 선출되었다는 전언이었다.

베르골리오는 선임 교황들이 선택하지 않은 '프란치스코'라는 교황명을 선택했는데, 이로써 몇 가지 기록을 세우게 된다. 즉 프란치스코 교황은 아시시의 프란치스코 성인을 본받아 프란치스코를 교황명으로 선택한 최초의 교황이며 최초의 남아메리카 출신 교황이고 최초의 예수회 소속 교황이다.

호르헤 마리오 베르골리오는 1936년 부에노스아이레스에서 5남매의 장남으로 태어났다. 부모는 모두 이탈리아 피에몬테 출신으로 세계 대공황이 닥치자 당시 유럽과 달리 경제 호황을 누리던 아르헨티나로 이주해왔다. 평범하지만 행복한 가정에서 성장한 베르골리오는 초등학교를 졸업하고 열세 살이 되자 아버지의 권유로 양말공장에서 아르바이트를 시작했고, 열일곱 살에는 공업학교에 진학하여 제약공장에서 일했다. 오전 7시부터 오후 1시까지 공장에서 일한 다음에 1시간 동안 점심을 먹고 저녁 8시까지 학교에서 수업을 들었다. 추기경이 된 뒤 그는 이 시기의 노동 경험에 대해 이렇게 회고했다. "저는 제게 일을 시키셨던 아버지께 정말 감사드립니다. 저는 일을 하면서, 인간의 선한 모습뿐만 아니라 잔인하고 악한 모습도 직접 체험할 수 있었으니까요."

10대 시절 공장에서 일하며 다니던 성당에서 젊은 사제를 만나 영적인 체험을 한 베르골리오는 스무 살이 되자 신학교에 입학했다. 그리고 1958년에는 예수회에 입회했다. 예수회 입회자로서 수련기를 거치는 동안 그는 인문학 전반에 대한 기초를 다졌고 대학에서 문학과 심리학을 강의하기도 했다. 횔덜린의 시를 좋아했고 보르헤스와 도스토옙스키의 작품에도 정통했다. 단테의 『신곡』과 알렉산드로 만초니의 『약혼자들』은 그가 특히 아끼는 작품이며 톨킨의 『반지의 제왕』도 관심을 갖고 읽었다. 예수회 신부로 사목하던 베르골리오는 1992년 주교로 서품되었고 2001년 2월에는 교황 요한 바오로 2세에 의해 추기경에 서임되었다.

바티칸에서 열린 서임식에 많은 아르헨티나 사람들이 직접 참석하려고 했지만 그는 서임식 참석비용으로 가난한 사람들을 돌보도록 직접 서신까지 썼다. 서임식 예복도 전임 추기경이 입던 옷을 자신의 치수에 맞게 고쳐 입으려고 했을 정도로 그는 청빈하고 소탈했다. 그의 검소함은 교황이 된 이후에도 이어져서 여전히 은으로 된 주교 십자가를 걸고 다니며 고향의 작은 구둣방에서 맞춘 검은 구두를 신는다고 한다. 교황의 이런 인품은 '프란치스코'라는 교황명에도 새겨져 있다. 교황에 따르면 아시시의 성인 프란치스코는 "청빈과 평화의 수도자이자 모든 피조물을 사랑하여 보호하신 분"이다. 프란치스코 성인의 정신을 계승하여 프란치스코 교황은 사회 문제와 복음 전파에 큰 관심을 쏟는다. 아르헨티나 현대 정치사의 굴곡을 몸으로 겪은 그는 "정의가 실현되지 않은 곳에서 인간이 얼마나 큰 고통에 빠질 수 있는지, 인간의 생명이 얼마나 큰 위협에 처할 수 있는지"를 누구보다 잘 알고 있는 교황이기도 하다.

예수회 신부 안토니오 스파다로와의 대담집 『나의 문은 항상 열려 있습니다』(솔, 2014)는 교회의 역할과 성직자의 사명에 대한 프란치스코 교황의 생각을 좀더 구체적으로 알려준다. 그가 예수회를 선택한 이유를 묻는 질문에 대해 교황은 예수회가 가진 선교성, 공동체, 규율이라는 세 가지가 깊은 인상을 주었기 때문이라고 답한다. 태생적으로 규율과는 거리가 먼 성격이었지만 예수회원들의 엄격한 규율 준수가 그에게 깊은 인상을 남겼다. 그는 혼자 사는 사제가 아니라 공동체 속의 사제이고자 했다. 더불어 교황 프란치스코에게 예수회란 언제나 자신을 비우고 그리스도를 마음의 중심에 둔다는 것을 가리킨다.

진리에 대한 교황의 생각도 음미해볼 만한데, 그는 결코 절대적 진리에 대해 말하지 않으려고 한다. 절대적이란 말은 모든 관계에서 벗어난다는 뜻을 함축하는데, 그가 보기에 진리란 다른 무엇보다도 '관계'를 말한다. "진리란 그리스도교 전통에 따르면 예수 그리스도 안에 들어 있는, 우리를 위한 하느님의 사랑입니다. 결국 진리란 관계인 것이지요!"라고 교황은 강조한다. 그렇기에 진리는 항상 하나의 여정이며 하나의 삶으로서만 우리에게 자신을 내준다고 그는 덧붙인다. 교회에 대한 생각도 그 연장선상에 있다. 교황에게 교회란 어머니의 따뜻함을 의미한다. 그는 어떤 교회를 꿈꾸는가. "내가 분명히 보는 바로는 오늘날 교회가 가장 필요로 하는 것은 상처를 치료하고 신자들의 마음을 뜨겁게 하는 능력과, 가까이 머물기, 곁에 있기입니다. 나는 교회를 전투가 끝난 후의 야전병원으로 봅니다." 이 야전병원에서 가장 우선적인 것은 환자의 상처를 치료하는 것이다. 따라서 교회의 직무자들은 무엇보다도 자비의 직무자여야 한다고 교황은 말한다.

남아메리카에서 직접 해방신학을 공부한 신학자 김근수의 『교황과 나』(메디치미디어, 2014)는 '개혁 교황'으로서 프란치스코 교황의 탄생 과정과 그 의의, 그리고 프란치스코 교황의 말과 행동이 한국 사회의 교회에 던지는 메시지를 짚어본 책이다. 저자는 프란치스코 교황을 읽는 세 가지 코드로 예수회와 성 프란치스코, 조국 아르헨티나의 현실 세 가지를 들면서 교황이 '온건 해방신학자'의 입장을 갖고 있다고 주장한다. 교회개혁과 사회개혁을 별개의 것으로 간주하지 않으면서 교회개혁을 통해 사회개혁에까지 이르고자 하는 것이 교황의 지향점이라고 보는 것이다. 교황의 꿈은 가난한 교회, 가난한 사람을 위하는 교회다. 한국 사회와 한국 교회의 현실은 어떠한지 통렬한 반성이 필요하다고 저자는 말한다. 교황의 방한이 그런 반성의 계기가 되기를 기대해본다.

-〈책&〉(2014년 8월호)

유교를
어떻게 볼 것인가

—

유교의 정치적 무의식
김상준 지음
글항아리, 2014

어떤 책은 제목 때문에 눈길이 가고, 또 어떤 책은 만만하다 싶은 분량 때문에 손길이 간다. 김상준의 『유교의 정치적 무의식』은 그 두 경우에 모두 해당된다. 유교란 주제를 다룬 책이 적지 않기에 특별히 눈에 띄는 것은 아니지만 '정치적 무의식'은 호기심을 갖게 한다. 저자도 적고 있듯이 "미국의 문예비평가 프레드릭 제임슨의 유명한 문화비평서의 제목"이어서다. 정확히는 '문학비평서'라고 해야 한다. 오노레 드 발자크와 조지 기싱, 조지프 콘래드 같은 서구의 정전 작가들을 견본으로 삼아서 마르크스주의와 정신분석학을 접목한 새로운 해석을 시도한 책이다. 그에 견줄 만한 이론과 해석을 제시한 책이라면 지적 자극으로는 충분하다. 게다가 분량이 상대적으로 적은 책이라서 독서의 부담이 적다는 것도 장점이다. 저자의 전작 『맹자의 땀 성왕의 피』(아카넷, 2011)를 나처럼 모셔두고만 있는 독자라면 '후기'이자 '입문' 격이 될 수 있는 이런 속편이 나름 유용하지 않겠는가.

책을 읽기 전에 미리 해본 계산이 그랬다면 읽은 뒤의 정산은 반타작이다. 일단 제목은 제임슨의 책에서 따왔지만 저자는 "제임슨과는 전혀 다른 방식"으로 정치적 무의식을 다룬다. 그가 유교의 정치적 무의식으로 지목하는 것은 "비판성, 윤리성, 민주, 민생, 문명화, 여성화라는 기호들"이다. 그리고 이런 기호들이 오늘날 문명 재편의 시기에 여전히 유효한 현재적 가치임을 웅변하려는 것이 저자의 의도다. 제임슨이 시도한 것과 같은, 텍스트에 대한 새로운 해석은 빠져 있어서 조금 추상적이라는 인상을 준다. 하지만 『맹자의 땀 성왕의 피』를 읽어보려는 독자에게는 좋은 길잡이가 되어주는 것도 사실이다. 너무 두껍다는 불평도 들었다는 전작에 비하면 훨씬 분량이 적고 한결 자유로운 기분으로 썼다는 고백이다. 그렇다고 내용까지 가볍다는 뜻은 결코 아니라는 주의도 저자는 잊지 않는다.

저자의 문제의식은 무엇인가. 유교에 대한 재인식과 재평가가 필요하다는 것이다. "이제 유교를 교양이나 상식 수준에서 대강 알고 넘어가는 것으로 충분하지 못하다. 정확하고 비판적으로 인식할 필요가 전례없이 커졌다. 특히 사회과학적인 유교 이해가 긴요하다"고 말한다. 물론 새로운 이해가 필요한 것은 그 가치를 재발견할 수 있기 때문이다. 특별히 저자는 유교의 비판성과 윤리성을 우리가 재발견하고 재평가해야 할 핵심 덕목으로 제시한다.

"그렇다면 당신이 생각하는 유교는 무엇입니까?"라는 질문이 자연스레 주어질 법한데, 저자는 『맹자의 땀 성왕의 피』 서두에서 미리 그에 대한 답을 마련해놓았다. 한마디로 '천하위공天下爲公'이라는 것이다. 『예기』를 출전으로 하고 있는 이 말은 "인간문명, 천하의 모든 일은 공公의 실현을 향해 나간다는 뜻"이다. 여기서 공公은 요즘 말로 공공성이요, 정의라고 저자는 덧붙인다. 이 '천하위공'에 짝이 되는 것이 '우환憂患'의식인데, 천하위공이 위태로운 지경에 이르렀을 때 갖게 되는 근심, 또는 윤리적 고통이 우환의식이다. 그리고 그것이 공맹孔孟의 마음이었으며, 이런 마음가짐은 '인류사 보편적인 윤리정신'으로 확장될 수 있다는 것이 저자의 유교 이해다.

얼핏 유교 예찬론으로 분류됨직한데, 자연스레 갖게 되는 의문은 저자가 유교를 너무 긍정적으로만 바라보는 것이 아닌가 하는 점이다. '공맹의 마음'을 하나의 제도와 종교로서의 유교와 곧바로 동일시할 수 있을지도 의문이지만, 저자 스스로도 말하고 있듯이 유교도 두 얼굴을 갖고 있기 때문이다. "폭압과 약탈의 구조를 합리화하는 유교도 있었고, 여기에 항의하며 맞서 싸우는 유교도 있었다. 이 둘을 날카롭게 구분해서 볼 수 있어야 한다"는 주문은 저자에게도 향한다. '천하위공의 유교'가 한편에 있다면, 다른 한편에는 '폭압과 약탈의 구조를 합리화하는 유교'도 있다. 이 모순을 어떻게 바라보아야 할 것인가. '폭압과 약탈의 구조를 합리화하는 유교'는 진정한 유교가 아니라 사이비 유교라고 배제할 것이 아니라면 유교의 두 얼굴을 날카롭게 구분하는 것 못지않게 그 두 얼굴 사이의 깊은 연관성도 들여다보아야 하지 않을까.

예를 하나 들면 저자는 『맹자의 땀 성왕의 피』에서 북한의 권력 '3대 세습'을 '유교적'이라고 보는 항간의 속설에 대해 비판하면서 "왕위는 세습이 아니라 선양禪讓에 의해 전승되어야 한다는 것이 공맹의 유교 원론原論"이라는 근거를 댄다. 이를 그대로 수용하면 유교를 건국이념으로 개창한 조선왕조는 선양이 아닌 세습왕조였기에 유교 원론에 따른 '유교국가'가 아니었다는 것이 된다. 군주가 바로 국가였던 왕조시대에 국가를 매섭게 비판하고 엄하게 다스리는 역할을 유교가 담당했다지만, 그런 유교정치의 주역인 사士계급을 저자는 '국가 부르주아'라고도 부른다. 알다시피 군주와 국가 부르주아는 서로를 견제하는 관계이면서 동시에 공생관계였다. 저자가 지적하듯 국가 부르주아로서 유자들의 한계는 국가-정치라는 틀을 결코 빠져나올 수 없었다는 데 있다. 유교의 현재적 가치에 대한 재평가에 앞서 이런 한계에 대한 정확한 인식이 더 우선되어야 하는 것이 아닌가 싶다.

-〈독서인〉(2014년 5월호)

새로 읽는 논어,
다시 만나는 공자

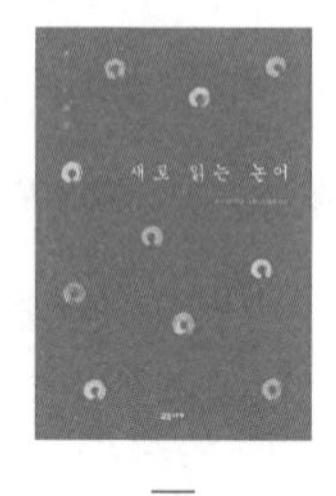

—

새로 읽는 논어
오구라 기조 지음, 조영렬 옮김
교유서가, 2016

동양 고전으로 『논어』만큼 유명하며 많이 읽히는 책은 달리 없을 것이다. 우리의 경우가 특히 그러한 듯싶은데, 고전 읽기 강좌라면 으레 『논어』 읽기를 출발점으로 하며 『논어』에 대한 이해가 동양 사상, 혹은 중국 사상에 대한 이해의 기본으로 간주된다. 한때 중국에서는 공자와 유교에 대한 비판운동이 거세게 일어났던 적도 있지만 한국에서 공자는 성인의 지위를 잃어본 적이 없고 『논어』는 경전의 자리에서 내쳐진 적이 없다. 물론 '공자 왈'에 대한 거부감이 없는 것은 아니어서 한때 『공자가 죽어야 나라가 산다』라는 책이 반향을 불러일으킨 적은 있지만 말이다.

공자와 마찬가지로 『논어』에 대한 이미지도 두 가지로 나뉘는 듯싶다. 절대적인 존숭과 경탄의 대상이거나 구닥다리 같은 구시대적 인물과 낡은 사상의 대명사이거나. 즉 선생이거나 꼰대거나. 그 사이의 태도도 가능할까? 다수의 『논어』 번역본과 주석서를 읽고 때로 서평도 쓴 적이 있는 만큼 나는 『논어』를 고전으로서 예우해온 편이다. 그렇지만 한편으로는 『논어』를 열심히 읽었다고 할 수도 없다. 『논어』에 대한 나의 독서는 언제나 발췌독에 머물렀기 때문이다. 읽을 시간이 없다거나 재미가 없다거나 하는 것과는 좀 다른 이유에서다. 『논어』를 읽어도 안 읽은 것과 별 차이가 없다는 생각이 그 이유니까.

읽은 것과 읽지 않은 것에 차이가 없다는 것은 무슨 말인가. 그것은 『논어』에 대한 해석이 분분하여 아직도 그 의미를 명확히 알 수 없다는 뜻이다. 그것이 『논어』의 미스터리인데, 일단 '어록'이어서 그렇기도 하겠지만 『논어』는 굉장히 쉬운 한자들로 구성되어 있다. 모두가 쉽게 읽을 수 있는 것은 아니지만 약간의 한문학적 지식을 갖고 있으면 일반인도 해석을 따라가는 데 무리가 없다. 그런데 문제는 그렇게 쉽게 읽히는 문장들이 여전히 모호하거나 자주 모순적인 의미로 해석된다는 점이다.

대표적으로 첫머리에 나오는 '학이시습지學而時習之' 구절만 하더라도 무엇을 배우고 무엇을 익힌다는 말인지 모호하다. 게다가 '시時'라는 말의 뜻이 '때에 따라'인지 '때때로'인지 아니면 '계속'인지, 확정해서 말하기 어렵다. 전문가들의 견해가 그렇듯 다르기 때문이다. '위정' 편에 나오는 '공호이단, 사해야이攻乎異端, 斯害也已' 구절도 "이단을 전공하는 것은 해로울 뿐이다"라고 읽기도 하지만, 정반대로 "이단을 공격하는 것은 그 자체가 해로운 것이다"로 새기기도 한다. 정반대의 해석이 양립 가능하다면 어느 장단에 춤을 추어야 할까?

또 '자한'편에는 "나는 여색을 좋아하듯이 덕을 좋아하는 사람을 보지 못하였다吾未見好德如好色者也"는 구절이 나오는데, 이 대목의 색色을 여색으로 해석하는 것은 타당하지 않고 겉모습에 치중하는 것으로 읽어야 한다는 견해도 있다. '여색'과 '겉모습'이 반대말은 아니라 하더라도 그 의미가 완전히 같다고는 할 수 없다. 사정이 이런 식이면 『논어』는 읽어도 제대로 읽었다는 느낌을 맛보기 어렵다. 뭔가 개운치 않은 뒷맛이 계속 남기 때문이다.

이런 이유에서 『논어』에 대한 온전한 독서는 미래의 일로 미루어 두고 있었는데, 예기치 않게도 『논어』를 읽는 눈을 새로 뜨게 해주는 책과 만났다. 오구라 기조의 『새로 읽는 논어』다. 『일본의 혐한파는 무엇을 주장하는가』(제이앤씨, 2015)라는 소책자가 지난해에 나오기는 했으나 그것도 따로 검색해서 알게 된 사실이고 우리에게는 생소한 저자다. 일본에도 공자와 『논어』에 대해서라면 할 말이 많은 권위자들이 있다. 시라카와 시즈카, 미야자키 이치사다 등이 국내에는 소개된 바 있다. 오구라 기조는 그런 대가급은 아니지만 흥미롭게도 한국에 8년간 살았던 적이 있는 '지한파'다. 그리고 그의 말에 따르면 서울대 철학과 대학원에 적을 두고 공부한 8년간의 수학 경험 때문에 책을 쓸 수 있었다고 한다. 이를테면 그는 일본과 한국 '사이'를 체험했고 이 체험이 『새로 읽는 논어』를 가능하게 했다는 것이다.

오구라 기조의 『논어』 해석에 핵심이 되는 것이 바로 그 '사이'다. 일단 그는 공자의 세계관을 생명철학적 관점에서 새롭게 조명한다. 아주 대범한 구도를 제시하는데, 그가 보기에 동아시아에는 생명에 대한 두 가지 해석이 대립해왔다. 바로 '애니미즘'과 '범령론'이고, 이 가운데 '애니미즘'을 대표하는 사상가가 바로 공자라는 것이다. 그가 정의하는 범령론은 "세계 혹은 우주가 하나의 영spirit 혹은 영적인 것으로 가득차 있다고 보는 세계관"이다. 스피노자의 범신론도 범령론에 속하고, 동양에서는 우주 전체가 하나의 기氣로 되어 있다고 보는 도가나 유가의 기 사상이 대표적이다. 반면에 공자는 "생명을 보편적인 현상이 아니라 특정한 공동체나 감성을 공유하는 집단 속에서만 찾아볼 수 있는 현상"이라고 보는 독특한 생명관을 갖고 있었다. 이를 일컬어 저자는 '애니미즘'이라고 부르는데, 통상적인 의미의 애니미즘과는 구별되기에 소울리즘soulism이라는 말로 부르기도 한다. 생명이라는 것이 혼soul과 혼 '사이'에서 문득 드러나는 것이라고 보는 세계관을 가리킨다.

이런 새로운 개념(용어)들의 타당성은 기존의 해석과는 다른 해석을 얼마나 설득력 있게 입증하느냐에 달려 있다. 그렇다면 『논어』의 핵심 개념으로서 인仁을 저자는 어떻게 해석하는가. 『논어』를 진지하게 읽어나가는 독자들을 곤혹스럽게 만드는 부분이기도 한데, 사실 『논어』에서 공자는 인에 관해서 명확한 정의를 제시하지 않는다. 그래서 통상 인에 관한 공자의 산발적인 발언들을 취합하여 인의 통일적인 의미를 추출해보려고 애쓴 것이 기존의 독법이었다. 하지만 오구라 기조는 이런 관행을 뒤집는다. 공자가 말하는 인이 통일적인 정의나 의미를 결여하고 있는 것이 아니라 공자의 세계관에 비추어볼 때 인에는 그런 정의나 의미를 부여할 수 없다는 것이다. 애니미즘(소울리즘)은 우연성이란 관점에서 생명에 접근하기 때문에 무엇이 '생명'인지 보편적·연역적으로 정의할 수 없다. 즉 인은 지극히 우연적이면서 우발적인 성격을 갖는다.

흔히 인에 대한 정의로 가장 많이 인용되는 것이 '극기복례克己復禮'인데, 이 또한 저자가 보기에는 인에 대한 일반적인 정의가 아니다. 극기복례할 때 거기에 인이라는 생명이 반짝인다는 뜻이다. 좀더 정확하게 말하면 인이란 "사람과 사람 사이에 나타나는 '생명'이고, 그 '사이의 생명'을 드러내기 위한 의지력"이다. 그리고 어진 사람으로서 인자仁者란 그런 '사이의 생명'을 드러내기 위한 의지력이 있는 사람을 가리킨다. 사실 인仁이란 한자 자체가 '인人'과 '이二'의 합성어이며 본래는 '친하다'는 뜻이라 한다. 그 원래적 의미에 따르더라도 인은 '두 사람 사이'를 말하며 그 사이에서 생겨나는 것을 의미한다. 그런 맥락에서 오구라 기조는 인을 '사이의 생명'이라고 부르는 것이다.

문제는 이런 인을 내면화하거나 인격화할 때 발생한다. 바로 맹자가 한 일이다. 저자에 따르면 중국 사상사에서 마음을 내재화한 이는 공자가 아니라 맹자다. 우리가 아는 대로 맹자는 인의예지仁義禮智라는 덕이 모든 인간에게 내재되어 있다고 보았다. 인간의 내면에 선한 도덕적 본성이 내재되어 있고 그것이 밖으로 발현된다고 본 것이다. 오구라 기조가 보기에 이것은 공자의 사상이 아니다. 공자의 인은 사람과 사람 '사이'에서 나타나는 것이지 개인의 마음에 내재해 있는 것이 아니기 때문이다. 그에 따르면 군자 또한 특정 존재를 가리키는 말이 아니라 어떤 상태를 뜻하는 말이다. 즉 "어떤 사람이 인을 실현할 때 가끔 군자가 되는 것"이어서 공자가 이상으로 여긴 것은 군자가 되는 것이 아니라 군자의 상태를 지속하는 것이었다.

이런 관점에서 '극기복례'란 말도 다르게 해석된다. 주자는 극기克己를 '사욕을 이겨내다'로 해석하고 '복례復禮'는 '천리天理로 돌아가다'로 해석했지만, 오구라 기조는 자기 한 사람의 주관성을 극복하고 예라는 공동주관적 공간(사이)으로 가야 한다는 의미로 이해한다. 한자의 어의를 좇자면 인은 '사람들 사이'를 가리키는 '인간人間' 그 자체라고 할 수 있을까. 곧 인간을 그런 '사이적 존재'로 본 것이 공자의 인간관이자 생명관이라는 것이 저자의 핵심 주장이다.

한편, '인간'을 일컬어 영어로는 'human being'이라고 옮기는데, 그 의미를 살리면 'interhuman'이라고 옮기는 것이 더 적절해 보인다. 이 두 용어를 원용하면, 맹자는 공자가 말한 '인터휴먼'을 '휴먼비잉'으로 곡해했다고 할 수 있을까. 덧붙이면 프랑스 철학자 알랭 바디우는 사랑을 '둘의 무대'이자 '둘의 진리'라고 정의한다. 그것은 인의 정의에 바로 부합한다. 그렇다면 우리에게 인을 가르친 공자는 '사랑의 철학자'로 다시 정의할 수도 있을 것이다. 오구라 기조의 『새로 읽는 논어』 덕분에 도덕군자가 아닌 '사랑의 철학자'로서 공자를 다시 만난다.

-〈출판문화〉(2016년 6월호)

일본의 군국주의와 선불교

불교 파시즘
브라이언 다이젠 빅토리아 지음, 박광순 옮김
교양인, 2013

미국의 불교학자이자 승려이기도 한 브라이언 다이젠 빅토리아의 『불교 파시즘』은 불교에 대해서, 더 넓게는 종교와 정치의 관계에 대해서 다시 생각해보게 만드는 책이다. 원제는 『선과 전쟁 이야기Zen War Stories』로 전작 『전쟁과 선』(인간사랑, 2009)의 속편이다. 전작은 일본의 고명한 선승들이 군국주의와 전쟁의 열렬한 지지자였다는 것을 폭로하여 일본뿐 아니라 서양의 선 수행 공동체에 큰 충격을 안겨준 바 있다. 하지만 저자의 초점은 폭로가 아니라 불교에 대한 제대로 된 인식이다. "일본의 군국주의를 정당화하기 위해 불법이 어떻게 이용되었는지 엄밀하게 분석하는 것"이 특정 선사가 군국주의자들과 맺은 관계보다 훨씬 중요하다는 것이 그의 생각이다.

저자는 먼저 일본의 많은 선불교 지도자가 1930년대에서 1940년대에 선을 무엇이라고 믿고 이해했는지 다양한 사례를 통해 설명한다. 한 예로 나카지마 겐조 선사는 15세에 정식으로 승려가 된 인물로 21세 때 자진해서 입대하여 일본 제국 해군에서 약 10년간 복무했다. 그가 80세를 넘기고 쓴 회고록에는 태평양전쟁에 참전한 경험담이 포함되어 있는데, 전우들의 비참한 고통과 죽음에 대해 깊은 슬픔을 느끼면서도 일본의 공격으로 희생당한 사람들의 고통에는 철저히 무관심한 모습을 보여준다. 게다가 나카지마 겐조 선사는 평화주의자를 자처하면서도 대동아전쟁의 잘못은 전쟁 그 자체에 있는 것이 아니라 일본의 패배에 있는 것처럼 기술했다.

이런 태도는 나카지마 겐조 선사만의 특수한 사례가 아니다. 그의 스승인 야마모토 겐포 선사의 설법에 따르면 "절대자인 부처님께서 사회의 화합을 깨뜨리는 자들이 있을 때 그들을 죽이는 것은 범죄가 아니라고 말씀하셨다." 그렇듯 깨달은 사람들은 선악과 생사를 초월한다는 선불교의 믿음이 나카지마 겐조 선사의 사례에서 볼 수 있듯이 결과적으로는 이기적 무관심을 낳았다.

선악과 생사의 초월은 선 수행자들에게만 요구되는 덕목이 아니다. 그것은 무엇보다도 군인에게 필요한 자질이다. 선불교와 군국주의가 자연스레 결합될 수 있는 배경인데, 1942년 당시 '전쟁의 신'으로도 불렸다는 육군 장교 스기모토 고로는 자신에게 선 수행이 얼마나 중요한지 고백하면서 "선이 군인에게 필요한 이유는 일본인, 특히 군인은 모두 자아를 없애고 자기를 제거하여 군신일여君臣一如의 정신으로 살아가야 하기 때문"이라고 말했다. 즉 죽음을 기꺼이 받아들이는 것은 '미천한 나 자신을 버리는 것'으로 간주된다. 이런 사생관이 천황 숭배와 결합되면 그 결과는 가공할 만한 것이 된다.

전쟁 말기 일본 선불교의 지도적 인사들은 천황 폐하의 1억 신민은 모두 명예로운 죽음을 준비해야 한다고 독려했다. "적이 보이면 죽여야 한다. 거짓을 타파하고 진실을 확립해야 한다. 이것은 선의 가장 중요한 핵심"이라면서 모든 국민이 결사항전에 나서는 '국민 절멸체제'를 정당화했다. '나'의 생명이 중요하지 않은 마당에 적의 생명이 중요할 리 없었다. 군인의 최고 영예는 죽어서 고향에 돌아가는 것이라고 생각했기에 살아서 포로로 잡히는 일은 가장 큰 치욕이었다. 일본군이 전쟁포로들을 유난히 경멸하고 학대한 것은 그런 이유, 곧 그들이 명예롭게 죽지 못했다는 이유에서였다.

천황을 모시는 '황도 불교'가 궁극에는 '불교 파시즘'으로 귀결될 수밖에 없었다면 우리가 얻을 수 있는 교훈은 무엇인가. 저자는 보다 보편적이고 세계적인 윤리의 정립 필요성을 제기한다. 그것은 민족적 정체성이나 국가적 정체성 또는 종교적 정체성을 초월하는 윤리다. 다르게 말하면 이웃을 자기 자신처럼 사랑하는 윤리다. 비단 불교만의 문제가 아니다. 종교인이라면 온갖 '성전聖戰'이라는 미명 아래 목숨을 잃은 사람들을 다시 생각해볼 일이다.

-〈주간경향〉(2013. 5. 21.)

7부

과학의 바다

1.

감정을 어떻게 할 것인가

불안과 환상 사이

—

불안들
레나타 살레츨 지음, 박광호 옮김
후마니타스, 2015

슬로베니아 정신분석학파의 일원으로 활동한 레나타 살레츨은 슬라보예 지젝, 믈라덴 돌라르 등 다른 구성원들과 마찬가지로 독일 관념론 및 비판 이론과 라캉 정신분석학을 공통의 이론적 지주로 삼는다. 이들 저작이 소개될 때마다 흥미롭게 읽는 것은 개인적인 관심 때문이지만 『불안들』은 좀더 널리 읽힐 만하다. 우리가 '불안의 시대'를 살아가고 있다는 말에 고개를 끄덕이게 된다면 말이다.

물론 불안이 어제오늘의 느낌은 아니다. 하지만 살레츨은 우리가 앞선 시대의 불안과는 다른 새로운 불안을 경험하고 있다고 진단하는데, 그 주원인이 사회적 역할, 정체성을 바꾸려는 끊임없는 욕망, 행동의 지침 부재 등과 더 관련이 있다고 생각해서다. 그렇다고 불안이 부정적 의미만 갖는 것은 아니다. 불안을 행복의 장애물로 여기고 통제 대상으로 보는 것이 오늘날의 주된 관점이지만 살레츨은 정신분석의 관점을 빌려 불안이 인간의 본질적 조건이기도 하다는 점을 다시 환기시킨다.

불안에 관한 정신분석의 이론은 무엇인가. 프로이트는 불안을 리비도의 억압이나 거세에 대한 두려움과 관련지어 설명했다. 뒤를 이어 라캉은 불안을 주체와 대타자 사이의 관계로 설명하면서 이를 정교화했다. 대타자란 주체가 '말하는 존재'로서 진입하게 되는 사회적·상징적 네트워크를 가리킨다. 이 '상징계'로 진입할 때 주체는 상징적 거세를 겪는다. 이 과정을 거쳐서 주체는 상징적 질서 속에서 특정한 자리를 차지하며 권력이나 지위를 얻는다. 가령 경찰은 아무것도 아닌 존재이다가도 제복을 입는 순간 권력을 가진 자가 된다.

문제는 대타자 자체도 비일관적이며 분열되어 있다는 점이다. 따라서 대타자가 무엇을 욕망하는지, 우리는 대타자의 욕망에 비추어 어떤 모습으로 나타나는지 확실히 말할 수 없다. "그래서 대타자의 결여에 대해 주체는 자신의 결여로 답할 수 있을 뿐이다." 그리고 불안은 바로 주체가 자신의 결여나 대타자의 결여를 다루는 방식이다.

대타자는 주체에게 늘 불안을 유발하며 '대타자에게 나는 누구인가?'라는 질문을 끊임없이 던지게 만든다. 어떻게 할 것인가. 가장 일반적인 사례로 신경증자들은 환상을 통해 자신의 결여를 가리고자 한다. 환상이란 주체에게 일관성을 제공해주는 시나리오다. 주체가 욕망의 대상과 특정한 관계를 맺도록 해주는 것이 환상이다. 환상은 주체의 불안을 막아준다. 환상을 통해 주체는 자기 삶이 일관적이고 안정적이라고 생각하며 사회적 질서 또한 아무런 적대 없이 일관적이라고 인식한다. 다시 말해 환상은, 주체가 전적으로 결여를 특징으로 하며 사회는 여전히 적대를 그 특징으로 한다는 사실을 은폐한다.

그렇게 불안에 대한 보호막으로서 환상이 우리를 편안하게 만든다면 불안은 우리를 불편하게 만든다. 불안은 우리를 잠식하며 마비시킬 수도 있다. 하지만 다른 한편으로 불안은 환상이 갑작스레 깨질 때 우리가 봉착할 수 있는 파국에 미리 대비하게 해주는 효과가 있다. 불안을 외상으로부터 주체를 보호하려는 신호로도 여기는 이유다. 대중매체는 흔히 불안을 주체의 안녕을 방해하는 궁극적인 장애물로 그리지만 불안을 없애거나 통제하는 일이 능사는 아닌 것이다.

살레츨은 주체가 불안을 경험하는 것은 "주체가 개인의 특징인 결여 및 사회의 특징인 적대와 특정한 방식으로 씨름하는 징후"로 여길 수 있다고 말한다. 불안한 사회도 문제지만 불안이 배제된 사회라고 해서 더 나은 것도 아니다. 전투를 앞둔 병사들이 불안에 떠는 것도 문제지만 아무런 불안도 느끼지 않는 병사들이 더 공포스럽다는 한 미군 지휘관의 말은 불안이 갖는 의의가 무엇인지 잘 시사한다. 곧 불안이 없는 사회도 우리가 살아가기에는 똑같이 위험한 곳이다. 이렇듯 불안의 정체와 구조에 대해서 이해한다면 환상과 불안 사이에서 좋은 균형을 잡을 수 있을지도 모르겠다.

-〈시사IN〉(2015. 6. 27.)

감정을
어떻게 할 것인가

—

댄 애리얼리, 경제 심리학
댄 애리얼리 지음, 김원호 옮김
청림출판, 2011

무엇이 우리의 행동을 지배하는가? 우리의 행동을 이끌어내는 진짜 원인이 무엇인지 알게 된다면 개인적 차원은 물론 사회적 차원에서도 우리가 더 나은 판단과 의사결정을 하는 데 큰 도움이 될 것이다. 경제학에서는 흔히 어떤 상황에서 인간이 완벽하게 합리적으로 행동할 것이라고 가정한다. '경제적 인간(호모 이코노미쿠스)'에 대한 가정이다. 하지만 우리의 상식과 일상 경험은 많은 경우 우리를 지배하는 것은 이성이 아닌 비이성, 또는 감정이라는 것을 알려준다. 이 감정은 합리적 사고와 객관적 인식을 왜곡시키는 장애물일까? 감정을 배제하고 판단할 수 있다면 우리는 더 현명하게 행동할 수 있을까?

9월에는 행동의 동인으로서 감정(비이성)이 어떤 역할을 하며, 이에 대한 대처법은 무엇인지 경제와 협상 관련서 몇 권을 통해 살펴보기로 하자.

행동경제학은 경제학에 심리학을 접목시킨 새로운 연구 영역으로 주류 경제학과는 달리 인간이 비이성적인 존재임을 전제한다. 행동경제학의 대략적인 윤곽을 소개해주는 책은 댄 애리얼리의 『댄 애리얼리, 경제 심리학』이다. 우리가 비이성적으로 행동하는 경우는 흔히 찾아볼 수 있다. 장기적인 목표보다는 단기적인 즐거움에 빠지는 것이 단적인 예다. 가령 어떤 병에 걸렸을 때 의사의 처방이 채소를 많이 먹고, 물을 많이 마시고, 하루에 몇 킬로미터씩 걸어야 한다는 것이라고 하자. 그렇게 행동하면 분명 건강이 나아질 거라는 것은 모두가 알 수 있다. 하지만 당장은 안락과 편의를 선택하는 것이 인지상정이다. "만약 우리가 그만큼 이성적인 존재라면 수백만 장의 헬스클럽 회원권이 사용되지 않은 채 만기를 맞는 일은 없을 것이다."

우리의 습관이나 데이트 상대의 선택, 동기의식, 기부 행위, 애착 행동, 복수욕 등 다양한 비이성적 행동을 검토한 뒤에 저자가 얻어낸 교훈은 두 가지다. 우리는 비이성적인 성향을 많이 갖고 있다는 것과 이런 비이성이 어떤 식으로 우리에게 영향을 미치는지 제대로 알지 못한다는 것. 그에 따라 저자는 직관을 맹신하지 말고 우리의 사고와 논리의 한계를 인식하고 그에 맞게 대응해야 한다고 충고한다. 그래도 다행인 것은 비이성적인 특성이 보통 같은 방식으로 반복되기에 예측 가능하다는 점이다.

애리얼리의 베스트셀러 『상식 밖의 경제학』(청림출판, 2008)은 바로 그런 비이성적 행동의 패턴과 함정을 다룬다. 한 대학에서 이루어진 실험을 보자. 컴퓨터 화면 왼쪽에 있는 원을 마우스를 이용해서 오른쪽의 네모 상자에 포개놓는 일을 참가자들에게 주문하면서 각기 다른 시장 규칙을 적용했다. 5분 동안 이 따분한 일을 하는 대가로 첫번째 그룹에는 5달러를, 두번째 그룹에는 50센트를 주기로 했다. 그리고 세번째 그룹에는 물질적 대가를 지불하지 않고 그저 시간을 좀 내달라고만 부탁했다. 결과는? 5달러를 받은 참가자들은 평균 159개의 원을 끌어다놓았고, 50센트를 받은 참가자들은 평균 101개의 원을 끌어다놓았다. 반면 아무런 보상도 받지 않은 참가자들은 가장 열심히 작업을 해서 평균 168개의 원을 끌어다놓았다. 돈이 아니라 명분이 오히려 더 효과적인 행동의 원인으로 작용한 사례다. 당연한 말이지만 인간이 인센티브에 의해서만 움직이는 계산적인 존재가 아니라는 사실이 더 희망적인 부분이다.

월가의 '멘탈 트레이너' 로버트 코펠의 『투자와 비이성적 마인드』(비즈니스북스, 2013)는 금융 거래에서 우리의 비이성성을 어떻게 극복할 것인가에 초점을 맞춘다. '이익은 내고 손실은 줄이고 자본을 늘려라'라는 것이 투자의 철칙이기 때문이다. 흥미로운 것은 수익을 극대화하려는 합리적 투자에서도 비이성적 행동과 그런 행동을 유발하는 뇌의 메커니즘에 대한 이해가 요구된다는 사실이다. 중국의 한 대학에서 진행한 연구 결과에 따르면 돈을 벌 때 두뇌가 경험하는 감정은 사랑에 빠졌을 때 갖는 감정과 똑같다고 한다. 참가자들에게 종이

지폐를 세게 하고 두뇌를 촬영한 결과 사랑에 빠졌을 때 반응이 오는 부분과 똑같은 곳이 활성화되었다는 것이다. "우리는 돈이 사랑이라는 또다른 고통 완화제의 대체재로 효과가 있다고 생각한다"는 실험 결론 이상의 암시를 던져준다고 할까.

하버드대 협상연구소의 저자들이 펴낸 『원하는 것이 있다면 감정을 흔들어라』(한국경제신문, 2013)도 어떤 종류에서의 협상에서건 감정이 중요한 의미를 가지며, 따라서 유용한 감정을 자극하는 법을 배워야 한다고 말한다. 감정은 관심사를 돌려놓거나 관계를 악화시키는 등 부정적인 방향으로 작동할 수도 있지만, 동시에 협상에서 위대한 자산이 될 수도 있다. 협상에 대한 실질적인 관심을 높여주고 상호관계를 강화시켜주는 역할을 하기 때문이다. 따라서 중요한 것은 인정, 친밀감, 자율성, 지위, 역할 등 다섯 가지 핵심 관심에 집중함으로써 긍정적인 감정을 자극하는 것이라고 저자들은 말한다. 최철규, 김한솔의 『협상은 감정이다』(쌤앤파커스, 2013)는 내 것을 많이 챙기는 것을 목표로 한 분배적 협상(협상1.0)과 공정하게 나누는 것을 지향하는 통합적 협상(협상2.0)을 넘어서 상대의 감정과 심리적 만족감을 극대화하는 가치 중심의 협상을 '협상3.0'이라고 명명한다. 요컨대 경제적 이익뿐 아니라 감정도, 만족도도 만족을 평가하는 중요한 척도라는 인식이 필요하다.

-〈책&〉(2013년 9월호)

사람은 왜
거짓말을 할까

—

사람은 왜 거짓말을 할까?
사이토 이사무 지음, 최선임 옮김
스카이, 2014

거짓말을 하는 것은 나쁜 일이라고 생각하는 것은 우리의 통념이다. 하지만 동시에 우리는 많은 거짓말 속에서 살아간다. 여기서 거짓말은 남에게 큰 손해를 끼치는 사기 같은 범죄는 제외하고 하는 말이다. 우리는 정직을 높이 평가하지만 언제 어디서나 본심을 말하는 것이 최상의 방책은 아니다. 가령 자신이 싫어하는 사람이 만나자고 할 때 선약이 있다는 핑계를 대는 대신에 '나는 당신이 싫고 그래서 만날 수 없다'고 말하는 것이 언제나 옳은 행동일까. 적당한 거짓말은 사회생활에서는 불가피할뿐더러 때로는 필수적인 것으로 보인다. 그런 관점에서 거짓말의 의의와 심리를 탐색한 책 두 권을 묶어서 이달에는 읽어보기로 하자.

일본의 심리학자 사이토 이사무의 『사람은 왜 거짓말을 할까?』는 제목 그대로 사람들은 왜 거짓말을 하는 것일까라는 질문을 던지고 이에 답한다. 인간은 사회적 동물로 집단생활을 하면서도 개인의 자존심도 만족시키고자 한다. 저자에 따르면 이 두 가지 욕구를 동시에 만족시키려는 전략이 거짓말이다. 보통 커뮤니케이션은 정보의 올바른 전달을 목적으로 한다. 그런데도 그런 정확성과는 거리가 먼 거짓말이 자주 사용되는 것은 다른 목적을 갖고 있어서다. 바로 양호한 인간관계를 유지한다는 목적이다. 저자는 이런 목적을 갖고서 일상생활에서 흔히 쓰이는 다양한 거짓말의 사례를 살펴보고 그 심층심리를 분석한다. 심층심리라고는 하지만 거짓말의 여러 양상과 숨은 의도에 따른 유형들을 제시하는 쪽에 가깝다.

그런 유형학보다 흥미로운 것은 남자와 여자의 거짓말이 어떻게 다른가에 대한 설명인데, 저자는 거짓말의 성차가 진화심리학적 근거를 갖는 것으로 본다. 그에 따르면 남자는 눈앞의 이익을 위해 임기응변으로 거짓말을 하는 경향이 있고, 여자는 상대의 기분이나 관계를 고려해서 거짓말을 하는 경향이 있다. 즉 남성은 자신의 이익을 우선시하기 위한 전략으로 거짓말을 활용하는 반면, 여성은 상대의 입장을 우선시하고 배려하기 위한 거짓말을 주로 많이 한다. 거짓말에 대한 대처법에서도 남성과 여성은 차이를 보이는데, 상대방이 거짓말을 했을 때 남성은 상대를 비난하고 상황을 자신한테 유리하게 만들기 위해 애쓴다. 관계 회복이 아니라 권력과 정의의 회복에 주안점을 둔다. 반면에 여성은 상대와의 인간관계를 유지하는 데 초점을 맞추면서 상대가 왜 그런 거짓말을 했는지 이해하려고 한다. 관계 유지를 중시하는 여성의 입장에서 보면 권력이나 정의는 부차적이다. 가령 남성이 여성에게 하는 가장 대표적인 거짓말은 "전화할게", "사랑해", "너뿐이야"라고 하는데, 이런 거짓말의 진의를 알아차리지 못하고 자주 속아넘어가는 것은 여성이 어리석어서가 아니라 그 말을 믿고 싶기 때문에 믿는 척하는 것이라는 게 저자의 지적이다.

독일의 긍정심리학자이자 베스트셀러 작가 우테 에어하르트가 남편과 함께 쓴 『거짓말의 힘』(청림출판, 2013)도 거짓말에 대한 편견을 재고하게끔 한다. 저자의 문제의식은 간명하다. 거짓말은 최고의 지적 능력이며, 삶의 일부이고, 소통의 필수 요소라는 것이다.

통계에 따르면 우리는 하루에 다섯 번에서 200번까지 '작은 핑계'를 이용한다. 사소한 거짓말은 거의 일상적이라고 해도 과장이 아니다. 저자는 이 거짓말을 긍정적인 자기기만이라는 관점에서 해명한다. 예컨대 이런 가정을 해보자. 친한 친구로부터 사기를 당했다, 앞으로 살날이 겨우 한 달밖에 남지 않았다, 사실은 부모가 친부모가 아니다 등등. 이런 사례들의 공통점은 진실의 인지가 엄청난 정신적 부담과 고통을 안겨준다는 것이다. 그래서 흔히 사실을 직시하기보다는 회피하거나 변명하고자 한다. 그것은 고통을 최소화하려는 본능적인 성향의 결과다. 다르게 말하면 "모든 진실이 항상 소화 가능한 건 아니다. 우리는 모든 진실을 알고자 하는 건 아니다."

여기서 진실보다 우선적인 가치로 등장하는 것이 행복이다. 이 행복을 위해서는 자신을 속이는 능력이 있어야 한다. 스스로에게 거짓말을 할 수 있으면 행복하다는 것이다. 너무 거창하게 생각할 것도 없다. 저자는 매일 일기장에 좋은 일을 적으면 삶의 만족도가 올라간다는 사실을 예시한다. 그런 식으로 우리는 마음의 방향을 조종할 수 있다.

가령 다이어트를 해야 할 때 음식을 의도적으로 박하게 평가하는 것도 자신을 속이는 한 가지 방식이다. 좋아하지 않는 일을 할 때에도 긍정적 자기암시를 활용할 수 있는데, 쓰레기 수거 아르바이트를 하는 대학생이 무거운 쓰레기통 운반을 매우 좋은 운동이라고 생각하는 것도 한 예다. 이런 낙관 편향적 태도를 저자는 '성숙한 방어'라고 부른다. "비현실적이거나 비도덕적이지 않으면서 자신을 속이는 것"을 가리키는 말이다. 물론 낙관 편향과는 반대적인 태도도 가질 수 있다. 비관적인 사람도 실수를 발견하는 데 뛰어난 능력을 발휘한다. 그러나 그것이 행복에는 크게 도움이 되지 않는다는 것이 저자의 생각이다. 거짓말이 없다면 삶은 너무 암울하다는 뜻이기도 하다.

-〈책&〉(2014년 6월호)

프로이트의 원인론 VS 아들러의 목적론

—

미움받을 용기
기시미 이치로 · 고가 후미타케 지음, 전경아 옮김, 김정운 감수
인플루엔셜, 2014

"세계는 단순하고 오늘부터 당장 행복해질 수 있다"고 누군가 설파한다면 쉽게 수긍하기 어려울 것이다. '철학관'에서나 들어볼 만한 이런 메시지의 제출자는 인본주의 심리학자 알프레트 아들러다. 프로이트, 융과 함께 심리학의 3대 거장으로 꼽히지만 프로이트의 그늘에 가려 오랫동안 제대로 주목받지 못했다. 프로이트와 달리 학파를 조직하는 데 힘쓰지 않았고, 그나마 그를 따르던 제자들 다수가 나치의 유대인 박해 때 학살당한 것도 이유라고 한다. 국내에서도 전집과 두툼한 평전까지 소개되어 있는 프로이트와 융에 비해 아들러는 상대적으로 홀대받아왔다.

그런 상황에서 반가운 책이 출간되었다. 일본의 철학자 기시미 이치로와 프리랜서 작가 고가 후미타케가 합작한 『미움받을 용기』다. 두 저자는 아들러의 '새로운 심리학'이 어떤 독창적인 주장을 펼치고 있으며 현재를 살아가는 우리에게 던지는 조언은 무엇인지 철학자와 학생의 대화라는 형식을 빌려 진지하면서도 친절하게 소개한다. 아들러의 저작들을 직접 읽으려는 독자에게도 유익한 가이드북으로 활용할 수 있다.

오스트리아 출신의 정신과 의사 아들러도 애초에는 프로이트가 창설한 정신분석협회의 일원이었다. 하지만 프로이트와의 이견으로 탈퇴하고 자신의 독자적인 '개인심리학'을 제창했다. 어떤 의견 차이인가. 아들러 심리학의 획기적인 점은 프로이트의 트라우마 이론을 부정한다는 데 있다. 프로이트는 과거의 트라우마(심리적 외상)가 현재의 나를 지배한다고 보는 '원인론'의 입장이라면, 아들러는 정반대로 개인은 각자가 설정한 목적에 따른다는 '목적론'을 주창했다.

아들러에 따르면 인간의 성격이나 기질은 원인에 의해 고착되지 않았으며 목적의 재설정을 통해 얼마든지 변화될 수 있다. 우리는 인생을 사는 방식으로 '생활 양식'을 스스로 선택할 수 있고, 이에 따라 자기 삶을 변화시킬 수 있다. 즉 우리는 과거의 트라우마에 좌우되는 나약한 존재가 아니다. 자신의 인생을, 자신의 생활 양식을 스스로 선택할 수 있는 능력이 있다. 아들러가 '자기계발의 아버지'라고도 불리는 것은 이런 맥락에서 납득할 수 있다.

또한 아들러는 인간의 모든 고민은 인간관계에서 비롯되는 것이라고 주장하며 타인과의 인정 투쟁에서 탈피하라고 충고한다. 그는 과제 분리를 요구하는데, "이것은 누구의 과제인가"라는 질문을 던져서 어디까지가 나의 과제이고 어디부터가 타인의 과제인지를 분명하게 분리하라는 것이다. 그런 분리를 통해서 누구도 내 과제에 개입시키지 말고 나도 타인의 과제에 개입하지 말라는 것이 대인관계에 대한 아들러의 처방이다. 그렇게 되면 "자유란 타인에게 미움을 받는 것"이 된다. 모든 사람에게 미움을 받지 않는다는 것은 부자유스러울뿐더러 불가능한 일이다. 거꾸로 우리가 행복해지려면 '미움받을 용기'도 있어야 한다. 그런 점에서 아들러의 심리학은 '용기의 심리학'이기도 하다.

아들러의 심리학은 한편으로 그가 대척점에 놓고 있는 프로이트 심리학에 대한 이해에도 도움이 된다. 비슷한 시기를 살았던 두 심리학자가 인간에 대한 이해에 정반대의 견해를 내세우고 있기 때문이다. 『미움받을 용기』 덕분에 프로이트에 대한 관심도 촉발되었다면 프로이트 저작에 도전하는 용기도 내볼 만하다. 가장 많이 읽히는 책은 『꿈의 해석』(열린책들, 2004)이지만 이론적인 저작으로는 『정신분석 강의』(열린책들, 2004)가 기본서에 해당한다.

'정신분석 입문'으로도 많이 번역된 바 있는 『정신분석 강의』는 원제가 『정신분석 입문을 위한 강의들Vorlesungen zur Einfuhrung in die Psychoanalyse』이다. 제1차세계대전까지 정신분석학의 연구 성과를 집대성하고 있기에 몇몇 이론적 주장은 1920년대 이후 수정되기도 한다. 그런데도 기본적인 내용은 정신분석학의 골격으로 계속 유지되므로 프로이트를 이해하는 데 필수적인 저작이다.

프로이트는 주로 실수, 꿈, 신경증 등과 같은 주제를 다루면서 매우 꼼꼼하면서도 철저하게 이들을 설명한다. 이후의 그의 생각들은 『새로운 정신분석 강의』(열린책들, 2004)에서 읽어볼 수 있다. 다른 한편으로 '프로이트냐, 아들러냐'라는 선택지를 놓고 공정하게 판단하려면 아들러의 『인간이해』(일빛, 2009)와 대비해보는 것도 흥미로울 것이다.

-〈다솜이친구〉(2015년 2월호)

인간은 왜
무의식적 낙관주의자일까

—

설계된 망각
탈리 샤롯 지음, 김미선 옮김
리더스북, 2013

"당신은 낙관주의자입니까?"라는 질문을 받으면 어떻게 대답할까? 그렇다고 답할 수도 있고, 아니라고 답할 수도 있을 것이다. 비관주의가 낙관주의의 짝으로 항상 붙어다니는 것처럼 어떤 사람은 세상을 보는 눈이 낙관적이고, 어떤 사람은 비관적이라는 것이 우리의 통념이다. 하지만 신경과학자 탈리 샤롯의 『설계된 망각』에 따르면 그런 통념은 조정될 필요가 있다. 『낙관 편향The Optimism Bias』이란 원제가 말해주듯 낙관적 편향이 우리의 진화적 본성이라는 것이기 때문이다.

저자의 핵심 논지는 간명하다. 첫째, 우리가 대부분 낙관적이라는 것. 우리가 자각하지 못하더라도 우리 뇌는 미래에 대해 낙관적 편향을 갖고 있다. 부정적인 결과를 염려할 때도 있지만 전체적으로는 긍정적인 결과를 따지며 보내는 시간보다 적고, 패배나 가슴앓이를 걱정할 때도 어떻게 하면 그것을 피할 수 있을까 궁리하는 경향이 있다. 왜 그런 편향을 갖는가? 이익이 되기 때문이다.

"낙관주의자들은 더 오래 살고, 더 건강하고 행복하며, 재정계획도 더 잘 짜고, 더 성공한다." 진화과정에서 낙관주의가 선택되었다는 것은 미래에 대한 긍정적 기대가 우리의 생존 확률을 높여주었을 것이라는 추측을 가능하게 한다. 곧 낙관 편향의 진화는 우리의 건강과 진보의 가능성을 높였기 때문이라는 것이 저자의 두번째 주장이다.

뇌과학자들이 보기에 인간을 다른 동물과 구별시켜주는 가장 큰 특징은 이마엽의 발달에 있다. 기억력, 사고력 등을 관장하는 영역이다. 이 전두엽의 급속한 발달로 인해 인간은 도구를 만들고, 미래를 내다보고, 자기를 자각할 수 있는 능력을 갖게 되었다. 자각 능력과 전망 능력은 생존에 이익이 되지만 문제는 그 부작용이다. 우리가 미래의 어느 시점에서인가 죽음을 맞게 될 것이라는 예견은 고통과 공포의 원인이지 결코 낙관의 근거가 될 수 없을 것이다. 그렇다면 진화과정에서 미래를 내다볼 수 있는 정신적 시간 여행은 그릇된 믿음을 동반할 때만 출현할 수 있었을 것이다. 즉 "미래를 상상하는 능력은 긍정적 편향과 함께 발달해야 했다." 저자가 보기에 인간 종의 비범한 성취는 바로 의식적 전망과 낙관의 결합 때문에 가능했다.

그렇다고 낙관 편향이 무조건 우리에게 유리한 것은 아니다. 낙관주의에도 적정선이 있으며 과격한 낙관주의는 과도한 음주처럼 오히려 유해하다. 한 예로 한 설문조사에서 낙관주의 수준을 측정하려고 "당신은 얼마나 오래 살 것으로 생각합니까?"라는 질문을 했다. 대개 기대 수명보다 2, 3년쯤 더 길게 보았다. 이들을 이른바 '온건한 낙관주의자'라고 한다면, 한편에는 20년쯤 과대평가한 '과격한 낙관주의자'도 있었다. 자기 수명을 과소평가한 '비관주의자'는 아주 소수였다.

이들의 행동은 어떤 차이를 보여줄까? 온건한 낙관주의자들은 더 오랜 시간 일했고, 더 나이가 든 뒤에 은퇴하기를 원했으며, 더 많이 저축했고, 담배도 덜 피웠다. 반면에 과격한 낙관주의자들은 적게 일하고, 덜 저축하고, 담배는 더 많이 피웠다. 우리 앞의 장애물을 적당히 과소평가하는 온건한 낙관주의가 우리의 지배적 본성이 된 이유를 알 수 있다.

엄밀히 말해 낙관 편향은 인지적 착각이다. 우리의 낙관적 믿음은 우리가 마주치는 현실에 대한 시각을 개조한다. 이런 편향을 유지하기 위해 뇌는 무의식적인 망각까지도 설계했다. 미래에 불운한 사건이 일어날 확률을 과소평가하는 것이 스트레스와 불안 수준을 낮추고 결과적으로는 우리를 건강하게 해주어서다.

반면 비관주의자들은 더 일찍 죽었다. 1000명의 건강한 사람을 50년에 걸쳐 추적 연구한 결과라나. 미래에 대한 긍정적 기대나 착각이 심지어 돈도 더 많이 벌게 한다니 두말할 것도 없다. "내일 지구에 종말이 오더라도 오늘 한 그루의 사과나무를 심겠다"는 생각은 알고 보면 전혀 특이할 것이 없다. 우리의 본성이 그러할 따름이다.

-〈주간경향〉(2013. 7. 16.)

착각의 과학과
착각의 심리학

—

착각의 과학
프리트헬름 슈바르츠 지음, 김희상 옮김
북스넛, 2011

"어떤 사실을 실제와 다르게 지각하거나 생각하는 현상"을 착각이라고 정의한다. 착각은 오류이므로 피하는 것이 좋을까? 우리가 곧잘 주고받는 "착각하지 마!"라는 충고는 착각에 대한 고정관념을 고스란히 드러내주는 듯싶다. 하지만 착각에 대한 이런 통념이야말로 착각에 대한 전형적인 착각이라면? 착각에 대한 올바른 이해는 무엇인가. '착각'을 주제로 한 책들을 몇 권 골라본다.

가장 먼저 꼽고 싶은 책은 독일의 뇌과학자이자 칼럼니스트인 프리트헬름 슈바르츠의 『착각의 과학』이다. 다른 이유에서가 아니라 착각에 대한 새로운 시각의 간명한 정의를 내려주고 있어서다. "착각은 뇌의 일상적인 활동"이라는 것. "우리는 의도하지 않았지만 뇌에게는 지극히 자연스러운 활동이 바로 착각"이라고 저자는 말한다. 그에 따르면 '뇌가 원하는 것'과 '내가 원하는 것' 사이에는 차이가 있다. 나는 현재 내가 하고 싶은 것을 원하지만 뇌는 기억과 체험을 통해 알고 있는 것만 원한다. 이런 차이를 신경과학에서는 의식과 무의식의 차이라고도 설명한다. 착각의 가장 주된 원인은 바로 의식과 무의식 간의 불일치다.

우리가 의식하지 못하는 생각과 결정은 어떻게 내려지는가. 무의식의 힘을 보여주는 많은 사례 가운데 하나를 살펴보자. 두 그룹의 대학생들에게 어휘력 실험이라며 두 가지 단어군을 제시했다. 한쪽에는 활력, 스포츠, 근육 등 젊음과 관련된 단어를 보여주고, 다른 쪽에는 늙음, 질병, 황혼 등의 단어를 보여주었다. 그러고는 그 단어들을 이용하여 짧은 글을 짓게 하고 돌아가게 했는데, 정작 실험의 초점은 돌아가는 그들의 모습이었다. 젊음과 관련된 단어를 제시받은 참가자들은 계단을 성큼성큼 뛰어올라간 반면, 늙음과 관련된 단어를 받았던 학생들은 아주 느릿느릿 계단을 올라갔다. 자신의 처지와 무관함에도 불구하고 무의식은 그 단어들을 자신과 동일시한 것이다. 우리가 의식하지 못하지만 뇌는 그렇게 우리를 움직인다. 그렇기 때문에 인간은 이기적 계산속에 따라 움직이는 '호모 이코노미쿠스'라기보다는 다른 사람이 자신을 어떻게 대하는지에 따라 반응하는 '호모 레시프로칸스'에 가깝다는 것이 저자의 생각이다. 착각은 우리를 이성의 독재로부터 해방시킨다고까지 말하면 과장일까.

미국의 저널리스트이자 심리학 블로그 운영자인 데이비드 맥레이니의 『착각의 심리학』(추수밭, 2012)은 초점이 조금 다르다. 원제가 『당신은 그다지 똑똑하지 않아You are not so smart』인 것에서 알 수 있지만 저자는 우리가 똑똑하다는 착각을 교정하고자 한다. 물론 착각에는 나름 이유가 있다. 우리의 사고를 구성하는 '인지적 편견'과 '발견적 학습', '논리적 오류'가 끊임없는 착각의 동력이다. 가령 당신은 "나의 행복은 오직 이 순간을 만족하는 데 달려 있다"고 생각하는가? 착각이다. 우리의 자아는 '현재의 자아', 곧 실시간으로 인생을 '경험하는 자아' 외에 '기억하는 자아'로도 구성된다. 우리는 감각상의 기억이 지속되는 3초 정도의 순간만을 사는 것이 아니라 기억 속에서 의미를 길어올리면서 산다. 따라서 시간의 흐름 속에서 행복해야 할뿐더러 나중에 되돌아볼 기억을 만들어내야만 행복할 수 있다.

『착각의 심리학』은 그런 다양한 오해와 진실을 흥미롭게 펼쳐놓는데, 또다른 사례는 마술사들의 눈속임이다. 마술 쇼는 '무주의 맹시'와 '변화 맹시'에 근거한다. 우리가 어떤 대상에 주의를 집중할 때 그 배경에는 무주의하게 되는 현상을 마술사들이 이용하는 것이다. 중요한 것은 우리가 가진 인지 능력의 한계를 이용한 이런 눈속임이 마술 쇼뿐 아니라 일상에서도 끊임없이 벌어지고 있다는 점이다. 미국 심리학자 크리스토퍼 차브리스와 대니얼 사이먼스의 『보이지 않는 고릴라』(김영사, 2011)는 바로 그런 착각을 파헤친 책이다. 저자들은 우리의 일상을 지배하는 착각을 주의력 착각, 기억력 착각, 자신감 착각, 지식 착각, 원인 착각, 잠재력 착각 등 여섯 가지로 구분하여 분석한다.

더불어 세 명의 신경과학자가 쓴 『왜 뇌는 착각에 빠질까』(21세기북스, 2012)는 '마술의 신경과학을 다룬 최초의 책'으로 마술의 눈속임을 가능하게 하는 우리의 착각과 착시를 본격적으로 해부한다. 저자들이 폭로하는 착각 가운데 하나는 우리가 자유롭게 선택한다고 믿는 착각인데, 서로 상충하는 두 가지 생각, 행동, 사실, 믿음 등이 갈등할 때 우리의 뇌는 그 갈등을 해소하기 위해 이들 가운데 하나를 부각시키는 방법을 쓴다고 한다. 그런 인지 부조화가 우리로 하여금 자유롭게 선택했다고 믿게 해준다는 것이다.

그렇게 우리가 늘 착각 속에서 산다면 처방은 무엇인가. 『가끔은 제정신』(쌤앤파커스, 2012)의 저자 허태균 교수는 간명하게 답한다. 착각해야 행복하다면 그냥 이대로 살아도 좋다고. 다만 가끔씩 "혹시 내가 틀린 것 아냐? 착각하는 거 아냐?"라는 의심을 가질 수 있다면 그것으로 충분하다고 말한다. 착각이 없어지지는 않겠지만 조금은 더 현실감을 갖게 될 터이기 때문이다. 정말 그것으로 충분한 것일까?

-〈책&〉(2012년 10월호)

2.

생각하는 잡식동물의 진화

대멸종이 말해주는 것

멸종
김시준 · 김현우 · 박재용 외 지음 · EBS MEDIA 기획
Mid, 2014

모든 일에 시작과 끝이 있다는 것은 세상의 철칙이다. 생명의 진화도 마찬가지다. 아득한 옛날 지구상에서 시작된 생명도 언젠가는 모두 종말을 고하게 될 것이다. 물론 우리가 경험할 수 없는 먼 훗날 벌어질 일이겠지만 그런 종말에 대한 상상은 언제나 우리를 겸허하게 만든다. 그 시작과 종말은 하나의 사이클로만 그려지지 않는다. 생명의 진화사는 여러 차례 발생한 대멸종과 회복의 반복을 보여준다. 진화사의 미스터리로 꼽히는 대멸종은 왜 일어났으며 오늘날 우리는 어떤 시대에 살고 있는가. 이달에는 일상의 틈바구니에서 잠시 벗어나 지질학적 시간 여행을 떠나보자.

길잡이로 삼을 만한 책은 EBS의 다큐프라임 〈생명, 40억 년의 비밀〉을 단행본으로 엮은 『멸종』이다. 대멸종이라는 어렵고 복잡한 내용을 최대한 간명하고 이해하기 쉽게 정리해주고 있어서다. 먼저 대멸종이란 무엇인지 개념부터 정리해야겠다. 지구 생명의 역사에서 대규모로 이루어진 멸종, 곧 전체 생물 종의 70퍼센트 이상이 사라진 대멸종은 그간에 다섯 차례 있었다. 고생대 오르도비스기(4억 4000만 년 전), 데본기(3억 6500만 년 전), 페름기(2억 2천500만 년 전), 중생대 트라이아스기(2억 1000만 년 전), 백악기(6500만 년 전)에 일어났는데, 지구상에 눈에 보이는 생명체 거의 전부가 사라진 사건들이기 때문에 대멸종은 생명의 역사를 그 이전과 이후로 확연하게 갈라놓는다. 이 과정에서 겨우 살아남은 소수의 종들이 달라진 환경 속에서 새로운 생태계를 다시 만들어나가게 된다. 마치 화재로 다 타버린 산림지대에서 몇몇 생명의 씨앗을 통해 생명의 역사가 다시 시작되는 것과 마찬가지다.

궁금한 것은 이런 대멸종의 원인이 무엇인가라는 점이다. 아직 명확하게 밝혀지지 않아 과학자들 사이에서도 여전히 논쟁이 진행중이지만 대멸종의 원인은 그 소재에 따라 천문학적 원인과 지구 내부적 원인으로 나뉜다. 천문학적 원인으로는 외계 천체와의 충돌이나 초신성의 폭발 등이 거론되는데, 여러 가지 사례와 가설이 제시되었는데도 이것이 대멸종의 직접적인 원인인지는 불확실하다. 지구 내부적 원인으로는 맨틀의 대류를 꼽는다. 지구 중심의 핵과 표층의 지각 사이에 위치한 맨틀이 움직이면서 여러 가지 지질 현상이 만들어지는

데, 지진이나 화산 폭발 등이 대표적이다.

화산 폭발의 위력을 보여주는 사례로 약 3600년 전에 폭발한 그리스 산토리니섬의 티라 화산을 들 수 있다. 고대 크레타섬의 미노아 문명이 이 폭발로 멸망하게 되었으니 문명사를 좌우한 사건이라 할 만하다. 또 1883년 인도네시아 크라카타우 화산의 폭발은 유럽에서도 감지되어 노르웨이 화가 에드바르 뭉크의 〈절규〉의 붉게 물든 배경 하늘로도 나타났다고 하니 그 규모를 어림하게 해준다.

이런 대규모 화산 폭발이 연쇄적으로 일어나게 되면 거기서 분출된 엄청난 양의 화산재가 성층권에까지 올라가 햇빛을 차단하여 지구 전체의 기온을 떨어뜨리게 된다. 이로써 화산겨울 또는 핵겨울이 닥치게 되며 이것은 대멸종을 가져올 수 있다. 지구온난화가 생태계에 미치는 파괴적인 결과는 우리 가까이에서도 찾아볼 수 있는데, 1970년에 약 16도였던 동해의 평균 수온이 2000년에는 약 17도가 되었다. 1도가량 상승한 것에 불과하지만 그 결과는 명태와 같은 한류성 어종의 실종을 야기했다. 대신에 난류성인 오징어가 잡힌다. 약간의 수온 변화가 바다 생태계를 완전히 바꾸어놓은 것이다.

지구 안팎의 원인을 그렇게 꼽아볼 수 있다면 다섯 차례 대멸종의 원인은 구체적으로 무엇일까. 현재까지 알려진 바로는 그때그때 다르다. 오르도비스기의 대멸종은 최소 다섯 번은 되풀이된 빙하기와 태양의 자외선 등이 원인이었을 것이라고 하며, 데본기의 대멸종은 아직 그 원인이 불분명하다. 지구 역사상 최악의 멸종이기에 '모든 멸종의 어머니'라고도 불리는 페름기 대멸종은 지구 내부적 원인에 의해 촉발된 것으로 보이며, 해양 생물의 대규모 멸종을 가져온 트라이아스기 멸종도 지구온난화와 지구냉각화, 그리고 그에 따른 산소 농도의 급속한 감소가 원인이었던 것으로 추정되지만 소행성과의 충돌 가설을 제시하는 학자들도 있다.

그리고 공룡시대의 종말을 가져온 백악기 대멸종은 멕시코 유카탄 반도에 소행성이 충돌하면서 일어난 핵겨울 탓으로 보는 견해가 가장 유력하다. 지름이 약 10킬로미터에서 15킬로미터 정도였던 소행성이 초속 20킬로미터에서 70킬로미터의 속도로 떨어져 충돌했는데, 그 효과가 TNT 1억 메가톤에 이른다. 히로시마에 떨어진 원자폭탄의 약 5000배에 해당하는 규모다. 그렇지만 과연 '칙술루브 운석'이 백악기 멸종 원인의 전부일까라는 의문도 제기된다. 충돌 이론을 지지하는 지구과학자들과는 달리 생물학자들은 운석 충돌이 이미 진행중이던 멸종과정에 대미를 장식한 사건 정도로 보기도 한다. 아무튼 백악기 대멸종으로 파충류 전성시대는 종말을 고하고 지구는 신생대로 넘어가면서 포유류 전성시대가 열리게 된다.

지구의 역사에서 대멸종이 반복적으로 일어났다면 현재는 여섯번째 대멸종을 남겨놓고 있는가? 충분히 예상할 수 있는 바다. 하지만 그것이 먼 미래의 일이 아니라 현재 진행중이라면? 미국의 저널리스트 엘리자베스 콜버트의 『여섯번째 대멸종』(처음북스, 2014)도 그런 관점을 견지한다. "지금은 새로운 멸종이 5대 멸종에 견줄 수 있을지 확신을 하기에는 이른 시점이지만 곧 '여섯번째 대멸종'으로 알려지기 시작할 것"이라는 것이 그의 견해다. 그런데 여섯번째 대멸종은 그 원인이 앞서의 대멸종과 전혀 다른 성격을 갖는다. 바로 인간을 그 멸종의 원인으로 보기 때문이다. 이런 문제의식을 담아서 네덜란드의 화학자 파울 크뤼천은 현시대를 "인류세"라고 부른다. 지질학적으로 새로운 시대라는 것이다. 그런 명명이 가능한 것은 인간이 영향을 끼친 지질학적 규모의 변화들 때문이다.

인간의 활동은 지구 육지의 3분의 1에서 절반가량을 변형시키고 있으며 세계 주요 강들 대부분을 댐으로 막거나 방향을 틀어놓았다. 비료공장들이 질소를 뿜어대고 있고, 바다 연안의 생산물 가운데 3분의 1 이상의 양을 포획하고 있다. 게다가 인간은 마실 수 있는 지하수의 절반 이상을 소비한다. 가장 우려되는 것은 인간이 화석연료의 소비를 통해 대기의 구성 요소를 변화시키고 있다는 점이다. 화석연료의 연소와 열대우림의 파괴 때문에 대기 중 이산화탄소의 농도가 지난 2세기 동안 40퍼센트가 올라갔고 메탄의 농도는 두 배가 증가했다. 인간이 퍼뜨린 이산화탄소의 약 3분의 1은 바다가 흡수하는데, 이로 인한 바다의 산성화는 지구온난화와 함께 역대 대멸종의 주요한 원인이었다.

징후는 벌써 나타나고 있다. 어떤 이유에서인지 벌들이 사라지고 있고 파나마 황금개구리, 큰바다쇠오리, 수마트라코뿔소 등이 멸종의 길로 접어들었다. 원인을 따지자면 인간이 가져온 생태계의 변형 때문으로 보인다. 물론 인간은 대멸종의 가해자만 되는 것이 아니다. 최종 포식자로서 인간도 그 멸종의 희생양일 수밖에 없다. 이런 상황에서도 낙관론을 펼치는 과학자들이 없는 것은 아니다. 지구를 다 망쳐

놓더라도 다른 행성에 새로 도시를 건설하면 된다고 조언한다. 화성이나 토성의 위성 티탄, 목성의 위성 유로파 등이 후보로 거론되기까지 한다. 물론 하던 대로라면 새로운 행성에서도 인간의 역사는 그다지 오래가지 못할 듯싶지만.

공정하게 보면 여섯번째 멸종이 일어난다고 해도 지구가 종말을 고하는 것은 아니다. 앞서의 대멸종에서와 마찬가지로 사라진 생물 종들의 자리는 다른 종들에 의해 채워질 것이다. 인류세의 뒤를 이어서 거대 쥐의 시대가 올지도 모른다. 대멸종에 대한 숙고는 한번 더 인간이란 종의 역사와 문명에 대한 겸허한 성찰로 이끈다.

-〈책&〉(2014년 11월호)

P.S.

〈뉴요커〉의 전속기자 엘리자베스 콜버트의 『여섯번째 대멸종』은 원저가 올해 나온 신간이다. 발 빠르게 번역된 것이 반가운데, 그만큼 영어권에서 좋은 평판을 얻은 책이다. 하지만 역시나 국내 독자들에게는 조금 생소한 주제인 듯싶고 반응도 미온적이다. 게다가 번역서에는 참고문헌이 다 빠져 있어서 좀더 진지한 관심을 가진 독자들의 기대를 저버린다. 번역도 미더운 것인지 의문인데, 한 예로 톨스토이가 언급된 대목을 전혀 엉뚱하게 옮겼다.

> 만약 25년 전 이 모든 대멸종들이 궁극적으로 같은 이유로 야기된 것처럼 보였었다면 지금은 그 반대가 맞는 것처럼 보인다. **톨스토이가 쓴 책에서 모든 멸종은 불행하고 치명적인 것으로 보인다.**(136쪽)

이 대목의 원문은 다음과 같다.

> If twenty-five years ago it seemed that all mass extinctions would ultimately be traced to the same cause, now the reverse seems true. As in Tolstoy, every extinction event appears to be unhappy—and fatally so—in its own way.

여기서 "톨스토이가 쓴 책"이라고 옮긴 것은 너무 유명해서 저자가 굳이 제목을 적지 않은 『안나 카레니나』이고 "행복한 가정은 모두 서로 엇비슷하지만 불행한 가정은 제각각의 이유로 불행하다"는 작품의 서두를 가리킨다. 이와 마찬가지로 모든 대멸종도 제각각의 이유로 그런 치명적인 불행에 도달한 것으로 보인다는 내용이다. 초점은 "모든 멸종은 불행하고 치명적인 것"이 아니라 '제각각의 이유로in its own way"에 놓인다. 톨스토이가 멸종에 관해 썼을 리는 만무하지 않은가…….

“인간은 불로 요리하는 동물이다”

—

미각의 지배
존 앨런 지음, 윤태경 옮김
미디어윌, 2013

우리는 저마다 다양한 식성을 갖고 있지만 인간이란 종은 잡식동물이다. 처음부터 온갖 것을 다 먹지는 않았다. 주로 식물성 음식을 섭취한 호미닌(사람족)이 등장한 것은 250만 년 전이다. 수렵채집생활을 하면서 주로 식물성 음식을 섭취했지만 동물성 음식도 상당량 섭취한 현생인류는 1만 5000년 전에 나타났다. 고고인류학자들의 추정에 따르면 약 250만 년 전에서 200만 년 전 사이 어느 시점에 인간의 조상은 초식동물에서 잡식동물로 변화했다. 중요한 것은 호미닌의 육류 섭취량이 증가하기 시작한 시점과 두뇌 크기가 커지기 시작한 시점이 거의 일치한다는 점이다. 인간을 다른 영장류와 구별해주는 것이 큰 두뇌와 그 기능이라면 고기 섭취는 인간과 유인원을 구분해주는 주요 특징 가운데 하나다.

인간을 '생각하는 잡식동물'이라는 관점에서 조명한 존 앨런의 『미각의 지배』에 나오는 내용이다. 문제는 두뇌가 굉장히 많은 신체 에너지를 소모하는 기관이라는 점이다. 따라서 우리의 조상은 고칼로리 식단이 필요했다. 고칼로리 식물성 음식과 함께 육류 섭취량을 늘리는 것이 진화에 유리했다. 이때 불의 사용은 중요한 의미를 갖는다. "불을 사용한 조리 덕분에 인류의 조상은 고기뿐 아니라 칼로리가 높지만 소화하기 힘든 식물성 음식도 잘 소화하게 되었다."

이 정도만 읽어도 자연스레 떠올리게 되는 책이 있다. 리처드 랭엄의 『요리 본능』(사이언스북스, 2011)이다. 저자는 '불로 요리하기'가 우리를 인간으로 만드는 데 결정적인 역할을 했다고 본다. 불에 익히면 음식이 더 안전해지고 맛이 더 좋아지며 그로부터 얻을 수 있는 에너지의 양이 늘어난다. 불의 사용이 고기 섭취를 용이하게 했고 소장의 크기를 줄이는 대신 두뇌 크기의 비약적인 증가를 가능하게 했다. 인간을 "불로 요리하는 동물"이라고 정의하는 것이 과장이 아니고, 그리스 신화에서 인간에게 불을 가져다준 프로메테우스를 '인간의 아버지'라 부르는 것도 일리가 있다.

화식火食의 중요성은 생식주의자들에 대한 연구에서도 확인된다. 생식주의자란 식단의 100퍼센트를 익히지 않은 상태로 섭취하는 사람을 가리키는데, 이들의 경우 공통적으로 체중이 감소하는 결과가 나타난다. 여성은 체질량 지수가 낮아지고 생리가 중단되거나 불순해진다. 원시 채집경제에서 여성도 많은 육체노동을 감당했다는 점까지 고려하면 생식주의는 진화의 역사에서 결코 성공하기 어려운 전략이다. 우리의 몸이 화식과 잡식에 적응해온 이유다.

매우 유익한 시각과 정보를 제공해주지만 『요리 본능』은 마무리가 아쉬운 책이다. 주석을 옮겨놓으면서도 정작 참고문헌은 빼놓았기 때문이다. 잘 요리된 만찬에 디저트가 빠졌다고 할까. 가령 인류의 진화에 대해서 '클라인Klein 1999'를 참고하라는 식인데, 이건 클라인이 1999년에 낸 책이라는 뜻이지만 참고문헌이 안 붙어 있으니 무슨 제목의 책인지 알 수가 없다. 참고문헌이 불필요한 독자를 위한 배려인지는 모르겠으나 교양과학서로 분류되는 책이라는 것을 고려하면 유감스러운 판단이다. 덧붙이면 최근에 나온 리어 키스의 『채식의 배신』(부키, 2013)에는 아예 주석과 참고문헌이 통째로 빠져 있다. 저자가 채식주의에서 이탈한 것이 윤리의식이나 참여 여부가 아니라 '정보력' 때문이었다고 말하는 책에서 필요한 '정보'를 얻을 수 없는 것은 아이러니다.

-〈한겨레〉(2013. 3. 2.)

P.S.

교양과학서를 읽을 때 눈여겨보는 것 가운데 하나는 각주(미주)와 참고문헌을 제대로 싣고 있느냐는 점이다. 분량 때문에 누락시키는 경우가 많은데, 매우 '반과학적'이라고 생각한다(정 비용이 부담스럽다면 e북으로라도 제공할 수 있지 않을까). 당장은 어찌할 수 없어서 『요리 본능』은 원서를 구했고 『채식의 배신』은 원서를 주문해놓은 상태다. 오늘 오전에 확인해보니 『미각의 지배』를 읽다가 언급되길래 구입한 『구석기 다이어트』(황금물고기, 2012)에도 주와 참고문헌이 몽땅 빠져 있다. 이런 '배려'에 불만을 가진 독자도 있다는 것을 출판사에서는 고려해주면 좋겠다…….

생각하는
잡식동물의 진화

—

잡식동물의 딜레마
마이클 폴란 지음, 조윤정 옮김
다른세상, 2008

인간을 통상 '생각하는 동물'로 규정하지만 좀더 구체화하면 어떻게 될까. 가령 『미각의 지배』의 저자 존 앨런에 따르면 인간은 '생각하는 잡식동물'이다. 또는 이렇게도 변주된다. '음식을 생각하는 동물'. 신경문화인류학자라는 직함의 저자는 신경과학과 문화인류학을 접목하여 "인간이란 종이 어떻게 두뇌를 사용해 음식을 '생각'하는지"에 대해 이 분야의 다양한 연구 성과를 흥미로운 사실들과 함께 요리해놓았다.

압축하면 '인간은 두뇌로 음식을 먹는다'는 사실. 모든 동물은 먹어야 산다는 점에서 공통적이지만 음식에 관해 인간만큼 높은 수준의 인지 능력을 가진 동물은 없다. "인간 외에도 잡식동물은 있지만 인간의 잡식성은 단순히 무엇을 먹느냐의 문제를 넘어선다." 그러니 '초잡식동물'로서 인간의 식이행동은 동물적인 행동이 아니라 매우 인간적인 행동이다.

인간은 어쩌다가 그토록 다양한 음식을 먹게 되었을까. 진화사 초기에 최초로 직립보행을 한 유인원이 나타났다. 두 발로 걷는 유인원이 수백만 년에 걸쳐 여러 종으로 진화했고 아프리카 대륙을 벗어나 세계 각지로 이동했다. 보통 영장류는 포유류와 달리 나무 위에서 서식하는데, 직립보행을 하면서 인류의 조상은 숲에서 나오게 되었고 식물성 음식뿐 아니라 동물성 음식, 즉 고기도 섭취하게 되었다. 즉 어느 시점부터 초식동물에서 잡식동물로 변하기 시작했으며 이것이 모든 생활방식에 변화를 가져왔다. 사냥에 성공하려면 집단적 협력과 함께 노동의 분화가 필요했고 지능이 높아져야 했기 때문이다.

두뇌 크기 증가는 인간 진화의 두드러진 특징이다. 부피로만 따지면 두뇌는 신체의 2퍼센트에 지나지 않지만 안정시대사율의 20퍼센트에서 25퍼센트는 두뇌 때문에 발생한다. 그 비율이 다른 영장류의 경우에는 8퍼센트에서 13퍼센트고, 포유류는 3퍼센트에서 5퍼센트에 지나지 않는다. 그렇게 많은 에너지 소모를 어떻게 감당했을까? 육류와 고칼로리 식물성 음식의 섭취가 해법이다. 인류학자들에 따르면 인간의 소장은 다른 영장류의 60퍼센트 수준이다. 소장이 작기 때문에 절약할 수 있는 열량은 큰 두뇌를 유지하는 데 투입된다.

잡식성으로의 변화와 함께 인간 진화에 결정적 역할을 한 것은 불을 이용한 조리기술의 발견이다. 불을 이용함으로써 다양한 식재료를 바삭한 음식으로 바꾸어먹을 수 있게 되었다. 저자의 추정에 따르면 우리가 바삭한 음식을 좋아하는 것은 원래 영장류가 즐겨 먹던 곤충의 맛을 떠올려주기 때문이다.

우리의 식이행동에는 문화적 선호도 큰 영향을 미친다. 가령 왜 미국인들은 간편한 음식을 좋아하고 프랑스인들은 탐미적인 식사문화를 즐길까. 뜻밖에도 서로 다른 음식문화의 이념적 뿌리는 똑같이 평등이다. 구대륙에 비해 식량이 풍부했던 미국은 음식문화의 평등이 사회적 격차를 줄이는 것을 의미했고, 프랑스의 경우에는 음식의 맛을 평가하고 다른 사람과 소통하는 능력이 사회계층 이동수단으로 여겨졌다. 대혁명 이후 프랑스에서는 음식을 심미적으로 토론하는 것이 음악과 미술을 토론하는 것처럼 사회적으로 허용된 주제였다. 그것이 어떻게 평등이란 이념에 부합하는가. 미식가의 세계에서는 돈도 권력도 통하지 않는다는 것이 이유다. 오직 먹는 사람의 입과 음식의 관계에서만 결정된다는 것. "고기도 먹어본 사람이 먹는다"는 한국식 통념과는 생각이 다른 모양이다.

-〈시사IN〉(2013. 2. 9.)

우리 안의 영장류 본성

—

영장류 게임
다리오 마에스트리피에리 지음, 최호영 옮김
책읽는수요일, 2013

우리가 자신에 대해 던질 수 있는 근본 물음은 무엇일까? '생명이란 무엇인가'도 가능한 후보지만 보통은 '인간이란 무엇인가'일 것이다. 동물도 아니고 신도 아닌 중간적 존재로서 자신을 규정하는 것이 우리의 통상적인 이해, 또는 지극히 '인간적인' 자기이해다. 하지만 영장류 학자들의 생각은 다른 듯하다. 영장류 및 인간행동에 관한 연구로 널리 알려져 있는 진화생물학자 다리오 마에스트리피에리의 『영장류 게임』에서 초점은 '우리 안의 영장류 본성'이다. 그에 따르면 인간의 본성은 영장류 공통의 조상으로부터 물려받았기에 영장류 본성의 특수한 변형일 따름이다. 우리의 사회적 게임이 영장류 게임인 이

유고 영장류 본성에 대한 이해가 우리의 자기이해인 이유다.

물론 인간의 사회적 행동, 곧 사회적 게임이 벌어지는 '경기장'은 바뀌었다. 영장류가 진화해온 과거의 환경조건과는 너무나도 판이하기에 우리는 자신의 영장류 본성에 대해 간과하기 쉽다. 하지만 이렇게 바뀐 조건 속에서도 인간은 여전히 영장류 게임의 플레이어다. 몇 가지 예를 들어보자. 가령 엘리베이터에서 낯선 사람과 함께 타게 되었을 때 우리는 어떻게 행동하는가. 엘리베이터는 분명 근래에 발명된 것이지만 좁은 공간에서 타인과 매우 가까이 있어야 하는 상황 자체가 낯선 것은 아니다. 과거에 서로 모르는 두 원시인이 좁은 동굴에서 조우하는 것은 흔하게 일어날 법한 일이다. 그때 보통은 한 명이 다른 한 명의 머리를 몽둥이로 후려치는 것으로 상황은 종료된다.

하지만 언제나 상황이 만만한 것은 아니며 상대를 공격하는 중에 자신이 입을 수 있는 상해도 고려해야만 한다. 좁은 공간에서 타인과 함께 있을 때 싸울 것인가, 싸우지 말 것인가를 고민하면서 우리는 매우 높은 스트레스에 노출된다. 영장류가 싸움을 피하는 동물은 아니지만 갇힌 공간에서의 싸움에서는 양쪽 모두 큰 손해를 볼 확률이 높다. 그래서 엘리베이터를 타게 되면 보통은 서로 적당한 거리를 유지하려고 애쓴다. 저자의 실험에 따르면 이런 행동은 원숭이들에게서도 나타난다. 두 마리의 붉은털원숭이가 작은 우리 안에 갇히게 되면 그들은 온갖 수단을 동원하여 싸움을 피하려고 한다. 상대를 빤히 쳐다보는 것은 위협 신호이기 때문에 이들은 허공이나 땅을 쳐다보기도 하고 우리 밖 가상의 지점을 응시하기도 한다. 그렇게 무관심한 척하는 것으로도 긴장이 누그러지지 않으면 이빨을 드러냄으로써 친하게 지내자는 의사를 전달하고 서로의 몸을 손질해준다. 그렇다고 엘리베이터에 동승한 두 사람이 서로 몸을 손질해주어야 한다는 것은 아니다. 인간은 대화를 시도함으로써 몸 손질을 대신한다.

엘리베이터 문제에서도 시사를 얻을 수 있지만 영장류의 행동은 늘 비용이 덜 드는 해결책을 모색하는 쪽으로 진화했다. 저자는 지배와 복종의 관계도 그런 적응의 산물로 본다. 이해관계가 서로 충돌할 때 이를 해결하는 가장 쉬운 방법은 둘이 싸우는 것이고, 또다른 방법은 협상을 통해 타협하는 것이다. 하지만 이 두 전략 모두 비효율적일 수 있다는 문제가 있다. 반면에 서로 지배-복종 관계가 형성되면 의견이 불일치할 때마다 싸우거나 협상할 필요가 없게 된다. 즉 처음부터 지배관계가 분명한 경우에는 분쟁의 소지가 없어지는 것이다.

연인이나 부부 간의 다툼을 이런 시각에서 보게 되면 가장 안정적인 커플은 비대칭적인 지배관계가 형성된 커플이다. 즉 두 사람 가운데 한 사람이 양보하게 되면 저녁 메뉴나 리모컨을 두고 파국적인 분쟁으로까지 치닫지는 않는다는 이야기다. 저자에 따르면 인간이나 영장류 동물에게서 지배 욕망은 매우 강력히 자리잡고 있어서 지배가 개입되지 않은 인간관계는 비현실적이다. 하지만 모든 지배에는 책임이 따르며, 또한 지배는 결코 영원하지 않다는 사실도 직시해야 한다고 그는 말한다. 그 밖에도 다양한 사례를 통해 우리의 영장류 본성에 대해 되짚어보게 해주는 유익한 책이다.

-〈주간경향〉(2013. 4. 9.)

농업문명의
불편한 진실

판도라의 씨앗
스펜서 웰스 지음, 김한영 옮김
을유문화사, 2012

그리스 신화에 등장하는 판도라의 상자 이야기는 우리에게 익숙하다. 올림포스의 신들이 저마다 해로운 것을 하나씩 넣은 상자를 판도라에게 주면서 절대로 열어보지 말라고 명령한다. 하지만 호기심을 억누르지 못한 판도라는 결국 뚜껑을 열어보게 되고 전염병을 포함하여 온갖 해로운 것들이 상자 밖으로 뛰쳐나온다. 상자 안에는 단 한 가지 좋은 것이 남는데, 바로 희망이다. 요컨대 온갖 불행과 고통으로 점철되어 있지만 동시에 희망을 놓지 못하는 것이 인간의 삶이다.

인류학자 스펜서 웰스의 『판도라의 씨앗』은 제목에서 판도라의 상자를 패러디하고 있다. 다만 문제는 '상자'가 아니라 '씨앗'이다. 그것도 비유적 의미의 씨앗이 아니라 그냥 씨앗. 인류의 역사 어느 시점에서 들판에 씨앗을 파종한 최초의 인간이 있었다. 아마도 여자였을 것으로 추정되기에 '판도라'라는 이름으로 불러도 좋겠다. 그렇게 들판에 뿌린 씨앗에서 열매, 곧 곡물을 수확하게 되자 인류사의 모든 것이 바뀌었다. 농업이 시작되었고, '신석기혁명'으로도 일컬어지는 이 전환은 전 시대의 수렵채집사회로 되돌아가는 것이 불가능하게 만든 비가역적인 변화를 가져왔다. 저자는 아예 지난 5만 년 인류 역사에서 일어난 가장 큰 혁명이라고까지 평가한다.

호모 사피엔스가 아프리카에서 처음 출현한 것은 약 20만 년 전이다. 하지만 약 8만 년 전까지는 별로 눈에 띄지 않는 종이었다. 그러나 인구가 갑자기 줄어들어 7만 년 전쯤에는 2000명에 불과했을 것으로 추정된다. 말 그대로 멸종 위기에 직면했던 인류는 6만 년쯤 전에 변곡점을 거치며 세계인구는 다시 증가하고 4만 5000년까지 모든 대륙으로 퍼져나갔다. 하지만 무엇보다도 기록적인 변화는 1만 년 전에 일어나며 오늘날 70억 명에 이르기까지 세계인구는 비약적으로 증가했다. 그 발단이 바로 농업의 시작이었다.

구석기시대의 수렵채집인들이 자신의 식량을 찾는 방식에 의존했다면 농경인들은 그 식량을 스스로 창조했다. 그래서 혁명이다. 하지만 이 혁명적 변화는 판도라의 상자와 마찬가지로 긍정적인 의미만을 갖지 않는다. 지표상으로도 그렇다. 구석기시대 수렵채집인 남성의 평균 수명은 35.4세, 여성은 30세였던 데 반해, 신석기 말 남녀의 평균 수명은 남자 33.1세, 여자 29.2세로 오히려 줄어들었다. 구석기

시대 남성의 키가 거의 177센티미터였던 데 반해, 신석기 말 남성의 평균 신장은 161센티미터였다. 사람들은 더 일찍 죽었을 뿐 아니라 더 많이 병들어 죽었다. 농업으로 인해 인구는 폭발적으로 증가했지만 농경생활은 사람들을 병약하게 만들었다는 사실을 보여준다.

그럼에도 불구하고 농업문명으로의 이행은 진화적 압력이었다. 준유목 상태의 식량 수집생활은 환경에 너무 예속되어 있었던 탓에 자식을 많이 낳을 수 없었고, 또 인구가 늘어나면 두 집단으로 나뉘어야 했다. 반면에 농업은 안정적인 식량을 확보하게 함으로써 기후 스트레스에 대처할 수 있도록 했다. 그리하여 '판도라의 씨앗'은 처음에 전혀 예기치 않은 식량 증가와 인구 증가를 가능하게 했다. 하지만 그와 함께 많은 부작용과 재앙도 불러왔다. 단적으로 말하면 현대 인류를 괴롭히는 거의 모든 주요 질병들은 주로 구석기시대에 만들어진 우리의 생물학적 본성과 신석기시대 이후에 우리가 만들어온 문명 사이의 불일치에 근거하고 있다. 높은 인구 밀도와 엄청난 규모의 가축, 높은 이동성은 말라리아, 독감, 에이즈, 당뇨병 등이 창궐하는 조건이다. 심지어 각종 정신질환조차도 인구 과잉과 지리적 제한으로 인한 스트레스에 기인하는데, 이 또한 농업으로의 이행이 가져온 결과다.

물론 그렇다고 해서 우리가 농업 이전 시대로 돌아갈 수 있는 것은 아니다. 생산과 소출, 개발과 진보라는 '농업의 뮈토스' 대신에 욕심을 줄이라는 '수렵채집인의 뮈토스'를 도덕적 지침으로 삼아야 한다는 것이 저자의 제안이다. 왜냐하면 지구 자원을 맹렬하게 착취해온 농업의 뮈토스는 장기적으로 지속 가능하지 않기 때문이다. 우리가 의지할 수 있는 희망은 생각보다 단순하다. 탐욕을 버려라!

-〈주간경향〉(2012. 7. 3.)

과학 글쓰기의 계관시인

—

플라밍고의 미소
스티븐 제이 굴드 지음, 김명주 옮김
현암사, 2013

진화생물학에 조금이라도 관심이 있는 독자라면 스티븐 제이 굴드라는 이름이 낯설지 않을 것이다. 비록 국내에서 리처드 도킨스만큼은 독자층을 거느리고 있지 않을지라도 필력으로 따지면 결코 도킨스에 뒤지지 않는, 심지어 '과학 글쓰기의 계관시인'이라는 평판까지 얻은 이가 하버드대 지질학 및 동물학 교수로 재직했던 굴드다.

"스티븐 제이 굴드 자연학 에세이 선집"의 하나로 출간된 『플라밍고의 미소』는 지난해에 나온 『여덟 마리 새끼 돼지』(현암사, 2013)와 마찬가지로 〈내추럴 히스토리〉에 연재한 에세이 모음집이다. 미국 자연사박물관이 펴내는 이 월간지에 굴드는 무려 27년간 글을 연재했고 과학 에세이의 전범을 보여준 에세이 300여 편은 책 열 권으로 묶여서 차례로 출간되었다.

개인적으로 가장 먼저 읽은 굴드의 책은 『다윈 이후』였는데, 바로 굴드의 자연학 에세이 가운데 첫째 권이었다. 도킨스의 『이기적 유전자』, 『눈먼 시계공』과 함께 다윈주의와 진화생물학에 눈을 뜨게 해준 책이다. 그 이후 '굴드의 모든 책'은 자연스레 수집과 독서의 대상이 되었다. 둘째 권 『판다의 엄지』와 넷째 권 『플라밍고의 미소』 사이에 낀 셋째 권 『닭의 이빨과 말의 발가락Hen's Teeth and Horse's Toes』도 마저 번역되면 좋겠다는 바람을 갖는 것은 그 때문이다.

각각의 선집은 책을 묶은 시점과 관련하여 통일된 주제가 관통한다. 『플라밍고의 미소』의 경우에는 생명사의 패턴이 갖는 의미와 서구 사상에 만연한 편향에 대한 비판이다. 이를 포괄하여 굴드는 '역사의 본성'이 책의 주제라고 말한다. 그에 따르면 『플라밍고의 미소』는 "생명은 우연적인 과거의 산물이지 시간을 초월하는 단순한 자연법칙의 불가피하고 예측 가능한 결과가 아니라 말하는 것이 어떤 의미인지에 관한 책"이다.

굴드가 '서구의 편향'이라고 특별히 지목하는 것은 '진보, 결정론, 점진주의, 적응주의'다. 이들 '4대 기수'에 대한 그의 비판은 때로 동료 진화생물학자들을 겨냥하기도 한다. 굴드는 전통적인 다윈주의 이론과는 다르게 진화는 점진적으로 일어나는 것이 아니라 단속적으로 갑작스럽게 일어난다는 '단속평형설'을 주창하여 학계에 큰 파문을 일으킨 바 있다. 그가 평생 강조한 것은 진화가 진보를 뜻하는 것은 아니며 진화의 역사는 우연에 지배된다는 사실이다. 사회진화론자가 아닌 이상 진화를 진보와 동일시하는 진화생물학자는 드물기에 굴드의 비판은 과도한 면이 없지 않다. 하지만 그런 흠이 그의 에세이들이 주는 지적 즐거움을 만끽하는 데 지장을 주지는 않는다.

굴드는 과학을 매혹적인 결론들의 목록이 아니라 결실이 많은 탐구의 한 방법으로 정의한다. 공룡의 멸종 문제를 예로 들어보자. 세 가지 가설이 있다고 한다. 첫째는 고환설이다. 백악기 말에 지구의 기온이 상승하면서 공룡의 고환이 제 기능을 하지 못하게 되어 수컷이 생식력을 잃음으로써 공룡이 멸종했다는 설이다. 둘째는 약물설이다. 공룡시대 말기 속씨식물이 진화했고 이들 다수가 향정신성물질을 포함하고 있었지만 공룡의 간이 이를 해독시키지 못해 결국 약물 과다복용으로 멸종했다는 설이다. 셋째는 많이 알려진 견해로 재난설이다. 약 6500만 년 전에 소행성이 지구와 충돌하면서 생긴 먼지구름이 햇빛을 차단하는 바람에 공룡을 비롯한 수많은 생물이 멸종했다는 설이다. 모두 흥미를 끌기는 하지만 고환설과 약물설은 검증을 할 수 없는 반면에, 재난설은 검증될 수 있고 반증도 가능하다. 유효한 과학적 가설로서의 자격 요건이다. 그렇게 과학적 탐구과정을 배울 수 있다는 점에서도 굴드의 자연학 에세이는 과학을 좋아하는 독자들의 훌륭한 수련장이다.

-〈시사IN〉(2014. 1. 4.)

사회생물학에 대한 오해와 이해

사회생물학의 승리
존 올콕 지음, 김산하·최재천 옮김
동아시아, 2013

존 올콕의 『다윈 에드워드 윌슨과 사회생물학의 승리』(동아시아, 2013, 이하 '사회생물학의 승리')는 '사회생물학 논쟁'의 중간 결산 같은 책이다. 제목에 '다윈 에드워드 윌슨'이 들어간 것은 군더더기인데(두 사람의 인명을 그렇게 병기한 의도는 어림해볼 수 있지만 아무래도 어색하다) 원제는 좀더 간명하게 『사회생물학의 승리The Triumph of Sociobiology』이고 2001년에 옥스퍼드대학출판부에서 나왔다.

물론 과학 분야의 특수성을 고려하면 '신간'이라고 할 수는 없는 책이다. 사회생물학 쪽으로도 지난 10년간 새로운 연구 성과들이 나왔을 법하니까. 그런데도 저자가 '승리'라는 말을 쓸 수 있었다면 그

맘때에도 대세는 충분히 기울었다는 의미로 읽어야 할까. 그렇다면 사회생물학 논쟁은 무엇이고 어떤 의미에서 '사회생물학의 승리'를 말할 수 있는가가 일차적인 요점일 것이다.

먼저 저자가 서두에서 묘사한 유명한 에피소드를 음미해본다. 1978년 2월 에드워드 윌슨이 미국과학진흥회 연례총회에 참석했을 때 한 젊은 여성이 앉아 있는 그에게 다가가 머리 위에다 얼음물 한 주전자를 쏟아부었다. 그러자 공모자들이 연단에 올라와 윌슨을 조롱하며 플래카드를 흔들어댔다. 하버드대의 저명한 교수이며 개미를 비롯한 사회성 곤충 연구의 세계적 권위자가 학술회의장에서 당한 봉변의 전말이다.

요즘처럼 스캔들이 넘쳐나는 시대에는 뉴스거리가 되기 힘들지 모르지만 과학자사회에서는 분명 흔하지 않은 일이 벌어졌다. 윌슨은 어째서 비난과 조롱의 표적이 된 것인가. '사회생물학'이란 말을 탄생시킨 1975년 작 『사회생물학』(민음사, 1992) 때문이다(윌슨은 이 책으로 '사회생물학의 창시자'라는 별칭을 얻었다). "하등동물인 아메바의 군체에서부터 현대 인간사회에 이르기까지 모든 생물 행동의 사회학적 기초를 면밀히 탐구한" 책이다.

윌슨의 정의대로라면 사회생물학은 '모든 사회성 행동의 생물학적 기초에 대한 체계적 연구'다. 이것이 왜 문제가 되는가. 그 '사회성 동물'에 인간도 포함되어서다. 윌슨은 대형 말벌인 타란툴라 호크의 사회행동이나 인간의 사회적 행동을 똑같은 학문적 대상으로 다루고, 그렇게 다룰 수 있다고 주장한다. 그래서 『사회생물학』의 마지막 장을 인간에 할애하는데 그래보아야 전체 분량의 5퍼센트에 지나지 않는다.

물론 개인적으로는 국내에 『사회생물학 1,2』가 번역되어 나왔을 때 관심을 갖고 읽은 대목은 주로 그 마지막 장이었지만, 그의 '상식적인' 주장은 일부 동료 학자들과 대중의 격렬한 반대를 불러일으켰다. "기존의 사회적 불평등과 정치적인 현상 유지를 정당화하는 데 쓰일 수 있는 이론을 창안했다"는 비난이 그에게 쏟아졌다. 이른바 '사회생물학 논쟁'의 발발이다.

사회생물학 논쟁과 관련해서는 프란츠 부케티츠의 『사회생물학 논쟁』(사이언스북스, 1999), 피터 싱어의 『사회생물학과 윤리』(연암서가, 2012), 국내 학자들이 쓴 『사회생물학 대논쟁』(이음, 2011) 등도 참고할 수 있지만 결정적인 책은 『우리 유전자 안에 없다』(한울, 2009)이다. 놀랍게도 저자들 가운데에는 하버드대의 동료 교수인 고생물학자 스티븐 제이 굴드, 유전학자 리처드 르원틴 등이 포함되어 있다. 과학계에서 윌슨만큼의 인지도를 갖고 있는 명망가들이 사회생물학에 대해 나치의 우생학과 다를 바 없다는 식으로 공격했고 부정적인 낙인을 찍는 데 성공했다. "우리 유전자 안에 없다"라는 문구 자체가 사회생물학은 인간의 모든 행동이 유전자에 의해 프로그램되어 있다고 주장하는 일종의 유전자 결정론이란 인식을 대중에게 심어준 것이다.

하지만 유전자 결정론은 사회생물학 반대론자뿐 아니라 윌슨이나 리처드 도킨스를 포함하여 전문 진화생물학자라면 아무도 받아들이지 않는 입장이다. 그런데도 반대 진영에서는 '사회생물학 = 유전자 결정론'이라는 프레임을 교묘하게 써먹었다. 유전자 결정론에 대한 손쉬운 비판이 여론의 동조를 이끌어내는 데 유력한 수단이었기 때문이다. 고의성이 있었다고 해야 할까. 그러니까 사회생물학 논쟁의 시작은 '결정론으로서 사회생물학'이라는 허수아비 비판이었다. 그리고 그 배경은 과학적이라기보다는 정치적이었다.

저자 올콕은 윌슨의 회고적 분석에 따라서(윌슨의 자서전 『자연주의자』(사이언스북스, 1996)를 참고할 수 있다) 사회생물학 논쟁이 1970년대 중반 미국 대학가의 분위기와 맞물려 진행되었다고 본다. 베트남전쟁에 반대하는 캠퍼스 내 좌파 교수와 학생 들이 마르크스주의 철학에 따라 '인간의 본성'이란 개념에 거부감을 갖고 있었다. 인간의 행동은 사회적 산물이기에 사회를 개조하면 자연스레 개선될 수 있다는 것이 그들의 관점이었다. 하지만 사회생물학은 인간의 본성이라는 관념을 지지하는 것으로 보였고 "가난한 자와 여성 등 사회적 약자를 위한 사회적 변화를 거부하는" 것으로 비쳤다. 그래서 다분히 의도적으로 윌슨을 포함하여 진화적 관점에서 인간의 행동을 연구하는 학자들은 '지배계급의 하수인'으로 몰아붙였다. 사회생물학이 오해와 부정적인 평판을 덮어쓰게 된 배경이다.

국내에도 윌슨의 『사회생물학』이 번역되고 잇따라 『우리 유전자 안에 없다』가 소개됨으로써 자세한 학문적 논쟁을 알 수 없는 독자로서는 『사회생물학』의 무리한 주장(유전자 결정론)이 다른 과학자들에게 비판받은 것으로 이해하기 쉬웠다. 벌써 20년 전 상황이다. 『사회생물학의 승리』는 바로 그런 이해를 교정해준다는 데 의의가 있다. 저자 스스로 이렇게 말한다. "나는 사회생물학이 불필요한 적개심을 얻는 데 공헌한 잘못된 오해들을 규명하고 제거하여 사회생물학 연구의 진정한 본성을 명확히 하고자 한다."

저자가 사회생물학을 둘러싼 오해들을 규명한다고 하니 어떤 오해인지에 대해서도 한번 훑어볼 필요는 있을 것이다. 다음의 여덟 가지다.

(1) 사회생물학은 윌슨 개인의 새로운 이론이다.

(2) 사회생물학은 인간의 행동을 주 관심 대상으로 삼는다.

(3) 사회생물학은 종에게 이득을 가져다주는 형질의 진화를 다룬다.

(4) 사회생물학은 어떤 행동 형질은 유전적으로 결정된다는 전제에 기초한 환원주의적 분야다.

(5) 사회생물학은 인간과 다른 동물의 행동을 필요에 따라 선택적으로 비교한다.

(6) 사회생물학은 검증되지 않고 검증 불가능한, 그럴싸한 이야기를 생산하는 데 특화된 공론이다.

(7) 사회생물학은 학습된 행동이나 인간의 문화적 전통을 설명하지 못하며 오직 경직된 본능만을 다룬다.

(8) 사회생물학은 어떤 행동을 '자연적' 또는 '진화된' 것으로 명명함으로써 좋지 않은 인간의 행동을 모두 정당화한다.

사회생물학에 대해 들어본 적도 없고 관심도 없는 독자라면 당연히 이 책에 대한 부담을 가질 필요가 전혀 없다. 독서 면제니까. 하지만 사회생물학에 대해 좀 들어본 적이 있고, 뭔가 미심쩍다고 생각해온 독자라면 이 책은 요긴한 도움을 줄 수 있다(다만 저자가 윌슨이나 굴드 같은 필력을 자랑하는 것은 아니어서 정색하고 읽어야 한다는 조건이 붙는다. 개인적인 독후감으로는 전반부보다 후반부가 더 재미있다).

가령 사회생물학에 대한 대표적인 반대자이자 그에 대한 오해의 유포자이기도 한 굴드의 견해를 살펴보자. 그는 『사회생물학』을 비판하면서 자신은 "모든 인간 행동의 범주가 가능하지만 어느 것으로도 편향되지 않은 뇌를 상정하는 생물학적 잠재성이라는 사상과 특정 행동적 특질에 해당하는 특정 유전자를 상정하는 생물학적 결정론 사상을 대치시킬 뿐"이라고 말한다. 그는 자신과 윌슨의 차이를 '생물학적 잠재성' 대 '생물학적 결정론'이라는 대립으로 규정한다. 열렬한 다윈주의자임에도 불구하고 굴드는 인간의 문화적 발전에 대해서만큼은 진화의 과정이 적용되지 않는다고 주장하는 것이다(사회과학자들이 주로 이런 입장에 서는 것은 당연하지만 굴드는 생물학자라는 점에서 예외적이다). 이렇듯 '문화가 전부'라고 보는 입장이 인간에게는 모든 것이 가능하다고 보는 '빈 서판 이론'이고 문화 결정론이다.

한 예로 집단 학살에 대한 설명을 비교해보면 굴드는 우리의 뇌가 어떤 경향성도 갖고 있지 않기에 집단 학살은 보편적이지 않고 그 분포 양상도 무작위적일 것이라고 예측한다. "살인적인 집단의 수만큼 평화로운 집단이 있다"는 것이 굴드의 생각이고 예측이다. 굴드가 보기에 결정론적 생물학(사회생물학)은 인간에게는 집단 살인 유전자가 있고 그래서 집단 살인은 보편적이라고 보는 입장이다. 그렇게 보는 사회생물학자는 없다는 점에서 이 역시 전형적인 허수아비 비판이다.

윌슨은 『인간 본성에 대하여』(사이언스북스, 2011)에서 "유전자는 문화를 가죽끈으로 묶어놓고 있다. 끈은 상당히 길지만 가치들은 자신들이 인간의 유전자 풀에 미치는 결과에 따라서 불가피하게 속박될 것이다"라고 말한 바 있다(굴드는 이런 정도의 입장을 유전자 결정론이라고 부르는 것일까?). 모든 것은 유전적 성향과 환경의 만남에서 결정된다.

굴드의 예측과는 반대로 저자는 재레드 다이아몬드가 『총, 균, 쇠』(문학사상사, 2005)에서 이용한 데이터를 참고하여 집단 학살이 역사가 기록된 이래 남극을 제외한 모든 대륙에서 일어났다는 것을 밝힌다. 결코 20세기 문명의 발명품이 아닌 것이다. 더불어 "아마도 집단 학살의 가장 흔한 동인은 군사적으로 강한 자들이 상대적으로 약한 자들의 당을 차지하려고 하면서 그들의 저항과 맞설 때일 것"이라는 다이아몬드의 지적대로 집단 학살에는 어떤 패턴이 있다. 곧 집단 학살이 임의로 일어나는 것이 아니라 다른 자들이 갖고 있던 중요한 자원을 확보하려는 행동의 결과로 발생한다는 것이다. 물론 인간에게 그런 성향이 있다는 것과 그것을 도덕적으로 정당화하는 것은 전혀 별개의 문제다.

사회생물학의 민감한 이슈 가운데 하나인 강간 문제도 마찬가지다. 사회생물학자들은 다른 동물들에서나 인간에게서 강간이 유전자의 이익을 극대화하려는 진화적 적응 전략이라고 본다. 하지만 반대론자들은 강간을 성적 욕망과 무관하며 단지 잔혹한 방식으로 피해자에게 수치심을 불러일으키는 힘과 지배의 행동이라고 규정한다. 강간을 '자연적'이라고 여길 경우 강간범을 사회가 용인할 수 있다는 우려 때문이다.

만약 강간이 성적 욕망과 상관없다면 피해 여성의 분포는 살인 피해자의 연령 분포와 비슷하게 나타날 것이다. 하지만 실제로는 생식력이 가장 높은 연령대에 집중되어 있다. "24세 여성이 강간을 당한 확률은 54세 여성이 당할 확률보다 약 4~20배 정도 높았다"고 보고된다. 강간이 성욕과 무관하다는 주장이 약화될 수밖에 없는 통계다.

강간은 남성에게 진화한 심리적 기전이지만, 그렇다고 아무때나 작동하지는 않는다. 강간이 적응적인 조건부 전략이라는 가설에 따르면 강간은 사회경제적 지위가 낮거나 처벌의 가능성이 낮은 조건과 관련성이 있다. 여성의 의지에 따라 짝을 맺을 가능성이 적거나 없는 남성에게서, 그리고 전투 중인 병사처럼 처벌 가능성이 낮은 상황에서 강간이 발생할 확률은 높아진다.

하지만 현재의 환경은 우리의 뇌가 진화한 환경과 다르며 강간 같은 행동이 유전자에 이익을 가져다줄 확률도 낮아졌다. 게다가 자주 오해받는 것처럼 어떤 행동이 '자연적'이라고 해서 정당화되는 것도 아니다. 사회생물학이 어떤 행동을 진화적 적응행동이라고 규정함으로써 좋지 않은 행동을 정당화한다는 오해는 근거가 없다. 오히려 인간의 본성에 대한 이해는 우리가 '진화된 심리의 독재'에 대항할 수 있도록 해줄 수 있다.

『사회생물학의 승리』는 사회생물학에 대한 많은 오해를 불식시킴과 동시에 우리의 행동에 대한 이해를 훨씬 더 심화시켜준다. 교양학술서의 난이도를 갖고 있는 책이지만 "사회생물학의 내용과 역사에 대한 명쾌하고 유창하며 정확한 저작"이라는 에드워드 윌슨의 평가에 어긋남이 없다.

-〈프레시안〉(2013. 5. 17.)

종교와 과학,
동행인가 전쟁인가

—

예수와 다윈의 동행
신재식 지음
사이언스북스, 2013

이번 주제의 길라잡이가 된 책은 신학자 신재식 교수의 『예수와 다윈의 동행』이다. 제목에서 암시하고 있지만 그리스도교와 진화론의 공존을 모색하는 것이 저자의 의도다. 이미 종교학자 김윤성 교수, 과학자 장대익 교수와 공저한 『종교전쟁』(사이언스북스, 2009)에 참여하여 종교와 과학의 공존 가능성을 모색한 바 있는 저자가 자신의 생각을 좀더 본격적으로 전개한 책이다. '종교'와 '과학'이라고 뭉뚱그렸지만 구체적으로는 기독교(예수)와 진화론(다윈)이다.

보통은 서로 무시하거나 기피하는 것이 한국 사회에서 기독교와 진화론이 보여주는 관계의 양상인데, 때로는 정면으로 충돌하는 일이 벌어지기도 한다. 2012년의 고등학교 과학교과서 논란이 대표적이다. 한 근본주의 개신교 성향의 단체에서 시조새에 관한 기술과 말의 진화에 관한 기술 일부를 삭제해달라고 교육과학기술부에 청원했고 이를 몇 곳의 교과서 출판사가 수용하자 과학계가 반발하면서 논란이 불거졌다. 과학학술지 『네이처』에서까지 "한국, 창조론의 요구에 항복"이란 기사를 실으면서 국제적인 이슈가 되기도 했다. 그런데 이런 떠들썩한 진행과정과는 달리 한국 개신교계는 이 사안에 대해 침묵으로 일관했다. 저자에 따르면 "한국 교회에서 진화론은 여전히 거론조차 해서도 안 될 '금기'이며 기피 대상"이어서다. 그는 이런 금기를 넘어서는 첫걸음을 떼고자 한다.

일단 저자는 다윈의 진화론이 가져온 혁명을 소개하고 그것이 갖는 함축을 해명한다. 찰스 다윈의 진화론이란 무엇인가. 자연선택을 핵심 개념으로 하는 그 메커니즘은 네 가지로 정리된다. 첫째, 자연계에서는 기하급수적인 증가의 원리에 따라서 생존 가능한 개체의 수보다 더 많은 개체가 항상 탄생한다. 둘째, 대부분의 자연적인 개체군에는 변이가 존재하며 변이 가운데 어떤 것은 유전된다. 셋째, 개체들 사이에서 생존 투쟁이 벌어지고 각 생물들은 서로서로 경쟁하게 된다. 넷째, 이런 생존 투쟁을 통해 조금이라도 이로운 특성은 계속 누적되어 새로운 종이 생겨나도록 작용한다. 그리고 여기에 전제가 되는 명제는 지구가 수십억 년의 오랜 역사를 갖고 있으며 생물은 그런 조건에서 발생하여 간단한 형태에서 복잡한 형태로 진화해왔고 인간도 다른 동물과 마찬가지로 진화의 산물이라는 것이다. 이것을 진화론이 함축하는 자연주의적 세계관이라고 한다면, 당장 이 세계를 창조주가 계획하고 설계했으며 인간은 만물의 영장이라는 기독교의 세계관과 충돌한다. 흔히 창조-진화 논쟁으로 불리는 이 충돌을 가리키는 이름이 '종교전쟁'이다.

'전쟁'이라고 해서 창조론과 진화론이 대등하게 맞서는 것은 아니다. 다윈이 『종의 기원』을 발표한 이래 150년이 지나는 동안 발견된 진화의 증거들이 압도적이기에 비록 진화론도 진화해왔다고는 하지만 진화 자체는 자명한 사실로 여겨진다. 마치 지구가 태양의 주위를 돈다는 사실과 마찬가지의 사실성이다. 신학theologia을 신theos에 대한 합리적 학문logos으로 규정하는 저자는 기독교가 합리주의 정신을 배제한다고 생각하지 않는다. 그렇기에 종교와 과학이 전쟁 상태에 놓여 있다는 이미지는 만들어진 것이며 신학적 합리주의와 과학적 합리주의는 상통할 수 있다고 본다. 과학사가 로버트 머튼의 말을 인용하면 오히려 "청교도 윤리를 잉태한 합리주의와 경험주의의 결합은 근대 과학정신의 본질을 형성한다." 종교와 과학의 관계가 반드시 전쟁으로만 치달을 필요는 없는 것이다.

저자는 종교전쟁이 진화론에 대한 기독교인들의 무관심과 몰이해에서 비롯된다고 생각한다. 다윈의 진화론을 비난하는 기독교인들 가운데 『종의 기원』을 읽었거나 생물학 입문서라도 제대로 읽은 사람이 드물다는 지적이다. 그와 함께 주목할 만한 것은 다윈주의에 대한 거부와 반진화론 운동이 미국의 개신교단을 중심으로 전개되었다는 점이다. 그들은 반진화론이야말로 참된 신앙을 지키는 것이며 미국의 정신을 살리는 길이라고 믿는데, 이것은 미국적 특징인 동시에 특히 미국 남부지역의 특징이다. 창조-진화 논쟁은 철저하게 미국 기독교 역사의 경험과 관련된 논쟁이며, 따라서 보편적인 문제라기보다는 상당히 국지적인 문제다. 다윈의 진화론에 대해 유독 강한 거부감을 보인 나라가 미국이기 때문인데, 그것은 주로 미국인의 종교적 성향 때문이다.

『종교전쟁』에서 장대익 교수가 소개한 2004년의 여론조사에 따르면 미국인 가운데 62퍼센트가 공립학교에서 진화론과 함께 창조론도 가르쳐야 한다고 응답했고, 55퍼센트의 미국인은 신이 인간을 지금과 같은 모습으로 창조했다고 굳건히 믿는다. 이런 신앙적 보수주의를 토대로 나온 것이 창조과학운동과 지적 설계론이다. 창조과학운동은 성서의 창조설을 과학적으로 입증하려는 운동이고, 지적 설계론은 진화론의 빈틈을 창조주의 '지적 설계'에 대한 반증으로 삼으려는 입장이다. 하지만 이 두 가지 운동과 입장은 모두 과학으로서 자격 미달이며 고작해야 사이비 과학에 불과하다는 것이 장대익 교수의 평가다.

한국에서도 창조-진화 논쟁이 부각된 것은 한국 기독교계가 미국 보수주의 기독교의 영향을 많이 받았기 때문인데, 1970년대 들어서 미국에서 창조과학운동이 일어나자 미국에서 공부하고 돌아온 이공계 교수들을 중심으로 한국에서도 1981년 한국창조과학회가 설립되었다. 그리고 창조론 진영은 1990년대에는 미국의 지적 설계론을 국내에 소개하는 데 주력해왔다. 미국의 창조론 '직수입 대리점'인 셈인데, 아직까지 이 문제와 관련한 법정 투쟁까지는 벌어지지 않은 것이 미국과의 차이라면 차이다. 1925년 미국 테네시주에서 열렸던 스코프스 재판(일명 '원숭이 재판')과 1981년 미국 아칸소주에서 열렸던 동등 시간 교육법(진화론을 가르치는 것과 동등한 시간 동안 창조론도 가르치도록 요구한 법) 재판 등이 미국 사회를 떠들썩하게 만들었던 법정 투쟁들이다.

이 가운데 스코프스 재판에 대해서는 김윤성 교수가 간략하게 정리하고 있는데, 1925년 테네시주가 공립학교에서 진화론 교육을 금지하는 법안을 통과시킨 것이 발단이 되었다. 미국의 진보 진영은 즉각 이에 반발했는데, 특히 미국시민자유연맹ACLU 쪽에서는 법정 투쟁을 통해 진화론 교육 금지법을 사회적으로 이슈화하고자 했다. 존 토머스 스코프스가 자원자로 나서서 학교에서 과학 시간에 진화론을 가르치다가 기소되었고, 이 재판에서 당대의 명사였던 윌리엄 제닝스 브라이언과 클래런스 대로가 정부측과 미국시민자유연맹측을 대변하여 유명한 법정 공방을 벌였다(이 재판은 영화와 연극으로도 만들어졌다). 재판은 진화론 교육 금지법의 문제점을 널리 알리는 계기가 되었지만 스코프스는 벌금형을 선고받았고 교육계와 출판계에서는 논란을 두려워하여 오히려 진화론 교육이 제대로 이루어지지 않는 결과를 초래했다.

과학 저널리스트 에드워드 라슨의 『신들을 위한 여름』(글항아리, 2014)은 바로 스코프스 재판의 진행과정과 문제의 발단에서부터 뒷이야기까지 자세히 다룬 논픽션이다. 저자는 이 재판의 교훈을 "이성의 힘이 종교적 반계몽주의를 내몰았다는 것"에서 찾지만 역설적으로 반진화론은 결코 줄어들지 않았다. 오히려 미국의 보수 기독교 하위문화 내부에서는 계속 성장해나간 추세다. '원숭이 재판' 이후 80년도 훨씬 더 지난 시점이지만 상황이 여의치 않은 것은, 그래서 '예수와 다윈의 동행'도 요원한 것은 변함없는 종교적 성향 때문이다. 1950년대와 마찬가지로 2000년대에도 미국의 열 명 가운데 아홉 명이 신의 존재를 믿으며, 그 가운데 상당수가 창조설을 문자 그대로 받아들인다. 저자의 전망이 부정적인 것은 당연해 보인다. "역사가 미래를 예측하는 지표라면 한동안은 악천후가 이어질 것이다."

-〈책&〉(2014년 7월호)

3.

디지털시대와 가장 멍청한 세대

지식의 공유와
공유 지식

—

지식의 공유
엘리너 오스트롬 · 샬럿 헤스 엮음, 김민주 · 송희령 옮김
타임북스, 2010

지식에 대한 가장 흔한 이미지는 습득 대상으로 보는 것이다. 지식은 배우고 익혀서 자기 것으로 만드는 것이다. 더불어 그렇게 습득한 지식을 우리는 여러 가지 방식으로 나누어서 함께 가진다. 지식을 전달하고 전수하며 공유한다. 지식이 자원이라면 그것은 가장 대표적인 '공유 자원'이기도 하다. 이달에는 두 권의 책을 길잡이로 삼아서 이 공유 자원으로서 지식이 어떤 문제들을 품고 있으며, 지식 공유 문제를 어떻게 바라볼 것인가를 생각해보려고 한다.

먼저 엘리너 오스트롬과 샬럿 헤스가 엮은 『지식의 공유』는 '공유 자원으로서의 학술연구'에 대한 학술회의 발표문을 모은 것으로 지식 공유에 관한 다양한 쟁점들을 망라하고 있다. 편자들은 지식을 공유 자원으로 바라보는 방법을 소개하는 것이 책의 주된 목적이라고 말하는데, 사실 공유 자원으로서 정보와 지식을 연구하려는 시도 자체가 아직 유아 단계에 놓여 있다고 할 정도로 짧은 역사를 갖고 있다. 1995년경에 '정보 공유 자원' 운동이 시작되었다고 하니 채 20년이 되지 않는다. 갑작스러운 시각 변화를 가져온 것은 짐작대로 정보의 디지털화다.

공유 자원이란 말 그대로 사람들이 공유하는 자원을 가리킨다. 공유 자원에 대한 기본적인 연구 모델을 제시한 이는 생물학자 개릿 하딘인데, 그의 연구(1968)는 흔히 '공유지의 비극'이라는 표현으로 알려져 있다. 가령 마을의 초지를 공유하는 농부들이 자기 이익만을 챙기기 위해 가능한 한 많은 소떼를 초지에 풀어놓는다고 해보자. 어떤 일이 벌어질까. 당연히 초지는 파괴되고 말 것이다. 개인의 이익 추구가 결과적으로는 전체의 이익을 침해하여 공멸을 자초하고 마는 것이 공유지의 비극이다. 즉 공유 자원은 자유롭게 이용되어야 한다고 믿는 사회에서 "파멸은 모든 인간이 달려가는 최종 목적지다."

하지만 하딘의 주장이 큰 영향을 미쳤어도 그의 주장과는 달리 공동체가 자율적인 이용 규칙과 바람직한 분쟁 해결장치 등을 마련한다면 공유 자원을 효과적으로 관리하고 지속시킬 수 있다는 연구 결과도 많다. 게다가 지식은 초지와는 성격이 전혀 다른 자원이다. 토지나 수자원에 대한 '오픈 액세스Open Access', 곧 제한 없는 접근은 과잉 소비와 고갈을 초래할 수 있지만 지식과 정보는 통상 비경쟁적이다. 정보 생태계에 대한 오픈 액세스는 저작권과 양립 가능하다. 오히려 정보에 대한 오픈 액세스는 부정적 결과를 유발하는 대신에 보편적인 공유재를 제공한다. "인터넷이 인간에게 공유정신을 형성시키고 함양시켜줌에 따라 공유 자원은 새로운 의미를 띠게 되었다."

물론 디지털 정보기술의 세계가 장밋빛 가능성만 제시하는 것은 아니다. 과거에 상상할 수 없었던 방대한 정보에 접근하는 것이 가능해졌지만 한편으로는 지적재산권법, 특허 남발, 과잉 가격 책정, 정보 삭제 등의 정보에 대한 접근 차단도 가속화되고 있다. 확실한 재산권이 보장되지 않아도 문제지만 공공 영역의 지식에 대한 개인의 지배권이 지나치게 커지는 현상도 우려의 대상이다. 따라서 지식 공유 자원의 중요성이 점점 더 증대되는 상황에서 우리가 당면한 과제는 지식에 대한 보편적인 접근을 허용하면서, 동시에 다양한 형태의 지식 창조에 기여하는 사람들의 노력을 인정하고 지지해줄 수 있는 제도를 확립하는 것이다.

공유지 또는 공유 자원이 어째서 중요한가. 왜냐하면 그것이 민주주의의 바탕이기 때문이다. 공간의 공유, 지식의 공유는 민주주의 사회 발전의 기본 토대였다. 그리고 역사적으로 지식 공유 자원을 보호하는 특별 영역으로서 도서관은 민주주의가 발전하고 유지되는 데 든든한 성채 역할을 해왔다. 그런 역할을 수행하는 데는 당연히 도서관 사서들의 몫이 컸다. 하지만 바야흐로 전면적인 디지털 정보화 시대에는 지식 공유 자원의 보호와 관리가 도서관 사서들의 몫으로만 한정되지 않는다. 모든 정보 사용자와 제공자가 이 공유 자원의 관리자이자 보호자로 나서야 하는 것은 그 때문이다.

『지식의 공유』가 '공유 자원으로서의 지식'이라는 문제 지형의 전체적인 그림을 갖게끔 해준다면, 한국계 미국인 정치학자 마이클 최의 『사람들은 어떻게 광장에 모이는 것일까?』(후마니타스, 2014)는 조금 다른 각도에서 공유 지식의 문제를 다룬다. "게임 이론으로 본 조정 문제와 공유 지식"이 부제다. 저자는 '공유 지식'을 좀더 제한적인 의미로 쓰는데, 그에 따르면 "어떤 사실이나 사건에 대해 모든 사람이 그것을 알고 있고, 모든 사람은 모든 사람이 그것을 알고 있음을 알고, 모든 사람이 그것을 알고 있음을 모든 사람이 안다는 데 대해 모든 사람이 아는 등과 같이 연쇄가 이루어진 경우"가 공유 지식이다. 즉 공유 지식이란 다른 사람이 안다는 데 대한 앎으로서 일종의 '메타 지식'이다.

이 메타 지식으로서 공유 지식은 기술의 발전에 의해서, 그리고 사람들이 선택하는 의사소통방식에 의해서 영향을 받는다. 저자가 들고 있는 한 가지 예시로 이메일을 생각해보자. 우리는 메일 수신자 외에 참조와 숨은 참조를 덧붙일 수 있는데, 참조일 경우 각각의 수신자는 주소창에서 함께 받는 이들의 이름과 이메일을 확인할 수 있다. 반면에 숨은 참조일 경우에는 알 수가 없다. 동일한 메시지가 전달되지만 숨은 참조는 이 메시지가 다른 이들에게도 전달된다는 공유 지식이 빠져 있는 것이다. 이것은 어떤 차이를 낳는가. 저자는 공유 지식을 각 개인이 서로의 행동을 조정하는 '조정 문제'와 연관시킨다. 예를 들어 반정부 시위에 나선다고 해보자. 개인이 시위대의 수가 충분해서 경찰이 구속하거나 억압하기 어려운 상황에서만 시위에 참여하려는 경향을 갖는다면 그런 참여 결정을 내리는 데 참여 권유의 메시지만으로는 불충분하다. 다른 사람도 같은 메시지를 받았다는 데 대한 인지가 추가적으로 필요하다. 곧 참여를 위해서는 "다른 사람의 인지에 대한 인지, 다른 사람의 인지에 대한 또다른 사람의 인지에 대한 인지" 등이 필요하다. 이렇게 조정의 문제를 해결하는 데 공유 지식이 중요한 역할을 하기에 공유 지식을 창출하는 사회적 과정들이 마련된다. 공식 행사나 집회 같은 '공공 의례'는 가장 대표적인 것으로 저자는 이것을 "공유 지식을 산출하는 사회적 실천"이라고 이해한다.

체제에 대한 저항운동이나 공공 의례뿐 아니라 광고도 공유 지식을 전제하며 이용한다. 시청률이 높은 텔레비전 프로그램의 광고 단가가 더 높은 것은 단지 더 많은 시청자에게 광고 메시지가 전달된다는 의미를 넘어서서 다른 시청자들도 내가 아는 사실을 알고 있다는 사실을 인지하게 한다는 의미가 있다. 소비자는 자기가 사고 싶어하는 물건을 구입한다고 하지만, 그 물건을 다른 소비자도 사고 싶어하는지에 대한 정보가 구매 여부를 결정하는 데 중요한 역할을 한다. 베스트셀러 순위에 올라온 책들이 더 많이 팔리는 경향이 있는 것은 바로 그런 공유 지식의 효과다.

짐작할 수 있지만 공유 지식이 늘 바람직한 것은 아니다. 가령 어느 호텔 객실에 들어갔다가 벌거벗은 여성 투숙객을 본 호텔의 남자 직원이 깜짝 놀라서 (남성에게 쓰는 존칭을 사용해) "실례합니다, 고객님"이라고 외쳤다면 그의 위장은 의도적으로 공유 지식을 회피한 사례에 해당한다. 그런 의미에서 공유 지식은 비밀의 반대말이다. 저자는 공유 지식이라는 개념이 문화 현상 전반에 걸쳐서 얼마나 다양하게 적용될 수 있으며 이 현상들을 어떻게 간명하게 설명할 수 있는지 보여줌으로써 공유 지식에 대한 새로운 이해를 제공한다.

-〈책&〉(2014년 9월호)

디지털시대와
가장 멍청한 세대

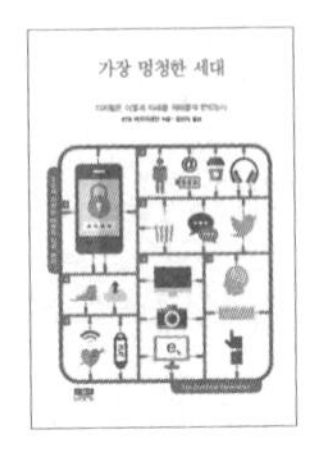

—

가장 멍청한 세대
마크 바우어라인 지음, 김선아 옮김
인물과사상사, 2014

가장 멍청한 세대?! 디지털 세대에 대한 도발적인 명명에 공감과 반감이 교차할 수 있을 것이다. 그런 논란은 충분히 예상했겠지만 미국 한 대학의 영문학 교수로 독서문화를 깊이 있게 연구한 마크 바우어라인이 총대를 멨다. 『가장 멍청한 세대』는 부제대로 "디지털은 어떻게 미래를 위태롭게 만드는가"에 대한 예증과 통렬한 비판으로 채워진 책이다. 영문학자보다는 사회학자에 가까울 정도로 저자는 온갖 조사 결과, 통계, 인터뷰 등을 토대로 미래 세대, 곧 현재의 청소년과 청년 세대의 무지에 대해 진단하고 근심한다. 그래서 얻은 결론이 『휴먼 스테인』(문학동네, 2009)의 작가 필립 로스의 말을 빌린 "가장 멍청한 세대"라는 것이다. 오늘날의 디지털문화가 미국에 한정된 것이 아니라는 점을 고려하면 저자의 고민은 우리의 고민이기도 하다. 무엇이 문제이고 어떻게 해야 할 것인가.

일단 젊은 세대의 지적 현황에 대한 다양한 조사 결과가 보여주는 것은 대부분의 청소년이 정보 시민으로서 필요한 지식을 보유하고 있지 못하다는 점이다. "오늘날 미국에서는 역사와 공민학(초등학생을 대상으로 한 윤리교육)에 대한 지식이 거의 없이 단절된 사고방식을 가진 사람이 늘어나고 있으며, 독서나 박물관 방문 경험이 없는 것이 보편적인 현상이고 딱히 부끄러운 일도 아니라는 추세가 빠르게 자리잡고 있다." 그 결과 마지막으로 읽은 책이 무엇인지도 기억하지 못하며 세계지도에서 이집트가 어디에 있는지도 찾지 못한다. 일부 과목을 제외하면 전체적으로 과거보다 지적 수준이 떨어졌다는 것이 일반적인 평가다. 이 점은 현재의 교육 환경을 고려하면 매우 아이러니컬한 현상이다.

미국을 기준으로 현재의 청소년들은 과거보다 훨씬 더 많은 시간을 학교에서 보낸다. 대학 진학률이 급증하여 2005년 기준으로 성인의 27.6퍼센트가 학사 이상의 자격을 취득했다(우리의 경우는 몇 배 더 높은 수치를 보여줄 것이다). 문화기관의 여건도 좋아졌다. 미국 전역에 12만 개에 가까운 도서관이 있다. 청소년들의 금전적 여력도 과거 어느 때보다 크다. 마음만 먹는다면 얼마든지 자신의 지적 수준을 향상시킬 수 있는 조건이 갖추어진 셈이다. 물질적으로 풍요롭고 학교 진학이 당연하게 여겨지며 손쉽게 오락에 접할 수 있다. 분명 부모 세대보다 훨씬 많은 교육 기회가 지금의 젊은 세대에게 주어졌지만 그 결과가 '가장 멍청한 세대'라고 하면 이는 분명 패러독스다. 좋은 고등학교에 다니고, 아이팟과 휴대기기를 사용할 줄 알며, 자원봉사도 하고, 대학 진학을 목표로 하고 있지만 중산층 10대가 여전히 소비에트 연방이 어디인지도 모른다고 하면 말이다.

그렇다고 한 세대 전체의 지능이 갑작스레 떨어졌다고 볼 수는 없는 일이다. 그럼 무엇인가. "배움을 위한 모든 도구와 기회가 준비되어 있지만, 젊은이는 그것을 배움이 아닌 다른 목적으로 사용한다"는 것이 저자의 진단이다. 시간과 기회의 낭비야 어느 세대에게나 있는 일이지만, "인류 역사상 물질적 조건과 지적 성취 사이에 이토록 깊은 골을 만든 집단은 존재하지 않았다. 또한 이토록 많은 기술 향상을 겪고도 이토록 보잘것없는 정신 발전을 이룬 이들도 없었다." 어째서 이런 일이 벌어졌을까. 저자는 디지털 세대의 생활 습관에 주의를 돌린다. 학교교육의 기회가 늘어나고 지적 환경이 과거보다 훨씬 나아졌는데도 더 무지하다면 가정과 여가 생활에서 문제의 원인을 찾아볼 수밖에 없다.

가장 큰 문제는 독서와 사회적 관심을 차단하는 인터넷 세대의 패거리문화다. 글을 읽을 줄 알지만 독서는 하지 않는 의사 문맹이 예전에는 수치였다면 지금의 젊은 세대에게는 당연한 자랑거리다. 책을 읽는 것보다는 최신 유행의 동영상이나 텔레비전 프로그램을 꿰고 있는 것이 친구들과 어울리는 데 훨씬 더 유리하다. 우리 기억에도 한 세대 전에는 청소년 드라마에서 T.S. 엘리엇의 시 「황무지」가 읊조려

졌지만 지금이라면 뭔가 분위기에 맞지 않게 여겨질 것이다. 개인적인 경험을 말하면 중고등학생들에게 러시아 작가 안톤 체호프에 대해 말하면서 톨스토이만큼 유명한 작가라고 소개했다가 순진무구한 표정과 대면했던 일이 떠오른다. 작품을 읽기는커녕 작가의 이름조차 처음 들어본 것이다.

물론 미국이나 한국 학생들 다수가 기록적인 베스트셀러 『해리 포터』는 읽었을 것이다. 하지만 저자가 보기에 그 경우에도 아이들이 『해리 포터』를 읽는 이유는 다른 아이가 읽기 때문이다. 또래와의 유대관계를 형성하기 위한 목적이 독서에서도 더 중요한 비중을 차지하는 것이다. 미국 청소년의 경우 독서를 할 수 있는 충분한 시간과 경제적 여유가 있는데도 점점 책에서 멀어지고 있으며 "일상에 소설, 시, 희곡 따위는 존재하지 않는 10대와 20대 청년이 점점 늘어나고 있다." 대신에 정보통신 이해력이 새로운 미덕으로 여겨진다. 우리도 그렇지만 이미 청소년들에게는 미디어 접속 시간이 독서 시간을 압도하고 있다. 스크린이 대세이고 '스크린적 사고방식'이 표준이 되어가고 있다. 10시간에 걸쳐 300쪽짜리 소설을 천천히 읽느니 20개의 웹사이트에서 필요한 정보를 획득하라고 장려한다. 이로써 우리는 새로운 독서문화와 교육 수준에 도달한 것일까. 유감스럽게도 그렇지 않다. "시각적 문화는 추상적 공간 감각과 문제 해결 능력을 향상시켜주었지만 다른 지능을 구축하는 데는 별 도움이 되지 못했다."

분명 인터넷 웹에는 많은 자료와 정보가 축적되어 있다. 하지만 젊은 세대는 이메일이나 인스턴트 메시지를 좋아하고 또래의 관심사에만 집중할 뿐이다. 웹은 수평적 소통은 강화시켜주었지만 지식의 전수와 교육에 필요한 수직적 소통은 현저하게 약화시켰다. 그래서 청소년들은 그저 비슷하게 이야기하고 비슷하게 생각하고 비슷하게 행동하는 또래 친구들과의 사교에만 몰입한다. 단테와 밀턴을 읽기는 따분하고 프랑스혁명사나 러시아혁명사는 읽을 시간이 없는 세대가 '가장 멍청한 세대'로 전락하는 것은 필연일지도 모른다. 문제는 이 세대가 우리의 미래이며 이들에게 민주주의의 존폐가 달려 있다는 점이다. 디지털시대의 독서와 교육 방식에 대해서, 문화와 전통의 의미에 대해서 심각한 숙고와 자기반성이 필요하다는 생각을 지울 수 없다.

-〈독서인〉(2014년 12월호)

빅데이터 인문학과
데이터토피아

빅데이터 인문학
에레즈 에이든·장바티스트 미셸 지음, 김재중 옮김
사계절, 2015

바야흐로 빅데이터시대다. 과연 빅데이터는 학문, 특히 인문학에 어떤 변화를 가져올 것인가. 클릭 한 번으로 800만 권의 책을 검색하는 '구글 엔그램 뷰어'의 개발자 두 사람이 쓴 『빅데이터 인문학』은 한 가지 실례를 보여준다. 번역본의 부제는 심지어 '진격의 서막'이다. 원제는 『전인미답Uncharted』으로 빅데이터를 분석할 수 있는 새로운 툴(수단)의 개발과정과 이로 인해 가능해진 새로운 탐구 영역 소개에 초점을 맞추고 있다면, 한국어판은 강도를 좀더 높였다. '빅데이터가 일으킬 인문학 혁명'으로 그 의미를 격상시켰다.

빅데이터란 말이 등장한 것은 몇 년 되지 않는다. 전문가에 따르면 대략 2010년부터 쓰였는데, 그 원래 의미는 '다루기에 너무 큰' 데이터란다. 지금껏 다루어보지 못했던 거대한 데이터의 축적이 가능하고 그것을 소유할 수 있게 된 것이 빅데이터시대의 첫번째 의미다. 그리고 이를 분석할 수 있는, 즉 그 막대한 데이터에서 '신호와 소음'을 분리할 수 있는 툴이 이제 막 개발되고 있다는 것이 두번째 의미다. 이 두 가지가 말하자면 빅데이터혁명의 조건이다.

구글 엔그램 뷰어의 발단이 된 것은 2004년부터 시작된 '구글 북스' 프로젝트다. 세계의 모든 책을 스캔해서 디지털화하는 엄청난 규모의 프로젝트인데, 지구상에 존재하는 1억 3000만 권 가운데 현재까지 3000만 권 이상의 책을 디지털화했고 2020년까지는 모두 디지털화할 수 있을 것이라는 전망이다. 현황만으로도 3000만 권 이상을 소장한 디지털도서관이 생긴 셈인데, 현재로서는 미의회도서관(3300만 권)만이 장서 수에서 조금 앞설 뿐이고 이 또한 곧 추월될 것이다.

물론 이렇게 모아놓기만 했다고 대단한 일이 벌어지는 것은 아니다. 인간이 읽기에는 너무 많은 분량의 텍스트다. 그럼 누가 읽는가. 엄청나게 빠른 속도로 읽어나가는 로봇! 갈릴레오에게 망원경이 근대 천문학과 과학혁명을 가능하도록 이끈 새로운 관찰 도구였다면, 저자들이 고안해낸 엔그램 뷰어라는 렌즈는 인간문화의 역사적 변화를 관찰하는 새로운 도구다.

엔그램 뷰어는 명령어만 입력하면 설정 기간 동안의 빈도수를 그래프 곡선을 통해서 보여준다. 누가 얼마나 유명하며 그 명성은 어떤 등락을 보여왔는지, 어떤 인물이나 사건이 역사적 기억 속에서 어떻게 억압되고 지워졌는지, 새로운 아이디어나 발명품이 어떤 속도로 전파되었는지 등 다양한 관심사에 답해준다. 이렇듯 새로운 관찰 도구를 통해 문화와 역사에 접근하는 것을 '컬처로믹스'라는 신조어로 부른다. 이 컬처로믹스의 세계에서 우리가 무엇을 더 발견할 수 있을지는 정해지지 않았다. 말 그대로 '서막'이고, 어쩌면 우리는 예단할 수 없는 혁명의 문턱에 서 있는지도 모른다.

막대한 비용이 들어가는 거대과학은 자연과학에만 해당하는 것이었다. 힉스 입자를 찾기 위한 입자가속기 개발과 실험에 90억 달러가 들고, 인간 게놈 프로젝트에 30억 달러가 소요되는 식이다. 그와는 비교도 안 되는 적은 비용이 들어가기는 했지만 책과 역사 기록의 디지털화는 인문학에서도 거대과학 스타일의 작업이 가능하게끔 만들었다. 돌이켜보면 대학 신입생 시절 도서관에 가서 카드식 도서목록을 뒤져서 필요한 책을 찾은 다음 대출신청서를 작성하던 것이 불과 한 세대 전이다. 어느새 그런 카드식 목록 검색은 온라인 검색으로 대체되었고, 상당수의 책과 논문 자료는 전자책의 형태로 열람할 수 있다. 한 세대 더 거슬러올라가면 복사기가 없어서 모든 자료를 필사하고, 용어 색인을 만들기 위해 초인적인 노력으로 단어들을 일일이 세던 때가 있었다. 그 중간에 낀 세대로서 '데이터토피아'시대의 학문이 어떤 모습이 될지 예견하기 어렵다. 아마도 '멋진 신세계'이지 않을까.

-〈시사IN〉(2015. 2. 21.)

멋진 디지털 신세계

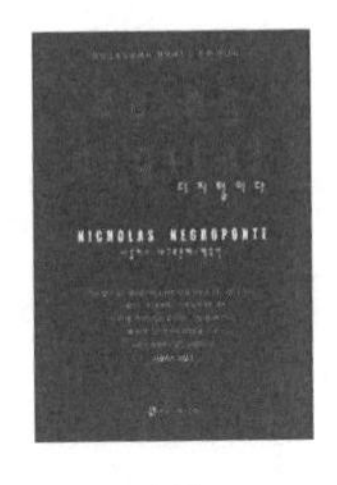

디지털이다
니콜라스 네그로폰테 지음, 백욱인 옮김
커뮤니케이션북스, 1999년

해가 바뀌면 디지털시대의 구루인 니콜라스 네그로폰테가 『디지털이다』에서 디지털시대에 대한 낙관적 전망을 내놓은 지 20년이 된다. 그는 과거의 아날로그세계가 원자로 구성되는 데 반해, 디지털세계는 '비트'로 구성된다고 멋지게 선언했고 디지털혁명으로 아날로그 세대와 디지털 세대를 구분했다. 중립적인 구획은 아니다. '아날로그'라는 말은 낡은 구세대를 떠올리게 만들었기 때문이다. 바야흐로 디지털이 대세였다. 그의 책 제목을 '이제 디지털이다!'라는 구호로도 읽을 수 있는 이유다.

그후 10년 뒤 과학저술가 스티븐 존슨은 『바보상자의 역습』(비즈

앤비즈, 2006)을 내놓았다. '바보상자'는 물론 텔레비전을 가리키는데, 저자는 텔레비전으로 대표되는 대중문화에 대한 부당한 편견과 비난에 맞서고자 했다. 그는 텔레비전과 비디오게임에 열중하는 세대를 옹호하면서 새로운 미디어가 새로운 시대적 상황에 걸맞은 '지적 훈련'을 제공해준다고 했다. 심지어 게임은 "책이나 영화, 음악보다 훨씬 많은 결정을 내리게 만든다." 가령 책은 독자가 주인공의 운명을 결정짓도록 하지 않지만 게임에서는 사용자가 마치 운전대를 쥔 운전사처럼 모든 것을 판단하고 결정한다. 그것이 우리를 훨씬 더 주체적인 존재로 만들어준다고 하면 얼핏 그럴듯하게 들린다. 하지만 과연 그럴까.

디지털혁명과 함께 '디지털 원주민'이 등장한 지 한 세대가 지났다. 인터넷과 스마트폰이 없는 일상을 생각하기 어려울 만큼 많은 것이 변했다. 더 나은 세상으로 변화해간다면 전적으로 환영할 일이다. 하지만 사정은 그렇지 않은 듯싶다. 미국의 영문학자 마크 바우어라인의 『가장 멍청한 세대』(인물과사상사, 2014)는 그런 근심의 근거를 매우 상세히 제시한다. 가령 하루 3시간 이상 텔레비전을 시청하는 청소년은 심각한 주의집중장애가 나타날 위험이 매우 크며 중·고교 이상의 학업을 계속할 가능성이 현저하게 낮아진다. 텔레비전이 아이들을 똑똑하게 만들어줄 것이라는 낙관적 기대도 없지 않았지만 여전히 그들의 지능은 TV 시청 시간보다는 독서 시간에 좌우된다.

디지털 전도사들은 게임에 숙달함으로써 궁극적으로 옳은 결정을 내리는 법을 배운다고 주장하지만 그 결정은 표면적인 줄거리에나 적용될 뿐이다. 복잡한 상황에 대한 이해는 물론 도덕적·심리적·철학적 깊이도 포함하지 못한다. 멀티태스킹과 상호작용에 익숙한 디지털 세대는 뛰어난 스크린 이해 능력을 보여주지만(그들의 탁월한 게임 지능!) 대신에 독서력은 터무니없을 정도로 낮아졌다. "그들은 업로드하고, 다운로드하고, 서핑하고, 채팅하고, 포스팅한다." 그러나 그들은 복잡한 글을 분석하는 법을 배우지 못했고 정확한 철자법도 모른다. '가장 멍청한 세대'라는 비하는 그래서 억지가 아니다. 시각적 자극이 없으면 상상력조차 발휘하기 어려운 세대가 진득하게 『리어왕』이나 『소리와 분노』 같은 작품을 읽어내는 것은 기대하기 어렵다.

이런 대세의 방향을 과연 돌릴 수 있을까. 인쇄문화에 충분히 적응하기도 전에 너무 일찍 도래한 디지털문화에 어떻게 대처해야 할까 근심하던 차에 사회비평가 닐 포스트먼의 『죽도록 즐기기』에서 예리한 통찰을 발견했다. 조지 오웰이 경고한 '1984년'이 바로 지나자마자 발표한 이 책에서 그는 오웰이 『1984년』에서 그려놓은 디스토피아보다 더 끔찍한 미래상을 올더스 헉슬리의 『멋진 신세계』에서 본다. 『1984년』에서는 사람들을 고통으로 통제하지만 『멋진 신세계』에서는 사람들에게 즐길 것을 쏟아부어 통제한다.

오웰식 세계에 대해서는 알아차리기 쉽고 이에 대한 저항을 조직하는 것도 불가능하지 않다. 하지만 대중이 끊임없는 오락 활동을 문화적 삶으로 착각하는 헉슬리식 세계에서는 그것을 문제적인 상황으로 지각하는 것조차 어렵다. 고통의 파도라면 모를까 즐거움의 파도에 대해 어떤 저항이 가능하겠는가. 포스트먼에 따르면 오웰은 우리가 증오하는 것이 우리를 파멸시킬까봐 두려워한 반면에, 헉슬리는 우리가 좋아서 집착한 것이 우리를 파멸시킬까봐 두려워했다. 요컨대 너무 즐기다 아무런 생각 없이 죽어나가는 것이 '멋진 디지털 신세계'다. 이젠 브레이크가 필요하다.

-〈중앙일보〉(2014. 12. 23.)

인간이 원하는 세상은 어떤 세상일까

—

인공지능시대가 두려운 사람들에게
리처드 왓슨 지음, 방진이 옮김
원더박스, 2017

설 연휴가 지나고 나니 비로소 한 해가 시작되는 듯하다. 서평을 다시 연재하게 되면서 어떤 책을 다룰지 고심하다 영국의 미래학자 리처드 왓슨의 책을 골랐다. 그의 신간을 손에 든 것도 '인공지능시대가 두려운 사람들에게'라는 제목에 이끌려서다(원제는 『디지털 대 인간Digital vs Human』이다). 알파고가 보여준 위력 때문에 부쩍 체감하게 된 '인공지능시대'는 과연 어디까지 세상을 바꾸어놓을 수 있을까. 그리고 달라진 세상에서 인간은 여전히 인간일까.

저자도 인간이기에 당연한 선택인 것도 같지만 그가 편을 드는 쪽은 디지털(내지 인공지능)이 아니라 인간이다. 디지털기술이 급속히 발전하면서 인공지능시대로 접어들게 되었지만 인공지능의 특이점은 아직 불가능하다는 것이 저자의 판단이다. 인공지능의 특이점이란 인공지능이 인간과 같은 의식을 갖게 되는 단계를 가리킨다. 만약 그런 단계의 인공지능이 등장한다면 인간의 통제를 넘어서고 SF영화에서 흔히 나오듯이 기계가 인간을 지배하는 상황도 벌어질 수 있다.

그런 특이점이 가능하지 않은 이유는 생각보다 단순한데, 우리가 아직 인간의식의 작동 원리를 알지 못하기 때문이다. 따라서 기계에서 의식을 인공적으로 재현하는 것도 불가능하다. 방법을 알지 못하면서 언젠가는 인공의식을 만들어낼 것이라고 말하는 것은 저자가 보기에 어불성설에 불과하다. 따라서 인공지능시대에 대한 막연한 두려움도 현재로서는 불필요하다. 대신에 필요한 것은 "컴퓨터는 인간을 통제하는 도구가 아닌 해방하고 보호하는 도구가 될 수 있다"는 한 컴퓨터 과학자의 기대를 관철하는 것이다.

인공지능이 주도하는 디지털세계가 많은 변화를 가져올 것은 분명하지만 저자는 여전히 인간적 가치와 감각이 중요하다고 생각한다. 디지털세계와 현실을 구별하는 능력을 상실하게 되면 끔찍한 불행을 낳을 수 있다. 대표적 사례로 저자는 한국인 부부를 꼽는다. 온라인에서 만나 사귀다가 결혼한 김유철과 최미선 부부는 진짜 딸은 집에 방치한 상태로 디지털 딸을 돌보느라 PC방에서 하루 12시간씩 게임에 몰두했다. 초고속 인터넷망이 가장 잘 갖추어져 있고 인터넷 평균 속도도 가장 빠른 나라에서 일어난 일이라 더 상징적이다.

디지털기술은 현실을 더 흥미롭게 바꾸어줄 수 있지만 현실의 인지를 방해할 가능성도 더 높여놓았다. 디지털화된 현실이 초연결사회를 가능하게 만들었지만 역설적으로 가까운 인간관계는 더 약화시켰다. 영국에서 실시한 설문조사에 따르면 영국인의 33퍼센트가 디지털 소통에서 소외를 느낀다고 답했다. 여전히 우리의 마음과 정서는 구석기시대에 머물러 있는데, 디지털기술이 폭주하면서 빚어진 현상이다. 기술의 발달은 분명 이전에 가능하지 않았던 많은 변화와 혁신을 가져왔다. 하지만 기계문명의 노예로 전락하지 않으려면 이 기술을 우리의 목적에 맞게 통제할 수 있어야 한다. 우리가 원하는 세상이 어떤 세상인지 먼저 그려야 한다는 것이 저자의 제안이다.

-〈주간경향〉(2018. 3. 6.)

포스트휴먼과 포스트휴머니즘

포스트휴먼과의 만남
도미니크 바뱅 지음, 양영란 옮김
궁리, 2007

필멸과 불멸은 인간과 신을 구분하는 기준이다. 불멸을 꿈꾸어왔지만 그것은 인간의 몫이 아니다. 유한성은 인간의 존재조건이다. 하지만 생명 연장 기술의 발달, 그리고 신체와 기계의 결합 가능성은 그런 운명을 바꾸어놓을지도 모른다. 바이오테크놀로지와 인공지능의 발전을 통해 죽음 너머의 인간, 신체적 한계 너머의 인간이 가시화되고 있다. 오랜 진화의 산물이기도 한 현재 인간의 조건을 넘어선 인간을 '포스트휴먼'이라고 부른다. 자연스레 떠오르는 질문들. 포스트휴먼시대는 어떻게 도래하는가? 포스트휴먼도 인간인가? 포스트휴먼은 어떤 문제를 사유하게 될까? 궁금한 자가 책을 펼치는 법이다. 이

달에는 포스트휴먼과 포스트휴머니즘을 다룬 책들을 살펴보자.

가장 평이하게 읽을 수 있는 책은 프랑스의 미래학자 도미니크 바뱅의 『포스트휴먼과의 만남』이다. "포스트휴먼 1세대를 위한 안내서"를 자임한 책으로 저자는 포스트데스Post-Death, 포스트보디Post-Body, 포스트에고Post-Ego, 포스트릴레이션Post-Relation, 포스트리얼리티Post-Reality라는 다섯 가지 범주를 통해 포스트휴먼의 실현 가능성을 검토하고 전망한다. 곧 우리가 죽음을 넘어서게 될 것이고, 신체의 구속에서 벗어나게 될 것이며, 자아관이 변화하게 될 것이고, 그에 따라 사회적 관계의 양상과 아예 '현실' 자체가 전혀 다르게 구성될 것이라는 예상이다. 포스트휴먼에 대한 통념적인 이해에 부합한다고 할까.

저자의 소개에 따르면 일부 미래학자들은 "죽지 않고 영원히 사는 최초의 인간이 우리 중에서 나올 것"이라고 말한다. 기술적으로 불가능한 것은 아니다. 예컨대 나노기술의 발달은 적혈구보다 크기가 작고 모세혈관보다는 가는 로봇을 가능하게 할 것이다. 이 로봇이 인체에 들어가서 원격조종장치의 지시를 받아 특정 암세포를 제거하는 식의 나노의학이 현실화된다면 우리는 의학의 새로운 혁명과 직면하게 될 것이다. 하지만 이렇게 얻게 될 불멸성은 자칫 환경적 재앙뿐 아니라 사회적 재앙이 될 가능성도 크다. 첨단기술은 너무 비싼 경비 때문에 극소수의 경제적 상위층에게만 혜택이 돌아갈 것이고 그에 따라 사회적 불평등은 더 심화될 것이다. 더불어 인구과잉 문제를 떠안게 될 포스트휴먼은 결국 우주 식민지를 필요로 하게 될 수도 있다. 포스트휴먼의 삶도 녹록지 않아 보인다.

포스트휴먼시대에 대한 훨씬 정교한 이론적 탐색과 비평은 캐서린 헤일스의 『우리는 어떻게 포스트휴먼이 되었는가』(플래닛, 2013)에서 읽을 수 있다. 저자는 로봇공학자 한스 모라벡이 『마음의 아이들』(김영사, 2011)에서 인간의식을 컴퓨터로 다운로드할 수 있을 것이라는 주장을 접하고 충격을 받는다. 로봇 외과 의사가 두개골 흡인술을 통해 정보를 읽어내고 그것을 컴퓨터로 저장할 수 있다는 발상은 신체와 정신이 분리 가능하다는 것을 전제로 한다. 정보가 신체라는 기반을 갖지 않는다면 컴퓨터와 다를 바 없다. 저자의 사이보그에 대한 관심은 거기에서 비롯된다.

하지만 그의 기본 입장은 우리가 포스트휴먼이 되기 위해서는 반드시 사이보그일 필요는 없다는 것이다. "포스트휴먼을 판가름하는 결정적인 특징은 비생물적 요소의 존재 여부가 아니라 주체성이 구성되는 방식"이라고 보기 때문이다. 그때 구성되는 주체성은 사이버네틱스나 자유주의적 휴머니즘에서처럼 신체화를 경시하거나 말소하는 것이 아니라 다시 회복한다. 저자가 꿈꾸는 포스트휴먼은 "무한한 힘과 탈신체화된 불멸이라는 환상에 미혹되지 않고 정보기술의 가능성을 받아들이는 포스트휴먼"이다. 포스트휴먼을 어떻게 정의할 것인가도 실상은 간단하지 않은 문제다.

당연한 일이지만 포스트휴먼의 가능성과 현실화에 대한 긍정적 시각 못지않게 부정적 시각도 존재한다. 프랜시스 후쿠야마가 『휴먼 퓨처』에서 우생학의 귀환을 불러오는 생명공학에 대해 우려를 표한 것이 대표적이다. 독일 철학자 위르겐 하버마스도 『인간이라는 자연의 미래』(나남, 2003)에서 인간에 대한 전통적 관념을 고수하고자 했다. 그리고 이와는 반대편에 선 '트랜스 휴머니스트들'은 인류가 새로운 디지털 종족으로 변화할 것이라는 전망을 낙관하며 환호한다. 슈테판 헤어브레히터의 『포스트휴머니즘』(성균관대출판부, 2012)은 이 두 입장을 중재한다. 저자는 포스트휴먼을 "인류화 과정에서 배척되었던 모든 정신적인 것을 포괄하고, 인류의 모든 '다른 것'을 포함하자는 것"으로 이해한다. 이 '다른 것'에는 기계뿐 아니라 동물, 신, 악마, 괴물 등도 포함된다.

저자는 포스트휴머니즘을 하나의 이데올로기로 바라보면서 그 새로움과 급진성을 상대화하려는 시도를 '비판적 포스트휴머니즘'이라고 부른다. 포스트휴머니즘의 다양한 쟁점에 관해서는 이화인문과학원에서 펴낸 『인간과 포스트휴머니즘』(이화여자대학교출판문화원, 2013)도 참고할 수 있다. 포스트휴머니즘과 인간존재론의 문제, 윤리적 쟁점들, 예술 속에 나타난 포스트휴먼의 양상들을 살펴본 논문 모음집이다. 포스트휴머니즘 관련서는 모두 학술서 범주에 속하는데, 포스트휴먼의 중요 쟁점과 이슈를 다룬 교양서들도 더 나오길 기대한다.

-〈책&〉(2013년 11월호)

디지털 치매와 디지털 다이어트

디지털 치매
만프레드 슈피처 지음, 김세나 옮김
북로드, 2013

컴퓨터, 스마트폰, 비디오 게임, 텔레비전 등이 없는 생활을 상상할 수 있을까. 세대가 아래로 내려갈수록 점점 어려워질 법한 상상이다. 길지 않은 역사에도 불구하고 디지털 미디어는 우리의 일상을 근본적으로 바꾸어놓고 있다. 기술혁신이 가능하게 만든 새로운 라이프스타일이라고 박수를 치며 환영해야 할까. 그럴 수만 있다면 문제는 간단하다. 하지만 스마트한 일상의 도래와 함께 우리의 뇌는 점점 퇴화되고 있다는 것이 디지털화된 세상의 불편한 진실이다. 무엇이 문제이고 어떤 대책이 필요한가.

먼저 독일의 뇌과학자이자 정신의학자 만프레드 슈피처의 『디지털 치매』의 경고에 주의를 기울여보는 것이 좋겠다. 사실 디지털 치매에 대한 경고는 멀리에서 찾을 것도 없다. "세계적으로 정보기술을 주도하고 있는 한국의 의사들은 이미 5년 전에 기억력장애와 주의력결핍장애는 물론, 감수성 약화를 겪는 어린이와 청소년들이 점점 늘고 있다고 발표했다"는 것이 저자의 인용이기 때문이다. '디지털 치매'란 말의 원산지가 한국인 셈이다.

교육 당국에서는 흔히 '교실에서의 디지털혁명'을 주창하면서 전자교과서를 사용하는 '교과서 없는 교실'이 미래의 학교인 것처럼 이야기하지만 저자의 생각은 다르다. 컴퓨터중독과 인터넷중독이 빈번히 발생하고 있는 현실에서, 아이들을 새로운 미디어에 적응시키려고 하는 것은 마치 알코올과 니코틴에 대한 비판적 시각을 길러주기 위해 유치원에서부터 이에 노출시켜야 한다고 말하는 것과 마찬가지다. 디지털 환경에 일찍 접근하는 것이 왜 디지털 치매를 유발할 정도로 부정적인가. 그것은 우리 뇌의 신경세포가 학습을 통해서만 효과적으로 기능하지만, 디지털 환경은 이에 필요한 자극과 부하를 제공하지 못하기 때문이다. 복사하기와 붙이기가 읽기와 쓰기를 대신하고 뇌에 저장하는 것이 아니라 클라우드에 옮겨놓는 식이라면, 스마트해지는 환경과 정확히 반비례하여 우리는 '머리를 쓰지 않는 똑똑한 바보'가 되어갈 뿐이다.

존 팰프리와 우르스 가서의 『그들이 위험하다』(갤리온, 2010)도 디지털시대의 그늘을 폭로하는 책이다. 아니 더 정확하게 말하면 '디지털 세대'의 그늘을 염려하는 책이다. 어떤 세대인가. "지하철에서 아이팟으로 음악을 들으며 미친듯이 휴대전화 문자 메시지를 날리는 십대 소녀"와 "모든 종류의 비디오 게임은 물론, 키보드 타이핑 속도에서도 도저히 당해낼 재간이 없는 여덟 살 난 꼬마"가 바로 새로운 세대, '디지털 네이티브'다. 디지털혁명은 분명 세상을 더 살기 좋은 곳으로 변모시켰지만 자칫 길을 잃을 수도 있다는 것이 저자들의 우려다. 표류할 수 있는 디지털 환경에서 자신의 정체성을 확립하고 사생활을 보호하며 필요한 정보를 취사선택하는 일이 디지털 네이티브에게 떠안겨진 과제다.

가령 교육에 한정하면 디지털 네이티브의 문제는 정보 부족이 아니라 정보 과부하다. 매년 1인당 6톤의 책에 해당하는 정보가 쏟아져 나오는 디지털 정보의 홍수 속에서 살아야 하는 일상은 분명 인류가 이전에 경험해보지 못한 것이다. 저자들은 아이들이 이 문제를 정확하게 인식하는 것과 함께 멀티태스킹을 하지 않고 집중할 경우 멀티태스킹을 했을 때보다 효율성을 더 높일 수 있다는 사실을 이해하는 것이 중요하다고 말한다. 어떻게 하면 한 번에 여러 가지 일을 하지 않고 한 가지 일에 집중할 수 있는지 배우는 것이 디지털 네이티브에게는 오히려 더 중요한 공부다. 더불어 디지털세계를 벗어날 수 있는 능력을 키우는 것도 중요한 과제다. 뇌만 둔해지는 것이 아니라 생활도 정신없이 흘러간다면 말이다.

『두 남자의 미니멀 라이프』(책읽는수요일, 2013)의 공저자 조슈아 필즈 밀번의 적절한 비유를 인용하면 "사탕을 먹는 게 죄악이 아니듯, 인터넷을 하는 것은 죄악이 아니다. 하지만 다른 음식은 입에 대지도 않고 오로지 사탕만 먹는다면 그건 문제다." 그런 문제를 해결하기 위해 저자는 목적이 분명할 때에만 인터넷을 한다는 원칙을 세운다. 그는 집에서까지 인터넷을 할 필요가 없다는 결론에 인터넷 회선을 끊고 유튜브 동영상, 영화 예고편, 우스운 사진 등을 보며 자신도 모르게 흘려보냈던 시간을 되찾는다.

독일의 저널리스트 알렉스 륄레의 『달콤한 로그아웃』(나무위의책, 2013)의 주제도 '인터넷 없이 생활하기'와 '진짜 인생 되찾기'다. 하루 평균 60통에서 80통의 이메일을 받고, 50통을 보내는 전형적인 인터넷과 이메일 중독자였던 저자는 6개월간 인터넷을 끊는 실험을 해보기로 하고 그 과정을 일기로 적어나간다. 여느 중독과 마찬가지로 처음에는 금단 현상으로 고통받았지만 아날로그적 삶의 '평온한 느낌'을 회복하는 데는 성공한다. 그리고 디지털세상을 다스리는 내면의 힘은 그런 금단의 경험을 통해서 길러진다는 것을 깨닫는다. 수잔 모샤트의 『로그아웃에 도전한 우리의 겨울』(민음인, 2012) 역시 한 가족이 6개월간 전자매체의 플러그를 뽑은 경험담이다. 무엇을 배웠을까? 저자가 얻은 십계명 가운데 제1조는 "따분함을 두려워하지 말지니라"이다. 하긴 따분함이 없다면 우리의 뇌는 아무런 흥미로운 것도 고안해내려고 애쓰지 않을 것이다. 정작 우리가 경계해야 할 것은 온갖 재미와 정보로 인해 심심하거나 따분하지 않은 삶이라고 해야 할까.

-〈책&〉(2013년 6월호)

“미래는 이미 여기 와 있다”

—

돈으로 살 수 없는 것들
마이클 샌델 지음, 안기순 옮김, 김선욱 감수
와이즈베리, 2012

무엇이 사람을 움직이는가? 자본주의적 인간관에 충실하자면 물론 '돈'이라고 해야겠다. 조금 고상하게 말하면 '인센티브'가 우리를 움직인다. 어떤 행동을 하도록 부추기는 자극이 인센티브다. 인간을 경제적 동물, 곧 '호모 이코노미쿠스'로 정의하는 인센티브 만능론자들은 아예 인센티브를 통해서 인간을 얼마든지 주조할 수 있다고까지 믿는다.

'파블로프의 개' 실험에 영감을 받은 과거 행동주의 심리학자들도 적절한 보상과 강화를 통해 인간을 통제할 수 있다고 믿었다. 가령 책을 잘 읽지 않는 학생들에게도 현금으로 보상하면 자연스레 독서로 유인할 수 있다는 식이다. 심부름을 하거나 착한 일을 할 때마다 아이에게 용돈을 주는 것도 이와 비슷한 사례다. 우등생과 선행 학생은 인센티브를 통해서 그렇게 만들어질 수 있는 것일까?

『돈으로 살 수 없는 것들』의 저자 마이클 샌델은 그런 식의 금전적 보상이 독서나 선행 같은 '재화'의 가치를 변질시킨다고 말한다. 독서나 선행의 가치가 '돈'으로 환원될 것이고, 그럴 경우 자발적인 독서나 선행이 갖는 의미와 만족감도 훼손될 수밖에 없다. '행위와 인센티브'라는 보상체계가 우리를 어떤 행위의 주체가 아닌 단순한 수행자의 위치로 떨어뜨리기 때문이다. 실상 호모 이코노미쿠스라는 정의 자체가 인간의 품위를 떨어뜨리는 것이기도 하다. 인간은 이기적 본성을 갖고 있는 존재이지만 동시에 주체적인 존재이고자 한다.

인간의 주체성에 대한 옹호가 철학자들만의 레퍼토리인 것은 아니다. 미래학자 다니엘 핑크가 『드라이브』(청림출판, 2011)라는 책에서 소개한 연구에 따르면 인센티브가 오히려 생산성을 떨어뜨리는 경우도 드물지 않다. 지루한 반복적 업무를 수행해야 하는 사람들을 독려할 때에는 인센티브가 꽤 유용하지만 지적 도전을 수반하는 업무에는 오히려 역효과를 냈다. 자신의 성취가 금전적 가치로 환원되는 것에 대한 거부감이라고 해야 할까. 2006년 국제수학자연맹이 현대 수학의 최대 난제 가운데 하나였던 '푸앵카레 추측'을 푼 공로로 필즈 메달을 수여하기로 결정했지만 이를 거부한 러시아 수학자 그리고리 페렐만의 사례도 떠올릴 수 있다. 그는 이후에 미국의 한 수학연구소가 100만 달러의 상금을 내건 '밀레니엄 상' 수상자로도 선정되었지만 그 역시 거부했다. "나의 증명이 확실한 것으로 판명됐으면 그만이며 더이상 다른 인정은 필요 없다"는 것이 그의 고집스러운 생각이었다.

예외적인 성취와 예상 밖의 수상 거부로 화제를 모았으나 페렐만의 경우가 이해 불가능한 사례인 것은 아니다. "돈으로 살 수 없는 것은 없다"는 식의 자본주의적 사고와 경쟁을 통한 이익의 극대화라는 자본주의의 모토가 통하지 않는 영역이 있다는 것만 인정하면 된다. "인간의 욕망에는 끝이 없다"는 말은 자본주의적 주술이다.

지난 6월 말 방한했던 철학자 슬라보예 지젝은 기본적인 생존을 위한 필요를 어느 정도 충족시키면 사람들은 공산주의적이라고밖에 할 수 없는 방식으로 행동하는 경향이 있다고 지적했다. 금전적 보상에 따라서가 아니라 자신의 능력에 따라서 사회에 기여하는 것이 그가 말하는 공산주의적 방식이다. 물론 어느 정도가 '생존을 위한 필요'인지에 대해서는 각자의 판단이 다를지 모른다. 고정적인 직장을 갖고 있지 않은 페렐만은 도심 외곽의 방 2칸짜리 낡은 아파트가 재산의 전부였다. 그 이상은 사치라고 생각하는지도 모른다. 개인적으로 나는 아무때나 온수로 샤워할 수 있는 집이면 좋겠다고 생각했다. 초등학교 때의 꿈이었지만 그런 아파트에 산 지 십수 년째다. "미래는 이미 여기 와 있다. 아직 퍼지지 않았을 뿐"이라는 말의 실감이다. 각자의 꿈이 이루어진 곳에서 그 꿈을 널리 공유하고 확산하고자 하는 것이 바로 주체적 삶이 아닐까.

-〈경향신문〉(2012. 10. 5.)

미래를 보는
과거와 현재의 눈

—

유엔미래보고서 2040
빅영숙 · 제롬 글렌 · 테드 고든 · 엘리자베스 플로레스큐 지음
교보문고, 2013

'당장 내일 일어날 일도 모르는 것이 인간'이라고 하지만, 바로 그렇기 때문에 자신의 운명 또는 미래에 대한 관심은 고질적이다. 미래를 비추어주는 거울이 있다면 들여다보고 싶은 마음을 억제하기 어려울 것이다. 비록 그것이 불확실한 추측에 불과하다 할지라도 말이다. 우리가 미래학자들의 '예언'에 종종 귀를 기울이게 되는 것도 같은 이치에서다. 과연 한 세대 뒤 세상은 어떻게 달라질 것이며, 우리는 어떤 모습이 되어 있을까? 잠시 시간여행을 떠나보기로 하자.

길잡이로 삼을 만한 책은 '밀레니엄 프로젝트'라는 글로벌 싱크탱크의 보고서 『유엔미래보고서 2040』이다.(최신간은 『세계미래보고서

2018』이다). '유엔미래보고서'란 유엔에서 발표한 보고서가 아니라 유엔에 보고된 보고서라는 의미다. 전 세계 전문가들의 미래 예측을 종합한 이 보고서에서 핵심 변수는 과학기술의 비약적인 발달이다. 기술은 우리 삶을 과연 어떻게, 어디까지 변화시킬까. 몇 가지 사례를 따라가본다.

미래의 의식주를 결정할 가장 보편적인 기술 가운데 하나는 3D 프린터다. 미래에 가정에는 보급형 3D 프린터가 보급되어 설계도를 인터넷에서 다운받는 것만으로도 옷과 신발은 물론 가방과 각종 장식품, 주방용품 등을 프린트할 수 있게 된다. 심지어 주방의 3D 음식 프린터에는 세계 각국 요리사들이 제공한 무료 레시피가 저장되어 있어서 매일 아침 기분에 따라 음식을 골라먹을 수 있다. 물론 요식업자들에게는 달가운 소식이 아닐 것이다. 3D 프린터의 보급으로 인해 사교적인 모임에 이용하는 고급 식당만 제외하면 끼니를 때우기 위한 식당은 대부분 자취를 감출 것이라는 전망이기 때문이다.

노동 여건도 파격적으로 달라진다. 인간이 할 수 있는 많은 종류의 일이 인공지능에 의해 대체됨으로써 대부분의 일은 인공지능과 협업 체제로 이루어질 것이다. 그 결과 정규직은 줄어들고 대부분의 일자리는 프로젝트별로 단기간 고용되는 방식이 된다. 거리에는 무인자동차가 달리고 소매점이나 마트에서는 도우미 로봇이 고객을 안내한다. 가사일은 가정용 도우미 로봇이 전담하며 병원에서는 간호사 로봇이 환자를 돌본다. 더 편리해질는지 모르지만 일자리 감소와 고용 위기는 사회 불안으로 직결될 수밖에 없다. 이에 따라 보고서는 대형 인프라 프로젝트를 창출하는 것이 국가나 세계기구의 중요한 과제가 될 것이라고 예측한다.

하지만 이런 불안 요인에도 미래에는 삶의 질이 향상되고 민주주의는 확산될 것이고 빈부 격차는 감소할 것이라는 낙관적 전망을 내놓는다. 수명 연장으로 일해야 하는 기간이 늘어나고 일자리를 찾기 위해 전 세계를 옮겨다녀야 하기에 결혼은 낡은 제도가 될 것이며 인간관계도 더 가벼워질 것이라는 예측과 이런 낙관론이 어떻게 양립할 수 있을지는 두고 보아야 할 듯싶다.

'미래보고서'를 손에 든 김에 원조 미래학자 앨빈 토플러의 『제3의 물결』(범우사, 1992)과도 재회해보는 것은 어떨까. 1980년에 내놓은 전망이니 어느덧 우리는 토플러가 예견한 미래의 시간 속에 깊숙이 들어와 있기도 하다. 잘 알려진 대로 토플러는 농업혁명을 제1의 물결로, 산업혁명과 그것이 가져온 변화를 제2의 물결로 가리키면서, 바야흐로 우리가 지식정보화 문명의 도래라는 제3의 물결과 마주하고 있다는 점을 역설했다. 제3의 물결은 생활의 외양만을 변화시키는 것이 아니라 생활 양식 자체를 갱신한다. 이제는 우리의 일상에서 떼어놓을 수 없게 된 인터넷과 스마트폰이 지식정보사회의 필수적 이기利器라는 점을 고려하면 토플러의 예언은 한창 진행중이라고 해도 무방할 것이다.

유의할 점은 제2의 물결이 제3의 물결로 자연스럽게 이어지는 것이 아니라는 사실이다. '물결'들은 서로 간섭하면서 충돌한다. 토플러는 우리에게 닥칠 대투쟁을 "산업주의 사회를 지키려는 자와 그것을 극복하고 나아가려는 자와의 투쟁"이라고 묘사하면서 제2의 물결과 제3의 물결이 갖는 갈등관계를 강조한 바 있다. 그것은 제1의 물결에서 제2의 물결로 넘어갈 때 전쟁과 반란, 기아와 강제 이주 같은 참사가 속출했던 것처럼 일종의 쟁탈전이 될 수 있다고 그는 경고한다. 최소한 토플러의 미래 전망이 낙관론으로만 채워지지는 않았다는 점을 확인할 수 있을 것이다.

-〈다솜이친구〉(2015년 7월호)

책에 빠져 죽지 않기
로쟈의 책읽기 2012-2018

초판1쇄 발행 2018년 8월 24일
초판2쇄 발행 2018년 9월 21일

지은이 이현우
펴낸이 염현숙
편집인 신정민

편집 신정민 박민영 **디자인** 김마리 **저작권** 한문숙 김지영
마케팅 정민호 한민아 최원석 **모니터링** 이희연 박세연 **홍보** 김희숙 김상만 이천희
제작 강신은 김동욱 임현식 **제작처** 영신사

펴낸곳 (주)문학동네
출판등록 1993년 10월 22일 제406-2003-000045호
임프린트 교유서가
주소 10881 경기도 파주시 회동길 210
문의전화 031) 955-8886(마케팅), 031) 955-3583(편집)
팩스 031) 955-8855
전자우편 gyoyuseoga@naver.com

ISBN 978-89-546-5278-0 03810

* 이 도서의 국립중앙도서관 출판예정도서목록(CIP)은 서지정보유통지원시스템 홈페이지(http://seoji.nl.go.kr)와 국가자료공동목록시스템(http://www.nl.go.kr/kolisnet)에서 이용하실 수 있습니다. (CIP제어번호: CIP2018024970)

www.munhak.com